Von Jeffrey Archer erschienen bei BASTEI-LÜBBE:

JEFFREY ARCHER
RIVALEN

Berechtigte Übersetzung aus dem Englischen
von Ilse Winger

BASTEI
LÜBBE

BASTEI-LÜBBE-TASCHENBUCH
Band 12 228

Titel der englischen Originalausgabe:
First Among Equals

Lizenzausgabe: Gustav Lübbe Verlag GmbH, Bergisch Gladbach
Printed in Great Britain Oktober 1994
Einbandgestaltung: K. K. K., Köln
Satz: Wulfenia, Feldkirchen/Reprint
Druck und Bindung: Cox & Wyman, Ltd.

ISBN 3-404-12228-4

Der Preis dieses Bandes versteht sich einschließlich
der gesetzlichen Mehrwertsteuer

Für Alan und Eddie

PROLOG

MITTWOCH, 10. APRIL 1931

Wäre Charles Gurney Seymour neun Minuten früher geboren worden, hätte er den Titel eines Earl geerbt, ein Schloß in Schottland, zehntausend Hektar Land in Somerset und eine gut gehende Bank in der Londoner City.

Es dauerte einige Jahre, bevor der junge Charles begriff, was es bedeutete, das erste Rennen seines Lebens verloren zu haben. Sein Zwillingsbruder Rupert hatte es mit Mühe geschafft, als erster das Licht der Welt zu erblicken, und in den folgenden Jahren bekam er nicht nur die üblichen Kinderkrankheiten, sondern es gelang ihm auch, sich Scharlach, Diphtherie und Meningitis zuzuziehen, so daß seine Mutter, Lady Seymour, ständig um sein Leben zitterte. Charles aber war zäh und hatte so viel Seymour-Ehrgeiz geerbt, daß es für ihn *und* seinen Bruder ausgereicht hätte. Nach ein paar Jahren nahmen alle, die die beiden Brüder kennenlernten, fälschlich an, Charles sei der Erbe des Titels.

Verzweifelt suchte der Vater nach irgendeiner besonderen Begabung seines Sohnes Rupert. Er suchte vergebens. Mit acht Jahren wurden die beiden Jungen nach Summerfields geschickt, wo sich Generationen von Seymours auf die Anforderungen von Eton vorbereitet hatten. Charles wurde während des ersten Monats an der Vorbereitungsschule zum Klassenvertreter gewählt, und mit zwölf Jahren war er Schulsprecher, während man Rupert nur den ›kleinen‹ Seymour nannte. Dann kamen beide Jungen nach Eton, wo Charles seinen Bruder sehr bald in sämtlichen Gegenständen übertraf, schneller ruderte und ihn im Boxring beinahe umbrachte.

Als ihr Großvater, der dreizehnte Earl of Bridgwater, 1947 endlich starb, wurde der sechzehnjährige Rupert Viscount Seymour, und Charles erbte die bedeutungslosen Buchstaben »Hon«, die er vor seinen Namen setzen durfte.

Der Honourable Charles Seymour wurde jedesmal böse, wenn Fremde seinen Bruder ehrfürchtig mit »My Lord« ansprachen. Seine Leistungen in Eton blieben hervorragend, und er bekam einen Studienplatz für Geschichte in Christ Church in Oxford. Rupert absolvierte alle diese Jahre, ohne seine Lehrer und Prüfer im geringsten zu überfordern. Mit achtzehn kehrte der junge Viscount auf den Familiensitz in Somerset zurück, um den Rest seines Lebens als Gutsbesitzer zu verbringen. Wer dazu bestimmt ist, elftausend Hektar Land zu erben, kann kaum als Bauer bezeichnet werden.

Von Ruperts Gegenwart befreit, setzte Charles seine Studien in Oxford fort wie eine bloße Spielerei. Die Wochentage verbrachte er damit, die Geschichte seiner Familie zu studieren, und die Weekends auf Partys und Treibjagden. Da niemand auf die Idee kam, Rupert könnte für die Finanzwelt Interesse zeigen, nahm man allgemein an, daß Charles nach Studienabschluß die Nachfolge seines Vaters in der Seymour-Bank antreten werde — zuerst als Direktor, später als Präsident, obwohl letztlich Rupert die Familienanteile an der Bank erben würde.

Dieser wohlüberlegte Plan scheiterte jedoch, als der Hon. Charles Seymour eines Abends von einer jungen Studentin aus Somerville zur *Oxford Union* geschleppt wurde. Sie verlangte von ihm, er möge sich den Vortrag »Ich bin lieber ein einfacher Bürger als ein Lord« anhören. Dem Präsidenten des Debattierklubs war es gelungen, Premierminister Sir Winston Churchill als Vortragenden zu gewinnen. Charles saß hinten in dem großen Saal inmitten von Studenten, die von Churchills Vortrag fasziniert waren. Während der witzigen und beeindrukkenden Rede ließ Charles den großen Staatsmann nicht aus den Augen, obwohl ihm immer wieder derselbe Gedanke kam: Nur die Zufälligkeit der Geburt hatte es verhindert, daß Churchill nicht der neunte Duke of Marlborough geworden war. Hier stand ein Mann vor ihm, der drei Jahrzehnte lang die Weltbühne beherrscht und sämtliche erblichen Titel, die eine dankbare Nation ihm anbot, abgelehnt hatte, einschließlich des Titels eines *Duke of London*.

Von diesem Moment an verbat sich Charles, daß man ihn »The Honourable« nannte; sein Ehrgeiz war größer als jeder Titel.

Ein anderer Student, der an diesem Abend Churchill zuhörte, dachte ebenfalls über seine Zukunft nach. Er aber saß nicht eingezwängt zwischen seinen Kollegen im Hintergrund des Saales. Der hochgewachsene junge Mann im Frack thronte allein auf einer erhöhten Plattform in einem breiten Sessel, denn darauf hatte er als Präsident der *Oxford Union* Anspruch. Bei seiner Wahl war sein gutes Aussehen jedoch nicht ausschlaggebend gewesen, denn 1952 durften Frauen in der Union noch nicht wählen.

Obwohl Simon Kerslake ein Erstgeborener war, verfügte er darüber hinaus über so gut wie keines von Charles Seymours Privilegien. Er war der einzige Sohn eines Anwalts und wußte, welche Opfer sein Vater gebracht hatte, um ihn in eine Privatschule zu schicken. Sein Vater starb, während Simon das letzte Jahr am Lancing College absolvierte; er hinterließ seiner Frau eine bescheidene Rente und eine prächtige MacKinley-Standuhr. Eine Woche nach dem Begräbnis verkaufte Simons Mutter die Uhr, damit ihr Sohn das letzte Jahr mit allen jenen Extras beenden konnte, die andere Jungs als selbstverständlich hinnahmen. Auch hoffte sie, ihrem Sohn damit bessere Chancen für eine Aufnahme in die Universität geben zu können.

Schon als kleiner Knirps hatte Simon nur einen Wunsch gehabt: besser zu sein als seine Rivalen. Ein »Macher«. Viele seiner Altersgenossen aber fanden ihn rücksichtslos oder arrogant, je nachdem, wie eifersüchtig sie waren. Während des letzten Semesters wurde Simon nicht mehr Schulsprecher, und er konnte dem Direktor dessen mangelnden Vorausblick nicht verzeihen. Im selben Jahr, nachdem er die Prüfung abgelegt hatte, erhielt er ein Schreiben aus Oxford, daß man ihm leider keinen Studienplatz anbieten könne. Es war beinahe unerträglich.

Mit derselben Post traf das Angebot eines Stipendiums von der Durham University ein, das er umgehend ablehnte. »Künftige Premierminister studieren nicht in Durham«, teilte er seiner Mutter mit.

»Wie wäre es mit Cambridge?« fragte sie und trocknete weiter das Geschirr.

»Keine politische Tradition«, erwiderte Simon.

»Aber wenn du keine Aussicht auf einen Platz in Oxford hast, was dann?«

»Das habe ich nicht gesagt, Mutter«, erwiderte der junge Mann. »Am ersten Tag des Semesters werde ich Student in Oxford sein.«

Da sie seit achtzehn Jahren an scheinbar unerreichbare Ziele gewöhnt war, verkniff sie sich die Frage: »Wie soll dir das gelingen?«

Zwei Wochen vor Semesterbeginn mietete Simon ein Zimmer in einer kleinen Pension in Oxford. An dem kleinen Tisch in der Ecke des Zimmers, das er lange Zeit zu bewohnen vorhatte, stellte er eine Liste sämtlicher Colleges zusammen und teilte sie in fünf Spalten. Drei der Colleges wollte er vormittags, drei nachmittags besuchen, bis seine Frage: »Haben Sie für dieses Studienjahr einen Studenten aufgenommen, der nicht kommen kann?« von einem der Tutoren positiv beantwortet würde.

Am vierten Nachmittag, als ihm bereits leise Zweifel kamen und er überlegte, ob er nicht doch in der folgenden Woche nach Cambridge fahren sollte, erhielt er die erste positive Antwort.

Der für die Aufnahme zuständige Tutor des Worcester College nahm die Brille von der Nasenspitze und sah den hochgewachsenen jungen Mann mit dem dunklen Haarschopf scharf an. Alan Brown war der zweiundzwanzigste Tutor, den Simon in vier Tagen aufgesucht hatte.

»Ja«, erwiderte Brown, »ein junger Mann aus Nottingham, den wir aufnahmen, kam letzten Monat bei einem Motorradunfall ums Leben.«

»Welches Fach — welche Studienrichtung wählte er?« Simons Stimme klang ungewöhnlich unsicher. Er betete, daß es weder Chemie noch Anthropologie oder Klassische Philologie sein möge. Alan Brown blätterte in einem Verzeichnis. Offenbar machte ihm das kleine Kreuzverhör Spaß; er starrte auf die vor ihm liegende Karteikarte.

»Geschichte«, verkündete er.

Simons Herzschlag schnellte auf hundertzwanzig. »Ich wollte am Magdalen College Politik, Philosophie und Wirtschaftslehre studieren, wurde jedoch nicht aufgenommen«, sagte er. »Würden sie mich für den freigewordenen Platz in Betracht ziehen?«

Der ältere Mann konnte ein Lächeln nicht verbergen. In seiner vierundzwanzigjährigen Laufbahn war ihm ein solches Ansuchen noch nicht untergekommen.

»Familien- und Vorname?« fragte er und setzte die

Brille wieder auf, als beginne jetzt der ernste Teil des Gesprächs.

»Simon John Kerslake.«

Dr. Brown nahm den Telefonhörer und wählte eine Nummer. »Nigel? Hier ist Alan Brown. Habt Ihr erwogen, einem Mann namens Kerslake einen Platz in Magdalen anzubieten?«

Mrs. Kerslake war nicht überrascht, als ihr Sohn Präsident der *Oxford Union* wurde. War es nicht, hänselte sie ihn, nur ein weiterer Schritt auf dem Weg zum Premierminister? Gladstone, Asquith . . . Kerslake?

Ray Gould war in Leeds in einem winzigen fensterlosen Zimmer über dem väterlichen Fleischerladen zur Welt gekommen. Dieses Zimmer teilte er die ersten neun Jahre seines Lebens mit seiner kranken Großmutter, die schließlich mit einundsechzig Jahren starb.

Mit der alten Frau, die ihren Mann im Ersten Weltkrieg verloren hatte, zusammenzuleben, schien dem Jungen anfangs romantisch. Begeistert lauschte er ihren Erzählungen von dem heldenhaften Mann in seiner schönen Uniform — einer Uniform, die jetzt sorgsam gefaltet in der untersten Lade der Kommode lag, aber auf der verblaßten Fotografie neben ihrem Bett noch zu sehen war. Bald aber stimmten ihn die Geschichten traurig; er wurde sich bewußt, daß die Großmutter seit fast dreißig Jahren verwitwet war. Als ihm klarwurde, wie wenig sie von der Welt gesehen hatte — nichts als diese enge Stube, die ihren ganzen Besitz und ein gelbes Kuvert mit fünfhundert ungültigen Kriegsanleihescheinen enthielt, wurde sie für ihn zu einer tragischen Figur.

Daß Rays Großmutter ein Testament machte, war eher sinnlos, denn alles, was er erbte, befand sich in diesem einen Zimmer. Über Nacht wurde es zu seiner Studierstube, vollgestopft mit Bibliotheks- und Schulbüchern. Erstere gab er meistens zu spät zurück, und die Geldstrafen dezimierten sein geringes Taschengeld. Seinem Vater aber wurde mit jedem neuen Schulzeugnis klarer, daß er das Schild über dem Fleischerladen nicht auf »Gould und Sohn« würde ändern können.

Kurz nach seinem elften Geburtstag gewann Ray das höchstdotierte Stipendium für die *Raundhay Grammar School*. Mit der ersten langen Hose, die seine Mutter um einige Zentimeter kürzte, und einer Hornbrille, die nicht ganz paßte, machte er sich auf den Weg in die neue Schule.

Hoffentlich gibt es noch andere, die so mager und voller Pickel sind wie mein Sohn, dachte die Mutter, hoffentlich wird man ihn nicht wegen seiner roten Haare hänseln. Nach dem ersten Semester stellte Ray erstaunt fest, daß er seinen Klassenkameraden weit voraus war, so weit, daß der Direktor beschloß, ihn in eine höhere Klasse zu stecken — »um den Jungen ein wenig zu fordern«, wie er Rays Eltern erklärte.

Am Ende des Jahres, das er hauptsächlich im Klassenzimmer verbracht hatte, war Ray der Drittbeste seiner Klasse und der Beste in Englisch und Latein. Nur im Mannschaftssport war Ray stets der Schlechteste. Sein Kopf mochte noch so gut sein, sein Körper hielt mit ihm nicht Schritt. Seine größte akademische Leistung in diesem Jahr aber war der erste Preis im Aufsatzwettbewerb; damit wurde er zum jüngsten Sieger in der Geschichte der Schule. Bei der Jahresabschlußfeier mußte der Gewinner des Wettbewerbs seinen Aufsatz vor den versammelten Schülern und Lehrern vorlesen. Noch bevor Ray seinen Aufsatz eingereicht hatte, hatte er allein in seinem Arbeitszimmer das Vorlesen geübt, um gut vorbereitet zu sein, wenn man den Sieger bekanntgab.

Rays Klassenlehrer hatte den Schülern die Themenwahl überlassen, mit der Einschränkung, daß es sich um eine einzigartige persönliche Erfahrung handeln mußte. Sechs Wochen später, am Tag des Abgabetermins, lagen siebenunddreißig Aufsätze auf seinem Schreibtisch. Er las Rays Schilderung des Lebens seiner Großmutter in dem kleinen Zimmer über dem Fleischerladen und verspürte keine Lust mehr, noch irgendeinen anderen Aufsatz zur Hand zu nehmen. Als er sich pflichtbewußt durch die anderen Hefte durchgekämpft hatte, empfahl er ohne Zögern Ray Gould für den Preis. Nur der Titel gefiele ihm nicht so recht, sagte er seinem Schüler. Ray dankte für den Rat, ließ den Titel jedoch unverändert.

Am Tag der Abschlußfeier versammelten sich siebenhundert Schüler und ihre Eltern im Festsaal. Nachdem der Direktor eine Rede gehalten hatte und der Applaus verklungen war, erklärte er: »Ich werde jetzt den Sieger im Aufsatzwettbewerb bitten, seine Arbeit vorzulesen: Ray Gould.«

Ray verließ seinen Platz und marschierte selbsbewußt zum Podium. Er blickte auf die zweitausend erwartungsvollen Gesichter hinab, zeigte aber keinerlei Anzeichen von Ängstlichkeit — zum Teil vermutlich, weil er nur bis zur dritten Reihe sehen konnte. Als er den Titel seiner Arbeit nannte, begannen einige der jüngeren Schüler zu kichern, so daß Ray die ersten Zeilen ein wenig stockend vorlas. Doch als er zur letzten Seite kam, war der überfüllte Saal ganz still, und als er den letzten Absatz beendet hatte, erhielt er die erste stehende Ovation seiner Karriere.

Der zwölfjährige Ray Gould verließ das Podium und setzte sich zu seinen Eltern. Die Mutter hatte den Kopf gesenkt; er sah, wie ihr die Tränen über die Wangen liefen. Sein Vater versuchte vergebens, nicht zu stolz auszusehen. Auch als Ray sich gesetzt hatte, hörte der Beifall nicht auf, also senkte auch er den Kopf und starrte auf den Titel seines preisgekrönten Aufsatzes: »Das erste, was ich ändern werde, wenn ich Premierminister bin.«

Andrew Fraser wohnte seiner ersten politischen Versammlung in der Wiege bei. Das heißt, eigentlich ließ man ihn auf dem Korridor, während seine Eltern wieder einmal in einem zugigen Saal auf dem Podium saßen. Was Beifall hieß, lernte er rasch; er bedeutete, daß seine Mutter bald zurückkommen würde. Was Andrew nicht wußte, war, daß sein Vater — er hatte sich als Schottlands größtes Rugbyaß seit dem Ersten Weltkrieg einen Namen gemacht — wieder einmal vor den Bürgern von Edinburgh Carlton eine Rede gehalten hatte, um einen gefährdeten Sitz im Stadtrat zu erringen. Viele hielten Fergus Fraser damals nur für einen Rugbyhelden, und deshalb fehlten ihm auch ein paar hundert Stimmen, um den Sitz für die Konservativen zu gewinnen. Drei Jahre später durfte Andrew, ein kräftiger, vierjähriger Junge, wenn er gemeinsam mit seiner Mutter durch die Stadt zog, um ihren Kandidaten zu unterstützen, schon hinten in einem der halbleeren Säle sitzen. Jetzt waren Frasers Reden schon fast so beeindruckend wie sein *long Pass*, und er gewann den Sitz im Stadtrat mit einer Mehrheit von zweihundertsieben Stimmen.

Harte Arbeit und immer wieder neue Errungenschaften für seine Wähler sicherten Stadtrat Fraser den Sitz in den folgenden zehn Jahren. Mit dreizehn verstand Andrew, ein untersetzter kleiner Junge mit glattem schwarzem Haar und einem Grinsen, das nur selten verschwand, genug von Lokalpolitik, um seinem Vater bei der Vorbereitung seines fünften Wahlkampfes an die Hand zu gehen. Zu diesem Zeitpunkt betrachtete keine Partei mehr Edinburgh Carlton als einen gefährdeten Sitz.

An der *Edinburgh Academy* war keiner seiner Kollegen überrascht, als man Andrew zum Leiter des Debattierklubs wählte. Man war jedoch beeindruckt, als der Klub unter seiner Führung den Preis der schottischen Schulen gewann. Obwohl Andrew nie größer wurde als einen Meter sechzig, akzeptierte man ihn als besten Rugbyspieler, den die Akademie hervorgebracht hatte, seit sein Vater 1919 Kapitän des Schulteams gewesen war.

Nach Absolvierung der Akademie inskribierte Andrew an der Edinburgh University Politikwissenschaft, und nach drei Jahren war er Präsident der *Union* und Kapitän der Rugbymannschaft.

Als Fergus Fraser Bürgermeister von Edinburgh wurde, stattete er London einen seiner seltenen Besuche ab, um von der Königin die Ritterwürde zu empfangen. Andrew hatte eben die Schlußexamen beendet und begleitete seine Mutter, um der Zeremonie im Buckingham Palace beizuwohnen. Danach fuhr Sir Duncan zum Parlament, um einen seiner Wähler, Ainsley Munro, zu treffen. Dieser teilte ihm beim Lunch mit, daß er sich zum letztenmal um den Edingburh-Carlton-Sitz bewerben werde; man müsse sich nach einem neuen Kandidaten umsehen. Bei dem Gedanken, sein Sohn könne Munro als Parlamentsmitglied folgen, leuchteten Sir Duncans Augen auf.

Andrew absolvierte seine Studien mit Auszeichnung und blieb an der Universität, um eine Doktorarbeit mit dem Titel »Die Geschichte der konservativen Partei in Schottland« zu schreiben. Er wartete, bis sein Vater die vorgeschriebenen drei Jahre als Oberbürgermeister hinter sich gebracht hatte, bevor er ihm das wichtigste Ergebnis seiner Dissertation mitteilte. Als Ainsley Munro jedoch offiziell bekanntgab, daß er sich an der nächsten Wahl nicht mehr beteiligen werde, wußte Andrew, daß er mit offenen Karten spielen mußte, wenn er für den Sitz in Betracht kommen wollte.

»Wie der Vater so der Sohn« lautete die Überschrift eines Leitartikels in den *Edingburgh Evening News*. Man hielt Andrew Fraser für den gegebenen Kandidaten. Besorgt, man könnte Andrew für zu jung halten, erinnerte Sir Duncan die Bürger an jene acht Schotten, die es zum

Premierminister gebracht hatten; jeder von ihnen war unter dreißig gewesen, als er ins Parlament kam. Sir Duncan schlug seinem Sohn einen gemeinsamen Lunch im *New Club* vor, um die Wahlstrategie zu besprechen.

»Stell dir nur vor«, sagte er, nachdem er den zweiten Whisky bestellt hatte, »Vater und Sohn werden dieselbe Wählerschaft vertreten. Ein großer Tag für die konservative Partei von Edinburgh!«

»Und erst für die Labour Party«, sagte Andrew und sah seinem Vater in die Augen.

»Ich glaube, ich weiß nicht, was du meinst«, sagte der Oberbürgermeister.

»Es ist ganz einfach, Vater. Ich beabsichtige nicht, mich um den Sitz eines Konservativen zu bewerben. Ich hoffe, für die Labour Party zu kandidieren — wenn sie mich aufstellen.«

Sir Duncan sah ihn ungläubig an. »Aber du warst doch dein Leben lang ein Konservativer«, rief er, und seine Stimme wurde mit jedem Wort lauter.

»Nein, Vater«, erwiderte Andrew ruhig. »Du warst es, der mein Leben lang ein Konservativer war.«

ERSTES BUCH

1964 — 1966
Die Hinterbänkler

1

DONNERSTAG, 10. DEZEMBER 1964

Der Speaker erhob sich und blickte auf das Unterhaus. Nervös zupfte er an seiner langen schwarzen Seidenrobe und an der Perücke, die seinen kahlen Kopf bedeckte. Während einer besonders stürmischen Fragestunde — die Fragen galten dem Premierminister — war das Unterhaus außer Rand und Band geraten; jetzt war der Speaker glücklich, daß die Uhr bereits halb vier zeigte. Man konnte den nächsten Punkt der Tagesordnung in Angriff nehmen.

Von einem Fuß auf den anderen tretend, wartete er, bis die etwa fünfhundert anwesenden Abgeordneten sich beruhigten, bevor er feierlich anhob: »Mitglieder, die den Eid abzulegen wünschen.« Wie bei einem Tennismatch wanderten die Blicke der Anwesenden vom Sprecher zum Ende des Saales. Dort stand der Sieger der ersten Nachwahlen nach der Machtübernahme durch die Labour-Partei vor zwei Monaten.

Von seinen beiden Sponsoren flankiert, trat das neue Parlamentsmitglied vier Schritte vor. Wie gut gedrillte Wachsoldaten blieben die drei Männer stehen und verbeugten sich. Der neue Parlamentarier maß gut und gern einen Meter neunzig. Mit seinem Patrizierkopf und der aristokratischen Haltung, das blonde Haar sorgfältig zurückgekämmt, sah er aus wie der geborene Tory. Er trug einen dunkelgrauen Zweireiher und die braun-blaue Krawatte der *Guards*. Langsam näherte er sich dem langen Tisch, der zwischen den zwei Vorderbänken — sie waren nicht mehr als eine Schwertlänge voneinander entfernt — vor dem Stuhl des Speakers stand. Seine Sponsoren zurücklassend, ging er an der Regierungsseite vorbei und stieg über die Beine des Premier- und des Außenministers, bevor ihm der Protokollführer die Karte mit der Eidesformel überreichte. Er hielt die kleine Karte in der Rechten und sprach die Worte mit einer Überzeugung aus, als wären sie ein Ehegelübde.

»Ich, Charles Seymour, schwöre, daß ich Ihrer Majestät, der Königin Elizabeth, ihren Erben und Nachfolgern treu und ergeben dienen werde, wie das Gesetz es befiehlt. So wahr mir Gott helfe.«

»Hört, hört«, kam es von seinen Kollegen auf den gegenüberliegenden Bänken, während der neue Abgeordnete seinen Namen in das Mitgliederverzeichnis eintrug, das der Protokollführer für ihn aufschlug. Dann trat der neue Abgeordnete vor den Stuhl, blieb stehen und verbeugte sich.

»Willkommen im Parlament, Mr. Seymour«, sagte der Speaker und schüttelte ihm die Hand. »Ich hoffe, Sie werden dem Parlament viele Jahre dienen.«

»Danke, Mr. Speaker«, sagte Charles und verbeugte sich ein letztes Mal, bevor er hinter den Stuhl des Speakers trat. Er hatte die kleine Zeremonie genauso ausgeführt wie der *Tory Chief Whip*, der Fraktionsvorsitzende, sie mit ihm im Korridor geprobt hatte.

Hinter dem Stuhl des Speakers und von den anderen Mitgliedern verborgen, wartete der Führer der Opposition, Sir Alec Douglas Home, auf ihn. Auch er schüttelte Charles herzlich die Hand.

»Gratuliere zu Ihrem glänzenden Sieg, Charles. Ich weiß, daß Sie unserer Partei und Ihrem Land viel zu bieten haben.«

»Danke«, erwiderte Charles, wartete, bis Sir Alec wieder seinen Platz auf der ersten Bank der Opposition eingenommen hatte und ging dann einen Seitenkorridor entlang, um sich einen Platz auf einer der hinteren grünen Bänke zu suchen.

Mit einer Mischung aus Ehrfurcht und Erregung verfolgte er zwei Stunden lang die Vorgänge im Saal. Zum erstenmal im Leben hatte er etwas, worauf er weder ein Anrecht besaß und das auch nicht etwas war, das ihm mühelos in den Schoß gefallen war. Er blickte zur Besuchergalerie hinauf und sah seine Frau Fiona, seinen Vater, den vierzehnten Earl of Bridgwater, und seinen Bruder, Viscount Seymour, stolz auf ihn hinabschauen. Sicher zweifelte niemand mehr, welcher Seymour den Familientitel hätte erben sollen. Charles hatte die erste Stufe zum Erfolg erklommen. Er lächelte, denn noch vor sechs Wochen hatte er gefürchtet, es werde Jahre dauern, bis er auf einen Sitz im Unterhaus hoffen konnte.

Bei den Wahlen vor zwei Monaten hatte Charles in einem Bergwerksdistrikt in Südwales mit einer unerschütterlichen Labour-Mehrheit kandidiert. »Das ist eine Erfahrung, und auch für die Seele gut«, hatte der Vizevorsitzende der konservativen Parteizentrale gemeint. Mit beidem hatte er recht gehabt, denn Charles genoß den Kampf und verminderte die Labourmehrheit von 22.300 auf 20.100. Seine Frau hatte das Resultat ganz richtig als »kleinen Tropfen« bezeichnet, aber es zeigte sich, daß dieser Tropfen genügte, um Charles für den Sussex-Down-Sitz zu nominieren. Sechs Wochen später saß Charles Seymour mit einer Mehrheit von 20.000 im Unterhaus.

Er verließ den Sitzungssaal und stand, unsicher, wo er beginnen sollte, allein in der *Members' Lobby*. Ein anderes junges Mitglied kam zielstrebig auf ihn zu. »Erlauben Sie, daß ich mich vorstelle«, sagte der Fremde. »Mein Name ist Andrew Fraser. Ich bin das Labour-Mitglied für Edinburgh Carlton und hoffe, daß Sie noch keinen Partner gefunden haben.« Charles mußte zugeben, daß er bis jetzt nur den Sitzungssal gefunden hatte. Der Fraktionschef hatte ihm schon erklärt, daß die meisten Mitglieder sich wegen der Abstimmungen mit jemandem von der anderen Partei zuammentaten, und daß es gut für ihn wäre, einen jungen Mann gleichen Alters zu finden. Wenn eine Abstimmung über weniger wichtige Fragen stattfand, herrschte »dringende Anwesenheitspflicht«, das heißt, wenn Mitglieder ein Paar bildeten, durften sie der Abstimmung fernbleiben und vor Mitternacht nach Hause zu ihren Familien zurückkehren. Bei unbedingter Anwesenheitspflicht jedoch durfte kein Mitglied die Abstimmung versäumen.

»Mit größtem Vergnügen werde ich Ihr Partner sein. Muß ich irgend etwas Offizielles tun?« fragte Charles.

»Nein«, antwortete Andrew, zu ihm aufschauend. »Ich schreibe Ihnen ein paar Zeilen, um die Vereinbarung zu bestätigen. Bitte seien Sie so freundlich, mir in Ihrer Antwort alle Telefonnummern bekanntzugeben, wo ich Sie kontaktieren kann. Sagen Sie mir Bescheid, wann immer Sie einer Abstimmung fernbleiben wollen.«

»Das scheint mir ein vernünftiges Arrangement«, sagte Charles, als eine rundliche Gestalt in einem hellgrauen dreiteiligen Anzug mit blauem Hemd und rosa gemusterter Fliege auf ihn zusteuerte.

»Willkommen im Klub, Charles«, sagte Alec Pimkin. »Willst du im *Stranger* mit mir einen Drink nehmen, während ich dir erkläre, wie es hier zugeht?«

»Danke«, sagte Charles erleichtert, jemanden zu sehen, den er kannte. Andrew lächelte, als er Pimkin hinzufügen hörte: »Es ist genauso, als wäre man wieder in der Schule, alter Freund.« Die zwei Torys schlenderten zur *Strangers' Bar*. Nach Andrews Ansicht würde es nicht lang dauern, bevor Charles seinem alten Freund zeigte, wie es hier tatsächlich zuging. Auch Andrew verließ die *Members' Lobby*, aber nicht auf der Suche nach einem Drink. Er mußte zu einer Sitzung der Parlamentsfraktion der Labour Party, bei der die Agenden der folgenden Woche besprochen werden sollten.

Andrew war zum Labour-Kandidaten für Edinburgh Carlton gewählt worden; er hatte den Konservativen den Sitz mit einer Mehrheit von 3.419 Stimmen weggeschnappt. Sir Fergus behielt, nachdem seine Zeit als Oberbürgermeister vorüber war, seinen Sitz im Stadtrat. Andrew — das Baby des Unterhauses — hatte sich in den sechs Wochen bereits einen Namen gemacht, und viele der älteren Mitglieder konnten kaum glauben, daß dies sein erstes Jahr im Parlament war.

Bei der Parteibesprechung im ersten Stock setzte sich Andrew auf einen der hinteren Plätze und hörte dem Chief Whip zu, der das Programm für die nächste Woche erläuterte; wieder einmal schien es fast nur aus Sitzungen mit unbedingter Anwesenheitspflicht zu bestehen. Er warf einen Blick auf den vor ihm liegenden Block. Die für Dienstag, Mittwoch und Donnerstag vorgesehenen Debatten waren alle dreifach unterstrichen; nur Mittwoch und Freitag gab es eine, die er nach einer Absprache mit Charles Seymour versäumen konnte. Zwar war die Labour Party nach dreizehn Jahren wieder an die Macht gelangt, aber mit einer Mehrheit von nur vier Sitzen, und bei einem ambitionierten Programm bestand für die Abgeordneten während der Woche kaum eine Chance, vor Mitternacht nach Hause zu gehen.

Als sich der Fraktionsvorsitzende gesetzt hatte, sprang als erster Tom Carson, das neue Mitglied von Liverpool Dockside, auf und ließ eine wütende Tirade gegen die Regierung vom Stapel, der er vorwarf, konservativer zu sein als die Konservativen. Die geflüsterten Bemerkungen und das Gehüstel zeigten, wie wenig Unterstützung seine Ansicht fand. Tom Carson hatte sich dadurch, daß er vom

Tag seiner Ankunft an die eigene Partei angriff, sehr rasch einen Namen gemacht.

»*Enfant terrible*«, murmelte Andrews Nachbar zur Rechten.

»Ich würde ihn nicht mit diesen Worten beschreiben«, antwortete Andrew leise. »Man kann es auch kürzer sagen.« Der Mann mit dem gelockten roten Haar lächelte, während Carson weiterschimpfte.

Wenn Raymond Gould sich während dieser ersten sechs Wochen einen Namen gemacht hatte, dann als einer der Intellektuellen der Partei. Deshalb betrachteten ihn die älteren Mitglieder auch mit Mißtrauen, obwohl niemand daran zweifelte, daß er als einer der ersten unter den Neulingen vorrücken würde. Niemand kannte Raymond so richtig, der Mann aus dem Norden wirkte erstaunlich schüchtern. Mit einer Mehrheit von 10.000 Stimmen in seinem Wahlkreis schien ihm jedoch eine lange Laufbahn sicher.

Leeds North hatte aus siebenunddreißig Kandidaten Raymond ausgewählt, weil er sich um so viel informierter gezeigt hatte als ein lokaler Gewerkschaftler, den die Presse als Favoriten genannt hatte. In Yorkshire schätzte man Leute, die zu Hause bleiben, und Raymond hatte dem Wahlkomitee sofort in breitem Yorkshire-Dialekt mitgeteilt, daß er eine an der Peripherie seines Wahlkreises gelegene Schule besucht habe. Was jedoch wirklich den Ausschlag gab, war Raymonds Ablehnung eines Stipendiums für Cambridge. Er wollte seine Ausbildung lieber an der Universität von Leeds fortsetzen, sagte er.

Er promovierte mit Auszeichnung und übersiedelte nach London, um am *Lincoln's Inn* seine Ausbildung als Anwalt zu beenden. Nach zwei Jahren trat er in ein bekanntes Anwaltsbüro ein und wurde ein gesuchter Rechtsberater. Von diesem Moment an erwähnte er im Kreis seiner sorgfältig ausgewählten Freunde aus den

Wahlbezirken um London kaum je seine Vergangenheit; jene, die ihn als Ray ansprachen, wurden mit einem scharfen »Raymond« zurechtgewiesen.

Die Parteiversammlung löste sich auf, und Raymond und Andrew verließen den Raum — Andrew, um in sein winziges Büro zu gehen und die Post zu erledigen, Raymond, um in den Sitzungssaal zurückzukehren, weil er an diesem Tag seine Antrittsrede zu halten hoffte. Er hatte geduldig auf den richtigen Moment gewartet, um dem Unterhaus seine Ansichten über Witwenpensionen und die Tilgung der Kriegsanleihen zu unterbreiten; die Debatte über die Wirtschaftslage schien die gegebene Gelegenheit. Der Speaker hatte Raymond wissen lassen, daß er ihn vermutlich am frühen Abend aufrufen werde.

Raymond hatte viele Stunden damit zugebracht zu studieren, wodurch sich die Sprechtechnik im Parlament von jener im Gerichtssaal unterscheidet. F. E. Smith hatte seine Kollegen richtig bewertet, als er das Unterhaus als einen lärmenden Gerichtssaal mit mehr als sechshundert Geschworenen und weit und breit keinem Richter beschrieb. Raymond fürchtete sich vor seiner Jungfernrede; die kühle Logik seiner Argumente wurde stets mehr von den Richtern geschätzt als von den Geschworenen.

Als er zum Sitzungssaal kam, übergab ihm ein Diener ein paar Zeilen seiner Frau Joyce. Sie hatte einen Platz auf der Besuchergalerie gefunden, um seine Rede mitanzuhören. Nach einem flüchtigen Blick zerriß Raymond den Brief, warf ihn in den nächsten Papierkorb und eilte in den Saal. Die Tür wurde eben für einen hinauseilenden Konservativen geöffnet.

»Danke«, sagte Raymond. Simon Kerslake erwiderte das Lächeln und versuchte sich vergeblich an Rays Namen zu erinnern. In der *Members' Lobby* prüfte er die Nachrichtentafel, ob das Licht unter seinem Namen leuchtete. Kein Licht, also verließ er das Gebäude und ging zum Parkplatz. Er fuhr in Richtung St. Mary's Paddington, um seine Frau abzuholen. Während der letzten sechs Wochen hatten sie einander kaum gesehen, daher war der heutige Abend etwas Besonderes. Vermutlich würde es so weitergehen, bis Neuwahlen ausgeschrieben wurden und eine der Parteien eine abeitsfähige Mehrheit erhielt. Was Simon, der seinen Sitz nur ganz knapp gewonnen hatte, jedoch am meisten fürchtete, war eine arbeitsfähige Mehrheit, die ihn nicht miteinschloß. Damit hätte eine der kürzesten politischen Karrieren der Geschichte ein Ende gefunden. Nach einer so langen Tory-Regierung schien die neue Labour-Regierung frisch und voller Ideale. Bestimmt würde sie eine große Mehrheit erhalten, wann immer der Premierminister sich zu Neuwahlen entschloß.

Simon erreichte Marble Arch und dachte zurück, wie er Parlamentsmitglied geworden war. Nach Oxford hatte er zwei Jahre bei der *Sussex Light Infantry* gedient und war als Leutnant ausgemustert worden. Nach kurzen Ferienwochen ging er zu BBC und arbeitete dort fünf Jahre — zuerst in der Abteilung Fernsehspiel, dann beim Sport, dann beim Aktuellen Dienst, bis er schließlich Leiter des »Panorama« wurde. Damals hatte er eine kleine Wohnung in Earl's Court gemietet, und da er politisch ambitioniert war, wurde er Mitglied der *Tory Bow Group*. Nach seiner Ernennung zum Sekretär organisierte er Versammlungen, schrieb Broschüren und sprach bei Versammlungen, bis man ihn einlud, während des Wahlkampfes von 1959 als persönlicher Assistent des Obmannes in der Parteizentrale zu arbeiten.

Zwei Jahre später, als »Panorama« eine Untersuchung des *National Health Service* durchführte, lernte er Elizabeth Drummond kennen. Man hatte sie als Teilnehmerin eingeladen. Vor der Sendung machte Elizabeth ihm bei einem Drink unmißverständlich klar, daß sie den Medien-Leuten mißtraute und Politiker haßte. Ein Jahr später waren sie verheiratet. Elizabeth bekam zwei Söhne, nahm jedoch jedesmal nur kurz Urlaub, um ihre Karriere als Ärztin nicht zu unterbrechen.

Simon verließ die BBC ziemlich plötzlich, als man ihm im Sommer 1964 Gelegenheit bot, den gefährdeten Wahlkreis von *Coventry Central* zu verteidigen; Es gelang ihm, mit einer Mehrheit von 1.109 Stimmen den Platz zu halten.

Er parkte vor dem Krankenhaus und sah auf die Uhr. Ein paar Minuten zu früh. Er schob den braunen Haarschopf aus der Stirn und dachte an den bevorstehenden Abend. Zur Feier ihres vierten Hochzeitstages wollte er Elizabeth ausführen, und er hatte auch ein paar Überraschungen für sie bereit. Dinner bei Mario & Franco, ein paar Stunden im *Establishment Club* und dann zum erstenmal seit Wochen zusammen nach Hause zu gehen.

»Hm«, sagte er und genoß den Gedanken.

»Hallo, Fremdling«, sagte die Dame, die zu ihm ins Auto sprang und ihn küßte. Simon starrte die Frau mit dem strahlenden Lächeln und dem langen blonden Haar an, das ihr über die Schultern fiel. Er hatte sie an jenem Abend vor fünf Jahren angestarrt, als sie das »Panorama«-Studio betrat, und seitdem hatte er kaum aufgehört, sie anzustarren.

Er startete den Wagen. »Willst du eine gute Nachricht hören?« fragte er und wartete ihre Antwort gar nicht ab. »Heute abend habe ich einen Partner. Das bedeutet Dinner bei Mario & Franco, dann ins *Establishment*, dann nach Hause und . . .«

»Willst du eine schlechte Nachricht hören?« fragte Elizabeth, und auch sie wartete seine Antwort nicht ab. »Wegen der Grippeepidemie haben wir zu wenig Personal. Ab zehn Uhr abend muß ich im Dienst sein.«

Simon stellte den Motor ab. »Was ziehst du also vor: Dinner, Tanzen oder direkt nach Hause?«

Elizabeth lachte. »Wir haben drei Stunden Zeit«, sagte sie. »Vielleicht reicht es sogar für ein Dinner.«

2

Raymond Gould sah die Einladung an. Noch nie hatte er No. 10 Dowing Street von innen gesehen — ebensowenig wie die meisten Sozialisten während der letzten dreizehn Jahre. Er schob die geprägte Karte seiner Frau über den Frühstückstisch zu.

»Soll ich annehmen oder absagen, Ray?« fragte sie in ihrem breiten Yorkshire Dialekt.

Joyce war die einzige, die ihn immer noch Ray nannte, und selbst ihr schwacher Versuch zu scherzen ging ihm auf die Nerven. Die griechischen Tragödiendichter bauten ihre Dramen auf den schicksalhaften Fehler auf; Ray wußte genau, was damit gemeint war.

Er hatte Joyce bei einem Tanzabend kennengelernt, den die Krankenschwestern vom Leeds General Hospital gaben. Eigentlich wollte er nicht hingehen, doch ein Studienkollege aus Roundhay hielt es für eine angenehme Abwechslung. In der Schule hatte sich Raymond nie für Mädchen interessiert, weil seine Mutter ständig darauf hinwies, dazu sei noch Zeit, wenn er die Abschlußprüfung hinter sich hätte. Als er an die Universität kam, war er überzeugt, dort die einzige ›Jungfrau‹ zu sein.

Er verbrachte den Abend allein in einer Ecke des üppig mit Lampions und grellorangefarbenen Girlanden dekorierten Saals und saugte verdrossen mit einem Strohhalm seinen alkoholfreien Drink. Wann immer seine Kollegen vom Tanzparkett zurückkehrten — jedesmal mit einer anderen Partnerin — grinste er sie freundlich an. Dabei war er gar nicht sicher, die richtige Person anzulachen, denn die Brille vom Gesundheitsdienst steckte in der Innentasche seiner Jacke. Er begann zu überlegen, wann er weggehen könnte, ohne zuzugeben, daß der Abend für ihn ein totales Fiasko war. Plötzlich sprach ihn jemand an. Der Akzent, die Stimme klangen vertraut.

»Gehen Sie auch auf die Universität?«

»Was heißt auch?« fragte er, ohne die Fragerin anzusehen.

»Wie Ihr Freund.«

»Ja«, erwiderte er und warf einen Blick auf das ungefähr gleichaltrige Mädchen.

»Ich bin aus Bradford.«

»Ich aus Leeds«, stammelte er, und bei jedem Wort wurde das Rot auf seinen Wangen dunkler.

»Ich heiße Joyce«, fügte sie hinzu.

»Und ich Ray — Raymond.«

»Willst du tanzen?«

Gern hätte er ihr gesagt, daß er kaum je ein Tanzparkett betreten hatte, doch er brachte den Mut nicht auf. Wie eine Marionette stand er auf und ließ sich zur Tanzfläche führen. Wieso hatte er sich eingebildet, daß er eine Führernatur sei? Auf dem Tanzparkett angelangt, sah er Joyce zum erstenmal richtig an. Sie sah gar nicht schlecht aus, hätte jeder normale Junge aus Yorkshire gefunden. Etwa einen Meter sechzig groß, ein wenig zu stark geschminkte dunkelbraune Augen und dunkles Haar, zu einem Pferdeschwanz zusammengebunden. Sie trug einen rosa Lippenstift, der zu der Farbe des kurzen Rockes paßte, unter dem zwei hübsche Beine zu sehen waren. Sie wurden noch hübscher, wenn sie sich zu den Klängen der Vier-Mann-Band im Kreise drehte. Raymond stellte fest, daß er, wenn er sie rasch herumwirbelte, den Strumpfansatz sehen konnte. Als das Quartett die Instrumente einpackte, gab sie ihm einen Gute-Nacht-Kuß. Langsam wanderte er zu seinem kleinen Zimmer über dem Fleischerladen zurück.

Am folgenden Sonntag ging er, um die Initiative zu ergreifen, mit Joyce auf den Fluß rudern. Doch beim Rudern war er nicht geschickter als beim Tanz, und alle auf dem Fluß überholten ihn, ein tüchtiger Schwimmer inbegriffen. Ängstlich wartete er auf ein spöttisches Lachen, aber Joyce lächelte nur und erzählte, wie sehr sie Bradford vermisse und daß sie wieder zurückgehen wolle. Raymond wußte nach den ersten Wochen an der Universität, daß er möglichst weit fort wollte von Leeds, aber er gab es nicht zu. Nachdem sie das Boot zurückgerudert hatten, lud Joyce ihn in ihr Zimmer zum Tee ein. Ray wurde dunkelrot, als sie an der Zimmervermieterin vorbeikamen, und ließ sich rasch von Joyce die schmale Treppe hinaufschieben.

Während Joyce zwei Tassen Tee ohne Milch zubereitete, saß Raymond auf dem schmalen Bett. Und nachdem beide so getan hatten, als hätten sie getrunken, setzte sie sich zu ihm, die Hände im Schoß gefaltet. Ray lauschte angespannt der Sirene einer Ambulanz, die in der Ferne verklang. Sie beugte sich vor, küßte ihn und legte seine Hand auf ihr Knie. Sie öffnete die Lippen und ihre Zungen berührten sich. Die Empfindung war ganz seltsam, ja erregend, fand er. Er hielt die Augen geschlossen, während sie ihn von einer Stufe zur nächsten führte, bis er sich nicht mehr zurückhalten konnte und das tat, was seine Mutter einmal als Todsünde bezeichnet hatte.

»Das nächstemal wird es einfacher sein«, sagte sie scheu und stand auf, um ihre Kleider vom Boden aufzusammeln. Sie behielt recht. Nach einer Stunde nahm er sie wieder, und diesmal blieben seine Augen weit offen.

Sechs Monate vergingen, bevor Joyce von der Zukunft

sprach. Zu diesem Zeitpunkt fand Raymond sie schon langweilig, und sein Interesse galt einer klugen kleinen Mathematikstudentin aus Surrey. Als er eben seinen ganzen Mut zusammengenommen hatte, um Joyce mitzuteilen, daß die Sache vorbei sei, eröffnete sie ihm, daß sie schwanger war. Sein Vater hätte nach der Fleischaxt gegriffen, hätte er eine illegale Abtreibung vorgeschlagen. Seine Mutter zeigte sich entzückt, daß Joyce aus dem Yorkshire war. Mrs. Gould hatte für Fremde nicht viel übrig.

Raymond und Joyce wurden während der großen Sommerferien in Bradford getraut. Raymond war so unglücklich und Joyce so glücklich, daß sie mehr Vater und Tochter glichen als Bräutigam und Braut. Nach der Trauung fuhr das junge Paar nach Dover, um die Nachtfähre zu nehmen. Die erste Nacht des Mr. und der Mrs. Gould war eine Katastrophe: Raymond wurde seekrank. Joyce konnte nur hoffen, daß Paris denkwürdiger sein werde — und das war es auch. In der zweiten Nacht ihrer Flitterwochen erlitt sie eine Fehlgeburt.

»Vermutlich durch all diese Aufregung«, meinte Raymonds Mutter nach der Rückkehr. »Aber ihr könnt ja bald wieder eins haben, nicht wahr?«

Raymond zeigte jedoch keinerlei Interesse daran. Seit diesen Flitterwochen waren zehn Jahre vergangen. Er übersiedelte nach London, wurde Anwalt und hatte sich damit abgefunden, ein Leben lang mit dieser Frau geschlagen zu sein. Obwohl Joyce erst zweiunddreißig war, mußte sie die hübschen Beine, die ihm einst so gefallen hatten, bereits bedecken. Wie konnte man für einen so lächerlichen Irrtum so schwer bestraft werden, hätte Raymond gerne die Götter gefragt. Für wie reif hatte er sich gehalten — und wie unreif war er tatsächlich gewesen. Eine Scheidung hätte das Ende seiner politischen Ambitionen bedeutet: die Leute aus dem Yorkshire wählten niemals einen geschiedenen Mann. Um der Gerechtigkeit willen, mußte Raymond zugeben, daß nicht alles katastrophal war; die Leute liebten Joyce. Während der Wahlkampagne kam sie viel besser mit den Gewerkschaftlern und ihren gräßlichen Frauen zurecht als er. Er mußte auch zugeben, daß Joyce zu seinem Sieg wesentlich beigetragen hatte. Wie brachte sie es nur zustande, immer so ehrlich zu wirken? fragte er sich. Es fiel ihm nicht ein, daß sie es von Natur aus war.

»Warum kaufst du dir nicht ein neues Kleid für Downing Street?« fragte er jetzt, als sie vom Frühstück aufstanden. Sie lächelte; seit sie denken konnte, hatte er noch nie einen solchen Vorschlag gemacht. Joyce gab sich keinen Illusionen über sich und ihren Mann hin. Aber vielleicht sah er allmählich ein, daß sie ihm helfen konnte, seine heimlichen Wünsche zu realisieren.

Am Abend des Empfanges in Downing Street gab Joyce sich alle Mühe, gut auszusehen. Sie verbrachte den Vormittag bei Harvey Nichols, um nach einem passenden Kleid zu suchen, und kehrte schließlich mit einem Kostüm zurück, das ihr auf den ersten Blick gefallen hatte. Es paßte nicht tadellos, doch die Verkäuferin versicherte Joyce: »Madam sieht sensationell aus.« Sie konnte nur hoffen, daß Raymonds Kommentar halb so schmeichelhaft sein würde. Als sie nach Hause kam, stellte sie fest, daß sie nichts besaß, was zu den ungewohnten Farben des Kostüms paßte.

Raymond kehrte spät aus dem Parlament zurück und war zufrieden, daß Joyce schon fertig war, als er aus dem Bad kam. Eine Bemerkung über die Schuhe, die nicht zu dem Kostüm paßten, hielt er zurück. Als sie nach Westminster fuhren, ging er mit ihr die Namen aller Kabinettsmitglieder durch, und Joyce mußte sie wiederholen, wie ein Schuldkind. Die Abendluft war angenehm frisch;

Raymond parkte seinen Sunbeam im *New Palace Yard*, und gemeinsam schlenderten sie Whitehall entlang zu No. 10. Ein einsamer Polizist bewachte die Tür. Als er Raymond sah, klopfte er einmal mit dem Messingklopfer, und für das junge Mitglied und seine Frau wurde die Tür geöffnet.

Verlegen warteten Raymond und Joyce in der Halle. Jemand kam und führte sie in den ersten Stock. Langsam stiegen sie die Treppe hinauf — sie war weniger großartig als Raymond erwartet hatte —, vorbei an den Bildern früherer Premierminister. »Zu viele Konservative«, murmelte Raymond, als sie an den Porträts von Chamberlain, Churchill, Eden, Macmillan und Home vorbeigingen; Attlee war das einzige Gegengewicht.

Am Ende der Treppe stand Harold Wilson, die Pfeife im Mund, um seine Gäste zu begrüßen. Raymond wollte eben seine Frau vorstellen, als der Premier sagte: »Wie geht es Ihnen, Joyce? Ich freue mich, daß Sie kommen konnten.«

»Kommen konnte? Die ganze Woche habe ich mich darauf gefreut.« Bei dieser Offenherzigkeit zuckte Raymond zusammen, und Wilsons Lachen entging ihm.

Raymond unterhielt sich mit der Frau des Premierministers über die Schwierigkeit, Lyrik zu veröffentlichen, bis sie sich abwandte, um neue Gäste zu begrüßen. Dann ging er ins Wohnzimmer, sprach mit Kabinettsmitgliedern, Gewerkschaftlern und deren Frauen, behielt aber Joyce immer mißtrauisch im Auge. Sie war in ein Gespräch mit dem Generalsekretär des Gewerkschaftsbundes vertieft.

Raymond begrüßte den amerikanischen Botschafter, der Andrew Fraser erzählte, wie er die Edinburgher Festspiele genossen hatte. Raymond beneidete Fraser um sein selbstverständliches, lockeres Auftreten; er wußte, daß dieser Schotte ein nicht zu unterschätzender Rivale war.

»Guten Abend, Raymond«, begrüßte ihn Andrew. »Kennst du David Bruce?« fragte er, als seien sie alte Freunde.

»Nein«, erwiderte Raymond und wischte seine Handfläche an der Hose ab, bevor er ihm die Hand reichte. »Guten Abend, Exzellenz«, sagte er und war froh, daß Andrew sich entfernte. »Ich habe Johnsons Mitteilung über Vietnam mit Interesse gelesen, und ich muß sagen, daß die Eskalierung . . .«

Andrew hatte den Staatsminister für Schottland entdeckt und ging auf ihn zu.

»Wie geht es, Andrew?« erkundigte sich Hugh McKenzie.

»Könnte nicht besser sein.«

»Und Ihrem Vater?«

»Er ist glänzend in Form.«

»Das höre ich ungern«, sagte der Minister lachend. »Er macht mir im Entwicklungsausschuß für die *Highlands* und die Inseln einige Schwierigkeiten.«

»Im Grund ist er vernünftig«, sagte Andrew, »auch wenn seine Ansichten etwas verknöchert sind.« Beide lachten noch, als eine hübsche junge Frau mit langem braunen Haar auf den Minster zutrat. Sie trug eine weiße Seidenbluse und einen McKenzie-Schottenrock.

»Kennen Sie meine Tochter Alison?«

»Nein«, sagte Andrew und streckte die Hand aus.

»Ich weiß, wer Sie sind«, sagte sie mit leichtem *Lowland*-Akzent und blitzenden Augen. »Andrew Fraser, der Mann, der Campbells einen vertrauenswürdigen Anstrich gibt. Der geheime Spion der Konservativen.«

»Kann kein großes Geheimnis sein, wenn das Schottische Büro davon weiß«, erwiderte Andrew.

Ein Kellner brachte Sandwiches auf einem Silbertablett. Sein Frack war der bestgeschnittene im ganzen Zimmer.

»Möchten Sie ein Sandwich mit geräuchertem Lachs?« fragte Alison spöttisch.

»Nein, vielen Dank. Ich habe diese Gewohnheit ebenso aufgegeben wie mein konservatives Milieu. Aber passen sie auf — wenn Sie zu viele essen, werden Sie keine Lust auf ein Dinner haben.«

»Ich habe nicht vor, zu einem Dinner zu gehen.«

»Schade. Ich dachte, Sie hätten vielleicht Lust auf einen Bissen bei Sigie's«, sagte Andrew.

Alison zögerte. Dann: »Es wäre das erstemal, daß sich jemand in No. 10 jemanden wie mich anlacht.«

»Ich breche nicht gern mit Traditionen«, erwiderte Andrew. »Aber vielleicht könnte ich für acht Uhr einen Tisch bestellen?«

»Ist Sigie's einer dieser aristokratischen Treffpunkte?«

»Keine Spur, das Lokal ist viel zu gut für diese Leute. Warum verabschieden wir uns nicht in einer Viertelstunde? Ich muß noch mit ein paar Gästen sprechen.«

»Natürlich.« Lächelnd sah sie Fraser nach, der sich einen Weg durch die Menschen bahnte. Er wußte genau, wie man eine Cocktailparty am besten nutzt. Seine Kollegen von den Gewerkschaften würden nie verstehen, daß es nicht der Sinn einer solchen Veranstaltung war, Lachssandwiches mit Whisky hinunterzuspülen. Als er sich wieder bei Alison einfand, unterhielt sie sich eben mit Raymond Gould über Johnsons Erdrutschsieg bei den Wahlen.

»Versuchst du, mir meine Dame wegzuschnappen?« fragte Andrew.

Raymond lachte nervös und schob die Brillen hoch. Einen Augenblick später führte Andrew Alison zur Tür, um sich zu verabschieden. Raymond, der sie beobachtete, zweifelte, ob er jemals lernen würde, sich so selbstsicher zu geben. Er sah sich nach Joyce um; sicher war es richtig, nicht als letzter zu gehen.

In Sigie's Club wurde Andrew diskret zu einem Ecktisch geleitet, und Alison stellte fest, daß er schon öfters hier gewesen sein mußte. Die Kellner umtanzten ihn, als sei er ein Minister, und sie gestand sich ein, daß ihr der Abend Spaß machte. Nach einem ausgezeichneten Roastbeef, das nicht angebrannt war, und einer Creme brulée, die es sehr wohl war, gingen sie zu Annabel's und tanzten dort bis zwei Uhr morgens. Dann brachte Andrew Alison zu ihrer Wohnung in Chelsea.

»Haben Sie noch Lust auf einen Drink?« fragte sie beiläufig.

»Das trau' ich mich nicht«, antwortete er. »Morgen halte ich meine Jungfernrede.«

»Und daher wird diese Jungfer abgelehnt«, murmelte sie ihm nach.

Als Andrew am folgenden Nachmittag um fünf aufstand, war das Unterhaus gut besucht. Der Speaker hatte ihm erlaubt, seine Rede gleich nach den Beiträgen der Vorderbänke zu halten, eine Ehre, die Andrew nicht so bald wieder gewährt werden würde. Sein Vater und seine Mutter beobachteten ihn von der Besuchergalerie aus, als er seinen Kollegen sagte, daß er alles, was er über den Wahlkreis wisse, den zu vertreten er stolz sei, vom Oberbürgermeister von Edinburgh gelernt habe. Seine Parteigenossen grinsten angesichts der Verlegenheit der Opposition, sie hielten sich jedoch an die Tradition und unterbrachen nicht die Antrittsrede.

Als Thema hatte Andrew die Frage gewählt, ob Schottland trotz seiner kürzlich entdeckten Ölvorräte Teil des Vereinigten Königreiches bleiben sollte. Seine Überzeugung, daß sein Land als kleiner unabhängiger Staat keine Zukunft habe, war gut untermauert. Seine Rhetorik und seine Zungenfertigkeit brachten beide Seiten des Hauses wiederholt zum Lachen. Als er geendet hatte, ohne auch nur einmal auf seine Notizen zu sehen, ertönte von seinen eigenen Bänken begeisterter Beifall, und von der Opposition kam freundlicher Applaus. In diesem Augenblick des Triumphes sah er zur Besuchergalerie hinauf. Sein Vater lehnte sich vor, um kein Wort zu versäumen. Und zu seinem Erstaunen saß vor seiner Mutter, auf einem für Ehrengäste reservierten Platz, Alison McKenzie, die Arme auf der Brüstung.

Andrews Erfolg wurde noch unterstrichen, als etwas später ein weiteres Labour-Mitglied zum erstenmal eine Rede hielt. Tom Carson, der neue Abgeordnete für Liverpool Dockside, kümmerte sich weder um Konventionen noch um Tradition; seine Antrittsrede war darauf angelegt, Widerspruch hervorzurufen. Er begann mit einer Attacke auf das, was er »die Establishment-Verschwörung« nannte, und sein anklagender Finger wies sowohl auf die Minister seiner eigenen Partei als auch auf die Opposition. Sie alle wurden von ihm als »Handlanger des kapitalistischen Systems« bezeichnet.

Die anwesenden Mitglieder verzichteten darauf, den schimpfenden Liverpooler zu unterbrechen, der Speaker aber wurde unruhig, als der anklagende Zeigefinger auch ihn einzubeziehen schien. Mit Unbehagen nahm er zur Kenntnis, daß dieses neue Mitglied aus Liverpool ihnen allerhand zu schaffen machen würde, wenn es die Absicht hatte, sich weiterhin so aufzuführen.

Nach drei weiteren Reden verließ Andrew den Saal, um nach Alison Ausschau zu halten, aber sie war bereits gegangen. Er fuhr mit dem Lift hinauf zur Besuchergalerie und lud seine Eltern zum Tee in die Harcourt Rooms ein.

»Das letzte Mal trank ich hier mit Ainsley Munro Tee . . .« begann Sir Fergus.

»Dann wird es lang dauern, bis du wieder eingeladen wirst«, unterbracht Andrew.

»Das hängt davon ab, wen wir bei der nächsten Wahl als deinen Gegenkandidaten aufstellen«, gab sein Vater zurück.

Mitglieder beider Parteien kamen zu Andrew, um ihm zu seiner Rede zu gratulieren. Er dankte jedem einzelnen, sah sich jedoch fortwährend um. Aber Alison McKenzie war nicht zu sehen.

Als seine Eltern aufbrachen, um das letzte Flugzeug nach Edinburgh zu erreichen, kehrte Andrew in den Saal zurück und hörte Alisons Vater zu, der die Debatte für die Regierung zusammenfaßte. Der Minister bezeichnete Andrews Beitrag als eine der besten Jungfernreden, die das Haus seit Jahren gehört hatte.

Sobald die Debatte vorüber war und der Ordner die übliche Zehn-Uhr-Abstimmung ankündigte, verließ Andrew den Saal. Er ging in den Tearoom, den traditionellen Treffpunkt der Labour-Partei, der jetzt ebenso voll war wie am frühen Nachmittag. Man drängte sich um die Überreste unappetitlich aussehender Salatblätter — jedes ordentliche Kaninchen hätte sie verschmäht — und ein paar mit Plastik bedeckter schwitzender Käsestücke, die auf der Karte optimistisch als Salat bezeichnet wurden. Andrew begnügte sich mit einer Tasse Neskaffee.

In der hintersten Ecke saß Raymond Gould allein in einem Lehnsessel, offenbar in eine alte Ausgabe des *New Statesman* vertieft. Ausdruckslos beobachtete er, wie verschiedene Kollegen zu Andrew traten, um ihn zu beglückwünschen. Seine eigene Antrittsrede vor einer Woche hatte keine so begeisterte Aufnahme gefunden, und er wußte es. Er hatte ebenso feste Ansichten über die Pensionen der Kriegerwitwen wie Andrew über Schottland; da er jedoch von einem Manuskript ablas, hingen die Zuhörer nicht an seinen Lippen. Er tröstete sich mit dem Gedanken, daß Andrew das Thema seiner nächsten Rede sehr sorgfältig würde wählen müssen, denn die Opposition würde ihn nicht immer mit Glacéhandschuhen anfaßen.

Solche Gedanken kümmerten Andrew nicht, als er in eine Telefonzelle ging und eine Londoner Nummer wählte. Alison war zu Hause; sie wusch sich gerade das Haar.

»Wird es trocken sein, wenn ich komme?«

»Es ist sehr lang«, erinnerte sie ihn.

»Dann werde ich langsam fahren.«

Als Andrew vor Alisons Tür stand, empfing sie ihn in einem Morgenmantel. Das lange, frischgewaschene Haar fiel über ihre Schultern.

»Kommt der Sieger, um seine Beute zu fordern?«

»Nein, bloß den Kaffee von gestern abend.«

»Wird er dich nicht wachhalten?«

»Ich hoffe zuversichtlich, daß er dies tun wird.«

Als Andrew am nächsten Morgen um acht Uhr Alisons Wohnung verließ, war er entschlossen, McKenzies' Tochter noch wesentlich besser kennenzulernen. Er kehrte in seine Wohnung in Cheyne Walk zurück, duschte und zog sich um, bevor er Frühstück machte und die Post durchging. Er fand einige weitere Gratulationen vor, unter anderem vom Staatssekretär für Schottland, während *The Times* und *Guardian* kurze, aber positive Kommentare brachten. Bevor er wieder ins Parlament zurückkehrte, ging er eine Novelle durch, die er heute dem Ausschuß unterbreiten wollte. Er machte ein paar Korrekturen, nahm seine Papiere und eilte nach Westminster.

Da die Ausschußsitzung erst um halb elf stattfand, hatte er Zeit, seine Post vom Postamt für Mitglieder neben der großen Eingangshalle abzuholen. Mit gesenktem Kopf eilte er zur Bibliothek, während er die Umschläge studierte. Als er um die Ecke bog, sah er zu seiner Verwunderung, daß sich die konservativen Mitglieder um den Telegraphenapparat drängten, auch jener

Mann, der bereit war, bei Abstimmungen sein »Partner« zu sein.

Andrew trat auf Charles Seymour zu.

»Warum die Aufregung?« fragte ihn Andrew.

»Sir Alec hat eben den Fahrplan mitgeteilt, nach dem wir den neuen konservativen Parteiführer wählen werden.«

»Und wir alle warten mit angehaltenem Atem«, bemerkte Andrew.

»Nicht ohne Grund«, sagte Charles, den Sarkasmus ignorierend, »da die nächste Nachricht sicher die seines Rücktritts sein wird. Dann beginnt die wirkliche Politik.«

»Sehen Sie zu, daß Sie auf den Sieger setzen«, sagte Andrew grinsend.

Charles Seymour lächelte wissend, erwiderte aber nichts.

3

Charles Seymour lenkte seinen Daimler vom Parlament zur Bank seines Vaters in der City. Für ihn war *Seymour of Cheapside* immer noch die Bank seines Vaters, obwohl die Familie seit zwei Generationen nur eine Aktienminorität innehatte und Charles selbst nur zwei Prozent der Aktien besaß. Doch da sein Bruder Rupert nicht geneigt war, die Familieninteressen zu vertreten, sicherten ihm die zwei Prozent einen Sitz im Aufsichtsrat und ein Einkommen, mit dem er das kärgliche parlamentarische Gehalt von 1.750 Pfund jährlich aufbessern konnte.

Von dem Tag an, an dem er seinen Platz im Aufsichtsrat von Seymour eingenommen hatte, wußte er, daß der neue Vorsitzende, Derek Spencer, in ihm einen gefährlichen Rivalen sah. Spencer hatte immer wieder dafür plädiert, daß Rupert, sobald sich sein Vater zurückzog, an dessen Stelle treten sollte, und nur dank Charles' Hartnäckigkeit war es ihm nicht gelungen, den alten Earl dazu zu überreden.

Als Charles einen Sitz im Parlament bekam, wies Spencer sofort darauf hin, daß die schwere Verantwortung der Parlamentsarbeit ihn daran hindern werde, seinen Pflichten im Aufsichtsrat nachzukommen. Es gelang Charles jedoch, die anderen Direktoren davon zu überzeugen, wie vorteilhaft es war, wenn ein Aufsichtsratsmitglied auch in Westminster säße, obwohl er wußte, daß seine Banktätigkeit enden würde, sollte er Minister werden.

Charles parkte den Daimler im Hof und überlegte amüsiert, daß dieser Parkplatz zwanzigmal soviel wert war wie sein Auto; er war ein Relikt aus den Tagen seines Urgroßvaters. Der achte Earl of Bridgwater hatte auf einen Vorplatz bestanden, der seiner vierspännigen Kutsche erlaubte, einen vollen Bogen zu fahren. Die Kutsche gab es nicht mehr, dafür aber zwölf Parkplätze für die Direktoren. Dem neuen Vorsitzenden war es trotz all seines Fachwissens bis jetzt nie eingefallen, den Platz für etwas anderes zu nutzen.

Das junge Mädchen an der Rezeption hörte abrupt auf, die Nägel zu feilen, und sagte rechtzeitig »Guten Morgen, Mr. Charles«, als dieser durch die Drehtür kam und im Fahrstuhl verschwand. Kurz darauf saß Charles in einem kleinen getäfelten Büro am Schreibtisch, vor sich einen unberührten weißen Block. Er drückte einen Knopf der Sprechanlage und wies seine Sekretärin an, ihn während der nächsten Stunde nicht zu stören.

Sechzig Minuten später standen auf dem Block zwölf Namen, von denen zehn wieder durchgestrichen waren.

Nur die Namen von Reginald Maudling und Edward Heath blieben übrig. Charles riß das Papier und auch den darunterliegenden Bogen ab und steckte beides in den Reißwolf neben dem Schreibtisch. Er versuchte, etwas Interesse für die wöchentliche Sitzung des Aufsichtsrates aufzubringen; nur Punkt sieben schien wesentlich. Kurz vor elf begab er sich in das Sitzungszimmer. Die meisten seiner Kollegen saßen schon am Konferenztisch, als Derek Spencer pünktlich um elf Uhr den ersten Punkt verlas.

Während der folgenden üblichen Diskussion über Bankzinsen, Bewegungen der Metallpreise, Eurobonds und Anlagestrategien kehrten Charles' Gedanken immer wieder zu der bevorstehenden Wahl zurück, und wie wichtig eine Unterstützung des Siegers wäre, wenn er rasch von den hinteren Bankreihen vorrücken wollte.

Als man zu Punkt sieben kam, hatte Charles seine Entscheidung getroffen. Derek Spencer eröffnete die Diskussion über die vorgeschlagenen Darlehen an Mexiko und Polen. Die meisten Direktoren teilten seine Meinung, daß man sich an einem davon beteiligen, aber nicht beide riskieren sollte. Charles' Gedanken aber waren weder in Mexiko City noch in Warschau. Sie waren vielmehr der Heimat sehr nahe, und als der Vorsitzende abstimmen ließ, merkte Charles es nicht.

»Mexiko oder Polen, Charles. Was ziehen Sie vor?«

»Heath«, antwortete er.

»Wie bitte?« fragte Derek Spencer.

Charles kehrte von Westminster nach Threadneedle Street zurück, um festzustellen, daß ihn alle anstarrten. Wie jemand, der sich etwas sehr genau überlegt hatte, sagte er mit Überzeugung: »Mexiko« und fügte hinzu: »Der große Unterschied zwischen den beiden Ländern besteht in ihrer Einstellung zur Rückzahlung. Vielleicht *will* Mexiko nicht zurückzahlen, Polen aber wird nicht zurückzahlen *können*. Deshalb müssen wir unser Risiko begrenzen und Mexiko unterstützen. Kommt es zu einem Rechtsstreit, so habe ich als Gegner lieber jemanden, der nicht zahlen will, als jemanden, der nicht zahlen kann.« Die älteren Mitglieder nickten zustimmend. Man hatte den richtigen Sohn von Bridgwater in den Aufsichtsrat gewählt.

Nach der Sitzung begab sich Charles mit seinen Kollegen zum Lunch in den Speisesaal der Bank. Ein Raum mit einem Brueghel, einem Goya, einem Rembrandt und zwei Hogarths die auch den nachsichtigsten Gourmet ablenken konnten; wieder ein kleiner Beweis für die Fähigkeit seines Urgroßvaters, immer das Beste zu wählen. Charles unterließ es, sich zwischen Stilton- und Cheddar-Käse zu entscheiden, weil er lieber bei der Fragestunde im Unterhaus anwesend sein wollte.

Er ging sofort in den Rauchsalon, seit langem das Reservat der Konservativen. Dort, in den tiefen Lederfauteuils und der von Zigarrenrauch geschwängerten Luft, sprach man nur über Sir Alecs Nachfolger. Pimkins schrille Stimme war nicht zu überhören. »Da Edward Heath, während wir die Steuervorlage debattieren, Schattenkanzler ist, muß er unweigerlich zum Mittelpunkt der Aufmerksamkeit werden.«

Etwas später kehrt Charles wieder in den Sitzungssaal zurück; er wollte Heath und sein Schattenkabinett beobachten, wenn sie die Zusatzanträge der Regierung behandelten.

Als er eben wieder gehen wollte, stand Raymond Gould auf, um eine Novelle einzubringen. Mit widerwilliger Bewunderung hörte ihm Charles zu: Raymonds intellektuelle Fähigkeiten und die Eindringlichkeit seiner Argumente wogen den Mangel an rednerischer Begabung bei weitem auf. Doch obwohl Gould ein gutes Stück besser war als alle anderen Neuen, hatte Charles keine Angst vor ihm. Mit Klugheit und Geschäftstüchtigkeit hatten zwölf Generationen der Bridgwater große Teile von Leeds beherrscht, ohne daß Leute wie Raymond Gould es auch nur bemerkt hatten.

Das Dinner nahm Charles an diesem Abend im Speisesaal für Mitglieder ein. Er saß zusammen mit den anderen konservativen Hinterbänklern an dem großen Tisch in der Saalmitte. Es gab nur ein Gesprächsthema, und da wieder und wieder dieselben zwei Namen genannt wurden, durfte man auf ein knappes Rennen schließen.

Als Charles nach der Zehn-Uhr-Abstimmung in sein Haus am Eaton Square zurückkehrte, lag Fiona schon im Bett und las einen Roman.

»Heute hat man dich aber früh ziehen lassen.«

»Ja«, erwiderte Charles und erzählte ihr, wie er den Tag verbracht hatte, bevor er ins Badezimmer verschwand.

Charles hielt sich für klug; seine Frau, Lady Fiona, einzige Tochter des Duke of Falkirk, aber war aus einem anderen Holz geschnitzt. Die Ehe wurde geplant, als die beiden noch Kinder waren, und weder Charles noch sie hatten die Klugheit dieser Wahl je in Frage gestellt. Obwohl Charles vor seiner Ehe zahlreiche Freundinnen gehabt hatte, wußte er, daß er zu Fiona zurückkehren würde. Charles' Großvater behauptete immer, die Aristokratie beginne, zu lax und sentimental über die Liebe zu denken. »Frauen«, erklärte er, »sind da, um Kinder zu bekommen und den Fortbestand der männlichen Linie zu garantieren.« Der alte Earl wurde in dieser Überzeugung noch bestärkt, als er feststellte, daß Rupert wenig Interesse am anderen Geschlecht zeigte und selten in Gesellschaft von Mädchen gesehen wurde. Fiona hätte nie daran gedacht, dem alten Herrn offen zu widersprechen; sie war entschlossen, daß ihr Sohn einst den Titel erben sollte. Doch trotz der zuerst enthusiastischen und später geplanten Versuche schien Charles unfähig, einen Erben zu zeugen. Ein Arzt in Harley Street versicherte Fiona, daß es nicht an ihr lag, und schlug vor, Charles sollte sich untersuchen lassen. Sie schüttelte den Kopf, wohl wissend, daß Charles einen solchen Vorschlag rundweg ablehnen würde. Sie erwähnte das Thema niemandem gegenüber mehr.

Fiona verbrachte ihre ganze freie Zeit im Wahlkreis ihres Mannes in Sussex Downs und förderte Charles' politische Karriere. Mit der Tatsache, daß ihr keine romantische Ehe beschieden war, hatte sie sich abgefunden; sie begnügte sich mit den anderen Vorteilen. Obwohl viele Männer die schlanke, elegante Dame offen oder versteckt wissen ließen, daß sie sie begehrenswert fanden, ignorierte sie alle Avancen oder gab vor, sie nicht zu bemerken.

Als Charles in einem blauen Seidenpyjama aus dem Badezimmer kam, hatte Fiona einen Plan gefaßt, doch zuerst mußte sie ein paar Fragen stellen.

»Wen hättest du am liebsten?«

»Am liebsten hätte ich, daß Sir Alec weitermacht; schließlich sind die Homes seit mehr als vierhundert Jahren Freunde unserer beiden Familien.«

»Das bringt uns aber nicht weiter«, erwiderte Fiona. »Alle wissen, daß Alec abdankt.«

»Richtig, und deshalb habe ich den ganzen Nachmittag damit verbracht, die in Frage kommenden Kandidaten zu studieren.«

»Wer blieb übrig?«

»Heath und Maudling. Um ehrlich zu sein, habe ich mit keinem von beiden je länger als fünf Minuten gesprochen.«

»In diesem Fall müssen wir aus einem Nachteil einen Vorteil machen.«

»Was meinst du, altes Mädchen?« Charles stieg zu ihr ins Bett.

»Ich möchte wetten, daß weder Heath noch Maudling

die Namen von zwanzig der neuen konservativen Mitglieder kennen.«

»Worauf willst du hinaus, Lady Macbeth?«

»Mein Plan wird niemandes Hände mit Blut beflecken. Wenn du deinen Duncan gewählt hast, schlägst du ihm vor, die Neulinge für ihn zu organisieren. Sollte er gewählt werden, wird er bestimmt ein, zwei neue Gesichter für sein Team haben wollen.«

»Das könnte stimmen.«

»Laß uns das überschlafen«, sagte Fiona und machte das Licht an ihrer Bettseite aus.

Charles schlief nicht, sondern überdachte die halbe Nacht, was sie gesagt hatte. Als Fiona am nächsten Morgen erwachte, setzte sie das Gespräch fort, als wäre es nie unterbrochen worden.

»Mußt du dich rasch entscheiden?«

»Nein, aber wenn ich es lang hinausschiebe, könnte man mir vorwerfen, daß ich mich erst deklariere, wenn der Sieger schon feststeht. Damit ist meine Chance, mich als Führer der neuen Mitglieder zu profilieren, vorbei.«

»Noch besser wäre es«, fuhr Fiona fort, »wenn du den Mann, für den du dich entscheidest, bevor er seine Kandidatur bekanntgibt, bittest, im Namen der neuen Mitglieder zu kandidieren.«

»Sehr klug«, stimmte Charles ein.

»Für wen hast du dich entschieden?«

»Für Heath«, antwortete Charles, ohne zu zögern.

»Ich vertraue deinem politischen Urteil», sagte Fiona, »vertraue mir, wenn es um die Taktik geht. Zuerst werden wir einen Brief aufsetzen.«

Im Morgenrock auf dem Boden kniend, entwarf das elegante Paar einen Brief an Edward Heath. Um halb zehn war er endlich fertig und wurde durch Boten in dessen Haus nach Albany geschickt.

Am folgenden Morgen wurde Charles in die kleine

Junggesellenwohnung zum Kaffee eingeladen. Man unterhielt sich länger als eine Stunde, und später, als die beiden Männer im Wohnzimmer standen, wurde die Vereinbarung besiegelt.

Charles nahm an, daß Sir Alec seinen Rücktritt im Spätsommer bekanntgeben würde; damit hatte er für seine Kampagne acht bis zehn Wochen Zeit. Fiona tippte eine Liste aller neuen Parlamentsmitglieder, und im Laufe der nächsten acht Wochen wurde jeder von ihnen zu Drinks auf den Eaton Square geladen. Geschickt sorgte Fiona dafür, daß andere Gäste, oft aus dem Oberhaus, immer in der Mehrzahl waren. Heath gelang es, sich einmal pro Woche von seinen Pflichten als Leiter der Finanzdebatte freizumachen, um wenigstens eine Stunde bei den Seymours zu verbringen. Als der Tag von Sir Alec Homes Abgang näher rückte, war es Charles klar, daß das Resultat der bevorstehenden Wahl eines neuen Tory-Chefs für ihn fast genauso wichtig war wie für Heath, aber er glaubte auch, daß er seinen Plan diskret und raffiniert ausgeführt hatte. Er hätte wetten können, daß niemand außer Edward Heath wußte, wie stark er sich engagierte.

Ein Mann, der bei Fionas zweiter Soirée anwesend war, merkte genau, was vor sich ging. Während die meisten Gäste die Zeit damit verbrachten, die Kunstsammlung der Seymours zu bewundern, beobachtete Simon Kerslake argwöhnisch das Gastgeberehepaar. Kerslake war keineswegs sicher, daß Heath die Wahl gewinnen würde, sondern hielt Reginald Maudling für den wahrscheinlichsten Nachfolger von Sir Alec. Schließlich war er Schattenaußenminister, ehemaliger Finanzminister und wesentlich älter als Heath. Noch wichtiger, er war verheiratet. Simon bezweifelte, daß die Torys einen Junggesellen wählen würden.

Kerslake verließ die Soirée, sprang in ein Taxi und fuhr

sofort zurück ins Unterhaus. Er fand Reginald Maudling im Speisesaal für Mitglieder. Er wartete, bis Maudling gegessen hatte, bevor er fragte, ob er ihn ein paar Minuten allein sprechen könne. Maudling — hochgewachsen und etwas schwankend — wußte nicht so recht, wer dieses neue Mitglied war. Hätte er den Mann irgendwo im Gebäude getroffen, er hätte, nach Simons Aussehen zu schließen, gedacht, einen Fernsehansager vor sich zu haben. Maudling beugte sich vor und lud Simon zu einem Drink in seinem Zimmer ein.

Der alte Herr hörte aufmerksam zu, was ihm der junge, etwas übereifrige junge Mann zu sagen hatte, und akzeptierte, ohne eine Frage zu stellen, die Beurteilung des gut informierten Neulings. Man kam überein, daß Simon Seymours Kampagne kontern und zweimal in der Woche über seine Resultate berichten sollte.

Während Seymour die Macht und den Einfluß eines Schülers von Eton besaß, konnte sich Kerslake auf seine Erfahrungen als Präsident der *Oxford Union* und die vielen kleinen Tricks und Kniffe stützen, die er damals gelernt hatte. Simon überlegte die Vor- und Nachteile. Er besaß kein Luxushaus am Eaton Square, wo die Turners, Constables und Holbeins nicht in Büchern, sondern an der Wand zu finden waren. Auch fehlte ihm eine elegante Frau, die sich in der Gesellschaft auskannte. Simon wohnte in einem kleinen Haus in Chelsea, und Elizabeth war Gynäkologin im St. Mary's Hospital. Obwohl Elizabeth Simons Karriere voll unterstützte, hielt sie ihren eigenen Beruf für ebenso wichtig — eine Ansicht, die Simon teilte. Die Lokalpresse von Coventry hatte mehrmals erwähnt, wie Elizabeth ihr drei Tage altes Baby allein ließ, um bei einem Kaiserschnitt zu assistieren, dem sich eine Mutter im benachbarten Krankensaal unterziehen mußte. Zwei Jahre später mußte man sie vom Nachtdienst wegschleppen, als die Wehen vor der Geburt ihres zweiten Kindes einsetzten.

Elizabeths charakterliche Unabhängigkeit war etwas, das Simon schon bewundert hatte, als sie einander kennenlernten; er wußte jedoch, daß sie als Gastgeberin nicht an Fiona Seymour heranreichte. Und er hätte es auch gar nicht gewollt, weil er Frauen, die in der Politik mitmischten, verachtete.

Während der folgenden Tage stellte Simon fest, wer zu den sicheren Maudling- respektive zu den sicheren Heath-Anhängern gehörte; viele Mitglieder behaupteten, sie würden, je nachdem, wer sie aufforderte, beide Kandidaten unterstützen. Diese wurden als zweifelhaft registriert. Als Enoch Powell in den Ring trat, war Alec Pimkin der einzige, der auf seiner Seite war. Damit blieben vierzig neue Mitglieder, die es zu betreuen galt. Simon rechnete mit zwölf Stimmen für Heath, elf für Maudling und eine für Powell. Sechzehn schienen unentschieden. Der Tag der Wahl rückte näher, und Simon stellte fest, daß keiner der sechzehn einen der beiden Kandidaten näher kannte und daher auch keine Entscheidung getroffen hatte.

Da Simon sie nicht alle während Elizabeths dienstfreien Stunden in die Beaufort Street einladen konnte, beschloß er, jeden der sechzehn aufzusuchen. In den letzten acht Wochen begleitete er den von ihm gewählten Kandidaten zu dreiundzwanzig Wahlversammlungen in den Wahlkreisen der neuen Toryabgeordneten. Er reiste von Bodmin nach Glasgow, von Penrith nach Great Yarmouth, und er bereitete Maudling auf jede Versammlung gewissenhaft vor.

Allmählich wurde allen klar, daß in der neuen konservativen Mannschaft Charles Seymour und Simon Kerslake die Offiziere waren. Ein paar neue Abgeordnete ärgerten sich über die geflüsterte Vertraulichkeit bei den Cocktailpartys in Eaton Square oder über die Feststellung, daß Kerslake ihre Wähler unter Vorspiegelung falscher Tatsachen besucht hatte. Andere waren ganz einfach neidisch auf die Belohnung, die dem Sieger zweifellos zuteil werden würde.

»Warum soll man eigentlich Maudling unterstützen?« fragte ihn Elizabeth einmal beim Abendbrot.

»Maudling hat viel mehr Regierungserfahrung als Heath — und überhaupt kümmert er sich mehr um die Leute.«

»Aber Heath scheint mir wesentlich professioneller zu sein«, beharrte Elizabeth und schenkte ihrem Mann ein Glas Wein ein.

»Das mag schon sein, aber die Briten waren immer eher dafür, daß gute Amateure regieren.«

»Wenn du all das Zeug über Amateure glaubst, warum engagierst du dich dann so?«

Simon überlegte ihre Frage eine Weile, bevor er antwortete: »Weil ich in Wahrheit nicht aus dem Milieu stamme, das automatisch den Mittelpunkt der konservativen Bühne einnimmt«, gab er zu.

»Auch Heath nicht«, erwiderte Elizabeth trocken.

Obwohl jeder in- und außerhalb des Parlaments wußte, daß Sir Alec sehr bald seinen Rücktritt bekanntgeben würde, kam die offizielle Mitteilung erst am 22. Juli 1965. Die Wahl eines neuen Führers der Konservativen sollte fünf Tage später stattfinden. Bis dahin arbeiteten Simon und Charles fast rund um die Uhr, aber trotz vieler Meinungsumfragen und langen Artikeln mit Statistiken und Prognosen war sich niemand über den Wahlausgang sicher, nur darüber, daß Powell Dritter werden würde.

Charles und Simon mieden einander, und Fiona bezeichnete Kerslake zuerst privat und dann auch öffentlich als »jenen sich vordrängenden Emporkömmling«. Diesen Ausdruck benutzte sie nicht mehr, als Alec Pimkin in aller Unschuld fragte, ob sie damit Edward Heath meine.

Am Morgen der geheimen Abstimmung wählten sowohl Simon wie Charles sehr früh und verbrachten den Rest des Tages damit, die in den Parlamentscouloirs auf und abzumarschieren und über das Resultat zu rätseln. Um die Mittagszeit waren beide äußerlich siegesgewiß und innerlich verzagt. Um Viertel nach zwei saßen sie in dem großen Saal, um der historischen Ankündigung zu lauschen: »Das Resultat der ersten Wahl des Vorsitzenden der konservativen Parlamentspartei«, sagte Sir William Anstruther-Gray, »lautet wie folgt:

Edward Heath hundertfünfzig Stimmen
Reginald Maudling hundertdreiunddreißig Stimmen
Enoch Powell fünfzehn Stimmen.«

Eine Stunde später rief Maudling, der in der Stadt mittaggegessen hatte, Edward Heath an, um ihm zu sagen, daß er mit Freuden unter ihm als neuem Führer dienen werde. Charles und Fiona entkorkten eine Flasche Champagner, während Simon mit seiner Frau ins Old Vic zu »The Royal Hunt of the Sun« ging. Er schlief während der ganzen Vorstellung, dann fuhr ihn Elizabeth nach Hause.

»Wieso bist du nicht eingeschlafen? Schließlich warst du in den letzten Wochen genauso beschäftigt wie ich«, fragte Simon.

Elizabeth lächelte. »Diesmal war ich es, die wissen wollte, was im Zentrum der Bühne vor sich geht.«

Zwei Wochen später, am 4. August, gab Heath sein Schattenkabinett bekannt. Reggie Maudling wurde stellvertretender Vorsitzender. Sir Alec wurde mit der Außenpolitik und Powell mit der Verteidigungspolitik betraut. Charles Seymour erhielt die Einladung, dem Team für Umweltfragen als Juniorsprecher beizutreten, und war damit der erste der neuen Parlamentarier, der sich einige Bänke nach vor gearbeitet hatte.

Simon Kerslake erhielt von Reginald Maudling einen handgeschriebenen Brief, in dem er ihm für seinen unermüdlichen Einsatz dankte.

ZWEITES BUCH

1966—1974
Die Jungen im Amt

4

Als Alison McKenzie in Andrew Frasers Wohnung am Cheyne Walk übersiedelte, nahm jeder einschließlich ihres Vaters, des Staatsministers von Schottland, an, daß die beiden demnächst ihre Verlobung bekanntgeben würden.

Die letzten drei Monate hatte Andrew in Ausschüssen verbracht, die sich nur mit Schottland betreffenden Gesetzesvorlagen befaßten. Er fand die Arbeit langweilig, weil viele Kollegen bloß die Ansichten anderer Abgeordneter — oft auch noch schlechter formuliert — wiederholten. Nur die gekritzelten Zeichnungen auf Andrews Block wurden besser. Doch durch seine Energie und seinen Charme wurde Andrew allmählich beliebt bei seinen Kollegen, und bald hatte er genug Selbstvertrauen, zuerst kleinere, später größere Abänderungen von Novellen vorzuschlagen. Die Unterschiedlichkeit des Strafsystems unter schottischem und englischem Recht störte ihn seit langem, und er setzte sich energisch für eine Angleichung der beiden Systeme ein. Bald mußte er feststellen, daß die schottischen Labour-Mitglieder traditionsverbundener und verzopfter waren als selbst die hartgesottensten Torys.

Als die Legislaturperiode zu Ende ging, lud er Alison ein, ein langes Wochenende im Landhaus seiner Eltern in Stirling zu verbringen.

»Erwartest du von mir, daß ich unter demselben Dach schlafe wie der Oberbürgermeister von Edinburgh?« fragte sie ihn.

»Warum nicht? Du hast die letzten sechs Monate mit seinem Sohn geschlafen.«

»Vielleicht unter demselben Dach, aber an diesem Wochenende werden wir nicht einmal im selben Bett schlafen können.«

»Warum nicht? Die Konservativen sind vielleicht Snobs, aber Heuchler sind sie nicht.«

Alison wollte nicht zugeben, daß sie in Wahrheit vor einem Wochenende mit Andrews Vater ein wenig Angst hatte. Seit mehr als zwanzig Jahren wurde dieser am Frühstückstisch ihres eigenen Vaters fortwährend heruntergemacht.

Als sie den alten Wirrkopf, wie ihr Vater den ehemaligen Oberbürgermeister nannte, kennenlernte, mochte sie ihn sofort. Er erinnerte sie sehr an ihren eigenen Vater, und Lady Fraser war keineswegs die versnobte Xanthippe, von der ihre Mutter unentwegt gesprochen hatte.

Man kam sofort überein, während des Weekends nicht über Politik zu sprechen. Andrew und Alison verbrachten den Freitagnachmittag damit, über die mit Heidekraut bewachsenen Hügel zu streifen und zu besprechen, wie sie sich ihre Zukunft vorstellten. Samstag früh rief der Minister Sir Fergus an und lud ihn ins *Bute House*, die offizielle Residenz des Staatssekretärs für Schottland, zum Dinner ein.

Nach so vielen Jahren, in denen sich die Familien befehdet hatten, sahen beide Teile diesem Treffen etwas nervös entgegen, doch schien es, als würde den Kindern gelingen, was ihnen nicht gelungen war — die politische Kluft zu überbrücken. Die McKenzies hatten, um die Angelegenheit zu erleichtern, zwei andere Familien aus Edinburgh eingeladen, einen Zweig der Forsyths, denen das Warenhaus in der Prince Street gehörte, und die Menzies, die die größte Nachrichtenagentur des Landes besaßen.

Andrew beschloß, die Gelegenheit zu nutzen, um am Ende des Abendessens etwas zu verkünden, und da seine

Einkäufe länger gedauert hatten als beabsichtigt, kam er als letzter in *Bute House* an.

Nachdem man die Tischkarten studiert und an der langen Tafel Platz genommen hatte, schwiegen die Gäste, während ein einsamer Dudelsackpfeifer eine melancholische Melodie spielte. Dann traf der Koch ein und präsentierte dem Hausherrn auf einem Silbertablett einen großen schottischen Pudding zur Begutachtung. Man fragte Sir Duncan nach seiner Meinung. »Warm — duftend — herrlich!« erklärte er. Zum erstenmal waren die beiden Männer hundertprozentig einer Meinung.

Andrew aß weniger als die anderen, weil er den Blick nicht von seinem Gegenüber abwenden konnte. Sie beachtete Andrew kaum, schien jedoch fortwährend zu lächeln oder zu lachen, so daß jeder in ihrer Nähe ihre Gesellschaft genoß. Andrew hatte Louise Forsyth zum letztenmal auf einem Hockeyplatz gesehen. Damals war sie ein rundliches kleines Mädchen mit Zöpfen gewesen, das eher die Knöchel der Jungen traf als den Ball. Jetzt trug sie das tiefschwarze Haar kurz gelockt, ihre Gestalt war schlank und voller Grazie. Nach dem Essen mischte sich Andrew unter die Gäste, und es gelang ihm nicht, auch nur einen Moment mit ihr allein zu sein. Er war erleichtert, daß Alison die Nacht bei ihren Eltern in *Bute House* verbringen wollte, während die Frasers nach Stirling zurückfuhren.

»Für einen Sozialisten bist du recht schweigsam«, bemerkte sein Vater auf der Heimfahrt.

»Er ist verliebt«, sagte die Mutter zärtlich.

Andrew antwortete nicht.

Am nächsten Morgen stand er früh auf und fuhr nach Edinburgh in sein Büro. Der Minister hatte das erste Flugzeug nach London genommen, jedoch eine Nachricht hinterlassen, Andrew möge ihn »in offizieller Angelegenheit« am folgenden Tag um zehn Uhr im *Dover*

House — dem Londoner Sitz des *Scottish Office* — aufsuchen.

Andrew war hocherfreut, es änderte jedoch nichts an seinen Absichten. Er beantwortete die Post und regelte einige Probleme seiner Wähler, bevor er im *New Club* einen privaten Anruf machte. Zum Glück war sie noch zu Hause. Widerwillig erklärte sie sich bereit, ihn zum Lunch zu treffen. Andrew wartete vierzig Minuten und sah jeden Moment auf die große Wanduhr, während er vorgab, *The Scotsman* zu lesen. Als sie endlich hereingeführt wurde, wußte Andrew genau: Das war die Frau, mit der er sein Leben verbringen wollte. Er hätte gelacht, hätte man ihm vor dem gestrigen Abend gesagt, daß er seine wohldurchdachten Zukunftspläne wegen einer zufälligen Begegnung ändern werde. Aber er war ja auch noch nie jemandem wie Louise begegnet und war überzeugt, nie wieder jemandem wie ihr zu begegnen.

»Miss Forsyth«, sagte der Mann in der grünen Livrée des Klubs, verbeugte sich kurz und ließ die beiden allein.

Louise lächelte, und Andrew führte sie zu einem Ecktisch. »Es war nett von Ihnen zu kommen, obwohl ich so spät anrief«, sagte Andrew nervös.

»Nein«, erwiderte sie, »es war dumm von mir.«

Während des Essens, das er zwar bestellte, aber nicht anrührte, erfuhr er, daß Louise Forsyth mit einem seiner alten Freunde aus der Studienzeit verlobt war und die Hochzeit im Frühjahr stattfinden sollte. Bevor sie sich trennten, hatte er sie überredet, sich wenigstens noch einmal mit ihm zu treffen.

Andrew nahm die Nachmittagsmaschine nach London, ging in seine Wohnung und wartete. Alison kam kurz nach neun und fragte, warum er weder angerufen hatte noch mit ihr von Schottland nach London gefahren sei. Andrew sagte ihr sofort die Wahrheit. Sie brach in Tränen aus, und er stand hilflos daneben. Innerhalb einer

Stunde hatte sie alle ihre Habseligkeiten gepackt und Andrews Wohnung verlassen.

Um halb elf rief er Louise wieder an.

Am nächsten Morgen ging er kurz ins Parlament, um seine Post zu holen und im Büro des Whips zu erfahren, wann Abstimmungen stattfanden.

»Eine um sechs und zwei um zehn«, wurde ihm mitgeteilt. »Und wir könnten die zweite verlieren, bleiben Sie also in der Nähe, falls wir Sie brauchen.«

Andrew nickte und wollte gehen.

»Übrigens, meinen Glückwunsch.«

»Wozu?« wollte Andrew wissen.

»Mein Gott, wieder einmal eine Indiskretion. Es steht mit Bleistift zwischen den heutigen Mitteilungen«, sagte der Whip und wies auf ein vor ihm liegendes Papier.

»Was?« fragte Andrew ungeduldig.

»Ihre Ernennung zum parlamentarischen Privatsekretär von Hugh McKenzie. Aber um Himmels willen sagen Sie nicht, daß Sie es von mir erfahren haben.«

»Bestimmt nicht«, versprach Andrew und atmete erleichtert auf. Er sah auf die Uhr: Genau die richtige Zeit, um sich zum *Dover House* zu begeben. Als er Whitehall entlangging, pfiff er vor sich hin. Der Portier grüßte, als er das Haus betrat; offenbar wußte er es bereits. Andrew versuchte, nicht erwartungsvoll auszusehen. Am Ende der Treppe kam der Sekretär des Ministers auf ihn zu.

»Guten Morgen«, sagte Andrew und versuchte, ahnungslos zu wirken.

»Guten Morgen, Mr. Fraser«, sagte der Sekretär. »Der Minister bat mich, ihn zu entschuldigen; er kann Sie leider nicht empfangen, weil er zu einer Kabinettssitzung gerufen wurde, um den IMF-Kredit zu diskutieren.«

»Ich verstehe«, sagte Andrew. »Wurde meine Verabredung mit dem Minister verschoben?«

»Nein, eigentlich nicht.« Es klang ein wenig erstaunt.

»Er sagte nur, es sei nicht mehr wichtig und es täte ihm leid, Ihre Zeit in Anspruch genommen zu haben.«

Charles Seymour genoß die Herausforderung seiner Ernennung zum Juniorsprecher der Opposition. Auch wenn er selbst keine politischen Endscheidungen traf, so konnte er doch wenigstens zuhören und hatte das Gefühl, sich im Zentrum des Geschehens zu befinden. Wann immer Wohnbaufragen zur Sprache kamen, durfte er mit dem restlichen Team auf einer der vorderen Bänke sitzen. Er hatte im ständigen Ausschuß zwei Novellen zur Vorlage über Stadt- und Landplanung zu Fall gebracht und eine eigene beantragt, die sich mit dem Schutz der Bäume befaßten. »Es wird keinen Weltkrieg verhindern«, sagte er zu Fiona, »aber für mich ist es wichtig, denn sollten wir die Wahlen gewinnen, so bin ich ziemlich sicher, ein Ressort angeboten zu bekommen. Und dann habe ich wirklich die Möglichkeit, Politik zu machen.«

Fiona fuhr fort, ihre Rolle zu spielen, und gab jeden Monat in ihrem Haus am Eaton Square eine Abendeinladung. Am Jahresende hatte jedes Mitglied des Schattenkabinetts zumindest einmal bei den Seymours gegessen; Fiona trug kein Kleid zweimal, und nie wurde ein Menü wiederholt.

Als das Parlamentsjahr im Herbst wieder begann, wisperten die politischen Auguren, daß Charles zu jenen gehöre, deren Namen man sich merken müsse. »Er treibt die Dinge voran«, fand man allgemein. Charles konnte kaum durch die *Members' Lobby* gehen, ohne daß ein Journalist seine Meinung über irgend etwas wissen wollte, angefangen vom Butterberg bis zu Vergewaltigungen. Fiona schnitt getreulich jede Erwähnung seines Namens aus der Zeitung aus und mußte feststellen, daß es jemanden gab, der noch häufiger genannt wurde als ihr Mann — ein junger Sozialist aus Leeds namens Raymond Gould.

Bald nach seinem Erfolg in der Budgetdebatte verschwand Raymonds Name aus den politischen Spalten. Seine Kollegen nahmen an, daß er mit seiner Anwaltskarriere beschäftigt sei. Wären sie an seinem Zimmer im *Temple* vorbeigekommen, hätte sie das fortwährende Geklapper einer Schreibmaschine gehört, ihn jedoch nicht erreicht, weil er den Telefonhörer nicht aufgelegt hatte.

Jeden Abend schrieb Raymond Seite um Seite, las Fahnen, besserte sie aus und schlug in den Büchern nach, die sich auf seinem Schreibtisch türmten. Als sein Buch »Vollbeschäftigung um jeden Preis?« mit dem Untertitel »Überlegungen eines nach den dreißiger Jahren aufgewachsenen Arbeiters« erschien, war es sofort eine Sensation. Seine Vermutung, die Gewerkschaften würden ihren Einfluß verlieren und die Labour Party müsse, um die Stimmen der Jungen zu gewinnen, radikaler werden, machte ihn bei den Parteifunktionären nicht beliebter. Raymond hatte einen Empörungssturm bei den Gewerkschaften und beim radikalen linken Flügel vorausgesehen. A. J. P. Taylor meinte jedoch in der *Times*, das Buch sei eine fundierte und realistische Analyse der Labour-Partei, und bezeichnete den Verfasser als einen mutigen Politiker von seltener Ehrlichkeit. Raymond merkte bald, daß seine Strategie und die harte Arbeit sich gelohnt hatten. Bei jedem politischen Abendessen bildete er das Hauptgesprächsthema.

Joyce war von seinem Buch tief beeindruckt und verwendete viel Zeit darauf, Gewerkschaftler, die nur aus dem Zusammenhang gerissene Sätze gelesen hatten, zu überzeugen, daß das Buch in Wahrheit leidenschaftliche Sympathie für die Gewerkschaften ausdrückte, aber gleichzeitig die Chancen der Labour-Partei, an die Macht zu kommen, realistisch analysierte.

Der Chief Whip der Partei nahm Raymond beiseite und riet ihm: »Du hast viel Staub aufgewirbelt, mein

Junge. Halt den Kopf ein paar Monate lang gesenkt, und du wirst sehen, daß dich jedes Kabinettsmitglied zitieren wird, als handle es sich um die offizielle Parteilinie.«

Raymond folgte seinem Rat, mußte jedoch nicht monatelang warten. Genau drei Wochen nach dem Erscheinen des Buches zitierte der Premier beim Treffen der Bergarbeiter einen ganzen Absatz. Ein paar Wochen später erhielt Rymond ein Scheiben aus Downing Street Nr. 10 mit dem Ersuchen, die Rede, die der Premier beim Gewerkschaftskongreß halten wolle, durchzulesen und seine Vorschläge hinzuzufügen.

Nach Maudlings Niederlage schmollte Simon Kerslake etwa vierundzwanzig Stunden. Dann beschloß er, seine Aufmerksamkeit den Regierungsbänken zuzuwenden. Rasch stellte er fest, daß es zweimal in der Woche fünfzehn Minuten gab, in denen jemand mit seiner rednerischen Begabung Gehör finden konnte. Jede Woche studierte er genau die Agenden und insbesondere die ersten fünf Anfragen, die Dienstag und Donnerstag an den Premier gerichtet wurden. Jeden Montagmorgen bereitete er für mindestens drei davon Ergänzungen vor. Er formulierte sie so lang, bis sie boshaft oder witzig waren, jedenfalls aber die Regierung in Verlegenheit brachten.

Obwohl die Vorbereitung solcher Zusatzfragen einige Stunden in Anspruch nehmen konnte, klang es, als hätte sie Simon während der Fragestunde aus dem Stegreif formuliert. Elizabeth hänselte ihn, daß er für etwas, was sie trivial fand, so viel Zeit aufwendete. Er erinnerte sie an Churchills Worte, als man ihn für einen besonders brillante Erwiderung lobte. »Meine besten spontanen Bemerkungen habe ich Tage vorher vorbereitet.«

Trotzdem war Simon erstaunt, wie rasch man es als selbstverständlich hinnahm, daß er immer fragte, angriff, beharrlich weiterfragte und dem Premier das Leben schwer machte. Wann immer er aufstand, wartete die Partei gepannt auf seine Äußerungen, und viele seiner Bemerkungen erschienen am nächsten Morgen in den Zeitungen.

An diesem Tag war Arbeitslosigkeit das Thema. Schon stand Simon auf und wies auf die Regierungsbank.

»Mit der diese Woche erfolgten Ernennung von drei zusätzlichen Staatssekretären kann der Premier behaupten, er habe Vollbeschäftigung — in seinem Kabinett.«

Der Premier sank tiefer in seinen Sessel und freute sich auf die Pause.

5

Als die Königin das Parlament eröffnete, sprach man nicht über den Inhalt ihrer Rede, die traditionsgemäß die Regierungsziele umriß, sondern um die Frage, wie viele Gesetze man durchbringen könne, solange die Labour-Partei eine Mehrheit von nur vier Sitzen hatte. Jeder umstrittene Gesetzesantrag würde vermutlich bereits im Ausschußstadium niedergestimmt werden, dessen waren sich alle bewußt. Die Konservativen waren überzeugt, die bevorstehenden Neuwahlen, wann immer sie der Premier ansetzte, gewinnen zu können — bis eine Nachwahl in Hull die Labour-Mehrheit von 1.100 auf 5.350 vergrößerte. Der Premierminister konnte es nicht glauben; er bat die Königin, das Parlament aufzulösen und Neuwahlen auszuschreiben. Das vom Buckingham Palace verkündete Datum war der 31. März.

Simon Kerslake verbrachte jetzt fast seine ganze Freizeit in seinem Wahlkreis. Die Leute schienen mit der

Lehrzeit ihres jungen Abgeordneten zufrieden, doch neutrale Statistiker wiesen darauf hin, daß eine Änderung von nur einem Prozent genügen würde, ihn für weitere fünf Jahre aus dem Parlament auszuschließen. Zu diesem Zeitpunkt hätten seine Rivalen schon die zweite Stufe der Erfolgsleiter erklommen.

Der Fraktionsvorsitzende riet ihm, in Coventry zu bleiben und im Augenblick nicht an Parlamentsgeschäften teilzunehmen. »Bis zur Neuwahl wird es kaum mehr unbedingte Anwesenheitspflicht geben«, versicherte er Simon. »Das Beste, was Sie tun können, ist, in Ihrem Wahlkreis Stimmen zu gewinnen, und nicht Ihre Stimme in Westminster abzugeben.«

Elizabeth bekam nur zwei Wochen Urlaub. Trotzdem gelang es ihr und Simon, vor der Wahl den gesamten Wahlkreis zu besuchen. Simons Gegner war Alf Abbott, ein ehemaliger Abgeordneter, der sich um so siegessicherer gab, je stärker der Labourtrend während des Wahlkampfes wurde. Der Slogan: »Ihr wißt, daß die Labour-Regierung funktioniert«, klang nach achtzehn Monaten an der Macht durchaus überzeugend. Die Liberalen stellten einen dritten Kandidaten, Nigel Bainbridge, auf, der jedoch offen zugab, keine Chance zu haben.

Alf Abbott fühlte sich sicher genug, Simon zu einer öffentlichen Debatte herauszufordern. Obwohl der gewählte Abgeordnete im allgemeinen eine solche Herausforderung ablehnt, nahm Simon sie begeistert an und bereitete sich mit der ihm eigenen Gründlichkeit auf die Debatte vor. Eine Woche vor der Wahl standen Simon und Elizabeth mit Alf Abbott, Nigel Bainbridge und deren Frauen hinter der Bühne der Stadthalle von Coventry. Die drei Männer machten mühsam Konversation, während die Frauen gegenseitig ihre Kleider musterten. Die Leiter der Debatte, ein Korrespondent des *Coventry Evening Telegraph*, stellte die Protagonisten vor, als sie unter Beifall die Bühne betraten. Simon sprach als erster; mehr als zwanzig Minuten hörte ihm das zahlreich erschienene Publikum aufmerksam zu. Jene, die ihn zu unterbrechen versuchten, bereuten rasch, sich bemerkbar gemacht zu haben. Ohne einen Blick auf seine Notizen zu werfen, zitierte Simon Zahlen und Absätze aus Regierungsvorlagen mit einer Selbstverständlichkeit, die sogar Elizabeth beeindruckte. Abbott folgte mit einem bitteren Angriff auf die Konservativen, die er beschuldigte, die Arbeiter immer noch um jeden Preis niederhalten zu wollen. Seine Anhänger klatschten begeistert Beifall. Bainbridge behauptete, daß keiner der beiden die wahren Probleme erkenne, und behandelte dann umständlich und ausführlich das kommunale Kanalisationssystem. Bei den anschließenden Fragen zeigte sich Simon einmal mehr als wesentlich besser informiert als Abbott und Bainbridge, doch war er sich an diesem kalten Märzabend bewußt, daß nur siebenhundert Leute im Saal saßen, während fünzigtausend andere Wähler gebannt einer Fernsehshow zusahen.

Obwohl die lokale Presse Simon zum Sieger einer einseitigen Debatte erklärte, entmutigten ihn die täglichen Zeitungsnachrichten, die einen Erdrutschsieg der Labour-Partei prophezeiten.

Am Wahltag standen Simon und Elizabeth um sechs Uhr auf und gaben als eine der ersten ihre Stimme an der Volksschule des Ortes ab. Dann fuhren sie von Wahllokalen zu Parteilokalen und versuchten, die Moral ihrer Anhänger hochzuhalten. Wo immer sie hinkamen, glaubten die Parteifreunde an seinen Sieg, doch Simon wußte, daß man den nationalen Trend nicht ignorieren konnte. Ein erfahrener Konservativer hatte ihm einmal gesagt, ein hervorragender Mann könne tausend Stimmen wert sein, und ein schwacher Gegner würde weitere tausend bringen. Es würde nicht genügen.

Um neun Uhr abends schloß das letzte Wahllokal. Simon und Elizabeth schleppten sich in das nächste Wirtshaus und bestellten Bitterbier. Sie sahen auf den großen Fernsehschirm über der Theke. Der Kommentator berichtete, daß man in sechs Londoner Wahlkreisen eine Meinungsumfrage durchgeführt habe, die eine Labour Majorität von sechzig bis siebzig Sitzen ergeben habe. Auf dem Bildschirm erschienen die siebzig gefährdetsten Sitze der Konservativen. Der Neunte auf der Liste war Coventry Central. Simon bestellte noch ein Bier.

»Wir sollten bald gehen und bei der Auszählung zusehen«, sagte Elizabeth.

»Keine Eile.«

»Sei kein solcher Defätist, Simon. Vergiß nicht, du bist immer noch Abgeordneter«, sagte sie erstaunlich scharf. »Du bis es deinen Anhängern, die so brav für dich gearbeitet haben, schuldig, optimistisch zu bleiben.«

Polizeifahrzeuge brachten aus allen Teilen des Wahlkreises schwarze Kisten ins Rathaus. Der Inhalt wurde auf die Klapptische gekippt, die an drei Seiten des großen leeren Raumes standen. Der Stadtsyndikus stand mit seinen persönlichen Helfern allein inmitten der Tische, während die Magistratsbeamten außerhalb saßen und je zehn Stimmzettel zusammenlegten. Diese wurden mit Argusaugen von den Vertrauensleuten der Parteien geprüft, die oft verlangten, einen der kleinen Haufen nochmals zu kontrollieren.

Aus den Häufchen wurden Haufen, die man nebeneinander stapelte, und bald war es klar, daß das Resultat knapp sein würde.

Die Spannung im Saal stieg, als man jeden Hunderter- und dann jeden Tausenderstapel dem Syndikus übergab. Gerüchte, die in einer Ecke des Saales entstanden, waren aufgebläht wie Soufflées, bevor sie die vor dem Rathaus wartende Menge erreichten. Um Mitternacht wurde das

Resultat einzelner Wahlkreise im Land bekanntgegeben. Der Trend war wie erwartet: etwa drei Prozent Gewinn für Labour, was die erwartete Mehrheit von siebzig oder mehr Sitzen ergab.

Um 0 Uhr 11 lud der Syndikus die drei Kandidaten ein, ihm in die Saalmitte zu folgen. Er teilte ihnen das Ergebnis der Auszählung mit.

Sofort wurde eine nochmalige Zählung verlangt. Der Syndikus willigte ein, und die Wahlzettel wanderten wieder auf die Tische, um nochmals geprüft zu werden.

Eine Stunde später wurden die Kandidaten wieder gerufen und hörten das Resultat der zweiten Zählung: es hatte sich nur um drei Stimmen verändert.

Man verlangte eine dritte Zählung. Um zwei Uhr morgens hatte Elizabeth das Gefühl, keine Fingernägel mehr zu haben. Eine weitere Stunde verstrich. Heath gab seine Niederlage zu, während Wilson in einem langen Interview sein Progamm für das neue Parlament skizzierte.

Um 2.27 Uhr bat der Syndikus die Kandidaten nochmals zu sich; alle drei akzeptierten das Resultat. Der Syndikus betrat, gefolgt von den Kandidaten, das Podium, nahm das Mikrophon, räusperte sich und sagte:

»Ich, als beauftragter Beamter für den Wahlkreis von Coventry Central, verkünde hiermit die Gesamtzahl der für jeden Kandidaten abgegebenen Stimmen wie folgt.

Alf Abbott 19.716

Nigel Bainbridge 7.002

Simon Kerslake 19.731

Ich erkläre daher Simon Kerslake zum rechtmäßig gewählten Abgeordneten für den Wahlkreis von Coventry Central.«

Die Labour-Partei erreichte im Parlament eine Mehrheit von siebenundneunzig Sitzen, Simon aber hatte mit fünfzehn Stimmen Vorsprung gewonnen.

Raymond Gould vergrößerte in Übereinstimmung mit dem nationalen Trend seinen Vorsprung auf 12.413 Stimmen, und Joyce freute sich auf eine Woche Ferien.

Andrew Fraser verbesserte sein Resultat um 2.468 Stimmen und verkündete einen Tag nach der Wahl seine Verlobung mit Louise Forsyth.

Charles Seymour konnte sich nie genau erinnern, wie groß seine Mehrheit war, denn, so erklärte Fiona dem alten Earl am nächsten Morgen, »In Sussex Downs werden die konservativen Stimmen nicht gezählt, mein Lieber. Sie werden gewogen.«

6

In den meisten demokratischen Staaten wird einem neu gewählten politischen Führer eine Übergangsperiode zugestanden, während der er sein politisches Programm bekanntgeben und seine Mitarbeiter auswählen kann. In Großbritannien sitzt jeder Parlamentsabgeordnete, sofort nachdem das Wahlresultat bekannt ist, achtundvierzig Stunden lang neben dem Telefon. Erfolgt ein Anruf während der ersten zwölf Stunden, so bedeutet das, daß er aufgefordert wird, ins Kabinett einzutreten; in den nächsten zwölf Stunden erhält er eine Position als Staatsminister; in den dritten zwölf Stunden wird er Unterstaatssekretär und in den letzten zwölf parlamentarischer Privatsekretär eines Kabinettministers. Hat das Telefon bis dahin nicht geklingelt, so bleibt er auf den hinteren Bänken.

Andrew Fraser hatte sich nicht die Mühe genommen, in der Nähe eines Telefons zu bleiben, als BBC in den Mittagsnachrichten meldete, daß Hugh McKenzie vom

Staatsminister zum Staatssekretär für Schottland mit einem Kabinettssitz befördert wurde. Andrew und Louise wollten in Aviemore ein ruhiges Wochenende verbringen — er, um sich zu entspannen und zu wandern, sie, um die bevorstehende Hochzeit vorzubereiten.

Es hatte Andrew zahllose Fahrten nach Edinburgh gekostet, um Louise zu überzeugen, daß das, was ihm im *Bute House* widerfahren war, keine flüchtige Leidenschaft war, sondern dauern würde. An dem einen Wochenende, als er nicht in die schottische Hauptstadt fahren konnte und sie nach London kam, wußte er endlich, daß sie nicht mehr an ihm zweifelte. Bisher hatte Andrew immer festgestellt, daß sein Interesse bald dahinschwand, wenn die Eroberung gelungen war. Diesmal war es anders: Seine Liebe zu dem »zarten Persönchen«, wie seine Mutter Louise nannte, wuchs und wuchs.

Obwohl Louise nur einen Meter sechzig groß war, ließ ihre Schlankheit sie größer erscheinen, und das kurze schwarze Haar, die blauen Augen und das strahlende Lächeln veranlaßten so manchen großen Mann, sich herabzubeugen, um sie näher zu sehen.

»Du ißt wie ein Drescher und bleibst zaundürr; wie machst du das?« brummte Andrew eines Abends beim Essen. Er spielte regelmäßig Squash und schwamm dreimal in der Woche, um seinen kräftigen Körper fit zu halten. Bewundernd und auch ein bißchen neidisch sah er zu, wie sie mit spitzbübischem Lächeln eine weitere Portion Schwarzwälder Torte vertilgte.

Obwohl sie aus einem streng calvinistischen Milieu kam, wo nie über Politik gesprochen wurde, lernte Louise rasch, wie der Regierungsapparat arbeitete, und diskutierte nächtelang mit Sir Fergus. Zuerst gewann er spielend jede Debatte, aber bald mußte er sich anstrengen, um immer fundiertere Argumente vorzubringen. Oft genügten auch diese nicht.

Zur Zeit der Wahl hatte Louise sich voll und ganz von Andrew bekehren lassen. Das Elend in manchen Teilen seines Wahlkreises, die sie nie in ihrem Leben betreten hatte, machte sie ganz krank; wie alle Konvertiten wurde sie übereifrig und versuchte, den ganzen Forsyth Clan zu bekehren. Sie trat sogar der schottischen Labour-Partei bei.

»Warum hast du das getan?« fragte Andrew und versuchte, seine Freude zu verbergen.

»Ich bin gegen Mischehen«, antwortete sie.

Ihr Interesse an seiner Arbeit überraschte und entzückte Andrew, und das Mißtrauen seiner Wähler gegenüber »der reichen Lady« verwandelte sich rasch in Zuneigung.

»Ihr künftiger Mann wird eines Tages Secretary of State für Schottland werden«, riefen viele, wenn sie durch die engen Gassen mit dem Kopfsteinpflaster ging.

»Ich möchte in Downing Street, nicht in *Bute House* wohnen«, hatte Andrew ihr anvertraut. »Und jedenfalls muß ich zuerst Minister werden.«

»Das wird sich ändern, wenn du wieder an die Macht kommst.«

»Nicht, solang Hugh McKenzie Staatssekretär bleibt«, sagte er ärgerlich.

»Zum Teufel mit McKenzie«, sagte sie, »einer seiner Kabinettskollegen muß doch den Verstand haben, dich zu seinem parlamentarischen Sekretär zu machen?« Doch trotz Louises Optimismus blieb das Telefon an diesem Wochenende stumm.

Kaum war die Stimmauszählung vorüber, als Raymond aus Leeds zurückkehrte und Joyce die traditionelle Dankesfahrt durch den Wahlkreis überließ. Wenn er am folgenden Tag nicht neben dem Telefon saß, lief er ruhelos auf und ab und rückte nervös seine Brille zurecht. Der erste Anruf kam von seiner Mutter, die ihm gratulierte.

»Wozu?« fragte er. »Hast du etwas gehört?«

»Nein, mein Schatz«, sagte sie, »ich wollte dir nur sagen, wie ich mich über die größere Mehrheit freue.«

»Oh.«

»Und um zu sagen, daß wir dich vor deiner Abfahrt nicht gesehen haben, obwohl man an unserem Laden vorbeifährt, wenn man auf die A. 1. kommen will.«

Nicht schon wieder, Mutter, wollte er sagen.

Der zweite Anruf kam von einem Kollegen, der fragte, ob man Raymond eine Stellung angeboten habe.

»Bis jetzt nicht«, sagte Raymond und erfuhr von der Beförderung seines Altersgenossen.

Der dritte Anruf kam von einer von Joyces Freundinnen.

»Wann kehrt sie zurück?«

»Keine Ahnung«, erwiderte Raymond und versuchte verzweifelt, die Leitung frei zu halten.

»Ich werde am Nachmittag noch einmal anrufen.«

»Gut«, sagte Raymond und legte rasch den Hörer auf.

Er ging in die Küche, um sich ein Käsesandwich zu machen, aber es gab keinen Käse, also aß er hartes Brot mit Butter, die drei Wochen alt war. Als er bei der zweiten Scheibe angelangt war, klingelte wieder das Telefon.

»Raymond?«

Er hielt den Atem an.

»Hier Noel Brewster.«

Es war die Stimme des Pfarrers.

»Können sie das erste Kapitel lesen, wenn Sie das nächstemal in Leeds sind? Wir hatten eigentlich gehofft, Sie würden es heute morgen lesen — Ihre liebe Frau . . .«

»Ja«, versprach er, »am ersten Wochenende, das ich in Leeds verbringe.« Kaum hatte er den Hörer aufgelegt, als es wieder klingelte.

»Raymond Gould?« fragte eine unbekannte Stimme.

»Am Telefon.«

»Der Premierminister möchte Sie sprechen.«

Raymond wartete. Die Haustür wurde geöffnet, und eine andere Stimme rief: »Ich bin es. Du hast vermutlich nichts zu essen gefunden, mein armer Schatz.« Joyce kam zu Raymond ins Wohnzimmer.

Ohne sie anzusehen, winkte er, sie solle ruhig sein.

»Ray«, sagte eine Stimme am Telefon.

»Guten Tag, Herr Premierminister«, erwiderte er eher formell, als Antwort auf den starken Yorkshire Akzent.

»Ich hoffe, Sie können als Unterstaatssekretär im Arbeitsministerium in unserem neuen Team mitarbeiten?«

Raymond atmete erleichtert auf. Genau das war es, was er gewollt hatte. »Mit dem größten Vergnügen.«

»Gut, da werden die Gewerkschaftler es nicht ganz leicht haben.« Der Hörer wurde aufgelegt.

Raymond Gould, Unterstaatssekretär im Arbeitsministerium, saß bewegungslos auf der dritten Stufe der Leiter.

Als er am nächsten Morgen das Haus verließ, wurde er von einem Chauffeur begrüßt, der neben einem glänzenden schwarzen Austin Westminster stand. Anders als sein eigener Sunbeam aus zweiter Hand, funkelte der Wagen im Morgenlicht. Die hintere Tür wurde geöffnet, und Raymond stieg ein, um zum Ministerium zu fahren. Zum Glück weiß er, wo mein Büro ist, dachte Raymond. Neben ihm lag eine rote Lederschatulle in der Größe einer umfangreichen Aktentasche mit Goldbuchstaben am Rand: *Under Secretary of State für Employment*. Raymond drehte den kleinen Schlüssel. Die Schatulle enthielt eine Menge ledergebundener Mappen. Er öffnete die erste: »Ein Fünf-Punkte-Plan, wie die Arbeitslosigkeit unter einer Million gehalten werden kann. Zur Besprechung im Kabinett.« Sofort vertiefte er sich in das engbeschriebene Dokument.

Als Charles Dienstag ins Parlament kam, erwartete ihn eine Nachricht vom Büro des Whips. Jemand vom Team für Umweltfragen hatte bei der Wahl seinen Sitz verloren, und Charles wurde zur Nummer Zwei auf der Oppositionsbank befördert. »Nichts mehr über die Erhaltung der Bäume. Jetzt erwarten dich wichtigere Dinge«, schmunzelte der Fraktionschef. »Luftverschmutzung, Wassermangel, Abgase . . .«

Charles lächelte erfreut, als er durch das Parlament wanderte, alte Kollegen grüßte und eine Reihe von neuen Gesichtern sah. Er unterhielt sich mit keinem der Neulinge, da er nicht wußte, ob sie von seiner oder von der Labour-Partei waren; nach dem Wahlausgang zu schließen, waren die meisten vermutlich Sozialisten. Ein Ordner im Frack übergab ihm eine Nachricht; einer seiner Wähler erwartete ihn in der Eingangshalle. Er eilte an einigen seiner älteren Kollegen vorbei, die alle ein bißchen verloren aussahen. Ein paar von ihnen würden lange warten müssen, bis sie wieder ein Amt bekamen, und manche wußten, daß sie zum letztenmal Minister gewesen waren. Charles hatte rasch begriffen, daß das richtige Alter und der richtige Zeitpunkt in der politischen Karriere eines Mannes eine wesentliche Rolle spielte, auch wenn er noch so tüchtig war.

Aber mit fünfunddreißig Jahren kümmerten Charles diese Überlegungen nicht; er ging auf seinen Wähler zu. Er war ein *Master of Hounds* mit roten Backen, der nach London gekommen war, um sich über einen Gesetzesantrag zu beschweren, der die Hetzjagd von Hasen verbieten sollte. Charles hörte sich eine Viertelstunde lang seinen Monolog an, bevor er ihm versicherte, daß diese Vorlage wegen Zeitmangels nie vor das Unterhaus kommen werde. Der *Master of Hounds* verabschiedete sich glückstrahlend, und Charles ging in sein Zimmer, um die Post durchzusehen. Fiona hatte ihn an die neunhundert Dankesbriefe an seine Mitarbeiter erinnert, die nach jeder Wahl ausgesandt werden mußten. Charles stöhnte.

»Mrs. Blenkinsop, die Vorsitzende des Sussex Ladies' Luncheon Club, möchte, daß Sie dieses Jahr der Gastredner sind«, teilte ihm seine Sekretärin mit.

»Sagen Sie zu — wann findet das statt?« fragte Charles und griff nach seinem Terminkalender.

»Am 16. Juni.«

»Dumme Weiber, das ist der *Ladies Day* in Ascot. Sagen Sie ihr, daß ich auf einer Konferenz über Umweltfragen spreche, aber nächstes Jahr gern die Funktion eines Gastredners übernehme.«

Die Sekretärin schaute ängstlich auf.

»Machen Sie sich keine Sorgen, sie wird es nie erfahren.«

Die Sekretärin nahm den nächsten Brief. »Mr. Heath fragt, ob Sie Donnerstag um sechs Uhr einen Drink mit ihm nehmen wollen?«

Auch Simon Kerslake wußte, daß ihm ein langer dorniger Weg bevorstand. Die Konservativen würden ihren Vorsitzenden nicht austauschen, bevor Heath nicht eine zweite Chance bei den Wahlen erhalten hatte, und das konnte bei einer Regierung mit einer Majorität von siebenundneunzig Stimmen noch gute fünf Jahre dauern.

Er schrieb Artikel für den *Spectator* und für *Sunday Express*, um sich außerhalb des Parlaments einen Namen zu machen und gleichzeitig sein mageres Jahresgehalt von dreitausendvierhundert Pfund aufzubessern. Selbst mit Elizabeths Einkommen als Konsiliarärztin kamen sie nur schwer zurecht, und bald sollten ihre beiden Söhne eine Privatschule besuchen. Simon beneidete die Charles Seymours dieser Welt, die sich nie überlegen mußten, wie man die nächste Rechnung bezahlt. Ob dieser verdammte Kerl überhaupt je Probleme hatte? Betrübt betrachtete er seine Bankauszüge. Wie üblich war er mit ungefähr fünfhundert Pfund im Debet. Viele seiner Jahrgangskollegen aus Oxford hatten schon Anwaltskanzleien, und am Freitagabend fuhren sie hinaus in ihre großen Landhäuser. Wann immer Simon las, daß jemand in die Politik ging, um Geld zu verdienen, mußte er lachen.

Er fuhr fort, scharfe Fragen an den Premier zu richten, und versuchte seine Frustration zu verbergen, wenn er sich Dienstags und Donnerstags erhob und die erwartungsvollen Gesichter seiner Kollegen sah. Auch als es bereits zur Routine geworden war, bereitete er sich immer sorgsam vor und erntete einmal sogar Lob von einem sonst eher schweigsamen Parteichef. Doch seine Gedanken kehrten wieder und wieder zu seinen finanziellen Nöten zurück.

So war es, bis er Ronnie Nethercote kennenlernte.

Andrew Fraser hatte oft gelesen, daß die Eifersucht oder der Zorn eines Mannes manchmal eine politische Karriere zerstören, war aber dennoch erstaunt, daß das auch ihn betreffen konnte. Noch mehr jedoch ärgerte ihn, daß Hugh McKenzie seine Finger offenbar in allen Ministerien stecken hatte.

Andrews Heirat mit Louise Forsyth ging durch alle Zeitungen. William Hickey vom *Daily Express* übersah auch nicht die Abwesenheit des Secretary of State. Die Zeitung brachte sogar ein uraltes Bild einer traurig aussehenden Alison McKenzie.

Sir Duncan sagte seinem Sohn, Politik sei etwas für Langstreckenläufer, nicht für Sprinter, und er habe noch einige Etappen vor sich. Ein unglücklicher Vergleich, fand Andrew, der an der Universität von Edinburgh zur Staffel über 4 x 100 Meter gehört hatte. Dessenungeachtet bereitete er sich für den Marathon vor.

»Vergiß nicht, Harold Macmillan saß vierzehn Jahre

auf den hinteren Bänken, bevor er Premierminister wurde«, fügte Sir Fergus hinzu.

Louise begleitete Andrew, wenn er quer durch das Land reiste, um Reden »von großer Wichtigkeit« zu halten — zumeist für ein Publikum von weniger als zwanzig Personen. Erst als sie schwanger wurde, fuhr sie nicht mehr jede Woche nach Schottland.

Zu ihrer Überraschung konnte es Andrew kaum erwarten, Vater zu werden. Er hatte beschlossen, daß sein Sohn in ihm nicht nur den Politiker sehen sollte. Ganz allein verwandelte er eines der Schlafzimmer in ein Kinderzimmer und malte es mit Louises Billigung in den verschiedensten Blautönen aus. Sie hoffte nur, daß Andrew für eine Tochter die gleichen Gefühle hegen würde.

Raymond Gould machte sich im Arbeitsministerium sehr rasch einen Namen; man hielt ihn für außerordentlich klug, anspruchsvoll, hart arbeitend und — das erfuhr er jedoch nicht — arrogant. Seine Gewohnheit, einen jungen Beamten mitten im Satz zu unterbrechen oder seine Privatsekretärin wegen irgendeiner Kleinigkeit zu kritisieren, machte ihn auch bei seinem engsten Mitarbeiterstab nicht beliebt.

Raymond bewältigte ein enormes Arbeitspensum und selbst der Ständige Sekretär lernte sein unerbittliches »Suchen Sie nicht Ausreden« kennen, wenn dieser versuchte, eines von Raymonds privaten Projekten zu beschneiden. Bald unterhielten sich ältere Beamte nicht darüber, ob, sondern wann er befördert werden würde. Sein Minister, der manchmal gleichzeitig an sechs Orten sein sollte, bat ihn oft, für ihn einzuspringen, doch selbst Raymond war überrascht, als man ihn einlud, bei dem jährlichen Industriellentreffen das Ministerium als Ehrengast zu vertreten.

Joyce vergewisserte sich, daß sein Smoking ausgebürstet und sein Hemd tadellos war; seine Schuhe glänzten wie die eines Gardeoffiziers. Seine sorgfältig vorbereitete Rede — eine Kombination aus korrekter Beamtensprache und ein paar eigenen kräftigen Formulierungen, mit denen er den versammelten Kapitalisten beweisen wollte, daß nicht jeder Labour-Abgeordnete ein braver Mitläufer war — steckte in der Innentasche. Der Chauffeur brachte ihn von der Landsdowne Road zum Westend.

Raymond genoß die Einladung. Als er nach dem Toast der Gäste aufstand, um für die Regierung zu sprechen, war er ein bißchen nervös, doch als er geendet hatte, glaubte er, sich gut geschlagen zu haben. Der Beifall war mehr als höflich, obwohl er von einem naturgemäß negativ eingestellten Publikum kam.

»Diese Rede war kälter als Chablis«, flüsterte ein Gast dem Vorsitzenden zu, mußte jedoch zugeben, daß es mit einem Mann wie Gould in einer hohen Position leichter sein würde, mit den Sozialisten auszukommen.

Der Mann zu Simons Linken war wesentlich direkter in seiner Meinung über Gould. »Der verdammte Kerl denkt wie ein Tory, spricht wie ein Tory, warum, zum Teufel, ist er kein Tory?«

Simon grinste den Mann mit dem schütteren Haarwuchs an, der auch während des Dinners unverblümt seine Ansichten geäußert hatte. Ronnie Nethercote, korpulent, mit rötlichem Gesicht, sah aus, als versuche er, sein Dinnerjackett zu sprengen.

»Ich nehme an«, antwortete Simon, »daß Gould, der in den dreißiger Jahren geboren ist und in Leeds aufwuchs, wenig Chancen hatte, sich den Jungen Konservativen anzuschließen.«

»Unsinn«, sagte Ronnie, »mir ist es auch gelungen, und ich wurde im Londoner East End geboren. Sagen Sie mir, Mr. Kerslake, was machen Sie, wenn Sie Ihre Zeit nicht im Unterhaus vergeuden?«

Nach dem Essen blieb Raymond noch eine Weile, um sich mit den Industriekapitänen zu unterhalten. Kurz nach elf machte er sich auf den Heimweg. Sein Chauffeur fuhr langsam die Park Lane entlang, und der *Under Secretary* drehte sich um, um seinem Gastgeber zu winken. Jemand anderer erwiderte das Winken. In der Annahme, es sei ein Gast, warf Raymond nur einen Blick über die Straße — bis er ihre Beine sah. Vor der Tankstelle auf Park Lane stand ein junges Mädchen und lächelte einladend; ihr Minirock aus weißem Leder war so kurz, daß er eher einem Taschentuch glich. Die langen Beine erinnerten ihn an Joyces Beine vor zehn Jahren. Diese Beine aber waren schwarz. Das fein gekräuselte Haar und ihr Mund gingen Raymond während der ganzen Heimfahrt nicht aus dem Sinn.

In Landsdowne Road kletterte Raymond aus dem Wagen, sagte dem Chauffeur »Gute Nacht« und ging langsam zum Haustor, ohne den Schlüssel herauszunehmen. Als das Auto verschwunden war, sah er zum Schlafzimmerfenster hinauf. Kein Licht. Joyce schlief schon.

Er schlich auf den Gehweg zurück, um zu sehen, wo Joyce den Sunbeam geparkt hatte. An seinem Schlüsselbund war ein Reserveschlüssel. Er öffnete den Wagen und kam sich vor wie ein Autodieb. Nach dem dritten Versuch sprang der Motor an, und Raymond fragte sich, ob er die ganze Straße weckte, als er, unsicher, was ihn erwartete, das Auto wieder in Richtung Park Lane lenkte. Langsam fuhr er mitten im Verkehrsstrom. Die letzten Gäste verließen eben Grosvenor House. Er fuhr an der Tankstelle vorbei. Das Mädchen hatte sich nicht vom Fleck gerührt. Wieder lächelte sie, und er beschleunigte, so daß er fast das Auto vor ihm rammte. Raymond fuhr zum Marble Arch zurück und nochmals Park Lane entlang, diesmal langsamer und auf der inneren Fahrspur. Als er sich der Tankstelle näherte, winkte sie wieder.

Nochmals kehrte er zum Marble Arch zurück, nochmals fuhr er Park Lane entlang, und als er zum drittenmal am Grosvenor House vorbeikam, stand niemand mehr davor. Er stieg auf die Bremse und hielt vor der Tankstelle. Er wartete.

Das Mädchen sah sich mehrmals um, bevor sie zu seinem Auto schlenderte und sich neben ihn setzte.

»Machen wir ein Geschäft?«

»Was meinen Sie?« fragte er heiser.

»Sei nicht doof, Darling. Du glaubst doch nicht, daß ich hier herumstehe, um mich von der Sonne bräunen zu lassen.«

Raymond sah das Mädchen etwas genauer an, und trotz des billigen Parfums verspürte er Lust, sie zu berühren. Drei Knöpfe der schwarzen Bluse waren geöffnet. Ein vierter hätte der Phantasie keinen Spielraum mehr gelassen.

»Bei mir kostet es zehn Pfund.«

»Wo wohnst du?«

»Ich gehe in ein Hotel in Paddington.«

»Wie kommen wir dorthin?« Nervös fuhr er mit der Hand durch sein rotes Haar.

»Fahr zum Marble Arch, dann lotse ich dich weiter.«

Raymond fuhr über Hyde Park Corner und wieder zum Marble Arch zurück.

»Ich heiße Mandy. Wie heißt du?«

Rymond zögerte. »Malcolm.«

»Und was machst du, Malcolm, in diesen schweren Zeiten?«

»Ich . . . ich verkaufe Gebrauchtwagen.«

»Für dich hast du dir nicht gerade den schönsten ausgesucht, was?« Sie lachte.

Raymond schwieg, aber das störte Mandy nicht.

»Was macht ein Gebrauchtwagenhändler als junger Geck verkleidet?«

»Ich war . . . ich war eben bei einem Treffen . . . im . . . im Hilton.«

»Wie nett«, sagte sie und zündete eine Zigarette an. »Ich bin die halbe Nacht vor Grosvenor House gestanden, in der Hoffnung, einen reichen Kerl für eine tolle Party aufzugabeln.«

Raymonds Wangen nahmen die Farbe seines Haars an. »Fahr langsamer und bieg in die zweite Straße links.«

Er folgte ihren Anweisungen, bis sie vor einem schäbigen kleinen Hotel anhielten. »Ich steig zuerst aus«, sagte sie. »Geh einfach bei der Rezeption vorbei und hinter mir die Treppe hinauf.« Als sie ausstieg, wäre er fast weggefahren, aber das Schwingen ihrer Hüften, als sie auf den Hoteleingang zusteuerte, hielt ihn zurück.

Er folgte ihr eine schmale Treppe hinauf bis ins letzte Stockwerk. Eine große vollbusige Blondine kam eben herunter.

»Hallo, Mandy«, rief sie ihrer Freundin zu.

»Hi, Sylv. Ist das Zimmer frei?«

»Eben frei geworden«, brummte die Blondine.

Mandy stieß die Tür auf, und Rymond betrat ein kleines enges Zimmer. In einer Ecke stand ein schmales Bett, auf dem Boden lag ein abgewetzter Teppich. Die blaßgelbe Tapete löste sich an verschiedenen Stellen. An der Wand war ein Waschbecken, ein tropfender Hahn hatte braune Flecken hinterlassen.

Mandy streckte die Hand aus und wartete.

»Ach, natürlich.« Raymond zog die Brieftasche hervor und stellte fest, daß er nur neun Pfund besaß.

Sie knurrte. »Heute abend werde ich schäbig bezahlt, nicht wahr, Liebling?« Sorgfältig steckte sie die Noten in die Handtasche, bevor sie mit größter Selbstverständlichkeit sämtliche Kleidungsstücke ablegte. Obwohl das völlig unerotisch vor sich ging, bewunderte er die Schönheit ihres Körpers und vermeinte, den Boden der Realität zu verlassen. Er beobachtete sie, begierig, ihre Haut zu berühren, bewegte sich jedoch nicht. Sie legte sich aufs Bett.

»Fangen wir an, Darling. Ich muß schließlich Geld verdienen.«

Rasch zog sich Raymond aus und drehte ihr den Rükken zu. Seine Kleider legte er, da es keinen Stuhl gab, ordentlich gefaltet auf den Boden. Dann legte er sich auf sie. In ein paar Minuten war alles vorbei.

»Du kommst rasch, was Liebling?« Mandy grinste.

Raymond wandte sich ab, wusch sich, so gut er konnte, in dem kleinen Becken, und zog sich rasch an; er wollte so schnell wie möglich von hier wegkommen.

»Kannst du mich wieder zur Tankstelle bringen?« fragte Mandy.

»Sie liegt genau in der entgegengesetzten Richtung«, antwortete er und eilte zur Tür. Sylv kam mit einem Mann die Treppe herauf. Ein paar Sekunden später saß Raymond wieder im Auto. Er fuhr rasch nach Hause, vergaß aber nicht, die Fenster zu öffnen, um den Geruch nach kaltem Tabak und billigem Parfüm loszuwerden.

Zu Hause duschte er ausführlich, bevor er sich zu Joyce ins Bett legte. Sie bewegte sich kaum.

7

Um den Verkehrsstau zu vermeiden, der sich im Lauf des Tages immer entwickelte, fuhren Charles und Fiona sehr früh nach Ascot. Wegen seiner Größe und seiner Haltung war Charles wie geboren für Frack und Zylinder, und Fiona trug einen Hut, mit dem jede weniger selbssichere Frau lächerlich ausgesehen hätte. Die

MacAlpines hatten sie für den Nachmittag eingeladen, und als sie ankamen, wurden sie schon von Sir Robert in seiner Privatloge erwartet.

»Sie müssen früh weggefahren sein«, sagte Charles.

»Etwa vor dreißig Minuten», sagte Sir Robert lachend. Fionas Blick drückte höfliche Ungläubigkeit aus.

»Ich nehme immer den Hubschrauber hierher«, erklärte er.

Zum Lunch speiste man Hummer und Erdbeeren und trank dazu einen erstklassigen Champagner, den der Kellner immer wieder nachschenkte. Charles hätte vielleicht weniger getrunken, hätte er nicht bei den ersten drei Rennen auf den Sieger gesetzt. Das fünfte Rennen verbrachte er zusammengesunken in einem Stuhl in der Ecke der Loge, und nur der Lärm hinderte ihn am Einschlafen. Hätte er nach dem letzen Rennen nicht noch einen Abschiedsdrink genommen, wäre es ihm vielleicht besser ergangen. Er hatte vergessen, daß sein Gastgeber mit dem Helikopter zurückkehrte.

Die lange Autoschlange vom Windsor Great Park bis zur Autobahn machte Charles ärgerlich, und als er endlich die M 4 erreichte, legte er den vierten Gang ein. Die Polizeistreife bemerkte er erst, als eine Sirene heulte und man ihm winkte, anzuhalten.

»Sei vernünftig, Charles«, flüsterte Fiona.

»Keine Sorge, meine Liebe, ich weiß genau, wie man mit den Hütern des Gesetzes umgeht«, erwiderte er und öffnete das Fenster, um mit dem Polizisten zu sprechen. »Wissen Sie, mit wem Sie es zu tun haben?«

»Nein, Sir, aber ich möchte, daß Sie mir folgen —«

»Bestimmt nicht, Officer, ich bin Mitglied des —«

»Sei ruhig«, sagte Fiona, »und mach dich nicht lächerlich.«

». . . Parlaments und lasse mich nicht behandeln wie . . .«

»Weißt du, wie großspurig du redest, Charles?«

»Würden Sie so freundlich sein und mich zum Polizeirevier begleiten, Sir?«

»Ich will mit meinem Anwalt sprechen.«

»Selbstverständlich, Sir. Sobald wir im Revier sind.«

Als Charles in der Wachstube ankam, war er unfähig, geradeaus zu gehen und verweigerte eine Blutprobe.

»Ich bin der konservative Parlamentsabgeordnete für Sussex Downs.«

Das wird dir auch nicht helfen, dachte Fiona, aber Charles war nicht ansprechbar und verlangte nur, sie solle den Anwalt der Familie anrufen.

Ian Kimmins sprach zuerst freundlich und dann energisch mit Charles, worauf dieser schließlich fügsam wurde. Sobald die Angelegenheit schriftlich festgehalten und unterschrieben war, fuhr Fiona ihren Mann nach Hause und betete, die Presse möge von dem Vorfall nichts erfahren.

Andrew kaufte sogar einen Fußball, versteckte ihn aber vor Louise.

Im Lauf der Monate nahm seine gertenschlanke Frau einen erschreckenden Umfang an. Andrew legte seinen Kopf an ihren Bauch und lauschte dem Herzschlag. »Er ist ein Fußballer«, erklärte er.

»Vielleicht ist sie eine Mittelstürmerin und will die weibliche Linie der Familie fortsetzen«, schlug sie vor.

»Wenn er ein Mittelstürmer sein will, muß er für Irland spielen«, meinte Andrew.

»Du chauvinistisches Macho-Schwein«, rief sie ihm nach, als er an diesem Morgen ins Unterhaus ging. Andrew liebäugelte mit den Namen Andrew, Robert und Hector; bevor er Westminster erreichte, hatte er sich für Robert entschieden. Er grüßte den Polizisten am Tor und war erstaunt, daß dieser sofort auf ihn zustürzte.

Andrew kurbelte das Fenster auf. »Was ist geschehen?«

»Ihre Frau wurde ins St. Mary-Hospital eingeliefert, Sir. Notaufnahme.«

Wäre nicht der Verkehr gewesen, Andrew hätte jede Geschwindigkeitsbegrenzung überschritten. Er betete, daß er rechtzeitig dortsein möge, andererseits wußte er, daß Louise erst im sechsten Monat war. Als er ankam, erlaubte ihm die diensthabende Ärztin nicht, seine Frau zu sehen.

»Wie geht es Louise?« waren seine ersten Worte.

Die junge Ärztin zögerte einen Moment, dann: »Ihrer Frau geht es gut, leider hat sie das Baby verloren.«

Andrew spürte, wie seine Knie weich wurden. »Gott sei Dank, daß es ihr gutgeht«, sagte er.

»Sie können Ihre Frau erst besuchen, wenn die Wirkung des Beruhigungmittels nachgelassen hat.«

»Natürlich, Frau Doktor.« Er warf einen Blick auf das Namensschild an ihrem Mantel.

»Aber es besteht kein Grund zu der Annahme, daß Sie nicht noch viele Kinder bekommen«, fügte sie freundlich hinzu, bevor er fragen konnte.

Andrew lächelte erleichtert und marschierte rastlos den Korridor auf und ab, bis die Ärztin zurückkam und ihm erlaubte, seine Frau zu sehen.

»Hoffentlich bist du nicht zu enttäuscht?« waren Louises erste Worte.

»Sei nicht dumm — wir werden ein Dutzend haben, bevor wir aufhören.« Er nahm ihre Hand.

Sie versuchte zu lachen. »Weißt du, wer der Mann meiner Ärztin ist?«

»Nein.«

»Simon Kerslake.«

»Mein Gott, ja. Tüchtiger Kerl. Hör jetzt zu, mein Mädel. Ich verspreche dir, in ein paar Tagen bist du eine neue Frau.«

»Und wenn nicht?«

»Dann bleibe ich bei der alten. Übrigens, warum fahren wir nicht für ein paar Tage nach Südfrankreich, sobald sie dich hier herauslassen?«

»Du magst ihn nicht, weil er aus dem *East End* stammt«, sagte Simon, nachdem sie den Brief gelesen hatte.

»Das ist nicht wahr«, erwiderte Elizabeth, »ich mag ihn nicht, weil ich ihm nicht traue.«

»Du hast ihn doch nur zweimal gesehen.«

»Einmal hätte genügt.«

»Also, ich muß dir sagen, ich bin von dem, was er in den letzten zehn Jahren aufgebaut hat, beeindruckt. Und ehrlich gesagt, ich kann sein Angebot nicht ablehnen«, sagte Simon und steckte den Brief ein.

»Ich weiß, daß wir ein bißchen Geld gut gebrauchen könnten, aber doch nicht um jeden Preis.«

»Man wird mir nicht oft eine solche Gelegenheit anbieten«, fuhr Simon fort, »und du weißt, wie nötig wir das Geld haben. Die Meinung, jeder Abgeordnete hätte eine lukrative Pfründe und zwei, drei Aufsichtsratposten ist reiner Unsinn. Niemand sonst hat mir, seit ich im Parlament bin, ein seriöses Angebot gemacht; zweitausend Pfund im Jahr für eine Aufsichtsratsitzung im Monat klingt doch nicht übel.«

»Und was sonst?«

»Was meinst du mit was sonst?«

»Was sonst erwartet Mr. Nethercote für seine zweitausend Pfund? Sei nicht naiv, Simon, man bietet einen solchen Betrag nicht an, ohne eine Gegenleistung zu erwarten.«

»Nun, vielleicht habe ich ein paar Kontakte und etwas Einfluß bei diesem und bei jenem . . .«

»Na klar.«

»Du magst ihn einfach nicht, Elizabeth.«

»Ich bin gegen alles, was früher oder später deiner Karriere schaden kann, Simon. Schlag dich durch, aber verlier nie deine Integrität — das sagst du doch so gern deinen Wählern in Coventry.«

Zwei Wochen später, an einem Freitagmorgen, fuhren Andrew und Louise mit einem einzigen kleinen Koffer zum Flughafen. Als Andrew die Haustür schloß, klingelte das Telefon.

»Niemand zu Hause«, rief er, »aber Montag sind wir zurück.«

Er hatte im Hotel Colombe d'Or in St. Paul eine Suite reserviert, entschlossen, Louise von London loszueisen und ihr Erholung und Sonne zu bieten. Das berühmte alte Hotel hielt alles, was der Prospekt versprach. An den Wänden hingen Picassos, Monets, Manets und Utrillos — Madame Reux hatte sie vor Jahren von Künstlern an Stelle von Geld angenommen. Als sie die Treppe zu ihrem Apartment hinaufgingen, stieß Louise fast an ein Calder-Mobile, und in ihrem Zimmer über dem Bett hing ein Courbet. Aber es war das Bett selbst, ein Himmelbett aus dem 16. Jahrhundert, das sie am meisten entzückte.

Das Essen war hervorragend, und sie wanderten jeden Tag durch die grünen Hügel der Umgebung, um abends das ganze Abendessen bewältigen zu können. Drei Tage ohne Radio ohne Fernsehen, ohne Zeitungen und Telefon brachten es zuwege, daß sie Montag morgens wieder bereit waren, es mit London aufzunehmen. Sie schworen sich, bald wiederzukommen.

Kaum war das Flugzeug gelandet, wußten sie, daß die Ferien vorbei waren. Zwanzig Minuten vergingen, bevor jemand die Türen des Flugzeugs öffnete. Nach der meilenweiten Fahrt zum Terminal in einem überfüllten Bus begann der Marsch durch den Zoll. Obwohl sie erster

Klasse geflogen waren, kam ihr Koffer fast als letzter. Und als das Taxi sich durch den Stoßzeitverkehr gekämpft hatte und vor ihrer Haustür hielt, konnte Louise nur mehr sagen: »Ich brauche wieder Ferien.« Als Andrew aufschloß, begann das Telefon zu klingeln.

»Hoffentlich hat man uns nicht das ganze Wochenende über zu erreichen versucht«, bemerkte Louise.

Als Andrew den Hörer aufnahm, wurde aufgelegt.

»Wer immer es war, ich war zu spät dran«, sagte Andrew und nahm ein paar Kuverts vom Boden auf. Es scheint eine Woche her zu sein, daß wir in Frankreich waren.« Er küßte seine Frau. »Ich muß mich umziehen und ins Unterhaus.« Er sah auf die Uhr.

»Wie hat die Nation ohne dich überlebt?« spottete sie.

Als das Telefon wieder klingelte, stieg Andrew eben aus dem Bad.

»Kannst du rangehen, Louise?« Einen Augenblick später hörte er sie die Treppe hinauflaufen.

»Andrew, es ist das Büro des Premiers.«

Nackt und naß lief er zum Telefon im Schlafzimmer.

»Hier Andrew Fraser.«

»Hier spricht Nr. 10«, sagte eine förmlich klingende Stimme. »Der Premierminister versucht seit Freitag morgens Sie zu erreichen.«

»Das tut mir leid. Ich war mit meiner Frau über das Wochenende in der Provence.«

»Tatsächlich?« sagte die Stimme völlig desinteressiert. »Kann ich dem Premierminister mitteilen, daß Sie jetzt Zeit für ihn haben?«

»Natürlich«, sagte Andrew und sah stirnrunzelnd seine nackte Erscheinung im Spiegel an. Er mußte zwei Kilo zugenommen haben. Diese Woche wollte er viermal Sqash spielen und mittags keinen Wein trinken.

»Andrew.«

»Guten Morgen, Premierminister.«

»Traurige Nachricht, die Sache mit Hugh McKenzie.«

»Ja, Sir«, sagte Andrew automatisch.

»Ich wußte schon vor der letzten Wahl, daß mit seinem Herzen etwas nicht stimmte, aber er wollte unbedingt weitermachen. Ich habe Bruce aufgefordert, der nächste Staatsssekretär zu sein; seinen Platz als Minister wird Angus übernehmen. Beide wollen Sie als neuen Unterstaatssekretär — was denken Sie darüber?«

»Ich wäre glücklich«, stammelte Andrew und versuchte die Nachricht zu verdauen.

»Gut. Übrigens, Andrew, wenn Sie die erste rote Portefeuille öffnen, werden Sie keine Flugtickets in die Provence darin finden. Ich hoffe also, daß Louise sich völlig erholt hat.« Das Gespräch war zu Ende.

Sie hatten ihn aufgespürt, aber der Premier hatte ihn in Ruhe gelassen.

Der erste offizielle Anlaß, den Andrew Fraser als Unterstaatssekretär seiner Majestät im Schottischen Büro wahrnahm, war das Begräbnis von Hugh McKenzie.

»Überlegen Sie, Simon«, sagte Ronnie vor der Tür zum Sitzungszimmer. »Zweitausend Pfund sind eine gute Sache, wenn Sie jedoch Aktien meiner Realitätenfirma kaufen, hätten Sie die Chance, ein Kapital aufzubauen.«

»Woran haben Sie gedacht?« fragte Simon, knöpfte seinen Blazer zu und versuchte, nicht aufgeregt zu wirken.

»Nun, Sie waren mir verdammt nützlich. Einige der Leute, die Sie zum Lunch mitbrachten, hätten mich nicht über die Türschwelle gelassen. Ich würde Sie billig einsteigen lassen . . . Sie können fünfzigtausend Aktien zu einem Pfund kaufen. Wenn wir in ein paar Jahren offiziell an die Börse gehen, wäre das ein Riesenprofit für Sie.«

»Fünfzigtausend Pfund aufzubringen ist nicht einfach, Ronnie.«

»Wenn Ihr Bankdirektor meine Bücher kontrolliert hat, wird er Ihnen gern das Geld leihen.«

Nachdem die Midland Bank die Buchhaltung von Nethercote und Co. geprüft und der Filialdirektor mit Simon gesprochen hatte, bewilligten sie ihm den Kredit unter der Bedingung, daß Simon die Aktien in der Bank deponierte.

Wie sehr hat Elizabeth sich doch geirrt, dachte Simon; als Nethercote und Co. ihren Gewinn für das laufende Jahr verdoppelte, brachte er seiner Frau eine Kopie des Jahresberichtes mit.

»Schaut gut aus«, mußte sie zugeben. »Aber deshalb brauche ich Ronnie Nethercote immer noch nicht zu vertrauen.«

Als Charles Seymour wegen Inbetriebnahme eines Kraftfahrzeuges im alkoholisiertem Zustand angeklagt wurde, gab er seinen Namen als C. G. Seymour an, ohne »Parlamentsmitglied« zu erwähnen. Sein Fall war der sechste an diesem Morgen; sein Anwalt Jan Kimmins entschuldigte sich im Namen seines abwesenden Klienten beim Magistrat von Reading und versicherte, daß sich der Vorfall nicht wiederholen werden. Charles erhielt eine Geldstrafe von fünfzig Pfund, der Führerschein wurde ihm für ein halbes Jahr entzogen. Der Fall war in vier Minuten erledigt.

Als Charles später von seinem Anwalt telefonisch verständigt wurde, nahm er sich Kimmins vernünftigen Rat zu Herzen und war froh, so glimpflich davongekommen zu sein. George Brown, der Außenminister der Labour-Partei, hatte nach einem ähnlichen Vorfall vor dem Hilton Hotel endlose Zeitungskommentare über sich ergehen lassen müssen.

Fiona behielt ihre Ansicht für sich.

Es war gerade die Saure-Gurken-Zeit, und die Presse

suchte verzweifelt nach Neuigkeiten. Als Charles Fall abgehandelt wurde, saß nur ein junger Reporter im Gerichtssaal, und selbst der war erstaunt über das Interesse, das sein Bericht hervorrief. Die Fotos, die man von Charles vor seinem Landhaus diskret gemacht hatte, prangten am nächsten Morgen in allen Zeitungen. Schlagzeilen meldeten, »Sohn eines Earls fährt alkoholisiert: Sechs Monate Führerscheinentzug« oder »Ascot-Gelage eines Parlamentmitgliedes endet mit saftiger Geldstrafe«. Sogar *The Times* kommentierte den Fall unter Inlandsnachrichten.

Um die Mittagszeit desselben Tages hatte jede Zeitung versucht, mit Charles Kontakt aufzunehmen — und ebenso der Fraktionsvorsitzende. Als er Charles endlich erreichte, war sein Rat kurz und unmißverständlich. Ein junger Minister des Schattenkabinetts kann diese Art von Publizität einmal überstehen. Ein zweites Mal nicht.

»Lenken Sie im nächsten halben Jahr kein Auto und chauffieren Sie nie mehr, wenn Sie etwas getrunken haben.«

Charles versprach es und hoffte, nach einem ruhigen Wochenende nichts mehr von der Affäre zu hören. Da fiel sein Blick auf die Schlagzeile der *Sussex Gazette*: »Abgeordneten erwartet Mißtrauensantrag«: Mrs. Blenkinsop, Vorsitzende des Ladys Luncheon Club brachte den Antrag ein — nicht wegen Fahrens im alkoholisierten Zustand, sondern weil er den wahren Grund verheimlicht hatte, warum er bei dem jährlichen Luncheon nicht als Redner erschienen war.

Raymond war in seiner Funktion als Unterstaatssekretär so daran gewöhnt, Briefe und Akten mit der Aufschrift »vertraulich«, »Rein persönlich« oder »streng vertraulich«, zu erhalten, daß ihm ein Brief »vertraulich und persönlich« gar nicht auffiel, obwohl die Worte in ungelenker Handschrift geschrieben waren. Er öffnete das Schreiben, während Joyce die Frühstückseier kochte.

»Vier Minuten und fünfundvierzig Sekunden, wie du sie gern hast«, sagte sie, als sie aus der Küche kam und zwei Eier vor ihn hinstellte. »Ist dir nicht gut, Lieber? Du bist weiß wie ein Laken.«

Raymond erholte sich rasch und steckte den Brief ein, bevor er auf die Uhr sah. »Hab' keine Zeit für das zweite Ei«, sagte er. »Bin schon spät für die Kabinettssitzung, ich muß laufen.«

Merkwürdig, dachte Joyce, als er zur Tür stürzte. Kabinettssitzungen fanden für gewöhnlich nicht vor zehn statt, und er hatte nicht einmal das eine Ei angerührt. Sie setzte sich und aß langsam das Frühstück ihres Mannes. Warum hatte er die ganze Post ungeöffnet liegengelassen?

Kaum saß Raymond im Fonds seines Dienstautos, als er den Brief ein zweitesmal las. Er war nicht lang:

> »Lieber »Malcolm«,
> Unsere kleine Zusammenkunft war sehr nett
> letzthin, und fünfhundert pfund würden mir
> helfen,
> sie ein für ale Mal zu vergessen
> ales Liebe, Mandy.
> P. S. werde mich bald melden.«

Er las den Brief ein drittesmal und versuchte, seine Gedanken zu ordnen. Der Brief hatte keinen Absender, der Text war voller Fehler, und es war nicht ersichtlich, wo er aufgegeben worden war. Vor dem Ministerium angekommen, blieb Raymond eine ganze Weile im Fonds sitzen.

»Geht es Ihnen nicht gut?« fragte der Chauffeur.

»Doch, doch«, erwiderte Raymond, sprang aus dem Auto und lief in sein Büro. Als er beim Schreibtisch seiner Sekretärin vorbeikam, bellte er: »Niemanden vorlassen!«

»Bitte vergessen Sie nicht die Kabinettssitzung um zehn Uhr.«

»Nein«, sagte Raymond scharf und schlug die Tür zu seinem Büro zu.

An seinem Schreibtisch sitzend versuchte er sich zu beruhigen. Was hätte er in einem solchen Fall empfohlen? »Setzen Sie sich mit einem guten Rechtsberater in Verbindung.« Raymond hielt Arnold Goddman und Sir Roger Pelham für die zwei tüchtigsten Anwälte von England. Goddman war zwar für seinen Geschmack zu berühmt, Pelham war ebenso fähig, aber in der Allgemeinheit fast unbekannt. Er rief Pelhams Kanzlei an, um einen Termin für den Nachmittag zu vereinbaren.

Während der Kabinettssitzung sprach Raymond kaum ein Wort, aber es fiel niemandem auf, da die meisten seiner Kollegen ihre eigenen Ansichten äußern wollten. Sofort nach der Sitzung nahm er ein Taxi nach High Holborn.

Roger Pelham stand von seinem großen viktorianischen Schreibtisch auf, um den jungen Politiker zu begrüßen.

»Ich weiß, wie beschäftigt Sie sind, Gould«, sagt er und ließ sich in seinen Ledersessel zurückfallen, »also will ich Ihre Zeit nicht vergeuden. Was führt Sie zu mir?«

»Es war sehr freundlich, mich sofort zu empfangen«, begann Raymond und überreichte dem Anwalt kommentarlos den Brief.

»Danke«, sagte Pelham höflich, schob seine Halbbrille etwas höher und las, bevor er sich äußerte, den Brief dreimal.

»Erpressung ist etwas, das wir alle verabscheuen«, begann er. »Sie müssen mir die volle Wahrheit sagen und nichts weglassen. Denken Sie daran, daß ich auf Ihrer

Seite bin. Sicher wissen Sie aus Ihrer Zeit bei Gericht, wie unvorteilhaft es ist, wenn man nur die Hälfte der Fakten kennt.«

Pelhams Fingerspitzen berührten sich und bildeten ein kleines Dach vor seiner Nase, während er Raymond genau zuhörte, was sich an jenem Abend zugetragen hatte.

»Wäre es möglich, daß jemand anderer Sie gesehen hat?« war Pelhams erste Frage.

Raymond überlegte und nickte. »Ja, auf der Treppe begegnete ich noch einem Mädchen.«

Pelham überflog nochmals den Brief. »Mein vorläufiger Rat«, sagte er langsam und eindringlich, während er Raymond fixierter, »lautet, nichts zu unternehmen. Ich weiß, daß Sie das nicht gern hören.«

»Aber was tue ich, wenn sie die Presse informiert?«

»Sie wird vermutlich auf jeden Fall jemanden von Fleet Street kontaktieren, ob Sie nun fünfhundert Pfund zahlen oder wesentlich mehr. Vergessen Sie nicht, Sie sind nicht der erste Minister, der erpreßt wird, Mr. Gauld. Jeder Homosexuelle im Unterhaus lebt in fortwährender Angst. Es ist eine Art Versteckspiel. Abgesehen von Heiligen gibt es nur wenige Menschen, die nichts zu verbergen haben, und der Nachteil eines Lebens in der Öffentlichkeit ist, daß eine Menge Wichtigtuer ständig auf der Suche nach solchen Dingen sind.«

Raymond schwieg und versuchte, seine Angst zu verbergen.

»Rufen Sie mich sofort unter meiner Privatnummer an, wenn der nächste Brief kommt«, sagte Pelham und schrieb eine Nummer auf.

»Danke.« Raymond war erleichtert, sein Geheimnis mit jemandem zu teilen. Pelham stand auf und begleitete ihn zur Tür. »Sicher sind Sie froh, daß das Team von Yorkshire die Provinzmeisterschaften gewonnen hat«, sagte der Anwalt, als sie durch den langen Korridor gingen. Raymond erwiderte nichts. An der Haustür schüttelten sie einander formell die Hand. »Ich warte auf Ihren Anruf«, sagte Pelham. Schade, daß der Mann sich nicht für Kricket interessiert, dachte er.

Raymond fühlte sich etwas besser, hatte jedoch den ganzen Tag Mühe, sich auf seine Arbeit zu konzentrieren und fand nachts nur wenig Schlaf. Beim Lesen der Morgenzeitung war er entsetzt, wieviel Platz Charles Seymours kleinem Fehltritt gewidmet war. Was für einen Spaß würden sie erst mit ihm haben! Als die Post kam, suchte er angsterfüllt nach der bewußten Handschrift. Der Brief war unter einem Rundschreiben verborgen. Diesmal verlangte sie, er solle die fünfhundert Pfund bei einem Zeitungsstand in Pimlico abgeben. Eine Stunde später war Rymond bei Roger Pelham.

Trotz der Wiederholung der Forderung blieb der Rat des Anwalts der gleiche.

Andrew Fraser fuhr unaufhörlich von einer Stadt zur anderen. Louise beklagte sich nicht; noch nie hatte sie ihren Mann so glücklich gesehen. Die einzige kleine Abwechslung während seiner ersten drei Monate als Minister trat ein, als Andrew seinem Vater einen Brief mit der Andrede »Dear Sir Fergus« schickte, in dem er ihm erklärte, warum er den angebotenen Rat bezüglich des *Highlands and Islands Board* ablehnen müsse. Der Satz »Ich verbrachte viel Zeit damit, beide Standpunkte kennenzulernen«, gefiel Andrew ganz besonders.

Als er sich an diesem Abend mit einem großen Whisky in seinen Lieblingssessel setzte, sagte ihm Louise, daß sie wieder ein Kind erwarte. »Wann habe ich dazu Zeit gefunden?« fragte er und nahm sie in die Arme.

»Vielleicht in der halben Stunde zwischen der Besprechung mit dem norwegischen Fischereiminister und der Rede vor der Ölkonferenz in Aberdeen?«

Als im Oktober die Jahresversammlung der Konservativen von Sussex Downs stattfand, stellte Charles erfreut fest, daß Mrs. Blenkinsop ihren Mißtrauensantrag zurückgezogen hatte. Die lokale Presse versuchte die Sache hochzuspielen, aber die nationalen Blätter berichteten nur über das Unglück in Aberfan, bei dem hundertsechzehn Schulkinder umgekommen waren. Für Sussex Downs blieb da kein Platz.

Charles' wohldurchdachte Rede wurde von der Vereinigung beifällig aufgenommen, und während der Fragestunde gab es keine peinlichen Fragen. Als sich die Seymours verabschiedeten, nahm Charles den Vorsitzenden beiseite und fragte: »Wie ist dir das gelungen?«

»Ich habe Mrs. Blenkinsop erklärt«, erwiderte der Vorsitzende, »daß es, wenn ihr Mißtrauensantrag zur Sprache käme, für den Abgeordneten schwer sein würde, meine Empfehlung zu unterstützen, ihr einen Orden für ihre Verdienste um die Partei zu verleihen. Das wird dir doch sicher gelingen, Charles?«

Charles lachte. »Scheint mir nicht unmöglich.«

Wann immer das Telefon klingelte, erwartete Raymond den Anruf eines Reporters und die Frage, ob er jemanden namens Mandy kenne. Journalisten riefen oft an, aber sie wollten nur seine Meinung über die letzten Arbeitslosenziffern oder eine Erklärung, wie er zu einer Pfundabwertung stand.

Mike Molloy, ein Reporter vom *Daily Mirror*, war der erste, der wissen wollte, was Raymond zu einem Anruf zu sagen habe, den er von einem Mädchen mit karibischem Akzent namens Mandy Page erhalten habe.

»Zu diesem Thema habe ich nichts zu sagen, bitte sprechen Sie mit meinem Anwalt, Mr. Pelham«, war Raymonds knappe Antwort. Kaum hatte er den Hörer aufgelegt, fühlte er sich elend.

Als das Telefon ein paar Minuten später wieder klingelte, nahm Raymond mit zitternder Hand den Hörer auf. Pelham bestätigte, daß Molly ihn kontaktiert habe.

»Ich nehme an, Sie haben einen Kommentar abgelehnt.«

»Im Gegenteil«, erwiderte Pelham. »Ich habe ihm die Wahrheit gesagt.«

»*Was?*« explodierte Raymond.

»Seien Sie froh, daß Sie an einen fairen Reporter geraten sind. Ich nehme an, er wird nicht einsteigen. Die Leute von Fleet Street sind nicht immer solche Scheißkerle, wie man annimmt«, sagte Pelham erstaunlicherweise und fügte hinzu: »Auch sie können zwei Dinge nicht leiden: korrupte Polizisten und Erpresser. Ich glaube nicht, daß Sie Ihren Namen morgen in der Presse finden werden.«

Roger Pelham irrte sich.

Am nächsten Morgen verlangte Raymond zur Überraschung seines Zeitungshändlers den *Daily Mirror*. Auf Seite 5 prangte Raymond Goulds Stellungnahme zu einer Abwertung: »Solange die Arbeitslosenziffern so hoch sind, kann ich eine Abwertung nicht unterstützen.« Die Fotografie neben dem Artikel war ungewöhnlich schmeichelhaft.

In der *Times* las Simon Kerslake eine ausführliche Stellungnahme des Ministers zu einer möglichen Abwertung und faßte einen Plan. Wenn er Gould dazubringen konnte, sich vor dem versammelten Unterhaus in bezug auf eine Abwertung festzulegen, dann würde ihm, wenn das Unvermeidliche geschah, nichts anderes übrig bleiben, als zu demissionieren. Simon notierte eine Frage, bevor er die übrigen politischen Kommentare durchsah.

Die Abwertungsgerüchte hatten den Konservativen bei einer Meinungsumfrage einen Vorsprung von acht Prozent gebracht, und trotz einer Mehrheit von fünfundneunzig Sitzen hatte die Regierung am Tag vorher im Unterhaus eine Abstimmung verloren. Dessenungeachtet konnte sich Simon in den kommenden zwei Jahren keine Neuwahlen vorstellen.

Simon hatte Ronnie Nethercote geraten, die Gesellschaftsanteile erst an die Börse zu bringen, wenn die Konservativen wieder an der Macht waren. »Das Klima«, so versicherte er Ronnie, »wird dann wesentlich günstiger sein.«

Nach einem halben Jahr Führerscheinentzug war Charles Seymour froh, wieder am Lenkrad sitzen zu können, und er lächelte, als Fiona ihn auf ein Foto der glücklichen Mrs. Blenkinshop aufmerksam machte, die einem Reporter der *Sussex Gazette* vor dem Buckingham Palace ihren Orden zeigte.

Sechs Monate nach seinem ersten Besuch bei Roger Pelham erhielt Raymond Gould von seinem Anwalt eine Honorarnote über fünfhundert Pfund für geleistete Dienste.

8

Die Kollegen hatten Andrew gewarnt, er würde seine erste Fragestunde kaum je vergessen. An das Schottische Büro gerichtete Anfragen werden einmal in vier oder fünf Wochen gestellt, und jeder Minister beantwortet sie für sein Ressort zwischen zwei Uhr fünfunddreißig und drei Uhr fünfzehn. Vierzig Minuten oder eine Stunde lang haben sie etwa fünfundzwanzig Anfragen zu beantworten. Diese sind jedoch nicht das eigentliche Problem; es sind die Zusatzfragen.

Jeder Abgeordnete kann jedem Minister eine Frage stellen und sie scheinbar harmlos formulieren. »Wann beabsichtigt der Minister wieder Aberdeen zu besuchen?« Darauf antwortet der betreffende Minister vielleicht »nächste Woche« oder »Im Augenblick ist kein Besuch vorgesehen.« Wenn aber der Abgeordnete, der die Frage stellt, aufsteht, um eine Zusatzfrage zu stellen, kann er ein ganz anderes Thema anschneiden. »Weiß der Minister, daß Aberdeen die höchste Arbeitslosenrate des Vereinigten Königreiches hat, und wie beabsichtigt Ihr Ministerium dieses Problem zu lösen?« Der unglückliche Minister muß darauf sofort eine überzeugende Antwort finden.

Um den Minister gründlich vorzubereiten, prüfen seine Mitarbeiter am Morgen alle eingebrachten Fragen und suchen nach etwaigen Fallen, die ihn in Verlegenheit bringen könnten. Überdies wird eine Reihe von möglichen Zusatzfragen mit den entsprechenden Antworten ausgearbeitet. Natürlich können sich Minister bei den Kollegen ihrer Fraktion immer erkundigen, was sie mit ihren Fragen bezwecken, die Mitglieder der Oppostion aber benutzen die Fragestunde dazu, etwaige Schwächen des Ministers aufzuspüren und so die Regierung zu blamieren.

Andrew bereitete sich auf die erste Fragestunde sehr gründlich vor, obwohl die älteren und erfahrenen Minister des Schottischen Büros beschlossen hatten, jede gefährliche Frage zu übernehmen. Schließlich mußte er nur eine Frage der Oppostition und vier seiner eigenen Partei beantworten. Dazu kam, daß Anfrage Nr. 23 von einem konservativen Abgeordneten vermutlich nicht vor drei Uhr fünfzehn vorgebracht werden würde, und zu diesem Zeitpunkt beantwortete bereits der Premier die Fragen.

Andrews Antworten auf die Fragen Nr. 5, 9, 11 und 14 waren problemlos. Er schlug seine rote Mappe auf und stellte erfreut fest, wie gut man ihn auf alles vorbereitet hatte. Als um drei Uhr zehn Frage Nr. 19 an die Reihe kam, entspannte sich Andrew zum erstenmal an diesem Tag.

Jetzt betrat Harold Wilson das überfüllte Unterhaus, ging an dem Tisch in der Mitte des Saales vorbei und bückte sich ein wenig, um die Sicht des Speakers auf die Regierungsbänke nicht zu blockieren. Man hatte dem Premier einen Platz zwischen dem Schatzkanzler und dem Außenminister reserviert. Dort wartete er, bis es Viertel nach drei wurde.

Der Speaker rief Frage Nr. 21 auf, aber das Mitglied war nicht anwesend. Er rief Nr. 22 auf und wieder meldete sich niemand. Offenbar hatten die aufgerufenen Abgeordneten nicht damit gerechnet, an die Reihe zu kommen. Um drei Uhr dreizehn wurde Anfrage Nr. 23 verlesen. Sie lautete: »Wurde der Minister aufgefordert, das *Kinross Nursing Home* zu besuchen?« Andrews Knie zitterten.

Er stand auf, öffnete seine Mappe und sagte: »Nein, Sir.«

»Niemand im Haus wird über die Antwort des Ministers erstaunt sein«, sagte George Younger, Abgeordneter von Ayr, »denn das Pflegeheim zählt 49 Insassen, von denen 47 ihren eigenen Fernseher haben; daher verlangt der Minister 47 Lizenzgebühren. Würden sich alle Heiminsassen in einem Raum versammeln, könnte er nur eine Lizenzgebühr erwarten. Ist das ein weiteres Beispiel für das Altersversorgungsprogramm der Labour-Partei, von dem wir so viel hören?«

Unter den Rufen der Opposition »Antwort, Antwort«, stand Andrew auf. Es sah in seiner Mappe nach und fand vorbereitete Antworten bezüglich medizinischer Betreuung, Alterspensionen, zusätzlichen Vergünstigungen, Lebensmittelzuweisungen, aber nichts über Fernsehlizenzen. Als er hilflos dastand, merkte er zum erstenmal, wie es einem Minister ergehen kann, wenn er nicht auf alles vorbereitet ist. Dem Zuschauer mag dieses System wundervoll demokratisch erscheinen — solange man selbst nicht der Christ ist, der sich dreihundert Löwen gegenübersieht.

Einer der Sekretäre in der offiziellen Loge hinter dem Speaker schob ihm eine handgeschriebene Notiz zu. Da er keine Zeit hatte, sie zu prüfen, mußte er sie sofort verlesen.

»Diese Entscheidung wurde von der letzten Regierung getroffen, welcher der verehrte Gentleman als Mitglied angehörte. Wir sahen keinen Grund, die Entscheidung rückgängig zu machen«, las er vor. Er kam sich vor wie ein Papagei. Unter höflichem Gemurmel von den Regierungsbänken setzte er sich wieder, sichtlich erleichtert.

Mr. Younger stand auf, und man gestattete ihm eine zweite Zusatzfrage. »Mr. Speaker, wir haben uns an diese Art Ungenauigkeit von seiten der Regierung gewöhnt. Die erwähnte Entscheidung wurde letztes Jahr vom Staatssekretär getroffen, und wenn der Minister seine Recherchen etwas genauer anstellt, wird er feststellen, daß damals seine Partei an der Macht war.« Die Opposition brüllte begeistert.

Wieder stand Andrew auf und klammerte sich an das Rednerpult, um nicht zu zeigen, daß er vor Angst bebte. Einige Mitglieder auf der Regierungsbank hielten die Köpfe gesenkt. Die Opposition hatte einen guten Coup gelandet und wieherte vor Vergnügen. Andrew erinnerte sich an Lord Attlees Worte: »Wenn du dich vor dem Unterhaus blamierst, gib es zu, entschuldige dich und setz dich wieder.«

Andrew wartete, bis es wieder stiller wurde, bevor er antwortete. »Der Staatssekretär warnte mich, daß ein neuer Minister seine erste Fragestunde nie vergessen werde. Ich muß ihm recht geben.« Er wußte, daß die Stimmung im Haus in Sekundenschnelle umschlagen kann, und spürte, daß jetzt eine solche Sekunde war. Rasch fuhr er fort: »Was die Frage nach den Fernsehgebühren im Pflegeheim von Kinross betrifft, entschuldige ich mich bei dem geehrten Mitglied von Ayr für meinen Irrtum. Ich werde den Fall sofort prüfen und ihm binnen vierundzwanzig Stunden eine schriftliche Antwort zugehen lassen.« »Hört, hört«, kam es jetzt von seinen eigenen Bänken, und die Opposition blieb ruhig. Mr. Younger versuchte nochmals zu unterbrechen, aber da Andrew weitersprach, mußte er sich setzen. Es war drei Uhr vierzehn. »Ich gebe meiner Großmutter die Schuld«, fuhr Andrew fort, »die als Präsidentin des Kinross Pflegeheimes und als eiserne Konservative immer für höhere Alterspensionen eingetreten ist und nichts von falschen Unterstützungen hielt, die niemals allen gerecht werden.« Jetzt lachten die Labour-Mitglieder, und alle Köpfe auf der Regierungsbank drehten sich nach dem neuen Minister um, der neben dem Rednerpult stehenblieb, bis es wieder still war. »Meine Großmutter wäre beglückt zu erfahren, daß diese Regierung die Alterspension in den letzten drei Jahren um fünfzig Prozent erhöht hat.« Jetzt jubelten die Labour-Leute auf den hinteren Bänken, während die Opposition verärgert schwieg.

Es war genau drei Uhr fünfzehn, und der Speaker sagte: »Anfragen an den Premierminister.«

Andrew Fraser hatte sich einen Namen gemacht in der Politik, und während das Gelächter verklang, fuhr sich ein Mann am Ende der vordersten Bank durch das rote Haar und fragte sich, ob er jemals Andrews Geschicklichkeit erreichen würde. Auf einer Hinterbank der Opposition nahm sich Simon Kerslake vor, sehr vorsichtig zu sein, sollte er Andrew Fraser je eine scharfe Frage stellen.

Sobald die Fragen an den Premier vorüber waren, fuhr

Simon in die Whitechapel Road. Er kam ein paar Minuten nach Beginn von Nethercotes Aufsichtsratssitzung an, nahm seinen Sitz ein und hörte Ronnie zu, der von einem neuen Coup berichtete.

Er habe an diesem Morgen einen Vertrag unterschrieben, in der City einen größeren Häuserblock für fünfzehn Millionen Pfund zu übernehmen; die garantierten Zinseinnahmen in den ersten fünf Jahren einer Einundzwanzig-Jahre-Miete betrugen mehr als 1,1 Millionen per annum mit einer Zinskorrektur alle sieben Jahre. Simon beglückwünschte ihn und fragte, ob dies einen Einfluß auf den Zeitpunkt habe, an dem die Gesellschaft an die Börse gehen wolle.

»Warum fragen Sie?«

»Weil ich es immer noch für besser halte, das Resultat der nächsten Wahl abzuwarten. Wenn die Konservativen wieder an die Macht kommen, wie es die Meinungsumfragen prophezeien, dann wird sich das ganze Klima ändern.«

»Und wenn sie nicht an die Macht kommen? Ich werde nicht mehr lange zuwarten.«

»Auch mit diesem Entschluß muß ich mich einverstanden erklären«, erwiderte Simon.

Nach der Sitzung lud ihn Nethercote in sein Büro zu einem Drink ein.

»Ich möchte Ihnen danken«, sagte Ronnie, »daß Sie mich Harold Samuel und Louis Freedman vorgestellt haben. Dadurch ging das Geschäft wesentlich glatter.«

»Soll das heißen, daß ich weitere Aktien kaufen kann?«

Ronnie zögerte. »Warum nicht? Sie haben sie verdient. Aber nur zehntausend. Stürmen Sie nicht zu sehr voran, Simon, sonst könnten die anderen Direktoren eifersüchtig werden.«

Unterwegs — er wollte Elizabeth abholen — beschloß

Simon, eine zweite Hypothek auf das Haus in der Beaufort Street aufzunehmen, um Bargeld für die neuen Anteile flüssig zu machen. Er genoß den Gedanken an einen Wahlsieg der Konservativen; vielleicht würde er einen Regierungsposten bekommen, und bestimmt könnte er dann seine Aktien für eine Summe verkaufen, die den fortwährenden Sorgen, wie man die Erziehung der Kinder finanzieren soll, ein Ende machte. Vielleicht könnte er Elizabeth sogar jenen Urlaub in Venedig bieten, von dem sie so oft sprach.

Als er zum Krankenhaus kam, wartete Elizabeth schon vor dem Tor. »Wir werden doch nicht zu spät kommen?« waren ihre ersten Worte.

»Nein.« Simon sah auf die Uhr am Amaturenbrett und lenkte den Wagen in Richtung Beaufort Street.

Fünf Minuten bevor der Vorhang hochging, waren sie im Saal. Gegeben wurde eine Pantomime, »The Water Babys« von Charles Kingsley, in der ihre beiden Söhne, wie sie ihren Eltern versichert hatten, wichtige Rollen spielten. Henry war eine Krabbe, die sich zwar ständig auf der Bühne befand, jedoch während der ganzen Vorstellung auf dem Bauch lag, ohne auch nur ein Wort zu äußern. Michael, der die letzte Woche seinen Text auswendig gelernt hatte, spielte ein kleines Wasserbaby, das letzte in einer Reihe von zwölf. Seine Rolle bestand aus einem Satz: »Wenn Erwachsene alle Meeresfische fressen, dann bleibt mir nichts mehr zu essen.« Neptun richtete seinen königlichen Blick auf Michael und sagte: »Gib nicht uns die Schuld, dein Vater ist Parlamentsmitglied.« Worauf Michael den Kopf senkte und rot wurde, jedoch nicht so sehr wie Elizabeth, als sich das Publikum nach ihnen umdrehte und Simon anlächelte, der so verlegen war, als sei er inmitten einer wilden Debatte im Unterhaus.

Nachher beim Kaffee gab der Direktor zu, daß man

den Satz ohne Billigung des verstorbenen Charles Kingsley hinzugefügt hatte. Als Simon und Elizabeth die Kinder nach Hause brachten, bestanden sie darauf, Michaels Satz fortwährend zu wiederholen.

»Würde der Unterstaatssekretär in seinem Amt verbleiben, wenn die Regierung ihren Standpunkt ändert und das Pfund abwertet?«

Raymond Gould erblaßte, als er Simon Kerslakes Frage hörte. Er verdankte es seiner juridischen Bildung und seinem profunden Wissen, daß nur die besonders redegewandten oder erfahrenen Kollegen ihn herausforderten. Doch Raymond hatte eine Achillesferse — und das war die in seinem Buch festgehaltene Überzeugung, daß die Regierung unter keinen Umständen das Pfund abwerten werde. Von den Hinterbänken wurde er immer wieder zu dem Thema befragt, aber es war Simon Kerslake, der mit seiner Frage ins Schwarze getroffen hatte.

Andrew, auf der Regierungsbank sitzend, legte sich im Geist eine scharfe Antwort über die kollektive Verantwortung seines Kollegen zurecht, Raymond Gould aber erwiderte etwas großspurig: »Die Politik der Regierung Ihrer Majestät ist zu hundert Prozent gegen eine Abwertung, und deshalb ist die Frage hinfällig.«

»Abwarten«, rief Kerslake.

»Zur Ordnung«, sagte der Speaker und wandte sich an Simon, während Raymond wieder seinen Platz einnahm. »Das verehrte Mitglied weiß genau, daß es das Haus nicht sitzend ansprechen darf. Der Unterstaatssekretär.«

Wieder stand Raymond auf. »Diese Regierung hält ein starkes Pfund für die beste Garantie, die Arbeitslosenrate niedrig zu halten.«

»Was aber würdest du tun, falls das Kabinett doch abwertet?« fragte ihn Joyce, als sie am nächsten Morgen die Antwort ihres Mannes in der *Times* las.

Raymond wußte, daß eine Abwertung mit jedem Tag wahrscheinlicher wurde. Der starke Dollar trieb die Importkosten in die Höhe, und nach einer Reihe von Streiks im Sommer 1967 fragten ausländische Bankiers nicht mehr ob, sondern wann.

»Ich müßte zurücktreten«, beantwortete Raymond Joyces Frage.

»Warum? Kein anderer Minister wird zurücktreten.«

»Leider hat Kerslake recht. Ich habe mich festgelegt, und er hat das Seinige dazu getan, daß es jeder weiß. Aber mach dir keine Sorgen. Harold wird niemals abwerten. Das hat er mir wiederholt versichert.«

»Er muß es sich nur anders überlegen.«

Während der folgenden Wochen verstärkte sich der Druck auf das Pfund, und Raymond fürchtete, Joyce könne recht behalten.

Andrew hatte »Beschäftigung um jeden Preis?« gelesen und hielt es für eine ausgezeichnete Studie, obwohl er nicht allem, was klein gedruckt war, beipflichtete. Er selbst war für eine Abwertung, nur meinte er, man hätte sie aber in der ersten Woche der Labour-Regierung durchführen sollen, so daß man die Konservativen dafür hätte verantwortlich machen können. Nach drei Jahren und einem zweiten Wahlsieg würde man eine solche Maßnahme empörend finden.

Louises Niederkunft rückte näher, und ihr Umfang nahm mit jedem Tag zu. Andrew nahm ihr so viel Arbeit ab wie möglich, bereitete sich jedoch nicht so demonstrativ auf die Geburt vor, weil er das Gefühl hatte, sein hemmungsloser Enthusiasmus habe vielleicht zu ihrer Ängstlichkeit vor der ersten Geburt beigetragen. So oft wie möglich brachte er die roten Portefeuilles abends nach Hause, trotzdem war es eine Ausnahme, wenn er vor elf Uhr nach Cheyne Walk zurückkam.

»Jeden Abend um zehn Uhr abzustimmen und manchmal die halbe Nacht weiterzumachen, ist ein System, das die übrige Welt nicht nachahmenswert findet«, sagte er zu Louise nach einer besonders ermüdenden Sitzung. Er konnte sich nicht einmal erinnern, worüber man abgestimmt hatte — obwohl er das nicht zugab.

Als sie eine Woche zu früh ins Krankenhaus kam, versicherte ihr Elizabeth Kerslake, sie brauche sich keine Sorgen zu machen; zwei Tage später brachte Louise ein hübsches Mädchen zur Welt.

Andrew hatte eine Sitzung über Wohnverhältnisse in den *Lowlands*, als die Oberschwester der Klinik anrief, um ihn zu beglückwünschen. Er ging zum Kühlschrank und holte den Champagner heraus, den sein Vater ihm geschickt hatte, als er ins Schottische Büro eingetreten war. Jeder seiner Mitarbeiter bekam einen Plastikbecher voll.

»Etwas besser, als aus der Flasche zu trinken«, sagte er und verabschiedete sich, um ins Krankenhaus zu fahren. Zu seiner Freude hatte Elizabeth Kerslake Dienst. Sie teilte ihm mit, daß seine Frau nach einem komplizierten Kaiserschnitt noch benommen sei. Aber sie führte ihn zu seiner Tochter, die zur Beobachtung in einem Inkubator lag.

»Kein Anlaß zur Sorge«, versicherte sie ihm. »Wir machen das immer nach einem Kaiserschnitt, weil wir ein paar Routinetests durchführen.«

Andrew starrte in die großen blauen Augen seiner Tochter. Er wußte, daß sich das noch ändern konnte, das weiche kurze Kopfhaar aber war jetzt schon dunkel.

Eine Stunde später, als das Baby eingeschlafen war, kehrte er ins *Dover House* zurück, wo im Büro des Staatssekretärs zum zweitenmal gefeiert wurde, diesmal wurde der Champagner jedoch in Kristallgläsern gereicht.

Als Andrew zu Bett ging, versank er dank des Champagners in tiefen Schlaf. Sein einziges Problem war, wie seine Tochter heißen sollte. Louise fand Lucy am hübschesten.

Das Telefon klingelte eine ganze Weile, bevor er antwortete. Sobald er den Hörer aufgelegt hatte, zog er sich an und fuhr ins Krankenhaus. Er parkte das Auto und lief zu dem jetzt schon vertrauten Pavillon. Elizabeth Kerslake erwartete ihn an der Tür. Sie sah müde und zerschlagen aus; trotz ihrer Erfahrung hatte sie Mühe, Andrew zu erklären, was geschehen war.

»Ihre Tochter ist vor vierzig Minuten gestorben. Das Herz hat ausgesetzt. Glauben Sie mir, wir haben alles versucht.«

Andrew sank auf eine Bank im Korridor und brachte minutenlang kein Wort hervor. »Wie geht es Louise?« fragte er schließlich.

»Sie weiß es noch nicht. Sie ist immer noch unter dem Einfluß der Narkose. Gott sei Dank hat sie das Baby nicht gesehen.«

Andrew schlug auf sein Bein ein, bis es gefühllos war. Plötzlich hörte er auf. »Ich werde es ihr sagen«, flüsterte er und blieb sitzen, während ihm Tränen über die Wangen liefen. Wortlos setzte sich Elizabeth neben ihn. Sie verließ ihn erst, als sie nachsehen ging, ob Mrs. Fraser soweit war, ihren Mann zu empfangen.

Louise wußte es, sobald Andrew das Zimmer betrat. Es dauerte eine Stunde, bis es ihr gelang zu lächeln.

»Ich bin sicher, Alison McKenzie hätte dir ein Dutzend Söhne geschenkt«, sagte sie in dem Versuch, ihm ein Lächeln zu entlocken.

»Bestimmt«, erwiderte Andrew, »aber sie wären alle dumm und häßlich gewesen.«

»Du hast recht«, sagte Louise, »aber das wäre nicht ihre Schuld gewesen.«

Beide versuchten zu lachen.

Kurz nach vier kehrte Andrew nach Hause zurück. Aber es dauerte Stunden, bis er einschlief.

Der große Redner Jain Macleod sagte einmal, es seien die ersten zwei Minuten einer Rede, die über den Erfolg entscheiden. Entweder bekommt man die Zuhörer in den Griff, oder man verliert sie. Und wenn man die Aufmerksamkeit des Unterhauses einmal verloren hat, kann man es kaum wieder fesseln. Als man Charles Seymour nach der Wirschaftsdebatte einlud, die Schlußworte für die Opposition zu sprechen, fühlte er sich gut vorbereitet. Er machte sich keine Illusionen, daß er die Hinterbänkler der Regierung umstimmen könne, hoffte jedoch, die Presse würde am nächsten Tag berichten, er habe die Debatte beherrscht und die Regierung in Verlegenheit gebracht. Die Administration war von den täglichen Gerüchten über die Abwertung sowie von finanziellen Nöten zermürbt, und Charles war zuversichtlich, daß dies die Gelegenheit sei, sich einen Namen zu machen.

Große Debatten im britischen Parlament beginnen üblicherweise nach der Fragestunde um halb vier, können aber verschoben werden, wenn Minister Erklärungen abgeben. Der Minister des betroffenen Ressorts hält eine etwa dreißig Minuten lange Eröffnungsrede, dann spricht der Redner der Opposition ungefähr ebenso lang. Reden von Hinterbänklern, die länger als fünfzehn Minuten dauern, werden schlecht aufgenommen. Manche der denkwürdigsten Reden im Unterhaus dauerten nicht länger als sechs, sieben Minuten, manche der schlechtesten über eine halbe Stunde. Um neun Uhr gibt der Sprecher der Opposition die letzten Erklärungen ab, um halb zehn spricht ein Kabinettsmitglied das Schlußwort.

Als Charles aufstand, beabsichtigte er, den Standpunkt der Torys zur Wirtschaftspolitik der Regierung klarzumachen, auf die fatalen Folgen einer Abwertung, auf die Rekordinflation gekoppelt mit einer Rekordverschuldung und auf einen Vertrauensschwund hinzuweisen, wie ihn kein Parlamentarier je erlebt hatte.

In seiner ganzen Größe stand er da und sah kampfeslustig auf die Regierungsbänke herab.

»Mr. Speaker«, begann er, »ich kann nicht denken . . .«

»Dann reden Sie nicht«, rief jemand von den Labour-Bänken. Gelächter ertönte, während Charles sein anfänglich allzu großes Selbstvertrauen verfluchte und wieder begann:

»Ich kann mir nicht vorstellen . . .«

»Auch keine Vorstellungsgabe«, rief eine andere Stimme. »Typisch Tory.«

». . . warum dieser Antrag überhaupt unterbreitet wurde.«

»Bestimmt nicht, damit Sie uns Unterricht in öffentlichen Ansprachen erteilen.«

»Zur Ordnung«, knurrte der Speaker. Aber es war zu spät.

Das Haus hatte sich abgewandt, und Charles kämpfte sich durch eine halbe Stunde der Peinlichkeiten, bis nur noch der Speaker seinen Worten zuhörte. Ein paar Abgeordnete seiner eigenen Fraktion hatte die Füße auf den Tisch gelegt und dösten mit geschlossenen Augen vor sich hin. Die Hinterbänkler auf beiden Seiten unterhielten sich miteinander und warteten auf die Zehn-Uhr-Abstimmung; die schlimmste Erniedrigung, die das Haus einem schlechten Redner antun kann. Während Charles sprach, mußte der Speaker das Unterhaus einige Male zur Ordnung rufen und sogar aufstehen, um lärmende Mitglieder zurechtzuweisen. »Mit diesem Benehmen schadet sich das Unterhaus selbst.« Aber die Bitte stieß auf taube Ohren, und man unterhielt sich weiter. Um halb zehn setzte sich Charles schweißgebadet nieder. Ein paar seiner Hinterbänkler schwangen sich zu einem matten »Hört, hört« auf.

Als der Kabinettminister seine Rede damit begann, Charles Tirade als das Schwächste zu bezeichnen, das er in seiner langen politischen Karriere gehört hatte, war das vielleicht ein bißchen übertrieben, aber nach den Gesichtern der Konservativen zu schließen, schienen viele Oppositionsmitglieder seine Meinung zu teilen.

9

Die Entscheidung fiel im Kreis der zwölf Kabinettsmitglieder am Donnerstag, den 16. November 1967. Freitag wußte jeder Bankbeamte in Tokio das Geheimnis, und als der Premier am Samstagnachmittag die Entscheidung offiziell bekanntgab, hatte die *Bank of England* auf den internationalen Devisenmärkten sechshundert Millionen Dollar an Reserven verloren.

An diesem Tag war Raymond in Leeds und hielt eine seiner zweiwöchentlichen Sprechstunden für seine Wähler ab. Er erklärte eben einem jungverheirateten Paar die Wohnbaubestimmungen, als Fred Padgett, sein Vertreter, ins Zimmer stürzte.

»Tut mir leid, dich zu unterbrechen, Raymond, aber ich dachte, du willst es sofort wissen. Nr. 10 teilte eben mit, daß das Pfund von $ 2.80 auf $ 2.40 abgewertet wurde.« Sekundenlang war Raymond völlig benommen, und alle Wohnungsprobleme verschwanden aus seinen Gedanken. Ausdruckslos starrte er die zwei jungen Leute an, die gekommen waren, um seinen Rat zu hören.

»Bitte entschuldigen Sie mich einen Moment, Mr. Higginbottom«, sagte Raymond höflich, »ich muß telefonieren.« Der Moment dauerte fünfzehn Minuten; Raymond bekam einen Beamten des Finanzministeriums an den Apparat, der die Nachricht bestätigte. Dann rief er Joyce an und sagte ihr, sie möge bis zu seiner Rückkehr keinen Anruf beantworten. Es dauerte einige Minuten, bis er sich so weit gesammelt hatte, daß er wieder in sein Büro gehen konnte.

»Wie viele Leute warten noch auf mich, Fred?«

»Nach den Higginbottoms kommt nur noch der verrückte Major, der immer noch überzeugt ist, daß die Marsmenschen auf dem Dach des Rathauses von Leeds landen werden.«

»Warum sollten sie ausgerechnet zuerst nach Leeds kommen?« fragte Raymond und versuchte, seine Bestürzung hinter einem schwachen Scherz zu verbergen.

»Wenn sie Yorkshire in der Hand haben, ist alles andere ein Kinderspiel.«

»Diese Behauptung läßt sich schwer widerlegen. Sag dem Major, wie sehr mich das Problem beschäftigt. Ich werde mich an das Verteidigungsministerium um Rat wenden. Er möchte bitte in meine nächste Sprechstunde kommen, bis dahin sollte ein strategischer Plan ausgearbeitet sein.«

Fred Padgett grinste. »Davon wird er seinen Freunden zwei Wochen lang erzählen.«

Raymond kehrte zu den Higginbottoms zurück und versicherte, ihnen in ein paar Tagen bei ihrem Wohnungsproblem helfen zu können. Er machte sich eine Notiz, den für die Wohnungspolitik im Kreis Leeds verantwortlichen Beamten anzurufen.

»Was für ein Nachmittag«, rief Raymond, als sie gegangen waren. »Eine mißhandelte Frau; kein Strom in einem Haus mit vier Kleinkindern; die Verschmutzung des Aire, ein schreckliches Wohnungsproblem; gar nicht zu reden von dem verrückten Major und seinen Marsmenschen. Und jetzt auch noch die Nachricht von der Abwertung.«

»Wie kannst du so ruhig sein?« fragte Fred Padgett.

»Weil ich es mir nicht leisten kann, irgend jemandem zu zeigen, was ich wirklich empfinde.«

Üblicherweise ging Raymond nach seiner Sprechstunde in irgendein Pub, um bei einem Glas Bier mit seinen Wählern zu schwatzen. Das gab ihm Gelegenheit zu hören, was sich in den letzten Wochen in Leeds zugetragen hatte. Diesmal ließ er es sein und kehrte rasch ins Haus seiner Eltern zurück.

Joyce berichtete, das Telefon habe so oft geklingelt, daß sie den Hörer weggelegt habe, ohne seiner Mutter den Grund zu sagen.

»Sehr vernünftig«, lobte Raymond.

»Was wirst du tun?«

»Natürlich zurücktreten.«

»Warum, Raymond? Es wird deiner Karriere nur schaden.«

»Vielleicht hast du recht, aber das wird mich nicht hindern.«

»Du fängst eben erst an, mit deiner Arbeit zurechtzukommen.«

»Joyce, ich will nicht pompös daherreden, ich weiß, ich habe viele Fehler, aber ich bin kein Feigling und bestimmt nicht so egozentrisch, alle meine Prinzipien über Bord zu werfen.«

»Weißt du, du redest wie ein Mann, der dazu bestimmt ist, Premierminister zu werden.«

»Vorhin hast du gesagt, es werde meiner Karriere schaden. Du mußt dich entscheiden.«

»Das habe ich schon.«

Raymond lächelte müde, bevor er in sein Arbeitszimmer ging und einen kurzen handgeschriebenen Brief aufsetzte.

Samstag, 18. November 1967

Sehr geehrter *Prime Minister*,

In Anbetracht der heute abend verkündeten Entscheidung über eine Abwertung und des von mir stets vertretenen Standpunktes, bleibt mir keine andere Wahl, als mein Amt als *Under Secretary of State* im Arbeitsministerium zurückzulegen. Ich möchte Ihnen danken, daß ich Gelegenheit hatte, in Ihrer Regierung zu arbeiten. Seien Sie versichert, daß ich die Regierung weiterhin in allen anderen Fragen von den hinteren Bänken aus unterstützen werde.

Ihr Raymond Gould

Als Samstag abends das rote Portefeuille zum letztenmal bei ihm abgegeben wurde, bat Raymond den Boten, seinen Brief sofort in die Downing Street Nr. 10 zu bringen. Als er die Portefeuille öffnete, fiel ihm ein, daß sein Ministerium am Montag Fragen über die Beschäftigungslage beantworten mußte. Wer da wohl meinen Platz einnehmen wird, fragte sich Raymond.

Wegen der vielen mit der Abwertung zusammenhängenden Details kam der Premier erst Sonntag morgens dazu, Raymonds Brief zu lesen. Bei Gould war der Hörer immer noch abgehängt, als man ein aufgeregtes Klopfen an der Tür hörte.

»Geh nicht hin«, sagte Raymond, »bestimmt ist es die Presse.«

»Nein, es ist Fred«, verkündete Joyce, durch den Vorhang schauend.

Sie öffnete die Tür. »Wo zum Teufel ist Raymond?« waren Freds erste Worte.

»Da bin ich«, Raymond kam, die Zeitung in der Hand, aus der Küche.

»Der Premierminister versucht schon den ganzen Morgen dich zu erreichen.« Raymond legte den Hörer aufs

Telefon, nahm ihn wieder auf und wählte London WHI 4433. Sofort meldete sich der Premier. Er ist erstaunlich ruhig, fand Raymond.

»Haben Sie sich schon gegenüber der Presse geäußert, Ray?«

»Nein, ich wollte sichergehen, daß Sie zuerst meinen Brief bekommen haben.«

»Gut, bitte erwähnen Sie Ihren Rücktritt gegenüber niemandem, bis wir uns gesprochen haben. Können Sie um acht Uhr in Downing Street sein?«

»Ja, Premierminister.«

»Und nicht vergessen: Kein Wort zur Presse.«

Der Hörer wurde aufgelegt.

Kaum eine Stunde später war Raymond unterwegs nach London und kurz nach sieben kam er in Lansdowne Road an. Wieder klingelte das Telefon. Er hätte es gern ignoriert, dachte jedoch, es könnte Downing Street sein.

»Hallo.«

»Spricht dort Raymond Gould?« fragte eine Stimme.

»Wer spricht?«

»Walter Terry vom *Daily Mail.*«

»Kein Kommentar«, sagte Raymond.

»Finden Sie, der Premier hatte recht, abzuwerten?«

»Kein Kommentar, Walter.«

»Bedeutet das, daß Sie zurücktreten werden?«

»Walter, kein Kommentar.«

»Haben Sie bereits Ihre Demission angeboten?«

Raymond zögerte.

»Das dachte ich mir«, sagte Terry.

»Ich habe nichts gesagt.« Ärgerlich legte Raymond den Hörer wieder neben die Telefongabel.

Er wusch sich und wechselte rasch das Hemd. Als er forteilte, übersah er fast eine Nachricht, die auf der Türmatte lag. Er hätte sie auch nicht aufgehoben, wäre nicht in der linken Ecke in großen schwarzen Lettern »Premierminister« gestanden. Raymond riß das Kuvert auf. Man bat ihn, bei seiner Ankunft nicht die vordere Tür, sondern einen Hintereingang von Downing Street zu benutzen. Eine kleine Skizze war beigelegt. Der ganze Zirkus begann Raymond zu langweilen.

Zwei Journalisten erwarteten ihn an der Tür und folgten ihm zum Auto.

»Haben Sie demissioniert, Minister?«

»Kein Kommentar.«

»Sind Sie auf dem Weg zum Premierminister?«

Ohne zu antworten, sprang Raymond in den Wagen und fuhr so rasch weg, daß die beiden Reporter keine Chance hatten, ihn einzuholen.

Fünf Minuten vor acht saß er im Vorzimmer von Downing Street Nr. 10. Um acht Uhr wurde er in Harold Wilsons Arbeitszimmer geführt. Zu seiner Überraschung sah er den Staatssekretär des Arbeitsministeriums in einer Ecke sitzen.

»Ray, wie geht es Ihnen?« fragte der Premier.

»Danke gut, Premierminister.«

»Ich habe Ihren Brief bedauert und verstehe Ihre Lage sehr gut, aber ich hoffe, wir können eine Lösung finden.«

»Eine Lösung finden?« wiederholte Raymond verwirrt.

»Nun, wir verstehen, daß die Abwertung ein Problem für Sie ist. Aber ich dachte, daß eine Versetzung als *Staatsminister* ins Außenamt ein Ausweg aus dem Dilemma wäre. Es ist eine Beförderung, die Sie sich verdient haben.«

Raymond zögerte, der Premier fuhr fort. »Es wird Sie vielleicht interessieren, daß auch der Finanzminister zurückgetreten ist, aber wir werden ihn ins Innenministerium versetzen.«

»Ich bin überrascht«, sagte Raymond.

»Mit all den Problemen, die wir in Rhodesien und Europa zu bewältigen haben, könnten wir Ihre juridischen Kenntnisse gut gebrauchen.«

Raymond schwieg und hörte dem Premierminister zu. Jetzt wußte er, wie seine Entscheidung ausfallen würde.

Zum erstenmal im Leben haßte Raymond die Politik.

Der Montag beginnt im Unterhaus meistens ruhig. Wissend, daß die Abgeordneten aus ihren Wahlkreisen im ganzen Land zurückkehren, stellen die Whips nie besonders wichtige Probleme zur Debatte. Vor dem späten Nachmittag füllt sich das Haus nur selten. An diesem Montag jedoch sollte der Finanzminister um halb vier eine Erklärung über die Abwertung abgeben, und es stand fest, daß der Saal diesmal schon lang vorher überfüllt sein würde.

Das Unterhaus füllte sich rasch, und um Viertel vor drei war kein Platz mehr frei. Die Abgeordneten kauerten auf den Treppen neben dem Stuhl des Speakers und rund um die Sessel der Sekretäre. Ein oder zwei hockten wie hungrige Spatzen auf dem leeren Petitionssack hinter dem Speaker. Die Galerien sahen aus wie bei einem entscheidenden Fußballmatch. Der Türhüter prüfte seinen Vorrat an Schnupftabak, den zu hüten seine Aufgabe war, seit jenen Tagen, als »unangenehme Gerüche« London durchzogen.

Raymond Gould stand auf, um Anfrage Nr. 7 zu beantworten, eine harmlose Frage bezüglich der Arbeitslosenunterstützung von Frauen. Sobald er das Rednerpult erreichte, kamen die ersten Rufe: »Zurücktreten, zurücktreten« von den Bänken der Torys. Raymond konnte seine Verlegenheit nicht verbergen. Selbst von den hinteren Bänken aus konnte man sehen, wie er rot wurde. Daß er seit dem Gespräch mit dem Premierminister kein Auge zugetan hatte, half auch nicht. Er beantwortete die Frage, aber die Rufe nach seinem Rücktritt hörten nicht auf. Als er sich setzte, wurde es zwar still, aber die Opposition wartete nur auf die nächste Fragebeantwortung. Die nächste Anfrage kam von Simon Kerslake. Es war kurz nach drei. »Welche besonderen Faktoren tragen zur wachsenden Arbeitslosigkeit in den Midlands bei?«

Raymond sah auf seine Notizen, bevor er antwortete. »Die Schließung von zwei großen Fabriken, eine davon im Wahlkreis meines verehrten Kollegen, haben die Arbeitslosigkeit verschärft. Beide Fabriken sind auf Autobestandteile spezialisiert und haben unter dem Streik von Leyland gelitten.«

Langsam erhob sich Simon Kerslake von seinem Platz, um seine Zusatzfrage zu stellen. Die Oppositionsbänke waren voll der begierigen Erwartung. »Bestimmt erinnert sich der Minister, vergangenen April dem Unterhaus versichert zu haben, daß eine Abwertung die Arbeitslosigkeit nicht nur in den *Midlands*, sondern im ganzen Land drastisch erhöhen würden. Wenn das seine Überzeugung war, warum dankt er nicht ab?« Simon setzte sich wieder, während von den Tory-Bänken »Warum nicht? Warum nicht?« gerufen wurde.

»Meine damalige Rede wird aus dem Zusammenhang gerissen zitiert, und die Umstände haben sich seither geändert.«

»Das haben sie ohne Zweifel«, riefen ein paar Konservative, und andere verlangten lauthals seinen Rücktritt.

»Zur Ordnung«, rief der Speaker vergebens.

Wieder stand Simon auf, während die übrigen Konservativen sitzen blieben, damit niemand anderer aufgerufen werden konnte. Jetzt benahmen sie sich wie ein Rudel auf der Jagd. Die Blicke gingen zwischen den beiden Männern hin und her, und wieder wies Kerslake mit anklagendem Zeigefinger auf das gesenkte Haupt Raymond Goulds, der jetzt nur betete, es möge bald vier werden.

»Mr. Speaker, während jener Debatte, von der er jetzt nichts mehr wissen will, hat mein verehrter Kollege nur die Ansichten wiederholt, die er klar in seinem Buch darlegte. Haben sich diese Ansichten in drei Jahren so radikal verändert oder schürt sein Wunsch, im Amt zu bleiben, die Einsicht, daß Vollbeschäftigung nicht um jeden Preis erreicht werden kann?«

»Diese Frage hat nichts mit dem zu tun, was ich damals gesagt habe«, erwiderte Raymond ärgerlich. Seine letzten Worte gingen in den Rufen »Zurücktreten, zurücktreten« unter.

Blitzartig stand Simon wieder auf, und der Speaker gab ihm zum drittenmal das Wort.

»Will der verehrte Gentleman behaupten, daß seine Prinzipien variieren, je nachdem, ob er spricht oder schreibt?«

Jetzt war das Haus in totalem Aufruhr, und nur wenige Abgeordnete hörten Raymond sagen: »Nein, Sir, ich versuche, eine Linie zu halten.«

Der Speaker stand auf, und es wurde etwas ruhiger. Stirnrunzelnd und betrübt sah er sich um. »Es ist mir klar, daß das Haus in diesem Punkt überaus interessiert ist. Aber ich muß das Ehrenwerte Mitglied von Coventry Central ersuchen, seine Bemerkung, der Minister habe sich unehrenhaft verhalten, zurückzunehmen.«

Simon stand auf und nahm die Äußerung sofort zurück. Aber der Schaden war geschehen. Und die Mitglieder riefen »Zurücktreten«, bis Raymond ein paar Minuten später den Saal verließ.

Simon lehnte sich befriedigt zurück.

Die konservativen Abgeordneten nickten anerkennend; Kerslake hatte den *Under Secretary* kunstgerecht fertiggemacht. Der Finanzminister las eine vorbereitete Erklärung zur Abwertung vor. Mit Entsetzen hörte Simon seine ersten Worte. »Das Ehrenwerte Mitglied von

Leeds North teilte dem Premierminister Samstag abend seinen Rücktritt mit, erklärte sich jedoch freundlicherweise bereit, ihn erst öffentlich bekanntzugeben, bis ich vor dem Unterhaus gesprochen habe.«

Der Finanzminister lobte Raymonds Wirken im Arbeitsministerium und wünschte ihm viel Glück auf den hinteren Bänken.

Sofort, nachdem der Finanzminister die Anfragen beantwortet hatte, begab sich Andrew in Raymonds Zimmer. Er fand ihn, über seinen Schreibtisch gebeugt, mit leerem Blick vor sich hinstarrend. Andrew war mit Raymond nicht wirklich befreundet, aber er wollte ihn zu seinem Verhalten beglückwünschen und ihm seine Bewunderung ausdrücken.

»Das ist sehr freundlich von dir«, sagte Raymond, der sich immer noch nicht ganz beruhigt hatte. »Besonders, da du sie alle fertiggemacht hättest.«

»Nun, jetzt sind sie jedenfalls am Boden zerstört«, sagte Andrew, »und Simon Kerslake muß sich vorkommen wie der ärgste Schuft in der Stadt.«

»Er konnte es ja nicht wissen«, sagte Raymond, »und hat mit den gezielten Fragen seinen Zweck erreicht. Vermutlich hätten wir unter den gleichen Umständen etwas Ähnliches getan.«

Ein paar andere Mitglieder suchten Raymond auf und drückten ihr Bedauern aus. Bevor er nach Hause fuhr, um mit Joyce einen ruhigen Abend zu verbringen, verabschiedete er sich von seinen Mitarbeitern. Alle schwiegen, bis der *Permanent Secretary* zu Raymond sagte: »Ich hoffe, es wird nicht lang dauern, bis Sie in die Regierung zurückkehren, Sir. Sie haben uns das Leben schwergemacht, aber jenen, denen Sie letztlich dienen, machten Sie das Leben ohne Zweifel leichter.« Die Ehrlichkeit dieser Erklärung rührten Raymond, besonders, da der Beamte schon einen neuen Vorgesetzten hatte.

Es war ein seltsames Gefühl, sich zu Hause hinzusetzen, fernzusehen, ein Buch zu lesen, sogar spazierenzugehen, ohne fortwährend von roten Portefeuilles und klingelnden Telefonen umgeben zu sein. Nach achtundvierzig Stunden vermißte er das alles.

Er erhielt mehr als hundert Briefe von seinen Kollegen im Unterhaus, bewahrte jedoch nur einen auf:

(WAPPEN DES UNTERHAUSES)

Montag, 20. Nov. 1967

Dear Gould,

Ich möchte mich von ganzem Herzen bei Ihnen entschuldigen. Wir alle begehen in unserem politischen Leben fürchterliche Irrtümer; heute habe ich einen solchen begangen.

Ich glaube, alle Mitglieder des Unterhauses haben den aufrichtigen Wunsch, dem Land zu dienen, und es gibt keinen ehrenhafteren Entschluß, dies zu beweisen, als zurückzutreten, wenn man meint, die eigene Partei habe einen falschen Weg eingeschlagen.

Ich beneide Sie um die Hochachtung, die jetzt alle Parlamentarier für Sie empfinden.

Ihr Simon Kerslake

Als Raymond an diesem Nachmittag ins Unterhaus kam, brachen die Mitglieder beider Parteien in Jubel aus. Der Abgeordnete, der eben sprach, mußte seine Rede unterbrechen und warten, bis sich Raymond in eine der hinteren Bänke gesetzt hatte.

10

Simon war schon fort, als Edward Heath ihn zu Hause anrief. Es dauerte eine Stunde, bevor Elizabeth ihm die Nachricht weitergeben konnte, daß der Parteiführer ihn um halb drei zu sehen wünsche.

Charles war in der Bank, als der Chief Whip anrief und fragte, ob er ihn um halb drei, bevor die Sitzung des Unterhauses begann, treffen könnte. Charles fühlte sich wie ein Schuljunge, der erfährt, daß der Direktor ihn sprechen möchte. Als der Chef ihn das letztemal angerufen hatte, forderte er Charles auf, die abschließende Rede zu halten; seitdem hatten sie kaum miteinander gesprochen. Charles war nervös; er zog es immer vor zu wissen, worum es ging. So entschloß er sich, auf den Lunch in der Bank zu verzichten und ins Unterhaus zu gehen, um ja nicht zu spät zur Verabredung mit dem Chief Whip zu kommen.

Charles aß nicht gern im Parlament, weil das Essen kaum besser war als in der Paddington Station und noch schlechter als am Flughafen. Er ging zu dem großen Tisch in der Mitte des Speisesaals, der einzig freie Platz war neben Simon Kerslake. Seit dem Kampf zwischen Heath und Maudling konnte man die Beziehung der beiden Männer nicht gerade als innig bezeichnen. Charles mochte Kerslake nicht besonders; zu Fiona hatte er gesagt, Simon gehöre zu jener neuen Art von Torys, die sich ein bißchen zu wichtig machten, und daß Goulds Rücktritt Kerslake in Verlegenheit gebracht hatte, sah er nicht ungern. Aber er hatte niemandem außer Fiona etwas von seiner Antipathie gesagt.

Simon beobachtete Charles und fragte sich, wie lange die Partei Gardeoffiziere noch aus Eton wählen konnte, die mehr Zeit mit Geldverdienen und in Ascot verbrachten als im Unterhaus; aber auch er gab dieser Meinung nicht Ausdruck, außer vielleicht einem engen Freund gegenüber. Das Tischgespräch drehte sich um die erstaunlichen Resultate der Konservativen bei den Nachwahlen in Acton, Meriden und Dudley. Offensichtlich konnten alle Anwesenden die nächste allgemeine Wahl kaum erwarten, obwohl der Premier drei Jahre Zeit hatte, sie auszuschreiben. Weder Charles noch Simon bestellten Kaffee.

Um zwei Uhr fünfundzwanzig sah Charles den Chief Whip aufstehen und in sein Büro gehen. Charles sah auf die Uhr und verließ seine Kollegen, die eben eine hitzige Debatte über die EWG begannen. Er ging am Raucherzimmer vorbei, durch einen langen Korridor und erreichte schließlich das Büro des Chefs. Miss Norse, die unersetzliche Chefsekretärin, hörte zu tippen auf.

»Ich habe eine Verabredung mit dem Fraktionsvorsitzenden«, sagte Charles.

»Ja, Mr. Seymour, er erwartet Sie. Bitte gehen Sie weiter.« Sofort begann wieder das Tippen.

Charles überquerte den Korridor und traf den Fraktionschef vor dessen Bürotür.

»Kommen Sie herein, Charles. Einen Drink?«

»Nein, danke«, lehnte Charles ab. Er wollte so rasch wie möglich erfahren, was los war.

Der Chief Whip schenkte sich, bevor er sich niedersetzte, ein Glas Gin Tonic ein.

»Ich hoffe, Sie werden das, was ich Ihnen zu sagen habe, als gute Nachricht aufnehmen.« Er machte eine Pause und nahm einen Schluck. »Der Parteiführer meint, eine Weile im Büro der Whips würde von Vorteil für Sie sein, und ich muß sagen, ich wäre entzückt, wenn Sie zu uns kämen . . .«

Charles wollte protestieren, hielt sich jedoch zurück. »Und ich soll das Umwelt-Ressort aufgeben?«

»Ja natürlich, und noch mehr, denn Mr. Heath erwartet, daß alle Whips auch mit ihren sonstigen Tätigkeiten aussetzen. In seinem Büro zu arbeiten ist keine Teilzeitbeschäftigung.«

Charles brauchte eine Weile, um seine Gedanken zu ordnen. »Werde ich, falls ich ablehne, meine Stellung im Umwelt-Team behalten?«

»Das kann ich nicht entscheiden, aber es ist kein Geheimnis, daß Heath vor den Wahlen eine Reihe von Umbesetzungen plant.«

»Wie lang kann ich mir das Angebot überlegen?«

»Vielleicht könnten Sie mir morgen vor der Fragestunde Ihren Entschluß mitteilen?«

»Ja, natürlich. Vielen Dank«, sagte Charles. Er verließ das Büro des *Chief Whip* und fuhr nach Hause.

Simon traf schon fünf Minuten vor seiner Besprechung mit dem Parteiführer ein. Er unterdrückte jede Vermutung, warum Heath ihn sehen wollte, um nicht enttäuscht zu werden. Er wurde sofort zum Parteichef geführt.

»Simon, was würden Sie dazu sagen, im Zuge der Umbesetzungen vor den Wahlen dem Umwelt-Team beizutreten?« Es war typisch für Heath, keine Zeit mit Geplauder zu vergeuden, und die Abruptheit des Angebots verwirrte Simon. Doch er erholte sich rasch.

»Vielen Dank«, sagte er, »ich meine . . . ja . . . danke.«

»Gut. Geben Sie Ihr Bestes, und ich hoffe, die Resultate am Rednerpult werden ebensogut sein wie jene auf den Hinterbänken.«

Der Privatsekretär öffnete die Tür; die Unterredung war beendet. Um zwei Uhr dreiunddreißig stand Simon wieder im Korridor. Er brauchte ein paar Minuten, bis er das Angebot voll erfaßte. Dann rief er das Krankenhaus an und verlangte seine Frau. Seine Stimme wurde von der Pausenglocke übertönt, die den Arbeitsbeginn um zwei Uhr fünfunddreißig nach dem Gebet signalisierte. Es meldete sich eine weibliche Stimme.

»Bist du es, Liebes?« brüllte Simon in den Apparat.

»Nein, Sir, hier spricht die Vermittlung. Doktor Kerslake ist im O.P.«

»Kann man sie irgendwie herausrufen?«

»Nur, wenn Sie ein Baby erwarten, Sir.«

»Wieso kommst du so früh nach Hause?« fragte Fiona, als Charles in die Halle stürzte.

»Ich muß mit jemandem sprechen.« Fiona wußte nicht, ob sie sich geschmeichelt fühlen sollte, sagte aber nichts, denn in diesen Tagen sah sie ihn selten genug.

Charles berichtete seiner Frau so genau wie möglich von seinem Gespräch mit dem Fraktionsvorsitzenden. Als er geendet hatte, schwieg Fiona. »Nun, was meinst du dazu?« fragte er ungeduldig.

»Und das alles wegen einer schlechten Rede«, bemerkte Fiona trocken.

»Du hast recht«, sagte Charles, »aber es führt zu nichts, das wiederzukäuen.«

»Dein Gehalt als Bankdirektor wird uns fehlen«, sagte Fiona, »nach den Steuern, die wir zahlen müssen, bleibt von meinem Einkommen kaum etwas übrig.«

»Ich weiß, aber wenn ich ablehne und wir die nächsten Wahlen gewinnen . . .«

»Dann sitzt du auf dem trockenen.«

»Oder, besser gesagt, auf den hinteren Bänken.«

»Charles, die Politik war immer deine große Liebe«, sagte Fiona und strich zart über seine Wange, »also bleibt dir gar keine Wahl. Und wenn sie ein paar Opfer erfordert, wirst du mich nicht klagen hören.«

Charles stand auf. »Danke. Ich werde sofort Derek Spencer aufsuchen.«

Als Charles zur Tür ging, rief Fiona ihm nach: »Vergiß nicht, Ted Heath wurde über den Fraktionsausschuß Parteiführer.«

Zum erstenmal lächelte Charles.

»Abends ein ruhiges Dinner zu Hause?« schlug Fiona vor.

»Geht leider nicht. Wir haben noch spät eine Abstimmung.«

Endlich wurde er verbunden.

»Heute abend möchte ich feiern.«

»Warum?« erkundigte sich Elizabeth.

»Weil ich aufgefordert wurde, in das Team für Umweltschutz einzutreten.«

»Meinen Glückwunsch, Lieber, aber woraus besteht die Umwelt eigentlich?«

»Wohnbau, Siedlungen, Transport, Wasser, historische Gebäude, Flughäfen, der Tunnel durch den Kanal, Verstädterung, Parkanlagen . . .«

»Bleibt noch etwas für andere zu tun übrig?«

»Das ist erst die Hälfte, den Rest erzähle ich dir beim Dinner. Alles, was in der freien Natur ist, gehört mir.«

»Verdammt, ich fürchte, ich kann vor acht Uhr nicht weg, und wir brauchen einen Babysitter. Gehört das auch zur Umwelt, Simon?«

»Natürlich«, sagte er lachend. »Das werde ich regeln und einen Tisch für halb neun bestellen.«

»Hast du um zehn wieder eine Abstimmung?«

»Leider ja.«

»Ich verstehe. Das heißt Kaffee mit dem Babysitter«, sagte sie. Dann: »Simon.«

»Ja, Liebling?«

»Ich bin sehr stolz auf dich.«

Derek Spencer saß an dem massiven Schreibtisch seines Partners in Threadneedle Street und hörte Charles gespannt zu.

»Das wird ein großer Verlust für die Bank sein«, waren

die ersten Worte des Vorsitzenden, »aber natürlich will niemand Ihrer politischen Karriere im Weg stehen, am allerwenigsten ich.«

Charles stellte fest, daß Spencer ihm, während er sprach, nicht in die Augen sehen konnte.

»Darf ich annehmen, daß ich wieder in den Aufsichtsrat berufen werde, wenn sich meine Stellung im Unterhaus aus irgendeinem Grund verändert?«

»Selbstverständlich«, sagte Spencer. »Diese Frage hätten Sie nicht stellen müssen.«

»Das ist sehr freundlich von Ihnen.« Charles war erleichtert, stand auf und reichte Spencer etwas steif die Hand.

»Viel Glück, Charles«, waren Spencers Abschiedsworte.

»Bedeutet das, daß Sie sich aus dem Aufsichtsrat zurückziehen müssen?« fragte Ronnie Nethercote, als er Simons Neuigkeit erfuhr.

»Nein, nicht solange ich bei der Opposition bin. Nur der Fraktionschef bezieht ein Gehalt und darf daher kein Nebeneinkommen haben, aber falls wir die nächste Wahl gewinnen und man mir eine Stellung anbietet, müßte ich sofort gehen.«

»Ich kann also die nächsten drei Jahre mit Ihnen rechnen?«

»Ja, außer der Premier dankt früher ab und wir verlieren die nächste Wahl.«

»Letzteres glaube ich nicht«, sagte Ronnie. »Als ich Sie kennenlernte, wußte ich: Sie gehören zu den Gewinnern. Und ich glaube nicht, daß Sie es je bereuen werden, in unserem Aufsichtsrat zu sitzen.«

Charles war erstaunt, wie gern er im Büro der Whips arbeitete, obwohl er seinen Ärger über Kerslake, der seinen Platz im Umwelt-Team eingenommen hatte, vor Fiona nicht verbergen konnte. Die Methodik, die Disziplin und die Kameradschaft in seiner neuen Stellung erinnerten ihn an die Zeit bei den *Grenadier Guards*. Die Pflichten waren vielfältig: Er hatte darauf zu achten, daß alle Mitglieder in ihren Ausschüssen saßen; er selbst mußte im Unterhaus in der vordersten Reihe sitzen und die wichtigsten Punkte der Redner festhalten. Gleichzeitig hatte er jedes Anzeichen von Unwillen oder gar Rebellion in seinen eigenen Reihen zu registrieren und darüber informiert zu sein, was auf der anderen Seite des Unterhauses vor sich ging. Überdies hatte er fünfzig seiner eigenen Abgeordneten aus den *Midlands* zu betreuen und dafür zu sorgen, daß sie keine Abstimmung versäumten, außer sie hatten einen Partner, und auch dann mußte das Büro des *Whips* darüber informiert sein.

Da *Whips* nie Reden halten mußten, schien Charles die Arbeit gefunden zu haben, die ihm am besten lag. Wieder erinnerte ihn Fiona daran, wie Ted Heath der Sprung zum Schattenkanzler gelungen war. Sie war froh, daß ihr Mann sich mit der Arbeit im Unterhaus identifizierte, andererseits haßte sie es, jeden Abend allein zu Bett zu gehen und regelmäßig einzuschlafen, bevor ihr Mann nach Hause kam.

Auch Simon hatte vom ersten Moment an Freude an seinem Amt. Als junges Mitglied des Teams für Umweltschutz wurde ihm das Transportwesen übertragen. Im ersten Jahr las er Bücher, studierte Fachzeitschriften, traf mit den Vorsitzenden des Transportwesens zu Land, zu Wasser und in der Luft zusammen und arbeitete oft bis spät nachts, um mit seinem neuen Gebiet vertraut zu werden. Simon gehörte zu jenen wenigen Parlamentariern, die nach ein paar Wochen den Eindruck erwecken, sie seien immer schon auf den vordersten Bänken gesessen.

Bei beiden Parteien war man Ende 1969 erstaunt über

den vierzehnprozentigen Gewinn der Konservativen bei den Nachwahlen in Louth. Es sah so aus, als bliebe der Labour-Partei nicht genug Zeit zur Konsolidierung, bevor sie Neuwahlen ausschreiben mußte. Im März 1970 hatte Labour jedoch in den Nachwahlen von Ayrshire South überraschend gute Resultate; sie führten zu Spekulationen, der Premier könne sich schon bald zu einer Neuwahl entschließen. Bei den lokalen Wahlen in England und Wales im Mai zeigte sich jedoch wieder, entgegen den Resultaten der letzten zwei Jahre, ein Trend zur Labour-Partei. Plötzlich sprach man allgemein von Neuwahlen.

Als auch die Meinungsumfragen einen Umschwung zugunsten der Arbeiterpartei feststellten, suchte Harold Wilson die Königin im Buckingham Palace auf und ersuchte sie, das Parlament aufzulösen. Die Neuwahlen wurden für den 18. Juni 1970 festgesetzt.

Die Presse war überzeugt, daß Wilson wieder den richtigen Moment gewählt hatte und seine Partei zum drittenmal hintereinander zum Sieg führen würde, ein Erfolg, der noch keinem Politiker gegönnt war. Jeder Konservative wußte, daß damit das Ende von Edward Heath als Parteiführer gekommen wäre.

Sobald die Königin das Datum verkündet hatte, kehrten Andrew und Louise nach Edinburgh zurück. Das Parlament war praktisch gelähmt, da alle Abgeordnete in ihre Wahlkreise fuhren, um eines Tages wieder nach Westminster zurückkehren zu können. Andrew stellte fest, daß sein Parteiausschuß auf die Neuwahlen nicht vorbereitet war. Er wußte, daß ihm nur kurze Zeit blieb, um etwas zu unternehmen.

Am ersten Abend in Edinburgh setzte er sich mit seinen Funktionären zusammen, und bei Kaffee und Sandwiches arbeitete man für die nächsten drei Wochen einen genauen Zeitplan aus, der es ihm erlaubte, jeden Teil seines Wahlkreises nicht nur einmal, sondern mehrere Male zu besuchen. Karten und Stadtpläne wurden auf die Tische geheftet und mit Buntstiften die Wahlsituation markiert: ein roter Strich für ein eindeutiges Labour-Gebiet, ein blauer für ein konservatives, ein gelber für ein liberales, und ein schwarzer für die wachsende Schottische Nationalpartei.

Andrew begann jeden Wahlkampftag mit einer Pressekonferenz, bei der er die lokalen Anliegen seiner Wähler besprach und Kritiken anderer Kandidaten beantwortete. Dann wurden nationale Belange, die sich während der letzten vierundzwanzig Stunden ergeben hatten, behandelt. Den Vormittag verbrachte er in einem Lautsprecherwagen, der durch seinen Wahlkreis fuhr und die Leute aufforderte: »Schickt Fraser zurück nach Westminster.« Nach einem hastigen Lunch in einem Gasthaus begann er mit Louise die gefürchtete Stimmenwerbung von Tür zu Tür.

»Das wird dir Spaß machen«, sagte Andrew, als sie an einem kalten Montagmorgen vor der ersten Tür standen. Andrew drückte auf die Türglocke. Man hörte ein schwaches Klingeln. Kurz darauf erschien eine Frau im Morgenrock.

»Guten Morgen, Mrs. Forster«, begann er. »Mein Name ist Andrew Fraser. Ich bin Ihr Labour-Kandidat.«

»Wie nett, Sie kennenzulernen. Ich habe viel mit Ihnen zu besprechen — wollen Sie nicht hereinkommen und eine Tasse Tee mit mir trinken?«

»Sehr freundlich von Ihnen, Mrs. Forster, aber ich muß in den nächsten Tagen noch viele Besuche machen.« Als sich die Tür schloß, strich Andrew auf seiner Liste ihren Namen mit einem blauen Farbstift durch.

»Wieso weißt du, daß sie konservativ wählt?« fragte Louise. »Sie schien so freundlich.«

»Es ist eine Taktik der Konservativen, alle anderen Kandidaten zum Tee einzuladen und ihre Zeit zu vergeuden. Die eigene Seite sagt immer: ‚Sie haben meine Stimme, verschwenden Sie keine Zeit mit mir', damit man die Leute aufsuchen kann, die tatsächlich unentschieden sind.«

»Ich wähle immer Fraser«, sagte Mrs. Forsters Nachbar. Labour ins Parlament, die Konservativen in den Stadtrat.«

»Finden Sie nicht, Sir Duncan sollte seinen Platz im Stadtrat verlieren?« fragte Andrew grinsend.

»Bestimmt nicht, und das habe ich ihm auch gesagt, als er mir nahelegte, nicht mehr für Sie zu stimmen.«

Andrew machte einen roten Strich durch seinen Namen und klopfte an die nächste Tür.

»Mein Name ist Andrew Fraser und ich —«

»Ich weiß, wer Sie sind, junger Mann, und ich mag weder Ihre Partei noch die Ihres Vaters.«

»Darf ich fragen, was Sie dann wählen werden?«

»Die Schottischen Nationalisten.«

»Warum?« fragte Louise.

»Weil das Öl uns gehört, und nicht diesen verdammten Sachsen.«

»Aber es ist doch bestimmt besser, wenn das Vereinigte Königreich zusammenbleibt?« meinte Andrew. »Wenigstens —«

»Niemals. Die Realunion von 1707 war eine Schande für unsere Nation.«

»Aber —« begann Louise eifrig. Andrew legte ihr die Hand auf den Arm. »Danke, daß Sie sich Zeit für mich genommen haben, Sir«, sagte er und schob seine Frau sanft von der Tür weg.

»Tut mir leid, Louise, aber sobald jemand die Realunion von 1707 erwähnt, haben wir keine Chance. Manche Schotten haben ein erstaunliches Gedächtnis.«

Er klopfte an die nächste Tür. Ein dicker Mann mit einer Hundeleine in der Hand öffnete.

»Mein Name ist Andrew Fraser, ich . . .«

»Verschwind, Gesindel«, war die Antwort.

»Wen bezeichnen Sie als Gesindel?« fragte Louise, als die Tür vor ihrer Nase zugeschlagen wurde. »Ein reizender Mensch.«

»Sei nicht beleidigt, Liebling, er meinte mich, nicht dich.«

»Wie wirst du seinen Namen markieren?«

»Mit einem Fragezeichen. Schwer zu sagen, wie er wählen wird. Vermutlich gar nicht.«

Sie versuchten ihr Glück bei der nächsten Tür.

»Hallo, Andrew«, sagte eine Dame, bevor er den Mund öffnen konnte. »Vergeuden Sie nicht Ihre Zeit, ich wähle Sie immer.«

»Danke, Mrs. Irvine«, sagte Andrew und sah auf seine Namensliste. »Wie steht es mit Ihrem Nachbarn?« fragte er und wies nach hinten.

»Ach, das ist ein griesgrämiges altes Haus, aber ich achte schon darauf, daß er ins Wahllokal kommt und sein Kreuz an der richtigen Stelle macht. Er muß wohl, sonst hüte ich nicht mehr seinen Windhund, wenn er ausgeht.«

»Vielen Dank, Mrs. Irvine«, Andrew lachte.

»Wieder ein roter Strich«, sagte er zu Louise, als sie auf der Straße waren.

»Und vielleicht bekommst du sogar die Stimme des Windhundes.«

Während der folgenden drei Stunden erledigten sie vier Straßen. Andrew markierte nur die Namen derer rot, die ihn mit Sicherheit wählen würden.

»Warum mußt du es so sicher wissen?« fragte Louise.

»Weil wir, wenn wir die Leute am Wahltag abholen, nicht die Opposition aufmerksam machen wollen, geschweige denn jemanden transportieren wollen, der dann genüßlich konservativ wählt.

Louise lachte. »Politik ist ein unehrenhaftes Geschäft.«

»Sei froh, daß du nicht mit einem amerikanischen Senator verheiratet bist.« Andrew strich den letzten Namen rot durch. »Wenigstens brauchen wir keine Millionäre zu sein. Höchste Zeit, vor der abendlichen Versammlung etwas zu essen«, fügte er hinzu und nahm die Hand seiner Frau. Auf dem Weg zur Parteizentrale trafen sie den konservativen Kandidaten: Hector McGregor versuchte Andrew in ein Gespräch zu ziehen, aber Andrew ließ sich nicht aufhalten.

Louise begleitete ihren Mann nicht mehr bei dieser Wahlwerbung und fand, sie könne sich in den Parteiräumen nützlich machen.

Bei den abendlichen Versammlungen hielt Andrew in vierundzwanzig Tagen zweiunddreißigmal mehr oder minder die gleiche Rede und variierte sie nur, um nationalen Trends Rechnung zu tragen. Getreulich hörte Louise Tag für Tag zu, lachte jedesmal, wenn er einen Witz machte, und klatschte Beifall, wenn er eine ernste Frage behandelte. Irgendwie gelang es ihr, sogar abends, wenn sie ihren Mann nach Hause fuhr, noch frisch und lebhaft zu wirken.

Am Vorabend der Wahl sagte die Presse einen klaren Labour-Sieg voraus, doch Andrew sah ein Leuchten in den Augen seines Vaters, als er ihn bei der Stimmwerbung für McGregor auf der Straße traf.

Am Morgen der Wahl weckte Louise ihren Mann um halb sechs mit einer Tasse Tee. Es war die letzte Tasse, die er an diesem Tag bekam. Zu seiner Erleichterung schien die Sonne, als er die Vorhänge zur Seite schob; schlechtes Wetter half immer den Konservativen mit ihren unzähligen Autos, die die Wähler zu den Wahllokalen brachten.

Als er ins Schlafzimmer kam, heftete seine Frau eben eine große Rosette mit der Aufforderung »Schickt Fraser zurück nach Westminster« an das Revers seines Anzugs.

Andrew schlenderte durch die Straßen von Edinburgh, schüttelte Hände, schwatzte mit Bekannten und versuchte immer noch, Unentschiedene in letzter Minute zu bekehren, als er seinen Vater auf sich zukommen sah. Schließlich standen sie einander mitten auf der Straße gegenüber.

»Es wird ein Kopf-an-Kopf-Rennen werden«, sagte Sir Duncan.

»Dann weiß ich, wer schuld ist, wenn ich um eine Stimme zu wenig habe«, erwiderte Andrew.

Sir Duncan sah sich mit Verschwörerblicken um, dann flüsterte er: »Wenn du mit einer Stimme gewinnst, hast du es mir zu verdanken, mein Junge.« Er entfernte sich, um die Bürger von Edinburgh zu beschwören, nicht den abtrünnigen Fraser zu wählen.

Das nächstemal trafen sich Vater und Sohn abends bei der Auszählung. Als die kleinen Stapel der Stimmzettel wuchsen, blieb kein Zweifel, daß Andrew wieder ins Parlament zurückkehren würde. McGregor schüttelte enttäuscht den Kopf.

Als jedoch die ersten Resultate von Guildford konservative Gewinne von vier Prozent zeigten, erwiesen sich alle Vorhersagen eines klaren Labour-Sieges als peinlich, und je mehr Ergebnisse eintrafen, desto deutlicher zeichnete sich eine konservative Mehrheit ab, die für die Regierungsbildung genügen würde.

»Ich dachte mir«, sagte Sir Duncan zu seinem Sohn, als das Resultat feststand, »daß du eine winzig kleine Weile in der Opposition sein wirst.«

»Winzig ist das wichtige Wort«, lautete Andrews Antwort.

Andrew behielt seinen Sitz mit einer Mehrheit von 4009 Stimmen und verlor nur ein Prozent. Schottland war nicht so begeistert von Heath wie das übrige Land, wo Labour 4,7 Prozent verlor.

Simon Kerslake erzielte zum erstenmal eine vierstellige Mehrheit, als er in Coventry Central mit 2118 Stimmen gewann.

Als der alte Earl Fiona fragte, wie viele Stimmen sein Sohn erhalten habe, war sie nicht sicher, erinnerte sich jedoch, daß Charles einem Reporter gesagt hatte, es seien mehr gewesen als alle anderen Kandidaten zusammen bekommen hatten.

Raymond Gould verlor nur zwei Prozent der Stimmen und kehrte mit einer Majorität von 10416 ins Parlament zurück. Die Leute von Leeds bewundern die Selbständigkeit eines Abgeordneten, besonders wenn es um Prinzipien geht.

Mit einer Mehrheit von dreißig Sitzen zogen die Konservativen ins Parlament ein. Die Königin ließ Edward Heath zu sich rufen und beauftrage ihn mit der Regierungsbildung. Er küßte die Hand Ihrer Majestät und nahm den Auftrag an.

11

Als Simon am Morgen nach der Wahl erwachte, fühlte er sich erschöpft und gleichzeitig beschwingt. Er versuchte, sich das Gefühl der Labour-Minister vorzustellen, die noch gestern geglaubt hatten, wieder in ihre Ministerien zurückzukehren.

Elizabeth bewegte sich und seufzte schlaftrunken. Simon sah seine Frau an. In den sieben Jahren ihrer Ehe hatte sie für ihn nichts von ihrer Attraktivität verloren, und es machte ihn einfach glücklich, sie nur anzusehen. Das lange blonde Haar lag auf ihren Schultern, und unter dem seidenen Nachthemd zeichneten sich ihre schlanken Formen ab. Er streichele ihren Rücken und beobachtete, wie sie langsam den Schlaf abschüttelte; als sie erwacht war, nahm er sie in die Arme.

»Ich bewundere deine Energie«, sagte sie. »Wenn du nach drei Wochen auf dem Kriegspfad noch so fit bist, kann ich kaum Kopfschmerzen vorschützen.«

Er lächelte beglückt. Kein Wähler würde diesen seltenen Moment unterbrechen.

»Mami«, sagte eine Stimme, und Simon sah Peter im Pyjama in der Tür stehen. »Ich bin hungrig.«

Auf der Rückfahrt nach London fragte Elizabeth ihren Mann: »Was wird man dir anbieten?«

»Ich wage nicht, etwas zu erwarten«, sagte Simon, »aber ich hoffe — Unterstaatssekretär für Umweltfragen.«

»Aber du bist nicht sicher, daß man dir eine Stellung anbieten wird?«

»Keineswegs. Man kann nie wissen, welche Konstellationen und Kombinationen der Premier berücksichtigen muß.«

»Wie zum Beispiel?«

»Linker und rechter Parteiflügel, Norden und Süden des Landes — zahllose Leute, die er belohnen muß, weil sie behaupten, ihm bei der Wahl geholfen zu haben.« Simon gähnte.

»Willst du damit sagen, daß er dich vielleicht überhaupt nicht auffordert?«

»Ja. Aber in dem Fall werde ich wütend sein und bestimmt wissen wollen, wer meine Stellung bekommt und warum.«

»Könntest du irgend etwas unternehmen?«

»Nichts. Es gibt nichts, was man tun kann, das weiß jeder Hinterbänkler. Der Premierminister hat bezüglich der Ämtervergabe die absolute Macht.«

»Das wird ganz egal sein, wenn du weiter auf dem Mittelstreifen fährst«, sagte sie. »Solltest du nicht lieber mich ans Lenkrad lassen?«

Louise ließ Andrew am Freitagmorgen schlafen. Sie wußte, er hatte gehofft, zu einer besseren Position aufzusteigen, und das Wahlergebnis hatte ihn erschüttert.

Als Andrew aufwachte, war es fast elf. Schweigend und unrasiert saß er im Morgenmantel am Tisch und klopfte auf ein hart gekochtes Ei, dessen Schale nicht springen wollte. Eine ungeöffnete *Times* lag neben seinem Teller.

»Ich danke dir für all die harte Arbeit«, sagte er, sobald die zweite Tasse Kaffee ihre Wirkung getan hatte. Louise lächelte. Eine Stunde später fuhr er, in Sportsakko und Flanellhose in einem Lautsprecherwagen durch seinen Wahlkreis und dankte seinen Wählern, daß sie ihn wieder nach Westminster geschickt hatten. Louise saß neben ihm und half ihm, sich an Namen zu erinnern, die er vergessen hatte.

Nachdem sie die letzte Hand geschüttelt hatten, verbrachten sie mit Sir Duncan, dem es schwer fiel, ein Grinsen zu verbergen, einen ruhigen Abend in Stirling.

Raymond war sehr erstaunt über den Wahlausgang und konnte nicht verstehen, daß die Resultate der Meinungsumfrage so falsch gewesen waren. Er hatte Joyce nie gesagt, daß er bei einem Labour-Sieg auf ein Amt gehofft hatte, nachdem er — wie es ihm schien — so unendlich lange Zeit auf den Hinterbänken geschmachtet hatte.

»Mir bleibt nichts anderes übrig«, sagte er zu ihr, »als

meine Karriere bei Gericht neu aufzubauen. Es kann Jahre dauern, bis wir wieder an die Macht kommen.«

»Aber das wird dich doch bestimmt nicht ausfüllen?«

»Ich muß meine Zukunft realistisch sehen«, erwiderte er nachdenklich, »obwohl ich nicht beabsichtige, uns von Heath in eine Europäische Gemeinschaft ziehen zu lassen, ohne mit allen Mitteln dagegen anzukämpfen.«

»Vielleicht gibt man dir irgendeinen Schattenposten?«

»Nein, in der Opposition gibt es viel weniger Posten, und die vergibt man, wenn man nichts anderes tun kann, als sich bemerkbar zu machen und auf die nächste Wahl zu warten, an gute Redner wie Fraser.«

Raymond fragte sich, wie er das Thema, das ihn wirklich beschäftigte, anschneiden sollte, und versuchte, es ganz beiläufig zu sagen: »Vielleicht ist es an der Zeit, in unserem Wahlkreis ein eigenes Heim zu gründen.«

»Das scheint mir eine überflüssige Ausgabe«, antwortete Joyce, »besonders, da wir bei deinen Eltern sehr nett wohnen. Überdies wären sie vielleicht auch gekränkt?«

»Ich bin in erster Linie meinen Wählern verpflichtet und damit könnten wir beweisen, daß wir voll und ganz zu ihnen gehören. Das werden auch meine Eltern verstehen.«

»Aber wir können uns zwei Häuser nicht leisten.« Joyce wurde unsicher.

»Das weiß ich, aber du wolltest doch immer in Leeds wohnen und müßtest nicht mehr jede Woche zwischen London und Leeds hin- und herpendeln. Warum bleibst du nicht hier und setzt dich mit ein paar Immobilienbüros in Verbindung, um zu sehen, was auf dem Markt ist?«

»Gut, wenn du das wirklich möchtest«, sagte Joyce, »werde ich nächste Woche anfangen zu suchen.«

Charles und Fiona verbrachten ein ruhiges Wochenende in ihrem Landhaus in Sussex. Charles werkte im Garten, wartete jedoch fortwährend, daß das Telefon klingelte. Als Fiona durch das große Fenster hinausschaute und sah, wie er ihren schönsten Rittersporn ausriß, als handelte es sich um Unkraut, wurde ihr klar, wie sehr er auf einen Anruf wartete.

Schließlich ließ Charles das Jäten sein, kam herein und drehte den Fernseher an. Maudling, Macleod, Thatcher und Carrington betraten nachdenklich Downing Street No. 10 und verließen das Haus wieder lächelnd. Die wichtigsten Posten waren vergeben: das Kabinett nahm Form an. Der neue Premier trat auf den Gehsteig, winkte der Menge zu und stieg in seinen Dienstwagen. Würde er sich erinnern, wer die jungen Wähler für ihn organisiert hatte, als er noch nicht einmal Parteiführer gewesen war?

»Wann willst du zum Eaton Square zurückfahren?« fragte Fiona aus der Küche.

»Hängt davon ab.«

»Wovon?«

»Ob das Telefon klingelt.«

Simon starrte auf den Fernsehschirm. Diese vielen Arbeitsstunden für das Umweltteam, und jetzt hatte der Premier das Portefeuille jemand anderem angeboten. Er ließ das Fernsehen den ganzen Tag angedreht, hatte jedoch nicht erfahren, wer es war, sondern nur, daß das übrige Team unverändert blieb.

»Warum kümmere ich mich überhaupt darum?« sagte er gereizt, »das Ganze ist eine Farce.«

»Was hast du gesagt, Liebling?« fragte Elizabeth, als sie ins Zimmer kam.

Das Telefon klingelte. Es war der neu bestellte Innenminister Reginald Maudling.

»Simon?«

»Reggie, meinen Glückwunsch zu deiner Bestellung — nicht, daß sie eine große Überraschung war.«

»Deshalb rufe ich dich an, Simon. Willst du als *Under-Secretary* ins Innenministerium kommen?«

»Ob ich möchte? Ich wäre begeistert.«

»Gott sei Dank«, sagte Maudling. »Es hat mich verdammt viel Mühe gekostet, Ted Heath zu überreden, dich aus dem Umwelt-Team zu entlassen.«

Als Andrew und Louise nach dem Wochenende wieder nach Cheyne Walk zurückkehrten, erwartete sie im Wohnzimmer ein rotes Portefeuille. *Under-Secretary of State* von Schottland« stand in Goldbuchstaben darauf.

»Das Portefeuille wird im Lauf des Tages abgeholt werden«, sagte er zu Louise. Als er das Portefeuille aufschloß, war es leer; dann bemerkte er in der Ecke ein kleines Kuvert. Es war an »Andrew Fraser Esquire, MP« gerichtet. Er riß es auf. Es enthielt eine kurze handgeschriebene Mitteilung des ältesten Beamten des Schottischen Büros.

»Nach einer alten Tradition erhalten Minister das letzte rote Portefeuille, mit dem sie gearbeitet haben. Au revoir. Wir werden uns zweifellos wiedersehen.«

»Vielleicht könnte man sie als eine Art Picknickkorb verwenden«, schlug Louise vor.

»Oder vielleicht als kleinen Boardcase«, meinte Andrew.

»Oder als eine sehr kleine Wiege.« Louise sagte es so beiläufig wie möglich.

Andrew sah auf; Louise strahlte.

»Ich habe es deinen Eltern gestern mitgeteilt, aber dir wollte ich es erst heute abend beim Dinner sagen.«

Andrew nahm sie in die Arme.

»Übrigens« flüsterte Louise hinzu, »wir wissen ja schon ihren Namen.«

Als Raymond wieder in das *Lincoln Inn* zurückkehrte, ließ er seinen Sekretär wissen, daß er möglichst viel Arbeit haben wolle. Beim Lunch mit dem Gerichtspräsidenten Sir Nigel Hartwell erklärte er diesem, daß er eine Rückkehr der Labour-Partei an die Regierung in nächster Zeit für unwahrscheinlich halte.

»Sie sind noch jung, Raymond. Nach dieser Regierungsperiode werden Sie knapp vierzig sein, also können Sie sich auf viele Jahre im Kabinett freuen.«

»Da bin ich nicht sicher«, sagte Raymond ungewöhnlich zögernd.

»Jedenfalls müssen Sie sich keine Sorgen über genügend Fälle machen. Seit bekannt wurde, daß Sie wieder bei uns sind, erhielten wir fortwährend Anrufe von Anwälten.«

Raymond entspannte sich langsam.

Nach dem Lunch rief Joyce an, um ihm mitzuteilen, daß sie nichts Passendes gefunden, der Häusermakler ihr jedoch versichert habe, im Herbst werde sicherlich viel auf den Markt kommen.

»Also suche weiter«, sagte Raymond.

»Keine Angst, das tue ich.« Es klang, als mache es ihr Spaß. »Vielleicht können wir, falls wir etwas finden, daran denken, eine Familie zu gründen«, fügte sie fragend hinzu.

»Vielleicht«, sagte Raymond kurz.

Montag abend wurde Charles endlich angerufen — nicht von Downing Street No. 10, sondern von No. 12, dem Büro des Fraktionsvorsitzenden. Dieser bot Charles an, weiter als junger Whip in seinem Büro zu arbeiten. Als er die Enttäuschung in Charles' Stimme hörte, fügte er hinzu: »Vorläufig.«

»Vorläufig«, wiederholte Charles und legte den Hörer auf.

»Wenigstens bist du Regierungsmitglied, und man hat dich nicht ganz vergessen«, tröstete Fiona.

»Richtig«, erwiderte er.

»Während der nächsten fünf Jahre wird es verschiedene Revirements geben.«

Charles gab seiner Frau recht, aber die Enttäuschung blieb. Doch als Regierungsmitglied ins Parlament zurückzukehren, erwies sich als wesentlich attraktiver als er erwartet hatte. Jetzt war es seine Partei, die die Entscheidungen traf.

An einem Morgen im November fuhr die Königin in der irischen Staatskarosse zum Oberhaus. Eine Eskorte ihrer Kavallerie begleitete sie, eine Prozession kleinerer Kutschen, in denen die Krone König Edwards III. und andere königliche Insignien mitgeführt wurden, fuhren voran. Charles erinnerte sich, der Zeremonie auf der Straße zugesehen zu haben, als er noch ein Kind gewesen war. Jetzt nahm er daran teil. Als die Königin vor dem Oberhaus ankam, wurde sie vom Lordkanzler empfangen und durch einen dem Staatsoberhaupt vorbehaltenen Eingang ins Ankleidezimmer geführt, wo die Hofdamen ihr halfen, sich für die Zeremonie vorzubereiten.

Charles genoß die feierliche Parlamentseröffnung als ein besonderes Fest für die Mitglieder beider Häuser. Als Whip sah er zu, wie die Abgeordneten ihre Plätze einnahmen und die Ankunft des *Black Rod** erwarteten. Sobald die Königin auf dem Thron Platz genommen hatte, befahl der Hofmeister dem Türhüter des *Black Rod* das Unterhaus zu informieren, »Ihre Majestät, die Königin, lasse alle bitten, unverzüglich vor ihr zu erscheinen.« *Black Rod*, in schwarzem Mantel, schwarzer Weste, schwarzen Kniehosen, schwarzen Strümpfen und schwarzen Schuhen, sah eher aus wie des Teufels Advokat, und nicht wie der Herold der Königin. Allein marschierte er

* höchster Dienstbeamter des Oberhauses

quer durch den großen Saal bis zur Tür des Unterhauses, die ihm, als er zwei Schritte davon entfernt war, vor der Nase zugeschlagen wurde.

Mit dem Silberknauf seiner langen schwarzen Gerte klopfte er dreimal an die Tür. Ein kleines Fenster in der Tür wurde geöffnet — ähnlich wie in einem etwas anrüchigen Nachtclub, hatte Charles' Vater einmal bemerkt. Hierauf wurde dem *Black Rod* Zutritt zum Unterhaus gewährt. Er ging zum Tisch und verbeugte sich dreimal vor dem Stuhl, bevor er anhob: »Mr. Speaker, die Königin befiehlt diesem verehrten Haus, sofort im Oberhaus vor Ihrer Majestät zu erscheinen.«

Der Zeremonienmeister, den Amtsstab in der Rechten, führte den Speaker, der ein goldbesticktes Gewand aus schwarzem Damast trug, zum *House of Lords* zurück. Ihnen folgte der Protokollführer, der Kaplan, der Premierminister, begleitet vom Führer der Opposition, sowie die Kabinettsminister und jene des Schattenkabinetts; schließlich alle Hinterbänkler, denen es gelang, sich in den Saal des Oberhauses zu drängen.

Die Lords warteten in ihren roten Capes mit Hermelinkragen und erinnerten ein wenig an freundliche Draculas. Sie wurden von ihren Gemahlinnen begleitet, die lange Abendkleider und funkelnde Tiaras trugen. Die Königin in vollem Ornat, auf dem Haupt die Krone Edwards III., wartete, bis die Prozession im Saal war und Stille herrschte.

Sodann trat der Lordkanzler vor, beugte das Knie und überreichte ihr ein gedrucktes Dokument. Es war die Rede, die die neue Regierung aufgesetzt hatte; obwohl die Queen am Morgen eine Kopie des Schriftstückes gelesen hatte, fügte sie selbst nichts hinzu, da ihre Rolle bei diesem Anlaß eine rein zeremonielle war. Sie sah ihre Untertanen an und begann vorzulesen.

Charles stand im Hintergrund des überfüllten Saales, aber aufgrund seiner Größe konnte er mühelos dem Vorgang folgen. Die Lords saßen alle auf ihren Plätzen, die *Lawlords** in der Mitte des Saales, ein Privileg, das sie 1539 erhalten hatten. Der Lordkanzler hockte allein auf dem *Woolsack*, einem mit Wolle gefüllten Sack aus den Tagen, in denen Wolle das Haupterzeugnis des Landes gewesen war. Bei den Sitzungen des Oberhauses entspricht seine Funktion jener des *Speakers* im Unterhaus.

Charles entdeckte seinen Vater, den Earl of Bridgwater, der während der königlichen Rede sanft einschlummerte. Die Königin versprach, Großbritannien werde sich ernstlich bemühen, Vollmitglied der EWG zu werden. »Meine Regierung beabsichtigt auch, eine Gesetzesvorlage bezüglich einer Gewerkschaftsreform einzubringen«, erklärte sie. Charles zählte die wahrscheinlichen Gesetzesvorlagen während der nächsten Monate; sein Büro würde viel zu tun haben.

Die Königin beendete ihre Rede, und Charles warf noch einen Blick auf seinen Vater, der jetzt fest schlief. Charles fürchtete sich vor dem Moment, in dem er seinen Bruder Rupert in Hermelin gekleidet sehen würde. Der einzige Ausgleich dafür wäre die Geburt eines Sohnes, dachte er, der eines Tages den Titel erben würde, da Rupert offensichtlich nicht heiraten wollte.

Nicht, daß er und Fiona es nicht versucht hätten. Vielleicht sollte er ihr empfehlen, einen Spezialisten aufzusuchen. Wie furchtbar, wenn er erfahren sollte, daß sie kein Kind bekommen konnte!

Nach dem Ende der Rede verließ die Königin unter Fanfarenklängen das Oberhaus, gefolgt von Prinz Philip und Prinz Charles. Am anderen Ende des Saales schritten die Mitglieder des Unterhauses, angeführt vom *Speaker*,

* Mitglieder des Oberhauses mit richterlichen Funktionen

paarweise von den roten Bänken der Lords zu den grünen des Unterhauses.

Nachdem der der Oppositionschef sein Team zusammengestellt hatte, forderte er Andrew auf, als Nummer Zwei das Innenministerium betreffende Belange zu übernehmen. Andrew war erfreut über die Herausforderung dieser neuen Verantwortung, besonders, als er feststellte, daß Simon Kerslake sein Gegenspieler in der Regierung sein würde.

Wieder nahm Louises Umfang gewaltige Formen an, doch versuchte Andrew, nicht an ihre Schwangerschaft zu denken; zu groß war seine Angst, sie könne nach all den Schmerzen zum drittenmal eine Enttäuschung erleben. Er rief Elizabeth Kerslake an und bat sie, ihn privat zu treffen.

»Das ist eine Frage, die sich ohne Wenn und Aber schwer beantworten läßt«, sagte sie zu Andrew bei einer Tasse Kaffee in ihrem Zimmer.

»Was ist Ihr Rat, falls Louise ein drittesmal ihr Kind verliert?«

Elizabeth überlegte lange, bevor sie antwortete. »Wenn das der Fall ist, halte ich es für besser, sie nicht noch einmal einer solchen Qual auszusetzen«, sagte sie ruhig, »allein die psychologischen Folgen könnten ihr weiteres Leben beeinträchtigen.«

Andrew starrte vor sich hin.

»Aber lassen wir dieses triste Gespräch«, fügte Elizabeth hinzu, »ich habe Louise letzte Woche untersucht, und alles weist auf eine normale Geburt hin.«

In den ersten Wochen der neuen Toryregierung kreuzten Simon und Andrew zu verschiedenen Anlässen die Klingen, und bald nannte man die beiden nur »den Mungo und die Klapperschlange«. Wenn der Name »Kerslake« oder »Fraser« auf der altmodischen Wandtafel erschien — es bedeutete, daß einer von ihnen aufgestanden war, um das Wort zu ergreifen —, gingen die Abgeordneten in den Saal zurück. Andrew war ständiger Gast in der Parlamentsdirektion, einem winzigen Zimmer, wo Parlamentsmitglieder ihre Anfragen, meistens auf gelbe Zettel gekritzelt, deponierten; die Sekretäre hätten sie auch angenommen, wären sie auf Briefmarken geschrieben gewesen. Manchmal halfen sie Andrew, eine Anfrage so zu formulieren, daß der Speaker sie annahm, eine Funktion, die sie für jedes Mitglied erfüllten, sogar für Tom Carson, der sie der politischen Voreingenommenheit beschuldigte, als sie erklärten, eine seiner Anfragen sei nicht in Ordnung. Als der Speaker sie las, wurde Carson getadelt, und die Anfrage verschwand in einem der neugotischen Papierkörbe.

Simon und Andrew pflegten oft hinter dem Stuhl des Speakers die umstrittenen Fragen zu besprechen, da sie dort von der Pressegalerie nicht gesehen werden konnten. Doch sobald sie zum Rednerpult zurückkehrten, bekämpften sie einander rücksichtslos und suchten nach jeder Schwäche in der Argumentation des Gegners.

Über einen Punkt waren sich jedoch beide einig. Seit dem August 1969, als man zum erstenmal Militär nach Nordirland schickte, hatte das Parlament immer wieder Probleme damit. Im Februar 1970 widmete das Unterhaus dieser Frage einen ganzen Tag, um die Meinung der Abgeordneten zu den wachsenden Spannungen zwischen radikalen Protestanten und der IRA anzuhören. Dem Unterhaus lag ein Antrag vor, die Notstandsmaßnahmen in der Provinz zu verlängern.

Andrew stand von der ersten Bankreihe auf, um die Eröffnungsrede für die Opposition zu halten. Er nehme für keine Seite Partei, erklärte er, sei jedoch sicher, daß das Unterhaus in der Ablehnung jeder Gewalt einig sei. Er habe lang nach einer Lösung gesucht, aber keine der beiden Parteien sei bereit nachzugeben. »Guter Wille« und »Vertrauen« schienen Wörter zu sein, die in einem in Ulster gedruckten Wörterbuch nicht vorkämen. Bald kam Andrew zu dem Schluß, daß Gladstone recht gehabt hatte, als er sagte: »Wann immer ich in der irischen Frage eine Lösung finde, wird die Frage geändert.«

Als Andrew geendet hatte, waren die Mitglieder erstaunt, ihn den Saal verlassen zu sehen. Erst nach ein paar Minuten kehrte er zurück.

Simon faßte den Regierungsstandpunkt zusammen; er hatte seine Rede sehr sorgfältig vorbereitet. Obwohl beide Seiten im wesentlichen einer Meinung zu sein schienen, konnte die Stimmung sofort umschlagen, wenn der Regierungsvertreter eine unbedachte Äußerung machte.

Zur allgemeinen Überraschung verließ Andrew Fraser auch während der Debatte mehrmals den Saal. Simon war zwischen halb vier und der Zehn-Uhr-Pause nur zweimal abwesend, einmal, um mit seiner Frau zu telefonieren, und dann gegen Abend, um rasch etwas zu essen.

Als er zurückkam, war Andrew noch immer nicht da. Er nahm seinen Platz erst ein, als Simon mit seiner Schlußrede schon begonnen hatte.

Ein älterer Konservativer stand auf.

»Mr. Speaker, zu einem Punkt der Geschäftsordnung.«

Simon setzte sich sofort und hörte zu, was sein Kollege zu sagen hatte.

»Ist es nicht die Tradition des Hauses, Sir«, begann dieser gewichtig, »daß ein Sprecher der ersten Bankreihe so höflich ist, während der Debatte sitzen zu bleiben, um auch andere Meinungen zu hören?«

»Das ist kein Punkt der Geschäftsordnung«, antwortete der Speaker unter »Hört, hört«-Rufen von den konservativen Bänken. Rasch schrieb Andrew ein paar Worte und reichte sie an Simon weiter. Es stand nur ein Satz auf dem Zettel.

»Ich akzeptiere, was mein verehrter Freund sagt«, begann Simon, »und hätte mich selbst beklagt, hätte ich nicht gewußt, daß der Ehrenwerte Gentleman, Abgeordneter für Edinburgh Carlton, den Großteil des Nachmittags im Krankenhaus verbrachte . . .« Simon hielt inne, um die Wirkung einsickern zu lassen . . »wo seine Frau in den Wehen liegt. Ich pflege nicht alles ungeprüft hinzunehmen, was die Opposition vorbringt, aber in diesem Fall kann ich seine Aussage bestätigen, weil meine Frau das Baby zur Welt brachte.« Gelächter erschallte. »Ich kann meinem verehrten Freund versichern, daß meine Frau den ganzen Nachmittag über das Baby mit den Werten einer konservativen Politik, die auch sein Großvater hochhält, indoktrinierte. Deshalb hielt es der Ehrenwerte Gentleman auch für nötig, die Debatte zu versäumen.« Simon wartete, bis das Gelächter verklang. »Für jene Mitglieder, die Statistik lieben: es ist ein Junge, viereinhalb Pfund schwer.«

Es gibt Momente im Unterhaus, in denen beide Seiten einander freundschaftlich zugetan sind, dachte Andrew und hielt es für eine Ironie, daß ein Engländer während einer Debatte über Irland so viel Verständnis für einen Schotten gezeigt hatte.

Es gab keinen Widerspruch, als der Speaker um zehn Uhr die Stimmen einsammelte, und Simon traf Andrew hinter dem Stuhl des Speakers.

»Etwas mehr als vier Pfund scheint mir nicht sehr viel. Ich sollte den Gesundheitsminister um seine Meinung fragen.«

»Ja«, sagte Andrew, »der kleine Kerl steckt im Brutkasten, aber Ihre Frau tut alles, was sie kann, um ihn zu mästen. Jetzt gehe ich zu ihm.«

»Viel Glück«, sagte Simon.

Die ganze Nacht verbrachte Andrew neben dem Inkubator und lauschte dem abscheulichen Tropfen des kleinen Plastikschlauches, der durch die Nase bis in den Magen des Kindes reichte. Er hatte Angst, sein Sohn könne sterben, wenn er einschliefe. So legte er sich, um wach zu bleiben, ein feuchtes Tuch auf die Augen. Schließlich unterlag er doch und schlief ein.

Als sein Vater erwachte, war Robert Bruce Fraser sehr lebendig. Der zerknitterte Vater stand auf, um seinen zerknitterten Sohn zu bewundern, der eben von der Nachtschwester Milch in seinen Plastikschlauch bekam.

Andrew sah auf das faltige Gesicht hinab. Der Junge hatte sein breites Kinn geerbt, aber Nase und Haarfarbe der Mutter. Er schmunzelte, als er daran dachte, wieviel Zeit Louise mit Mächennamen verschwendet hatte. Es blieb bei Robert.

Elizabeth sagte, sie müßten dankbar sein; die Untersuchung nach der Geburt ergab, daß Louise keine Kinder mehr haben konnte.

12

Der Chief Whip sah sich unter seinen Kollegen um; wer würde sich freiwillig für diese undankbare Aufgabe melden?

Eine Hand zeigte auf, und er war angenehm überrascht.

»Danke, Charles.«

Charles hatte Fiona schon gesagt, daß er für die Frage, die die letzte Wahl beherrscht hatte, für den Eintritt in die EWG, der verantwortliche Whip sein wolle. Jeder im Zimmer wußte, daß dies der anstrengendste Dauerjob im Parlament sein würde, und man seufzte erleichtert, als Charles sich meldete.

»Kein Job für jemanden, dessen Ehe gefährdet ist«, hörte er einen Whip flüstern. Gott sei Dank muß ich mir diesbezüglich keine Sorgen machen, dachte Charles, notierte sich jedoch, abends Blumen nach Hause zu bringen.

»Warum hat sich jeder darum gedrückt?« fragte Fiona, während sie die Narzissen in einer Vase arrangierte.

»Weil nicht viele von uns Edward Heath in seinem lebenslangen Ehrgeiz, Großbritannien zu europäisieren, bedingungslos unterstützen, während einige von der Opposition dies tun«, erklärte Charles und nahm einen Schluck Cognac. »Dazu kommt, daß wir gleichzeitig eine Gesetzesvorlage einbringen wollen, die die Gewerkschaften ein wenig in die Schranken weist. Das mag viele Labour-Abgeordnete davon abhalten, mit uns für Europa zu stimmen. Deshalb verlangt der Premier auch in periodischen Abständen einen Situationsbericht, obwohl das Gesetz vermutlich frühestens in einem Jahr vor das Unterhaus kommt. Er wird stets wissen wollen, wie viele von uns immer noch gegen den Eintritt sind, und wie viele von der Opposition verläßlich ausbrechen und mit uns stimmen werden.«

»Vielleicht sollte ich Parlamentsmitglied werden; dann könnte ich wenigstens ein bißchen in deiner Nähe sein.«

In den Medien wurde die »Große Debatte« bis zur Unerträglichkeit ausgeschlachtet. Dessen ungeachtet waren die Mitglieder sich bewußt, eine historische Entscheidung zu treffen. Im Unterhaus wurde es lebendig, und im Lauf der Wochen und Monate des Debattierens steigerte sich die Erregung.

Charles behielt seine Aufgabe, die fünfzig Mitglieder bei allen normalen Regierungsanträgen zu überwachen, doch hatte man ihn wegen der Priorität der Europafrage von allen anderen Pflichten befreit. Er wußte, jetzt war seine Chance gekommen, jene klägliche Rede über die Wirtschaftssituation wiedergutzumachen, die seine Kollegen noch nicht ganz vergessen hatten.

»Ich setze alles auf diese Sache«, sagte er Fiona. »Wenn wir die große Abstimmung verlieren, werde ich den Rest meines Lebens auf den Hinterbänken verbringen.«

»Und wenn wir gewinnen?«

»Dann wird es schwer sein, mich von der ersten Bankreihe fernzuhalten.«

Robert Fraser gehörte zu jenen lauten Kindern, die schon nach ein paar Wochen so tun, als säßen sie in der ersten Bankreihe.

»Vielleicht wird er doch Politiker«, überlegte Louise und sah ihren Sohn an.

»Wie kommst du darauf?« fragte Andrew.

»Er schreit unaufhörlich alle an, ist ausschließlich mit sich selbst beschäftigt und schläft ein, wenn jemand eine Meinung äußert.«

»Endlich habe ich etwas gefunden.« Als Raymond das hörte, nahm er am Freitag darauf den Zug nach Leeds. Joyce hatte vier Häuser zur Wahl ausgesucht, aber er stimmte mit ihr überein, daß das Haus in Chapel Allerton genau das war, was sie wollten. Es war auch das teuerste.

»Können wir uns das leisten?« fragte Joyce besorgt.

»Wahrscheinlich nicht, aber wenn man vier Häuser besichtigt, will man am Schluß nur das beste.«

»Ich könnte weitersuchen.«

»Nein, du hast das richtige Haus gefunden; jetzt muß ich mir überlegen, wie wir es bezahlen, und ich glaube, ich habe eine Idee.« Joyce sagte nichts, bis er fortfuhr: »Wir könnten unser Haus in der Lansdowne Road verkaufen.«

»Aber wo wohnen wir dann, wenn du in London bist?«

»Ich könnte irgendwo zwischen dem Gericht und dem Parlament eine kleine Wohnung mieten, während du unser wirkliches Heim in Leeds einrichtest.«

»Wirst du nicht sehr einsam sein?«

»Natürlich.« Raymond versuchte, überzeugend zu klingen. »Aber fast alle Abgeordneten aus Gegenden nördlich von Birmingham sind während der Woche von ihrer Frau getrennt. Jedenfalls hast du dir immer gewünscht, im Yorkshire zu wohnen; das ist jetzt deine Chance. Wenn meine Praxis größer wird, könnten wir uns eines Tages ein zweites Haus in London leisten.«

Joyce sah ihn ängstlich an.

»Und dazu kommt noch«, sagte Raymond, »daß ich, wenn du in Leeds wohnst, nie meinen Sitz verlieren werde.«

Sie lächelte; es machte sie glücklich, wenn Raymond auch nur andeutete, daß er sie brauchte.

Bevor Raymond am Montag morgens nach London fuhr, machte er ein Kaufangebot für das Haus in Chapel Allerton. Nach ein paar Anrufen während der Woche wurde man handelseinig, und Donnerstag bot Raymond das kleine Haus in der Landsdowne Road zum Verkauf an. Der Preis, den der Immobilienhändler zu erzielen hoffte, erstaunte ihn.

Simon schrieb Ronnie ein paar Zeilen und dankte ihm, daß man ihn über die Vorgänge bei Nethercote ständig auf dem laufenden hielt. Vor acht Monaten war er wegen seiner Beförderung zum Minister aus dem Aufsichtsrat ausgetreten, doch Ronnie schickte ihm die Agenden jeder Versammlung, damit er sie, wenn er Zeit hatte, studieren konnte.

Sein Bankkredit belief sich jetzt auf etwas mehr als zweiundziebzigtausend Pfund, aber da Ronnie die Aktien zu fünf Pfund pro Stück anbieten wollte, wenn sie an die Börse gingen, sollten sie Simon eigentlich etwa dreihunderttausend Pfund einbringen. Elizabeth warnte ihn, keinen Pfennig des Gewinns auszugeben, bevor das Geld nicht sicher auf der Bank lag. Zum Glück ahnte sie nicht, wieviel er sich ausgeliehen hatte.

Bei einem ihrer gelegentlichen Mittagessen im Ritz erklärte ihm Ronnie seine Pläne für die Zukunft der Gesellschaft.

»Jetzt, da die Konservativen an der Regierung sind, möchte ich in zirka achtzehn Monaten an die Börse gehen. Die Gewinne sind dieses Jahr wieder gestiegen, und das nächste Jahr verspricht noch viel mehr. 1973 dürfte der ideale Zeitpunkt sein.«

Simon sah ihn etwas besorgt an, und Ronnie reagierte rasch. »Wenn Sie Probleme haben, Simon, denn nehme ich Ihnen gerne ein paar Aktien zum Kurswert ab. Dann hätten Sie wenigstens einen kleinen Gewinn.«

»Nein, nein«, wehrte Simon ab, »jetzt habe ich so lange gewartet, jetzt bleibe ich dabei.«

»Wie Sie wollen. Und jetzt erzählen Sie mir bitte, wie Ihnen das Innenministerium gefällt.«

Simon legt Messer und Gabel nieder. »Von den drei großen Ministerien ist es jenes, das am meisten mit Menschen zu tun hat. Jeder Tag bringt eine neue Herausforderung, obwohl es natürlich auch deprimierend sein kann. Leute ins Gefängnis sperren, Immigranten abweisen und harmlose Ausländer deportieren ist nicht nach meinem Geschmack. Das *Home Office* scheint niemandem zuviel persönliche Freiheit zu gönnen.«

»Und wie steht es mit Nordirland?«

»Nordirland?« Simon zuckte die Achseln.

»Ich würde den Norden an Irland abtreten«, sagte Ronnie, »oder unabhängig werden lassen und dafür einen finanziellen Anreiz bieten. Im Augenblick wird nur das Geld beim Fenster hinausgeworfen.«

»Wir sprechen von Menschen«, sagte Simon, »nicht von Geld.«

»Neunzig Prozent der Wähler würden mit mir übereinstimmen.« Ronnie zündete eine Zigarre an.

»Jeder bildet sich ein, daß neunzig Prozent der Leute seiner Meinung sind, bis er für eine Wahl aufgestellt wird. Das Problem Irland ist zu ernst. Es geht um Menschen, um acht Millionen Menschen, die alle den gleichen Anspruch auf Gerechtigkeit haben wie Sie und ich. Und solange ich im Innenministerium bin, werde ich darauf achten, daß sie ihnen zuteil wird.«

Ronnie schwieg.

»Tut mir leid, Ronnie«, sagte Simon, »zuviele Leute wissen eine einfache Lösung für Irland. Wenn es eine gäbe, wäre das Problem nicht zweihundert Jahre alt.«

»Sie brauchen sich nicht zu entschuldigen«, sagte Ronnie, »ich bin so dumm, jetzt verstehe ich zum erstenmal, warum Sie ein öffentliches Amt innehaben.«

»Und Sie sind ein typischer Faschist«, zog Simon ihn auf.

»Vielleicht haben Sie recht. Jedenfalls werden Sie meine Meinung über die Todesstrafe nicht ändern. Ihr solltet sie wieder einführen; die Straßen sind nicht mehr sicher.«

»Für Grundstückspekulanten wie Sie, die auf einen raschen Mord hoffen?«

»Andrew, willst du essen?«

»Gleich, noch einen Moment.«

»Das hast du schon vor einer halben Stunde gesagt.«

»Ich weiß, aber er hat es fast schon verstanden. Laß mir noch ein paar Minuten.« Louise wartete und sah zu, aber wieder sank Robert in sich zusammen.

»Offenbar erwartest du, daß er mit zwei Jahren in die englische Nationalmannschaft eintritt.«

»Bestimmt nicht«, sagte Andrew und trug seinen Sohn ins Haus, »aber ins schottische Rugbyteam.«

Louise war gerührt darüber, wieviel Zeit sich Andrew für seinen Sohn nahm. Ihren ungläubigen Freunden erzählte sie, daß er Robert nicht nur regelmäßig fütterte und badete, sondern auch seine Windeln wechselte.

»Findest du nicht auch, daß er sehr gut aussieht?« Andrew schnallte seinen Sohn sorgsam in seinem Stuhl an.

»Ja.« Louise lachte.

»Weil er mir ähnlich ist«, sagte Andrew und legte den Arm um ihre Schultern.

»Das tut er nicht«, erklärte Louise mit Bestimmtheit.

Bums. Eine Schüssel voll Porridge landete auf dem Boden; den auf dem Löffel verbliebenen Rest verteilte Robert jetzt über sein Gesicht und Haar.

»Er sieht aus, als komme er eben aus einer Betonmischmaschine«, sagte Andrew.

Louise starrte ihren Sohn an. »Vielleicht hast du recht. Manchmal sieht er dir tatsächlich ähnlich.«

»Wie stehen Sie zur Vergewaltigung?« fragte Raymond.

»Ich halte sie nicht für relevant«, antwortete Stephanie Arnold.

»Ich fürchte, sie wird mir schaden«, sagte Raymond.

»Warum?«

»Man wird mich damit festnageln, meinen Charakter danach beurteilen.«

»Was bringt ihnen das? Fehlende Bereitschaft kann nicht bewiesen werden.«

»Möglich, aber man wird dies als Hintergrund benutzen, um den Fall entsprechend zu beurteilen.«

Raymond und Stephanie Arnold, die neu bei Gericht war, besprachen ihren ersten gemeinsamen Fall auf dem Weg nach Old Bailey; sie ließ Raymond nicht im Zweifel, daß sie es genoß, mit ihm zu arbeiten. Sie hatten einen Arbeiter zu verteidigen, der angeklagt war, seine Stieftochter vergewaltigt und ermordet zu haben.

»Leider ein klarer Fall«, sagte Raymond, »aber die Krone wird uns ihre Anklage hieb- und stichfest beweisen müssen.«

Als der Fall sich zwei Wochen lang hinzog, begann Raymond die Geschworenen für naiv zu halten; vielleicht würden sie ihren Mandanten sogar frei bekommen. Stephanie war überzeugt davon.

Am Tag vor dem Resümee lud Raymond Stephanie ins Unterhaus zum Dinner ein. »Das wird Aufsehen erregen«, dachte er bei sich, »jemanden, der in einer weißen Hemdbluse und schwarzen Strümpfen so aussieht, hat man dort bestimmt schon lange nicht gesehen.«

Stephanie schien von der Einladung sehr geschmeichelt und war beeindruckt, als während des Essens Kabinettsminister ein- und ausgingen, die Raymond alle grüßten.

»Wie ist die neue Wohnung?« fragte sie.

»Angenehm«, erwiderte Raymond. »Barbican liegt günstig, sowohl für das Parlament als auch für den Gerichtshof.«

»Wie gefällt die Wohnung Ihrer Frau?« Sie zündete eine Zigarette an, ohne ihm in die Augen zu schauen.

»Sie ist jetzt selten in London und mag es auch nicht sehr. Die meiste Zeit verbringt sie in Leeds.«

Die verlegene Pause, die dieser Feststellung folgte, wurde von der Pausenglocke unterbrochen.

»Ist ein Feuer ausgebrochen?« Stephanie drückte rasch die Zigarette aus.

»Nein.« Raymond lachte. »Nur die Zehn-Uhr-Abstimmung. Ich muß gehen. In einer Viertelstunde bin ich zurück.«

»Soll ich Kaffee bestellen?«

»Lieber nicht«, sagte Raymond, »er ist sehr schlecht.

Vielleicht . . . vielleicht wollen Sie mit mir zum Barbican kommen? Dann könnten Sie meine Wohnung begutachten.«

»Vielleicht ist sie ein klarer Fall«, sagte sie lächelnd.

Raymond erwiderte das Lächeln und begab sich mit seinen Kollegen in den Sitzungssaal. Es blieben ihm nur sechs Minuten, die richtige Lobby zu finden. Da er nicht wußte, worüber man abstimmte, folgte er den anderen Labour-Abgeordneten in die Nein-Lobby. Das Läuten hörte auf, und die Türen wurden verriegelt.

Wann immer über eine Debatte abgestimmt werden soll, erklärt der Speaker: »Ich glaube, die Ja-Stimmen gewinnen«, worauf von der opponierenden Gruppe lauthals »nein« gebrüllt wird. Damit ist die Abstimmung um zehn Uhr abends gesichert. In Westminster, in den nahe gelegenen Häusern der Abgeordneten und in den Restaurants der Umgebung läuten Glocken.

Dann eilen die Mitglieder in die »Ja«-, respektive »Nein«-Lobbys, bevor der Ruf »Schließt die Türen« ertönt. Worauf die Abgeordneten an zwei Beamten vorbeigehen müssen, die ihre Namen notieren. Als Raymond am Whip vorbeikam, der die Stimmen zählte, rief dieser eben »dreiundsiebzig«. Die einzige bei einer Abstimmung geltende Regel besagt, daß kein Mitglied Hut oder Mantel tragen darf. Ein Beamter hatte Raymond erzählt, diese Vorschrift stamme aus Zeiten, in denen faule Mitglieder ihre Kutscher mit herabgezogenem Hut, in einen Mantel gehüllt ins Parlament schickten, um an ihrer Stelle abzustimmen. Einige von ihnen wären vermutlich bessere Abgeordnete gewesen als ihre Brotgeber, dachte Raymond oft.

Im Couloir stellte er fest, daß man über eine Klausel der Gewerkschaftsvorlage abstimmte, die den Zwangsbeitritt betraf. In diesem Punkt stand er voll auf der Seite seiner Partei. Als er nach der Abstimmung in den Speisesaal für Besucher zurückkehrte, sah Stephanie eben prüfend in ihren Taschenspiegel — ein kleines rundes Gesicht, grüne Augen, braunes Haar. Sie zog sich die Lippen nach. Plötzlich fand er, daß er für einen Mann unter vierzig ein bißchen zu korpulent war.

»Gehen wir?« schlug er vor, nachdem er gezahlt hatte.

In der Wohnung angekommen, legte er eine Platte von Charles Aznavour auf und ging in die Küche, um Kaffee zu kochen. Daß Frauen ihn attraktiv fanden, ahnte er nicht. Ein paar Kilo mehr und einige graue Haare hatten seiner Erscheinung nicht geschadet, sondern ihr eher etwas Würde verliehen.

»Kein Zweifel, das ist eine Junggesellenwohnung«, bemerkte Stephanie, den bequemen Lederfauteuil, den Pfeifenständer und die Karikaturen von Richtern und Politikern aus der Zeit der Jahrhundertwende betrachtend.

Raymond brachte ein Tablett mit Kaffee und zwei Schwenkgläser mit Brandy.

»Sind Sie nicht manchmal einsam?« fragte sie.

»Von Zeit zu Zeit.« Er schenkte den Kaffee ein.

»Und dazwischen?«

»Schwarz?« fragte er, ohne sie anzusehen.

»Schwarz, bitte.«

»Zucker?«

»Für einen Mann, der Minister war, und der, so munkelt man, bald der jüngste Kronanwalt des Landes sein wird, sind Sie Frauen gegenüber noch sehr unsicher.«

Raymond wurde rot, aber er hob den Kopf und sah ihr in die Augen.

In die Stille hinein hörte er Aznavours Worte: »Du läßt dich gehen . . .«

»Möchte mein verehrter Freund gern tanzen?« fragte sie leise.

Raymond erinnerte sich noch an das letztemal, als er

getanzt hatte. Diesmal mußte es anders sein, dazu war er entschlossen. Er hielt Stephanie eng an sich gepreßt und sie wiegten sich zu der Musik von Marcel Stellman. Daß Raymond seine Brille abnahm und in die Tasche steckte, merkte sie nicht. Er küßte ihren Hals, und sie seufzte.

Charles studierte seine Liste von dreihundertdreißig Konservativen. Bei zweihundertsiebzehn war er sicher, bei vierundfünfzig unsicher, und neunundfünfzig hatte er fast schon aufgegeben. Soweit er über die Labour-Seite informiert war, wollten fünfzig Sozialisten aus der Reihe tanzen, und wenn die große Abstimmung kam, mit der Regierung wählen.

»Die Laus im Pelz«, erklärte er dem Chief Whip, »ist immer noch die geplante Gewerkschaftsreform. Die Linke versucht, jene Sozialisten, die für Europa sind, zu überzeugen, daß es durch nichts zu rechtfertigen sei, mit diesen Gewerkschaftszerstörern gemeinsame Sache zu machen.« Er habe Angst, fuhr er fort, daß man die Europaabstimmung verlieren werde, wenn man die Gewerkschaftsreform nicht modifiziere. »Und daß Alec Pimkin die Unentschlossenen in unserer Partei um sich zu scharen versucht, ist auch ärgerlich.«

»Es besteht nicht die geringste Chance, daß der Premier auch nur einen Satz der Vorlage über die Gewerkschaften ändert.« Der Fraktionschef leerte sein Glas Gin Tonic. »Am Parteitag versprach er, den Antrag einzubringen, und wenn er Ende des Jahres in Blackpool ist, will er die Vollzugsmeldung verkünden. Ich kann Ihnen auch sagen, daß er Ihre Schlußfolgerung über Alec Pimkin nicht gern hören wird. Die Gewerkschaftsreform ist ihm fast ebenso wichtig wie der Eintritt in die EWG.« Charles wollte protestieren. »Ich beklage mich nicht, Sie haben sich bisher gut geschlagen. Bearbeiten Sie weiter die fünfzig Ungewissen. Mit Drohungen, Bestechung,

Freundlichkeit — versuchen Sie, was Sie wollen, aber bringen Sie sie, einschließlich Pimkin, auf die richtige Seite, bis zur Wahl!«

»Wie wäre es mit etwas Sex?« fragte Charles.

»Sie haben zu viele amerikanische Filme gesehen«, sagte der Fraktionschef lachend.

Charles kehrte in sein Büro zurück und prüfte nochmals seine Liste. Sein Finger hielt bei »P« inne. Charles schlenderte in den Wandelgang und sah sich um; der Gesuchte war nicht zu sehen. Er schaute in den Sitzungssaal. Nichts. Er ging an der Bibliothek vorbei. »Hier brauche ich ihn nicht zu suchen«, dachte er und begab sich in das Rauchzimmer, wo der Gesuchte eben ein weiteres Glas Gin bestellen wollte.

»Alec«, sagte Charles voll Herzlichkeit.

Der wohlbeleibte Mann sah sich nach ihm um.

Zuerst versuche ich es mit Bestechung, dachte Charles. »Darf ich dir einen Drink bestellen?«

»Eine gute Idee, alter Knabe«, sagte Pimkin und zupfte nervös an seiner Krawatte.

»Was höre ich, Alec, du willst gegen Europa stimmen?«

Simon war entsetzt, als er das erste Dokument las. Die Bedeutung war sonnenklar.

Man hatte ihm den Bericht der Boundary Commission, des »Grenzausschusses«, zur Begutachtung in das rote Portefeuille gelegt. Bei einer Sitzung im Innenministerium hatte er versprochen, die Vorschläge so rasch wie möglich durchzubringen, um bei den nächsten Wahlen eine Basis für die umstrittenen Sitze zu haben. Wie der Staatssekretär sagte: »Keine Verzögerungen.«

Simon las das Dokument sehr sorgfältig. Im Grund waren die Änderungen vernünftig; weil viele Familien aus städtischen in ländliche Gebiete übersiedelten, würde es mehr Chancen für die Konservativen geben. Kein Wunder, daß die Partei keine Verzögerung wünschte. Aber was konnte er gegen die Entscheidung des Ausschusses bezüglich seines eigenen Wahlkreises tun? Ihm waren die Hände gebunden. Schlüge er eine Änderung vor, würde man ihn zu Recht einer Schiebung beschuldigen.

Da die Einwohnerzahl der Stadt zurückging, empfahl der Ausschuß, die vier Wahlkreise von Coventry auf drei zu reduzieren: Coventry Central sollte verschwinden, und die Wähler auf Coventry West, East und North aufgeteilt werden. Damit blieben ein sicherer Sitz für Simons Kollegen und zwei sichere Labour-Sitze. Er hatte immer gewußt, daß er einen sehr gefährdeten Wahlkreis vertrat; jetzt sah es so aus, als würde er gar keinen mehr haben. Er würde auf der Suche nach einem neuen Sitz kreuz und quer durchs Land reisen und gleichzeitig für seine Wähler in dem gefährdeten Wahlkreis sorgen müssen. Und durch einen Federstrich — *seinen* Federstrich — würden sie einem anderen Mann ihr Vertrauen schenken. Wäre er nur bei der Umwelt-Kommission geblieben, dann hätte er darum kämpfen können, die vier Sitze beizubehalten.

Elizabeth hörte sein Problem mit Bedauern an, riet ihm jedoch, sich nicht zu große Sorgen zu machen, bevor er mit dem stellvertretenden Parteiobmann gesprochen hätte, der die Kandidaten darauf hinwies, welche Wahlkreise frei werden könnten.

»Vielleicht ist es sogar ein Vorteil für uns«, fügte sie hinzu.

»Was meinst du damit?«

»Du könntest zum Beispiel in der Nähe von London einen sicheren Sitz bekommen.«

»Bei meinem Glück werde ich schließlich einen unsicheren in Newcastle haben.«

Elizabeth kochte ihm seine Lieblingsspeise und versuchte, ihn aufzuheitern. Nach drei Portionen Fleischpastete schlief er ein, sobald er im Bett lag. Elizabeth aber fand lange keinen Schlaf.

Das Gespräch mit dem Direktor der gynäkologischen Klinik ging ihr nicht aus dem Kopf. Obwohl sie Simon nichts davon erzählt hatte, erinnerte sie sich an jedes Wort des Chefs.

»Ich muß feststellen, daß Sie sich mehr Tage frei genommen haben, als Ihnen zustehen, Dr. Kerslake. Sie müssen sich entscheiden, ob sie Ärztin sein wollen oder die Frau eines Parlamentariers.«

Elizabeth wälzte sich unruhig hin und her, während sie das Problem überdachte. Sie kam jedoch zu keiner Lösung, sie wußte nur, daß sie Simon, der jetzt solche Sorgen hatte, nicht damit belasten wollte.

»Haben diese neuen Grenzen einen Einfluß auf dich?« fragte Louise und sah von der *Times* auf.

Andrew warf Robert einen kleinen Gummiball an den Kopf.

»Er wird einen Gehirnschaden bekommen«, bemerkte Louise.

»Ich weiß, aber denk doch an die Tore, die er schießen wird — es wird nicht lange dauern, und ich kann mit ihm Rugby trainieren.«

Robert begann zu weinen, als sein Vater sich mit Louise unterhielt. »Nein, Edinburgh wird davon nicht berührt. Die Bevölkerungsbewegungen sind so minimal, daß die sieben Stadtsitze nicht gefährdet sind. Die einzigen wirklichen Veränderungen werden in Glasgow und in den Highlands stattfinden.«

»Das ist gut«, sagte Louise, »es wäre schlimm, einen anderen Wahlkreis suchen zu müssen.«

»Der arme Simon Kerslake verliert seinen Sitz und kann nichts dagegen tun.«

»Warum nicht?«

»Weil er der mit dem Antrag beauftragte Minister ist. Wenn er irgendein krummes Ding dreht, würden wir ihn steinigen.«

»Was wird er also tun?«

»Nach einem neuen Sitz suchen oder einen älteren Kollegen überreden, daß er zu seinen Gunsten zurücktritt.«

»Aber für Minister sollte es doch einfach sein, einen gut gepolsterten Sitz zu finden?«

»Nicht unbedingt«, sagte Andrew. »Viele Wahlkreise schätzen es nicht, jemanden vorgeschlagen zu bekommen; sie suchen sich ihren Mann lieber selbst aus. Und manche ziehen überhaupt einen vor, der nie Minister wird, aber dafür mehr Zeit für sie hat.«

»Andrew, kannst du wieder etwas für die Opposition tun?«

»Was meinst du damit?«

»Wirf deinem dummen Sohn weiter den Ball an den Kopf, sonst weint er den ganzen Tag.«

»Hör nicht auf sie, Robert. Wenn du dein erstes Tor gegen England schießt, wird sie ganz anders reden.«

13

Gerade, als Raymond die Affäre mit Stephanie beenden wollte, begann sie, Kleidungsstücke in seiner Wohnung liegen zu lassen. Obwohl sie nach Beendigung des gemeinsamen Falles getrennte Wege gingen, sahen sie einander in regelmäßigen Abständen. Raymond hatte ihr einen Wohnungsschlüssel nachmachen lassen, damit sie nicht jedesmal auskundschaften mußte, ob er eine dringende Abstimmung hatte.

Zuerst versuchte er, ihr aus dem Weg zu gehen. Wenn

es ihm gelang, fand er sie oft, sobald er aus dem Parlament zurückkam, in seiner Wohnung vor. Als er etwas mehr Diskretion vorschlug, äußerte sie Drohungen — zuerst verschleiert, dann immer deutlicher.

In dieser Zeit befaßte sich Raymond mit drei größeren Fällen, die alle erfolgreich endeten und seinem Ruf zugute kamen. Jedesmal mußte sich sein Sekretär vergewissern, daß Stephanie ihm nicht zugeteilt wurde. Jetzt, da sein Wohnproblem gelöst war, war Raymonds einzige Sorge, wie er diese Liaison beenden könnte. Stephanie zu erobern war wesentlich weniger schwierig gewesen.

Simon erschien pünktlich zu seiner Besprechung im Hauptbüro. Er erklärte Sir Edward Mountjoy, dem stellvertretenden Parteivorsitzenden, sein Problem.

»Verdammtes Pech«, meinte Sir Edward, »aber vielleicht kann ich Ihnen helfen.« Er öffnete eine grüne Mappe, und Simon sah, daß er eine Namensliste studierte. Er hatte das gleiche Gefühl wie damals, als er sich um den Studienplatz in Oxford bewarb — als müßte jemand sterben, damit er dessen Stelle einnehmen konnte.

»Bei der nächsten Wahl sollte es etwa ein Dutzend sichere Sitze geben, die durch Rücktritte oder Neuverteilung frei werden.«

»Können Sie mir einen bestimmten empfehlen?«

»Ich denke an Littlehampton.«

»Wo ist das?«

»Es ist ein neuer und todsicherer Sitz — in Sussex, an der Grenze zu Hampshire.« Er studierte eine Landkarte. »Liegt neben Charles Seymours Wahlkreis, der unverändert bleibt. Ich kann mir nicht vorstellen, daß Sie dort viele Rivalen haben werden. Aber warum sprechen Sie nicht mit Charles? Er weiß genau Bescheid darüber.«

»Gibt es noch etwas, das vielversprechend aussieht?«

fragte Simon, dem schwante, daß Seymour nicht allzu kooperativ sein würde.

»Lassen Sie mich nachsehen. Sie wollen wohl nicht alles auf eine Karte setzen, wie? Ja, Redcorn in Northumberland. Fünfhundert Kilometer von London entfernt, kein Flughafen im Umkreis von hundertdreißig Kilometern, und der nächste größere Bahnhof ist fünfundsechzig Kilometer entfernt. Ich glaube, das sollten Sie nur versuchen, wenn es keinen anderen Ausweg gibt. Mein Rat ist, mit Seymour über Littlehampton zu sprechen.«

»Damit haben Sie bestimmt recht, Sir Edward«, sagte Simon.

»Die Wahlkomitees werden bereits zusammengestellt«, fuhr Sir Edward fort, »also werden Sie nicht lange warten müssen.«

»Ich danke Ihnen für Ihre Hilfe. Vielleicht könnten Sie mich verständigen, wenn in der Zwischenzeit noch etwas auftaucht.«

»Natürlich. Mit Vergnügen. Das Problem ist: Wenn jemand von unserer Seite während der laufenden Legislaturperiode stirbt, können Sie Ihren jetzigen Sitz nicht verlassen, sonst haben wir zwei Nachwahlen. Wir wollen aber bestimmt keine Nachwahl in Coventry Central, wenn Sie sich bereits anderswo umsehen.«

»Das glaube ich«, sagte Simon.

Charles hatte die neunundfünfzig Anti-EWG-Stimmen auf einundfünfzig reduziert, aber jetzt kam er zum harten Kern, der immun gegen künftige Beförderungen oder Drohungen zu sein schien. Bei seinem nächsten Bericht versicherte er dem Chief Whip, es gäbe mehr Sozialisten, die mit der Regierung stimmen würden, als Konservative, die gegen einen Eintritt in die EWG waren. Der Fraktionschef zeigte sich erfreut, erkundigte sich aber, ob Charles bei den Pimkin-Anhängern Fortschritte gemacht habe.

»Bei diesen zwölf hartgesottenen Rechten?« fragte Charles scharf. »Sie scheinen bereit, Pimkin auch in die Hölle zu folgen. Ich habe alles versucht, aber sie sind immer noch entschlossen, gegen Europa zu stimmen, koste es, was es wolle.«

»Das Ärgerliche ist, daß dieser verdammte Pimkin nichts zu verlieren hat«, sagte der Chef. »Sein Sitz wird mit der Neuverteilung verschwinden. Mit seinen extremen Ansichten wird er kaum einen Wahlkreis finden, der ihn aufstellt, aber dann ist der Schaden schon geschehen.« Er überlegte. »Wenn diese zwölf sich der Stimme enthalten, würde ich den Premier mit gutem Gewissen einen Sieg melden.«

»Man müßte Pimkin in einen Judas verwandeln und ihn dann überreden, die zwölf unserem Lager zuzuführen«, sagte Charles.

»Wenn Sie das erreichen, werden wir gewinnen.«

Charles ging in sein Büro zurück, wo Simon auf ihn wartete.

»Ich hoffe, Sie haben ein paar Minuten Zeit für mich«, sagte Simon.

»Natürlich.« Charles war bemüht, freundlich zu klingen. »Setzen Sie sich doch bitte.«

Simon setzte sich ihm gegenüber. »Vielleicht haben Sie gehört, daß ich infolge der neuen Beschlüsse meinen Wahlkreis verliere. Sir Edward meinte, ich solle mit Ihnen wegen Littlehampton, dem neuen Sitz neben Ihrem Wahlkreis sprechen.«

»Ja, natürlich«, sagte Charles, seine Überraschung verbergend. Da sein Sitz nicht betroffen war, hatte er dieses Problem vergessen. Er faßte sich rasch. »Wie klug von Edward, Sie zu mir zu schicken. Ich werde alles tun, um Ihnen zu helfen.«

»Littlehampton wäre ideal«, sagte Simon, »besonders, solange meine Frau in Paddington arbeitet.«

Charles zog die Brauen hoch.

»Ich glaube, Sie kennen meine Frau nicht. Sie ist Ärztin am St. Mary's Hospital.«

»Ja, da verstehe ich, daß Littlehampton angenehm wäre. Ich könnte als erstes mit Alexander Dalglish sprechen und hören, was er vorschlägt; er ist der Vorsitzende des Wahlkreises.«

»Das wäre außerordentlich freundlich.«

»Selbstverständlich. Ich rufe ihn heute abend an, um festzustellen, wie weit man dort mit der Auswahl ist, und dann werde ich Sie informieren.«

»Dafür wäre ich Ihnen dankbar.«

»Darf ich Ihnen auch die Agenden für nächste Woche geben?« fragte Charles und schob ihm ein Papier zu. Simon steckte es in die Tasche. »Ich rufe Sie sofort an, wenn ich etwas weiß.«

Simon fühlte sich besser und auch ein bißchen schuldbewußt, weil ihm Charles, der eben in den Sitzungssaal verschwand, bisher so unsympathisch gewesen war.

Man hatte der Debatte der Hinterbänkler über den EWG-Beitritt sechs Tage eingeräumt, die längste Periode, die einem Antrag je zugebilligt worden war. Charles schlenderte durch den Mittelgang und setzte sich ans Ende der ersten Bank. Meist hörte er den Reden sehr aufmerksam zu, aber diesmal waren seine Gedanken in Littlehampton. Andrew Fraser stand auf, und Charles hakte freudig seinen Namen ab, bevor er sich wieder seinen Überlegungen zuwandte.

»Ich werde für den Beitritt stimmen«, erklärte Andrew dem Unterhaus. »Als meine Partei an der Regierung war, war ich ein Europäer, und ich sehe keine Veranlassung, meinen Standpunkt jetzt, da wir in der Opposition sind, zu ändern. Die Prinzipien, die vor zwei Jahren richtig waren, sind es heute ebenso. Nicht alle . . .«

Tom Carson sprang auf und fragte, ob sein verehrter

Freund ihm das Wort überlassen würde. Andrew setzte sich sofort.

»Sind meinem Ehrenwerten Freund die französischen Strohköpfe tatsächlich wichtiger als die Schafzüchter Neuseelands?« fragte Carson.

Andrew stand wieder auf und erklärte seinem Kollegen, daß er natürlich Schutzbestimmungen für Neuseeland erwarte, die bevorstehende Wahl betreffe jedoch eine prinzipielle Entscheidung. Die Details würden und sollten von Ausschüssen ausgearbeitet werden. Hätte er, Carson, in diesem Zusammenhang von Negern und Juden gesprochen, das Unterhaus hätte sich empört. »Warum finden es die Antieuropäer selbstverständlich, französische Farmer als Strohköpfe zu bezeichnen?«

»Vielleicht sind Sie der Strohkopf«, schrie Carson zurück und verdarb mit diesem einen Satz seine Verteidigung der Schafzüchter Neuseelands.

Andrew ignorierte den Zwischenruf und erklärte, daß er an ein vereintes Europa glaube, als eine weitere Versicherung gegen einen dritten Weltkrieg. Er schloß mit den Worten: »Großbritannien hat tausend Jahre lang Geschichte gemacht, sogar Weltgeschichte. Laßt uns mit unseren Stimmen entscheiden, ob unsere Kinder Geschichte lesen oder machen werden.« Unter dem Beifall beider Seiten setzte er sich wieder.

Charles hatte sich inzwischen einen Plan zurechtgelegt und verließ den Saal, als einer seiner Kollegen eine lange, langweilige Rede begann. Anstatt in das Büro der Whips zurückzugehen, wo man nie ungestört war, verschwand er in einer Telefonzelle.

»Alexander, hier Charles, Charles Seymour.«

»Wie nett, wieder einmal von dir zu hören, Charles. Wie geht es?«

»Danke gut, und dir?«

»Kann mich nicht beklagen. Was kann ich für einen so vielbeschäftigten Mann tun?«

»Ich wollte mit dir über den neuen Sussex-Wahlkreis Littlehampton sprechen. Wie steht es mit der Wahl eines Kandidaten?«

»Ich werde dem Parteiausschuß, wenn er in zehn Tagen zusammentritt, sechs Kandidaten vorschlagen.«

»Hast du die Absicht, selbst zu kandidieren, Alexander?«

»Ich dachte oft daran, aber meine Frau will es nicht, und mein Bankkonto läßt es auch nicht zu. Hast du Vorschläge?«

»Vielleicht kann ich helfen. Warum kommst du nicht nächste Woche zu einem gemütlichen Abendessen zu uns?«

»Das ist sehr freundlich von dir, Charles.«

»Gut, ich freue mich, dich zu sehen. Ist dir der nächste Montag recht?«

»Ausgezeichnet.«

»Also um acht, 27 Eaton Square.«

Charles legte auf, ging in das Büro und kritzelte etwas in seinen Terminkalender.

Raymond hatte eben seine Argumente gegen einen EWG-Beitritt dargelegt, als Charles in den Sitzungssaal zurückkehrte. Raymond hatte auf die wirtschaftlichen Opfer im Falle des Beitritts hingewiesen und für eine stärkere Bindung an die Vereinigten Staaten und das Commonwealth plädiert. Er bezweifelte, daß Großbritannien sich die finanziellen Erfordernisse des Eintritts in einen Klub leisten könne, der schon so lange bestand; wäre man von Anfang an dabeigewesen, sähe die Lage anders aus. Aber in diesem Fall müsse er gegen ein Abenteuer stimmen, das seiner Meinung nach die Arbeitslosigkeit nur vergrößern würde. Als er sich setzte, war der Beifall weniger stark als für Andrew, und — was noch schlimmer war — er kam nur vom linken Flügel seiner Partei, der seinerzeit sein Buch »Beschäftigung um jeden Preis?« so heftig angegriffen hatte. Charles machte neben Raymonds Namen ein Kreuz.

Von einem der Boten des Unterhauses wurde Raymond eine Nachricht überbracht: »Der Präsident des Obergerichtes bittet ehebaldigst um einen Anruf.«

Raymond verließ den Saal, ging zum nächsten Telefon und wurde sofort mit Sir Nigel Hartwell verbunden.

»Ich sollte Sie anrufen?«

»Ja«, sagte Sir Nigel, »haben Sie ein bißchen Zeit?«

»Natürlich. Warum? Ist es etwas Dringendes?«

»Ich möchte es lieber nicht am Telefon besprechen«, erwiderte Sir Nigel. Es klang bedrohlich.

Raymond nahm die U-Bahn und war fünfzehn Minuten später im Gerichtsgebäude. Er ging direkt in Sir Nigels Büro, setzte sich in einen der bequemen Fauteuils, schlug die Beine übereinander und wartete, während Sir Nigel auf und ablief. Offensichtlich war er entschlossen, etwas loszuwerden, das ihn bedrückte.

»Raymond, ich wurde von maßgeblichen Stellen über Sie befragt; ich glaube, Sie würden einen verdammt guten Kronanwalt abgeben.« Ein Lächeln machte sich auf Raymonds Gesicht breit, verschwand jedoch bald. »Aber Sie müssen mir ein Versprechen geben.«

»Ein Versprechen?«

»Ja, Sie müssen diese dumme Liaison mit einem Mitglied des Gerichtshofes beenden.« Er sah Raymond direkt an.

Raymond wurde dunkelrot, doch bevor er weitersprechen konnte, fuhr Sir Nigel fort:

»Ich möchte Ihr Ehrenwort, daß die Sache beendet wird, und zwar sofort.«

»Sie haben mein Wort«, sagte Raymond leise.

»Ich bin nicht prüde«, erklärte Sir Nigel und zupfte an

seiner Weste, »aber wenn Sie eine Affäre haben wollen, dann so weit wie möglich von diesem Haus entfernt. Und wenn ich Ihnen raten darf, gilt das auch für das Unterhaus, und für Leeds. Es bleibt immer noch ein Großteil der Welt übrig, und Frauen gibt es überall.«

Raymond nickte zustimmend; diese Argumentation leuchtete ein.

Offensichtlich verlegen, fuhr Sir Nigel fort: »Nächsten Montag beginnt in Manchester ein häßlicher Betrugsprozeß. Unser Mandant wird beschuldigt, eine Reihe von Lebensversicherungsgesellschaften gegründet, jedoch nie etwas ausgezahlt zu haben. Ich nehme an, Sie haben in den Medien alles darüber gehört. Miss Arnold wurde dem Prozeß als zweite Konzipientin zugeordnet. Wie man mir sagt, könnte die Sache einige Wochen dauern.«

»Sie wird sich davor drücken«, sagte Raymond finster.

»Das hat sie bereits versucht, aber ich habe ihr klargemacht, daß sie, wenn sie ablehnt, nicht mehr bei uns arbeiten kann.«

Raymond atmete erleichtert auf. »Danke«, sagte er.

»Tut mir leid, alter Knabe. Ich weiß, Sie haben Ihre Beförderung verdient. Aber ich kann keine Mitarbeiter brauchen, über die getuschelt wird. Danke für Ihr Verständnis; ich kann nicht behaupten, daß ich Ihnen das alles gern gesagt habe.«

»Hast du einen Augenblick Zeit?« fragte Charles.

»Du vergeudest deine Worte, mein Guter, wenn du glaubst, daß wir unsere Meinung jetzt plötzlich ändern«, sagte Alec Pimkin. »Alle zwölf werden gegen die Regierung stimmen. Das ist unabänderlich.«

»Diesmal will ich mit dir nicht über Europa sprechen, Alec. Es ist viel ernster und persönlicher. Nehmen wir einen Drink auf der Terrasse.«

Charles bestellte die Drinks, und die beiden Männer

begaben sich auf die Terrasse. Sobald niemand mehr in Hörweite war, blieb Charles stehen.

»Wenn es nicht um Europa geht, worum sonst?« fragte Pimkin und blickte auf die Themse.

»Ich habe ein Gerücht gehört, daß du deinen Sitz verlierst?«

Pimkin erblaßte und fingerte an seiner Krawatte. »Ja, diese neuen Grenzziehungen; mein Wahlkreis verschwindet, und niemand ist bereit, mir einen neuen anzubieten.«

»Was ist es dir wert, wenn ich dir einen neuen Sitz verschaffe — auf Lebenszeit?«

Pimkin sah Charles mißtrauisch an. »Alles, außer mein Fleisch und Blut.«

»Nein, so anspruchsvoll bin ich nicht.«

Allmählich kehrte die Farbe wieder in Pimkins Wangen zurück. »Was immer es ist, du kannst dich auf mich verlassen, alter Knabe.«

»Kannst du deine zwölf Jünger bekehren?«

Wieder erblaßte Pimkin.

»Nicht bei den Abstimmungen im Ausschuß«, sagte Charles, bevor der andere antworten konnte. »Nicht einmal bei den Zusatzklauseln — nur, wenn es um das Prinzip geht. In der Stunde der Bedrängnis zu der eigenen Partei stehen, keine überflüssigen Neuwahlen — all das Zeug. Die Details überlasse ich dir, ich weiß, daß du sie überreden kannst, Alec.«

Noch immer antwortete Pimkin nicht.

»Ich liefere einen eisernen Sitz, du lieferst zwölf Stimmen. Das halte ich für ein faires Abkommen.«

»Und wenn ich sie dazu bringe, sich der Stimme zu enthalten?«

Charles schwieg, als müsse er sich das genau überlegen. »Abgemacht«, sagte er schließlich. Mehr hatte er sich nicht erhofft.

Kurz nach acht kam Alexander Dalglish auf den Eaton Square. Fiona empfing ihn an der Tür und sagte, daß Charles noch nicht aus dem Unterhaus zurück sei. »Aber ich erwarte ihn jeden Moment. Darf ich Ihnen einen Drink anbieten?«

Eine halbe Stunde verging, bis Charles hereinstürmte.

»Entschuldige die Verspätung, Alexander.« Er schüttelte dem Gast die Hand. »Hatte gehofft, vor dir da zu sein.«

»Kein Grund zur Entschuldigung. Eine reizendere Gesellschaft hätte ich mir nicht wünschen können.«

»Was trinkst du, Liebling?« fragte Fiona.

»Bitte einen starken Whisky — und können wir dann gleich essen? Ich muß um zehn Uhr wieder zurück sein.«

Charles führte seinen Gast in das Eßzimmer und wies ihm einen Platz an, bevor er sich unter das Holbeinporträt des ersten Earl of Bridgewater setzte, ein Erbstück von seinem Großvater. Fiona nahm ihrem Mann gegenüber Platz. Während man Beef Wellington aß, ließ Charles sich erzählen, was Alexander erlebt hatte, seit man sich zum letztenmal gesehen hatte. Obwohl sie zusammen bei den *Guards* gedient hatten, trafen sie einander, seit Charles im Unterhaus war, nur bei den Regimentszusammenkünften. Den Zweck der Einladung erwähnte Charles erst, als Fiona den Kaffee servierte.

»Ich weiß, ihr beide habt viel miteinander zu besprechen, ich werde euch allein lassen.«

»Danke«, sagte Alexander lächelnd zu Fiona, »für das ausgezeichnete Dinner.«

Sie erwiderte das Lächeln und zog sich zurück.

»Und jetzt, Charles«, sagte Alexander und nahm eine Mappe zur Hand, »muß ich dich um einen Rat bitten.«

»Nur los, mein Alter, bin froh, wenn ich helfen kann.«

»Sir Edward Mountjoy sandte mir eine ziemlich lange Liste von Leuten, unter ihnen ist ein Mann aus dem Innenministerium und ein, zwei andere Parlamentsmitglieder, die ihre jetzigen Sitze verlieren. Was meinst du zu . . .«

Dalglish öffnete die Mappe, während Charles ihm ein wohlgefülltes Glas Port und eine Zigarre aus einem goldenen Portefeuille anbot.

»Wie hübsch«, bemerkte Alexander und betrachtete ehrfürchtig das Kästchen mit dem Wappen und den eingravierten Buchstaben C.G.S.

»Ein Familienerbstück«, sagte Charles. »Eigentlich sollte es meinem Bruder Rupert gehören, aber zum Glück habe ich die gleichen Initialen wie mein Großvater.«

Alexander reichte Charles das Portefeuille und wandte sich wieder seinen Aufzeichnungen zu.

»Da ist ein Mann, der mich beeindruckt«, sagte er endlich. »Kerslake. Simon Kerslake.«

Charles schwieg.

»Kennst du ihn, Charles?«

»Ja.«

»Was denkst du über ihn?«

»Ganz unter uns?«

Dalglish nickte, sagte aber nichts.

Charles nippte an seinem Port. »Sehr gut«, bemerkte er.

»Kerslake?«

»Nein, der Port. 1935. Leider besitzt Kerslake nicht die gleiche Qualität. Muß ich noch mehr sagen?«

»Nein, nein, ich verstehe, obwohl ich enttäuscht bin. Seine Beschreibung klingt so gut.«

»Eine Beschreibung ist eine Sache, ihn aber zwanzig Jahre lang als deinen Abgeordneten zu haben, ist etwas anderes. Du brauchst einen Mann, auf den du dich verlassen kannst. Und seine Frau — im Wahlkreis völlig unbekannt.« Er runzelte die Stirn. »Ich glaube, ich bin schon zu weit gegangen.«

»Nein, nein«, versicherte Alexander, »ich verstehe. Der nächste ist Norman Lamont.«

»Erstklassig, aber er wurde schon für Kingston ausgewählt«, sagte Charles.

Dalglish sah wieder in seine Aufzeichnungen. »Wie steht es mit Pimkin?«

»Wir waren zusammen in Eton. Sein Aussehen spricht gegen ihn, wie meine Großmutter zu sagen pflegte, aber er ist ein vernünftiger Bursche und im Wahlkreis sehr beliebt, wie ich höre.«

»Du würdest ihn also empfehlen?«

»Ich würde ihn mir an Land ziehen, bevor ihn ein anderer Wahlkreis aufstellt.«

»Ist er so beliebt?« fragte Alexander. »Danke für den Rat. Schade wegen Kerslake.«

»Das war streng vertraulich.«

»Natürlich. Kein Wort. Du kannst dich auf mich verlassen.«

»Schmeckt dir die Zigarre?«

»Ausgezeichnet«, sagte Alexander, »aber dein Geschmack war immer schon sehr gut. Man braucht nur Fiona anzusehen.«

Charles lächelte.

Die meisten anderen Namen, die Dalglish nannte, waren entweder unbekannt oder ungeeignet. Als sich Alexander kurz vor zehn verabschiedete, fragte ihn Fiona, ob das Gespräch Früchte getragen habe.

»Ja, ich glaube, wir haben den Richtigen gefunden.«

Am Nachmittag wurde das Schloß an Raymonds Wohnungstür geändert. Es war teurer als er gedacht hatte, und der Schlosser bestand auf Barzahlung.

Er grinste, als er das Geld einsteckte. »Ich mache damit ein Vermögen, das kann ich Ihnen sagen. Mindestens ein Gentleman pro Tag, immer Barzahlung, keine Rechnung. Das bedeutet, daß die Frau und ich jedes Jahr einen Monat in Ibiza verbringen können. Steuerfrei.«

Raymond lächelte. Er sah auf die Uhr. Gerade noch Zeit, den Zug um sieben Uhr zehn zu erwischen und um zehn in Leeds zu sein zu einem langen Wochenende.

Eine Woche später rief Alexander Dalglish Charles an, um ihm mitzuteilen, daß man sich auf Pimkin geeinigt habe. Kerslake wurde nicht in Erwägung gezogen.

»Bei der ersten Befragung war der Ausschuß nicht sehr eingenommen von Pimkin.«

»Nein, ich habe dich gewarnt, daß sein Aussehen ihm schadet«, sagte Charles. »Und manchmal klingt er sehr rechts, aber er ist ein vernünftiger Mensch, der dich nie im Stich lassen wird, glaube mir.«

»Das muß ich wohl, Charles. Denn nachdem wir Kerslake fallengelassen haben, ist er der einzige Kandidat.«

Charles legte den Hörer auf und wählte das *Home Office*.

»Kann ich mit Simon Kerslake sprechen?«

»Wer spricht, bitte?«

»Seymour. Whips-Büro.« Er wurde sofort verbunden.

»Simon, hier spricht Charles. Ich möchte Sie über Littlehampton informieren.«

»Das ist sehr freundlich von Ihnen.«

»Leider keine guten Nachrichten. Offenbar möchte der Vorsitzende den Sitz für sich haben. Er hat es so eingerichtet, daß der Ausschuß nur Idioten interviewte.«

»Wie können Sie so sicher sein?«

»Ich habe die kurze Liste gesehen, und Pimkin ist das einzige Parlamentsmitglied, das sie in Erwägung ziehen.«

»Das kann ich nicht glauben.«

»Nein, ich war auch eher schockiert. Ich habe Sie mehrmals vorgeschlagen, aber mein Rat stieß auf taube

Ohren. Man war mit Ihrer Meinung über die Todestrafe nicht einverstanden oder so ähnlich. Dessenungeachtet kann es für Sie doch wohl nicht schwer sein, einen Sitz zu finden.«

»Hoffentlich haben Sie recht, Charles, jedenfalls, danke ich für Ihre Bemühungen.«

»Aber bitte. Lassen Sie es mich wissen, wenn Sie sich um einen anderen Sitz bewerben, ich habe viele Freunde überall im Land.«

»Danke, Charles. Könnte ich für die Abstimmung am nächsten Donnerstag einen Partner haben?«

Zwei Tage später wurde Alex Pimkin von der konservativen Partei in Littlehampton aufgefordert, zu einer kurzen Befragung in den Wahlkreis zu kommen.

»Wie soll ich dir danken?« fragte er Charles, als sie sich in der Bar trafen.

»Halte dein Wort — und ich möchte es schriftlich«, erwiderte Charles.

»Was meinst du damit?«

»Einen Brief an den Fraktionschef, in dem du mitteilst, daß du deinen Standpunkt bezüglich des EWG-Beitritts geändert hast, und daß du sowie deine Anhänger sich am Donnerstag der Stimme enthalten werden.«

Pimkin sah ihn verschmitzt an. »Und wenn ich nicht mitspiele?«

»Noch hast du keinen Sitz, Alec. Vielleicht könnte ich es für notwendig halten, Alexander Dalglish anzurufen und ihm von dem netten kleinen Jungen zu erzählen, mit dem du dich in Oxford so lächerlich gemacht hast.«

Drei Tage später erhielt der Chief Whip einen Brief von Pimkin. Sofort ließ er Charles kommen.

»Ausgezeichnet, Charles. Wie haben Sie das zustande gebracht?«

»Eine Frage der Loyalität«, antwortete Charles. »Am Ende hat Pimkin das eingesehen.«

Am letzten Tag der großen Debatte über das »Prinzip des Beitritts« hielt der Premier die abschließende Rede. Unter dem Beifall beider Seiten erhob er sich um halb zehn Uhr. Um zehn Uhr entschied sich das Unterhaus mit einer Mehrheit von hundertundzwölf Stimmen für einen Beitritt; neunundsechzig Labour-Mitglieder unter der Führung von Roy Jenkins halfen, die Regierungsmehrheit zu vergrößern.

Raymond Gould stimmte im Einklang mit seiner Überzeugung gegen den Antrag. Andrew Fraser gehörte mit Simon Kerslake und Charles Seymour zu den Befürwortern. Alec Pimkin und seine zwölf Anhänger blieben während der Abstimmung auf ihren Plätzen.

Als Charles das endgültige Resultat hörte, erlebte er einen kurzen Augenblick des Triumphs, obwohl er wußte, daß ihm noch das Ausschußstadium bevorstand: Hunderte Klauseln, die, im Fall einer Ablehnung, den Antrag zu einer Farce machen würden. Immerhin, die erste Runde hatte er gewonnen.

Zehn Tage später wurde Alec Pimkin konservativer Kandidat für Littlehampton.

14

Andrew studierte den Fall nochmals und beschloß, seine eigenen Nachforschungen anzustellen. Zu viele Wähler hatten in der Vergangenheit bewiesen, daß sie ihn in der Sprechstunde ebenso unbekümmert anlogen, wie sie es als Zeugen vor Gericht tun würden.

Robert versuchte auf seinen Schoß zu klettern. Andrew half ihm und konzentrierte sich wieder auf seine Unterlagen.

»Auf welcher Seite stehst du?« fragte er seinen Sohn, der auf seinen eben geschriebenen Notizen herumdribbelte. Er klopfte ihm aufs Hinterteil, sagte: »O je«, und ein paar Minuten später waren Roberts Windeln gewechselt, und Robert selbst bei seiner Mutter deponiert.

»Leider ist dein Sohn nicht interessiert, mir bei meinen Bemühungen, einen Unschuldigen freizubekommen, irgendwie zu helfen«, rief Andrew über die Schulter.

Wieder wandte er sich seiner Arbeit zu; irgend etwas an dem Fall klang faul . . . Andrew rief den Staatsanwalt an.

»Guten Morgen, Mr. Fraser. Was kann ich für Sie tun, Sir?«

Andrew mußte lachen. Angus Sinclair war ein Altersgenosse seines Vaters und kannte Andrew seit dessen Kindheit. Aber wenn er mit jemandem beruflich zu tun hatte, dann war jeder, ohne Ausnahme, für ihn ein Fremder.

»Er sagt sogar zu seiner Frau Mrs. Sinclair, wenn sie ihn im Büro anruft«, hatte ihm Sir Duncan einmal verraten. Andrew war durchaus bereit, mitzuspielen.

»Guten Morgen, Mr. Sinclair. Ich brauche Ihren Rat als Staatsanwalt.«

»Stehe immer gern zu Ihren Diensten, Sir.«

»Ich möchte mit Ihnen privat über den Fall Paddy O'Halloran sprechen. Sie erinnern sich bestimmt an ihn.«

»Natürlich, hier erinnert sich jeder an den Fall.«

»Gut, dann ist Ihnen auch klar, wie sehr Sie mir helfen könnten, mich in diesem Gewirr zurechtzufinden.«

»Danke, Sir.«

»Einige meiner Wähler, denen ich nicht über den Weg traue, behaupten, man habe O'Halloran zu Unrecht mit dem Banküberfall vom letzten Jahr in Verbindung gebracht. Sie leugnen nicht, daß er kriminelle Neigungen habe« — Andrew hätte gelacht, wäre sein Gesprächspartner nicht Angus Sinclair gewesen — »aber sie behaupten, er habe zur Zeit, als der Bankraub stattfand, ein Gasthaus namens ›Sir Walter Scott‹ nicht verlassen. Wenn Sie mir sagen, Mr. Sinclair, daß Sie O'Halloran mit Sicherheit für schuldig halten, stelle ich keine Nachforschungen an. Wenn Sie nichts sagen, werde ich weiterwühlen.«

Andrew wartete, erhielt jedoch keine Antwort.

»Danke, Mr. Sinclair.« Obwohl er wußte, daß er keine Erwiderung erhalten würde, konnte er sich nicht zurückhalten, hinzuzufügen: »Zweifellos werde ich Sie am Wochenende im Golfklub sehen.« Schweigen.

»Auf Wiedersehen, Mr. Sinclair.«

»Auf Wiedersehen, Mr. Fraser.«

Andrew lehnte sich zurück. Die Sache würde langwierig werden. Zuerst sprach er mit den Leuten, die O'Hallorans Alibi bestätigt hatten, doch nach den ersten acht kam er zu dem Schluß, daß man keinem von ihnen als Zeugen trauen könne. Es war an der Zeit, mit dem Wirt des Gasthauses zu sprechen.

»Ich bin nicht ganz sicher, Mr. Fraser, aber ich glaube, er war an jenem Abend hier. Die Schwierigkeit ist die: O'Halloran kam fast jeden Abend.«

»Kennen Sie jemanden, der sich genau erinnern könnte? Jemanden, dem sie Ihr Portefeuille anvertrauen würden?«

»Das wäre bei meinen Gästen eine gewagte Sache, Mr. Fraser.« Der Wirt dachte eine Weile nach. »Aber da haben wir die alte Mrs. Bloxham«, sagte er schließlich und warf das Geschirrtuch über die Schulter. »Sie sitzt jeden Abend in dieser Ecke.« Er wies auf einen kleinen runden Tisch. »Wenn sie sagt, daß er hier war, dann war er hier.«

Andrew fragte nach ihrer Adresse und machte sich auf den Weg zur Mafeking Road, einer Gruppe von Kindern ausweichend, die mitten auf der Straße Fußball spielten. Er lief ein paar Treppen hinauf, die reparaturbedürftig aussahen, und klopfte an Tür Nr. 43.

»Haben wir schon wieder Neuwahlen, Mr. Fraser?« fragte eine verwunderte alte Dame, als sie durch den Briefschlitz lugte.

»Nein, es hat nichts mit Politik zu tun, Mrs. Bloxham«, sagte Andrew, sich bückend. »Ich suche Ihren Rat in einer persönlichen Angelegenheit.«

»Eine persönliche Angelegenheit? Dann kommen Sie doch herein, es ist kalt draußen.« Sie öffnete ihm die Tür. »Im Gang ist es so zugig.«

Andrew folgte der alten Dame, die in Filzpantoffeln durch den Flur schlurfte, in ein Zimmer, in dem es seiner Meinung nach kälter war als draußen. Das Zimmer war völlig schmucklos, abgesehen von einem Kruzifix, das auf dem Kaminsims unter einem Farbdruck der Jungfrau Maria stand. Mrs. Bloxham bot Andrew einen Stuhl vor einem ungedeckten Tisch an. Sie selbst ließ sich in einen alten Polstersessel fallen. Er knarrte unter ihrem Gewicht, und ein Büschel Roßhaar fiel zu Boden. Andrew sah die alte Dame genauer an. Über einem Kleid, das sicherlich tausendmal getragen worden war, hatte sie einen schwarzen Schal drapiert. Sie schob ihre Pantoffel weg.

»Machen Ihnen die Füße Ärger?« fragte Andrew.

»Der Arzt kann mir nicht erklären, warum sie so geschwollen sind«, erwiderte sie ohne Bitterkeit.

Andrew stellte fest, daß der Tisch besonders schön war und absolut nicht zu seiner Umgebung paßte. Die Eleganz der geschnitzten Beine fiel ihm besondes auf. Sie merkte seine Bewunderung. »Mein Urgroßvater schenkte ihm meiner Urgroßmutter zur Hochzeit, Mr. Fraser.«

»Es ist ein prachtvolles Möbelstück«, sagte Andrew.

Sie schien es nicht zu hören, sondern fragte nur: »Was kann ich für Sie tun, Sir?« Zum zweitenmal an diesem Tag hatte ihn ein älterer Mensch mit Sir tituliert.

Andrew rief ihr die O'Halloran Geschichte in Erinnerung. Sie hörte genau zu, beugte sich ein wenig vor und legte die Hand wie einen Trichter ans Ohr, um kein Wort zu überhören.

»Dieser O'Halloran ist ein übler Bursche«, sagte sie. »Dem kann man nicht trauen. Die heilige Jungfrau muß viel verzeihen, wenn sie Leute wie ihn in den Himmel aufnimmt.« Andrew lächelte. »Nicht, daß ich erwarte, viele Politiker dort anzutreffen«, sagte Mrs. Bloxham mit einem zahnlosen Grinsen.

»War O'Halloran tatsächlich an dem bewußten Freitagabend im Wirtshaus, wie alle seine Freunde behaupten?«

»Ja, er war bestimmt dort«, sagte Mrs. Bloxham, »kein Zweifel — ich habe ihn mit eigenen Augen gesehen.«

»Wieso sind Sie so sicher?«

»Goß sein Bier über mein bestes Kleid, und ich wußte, an einem 13. geschieht immer ein Unglück, besonders an einem Freitag. Das werde ich ihm nie verzeihen. Ich habe den Fleck trotz allem, was man im Fernsehen über Waschpulver hört, noch immer nicht weggebracht.«

»Warum haben Sie nicht sofort die Polizei verständigt?«

»Hat nicht gefragt«, sagte sie schlicht. »Sie sind schon lang hinter ihm her, wegen vieler Sachen, mit denen sie ihn nicht festnageln können, aber dieses eine Mal war er es nicht.«

Andrew hörte zu schreiben auf und machte sich zum Gehen bereit. Mrs. Bloxham stand mühsam auf, und weitere Roßhaarbüschel fielen auf den Boden. Gemeinsam gingen sie zur Tür. »Es tut mir leid, daß ich Ihnen nicht eine Tasse Tee anbieten konnte, aber im Moment habe ich keinen. Wären Sie morgen gekommen, hätte ich einen gehabt.«

Andrew blieb an der Türschwelle stehen.

»Morgen bekomme ich meine Rente, wissen Sie«, beantwortete sie seine unausgesprochene Frage.

Es brauchte eine Weile, bis Elizabeth eine Vertretung fand, so daß sie mit ihrem Mann nach Redcorn zum Interview fahren konnte. Wieder einmal mußten die Kinder bei einem Babysitter bleiben. Die lokale und die nationale Presse hatte Simon als Favoriten für den neuen Sitz hochgejubelt. Elizabeth zog ein blaßblaues Kostüm mit einem dunklen Kragen an, dessen Rock bis weit unter die Knie reichte. Sie nannte es ihre »konservativste Kleidung«.

Die Reise nach Newcastle dauerte mehr als drei Stunden; auf dem Fahrplan wurde der Zug als »Expreß« bezeichnet. Wenigstens konnte Simon einen Großteil der Akten erledigen, die man in sein rotes Portefeuille gestopft hatte. Beamte erlauben es Politikern nur selten, sich mit Politik zu beschäftigen, überlegte er. Sie hätten es nicht gern gehört, daß er der Lektüre der letzten vier Nummern von *Redcorn News*, einer Wochenzeitschrift, eine ganze Stunde widmete.

In Newcastle wurden sie von der Frau des Finanzreferenten empfangen, die Mr. und Mrs. Kerslake in die Parteizentrale begleitete. »Das ist sehr liebenswürdig von Ihnen«, sagte Elizabeth und starrte das Fahrzeug an, das sie die nächsten vierzig Meilen befördern sollte.

Der uralte Austin Mini brauchte auf den kurvenreichen Landstraßen weitere eineinhalb Stunden, bis sie ihr Ziel erreichten, und während der ganzen Reise sprach ihre Begleiterin ohne Punkt und Pause. Als Simon und Elizabeth auf dem Marktplatz von Redcorn ankamen, fühlten sie sich physisch und psychisch erschöpft.

Sie wurden in die Parteizentrale geführt und dem Sekretär vorgestellt.

»Nett, daß Sie gekommen sind«, sagte er, »eine teuflische Reise, nicht wahr?«

Elizabeth hätte ihm gern beigepflichtet, sagte jedoch kein Wort; sie wußte, daß es Simons beste Chance war, ins Parlament zurückzukehren, und wollte ihn voll und ganz unterstützen. Doch der Gedanke, daß ihr Mann unter Umständen zweimal im Monat diese Reise machen mußte, bedrückte sie. Sie würden einander noch weniger sehen als bisher, von den Kindern gar nicht zu reden.

»Wir werden sechs in Frage kommende Kandidaten befragen«, erklärte der Sekretär, »und Sie werden der letzte sein.« Er zwinkerte freundlich.

Simon und Elizabeth lächelten unsicher.

»Frühestens in einer Stunde ist es soweit, Sie haben also Zeit für einen Spaziergang durch die Stadt.«

Simon war froh, seine Beine strecken und Redcorn genauer begutachten zu können. Sie spazierten langsam durch den hübschen Marktflecken und bewunderten die elisabethanische Architektur, die trotz profitsüchtiger Stadtplaner irgendwie überlebt hatte. Sie kletterten sogar den Hügel hinauf und warfen einen Blick in die prachtvolle gotische Kirche, die die Umgebung beherrschte.

Als sie an den Geschäften in der Hauptstraße vorbeigingen, nickte Simon jenen zu, die ihn zu erkennen schienen.

»Eine Menge Leute wissen offenbar, wer du bist«, bemerkte Elizabeth, und dann fiel ein Blick auf einen Zeitungsständer. Auf einer Bank sitzend lasen sie den Leitartikel, den ein großes Bild von Simon zierte. »Redcorns nächster Parlamentsabgeordneter?« war die Überschrift. In dem Artikel hieß es, daß Kerslake zwar der Favorit sei, jedoch auch Bill Travers, ein Farmer und bisher Vorsitzender des Stadtrates, gewisse Chancen hätte.

Simon fühlte leichte Übelkeit. Sie erinnerte ihn an jenen Tag vor fast acht Jahren, als man ihn in Coventry Central interviewt hatte. Er war heute, als Minister der Krone, nicht weniger nervös.

Als sie in die Parteizentrale zurückkehrten, erfuhren sie, daß man erst bei der Befragung des dritten Kandidaten angelangt war. Wieder schlenderten sie durch die Stadt, diesmal noch langsamer, und sahen den Ladeninhabern zu, die die »Offen«-Schilder durch Schilder mit der Aufschrift »Geschlossen« ersetzten.

»Eine hübsche Stadt«, sagte Simon, um herauszufinden, wie es seiner Frau gefiel.

»Und die Leute sind, verglichen mit den Londonern, so höflich«, meinte Elizabeth.

Sie machten sich wieder auf den Rückweg und sagten den Passanten »Guten Abend«; freundliche Menschen, die zu vertreten ihn stolz machen würde, dachte Simon. Obwohl Elizabeth und er sehr langsam gingen, waren sie nach einer halben Stunde wieder am Ziel.

Eben verließ der vierte Kandidat das Zimmer; er sah niedergeschlagen aus. »Jetzt sollte es nicht mehr lang dauern«, meinte der Sekretär, doch es vergingen weitere vierzig Minuten, bevor sie Applaus hörten und ein Mann in Tweedjacke und brauner Hose das Zimmer verließ. Auch er schien nicht glücklich.

Der Sekretär führte Simon und Elizabeth hinein, und alle im Zimmer Anwesenden standen auf. Minister der Krone kamen nicht oft nach Redcorn.

Simon wartete, bis Elizabeth sich gesetzt hatte, bevor er dem Ausschuß gegenüber Platz nahm. Ungefähr fünfzig Leute sahen ihn an — nicht feindselig, nur neugierig. Es waren wetterharte Gesichter, und fast alle, Männer und Frauen, trugen Tweedjacken. In seinem dunklen Anzug kam Simon sich fehl am Platz vor.

»Und jetzt«, sagte der Vorsitzende, »heißen wir das

Parlamentsmitglied, the *Honourable* Simon Kerslake willkommen. Mr. Kerslake wird zwanzig Minuten zu uns sprechen, und dann so freundlich sein, Fragen zu beantworten.«

Simon hatte das Gefühl, gut gesprochen zu haben, aber selbst seine sorgfältig ausgewählten Scherze riefen nur ein Lächeln hervor, und seine ernsthafteren Statements hatten kaum ein Echo. Als er geendet hatte, setzte er sich, begleitet von respektvollem Händeklatschen.

»Jetzt ist der Minister bereit, Fragen zu beantworten.«

»Wie stehen Sie zur Todesstrafe?« fragte eine brummige Frau mittleren Alters in der ersten Reihe.

Simon erklärte, warum er gegen die Todesstrafe sei. Der finstere Gesichtsausdruck der Fragerin änderte sich nicht, und Simon dachte, um wieviel zufriedener sie mit Ronnie Nethercote gewesen wäre.

»Was halten Sie von den Subventionen für die Landwirtschaft in diesem Jahr?« fragte ein Mann.

»Gut für Eier, schlecht für Rinder und katastrophal für Schweine. So las ich es zumindest gestern auf der Titelseite des *Farmers' Weekly*.« Zum erstenmal lachten einige Anwesende. »In Coventry Central brauchte ich mich nicht viel mit Landwirtschaft zu beschäftigen, aber sollte ich das Glück haben, Redcorn zu vertreten, würde ich rasch lernen und mit Ihrer Hilfe die Probleme der Farmer zu meinen eigenen machen.« Ein paar Köpfe nickten beifällig.

»Miss Pentecost, Vorsitzende des Frauenrates«, verkündete eine große magere Frau, die aufgestanden war, um den Blick des Vorsitzenden zu erhaschen. »Darf ich an Mrs. Kerslake eine Frage richten? Wären Sie bereit, in Northumberland zu leben, wenn Ihrem Mann dieser Sitz angeboten wird?«

Elizabeth hatte diese Frage gefürchtet. Sie wußte, daß man von ihr erwartete, ihre Stellung aufzugeben, falls Simon den Wahlkreis bekam. Simon drehte sich nach seiner Frau um.

»Nein«, antwortete sie ohne Umschweife. »Ich bin Gynäkologin am St. Mary's Hospital in London. Ich unterstütze meinen Mann in seiner Karriere, aber ich glaube, wie Margaret Thatcher, daß eine Frau Anspruch auf eine gute Ausbildung hat und die Verpflichtung, ihr Wissen bestmöglich zu nutzen.«

Da und dort wurde applaudiert, und Simon lächelte ihr zu.

Die nächste Frage betraf Europa, und Simon erklärte unmißverständlich, warum er den Premier in seinem Wunsch, Großbritannien zu einem Mitglied der EWG zu machen, voll unterstütze.

Simon beantwortete Fragen, die von der Gewerkschaftsreform bis zur Gewalttätigkeit im Fernsehen reichten. Endlich sagte der Vorsitzende: »Noch Fragen?«

Lange Stille. Als er Simon eben danken wollte, stand die finstere Dame in der ersten Reihe wieder auf und fragte, wie Mr. Kerslake über die Abtreibung denke.

»Moralisch bin ich dagegen«, sagte Simon. »Als das Gesetz über Abtreibung beschlossen wurde, dachten viele von uns, es würde die Scheidungen eindämmen. Wir irrten: Die Scheidungsrate hat sich vervierfacht. Aber in Fällen von Vergewaltigung oder bei Gefahr von physischen oder psychischen Schädigungen würde ich immer den ärztlichen Rat befolgen. Elizabeth und ich haben zwei Kinder, und die Aufgabe meiner Frau ist es, Babys gesund zur Welt zu bringen.«

Der verbissene Mund der Frau wurde zu einem Strich.

»Danke«, sagte der Vorsitzende, »daß Sie uns so viel Zeit gewidmet haben. Vielleicht würden Sie und Ihre Frau so freundlich sein, draußen zu warten.«

Simon und Elizabeth gesellten sich zu den anderen Kandidaten, die mit ihren Frauen und dem Sekretär in einem kleinen schäbigen Hinterzimmer warteten. Als sie den halbleeren Klapptisch sahen, fiel ihnen ein, daß sie nichts gegessen hatten, und sie verschlangen die restlichen Gurkensandwiches und kalte Wurstrollen.

»Was geschieht jetzt?« fragte Simon den Sekretär zwischen zwei Bissen.

»Nichts Besonderes. Jetzt wird diskutiert, jeder kann seine Meinung sagen, und dann wird abgestimmt. Länger als zwanzig Minuten sollte das nicht dauern.«

Elizabeth sah auf die Uhr: es war sieben, und der letzte Zug ging um Viertel nach neun.

»Wir müßten den Zug bequem erreichen können«, sagte Simon.

Als nach einer Stunde noch keine Entscheidung gefallen war, schlug der Sekretär jenen Kandidaten, die eine lange Rückreise hatten, vor, ein Zimmer im gegenüberliegenden *Bell Inn* zu nehmen. Simon stellte fest, daß die anderen dies bereits getan hatten.

»Du bleibst besser hier, falls man dich wieder ruft«, sagte Elizabeth. »Ich werde ein Zimmer mieten und zu Hause anrufen, wie es den Kindern geht.«

»Haben wahrscheinlich schon den armen Baysitter verschlungen«, sagte Simon.

Elizabeth lächelte und ging über die Straße in das kleine Hotel.

Simon öffnete das rote Portefeuille und versuchte zu arbeiten. Der Mann, der wie ein Farmer aussah, trat auf ihn zu und stellte sich vor.

»Ich bin Bill Travers, Vorsitzender des neuen Wahlkreises«, begann er. »Ich wollte Ihnen nur sagen, daß Sie meine volle Unterstützung haben, falls der Ausschuß Sie wählt.«

»Danke«, sagte Simon.

»Ich hatte gehofft, wie mein Großvater, dieses Gebiet zu vertreten. Aber ich verstehe, wenn Redcorn mir, der ich zufrieden wäre, mein Leben auf den Hinterbänken zu verbringen, einen Mann vorzieht, der für das Kabinett bestimmt ist.«

Simon war von der Gutmütigkeit seines Rivalen beeindruckt und hätte gern im gleichen Sinn geantwortet, hätte Travers nicht rasch hinzugefügt: »Entschuldigen Sie, ich will Ihre Zeit nicht weiter in Anspruch nehmen.« Er sah auf das rote Portefeuille. »Sie haben zu arbeiten.«

Simon fühlte sich schuldbewußt. Ein paar Minuten später kam Elizabeth zurück und versuchte zu lächeln. »Das einzige freie Zimmer ist kleiner als das Kinderzimmer und liegt zur Hauptstraße zu, daher wird es auch genauso laut sein.«

»Wenigstens gibt es keine Kinder, die ›Ich habe Hunger‹ sagen.« Er streichelte ihre Hand.

Kurz nach neun erschien ein erschöpfter Vorsitzender und bat alle Kandidaten um ihre Aufmerksamkeit. »Mein Ausschuß möchte Ihnen danken, daß Sie diese unangenehme Prozedur über sich ergehen ließen. Es ist uns schwergefallen, über etwas zu entscheiden, das wir nun hoffentlich zwanzig Jahre lang nicht mehr besprechen müssen.« Er machte eine Pause. Dann: »Der Ausschuß fordert Mr. Bill Travers auf, bei der nächsten Wahl den Sitz für Redcorn zu verteidigen.«

Mit einem Satz war alles vorbei. Simons Hals wurde trocken.

Weder er noch Elizabeth fanden in dem kleinen Zimmer im *Bell Inn* viel Schlaf, und die Mitteilung des Sekretärs, die endgültige Abstimmung sei 25:23 ausgegangen, half auch nicht sehr.

»Ich glaube, Mrs. Pentecost mochte mich nicht«, sagte Elizabeth und fühlte sich schuldbewußt. »Hätte ich mich bereit erklärt, hier zu wohnen, hättest du wahrscheinlich den Sitz gewonnen.«

»Das bezweifle ich. Jedenfalls ist es sinnlos, die Bedingungen bei der Befragung anzunehmen, und dann, wenn man gewählt wird, anders zu disponieren. Ich glaube, Redcorn hat den richtigen Mann gewählt.«

Dankbar für seine Worte, lächelte Elizabeth ihn an.

»Du wirst sehen, es gibt noch andere Sitze«, sagte er und wußte, daß ihm nur wenig Zeit blieb.

Elizabeth betete, er möge recht behalten, und sie betete auch, daß der nächste Wahlkreis sie nicht wieder vor jenes Dilemma stellen würde, das sie bis jetzt erfolgreich vermieden hatte.

Als Raymond Kronanwalt wurde, unternahm Joyce eine ihrer Reisen nach London. Die Gelegenheit erforderte, so beschloß sie, einen weiteren Besuch bei Harvey Nichols. Sie erinnerte sich, wie sie vor vielen Jahren, als sie ihren Mann nach Downing Street 10 begleitete, zum erstenmal das Geschäft betreten hatte. Seit damals hatte Raymond einen weiten Weg zurückgelegt, ihre Beziehung aber hatte kaum Fortschritte gemacht. Die Hoffnung, Kinder zu bekommen, hatte sie aufgegeben, aber wenigstens wollte sie ihm eine gute Frau sein. Raymond sah wesentlich besser aus als in jungen Jahren, während man das — dessen war sie sich bewußt — von ihr nicht sagen konnte.

Sie genoß die Zeremonie, als ihr Mann im Gerichtssaal den Richtern vorgestellt wurde. Viele lateinische Worte wurden gesprochen, wenige verstanden.

Etwas verspätet kamen sie zur Party in den Gerichtsräumen. Alle waren erschienen, um ihren Mann zu feiern, Raymond war aufgekratzt und leutselig und unterhielt sich mit dem Gerichtssekretär, als Sir Nigel ihm ein Glas Champagner anbot. Da entdeckte er beim Kamin ein bekanntes Gesicht und erinnerte sich, daß der Prozeß in Manchester vorüber war. Es gelang ihm, mit allen Anwesenden zu sprechen und Stephanie Arnold zu meiden. Zu seinem Schrecken sah er, daß sie sich seiner Frau vorstellte. Wann immer er in ihre Richtung schaute, schienen sie intensiv in ein Gespräch vertieft.

»Meine Damen und Herren.« Sir Nigel klopfte auf den Tisch und wartete, bis es still wurde. »Wir bei Gericht sind immer stolz, wenn jemand Kronanwalt wird. Es ist nicht nur eine Ehre für den Mann, sondern auch für uns. Und wenn der Betreffende der jüngste ist, dem die Ehre widerfährt — noch unter vierzig — sind wir besonders stolz. Sie alle wissen natürlich, daß Raymond auch in einem anderen Ort dient, wo er, so hoffen wir, noch größeren Ruhm erwerben wird. Darf ich abschließend hinzufügen, daß wir uns freuen, heute abend seine Frau hier begrüßen zu können. Ich erhebe mein Glas auf Raymond Gould.«

»Ich möchte allen jenen danken«, begann Raymond seine Dankesrede, »die diese Ehrung möglich gemacht haben. Meinem Produzenten, meinem Direktor und allen andern Stars, nicht zu vergessen, den Kriminellen, ohne die ich meinen Beruf nicht ausüben könnte. Und schließlich bitte ich alle jene, die am liebsten meinen Rücken sehen möchten, unermüdlich dafür zu arbeiten, daß die Labour-Partei bei der nächsten Wahl gewinnt. Danke.«

Der Applaus war lang und ehrlich; viele seiner Kollegen waren beeindruckt, wie selbstsicher Raymond in letzter Zeit geworden war. Als man ihn umdrängte, um zu gratulieren, bemerkte er, daß Stephanie und Joyce ihre Unterhaltung wieder aufnahmen. Raymond trank gerade ein weiteres Glas Champagner, als ein ernster junger Mann namens Patrick Montague, der kürzlich aus Bristol gekommen war, ihn ansprach. Obwohl Montague schon einige Wochen bei ihnen war, hatte sich Raymond noch nie mit ihm unterhalten. Er schien profilierte Ansichten über das Strafrecht und dessen notwendige Veränderungen zu haben; zum erstenmal im Leben merkte Raymond, daß er kein junger Mann mehr war.

Plötzlich standen die beiden Frauen vor ihm.

»Hallo, Raymond.«

»Hallo, Stephanie«, sagte er verlegen und sah ängstlich seine Frau an. »Kennen Sie Patrick Montague?« fragte er zerstreut.

Alle drei lachten laut.

»Was ist daran komisch?« fragte Raymond.

»Manchmal bringst du mich in Verlegenheit, Raymond«, sagte Joyce. »Du weißt doch bestimmt, daß Stephanie und Patrick verlobt sind?«

15

»Mit oder ohne Beamte?« fragte Simon, als Andrew in sein Büro kam.

»Ohne, bitte.«

»Gut.« Simon drückte auf einen Knopf neben seinem Schreibtisch.

»Ich möchte nicht gestört werden, während ich mit Mr. Fraser spreche«, sagte er und führte seinen Kollegen zu einem bequemen Fauteuil in der Ecke.

»Elizabeth fragte mich heute morgen, wie es Robert geht?«

»Nächsten Monat wird er zwei Jahre und für einen Mittelstürmer ist er übergewichtig«, erwiderte Andrew. »Und wie steht es mit Ihrer Suche nach einem neuen Sitz?«

»Nicht zum besten. Die letzten drei Wahlkreise haben mich nicht einmal eingeladen. Ich weiß nicht genau, warum, aber offenbar ziehen sie einen Mann aus ihrer Mitte vor.«

»Es ist noch lang bis zur nächsten Wahl. Bestimmt werden Sie bis dahin einen Sitz finden.«

»Wenn der Premier es auf eine Kraftprobe mit den Gewerkschaften ankommen läßt und Neuwahlen ausschreibt, kann es auch kürzer dauern.«

»Das wäre töricht«, erwiderte Andrew. »Er kann *uns* besiegen, aber bestimmt nicht die Gewerkschaften.«

Eine junge Frau brachte zwei Tassen Kaffee, stellte sie auf den Formicatisch und ließ die beiden Männer allein.

»Hatten Sie Zeit, die Akte durchzusehen?« fragte Andrew.

»Ja, ich habe Peters Hausaufgaben kontrolliert und Michael geholfen, ein Segelboot zu bauen; dazwischen habe ich die Akte studiert.«

»Was ist bei alldem herausgekommen?«

»Nicht sehr viel. Ich kann mich mit der neuen Mathematik nicht befreunden, und als Elizabeth in der Badewanne das Boot von Stapel ließ, knickte der Mast.«

Andrew lachte.

»Ich glaube, Ihre Argumentation ist hieb- und stichfest«, sagte Simon, ernst werdend.

»Gut. Ich wollte Sie gern privat sprechen, weil ich glaube, daß weder Sie noch ich aus diesem Fall politisches Kapital schlagen können. Ich will Ihr Ministerium nicht in Verlegenheit bringen und glaube, es liegt im Interesse meines Mandanten, mit Ihnen eng zusammenzuarbeiten.«

»Danke«, sagte Simon. »Wie soll es weitergehen?«

»Ich möchte, in der Hoffnung, daß Sie eine Untersuchung einleiten werden, eine Anfrage an Ihr Ministerium richten. Sollte diese Untersuchung zu den gleichen Schlüssen kommen wie ich, nehme ich an, daß Sie eine Wiederaufnahme des Verfahrens anordnen.«

Simon zögerte. »Sind Sie einverstanden, keine Repressalien anzuwenden, falls die Untersuchung anders ausfällt?«

»Sie haben mein Wort.«

»Soll ich jetzt die Beamten hereinbitten?«

»Ja, bitte.«

Simon ging zu seinem Schreibtisch, drückte einen Knopf und einen Moment später betraten drei Männer in fast identischen Anzügen — weiße Hemden, steife Krägen, dezent gemusterte Krawatten — das Zimmer. Bei einer Gegenüberstellung hätten sie die Polizei in Verlegenheit gebracht.

»Mr. Fraser«, begann Simon, »ersucht das *Home Office* . . .«

»Können Sie mir erklären, warum Simon Kerslake gestern einer Abstimmung ferngeblieben ist?«

Charles sah den Chief Whip an.

»Nein. Er hat die Agenden für diese Woche bekommen wie alle anderen auch.«

»Was steckt da dahinter?«

»Ich glaube, der arme Kerl fährt im Land herum, um einen neuen Sitz für die nächste Wahl zu finden.«

»Das ist keine Entschuldigung. Die Pflichten im Unterhaus gehen vor, das weiß jedes Mitglied. Letzten Donnerstag hat er eine lebenswichtige Abstimmung über eine Klausel des Europa-Gesetzes versäumt. Trotz unserer Mehrheit kommt es bei den Klauseln auf jede einzelne Stimme an. Soll ich vielleicht mit ihm sprechen?«

»Nein, nein, lieber nicht«, sagte Charles. Er fürchtete, daß es allzu abwehrend klang. »Das ist meine Aufgabe. Ich werde mit ihm sprechen und dafür sorgen, daß es nicht mehr vorkommte.«

»Gut, Charles, wenn Sie so wollen. Gott sei Dank dauert es nicht mehr lang, und diese verdammte Sache wird bald Gesetz werden; aber wir müssen bei jeder Klausel auf der Hut sein. Die Labour-Leute wissen genau, daß sie das ganze Gesetz schmeißen können, wenn sie bestimmte

Schlüsselklauseln niederstimmen. Wenn ich bei einer Klausel mit einer Stimme verliere, bringe ich Kerslake um. Oder wer sonst dafür verantwortlich war.«

»Ich werde dazusehen, daß er begreift, worum es geht.«

»Wie erträgt Fiona diese vielen Abende allein?« erkundigte sich der Chief Whip wieder ruhig.

»Eigentlich recht gut. Jetzt, da Sie mich fragen, muß ich sagen, daß sie selten besser ausgesehen hat.«

»Ich kann nicht behaupten, daß meine Frau mit diesen ›Hausaufgaben‹, wie sie es nennt, zufrieden ist. Mußte versprechen, im Winter mit ihr in die Karibik zu fahren, um das wiedergutzumachen. Also ich überlasse Ihnen Kerslake. Seien Sie energisch, Charles. Denken Sie dran, wir können es uns nicht leisten, jetzt, im Endstadium, auch nur eine Stimme zu verlieren.«

»Norman Edwards?« wiederholte Raymond ungläubig. »Der Generalsekretär der Transportgewerkschaft?«

»Ja«, sagte Fred Padgett und stand vom Schreibtisch auf.

»Aber er hat doch mein Buch auf dem Scheiterhaufen verbrannt und sich vergewissert, daß möglichst viele Journalisten Zeugen waren.«

»Ich weiß«, sagte Fred und legte einen Brief in die Ablage. »Ich bin nur dein Sekretär, ich kann dir die Rätsel des Universums nicht erklären.«

»Wann will er mich sprechen?« fragte Raymond.

»So bald wie möglich.«

»Frag ihn, ob er gegen sechs zu uns nach Hause auf einen Drink kommen will.«

Raymond hatte eine überfüllte samstägliche Sprechstunde hinter sich, und dank der immer noch drohenden Marsmenschen kaum Zeit gefunden, ein Sandwich zu essen, bevor er sich zu seiner Lieblingsbeschäftigung begab. Diese Woche spielte Leeds gegen Liverpool. Wenn er in der Ehrenloge saß und von allen seinen Wählern gesehen wurde, während er das lokale Fußballteam anfeuerte, schlug er dreißigtausend mit einem Streich. Wenn er sich nach dem Match mit den Fußballern in der Garderobe unterhielt, verfiel er in einen Yorkshire Dialekt, der nichts mit dem Akzent zu tun hatte, mit dem er sich während der Woche an das Gericht wandte.

Leeds gewann 3:2, und nach dem Spiel nahm Raymond mit den Klubdirektoren einen Drink. Er erregte sich so leidenschaftlich über eine Abseits-Entscheidung, die Leeds fast einen Punkt gekostet hätte, daß er beinahe seinen Termin mit Norman Edwards vergessen hätte.

Joyce war im Garten und zeigte dem Gewerkschaftsführer ihre ersten Schneeglöckchen, als Raymond nach Hause kam.

»Entschuldige die Verspätung«, sagte er und hängte seinen blau-gelben Schal auf. »Ich war beim Match.«

»Wer hat gewonnen?« fragte Edwards.

»Natürlich Leeds, 3:2.«

»Verdammt«, sagte Norman und sein Dialekt ließ keinen Zweifel, daß er nicht viele Tage fern von Liverpool verbracht hatte.

»Komm herein und trink ein Bier«, sagte Raymond.

»Lieber einen Wodka.«

Die zwei Männer gingen ins Haus, und Joyce fuhr mit der Gartenarbeit fort.

»Nun«, sagte Raymond und schenkte seinem Gast einen Smirnoff ein. »Was bringt dich hierher, wenn es nicht das Match war? Vielleicht möchtest du ein signiertes Exemplar meines Buches für deinen nächsten Scheiterhaufen?«

»Sei nicht ekelhaft, Ray. Ich bin hierhergekommen, weil ich deine Hilfe brauche. So einfach ist das.«

»Ich bin ganz Ohr.«

»Wir hatten gestern eine Sitzung, und einer der Genossen entdeckte im EWG-Gesetz eine Klausel, die uns alle arbeitslos machen könnte.«

Norman reichte Raymond die Gesetzesvorlage, die relevante Klausel war rot unterstrichen. Sie gab dem Minister die Vollmacht, neue Transportverordnungen zu treffen, die vom Unterhaus nicht mehr abgeändert werden konnten.

»Wenn die Klausel so durchgeht, geraten meine Jungens in Schwierigkeiten.«

»Warum?« erkundigt sich Raymond.

»Weil diese verdammten Franzosen genau wissen, daß zwischen uns und ihnen ein Kanal liegt. Wenn meine Jungens gesetzlich verpflichtet sind, auf jeder Seite eine Nacht zu verbringen, werden am Schluß nur die Rasthäuser etwas verdienen.«

»Was steckt dahinter?«

»Sie wollen, daß wir das Zeug auf unserer Seite abliefern, damit sie es auf der anderen Seite holen können.«

»Aber würde nicht das gleiche zutreffen, wenn sie uns Waren liefern?«

»Nein. Ihr Anfahrtsweg zur Küste ist länger, und sie müssen daher auf jeden Fall übernachten, gar nicht davon zu reden, daß sie acht sind gegen uns allein. Es ist ein teuflischer Plan.«

Raymond studierte die Klausel genau, während Edward einen zweiten Wodka trank.

»Die Klausel verbietet euch nicht, am nächsten Tag hinüberzufahren. Um wieviel, glaubst du, erhöhen sich damit eure Frachtkosten?« fragte Raymond.

»Das kann ich dir sagen. Um so viel, daß wir nicht konkurrenzfähig sind«, erwiderte der Gewerkschaftsführer.

»Verstanden«, sagte Raymond. »Und warum betraut ihr nicht euren eigenen Abgeordneten mit der Sache?«

»Hab kein Vertrauen zu ihm. Er ist um jeden Preis für die Europäer.«

»Und wie steht es mit eurem Gewerkschaftsvertreter im Unterhaus?«

»Mit Tom Carson? Das soll wohl ein Witz sein. Er ist so weit links, daß sogar seine eigene Seite mißtrauisch ist, wenn er etwas unterstützt. Überhaupt hab ich ihn nur ins Unterhaus gebracht, um ihn loszuwerden.« Raymond lachte. »Alles, was unser Ausschuß wissen will, ist folgendes: Bist du bereit, diese Klausel für uns anzufechten? Nicht, daß wir uns ein Honorar leisten könnten, wie du es bei Gericht gewohnt bist.«

»Natürlich nehme ich kein Honorar«, sagte Raymond. »Bestimmt kannst du dich in Zukunft einmal revanchieren.«

»Bin im Bilde«, sagte Edward und legte einen Finger an die Nase. »Und was mache ich jetzt?«

»Du nimmst den nächsten Zug nach Liverpool und hoffst, daß ich im Unterhaus besser bin als euer Fußballteam in Leeds.«

Norman Edwards zog seinen alten Regenmantel an und lächelte. »Dein Buch hat mich zwar entsetzt, Ray. Aber das bedeutet nicht, daß ich es nicht bewundert habe.«

Der Speaker sah auf die erste Bankreihe hinab. »Mr. Andrew Fraser.«

»Nummer 17, Sir«, sagte Andrew.

Der Speaker verlas die Frage, und ersuchte das Innenministerium um eine Antwort.

Simon trat ans Rednerpult, öffnete seine Mappe und sagte: »Ja, Sir.«

»Mr. Andrew Fraser«, rief der Speaker nochmals.

Andrew stand von seinem Platz auf der Vorderbank der Opposition auf, um seine Zusatzfrage zu stellen.

»Ich möchte dem Minister für seine Bereitwilligkeit danken, so rasch eine Untersuchung einzuleiten. Wird der Innenminister, falls er feststellt, daß meinem Mandanten Paddy O'Halloran Unrecht getan wurde, sofort eine Wiederaufnahme des Verfahrens anordnen?«

Wieder stand Simon auf. »Ja, Sir.«

»Ich danke dem verehrten Gentleman«, sagte Andrew, sich ein wenig erhebend.

In weniger als einer Minute war alles erledigt, aber ältere Mitglieder, die dem kurzen Wortwechsel zuhörten, zweifelten nicht, daß diesem Einverständnis lange Vorbereitungen vorangegangen waren.

»Dieser verflixte Kerl hat wieder eine Debatte mit unbedingter Anwesenheitspflicht verschlafen, Charles. Das war das letzte Mal. Sie haben ihn viel zu lang gedeckt.«

»Es wird nie mehr vorkommen«, sagte Charles überzeugend. »Ich möchte ihm noch eine letzte Chance geben. Erlauben Sie ihm das.«

»Sie sind sehr loyal«, sagte der Chief Whip. »Aber das nächste Mal nehme ich mir Kerslake selbst vor und gehe der Sache auf den Grund.«

»Es wird nicht mehr vorkommen«, wiederholte Charles.

»Hm. Nächstes Problem: Gibt es irgendwelche Klauseln, über die wir uns nächste Woche Sorgen machen müssen?«

»Ja«, erwiderte Charles. »Diese Transportklausel, gegen die Gould ankämpft. Seine Argumentation war so brillant, daß alle von seiner Seite und die Hälfte von uns ihn unterstützt haben.«

»Er ist doch nicht der Abgeordnete der Transportgewerkschaft!« sagte der Fraktionsvorsitzende überrascht.

»Nein, offenbar war die Gewerkschaft der Meinung, Tom Carson würde Ihnen nicht weiterhelfen, und er ist natürlich wütend über diesen Affront.«

»Klug von ihnen, Gould zu wählen. Jedesmal, wenn ich ihn höre, spricht er besser, und wenn es um etwas Juristisches geht, kann ihm keiner das Wasser reichen.«

»Also müssen wir uns damit abfinden, diese Klausel abzuschreiben?«

»Keine Spur. Wir werden sie neu formulieren, so daß sie nicht nur annehmbar wird, sondern auch an Härte verliert. Kein schlechter Zeitpunkt, die Gewerkschaftsinteressen zu verteidigen. So verhindern wir, daß Gould sämtliche Lorbeeren einheimst. Ich werde heute abend mit dem Premier darüber sprechen — und vergessen Sie nicht, was ich über Kerslake gesagt habe.«

Charles kehrte in sein Büro zurück und nahm sich vor, Simon Kerslake künftig etwas sorgfältiger über die Anwesenheitspflicht bei Debatten über die europäischen Gesetzesvorlagen zu informieren; offenbar war er an der Grenze des Möglichen angelangt.

Simon las den Schlußbericht seines Ministeriums über den Fall O'Halloran, während Elizabeth einzuschlafen versuchte. Er brauchte die Einzelheiten nur einmal zu lesen; es war ihm klar, daß er eine Wiederaufnahme des Verfahrens einleiten und eine Untersuchung gegen jene Polizeibeamten anordnen mußte, die mit dem Fall befaßt waren.

Als Andrew erfuhr, daß das Wiederaufnahmeverfahren in London stattfinden würde, bat er Gould, O'Halloran zu verteidigen.

»Welch eine Ehre«, sagte Raymond, der Andrew immer noch für einen der besten Redner des Unterhauses hielt. Irgendwie gelang es ihm, O'Halloran in seinem gedrängten Arbeitsprogramm unterzubringen.

Nachdem der Richter am dritten Tag Mrs. Bloxhams Aussage gehört hatte, empfahl er den Geschworenen, einen Freispruch zu beantragen.

Andrew wurde von beiden Seiten des Hauses belobt, wies aber sofort auf die Unterstützung hin, die er von Simon Kerslake und dem *Home Office* erhalten hatte. *The Times* schrieb sogar einen Leitartikel darüber, wie richtig ein Abgeordneter seinen Einfluß geltend gemacht hatte.

Ein paar Monate später billigte das Gericht O'Halloran fünfundzwanzigtausend Pfund Schadenersatz zu. Der einzige Nachteil, den Andrews Erfolg mit sich brachte, war, daß sämtliche Mütter von Verurteilten nördlich des Hadrianswalls in seine Sprechstunde kamen, um ihm von ihren unschuldigen Söhnen zu erzählen. Er nahm jedoch nur einen einzigen Fall ernst, und begann wieder, Nachforschungen anzustellen.

Während des langen heißen Sommers 1972 wurde oft die ganze Nacht hindurch über eine Klausel des Europagesetzes nach der anderen abgestimmt. Manchmal hatte die Regierung nur eine Mehrheit von fünf oder sechs Stimmen, aber irgendwie blieb die Vorlage intakt.

Oft kam Charles erst um drei Uhr morgens nach Hause und verließ Fiona wieder, bevor sie noch erwacht war. Veteranen des Unterhauses, sowohl Beamte wie Parlamentarier, waren sich einig, etwas Derartiges seit dem Zweiten Weltkrieg nicht mehr erlebt zu haben.

Und auf einmal war die letzte Abstimmung vorbei, der Marathon beendet. Das Unterhaus hatte das Gesetz durchgebracht, und jetzt kam es ins Oberhaus, um von den Lords gebilligt zu werden. Charles fragte sich nun, was er mit all den Stunden anfangen würde, die ihm jetzt zur Verfügung standen.

Als die Gesetzesvorlage im Oktober die königliche Zustimmung erhielt, lud der konservative Fraktionschef seine Mitarbeiter zu einem Lunch in den Carlton Club, um zu feiern und seinem Team zu danken. »Und ganz besonders Charles Seymour«, sagte er während einer improvisierten Rede und hob sein Glas. Nach dem Lunch bot er Charles an, ihn in seinem Dienstwagen zum Unterhaus zu bringen. Sie fuhren über Piccadilly, Haymarket und Trafalgar Square nach Whitehall. Als das Parlament in Sicht war, bog der schwarze Rover in die Downing Street ein, um den Chief Whip in sein Büro auf No. 12 zu bringen. Das Auto blieb stehen, und der Fraktionsvorsitzende sagte: »Der Premier erwartet dich in fünf Minuten.«

»Wieso? Warum?« fragte Charles und stieg mit seinem Kollegen vor No. 10 aus.

»Hab ich mir gut ausgerechnet, nicht?« sagte der Chief Whip und begab sich zu No. 12.

Allein stand Charles vor Tür No. 10. Ein Mann in langem schwarzem Mantel öffnete. »Guten Tag, Mr. Seymor.«

Der Premier empfing Charles in seinem Arbeitszimmer und vergeudete, wie üblich, keine Zeit mit Konversation.

»Ich danke Ihnen für die viele Arbeit, die Sie für den Beitritt geleistet haben.«

»Es war eine große Herausforderung«, sagte Charles, nach Worten suchend.

»Ihre nächste Aufgabe wird nicht anders sein«, erwiderte Heath. »Ich möchte, daß Sie als einer der Staatsminister im Ministerium für Handel und Industrie arbeiten.«

Charles war sprachlos.

»All die Probleme, die wir in nächster Zeit mit den Gewerkschaften haben werden, sollten Ihnen genügend zu tun geben.«

»Bestimmt«, sagte Charles.

Man hatte ihn nicht zum Sitzen aufgefordert, und nachdem der Premier sich jetzt erhob, war die Unterredung offenbar beendet.

»Sie und Fiona müssen, sobald Sie sich in Ihrem neuen Ressort eingearbeitet haben, zum Dinner hierherkommen«, sagte der Premier, während sie zur Tür gingen.

»Danke«, brachte Charles hervor.

Als er draußen in der Downing Street stand, öffnete ein Fahrer die hintere Tür eines glänzenden Austin Westminster. Es brauchte eine Weile, bis Charles erfaßte, daß das jetzt sein Wagen war.

»Zum Unterhaus, Sir?«

»Nein, ich möchte gern ein paar Minuten zum Eaton Square fahren«, sagte er und lehnte sich zurück.

Das Auto fuhr am Parlament vorbei durch die Victoria Street zum Eaton Square. Charles wollte Fiona sagen, daß sich all die harte Arbeit gelohnt hatte. Auch fühlte er sich ein bißchen schuldbewußt, daß er sie in letzter Zeit so wenig gesehen hatte, obwohl die Situation, wie die Dinge jetzt standen, kaum besser werden konnte. Wie sehr er sich doch einen Sohn wünschte! Aber vielleicht würde er auch das schaffen. Der Wagen hielt vor einem Haus im Stil des 19. Jahrhunderts. Charles lief die Stufen hinauf in die Halle. Er hörte die Stimme seiner Frau oben im ersten Stock. Er lief die breite Treppe, zwei Stufen gleichzeitig nehmend, hinauf und stürzte ins Schlafzimmer.

»Ich bin Staatsminister im Ministerium für Handel und Industrie«, verkündete er Fiona, die im Bett lag.

Alexander Dalglish sah auf. Er zeigte sich nicht interessiert an Charles' Beförderung.

Als Andrew Staatsanwalt Angus Sinclair in seinem Büro anrief und feststellte, daß Ricky Hodge nicht bekannt war und nichts gegen ihn vorlag, glaubte Andrew, einen Fall mit internationalen Verwicklungen vor sich zu haben.

Da Ricky Hodge in einem türkischen Gefängnis saß, mußten alle Nachforschungen über das Außenamt laufen. Zu diesem hatte er weniger gute Beziehungen als zu Simon Kerslake, daher hielt er eine direkte Anfrage für das Richtige. Sorgfältig formulierte er eine Anfrage an das Unterhaus: »Was gedenkt der Außenminister bezüglich der Beschlagnahmung des britischen Passes eines Wählers des Abgeordneten von Edinburgh Carlton zu unternehmen? Entsprechende Details wurden dem Außenamt zur Kenntnis gebracht.«

Als die Frage am folgenden Mittwoch vor das Unterhaus kam, erhob sich der Außenminister, um sie persönlich zu beantworten. Er sah über seine Halbbrille hinweg und sagte:

»Die Regierung Ihrer Majestät verfolgt diese Angelegenheit über die üblichen diplomatischen Kanäle.«

Rasch stand Andrew wieder auf. »Weiß der *Right Honourable Gentleman*, daß mein Wähler sich seit sechs Monaten in einem türkischen Gefängnis befindet, ohne daß Anklage erhoben wurde?«

»Ja«, erwiderte der Außenminister, »ich habe die türkische Botschaft ersucht, dem Außenamt alle Einzelheiten des Falles mitzuteilen.«

Wieder sprang Andrew auf. »Wie lang muß mein Wähler in Ankara verschollen bleiben, bevor der Außenminister mehr unternimmt, als nach Details des Falles zu fragen?«

Ohne Anzeichen der Verärgerung stand der Außenminister nochmals auf. »Ich werde dem Abgeordneten so rasch wie möglich alle Informationen zugehen lassen.«

»Wann? Morgen? Nächste Woche? Nächstes Jahr?« rief Andrew ärgerlich.

»Wann?« fiel ein Chor von Labour-Hinterbänklern ein, aber der Speaker rief nach der nächsten Frage.

Innerhalb einer Stunde erhielt Andrew eine handschriftliche Nachricht vom Außenamt: »Wenn Mr. Fraser die Freundlichkeit hätte anzurufen, wird der Außenminister gern einen Gesprächstermin festsetzen.«

Das Außenministerium, von seinen Bewohnern der

»Palazzo« genannt, hat eine ganz eigene Atmosphäre. Obwohl Andrew schon in einem Ministerium gearbeitet hatte, war er beeindruckt von der Großartigkeit des Gebäudes. Er wurde am Tor abgeholt und durch endlose Marmorkorridore geführt, bevor er eine Freitreppe hinaufschritt. Oben erwartete ihn der Privatsekretär des Außenministers.

»Sir Alec wird Sie sofort empfangen«, sagte er und führte Andrew an herrlichen Gemälden und Tapisserien in ein großes, schön proportioniertes Zimmer. Der Außenminister stand vor dem Kamin, über dem ein Porträt Palmerstons hing.

»Fraser, wie freundlich von Ihnen, gleich zu kommen. Ich hoffe, es hat Ihnen keine Ungelegenheiten bereitet.« Platitüden, dachte Andrew, gleich wird der dumme Mensch meinen Vater erwähnen. »Ich glaube nicht, daß wir uns kennen, aber natürlich kenne ich Ihren Vater seit vielen Jahren. Wollen Sie sich nicht setzen?«

»Ich weiß, wie vielbeschäftigt Sie sind. Können wir gleich zum Thema kommen?« bat Andrew.

»Natürlich«, sagte Sir Alec freundlich. »Entschuldigen Sie, daß ich Ihre Zeit beanspruche.« Ohne ein weiteres Wort übergab er Andrew eine Mappe mit der Aufschrift: »Richard M. Hodge — Vertraulich«. »Ich bin sicher, daß Sie diese Akte streng vertraulich behandeln werden.«

Wieder ein Bluff, dachte Andrew. Er öffnete die Mappe. Wie er erwartet hatte, lag gegen Ricky Hodge keine Anklage vor. Er las weiter. »Rom, Kinderprostitution; Marseille, Drogen; Paris, Erpressung.« So ging es Seite um Seite und endete in der Türkei, wo Hodge im Besitz von vier Pfund Heroin, das er in kleinen Mengen auf dem Schwarzen Markt verkaufte, aufgegriffen worden war. Mit neunundzwanzig Jahren hatte Ricky Hodge elf der letzten vierzehn Jahre in ausländischen Gefängnissen zugebracht.

Andrew schloß die Mappe und spürte Schweißperlen auf der Stirn. Es dauerte eine Weile, bevor er etwas sagte. »Ich muß mich entschuldigen, Herr Minister. Ich habe mich lächerlich gemacht.«

»Als ich ein junger Mann war«, sagte Sir Alec, »beging ich einen ähnlichen Irrtum. Damals war Ernie Bevon Außenminister. Er hätte mich mit dem, was er wußte, vor dem Unterhaus kreuzigen können. Statt dessen informierte er mich in diesem Zimmer bei einem Drink. Manchmal wünsche ich mir, die Öffentlichkeit könnte Parlamentsmitglieder in ihren ruhigen Augenblicken sehen, nicht nur in den stürmischen.«

Andrew dankte Sir Alec und ging nachdenklich ins Unterhaus zurück. Sein Blick fiel auf den *Evening Standard*, der auf einem Zeitungsständer auflag: »O'Halloran wieder verhaftet.« Er kaufte die Zeitung und las sie, an ein Geländer gelehnt. Paddy O'Halloran wurde auf einem Polizeirevier in Glasgow festgehalten: man beschuldigte ihn, die *Bank of Scotland* ausgeraubt zu haben. Andrew fragte sich, ob O'Hallorans Freunde das wieder als abgekartetes Spiel der Polizei bezeichnen würden, bis er den nächsten Absatz las. »O'Halloran wurde verhaftet, als er die Bank im Besitz eines Gewehrs und fünfundzwanzigtausend Pfund in gebrauchten Noten verließ. Als ihn die Polizei festnahm, erklärte er: ›Ich habe eben mein Konto aufgelöst‹.«

Zu Hause sagte Louise, Ricky Hodge habe ihm eine Gefälligkeit erwiesen.

»Wieso?« fragte Andrew erstaunt.

»In Zukunft wirst du dich nicht mehr so ernst nehmen«, erwiderte sie lächelnd.

Als Andrew zwei Wochen später in Edinburgh wieder eine Sprechstunde abhielt, war er erstaunt, als Mrs. Bloxham auftauchte.

Als er sie begrüßte, war er noch verblüffter. Sie trug

ein helles Kleid und neue quitschende braune Lederschuhe und sah aus, als müsse »Unsere liebe Frau« doch noch ein paar Jahre warten, um sie aufzunehmen.

»Ich kam, um Ihnen zu danken, Mr. Fraser«, erklärte sie, als sie sich gesetzt hatte.

»Wofür?«

»Daß Sie mir diesen netten Mann von Christie's geschickt haben. Er hat den Tisch meiner Urgroßmutter für mich versteigert. Ich konnte mein Glück gar nicht fassen — tausendvierhundert Pfund!« Andrew lächelte. »Der Fleck auf meinem Kleid ist jetzt nicht mehr wichtig.« Dann: »Es hat mir auch nichts ausgemacht, daß ich drei Monate lang meinen Tee auf dem Fußboden trinken mußte.«

Simon brachte die Empfehlung des neuen Grenzausschusses ohne Schwierigkeiten durch, und plötzlich hatte er seinen Wahlkreis verloren. Seine Kollegen in Coventry zeigten Verständnis für seine Lage und kümmerten sich um seine Wähler, die bei der nächsten Wahl die ihren sein würden, so daß er mehr Zeit hatte, einen neuen Sitz zu suchen.

Im Lauf des Jahres wurden sieben Sitze frei, doch wurde Simon nur von zwei Wahlkreisen eingeladen. Beide lagen nahe der schottischen Grenze, und beide reihten ihn als zweiten. Allmählich wußte er, wie sich ein Favorit bei Olympischen Spielen fühlt, wenn er eine Silbermedaille gewinnt.

Ronnie Nethercotes Monatsberichte wurden immer trübseliger; sie spiegelten eine Situation wider, die auch den Politikern im Parlament zu schaffen machte. Ronnie hatte beschlossen, erst an die Börse zu gehen, wenn das Klima wieder besser wäre. Simon mußte ihm recht geben, doch als er seinen Kontostand sah, stellte er fest, daß seine Bankschulden mit den Kreditzinsen sich jetzt auf mehr als neunzigtausend Pfund beliefen.

Als die Arbeitslosenzahl die Millionengrenze überschritt und Heath einen Lohn- und Preisstopp anordnete, brachen im ganzen Land Streiks aus.

Die neue Sitzungsperiode des Parlaments stand unter dem Zeichen der Preis- und Einkommenspolitik. Charles Seymour hatte den Standpunkt der Regierung zu vertreten. Obwohl er nicht jede Debatte gewann, war er jetzt über sein Arbeitsgebiet so gut informiert, daß er nicht mehr fürchten mußte, sich am Rednerpult lächerlich zu machen. Sowohl Raymond Gould wie Andrew Fraser hielten leidenschaftliche Reden zur Verteidigung der Gewerkschaften, wurden jedoch wieder und wieder von der konservativen Mehrheit niedergestimmt.

Auf den Premier aber kamen unausweichlich die Auseinandersetzungen mit den Gewerkschaften und vorgezogenen Wahlen zu.

Als die drei Parteitage vorüber waren und die Mitglieder ins Unterhaus zurückkehrten, wußten sie, daß dies wahrscheinlich die letzte Sitzungsperiode vor einer Neuwahl war. In den Couloirs wurde offen darüber gesprochen, daß der Premier nur auf ein auslösendes Moment warte. Die Bergleute sorgten dafür. In Mißachtung der neuen Regierungsgesetze riefen sie mitten in einem rauhen Winter einen Generalstreik für höhere Löhne aus.

In einem Fernsehinterview erklärte der Premierminister der Nation, daß er, bei einer noch nie dagewesenen Arbeitslosenziffer von 2,294.448 und einer Drei-Tage-Arbeitswoche Neuwahlen ausschreiben müsse, damit die Einhaltung der Gesetze garantiert werden könne. Das Kabinett riet Heath, den 28. Februar 1974 anzuvisieren.

»Wer regiert das Land?« wurde der Slogan der Konservativen, schien jedoch nur die Klassenunterschiede zu verstärken und nicht, wie Heath gehofft hatte, das Land zu einigen.

Andrew Fraser hatte seine Zweifel, mußte jedoch in seinem Wahlkreis mit anderen Schwierigkeiten kämpfen: Die schottischen Nationalisten benutzten den Streit zwischen den beiden großen Parteien, um ihre eigene Sache zu fördern. Andrew kehrte nach Schottland zurück, und sein Vater warnte ihn, man könne die schottischen Nationalisten »nicht mehr auf die leichte Schulter nehmen.« Er müsse sich auf einen harten Wahlkampf gegen den lokalen Kandidaten, Jock McPherson, gefaßt machen.

Raymond Gould fuhr nach Leeds, zuversichtlich, daß das nordöstliche Industriegebiet Heaths Anmaßung nicht dulden würde.

Charles war überzeugt, daß die Leute jede Partei, die mutig genug war, es mit den Gewerkschaften aufzunehmen, wählen würden, obwohl der linke Flügel unter der Führung von Tom Carson behauptete, die Regierung wolle die Labour-Bewegung ein für allemal vernichten.

Charles fuhr nach Sussex und stellte fest, daß seine Wähler froh über die Chance waren, »die faulen Gewerkschaftler« in ihre Schranken zu weisen.

Simon, der keinen Sitz zu verteidigen hatte, arbeitete bis zum Wahltag im Innenministerium, überzeugt, daß seine Karriere nur einen vorübergehenden Rückschlag erleiden werde.

»Ich werde bei der ersten Nachwahl, wo immer sie sein wird, antreten«, versprach er Elizabeth.

»Selbst, wenn es ein Sitz in einem Kohlerevier in Südwales ist?« fragte sie.

Es vergingen viele Monate, bevor Charles imstande war, mit Fiona auch nur ein Gespräch zu führen. Keiner von ihnen wollte eine Scheidung, und beide gaben den kranken Earl of Bridgewater als Grund an, obwohl Unannehmlichkeiten und Gesichtsverlust der Wahrheit näher kamen. In der Öffentlichkeit merkte man nichts von der Änderung in ihren Beziehungen; sie waren vor anderen Leuten nie besonders zärtlich miteinander gewesen.

Allmählich stellte Charles fest, daß Ehen schon jahrelang zu Ende sein können, ohne daß Außenstehende es merken. Der alte Earl erfuhr jedenfalls nichts davon und bat Fiona noch auf dem Sterbelager, bald einen Erben zur Welt zu bringen.

»Glaubst du, daß du mir je verzeihen wirst können?« fragte Fiona einmal ihren Mann.

»Nie«, antwortete er mit einer Bestimmtheit, die jedes weitere Gespräch abschnitt.

Während des dreiwöchigen Wahlkampfs in Sussex erfüllten beide ihre Pflichten mit einer Selbstverständlichkeit, die ihre wahren Gefühle verdeckte.

»Wie steht es Ihr Mann durch?« wurde sie gefragt.

»Er genießt den Wahlkampf und freut sich, wieder in die Regierung zurückzukehren«, war ihre Standardantwort.

»Und wie geht es der lieben Lady Fiona?« wurde Charles fortwährend gefragt.

»Immer besonders gut, wenn sie im Wahlkreis helfen kann«, war seine stereotype Antwort.

Die Aufgaben in einem ländlichen Wahlkreis unterscheiden sich wesentlich von jenen in der Stadt. Auch das kleinste Dorf erwartet, von seinem Abgeordneten besucht zu werden, der sich an die Namen der lokalen Parteivorsitzenden zu erinnern hat. Unmerkliche Veränderungen fanden statt: Fiona flüsterte Charles keine Namen mehr zu. Charles fragte sie nicht mehr um Rat.

Während der Kampagne pflegte Charles den Photographen der lokalen Zeitung anzurufen, um zu erfahren, welche Ereignisse er wahrzunehmen habe. Mit der Liste der Orte und Termine in der Hand, kam Charles stets etwas früher an als der Photograph. Der Labour-Kandidat beklagte sich offiziell beim lokalen Herausgeber, daß Charles Seymours Bild in jeder Nummer zu sehen sei.

»Wenn Sie bei diesen Anlässen anwesend wären, würden wir mit Vergnügen auch Ihr Photo bringen«, antwortete der Herausgeber.

»Aber man lädt mich nie ein«, beklagte sich der Labour-Kandidat.

Man lädt auch Seymour nicht ein, wollte der Herausgeber antworten, aber es gelingt ihm, immer dabei zu sein. Der Herausgeber vergaß keinen Moment, daß der Zeitungsbesitzer ein Tory und Mitglied des Oberhauses war, und so hielt er den Mund.

Bis zum Wahltag eröffneten Charles und Fiona weiterhin Bazare, besuchten Dinnerpartys und zogen Lose; gerade daß sie nicht Babys küßten.

Als Fiona ihn einmal fragte, gab Charles zu, er hoffe als Staatsminister ins Außenministerium zu kommen und vielleicht *Privy Councillor*, Geheimer Staatsrat, zu werden.

Am letzten Tag des Februars kleideten sie sich schweigend an und gingen zu ihrem Wahllokal. Der Photograph war schon da. Sie standen näher beisammen als üblich — ein elegantes Paar. Charles wußte, daß dieses Bild auf der ersten Seite der *Sussex Gazette* prangen würde, während der Labour-Kandidat bloß mit einer kurzen Notiz im Blattinneren, nicht weit von den Todesanzeigen, rechnen konnte.

In ländlichen Gegenden wird die Stimmenzählung am Morgen nach der Wahl vorgenommen und verläuft weniger hektisch als in den Städten. Charles erwartete daher, daß die konservative Mehrheit im Unterhaus schon gesichert sein würde, wenn er ins Rathaus kam. Doch diesmal war es anders, und am Freitagmorgen war das Resultat immer noch ungewiß.

Edward Heath gab sich nicht geschlagen, als man voraussagte, daß er nicht die notwendige Mehrheit bekommen werde. Charles marschierte den ganzen Tag mit besorgter Miene im Rathaus auf und ab. Die Stapel der Stimmzettel wurden größer, und es war klar, daß er seinen Sitz mit der üblichen Mehrheit von 21.000 — oder waren es 22.000? — behalten würde. Die genaue Zahl konnte er sich nie merken. Aber im Laufe des Tages wurde es immer schwieriger, den Urteilsspruch der Nation festzustellen.

Kurz nach vier Uhr nachmittags traf das letzte Resultat aus Nordirland ein, und der Radiosprecher verkündete:

Labour 301
Konservative 296
Liberale 14
Ulster Unionists 11
Schottische Nationalisten 7
Übrige 4

Ted Heath lud den Führer der Liberalen nach Downing Street ein, in der Hoffnung, eine Koalition bilden zu können. Die Liberalen verlangten jedoch die feste Zusage einer Wahlreform. Heath wußte, daß seine Hinterbänkler das nie zugestehen würden. Am Montag morgen teilte er der Königin im Buckingham Palace mit, daß er außerstande sei, eine Regierung zu bilden. Sie ließ Harold Wilson rufen. Er nahm den Auftrag an und fuhr nach Downing Street zurück, um beim Haupteingang hineinzugehen. Heath verließ das Haus durch die hintere Tür.

Dienstag nachmittag kehrten alle Parlamentsmitglieder nach London zurück. Raymond hatte seine Mehrheit vergrößert und hoffte, der Premier werde seinen Rücktritt vergessen und ihm einen Posten anbieten.

Andrew hatte, wie von seinem Vater vorhergesagt, einen harten, unangenehmen Kampf mit Jock McPherson ausgefochten. Er behielt seinen Sitz mit knappen 2.229 Stimmen.

Charles fuhr im unklaren, wie hoch er gewonnen hatte und resigniert über die Oppositionsrolle, nach London zurück. Immerhin, er würde in den Aufsichtsrat der Seymour Bank eintreten, wo seine Erfahrung als Minister für Handel und Industrie nur wertvoll sein konnte.

Simon verließ am 1. März 1974 das Innenministerium. Ein leeres rotes Portefeuille war alles, was ihm von neun Jahren als Parlamentarier verblieb.

DRITTES BUCH

1974—1977
Staatsminister

16

»Sein Terminkalender ist im Moment sehr voll, Mr. Charles.«

»Gut, also sobald es ihm paßt«, erwiderte Charles am Telefon. Er hörte, wie geblättert wurde.

»Am 12. März um halb elf, Mr. Charles?«

»Aber das sind ja noch fast zwei Wochen«, erwiderte er irritiert.

»Mr. Spencer ist eben erst aus den Staaten zurückgekehrt und —«

»Und wie wäre es mit einem Lunch — in meinem Club?« unterbrach Charles.

»Das wäre erst nach dem 19. März möglich.«

»Also gut«, sagte Charles, »bleiben wir beim 12. um halb elf.«

Während der vierzehn Tage hatte Charles genügend Zeit, über seine offenbar sinnlose Rolle in der Opposition frustriert zu sein. Kein Auto kam, um ihn rasch zu einem Büro zu bringen, wo es wirklich Arbeit zu tun gab. Noch schlimmer, niemand fragte nach seiner Meinung über Angelegenheiten von nationaler Bedeutung. Als der Tag der Verabredung mit Derek Spencer endlich kam, war er erleichtert. Doch obwohl er pünktlich eintraf, mußte er zehn Minuten warten, bevor die Sekretärin ihn hineinführte.

»Nett, Sie nach so langer Zeit wiederzusehen«, sagte Spencer und stand auf, um ihn zu begrüßen. »Ich glaube, es ist sechs Jahre her, seit Sie die Bank zum letzten Mal besucht haben.«

»Ja, vermutlich. Aber wenn ich mich so umsehe,

scheint es gestern gewesen zu sein. Sie waren ohne Zweifel sehr beschäftigt?«

»Wie ein Kabinettsminister. Aber ich hoffe, mit besseren Resultaten.«

Beide lachten.

»Natürlich war ich über das, was in der Bank geschah, immer informiert.«

»Tatsächlich?« fragte Spencer.

»Ja, ich habe alle Ihre Aussendungen und natürlich die Berichte in der *Financial Times* gelesen.«

»Ich hoffe, Sie konnten feststellen, daß wir in Ihrer Abwesenheit einige Fortschritte gemacht haben.«

»Oh ja«, sagte Charles, immer noch stehend. »Sehr beeindruckend.«

»Nun, was kann ich für Sie tun?« Der Vorstand setzte sich wieder an seinen Schreibtisch.

»Ganz einfach«, sagte Charles und nahm Platz, obwohl er nicht dazu aufgefordert worden war. »Ich möchte wieder in den Aufsichtsrat eintreten.«

Eine lange Stille.

Dann: »Nun, das ist gar nicht so einfach, Charles. Ich habe erst kürzlich zwei neue Direktoren ernannt . . .«

»Natürlich ist es einfach«, sagte Charles in verändertem Tonfall. »Sie brauchen nur bei der nächsten Sitzung meinen Namen vorzuschlagen, und er wird akzeptiert werden, insbesondere, da augenblicklich kein Familienmitglied im Vorstand ist.«

»Oh doch. Ihr Bruder, Earl of Bridgwater, ist Direktor.«

»Was? Davon habe ich nichts gehört. Weder von Rupert noch von Ihnen.«

»Richtig. Aber die Dinge haben sich verändert seit —«

Nichts hat sich verändert, außer meiner Meinung über den Wert Ihres Versprechens«, sagte Charles und wußte auf einmal, daß Spencer nie beabsichtigt hatte, ihn wieder in den Aufsichtsrat zu übernehmen. »Sie haben mir versichert . . .«

»So können Sie in meinem Büro nicht mit mir sprechen.«

»Wenn Sie nicht vorsichtig sind, werde ich als nächstes im Sitzungssaal so sprechen. Also — werden Sie Ihr Versprechen einlösen oder nicht?«

»Ich muß mir Ihre Drohungen nicht gefallen lassen, Seymour. Verlassen Sie mein Büro, bevor ich Sie dazu zwinge. Ich verspreche Ihnen, daß Sie, solange ich Vorsitzender bin, nie im Aufsichtsrat sitzen werden.«

Charles verließ das Büro und schlug die Tür zu. Er wußte nicht genau, mit wem er sein Problem besprechen sollte, und kehrte sofort zum Eaton Square zurück, um sich einen Plan zurechtzulegen.

»Wieso kommst du am hellen Nachmittag nach Hause?« fragte Fiona.

Charles zögerte, überlegte, dann ging er in die Küche und erzählte seiner Frau alles, was sich in der Bank abgespielt hatte. Fiona fuhr fort, Käse zu reiben, während sie ihm zuhörte.

»Eines ist jedenfalls sicher«, sagte sie nach kurzem Schweigen, beglückt, daß Charles sich ihr anvertraut hatte. »Nach diesem Krach ist kein Platz für euch beide im Aufsichtsrat.«

»Was soll ich also tun, altes Mädchen?«

Fiona lächelte; zum erstenmal seit zwei Jahren hatte er sie wieder so genannt. »Jeder Mann hat Geheimnisse. Was hält Mr. Spencer wohl geheim?«

»Er ist so ein farbloser Mittelklasse-Mann, ich bezweifle —«

»Ich habe eben einen Brief von der Seymour Bank bekommen«, unterbrach Fiona.

»Worüber?«

»Nur ein Rundschreiben an die Aktionäre. Es scheint,

daß Margaret Trubshaw sich nach zwölf Jahren als Vorstandssekretärin zurückzieht. Man hört, daß sie noch weitere fünf Jahre bleiben wollte, doch der Vorsitzende denkt an jemand anderen. Ich glaube, ich werde sie zum Lunch einladen.«

Charles erwiderte das Lächeln seiner Frau.

Andrews Bestellung zum Staatsminister im Innenministerium war für niemanden eine Überraschung, außer für seinen dreijährigen Sohn, der sehr rasch lernte, wie man rote Portefeuilles leeren und mit Kieselsteinen, Bonbons oder sogar einem Fußball füllen kann. Da Robert »streng vertraulich« nicht ganz verstand, schien es ihm nicht wesentlich, daß manchmal wichtige Papiere des Kabinettausschusses mit Kaugummi verklebt waren.

»Kannst du diesen Fleck auf dem roten Portefeuille entfernen?«

»Mein Gott, woher stammt der schon wieder?« fragte Louise und starrte auf den klebrigen Klecks.

»Froschlaich«, sagte Andrew grinsend.

»Er ist nach einer Gehirnwäsche russischer Spion geworden«, warnte Louise, »mit dem gleichen geistigen Niveau wie die meisten deiner Kollegen im Unterhaus. Ja, ich werde den Fleck putzen, wenn du diesen Brief schreibst.«

Andrew nickte bereitwillig.

Unter den vielen bedauernden Briefen, die Simon erhielt, als er nicht mehr ins Unterhaus zurückkehrte, war auch einer von Andrew Fraser. Simon konnte sich vorstellen, wie er in seinem alten Büro saß und jene Entscheidungen in die Tat umsetzte, die er selbst noch vor wenigen Wochen getroffen hatte.

Ein Brief von Ronnie Nethercote forderte ihn auf, in den Aufsichtsrat der Gesellschaft zurückzukehren, mit einem Gehalt von fünftausend Pfund jährlich. Sogar Elizabeth hielt es für ein großzügiges Angebot.

Es dauerte nicht lang, und Ronnie Nethercote hatte Simon zu einem leitenden Direktor der Gesellschaft gemacht. Simon genoß es, mit den Gewerkschaften auf einer Ebene zu verhandeln. Ronnie nahm sich kein Blatt vor den Mund, wie er mit diesen »Kommunistenschweinen« verfahren wäre, hätte man ihm die Chance gegeben. »Alle ins Gefängnis, bis sie lernen, ordentlich zu arbeiten.«

»Man hätte Sie höchstens eine Woche im Unterhaus behalten«, sagte Simon zu ihm.

»Nach einer Woche mit diesen Windbeuteln wäre ich auch glücklich gewesen, wieder in die Realität zurückzukehren.«

Simon lächelte. Ronnie war so wie viele andere auch — sie hielten alle Parlamentsmitglieder für unbrauchbar, außer das eine, das sie zufällig kannten.

Raymond wartete, bis die Regierung den letzten Posten vergeben hatte, dann machte er sich keine Hoffnung mehr. Ein paar führende politische Kommentatoren wiesen darauf hin, daß man ihn auf den Hinterbänken belassen hatte, während weniger bewährte Männer Ämter bekamen, aber das war ein schwacher Trost. Widerwillig nahm er seine Tätigkeit bei Gericht wieder auf.

Harold Wilson, zum drittenmal an der Macht, ließ keinen Zweifel daran, daß er so lange wie möglich regieren wollte, bevor er Neuwahlen ausschrieb. Da er jedoch keine absolute Mehrheit im Unterhaus hatte, glaubte kaum jemand, daß er länger als ein paar Monate aushalten würde.

Fiona kehrte vom Lunch mit Miss Trubshaw zurück. Sie lächelte wie eine Sphinx. Das Lächeln blieb, bis Charles nach der letzten Abstimmung aus dem Unterhaus kam.

»Du siehst sehr zufrieden aus«, bemerkte er und schüttelte seinen Schirm aus, bevor er die Tür schloß. Seine Frau stand mit gekreuzten Armen in der Halle.

»Wie war's bei dir?« fragte sie.

»Nicht aufregend«, erwiderte Charles, begierig, Neuigkeiten zu hören. »Und du?«

»Ach, es war ein netter Tag. Ich habe mit deiner Mutter Kaffee getrunken. Es scheint ihr gut zu gehen. Eine kleine Erkältung, aber sonst —«

»Zum Teufel mit meiner Mutter. Wie war der Lunch mit Miss Trubshaw?«

»Ich habe mich schon gefragt, wie lang es dauern wird, bis du darauf zu sprechen kommst.«

Sie wartete, bis sie sich im Wohnzimmer hingesetzt hatten. »Nach siebzehn Jahren als Sekretärin deines Vaters und zwölf Jahren als Sekretärin des Vorstands gibt es wenig, was sie nicht über die Bank oder ihren Vorsitzenden weiß«, begann Fiona.

»Und was hast du erfahren?«

»Was willst du zuerst hören? Den Namen seiner Mätresse oder die Nummer seines Schweizer Bankkontos?«

Fiona berichtete alles, was sie im Lauf eines zweistündigen Lunches erfahren hatte. Miss Trubshaw trinke für gewöhnlich nur Wein, erklärte sie, aber diesmal habe sie fast eine Flasche Pommard geleert. Charles' Grinsen wurde immer breiter, als eine Neuigkeit nach der anderen vor ihm ausgebreitet wurde. Er sah aus, dachte Fiona, wie ein kleiner Junge, der eine Schachtel Bonbons bekommt und immer wieder eine neue Lage darunter entdeckt.

»Gut gemacht, altes Mädchen«, sagte er, als sie geendet hatte. »Aber wie bekomme ich die Beweise?«

»Ich habe ein Abkommen mit Miss Trubshaw geschlossen.«

»Was?«

»Eine Vereinbarung. Du bekommst alle Beweise, wenn sie fünf weitere Jahre Sekretärin bleibt und keine Pensionsbezüge verliert.«

»Das ist alles, was sie will?« fragte Charles vorsichtig.

»Und wieder einen Lunch im Savoy Grill, wenn man dich in den Aufsichtsrat holt.«

Anders als viele seiner Parteifreunde, genoß es Raymond, einen Frack zu tragen und in der Londoner Gesellschaft zu verkehren. Eine Einladung zum jährlichen Bankett der Bankiers in der Guildhall bildete keine Ausnahme. Der Premier war Ehrengast, und Raymond hoffte, er werde eine Andeutung machen, wie lange es dauern würde, bis man wieder zu den Urnen schritt.

Vor dem Essen wechselte Raymond ein paar Worte mit dem *Lord Mayor*, bevor er mit einem Kreisrichter die Probleme der Parität von Richtsprüchen diskutierte. Beim Dinner saß Raymond an einem der langen Seitentische. »Raymond Gould QC.MP«, stand auf seiner Tischkarte. Der Tischnachbar zu seiner Rechten war der Vorsitzende von Cloride, Michael Edwardes, und zu seiner Linken saß eine Amerikanerin, die eben einen Posten in der City angenommen hatte.

Raymond war von Michael Edwardes Ansichten, wie der Premier die verstaatlichte Industrie managen sollte, fasziniert, aber noch mehr interessierte ihn die Beauftragte für Eurobonds der Chase Manhattan Bank. Sie muß um die dreißig sein, entschied Raymond, nicht nur wegen ihrer hohen Position bei der Bank, sondern auch weil sie erzählte, sie sei bei Kennedys Tod Studentin in Wellesley gewesen. Er hätte Kate Garthwaite für wesentlich jünger gehalten und war nicht erstaunt zu hören, daß sie im Sommer Tennis spielte und im Winter jeden Tag schwimmen ging — um ihr Gewicht zu halten, vertraute sie ihm an. Das ovale Gesicht wirkte warmherzig, das dunkle Haar chic geschnitten. Ihre Nasenspitze wies ein klein wenig nach oben; es hätte eine Menge Geld gekostet, sie von einem plastischen Chirurgen kopieren zu lassen. Das lange Abendkleid verdeckte die Beine, aber das, was Raymond sehen konnte, genügte vollauf, um sein Interesse zu wecken.

»Ich sehe ein MP hinter Ihrem Namen, Mr. Gould. Welche Partei vertreten Sie?« Ihr Akzent klang nach Boston.

»Ich bin Sozialist, Mrs. Garthwaite. Wo liegen Ihre Sympathien?«

»Hätte ich wählen dürfen, ich hätte bei der letzten Wahl für Labour gestimmt«, erklärte sie.

»Soll ich darüber erstaunt sein?« fragte er spöttisch.

»Natürlich. Mein erster Mann war republikanischer Kongreßabgeordneter.«

Er wollte eben eine weitere Frage stellen, als um Ruhe gebeten wurde. Zum erstenmal wandte Raymond den Blick dem Premier zu. Harold Wilsons Rede beschäftigte sich ausschließlich mit der Wirtschaftslage und der Rolle einer Labour-Verwaltung in der City; ein Zeitpunkt für Neuwahlen wurde nicht genannt. Trotzdem fand Raymond, der Abend habe sich gelohnt. Er hatte einen nützlichen Kontakt zum Vorsitzenden einer großen öffentlichen Gesellschaft hergestellt. Und er hatte Kates Telefonnummer bekommen.

Der Vorsitzende der Seymour Bank willigte widerwillig ein, ihn nochmals zu empfangen. Als Charles in sein Büro kam, wurde ihm keine Hand entgegengestreckt; offensichtlich plante Derek Spencer, das Gespräch sehr kurz zu halten.

»Ich dachte, ich sollte mit Ihnen persönlich sprechen«, sagte Charles, lehnte sich in dem Lederfauteuil zurück und zündete langsam eine Zigarette an, »anstatt meine Frage bei der Generalversammlung nächsten Monat zu stellen.«

Erste Zeichen der Unruhe zeigten sich auf Dereks Gesicht, aber er schwieg.

»Ich würde gern wissen, warum die Bank einer Angestellten namens Miss Janet Darrow, die ich noch nie gesehen habe, einen monatlichen Scheck über vierhundert Pfund ausstellt. Sie scheint seit fünf Jahren auf der Lohnliste auf. Die Schecks werden auf eine Filiale von Lloyds in Kensington ausgestellt.«

Derek Spencers Gesicht wurde dunkelrot.

»Ich kann mir nicht vorstellen«, fuhr Charles fort und machte einen tiefen Zug, »welche Dienste Miss Darrow der Bank geleistet hat. Sie müssen beachtlich gewesen sein, nachdem sie in den letzten fünf Jahren fünfundzwanzigtausend Pfund verdiente. Ich gebe zu, der Betrag ist — im Vergleich zum Jahresumsatz der Bank von hundertdreiundzwanzig Millionen — nicht groß, aber mein Großvater predigte mir von Kindheit an, daß man auf die Pennys achten müsse, dann kämen die Pfunde von selbst.«

Derek Spencer schwieg immer noch. Auf seiner Stirn wurden Schweißperlen sichtbar. Plötzlich veränderte sich Charles' Stimme. »Wenn ich bei der jährlichen Generalversammlung nicht Mitglied des Aufsichtsrates bin, halte ich es für meine Pflicht, den anderen Aktionären diese kleine Diskrepanz in der Buchhaltung der Bank mitzuteilen.«

»Sie sind ein elender Wechselbalg, Seymour«, sagte der Vorsitzende leise.

»Das stimmt nicht, ich bin der zweite Sohn des ehemaligen Vorsitzenden dieser Bank und gleiche ihm sehr, obwohl jeder sagt, die Augen hätte ich von meiner Mutter.«

»Was wollen Sie von mir?«

»Nichts Besonderes, Sie werden nur Ihr Wort halten und mich vor der Generalversammlung wieder in den Aufsichtsrat übernehmen. Überdies werden Sie die Zahlungen an Miss Darrow sofort einstellen.«

»Wenn ich zustimme — schwören Sie, diese Angelegenheit niemandem gegenüber zu erwähnen?«

»Ja. Und zum Unterschied von Ihnen stehe ich zu meinem Wort.«

Charles erhob sich, beugte sich über den Schreibtisch und drückte seine Zigarette im Aschenbecher des Vorsitzenden aus.

Andrew Fraser war überrascht zu hören, daß Jock McPherson ihn sehen wollte. Die zwei Männer standen auf eher schlechtem Fuß miteinander, seit McPherson nicht in den schottischen Parteivorstand der Labour Party gewählt worden und aus der Partei ausgetreten war, um im Wahlkampf Andrews Gegner in Edinburgh zu werden. Seit McPherson die Partei gewechselt hatte, sprachen sie kaum mehr miteinander, andererseits hielt Andrew es nicht für opportun, ihn in Anbetracht des großen Erfolges der Schottischen Nationalpartei zu brüskieren.

Noch erstaunter war Andrew, als McPherson fragte, ob die sieben Parlamentsmitglieder der SNP bei der Besprechung anwesend sein dürften, die nicht in Andrews Büro, sondern privat stattfinden sollte. Neugierig stimmte er zu.

McPherson erschien mit seinem Clan abtrünniger Schotten in Cheyne Walk; sie sahen aus, als hätten sie schon eine interne Diskussion hinter sich. Andrew bot ihnen die verschiedensten Sitzplätze an, einschließlich den Eßzimmerstühlen, einem Hocker und einem Küchenschemel; das Wohnzimmer seiner Londoner Wohnung war nicht dazu geschaffen, neun Männer unterzubringen, entschuldigte er sich.

Während die Männer sich setzten, blieb Andrew am Kamin stehen und sah McPherson an, den man offensichtlich zum Sprecher bestimmt hatte.

»Ich komme sofort zum Kern der Sache«, begann er. »Wir möchten, daß Sie bei der nächsten Wahl unter dem Banner der SNP antreten.«

Andrew versuchte sein ungläubiges Erstaunen zu verbergen und begann: »Ich glaube nicht . . .«

»Hören Sie mich zuerst an«, sagte McPherson und hob seine gewaltigen Hände. »Wir wollen Sie nicht als Kandidat der Schottischen Nationalisten für den Sitz von Edinburgh Carlton aufstellen, sondern als Parteiführer.«

Andrew traute seinen Ohren nicht, aber er sagte kein Wort.

»Wir sind überzeugt, daß Sie den Sitz als Labour-Kandidat verlieren, aber wir wissen, daß es viele Leute in Schottland gibt, die, wie immer sie politisch eingestellt sind, Ihre Leistungen während der neun Jahre im Unterhaus bewundern. Mann, schließlich sind Sie in Edinburgh aufgewachsen! Mit Ihnen als Führer, könnten wir vierzig oder fünfzig der einundsiebzig Sitze in Schottland gewinnen. Ich möchte auch hinzufügen, daß Ihre Partei immer stärker nach links tendiert, eine Entwicklung, über die Sie, glaube ich, nicht sehr glücklich sind.«

Noch immer äußerte sich Andrew nicht. Er hörte zu, als jeder Abgeordnete seine Meinung sagte, was ziemlich viel Zeit in Anspruch nahm. Jeder schottische Dialekt, von den Highlands bis Glasgow, war vertreten. Es wurde Andrew klar, daß sie sich die Sache gut überlegt hatten und es ehrlich meinten. »Ich fühle mich sehr geschmeichelt«, begann er, als der letzte geendet hatte, »und ich versichere Ihnen, daß ich mir Ihr Angebot reiflich überlegen werde.«

»Danke.« sagte McPherson. Alle standen auf, wie Clanführer in Anwesenheit eines neuen Oberhauptes.

»Dann werden wir warten, bis wir von Ihnen hören«, sagte McPherson. Jeder schüttelte, bevor er hinausging, dem Gastgeber die Hand.

Kaum waren sie fort, ging Andrew direkt in die Küche, wo Robert schon ungeduldig auf ein Fußballspiel wartete, bevor er ins Bett mußte.

»Nur einen Moment«, antwortete er auf die lärmende Forderungen seines Sprößlings. »Ich komme gleich zu dir in den Garten.«

»Und was wollten die alle?« fragte Louise, während sie weiter Kartoffeln schälte.

Andrew berichtete ihr von dem Vorschlag.

»Und wie hast du reagiert?«

»Gar nicht. Ich werde eine Woche warten und dann so höflich wie möglich ablehnen.«

»Wieso hast du dich so rasch zu einer Ablehnung entschlossen?«

»Ich lasse mir weder von Jock McPherson noch von sonst jemandem sagen, daß ich, wenn ich ihren Plänen nicht zustimme, bei der nächsten Wahl meinen Sitz verlieren werde.« Er ging zur Küchentür. »Ich gehe jetzt ein paar Tore gegen MacPelé zu schießen.«

Kurz darauf war er bei Robert im Garten.

»Jetzt hör zu, du Neunmalklug, ich werde dir zeigen, wie man einen Paß vortäuscht, so daß dein Gegner in eine Richtung läuft und du in eine andere.«

»Klingt genau wie Politik«, murmelte Louise, die ihnen vom Küchenfenster aus zusah.

27 Eaton Square
London SW 1
23. April 1974

Dear Derek,

vielen Dank für Ihren Brief vom 18. April und Ihre freundlich Aufforderung, wieder in den Aufsichtsrat von

Seymour einzutreten. Ich nehme mit Vergnügen an und freue mich, wieder mit Ihnen zu arbeiten.

Ihr Charles Seymour

Fiona las den Brief und nickte. Kurz und sachlich. »Soll ich ihn absenden?«

»Ja, bitte«, sagte Charles, als das Telefon klingelte.

»730-9712. Hier Charles Seymour.«

»Guten Tag, Charles. Hier Simon Kerslake.«

»Hallo, Simon.« Charles versuchte, erfreut zu klingen. »Wie geht es draußen in der wirklichen Welt zu?«

»Nicht sehr lustig, und deshalb rufe ich an. Ich wurde nach Pucklebridge, Sir Michael Harbour-Bakers Sitz, eingeladen. Er ist fast siebzig und will sich bei der nächsten Wahl nicht mehr aufstellen lassen. Da sein Wahlkreis südlich dem Ihren liegt, dachte ich, Sie könnten vielleicht ein gutes Wort für mich einlegen.«

»Mit Vergnügen«, sagte Charles. »Ich werde am Abend mit dem Vorsitzenden sprechen. Sie können sich auf mich verlassen. Viel Glück, es wäre nett, Sie wieder im Unterhaus zu sehen.«

Simon gab ihm seine Privatnummer, die Charles langsam wiederholte, als schreibe er sie auf.

»Ich melde mich«, sagte er.«

»Ich danke sehr für Ihre Hilfe.«

Simon legte den Hörer auf.

Elizabeth sah von ihrer medizinischen Zeitschrift auf.

»Diesem Mann traue ich nicht«, sagte sie.

»Wieder weibliche Intuition?« fragte Simon lächelnd. »Bei Ronnie Nethercote hast du dich geirrt.«

»Das wird sich erst zeigen.«

Erst nach ein paar Tagen willigte Kate Garthwaite ein, Raymond wiederzusehen. Und als sie schließlich im Unterhaus mit ihm zu Abend aß, war sie weder überwältigt noch geschmeichelt und hing keineswegs an seinen Lippen.

Sie war lebhaft, lustig, intelligent und gut informiert. Die beiden begannen einander regelmäßig zu treffen. Nach ein paar Monaten vermißte Raymond sie am Wochenende, wenn er mit Joyce in Leeds war. Kate schätzte ihre Unabhängigkeit und stellte keine Ansprüche, wie Stephanie es getan hatte. Nie verlangte sie, er müsse mehr Zeit für sie haben, nie ließ sie ihre Kleider in seiner Wohnung.

Raymond trank einen Schluck Kaffee. »Das war eine denkwürdige Mahlzeit«, sagte er und ließ sich auf das Sofa fallen.

»Nur verglichen mit der im Unterhaus«, erwiderte Kate.

Raymond legte einen Arm um ihre Schultern und küßte sie sanft auf die Lippen.

»Was? Sexorgien und billiger Beaujolais?« rief sie, setzte sich auf und schenkte Kaffee nach.

»Ich wollte, du würdest dich nicht immer über unsere Beziehung lustig machen.« Raymond strich ihr übers Haar.

»Ich muß es tun«, sagte Kate leise.

»Warum?« Raymond sah ihr in die Augen.

»Weil ich Angst davor habe, was geschehen könnte, wenn ich sie ernst nehme.«

Raymond beugte sich zu ihr und küßte sie. »Hab keine Angst. Du bist das Beste, was mir im Leben widerfahren ist.«

»Das ist es ja, worüber ich mir Sorgen mache.« Kate wandte sich ab.

Während der jährlichen Generalversammlung sprach Charles kein Wort. Der Vorsitzende berichtete über das im März 1974 endende Geschäftsjahr, dann hieß er zwei neue Direktoren und Charles Seymour willkommen.

Es gab ein paar Fragen, die Derek Spencer mühelos beantwortete. Wie Charles versprochen hatte, wurde der Name Janet Darrow nicht erwähnt. Miss Trubshaw hatte Fiona wissen lassen, daß die Zahlungen aufgehört hatten, sie selbst aber war immer noch besorgt, daß ihr Arbeitsvertrag nach dem 1. Juli nicht mehr verlängert würde.

Als der Vorsitzende die Versammlung für beendet erklärte, fragte ihn Charles höflich, ob er einen Augenblick Zeit habe.

»Natürlich«, sagte Spencer, offensichtlich erleichtert, daß die Konferenz so glatt abgelaufen war. »Was kann ich für Sie tun?«

»Ich würde lieber in Ihrem Büro darüber sprechen.«

Der Vorsitzende sah Charles scharf an, führte ihn aber in sein Zimmer. Wieder machte es sich Charles in einem der Lederfauteuils bequem und zog einige Papiere aus der Tasche. Dann: »Was wissen Sie über BX 41207 122, Bank Rombert, Zürich?«

»Sie sagten, Sie würden nie erwähnen -«

»Miss Darrow«, sagte Charles, »und ich werde mein Wort halten. Aber als Direktor der Bank möchte ich jetzt wissen, was dieses Konto zu bedeuten hat.«

»Sie wissen verdammt gut, was es bedeutet«, sagte der Vorsitzende und schlug mit der Faust auf den Tisch.

»Ich weiß, es ist Ihr *privates*«, — Charles betonte das letzte Wort — »Konto in Zürich.«

»Das können Sie nie beweisen«, sagte Spencer trotzig.

»Da haben Sie recht, aber ich kann beweisen«, Charles blätterte in den Papieren auf seinen Knien, »daß Sie mit Seymours Geld Privatgeschäfte getätigt und den Gewinn auf Ihr Schweizer Konto überwiesen haben, ohne es dem Aufsichtsrat mitzuteilen.«

»Ich habe nichts getan, was der Bank geschadet hat, das wissen Sie.«

»Ich weiß, daß das Geld mit Zinsen zurückgezahlt

wurde und die Bank keine Verluste erlitt. Andererseits könnte der Aufsichtsrat Ihre Aktivitäten mißbilligen, da Sie vierzigtausend Pfund jährlich erhalten, um Gewinne für die Bank zu machen, und nicht für sich.«

»Wenn sie die Zahlen sehen, würde man mich höchstens zurechtweisen. Nicht mehr.«

»Ich frage mich, ob der Staatsanwalt ebenso mild wäre, wenn er die Unterlagen erhält.« Charles nahm die Papiere und hielt sie in die Höhe.

»Sie würden den Namen der Bank ruinieren.«

»Und Sie würden vermutlich die nächsten zehn Jahre im Gefängnis verbringen. Sollten Sie jedoch freikommen, wären Sie in der City erledigt, und die Prozeßkosten würden Ihren Spargroschen in Zürich sehr vermindern.«

»Was wollen Sie also diesmal?« Spencer klang verzweifelt.

»Ihren Job«, erwiderte Charles.

»Meinen Job?« wiederholte Spencer ungläubig.

»Glauben Sie, daß Sie, weil Sie Minister waren, imstande sind, eine erfolgreiche Wirtschaftsbank zu führen?« fügte er verächtlich hinzu.

»Ich sagte nicht, daß ich die Bank führen will. Ich kann mir einen kompetenten Mann dafür kaufen.«

»Und was werden Sie dann tun?«

»Ich werde als Vorsitzender beweisen, daß wir in der Tradition von Generationen meiner Familie fortfahren wollen.«

»Das ist ein Bluff«, stammelte Spencer.

»Wenn Sie sich in vierundzwanzig Stunden noch in diesem Haus befinden, übergebe ich die Papiere der Anklagebehörde.«

Eine lange Pause.

»Wenn ich einwillige«, sagte Spencer schließlich, »erwarte ich zwei Jahresgehälter als Kompensation.«

»Ein Jahr«, sagte Charles. Spencer zögerte, dann nickte er langsam. Charles stand auf und steckte die Papiere in die Tasche.

Es war die Post, die er am Morgen aus Sussex Downs erhalten hatte.

Simon hielt das Interview für erfolgreich, aber Elizabeth war nicht so sicher. Zusammen mit fünf anderen Kandidaten und deren Frauen hockten sie in einem Zimmer und warteten geduldig. Simon dachte an seine Antworten und die acht Männer und vier Frauen des Parteikomitees.

»Du mußt zugeben, es wäre der idealste Sitz, den man mir bisher vorgeschlagen hat«, sagte Simon.

»Ja, aber der Vorsitzende hat dich so mißtrauisch angesehen.«

»Millburn erwähnte, daß er mit Charles Seymour in Eton war.«

»Das eben macht mir Sorgen«, flüsterte Elizabeth.

»Eine Mehrheit von fünfzehntausend bei den letzten Wahlen, und nur vierzig Minuten von London. Wir könnten sogar ein kleines Haus kaufen . . .«

»Wenn man dich auffordert!«

»Wenigstens konntest du diesmal sagen, daß du bereit bist, im Wahlkreis zu wohnen.«

»Das täte jeder vernünftiger Mensch«, sagte Elizabeth.

Der Vorsitzende kam heraus und bat Mr. und Mrs. Kerslake noch einmal in das Beratungszimmer.

»Mein Gott«, dachte Simon. »Was wollen sie noch wissen?«

»Diesmal kann es nicht meine Schuld sein«, meinte Elizabeth.

Die Mitglieder des Komitees saßen da und sahen sie mit ausdruckslosen Gesichtern an.

»Meine Damen und Herren«, sagte der Vorsitzende.

»nach langen Überlegungen schlage ich Mr. Simon Kerslake als Kandidat von Pucklebridge für die nächsten Wahlen vor. Wer ist dafür?«

Zwölf Hände wurden hochgehoben.

Wer ist dagegen?«

»Einstimmig beschlossen«, sagte der Vorsitzende. Er wandte sich an Simon. »Wollen Sie dem Komitee etwas sagen?«

Das künftige konservative Parlamentsmitglied für Pucklebridge stand auf. Alle sahen ihn erwartungsvoll an.

»Ich weiß nicht, was ich sagen soll, außer daß ich sehr glücklich bin und mich sehr geehrt fühle. Ich kann die nächsten Wahlen kaum erwarten.«

Alles lachte und umringte ihn. Elizabeth trocknete sich die Augen, bevor jemand bis zu ihr gelangte.

Eine Stunde später begleitete der Vorsitzende Simon und Elizabeth zu ihrem Wagen und verabschiedete sich von ihnen. Simon kurbelte das Fenster herunter.

»Ich wußte, daß Sie der richtige Mann sind«, sagte Millburn, »sowie Charles Seymour anrief« — Simon lächelte — »und mir nahelegte, Sie wie die Pest zu meiden.«

»Könnten Sie Miss Trubshaw bitten, hereinzukommen?« fragte Charles seine Sekretärin.

Kurz darauf erschien Margaret Trubshaw und blieb vor dem Schreibtisch stehen. Das Mobiliar im Zimmer war ausgetauscht worden: Die moderne Sitzgarnitur hatte einem bequemen Ledersofa Platz gemacht. Nur das Bild des elften Earl of Bridgwater war an seinem Platz geblieben.

»Miss Trubshaw«, begann Charles, »da Mr. Spencer es für nötig hielt, so plötzlich zurückzutreten und ich die Funktion des Vorsitzenden übernehme, erscheint es mir wichtig für die Bank, eine gewisse Kontinuität zu wahren.«

Miss Trubshaw stand da wie eine griechische Statue, die Hände in den Ärmeln ihres Kleides verborgen.

»Deshalb hat der Vorstand beschlossen, Ihren Arbeitskontrakt um weitere fünf Jahre zu verlängern. Natürlich werden Sie Ihren Pensionsanspruch nicht verlieren.«

»Danke, Mr. Charles.«

»Danke, Miss Trubshaw.«

Sie verbeugte sich beinahe, als sie das Zimmer verließ.

»Und, Miss Trubshaw —«

»Ja, Mr. Charles?« sagte sie an der Tür.

»Ich glaube, meine Frau erwartet Ihren Anruf. Irgend etwas mit einer Einladung zum Lunch im Savoy Grill.«

17

»Ein blaues Hemd«, sagte Raymond und beäugte mißtrauisch das Etikett. »Ein blaues Hemd«, wiederholte er.

»Ein Geschenk zum vierzigsten Geburtstag«, rief Kate aus der Küche.

Das werde ich nie anziehen, dachte er und lächelte.

»Und du wirst es bestimmt tragen«, sagte sie. Ihr Bostoner Akzent klang ein wenig scharf.

»Du kannst sogar meine Gedanken lesen«, beklagte er sich, als sie aus der Küche kam.

In dem Kostüm, das sie im Büro trug, fand er sie immer besonders schick.

»Weil du so leicht zu durchschauen bist, Karottenkopf.«

»Überhaupt, woher wußtest du von meinem Geburtstag?«

»Eine langwierige Detektivarbeit unter Mitwirkung eines fremden Agenten und mit Hilfe einer kleinen Zahlung.«

»Ein fremder Agent. Wer?«

»Der Zeitungsverkäufer, Liebling. In der *Sunday Times* findest du die Geburtstage aller bekannten Persönlichkeiten in den folgenden sieben Tagen. In einer Woche, in der nur Mittelmaß geboren wurde, hast du es geschafft, erwähnt zu werden.«

Raymond lachte.

»Und jetzt hör zu, Karottenkopf.«

Raymond gab vor, seinen neuen Spitznamen zu hassen. »Mußt du mir einen so widerlichen Namen geben?«

»Ja, Raymond kann ich nämlich nicht leiden.«

Er brummte. »Überdies sind Karottenspitzen grün.«

»Kein Kommentar. Probier dein Hemd.«

»Jetzt?«

»Jetzt.«

Er zog die schwarze Jacke und die Weste aus und öffnete den Knopf des steifen Hemdkragens, der einen kleinen Kreis auf seinem Adamsapfel hinterließ. Gekraustes rotes Haar bedeckte seine ganze Brust. Rasch zog er das Geschenk an. Das Material war angenehm und weich. Er begann das Hemd zuzuknöpfen, Kate jedoch öffnete die zwei obersten Knöpfe wieder.

»Weißt du, du hast dem Wort ›zugeknöpft‹ eine ganz neue Bedeutung gegeben . . .«

Wieder brmmte Raymond.

»Aber richtig angezogen könntest du als gutaussehend gelten. So, und wo wollen wir deinen Geburtstag feiern?«

»Im Unterhaus?« schlug Raymond vor.

»Du meine Güte. Ich sprach von feiern, nicht von Trübsal blasen. Wie wäre es mit Annabel's?«

»Ich kann es mir nicht leisten, dort gesehen zu werden.«

»Meinst du mit mir?«

»Nein, dummes Mädchen, sondern weil ich Sozialist bin.«

»Wenn man Labour-Leuten nicht erlaubt, eine gute Mahlzeit zu genießen, wäre es vielleicht an der Zeit, daß du die Partei wechselst. In meinem Land sieht man in den besten Restaurants nur Demokraten.«

»Ach, Kate, bleib doch bitte ernst.«

»Das will ich ja. Was hast du in letzter Zeit im Unterhaus alles getan?«

»Nicht viel«, sagte Raymond verlegen, »ich hatte oft bei Gericht zu tun und . . .«

»Eben. Es ist höchste Zeit, daß du etwas Positives machst, bevor deine Parlamentskollegen deine Existenz vergessen.«

»Denkst du an etwas Bestimmtes?« fragte Raymond und kreuzte die Arme über der Brust.

»Ja. In derselben Zeitung, in der ich auch dein wohlgehütetes Geheimnis entdeckte, las ich auch, daß die Labour Party Schwierigkeiten hat, die Gewerkschaftsgesetze der Tories aufzuheben. Offenbar gibt es langfristige rechtliche Konsequenzen, die die erste Bankreihe zu umgehen versucht. Warum setzt du nicht deinen angeblich ›erstklassigen‹ Verstand ein, um die juridischen Feinheiten auszuarbeiten?«

»Gar keine schlechte Idee.« Raymond hatte sich an Kates politischen Instinkt gewöhnt, und als er ihn einmal erwähnte, meinte sie nur: »Bloß eine weitere schlechte Gewohnheit, die ich von meinem Mann übernommen habe.«

»Also, wo wollen wir feiern?« fragte sie.

»Ein Kompromiß«, schlug Raymond vor.

»Ich bin ganz Ohr.«

»Im Dorchester.«

»Wenn du darauf bestehst.« Es klang nicht übermäßig begeistert.

Raymond zog das Hemd aus.

»Nein, nein, Karottenkopf, es gibt Menschen, die mit einem blauen Hemd ins Dorchester gehen.«

»Ich habe aber keine passende Krawatte«, sagte Raymond triumphierend.

Kate griff in die Einkaufstasche und zog eine dunkelblaue Seidenkrawatte hervor.

»Die ist ja gemustert«, sagte Raymond empört. »Was erwartest du als nächstes?«

»Kontaktlinsen«, sagte sie.

Raymond starrte sie an und zwinkerte.

Auf dem Weg durch das Vorzimmer fiel Raymonds Blick auf ein grellbunt verpacktes Paket, das Joyce vor ein paar Tagen aus Leeds geschickt hatte. Er hatte völlig vergessen, es zu öffnen.

»Verdammt«, sagte Charles, legte die *Times* weg und trank seinen Kaffe aus.

»Was ist los?« fragte Fiona und schenkte ihm nach.

»Kerslake wurde für Pucklebridge gewählt. Das heißt, er sitzt für den Rest seines Lebens im Unterhaus. Offenbar hatte mein Gespräch mit Millburn keinen Erfolg.«

»Warum ist dir Kerslake so zuwider?« fragte Fiona.

Charles legte die Zeitung zusammen und überdachte die Frage. »Es ist ganz einfach, altes Mädchen. Ich glaube, er ist der einzige meiner Altersgenossen, der mich hindern kann, Parteiführer zu werden.«

»Warum gerade er?«

»Ich habe ihn kennengelernt, als er Präsident der Union in Oxford war. Schon damals war er verdammt gut, und heute ist er besser. Er hatte Rivalen, aber er wischte sie beiseite wie Mücken. Ja, trotz seiner Herkunft ist Kerslake der einzige, den ich fürchte.«

»Es ist noch ein weiter Weg, Liebling, und er könnte straucheln.«

»Das könnte ich auch. Was er jedoch nicht weiß, ist, daß ich ihm ein paar Hindernisse in den Weg legen werde.«

Andrew formulierte den Brief sehr sorgfältig. Er versicherte McPherson und dessen Kollegen, daß ihn ihr Angebot ehre, daß aber seine Loyalität immer noch der Labour-Partei gehöre. Er stimmte Jock zu, daß der linke Flügel bestrebt sei, an die Macht zu gelangen, fand jedoch, daß es in jeder demokratischen Partei Außenseiter gebe, was nicht unbedingt schlecht sein müsse. Schließlich fügte er hinzu, daß er das Angebot für beide Seiten als vertraulich betrachte.

»Warum dieses Postscriptum?« fragte Louise, als sie den Brief gelesen hatte.

»Das ist nur fair Jock gegenüber. Wenn es sich herumspricht, daß ich abgelehnt habe, wird er das Gegenteil dessen erreichen, was er anstrebt.«

»Ich bin nicht überzeugt, daß er sich bei den nächsten Wahlen ebenso großzügig verhalten wird.«

»Ach, McPherson wird viel Lärm schlagen, aber im Grunde ist er anständig . . .«

»Dein Vater teilt diese Meinung nicht. Er ist überzeugt, daß sie sich rächen wollen«, sagte Louise.

»Vater sieht unter dem grünsten Blatt eine Raupe.«

»Wenn wir dich also nicht als Führer der Schottischen Nationalisten feiern können, müssen wir uns damit begnügen, deinen vierzigsten Geburtstag zu feiern.«

»Aber der ist doch erst —«

»In einem Monat, eine Woche vor Roberts viertem Geburtstag.«

»Wie möchtest du ihn denn feiern, Liebling?«

»Ich dachte, wir könnten eine Woche allein an der Algarve verbringen.«

»Warum nicht zwei Wochen? Dann könnten wir doch auch gleich deinen vierzigsten Geburtstag feiern?«

»Andrew Fraser, du hast soeben eine Stimme in Edinburgh Carlton verloren.«

Simon hörte Ronnies Bericht bei der Monatsversammlung aufmerksam zu. Zwei Mieter hatten ihre vierteljährliche Miete nicht gezahlt, und der nächste Termin war bald fällig. Ronnies Anwälte hatten energische Mahnungen geschickt und einen Monat später eine gerichtliche Aufforderung, aber auch dann waren keine Zahlungen eingegangen.

»Das beweist, was ich am meisten befürchtet habe«, sagte Ronnie.

»Und das ist?«

»Daß die Leute einfach kein Geld haben.«

»Also werden wir neue Mieter suchen müssen.«

»Simon, wenn Sie nächstens von der Beaufort Street nach Whitechapel fahren, dann zählen Sie die Tafeln mit der Aufschritt »Zu vermieten« an den Bürogebäuden. Wenn Sie hundert gezählt haben, sind Sie immer noch nicht in der City.«

»Was sollen wir Ihrer Meinung nach also tun?«

»Eine der größeren Immobilien verkaufen, um den *cash-flow* sicherzustellen. Wir müssen dankbar sein, daß sie sogar bei diesen Preisen viel mehr wert sind, als unsere Schulden ausmachen.«

Simon dachte an seine Überziehung, die sich jetzt hunderttausend Pfund näherte, und wollte, er hätte Ronnies großzügiges Angebot angenommen, die Anteile zurückzukaufen. Diese Gelegenheit war jetzt vorbei.

Nach der Sitzung fuhr er zum Krankenhaus, um Elizabeth abzuholen. Dreimal in der Woche machten sie einen Besuch in Pucklebridge, um vor der Wahl alle Orte kennenzulernen. Jetzt war es wieder einmal soweit. Archie Millburn war ein pflichtbewußter Parteivorsitzender, der sie auf fast jeder Reise begleitete.

»Er war außerordentlich nett zu uns«, sagte Elizabeth auf der Fahrt.

»Ja, und vergiß nicht, er muß sich auch um Millburn Electronic kümmern. Jedenfalls betont er immer wieder, daß wir, sobald er uns allen Obmännern vorgestellt hat, auf uns selbst angewiesen sind.«

»Hast du festgestellt, warum er und Charles Seymour nicht auf gutem Fuß stehen?«

»Nein, seit damals hat er den Namen nie mehr erwähnt. Ich weiß nur, daß sie zusammen in Eton waren.«

»Was beabsichtigst du bezüglich Seymour zu unternehmen?«

»Ich kann nicht viel tun«, sagte Simon, »außer sehr auf meiner Hut sein.«

»Der Mann, der Edinburgh einmal zu oft im Stich gelassen hat.« — Andrew las das Flugblatt der schottischen Nationalisten, das ihm sein Vater geschickt hatte. Es war voller Halbwahrheiten und Andeutungen.

»Andrew Fraser, der Mann, der Edinburgh vergaß, sollte keinen schottischen Wahlbezirk mehr vertreten.« Und weiter: »Heute wohnt er weit entfernt von seinen Wählern in einem eleganten Apartmenthaus in Chelsea mitten unter seinen Tory-Freunden. Edinburgh besucht er nur ein paarmal im Jahr und dann werden seine Auftritte von allen Medien wahrgenommen . . . Ist es ihm zu Kopf gestiegen, daß er Minister ist?«

»Wie kann er nur?« rief Louise wütend. Selten hatte Andrew seine Frau so empört gesehen. »Wie können sie es wagen, in mein Haus zu kommen, dir die Führung dieser ekelhaften kleinen Partei anzutragen, und dann solche Lügen zu schreiben? Hast du das gelesen?« fügte sie hinzu und las vor: ›Seine Frau Louise, geborene Forsyth, stammt aus einer der reichsten Familien Schottlands. Sie ist mit den Besitzern von Forsyth in der Princes Street nahe verwandt.‹ Ich bin eine entfernte Cousine, und ich bekomme in ihrem Warenhaus nicht einmal Rabatt.«

Andrew lachte.

»Was ist daran komisch?«

Er nahm sie in die Arme. »Ich habe immer gehofft, du würdest das Forsyth Imperium erben. Dann müßte ich nie mehr arbeiten«, spottete er. »Jetzt werden wir von Roberts Einkünften als Fußballstar leben müssen.«

»Mach keine Witze, Andrew. Bei der Wahl wird das alles gar nicht mehr komisch sein.«

»Ich mache mir viel mehr Sorgen über die extremen Linken«, sagte er mit veränderter Stimme, »als über McPhersons kleine Bande verrückter Inselbewohner. Aber im Augenblick ist meine rote Schatulle zu voll, als daß ich mich mit irgend etwas anderem beschäftigen könnte.«

Bei der zweiten Lesung des neuen Gesetzes über die Gewerkschaften hielt Raymond eine so brillante Rede, daß er in den ständigen Ausschuß aufgenommen wurde, wo er, wenn über jede einzelne Klausel debattiert wurde, sein gesamtes juridisches Wissen einsetzte. Er zeigte seinen Kollegen, wo ein gefährlicher Passus war und wie man ihn am besten umgehen konnte; der Ausschuß lernte rasch von ihm, wie man seinen Standpunkt durchsetzt. Bald wurde Raymond von den Gewerkschaftsführern nicht nur im Unterhaus, sondern auch zu Hause aufgesucht; sie wollten seinen Rat in den unterschiedlichsten rechtlichen Problemen. Raymond hörte jeden von ihnen geduldig an und gab um den Preis eines Telefongesprächs ausgezeichnete Ratschläge. Seltsam, daß sie alle so schnell vergessen hatten, daß er der Autor von »Vollbeschäftigung um jeden Preis?« war. In den Zeitungen erschienen kurze Notizen, angefangen von lobenden Kommentaren bis zu einem scharfen Artikel im *Guardian,* daß es, was immer in der Vergangenheit geschehen sei, unverzeihlich wäre, Raymond Gould nicht in naher Zukunft zum Regierungsmitglied zu machen.

»Würde es unsere Beziehung verändern, wenn man dir einen Job anböte?« fragte Kate.

»Natürlich«, erwiderte Raymond. »Dann hätte ich eine perfekte Entschuldigung, deine blauen Hemden nicht zu tragen.«

Harold Wilson hielt noch weitere sechs Monate aus, bevor er am 10. Oktober 1974 Neuwahlen ausschrieb.

Raymond kehrte sofort in seinen Wahlkreis zurück, um seinen fünften Wahlkampf zu führen. Als ihn Joyce am Bahnhof in Leeds abholte, überlegte er, daß diese dickliche Frau nur vier Jahre älter war als Kate. Er küßte sie wie eine entfernte Verwandte auf die Wange, dann fuhr sie ihn zu ihrem Haus in Chapel Allerton.

Auf der Fahrt plauderte Joyce munter vor sich hin; offenbar war der Wahlkreis unter Kontrolle, und Fred Padgett diesmal auf die Wahl gut vorbereitet. »Er hat seit der letzten Wahl nicht aufgehört zu arbeiten«, sagte sie. Und was Joyce betraf, so war sie besser gerüstet und organisiert als der Vertreter und der Sekretär zusammen. Es macht ihr wirklich Spaß, stellte Raymond fest. Er sah sie an und fand, daß sie sogar hübscher aussah, wenn eine Wahl bevorstand.

Anders als seine Kollegen auf dem Land, mußte Raymond nicht in kleinen Wirtshaussälen Rede um Rede halten. Er sprach seine Wähler auf den Straßen an, wo er sich über ein Megaphon an die Einkaufenden wandte, Supermärkte, Gasthäuser und Klubs besuchte und viele Hände schüttelte.

Joyce arbeitete einen Zeitplan für ihn aus, der es nur wenigen Leuten in Leeds erlaubte, ihm zu entkommen.

Manche sah er während der dreiwöchentlichen Kampagne ein halbes Dutzend mal — die meisten am Samstag vor der Wahl, beim Fußballmatch.

Nach dem Spiel zog Raymond durch die Arbeiterklubs und goß ein Bier nach dem anderen hinunter. Er hatte sich damit abgefunden, daß er ein paar Kilo zunahm dabei, und fürchtete sich nur vor Kates Kommentar. Irgendwie fand er immer ein paar Minuten Zeit, um sie anzurufen. Sie klang so beschäftigt und erfüllt von Neuigkeiten. Raymond dachte niedergeschlagen, daß sie ihn wohl kaum vermissen könne.

Die lokalen Gewerkschaften unterstützten Raymond wie ein Mann. Früher hatten sie ihn vielleicht steif und zurückhaltend gefunden, aber jetzt wußten sie, »wo sein Herz war«, wie sie jedem versicherten, der ihnen zuhörte. Sie klopften an Türen, verteilten Flugblätter und fuhren Autos zu den Wahllokalen. Sie standen früher auf als er, und noch nach der Sperrstunde sah man sie mit Neubekehrten diskutieren.

Am Wahltag gaben Raymond und Joyce ihre Stimmen in der Ortsschule ab und freuten sich auf einen großen Labour-Sieg. Die Partei erzielte auch eine arbeitsfähige Mehrheit von dreiundvierzig Sitzen, verfügte jedoch nur über drei Stimmen mehr als alle anderen Parteien zusammen. Dessenungeachtet schien Harold Wilson die nächsten fünf Jahre fest im Sattel zu sitzen, als die Königin ihn aufforderte, seine vierte Regierung zu bilden. Raymond errang in Leeds seinen bisher größten Stimmenvorsprung: 12.207.

Den Freitag und den Samstag verbrachte er damit, seinen Wählern zu danken, am Sonntagabend fuhr er nach London zurück.

»Diesmal muß er dich in die Regierung nehmen«, sagte Joyce, als sie mit ihrem Mann auf dem Bahnsteig auf und abging.

»Ich bin neugierig«, sagte Raymond und küßte sie auf die Wange. Er winkte, als der Zug abfuhr. Sie winkte begeistert zurück.

»Ich mag dein neues blaues Hemd, es paßt dir wirklich gut«, waren die letzten Worte, die er hörte.

Charles mußte während der Wahlkampagne wegen eines Runs auf das Pfund viel Zeit in der Bank verbringen. Fiona schien im Wahlkreis überall gleichzeitig zu sein und versicherte den Wählern, ihr Mann sei ganz in der Nähe.

Nachdem die Stimmzettel gezählt waren, hatte Charles eine Mehrheit von 22.000 Stimmen, und nur ein Prozent an den Labourkandidaten verloren. Als er die landesweiten Resultate hörte, kehrte er nach London zurück und machte sich auf eine lange Zeit in der Opposition gefaßt. Viele seiner Kollegen sprachen ganz offen darüber, daß Heath nach zwei Wahlniederlagen zurücktreten müsse.

Charles wußte, daß er sich nun wieder einmal zu entscheiden hatte, wen er als neuen Parteiführer unterstützen wollte, und daß er wieder den richtigen herausfinden mußte.

Andrew Fraser kehrte nach einem harten und unerfreulichen Wahlkampf nach London zurück. Die Schottischen Nationalisten hatten alle ihre Angriffe auf ihn gerichtet, und Jock McPherson scheute auch vor Verleumdungen nicht zurück. Sir Duncan riet seinem Sohn von einer gerichtlichen Klage ab. »Damit tust du ihnen nur einen Gefallen«, warnte er. »Für eine kleine Partei ist jede Art Publizität ein Vorteil.«

Louise wollte, daß er die Presse über das Angebot, Parteiführer der Nationalisten zu werden, unterrichtete. Andrew hielt es für zwecklos und meinte, es könne ihm sogar schaden. Auch erinnerte er sie, daß er sein Wort gegeben hatte. In den letzten Wochen vor der Wahl versuchte er vergebens zu verhindern, daß Frank Boyle, ein Kommunist aus Glasgow, in seinen General-Management-Ausschuß gewählt wurde. Am Wahltag gewann er mit 1.656 Stimmen; Jock McPherson wurde zweiter. Wenigstens schien Andrews Platz für die nächsten fünf Jahre gesichert. Doch daß die Schottischen Nationalisten ihre Sitze im Unterhaus auf elf erhöht hatten, war eine unangenehme Überraschung.

Andrew, Louise und Robert flogen Sonntag abends nach London, wo sie ein rotes Portefeuille und die Nachricht erwarteten, der Premier wünsche, daß Andrew weiterhin als Staatsminister im Innenministerium arbeite.

Simon genoß den Wahlkampf. Am Tag, an dem die Wahl ausgeschrieben wurde, zog er mit Elizabeth in das neue Landhaus. Sie mußte jetzt täglich ins Krankenhaus fahren, aber mit ihrem Gehalt konnten sie sich nun ein Kindermädchen leisten. Ein Doppelbett und ein paar Stühle genügten ihnen für den Anfang; Elizabeth kochte auf einem alten Gasofen. Mit zwei Gabeln, die für alles benutzt wurden, fanden sie ihr Auslangen. Während des Wahlkampfes reiste Simon zum zweitenmal durch seinen fünfhundert Quadratkilometer großen Wahlkreis und versicherte Elizabeth, daß sie sich nur in der letzten Woche Urlaub zu nehmen brauche.

Die Wähler von Pucklebridge schickten Simon Kerslake mit einer Mehrheit von 18.419 Stimmen ins Parlament zurück — die größte in der Geschichte des Wahlkreises. Die Leute hatten rasch begriffen, daß ihr neuer Abgeordneter eine Kabinettskarriere vor sich hatte.

Am Montagabend war es klar: Der Premier würde Raymond keine Stellung in der neuen Regierung anbieten. Kate war zärtlich und verständnisvoll, sie kochte sein

Lieblingsessen — durchgebratenes Roastbeef mit Yorkshire Pudding —, aber er zeigte sich weder erfreut noch sprach er ein Wort.

18

Nach einer Woche im Unterhaus hatte Simon ein Gefühl von déjà vu, ein Gefühl, das die meisten Mitglieder, die ein zweites oder drittes Mal ins Unterhaus zurückkehren, kennen.

Es verstärkte sich, weil alles unverändert war, sogar der Polizist, der ihn beim Eingang begrüßte. Als Edward Heath sein Schattenkabinett zusammenstellte, war Simon, der den Toryführer nie unterstützt hatte, nicht erstaunt, keine Funktion zu erhalten. Er war jedoch überrascht und erfreut darüber, daß auch Seymour dem Schattenkabinett nicht angehörte.

»Tut es dir jetzt, da alle Namen bekannt sind, leid, daß du abgewunken hast?« fragte Fiona und sah vom *Daily Mail* auf.

»Es war kein leichter Entschluß, aber ich glaube, *à la longue* war er richtig.« Charles bestrich noch einen Toast mit Butter.

»Was hat er dir angeboten?«

»Schattenminister für Industrie.«

»Klingt recht interessant«, sagte Fiona.

»Alles war interessant außer dem Gehalt, der lächerlich gewesen wäre. Vergiß nicht, die Bank zahlt mir, solange ich Vorsitzender bin, vierzigtausend Pfund pro Jahr.«

Fiona legte die Zeitung weg. »Aber du hast doch eben einen leitenden Direktor aufgenommen, daher müßtest du doch in der Bank eigentlich weniger zu tun haben als bisher. Was ist also der wahre Grund?«

Charles wußte, daß er Fiona nichts vormachen konnte. »Die Wahrheit ist: Ich bezweifle, daß Ted bei der nächsten Wahl noch Parteiführer sein wird.«

»Wer sonst, wenn nicht er?« fragte Fiona.

»Wer immer mutig genug ist, gegen ihn anzutreten.«

»Das versteh ich nicht ganz.« Fiona trug die Teller weg.

»Nachdem er zweimal hintereinander verloren hat, ist jeder der Ansicht, daß er sich einer Wiederwahl stellen muß.«

»Das scheint mir nur fair.«

»Er hat aber in den letzten zehn Jahren alle Rivalen in sein Kabinett oder sein Schattenkabinett aufgenommen. Daher muß jemand gegen ihn antreten, der schon im Amt war. Jemand weniger bekannter hätte keine Chance.«

»Gibt es jemanden im Schattenkabinett, der den Mut dazu hat?« Fiona kehrte wieder an den Tisch zurück.

»Ein oder zwei Mitglieder erwägen es. Aber wenn sie verlieren, könnte das das Ende ihrer politischen Karriere sein.«

»Und wenn sie gewinnen?«

»Dann wird einer von ihnen der nächste Premierminister.«

»Ein interessantes Dilemma. Und wie wirst du dich verhalten?«

»Im Augenblick unterstütze ich niemanden, aber ich halte die Augen offen«, sagte Charles, legte die *Times* beiseite und stand auf.

»Gibt es einen Favoriten?« Fiona sah zu ihrem Mann auf.

»Nein, nicht wirklich. Kerslake versucht Unterstützung für Margaret Thatcher zu finden, aber diese Idee ist hoffnungslos.«

»Eine Frau soll die Konservativen anführen? Ihr denkt ja nicht einmal im Traum daran, so etwas zu riskieren«, sagte Elizabeth und kostete die Sauce. »Wenn das geschieht, fresse ich beim Parteikonvent vor allen Delegierten einen Besen.«

»Sei nicht zynisch, Elizabeth. Sie ist das Beste, was wir im Augenblick haben.«

»Wie groß sind die Chancen, daß Heath zurücktritt? Ich dachte immer, ein Parteiführer bleibt so lang, bis ihn ein Autobus überfährt. Ich kenne Heath nicht gut, aber ich kann mir nicht vorstellen, daß er zurücktritt.«

»Da hast du recht«, sagte Simon, »also müssen die Regeln geändert werden.«

»Du meinst, die Hinterbänkler werden darauf drängen, daß er geht?«

»Nein, aber eine Reihe von Mitgliedern des Komitees wären heute bereit, diesen Autobus zu lenken.«

»Wenn das stimmt, müßte Heath doch wissen, daß seine Chancen, an der Macht zu bleiben, gering sind?«

»Ich frage mich, ob ein Führer das jemals weiß.«

»Nächste Woche solltest du in Blackpool sein«, sagte Kate und stützte den Ellbogen auf das Kissen.

»Warum in Blackpool?« fragte Raymond und starrte zur Decke.

»Weil dort der diesjährige Parteitag abgehalten wird, Karottenkopf.«

»Was glaubst du, könnte ich dort erreichen?«

»Man würde feststellen, daß du noch lebst. Im Augenblick bist du in Gewerkschaftskreisen nur ein Gerücht.«

»Aber wenn man weder ein Minister noch ein Gewerkschaftsführer ist, dann macht man bei Parteitagen nichts anderes, als vier Tage lang schlecht zu essen, in schäbigen Rasthäusern zu schlafen und zweitklassige Reden anzuhören.«

»Mir ist es egal, wohin du abends dein müdes Haupt bettest, aber ich möchte, daß du untertags deine Kontakte zu den Gewerkschaften wieder auffrischst.«

»Warum?« fragte Raymond. »Diese Leute können mir nicht weiterhelfen.«

»Nicht im Moment«, sagte Kate. »Aber ich sage voraus, daß die Labour-Partei, wie die Amerikaner bei ihren Parteikonventen, eines Tages ihren Chef auf dem Parteitag wählen wird.«

»Niemals. Das ist das Vorrecht der gewählten Abgeordneten im Unterhaus und wird es immer bleiben.«

»Diese kurzsichtige, großspurige Feststellung hätte ich von einem Republikaner erwartet«, sagte sie, bevor sie ihm ein Kissen über den Kopf legte. Raymond tat so, als ersticke er, also hob sie eine Ecke und flüstere ihm ins Ohr: »Hast du die Resolutionen gelesen, die dieses Jahr dort besprochen werden sollen?«

»Ein paar«, war Raymonds dumpfe Antwort.

»Dann wäre es vielleicht klug, den Beitrag von Anthony Wedgwood Benn zu lesen«, sagte sie und schob das Kissen fort.

»Was verlangt er diesmal?«

»Er fordert die ›Konferenz‹, wie er die Versammlung deiner Genossen nennt, auf, den nächsten Parteiboß von allen Delegierten wählen zu lassen, und zwar von den Wahlkomitees aller Wahlkreise, den Gewerkschaften und dem Parlament gemeinsam — ich glaube, in dieser Reihenfolge.«

»Verrückt. Aber was kann man von ihm erwarten? Er ist mit einer Amerikanerin verheiratet.«

»Die Extremisten von heute sind die Gemäßigten von morgen«, sagte Kate fröhlich.

»Eine typisch amerikanische Verallgemeinerung.«

»Stammt von Disraeli.«

Raymond zog das Kissen wieder über den Kopf.

Auch Andrew kam zu der Parteikonferenz, obwohl er nie für Tony Benns Vorschlag, einen Führer zu wählen, gestimmt hätte. Er fürchtete, daß man, wenn die Gewerkschaften so viel Einfluß bekämen, einen Führer wählen könnte, der für seine Kollegen im Unterhaus absolut unannehmbar wäre. Als der Antrag mehrheitlich abgelehnt wurde, war er erleichtert, mußte jedoch zur Kenntnis nehmen, daß die Mehrheit keineswegs überwältigend war.

Auch als Minister konnte Andrew in Blackpool nichts anderes bekommen als ein kleines Zimmer in einem Rasthaus, das sich Hotel nannte, und fünf Kilometer vom Konferenzzentrum entfernt war. Er hatte seine Aufgaben als Staatsminister wahrzunehmen — jeden Morgen kamen rote Portefeuilles an, jeden Nachmittag wurden sie abgeholt — und mußte sich gleichzeitig bei der Konferenz bemerkbar machen. Die halbe Zeit verbrachte er damit, in der Hotelhalle R-Gespräche mit dem Innenministerium zu führen. Kein Bürger der Sowjetunion hätte das für möglich gehalten, insbesondere wenn er gewußt hätte, daß der Staatsminister für Verteidigung, der neben Andrew wohnte, ungeduldig im Korridor auf und ab lief und wartete, bis das Telefon frei war.

Andrew hatte noch nie bei einer Parteikonferenz zu dreitausend Delegierten gesprochen. Als er die morgendliche Sitzung verließ, sah er zu seinem Erstaunen Raymond Gould etwas verloren herumwandern. Sie begrüßten einander wie zwei gesunde Menschen in einer Irrenanstalt und beschlossen, gemeinsam im River House zu Mittag zu essen.

Obwohl beide schon mehr als zehn Jahre im Unterhaus saßen, entdeckten sie zum erstenmal, wieviel sie verband. Andrew hatte sich nie als enger Freund von Raymond betrachtet, jedoch seine Haltung bei der Pfundabwertung bewundert.

»Du mußt enttäuscht gewesen sein, daß dich der Premier nicht in die Regierung genommen hat«, begann Andrew.

Raymond starrte auf die Speisenkarte. »Sehr«, gab er schließlich zu. Ein junges Mädchen kam, um die Bestellung aufzunehmen.

»Trotzdem war es klug, nach Blackpool zu kommen. Hier liegt deine Stärke.«

»Glaubst du?«

»Natürlich. Jeder weiß, daß du das Lieblingskind der Gewerkschaften bist, und sie haben viel Einfluß darauf, wer im Kabinett sitzt.«

»Das habe ich nicht bemerkt«, meinte Raymond betrübt.

»Du wirst es merken, wenn sie eines Tages den Parteichef selber wählen.«

»Komisch, genau das sagte . . . sagte Joyce letzte Woche.«

»Joyce scheint eine vernünftige Frau zu sein. Ich fürchte, es wird noch dazukommen, während wir Abgeordnete sind.«

Der Besitzer kam, um ihnen zu sagen, daß ihr Tisch frei sei, und sie gingen in das kleine Eßzimmer.

»Warum fürchtest du dich davor?« fragte Raymond und setzte sich.

»Gemäßigte Labour-Leute wie ich werden wie welkes Laub hinweggefegt werden.«

»Aber ich gehöre selbst zu den Gemäßigten; bei vielen Fragen stehe ich sogar rechts.«

»Vielleicht. Aber jede Partei braucht einen Mann wie dich, und im Augenblick wäre es den Gewerkschaftlern auch egal, wenn du eingeschriebener Faschist wärest. Sie würden dich trotzdem unterstützen.«

»Warum bist du dann bei der Konferenz?«

»Weil es die beste Chance ist, mit der Basis in Kontakt

zu bleiben, und ich hoffe, daß der radikale Flügel nie viel mehr sein wird als ein ungezogenes Kind, mit dem die Erwachsenen auskommen müssen.«

»Wollen hoffen, daß du recht hast«, meinte Raymond, »denn sie werden nie erwachsen werden.« Andrew lachte, und Raymond wechselte das Thema. »Ich beneide dich immer noch um deine Stellung im *Home Office*. Ich bin nicht in die Politik gegangen, um mein Leben auf den hinteren Bänken zu verbringen.«

»Der Tag wird kommen, an dem ich dort sitze und dich beneide.«

Während Andrew sprach, kam der Vorsitzende der Metallarbeitergewerkschaft vorbei und rief: »Schön dich zu sehen, Ray.« Andrew schien er nicht zu kennen. Raymond lächelte den Mann an und winkte ihm zu, wie Cäsar vielleicht Cassius zugewinkt hätte.

Als sie beide einen Dattel-Nuß-Pudding ablehnten, schlug Andrew einen Brandy vor.

Raymond zögerte.

»Du wirst feststellen, daß hier mehr doppelte Brandys getrunken werden als nächste Woche beim Parteitag der Konservativen. Frag die Kellnerin.«

»Hast du beschlossen, wie du dich bei der Wahl des neuen Parteiführers verhalten wirst?« fragte Fiona beim Frühstück.

»Ja«, antwortete Charles, »und in diesem Stadium meiner Karriere kann ich mir keinen Fehler leisten.«

»Was hast du also beschlossen?«

»Solange es keinen ernsthaften Gegner gibt, werde ich Ted Heath weiter unterstützen.«

»Gibt es einen Minister des Schattenkabinetts, der den Mut hat, sich aufstellen zu lassen?«

»Es kursieren Gerüchte, daß Margaret Thatcher es wagt. Wenn sie so viele Stimmen bekommt, daß eine zweite Wahl nötig ist, werden sich die seriösen Kandidaten melden.«

»Und was geschieht, wenn sie in der ersten Runde gewinnt?«

»Sei nicht dumm, Fiona«, sagte Charles und interessierte sich nunmehr für die Rühreier. »Die Torys werden nie eine Frau als Führerin wählen. Dazu sind wir zu traditionsverbunden. Diesen Irrtum würde nur die Labour Party begehen, um zu zeigen, wie sehr sie an die Gleichheit glaubt.«

Simon drängte Margaret Thatcher immer noch, sich in den Kampf zu stürzen.

Amüsiert beobachteten Andrew und Raymond den Kampf der Konservativen um die Parteiführung, während sie in ihrer Arbeit fortfuhren. Raymond hätte Thatcher keine Chance gegeben, hätte ihn Kate nicht erinnert, daß die Konservativen nicht nur die ersten gewesen waren, die einen Juden zum Führer wählten, sondern auch als erste einen Junggesellen zu ihrem Chef gemacht hatten.

»Warum sollen sie nicht auch eine Frau wählen?« fragte sie. Er hätte weiter mit ihr gestritten, aber diese verflixte Person hatte schon so oft recht gehabt. »Warten wir ab«, war alles, was er sagte.

Die Wahl des konservativen Parteiführers wurde für den 4. Februar 1975 angesetzt. Bei einer Pressekonferenz im Unterhaus Anfang Januar hatte Margaret Thatcher bekanntgegeben, daß sie sich aufstellen lassen würde. Simon forderte alle seine Kollegen auf, sie zu unterstützen, und trat zu diesem Zweck einem kleinen Komitee unter Airey Neave bei. Charles hingegen warnte seine Freunde, daß die Partei an der Spitze nie eine Wahl gewinnen könne. Die Tage vergingen, und der Ausgang der Wahl blieb ungewiß wie eh und je.

An einem besonders nassen und windigen Tag um vier Uhr gab der Vorsitzende des Komitees die Zahlen bekannt:

Margaret Thatcher 130

Edward Heath 119

Hugh Fraser 16

Nach den Abstimmungsregeln brauchte der Sieger eine Mehrheit von fünfzehn Prozent; eine zweite Abstimmung war notwendig. »Sie wird in einer Woche erfolgen«, verkündete der Fraktionsvorsitzende. Drei ehemalige Kabinettsmitglieder meldeten sich sofort als Kandidaten, während Ted Heath, gewarnt, daß er beim zweitenmal weniger Stimmen erhalten werde, sich zurückzog.

Es waren die längsten Tage in Simons Leben. Er tat, was er konnte, um Thatchers Wähler bei der Stange zu halten. Charles hingegen beschloß, beim zweiten Wahlgang sehr vorsichtig zu sein. Als man abstimmte, machte er neben dem Namen des Staatssekretärs, unter dem er im Handelsministerium gedient hatte, ein Kreuz. »Ein Mann, dem wir alle vertrauen können«, sagte er zu Fiona.

Als die Stimmen gezählt und bestätigt waren, verkündete der Vorsitzende, daß Margaret Thatcher mit 146 Stimmen gegenüber 79 Stimmen des nächsten Kandidaten die klare Siegerin sei.

Simon war begeistert, während Elizabeth hoffte, er habe ihr Versprechen, einen Besen zu fressen, vergessen. Charles war fassungslos. Beide schrieben sofort an ihre neue Parteiführerin.

Dear Margaret, 11.2.1975

Meinen herzlichen Glückwunsch zu Ihrem Sieg als erste weibliche Führerin unserer Partei. Ich bin stolz, zu Ihrem Triumph ein wenig beigetragen zu haben und werde mit allen Kräften für Ihren Erfolg bei der nächsten Wahl weiterarbeiten.

Ihr Simon

27, Eaton Square
London SW1
11. 2. 1975

Dear Margaret,

Ich mache kein Geheimnis daraus, daß ich Ted Heath im ersten Wahlgang unterstützt habe, da ich in seiner Regierung dienen durfte. Mit Freuden habe ich Sie im zweiten Wahlgang unterstützt. Daß wir eine Frau gewählt haben, die ohne Zweifel die nächste Premierministerin sein wird, zeigt, wie fortschrittlich unsere Partei ist. Seien Sie meiner Loyalität gewiß,

Ihr Charles

Margaret Thatcher beantwortete sämtliche Briefe ihrer Kollegen binnen einer Woche. Simon erhielt einen handgeschriebenen Brief, in dem er aufgefordert wurde, dem neuen Schattenkabinett als zweiter Mann im Unterrichtsministerium beizutreten. Charles erhielt einen mit der Maschine geschriebenen Brief, in dem ihm für seine Unterstützung gedankt wurde.

19

Die Seymour Bank hatte den Ersten Weltkrieg, die Krise der dreißiger Jahre und den Zweiten Weltkrieg überstanden. Charles hatte nicht die Absicht, in den siebziger Jahren als Vorsitzender ihren Niedergang mitanzusehen. Bald nachdem er auf Drängen des Aufsichtsrates sein

Amt von Derek Spencer übernommen hatte, mußte er feststellen, daß die Tätigkeit des Vorsitzenden nicht ganz so einfach war wie er gedacht hatte. Obwohl er zuversichtlich war, daß die Bank den Sturm überdauern werde, ging er kein Risiko ein. Die Wirtschaftsteile der Zeitungen brachten fortwährend Berichte, wonach die *Bank of England* als Rettungsboot für in Not geratene Finanzinstitutionen diene; daß Immobilienfirmen in Konkurs gingen, las man jeden Tag. Die Zeiten, in denen Immobilien und Mieten ständig stiegen, waren vorbei.

Als Charles das Angebot des Aufsichtsrates annahm, bestand er darauf, einen leitenden Direktor einzusetzen, der die täglichen Geschäfte führte, während er selbst mit den Präsidenten und Vorsitzenden der City verhandelte. Er interviewte verschiedene Bewerber, fand aber niemand geeigneten. Die Situation war erst gerettet, als er in einem Restaurant ein Gespräch mitanhörte: Der neue Direktor der *First Bank of America* sei es müde, jedesmal in Chicago anzufragen, wenn er Briefmarken kaufen wolle.

Charles lud den Mann sofort zum Lunch ins Unterhaus ein. Clive Reynolds hatte eine ähnliche Vorbildung wie Derek Spencer: *London School of Economics, Harvard Business School* und einige gute Stellungen, bis er schließlich leitender Direktor der *First Bank of America* geworden war. Diese Ähnlichkeit störte Charles aber nicht, da er Mr. Reynolds unmißverständlich klarmachte, wer der Chef war.

Reynolds verhandelte lang und zäh, bevor er die Stellung annahm, und Charles hoffte, daß er ebenso hart für die Bank kämpfen werde. Reynolds bekam schließlich fünfzigtausend Pfund pro Jahr und einen Gewinnanteil, der verhindern sollte, daß er auf eigene Rechnung Geschäfte machte oder sich abwerben ließ.

»Er gehört nicht zu jenen, die wir zum Dinner einladen würden«, sagte Charles zu Fiona, »aber ich kann jetzt ruhig schlafen und weiß, daß die Bank in guten Händen ist.«

Bei der nächsten Versammlung wurde Clive Reynolds vom Aufsichtsrat bestätigt, und es zeigte sich bald, daß die *First Bank of America* einen ihrer besten Männer verloren hatte.

Clive Reynolds war von Natur konservativ, aber wenn er etwas riskierte, wie Charles es nannte — er selbst sprach von seiner guten Nase —, dann hatte er in fünfzig Prozent der Fälle Erfolg damit. Die Seymour Bank wahrte ihren Ruf als vorsichtiges, gut verwaltetes Institut, doch dank dem neuen Direktor gelangen ein paar gute Coups. Reynolds war klug genug, seinen neuen Vorsitzenden respektvoll zu behandeln, ohne dabei ehrerbietig zu sein. Ihre Beziehung blieb immer eine rein geschäftliche.

Eine der Neuerungen, die Reynolds vorschlug, war, Klienten mit Kreditüberziehungen von mehr als zweihundertfünfzigtausend Pfund näher zu prüfen, und Charles war einverstanden.

»Wenn man die Konten einer Gesellschaft jahrelang betreut«, erklärte Reynolds, »übersieht man manchmal, daß einer der alten Kunden in Schwierigkeiten gerät. Wenn es lahme Enten gibt, wollen wir sie finden, bevor sie ganz eingehen« — ein Ausspruch, den Charles bei einigen Partys wiederholte.

Charles schätzte seine morgendlichen Besprechungen mit Clive Reynolds; er lernte da eine Menge über eine Institution, der er bisher nur Sympathie entgegengebracht und die er mit bloßem Hausverstand geführt hatte. Bald wußte er so viel, daß er, wenn er im Unterhaus bei einer Finanzdebatte sprach, wie David Rockefeller klang — ein unerwartetes Plus.

Von Reynolds' Privatleben wußte Charles kaum etwas. Er war einundvierzig, unverheiratet und wohnte in

Esher, wo immer das war. Charles war nur daran interessiert, daß er jeden Morgen mindestens eine Stunde vor ihm im Büro war und es erst nach ihm verließ, auch in den Parlamentsferien.

Charles studierte vierzehn der vertraulichen Briefe über Kunden mit höheren Kreditüberschreitungen. Clive Reynolds hatte schon zwei Firmen entdeckt, denen gegenüber die Bank seiner Meinung nach ihre Politik ändern sollte. Charles mußte noch drei dieser Reports lesen, bevor er dem Aufsichtsrat Bericht erstattete.

Das leise Klopfen an der Tür aber hieß, daß es zehn Uhr war und Reynolds zur täglichen Besprechung kam. In der City kursierten Gerüchte, wonach am Donnerstag die Bankrate angehoben werden sollte, daher wollte Reynolds Dollars abstoßen und Gold kaufen. Charles nickte. Sobald man die neue Bankrate bekanntgegeben hatte, fuhr Reynolds fort: »wird es klüger sein, zum Dollar zurückzukehren, da eine neue Tarifrunde mit den Gewerkschaften vor der Tür steht. Das wird zweifellos einen neuen Run auf das Pfund auslösen.« Wieder nickte Charles.

»Ich halte den Dollar mit zwei zehn für viel zu schwach«, fügte Reynolds hinzu. »Wenn sich die Gewerkschaften bei zwölf Prozent einigen, muß der Dollar steigen, vermutlich auf eins neunzig.« Weiters erklärte Reynolds, er sei nicht glücklich über die hohe Beteiligung der Bank an Slater Walker; er wolle die Hälfte der Anteile im Lauf des nächsten Monats liquidieren, und zwar in kleinen Mengen und in unregelmäßigen Zeitabständen. »Wir müssen noch drei weitere größere Konten ansehen, bevor wir unsere Ermittlungen dem Aufsichtsrat mitteilen. Die Ausgabenpolitik der einen Firma mißfällt mir, aber die anderen zwei scheinen stabil. Ich glaube, wir sollten die Unterlagen gemeinsam durchgehen, wenn Sie Zeit haben. Vielleicht morgen vormittag, wenn es Ihnen paßt. Es handelt sich um die Firmen Speyward Laboratories, Blackies Ltd. und Nethercote and Company. Speyward macht mir Sorgen.«

»Ich werde mir die Unterlagen heute nach Hause nehmen«, sagte Charles, »und Ihnen morgen Bescheid geben.«

»Danke, Sir.«

Charles hatte Reynolds nie angetragen, ihn beim Vornamen zu nennen.

Archie Millburn gab zur Feier von Simons erstem Jahrestag als Abgeordneter für Pucklebridge eine kleine Dinnerparty. Diese Anlässe dienten eigentlich dazu, das neue Mitglied mit der Parteihierarchie bekanntzumachen, aber Simon wußte bereits mehr über den Wahlkreis und seine Bewohner als Archie selbst, was dieser auch gern zugab.

Elizabeth, Peter und Michael hatten sich in dem kleinen Haus gemütlich eingerichtet, während Simon als Mitglied des Schattenministeriums für Unterricht Schulen, Kindergärten und Universitäten besuchte, technische Hochschulen, Kunstinstitute und sogar Besserungsanstalten. Er las die einschlägige Literatur und unterhielt sich mit Kindern ebenso wie mit Psychologieprofessoren. Nach einem Jahr hatte er das Gefühl, sein Ressort zu kennen, und sehnte sich nach Neuwahlen, um sein Wissen wieder einmal anwenden zu können.

»In der Opposition zu sein ist sicher frustrierend«, sagte Archie, als sich die Damen nach dem Essen zurückzogen.

»Ja, aber es ist eine vorzügliche Schule, sich auf das Regieren vorzubereiten und über grundsätzliche Fragen nachzudenken. Als Minister konnte ich mir einen solchen Luxus nie leisten.«

»Aber es ist doch ganz anders als im Amt zu sein, nein?« Archie nahm eine Zigarre.

»Richtig. In der Regierung ist man von Sekretären umgeben, die nicht erlauben, daß man einen Finger rührt oder etwas überlegt, während man in der Opposition seine Politik durchdenken kann, auch wenn man seine Briefe oft selbst schreiben muß.«

Archie schob Simon den Portwein zu. »Ich bin froh, daß sich die Damen zurückgezogen haben«, sagte er verschwörerisch, »weil ich dir sagen wollte, daß ich mit Jahresende als Vorsitzender zurücktrete.«

»Warum?« fragte Simon erstaunt.

»Ich bin froh, daß du gewählt wurdest und dich zurechtfindest. Jetzt ist es an der Zeit, daß ein jüngerer Mann übernimmt.«

»Aber du bist genauso alt wie ich.«

»Das stimmt, der wahre Grund ist, daß mir zuwenig Zeit für meine Firma bleibt, und der Vorstand erinnert mich fortwährend daran. Du weißt am besten, daß die Zeiten nicht rosig sind.«

»Wie traurig«, sagte Simon, »kaum lernt man in der Politik jemanden näher kennen, schon entfernt er sich wieder.«

»Keine Angst«, sagte Archie, »ich beabsichtige nicht, von hier fortzugehen, und ich bin sicher, daß du die nächsten zwanzig Jahre mein Abgeordneter sein wirst. Dann werde ich mit Vergnügen annehmen, wenn du mich zum Dinner in die Downing Street einlädst.«

»Vermutlich wird dann Charles Seymour in der Downing Street residieren«, sagte Simon und zündete seine Zigarre an.

»Dann werde ich keine Einladung erhalten.« Archie lächelte.

Was Charles entdeckt hatte, raubte ihm den Schlaf; ruhelos wälzte er sich im Bett herum und hinderte auch Fiona am Einschlafen. Während er auf das Abendessen wartete, hatte er die Mappe über Nethercote geöffnet. Es war seine Gewohnheit, zuerst die Namen der Direktoren durchzulesen, um zu sehen, ob er jemanden kannte. Sein Blick blieb an »S.J. Kerslake, MP« hängen. Die Köchin war überzeugt, daß Mr. Seymour das Essen nicht geschmeckt hatte, denn die Hauptspeise berührte er kaum.

Als er kurz nach Clive Reynolds in die Bank kam, ließ er diesen sofort rufen. Erstaunt, den Vorsitzenden so früh zu sehen, erschien er wie üblich mit einem Stoß Unterlagen. Charles öffnete die vor ihm liegende Mappe. »Was wissen Sie über Nethercote und Co?«

»Eine Privatfirma. Nettoanlagevermögen fast zehn Millionen Pfund, laufende Kreditüberschreitungen sieben Millionen Pfund, die Hälfte von uns beigestellt. Gut geführt, mit einem tüchtigen Aufsichtsrat, wird nach meiner Ansicht die momentanen Probleme überleben, und wenn die Aktien an der Börse notieren, werden sie sofort vergriffen sein.«

»Wieviel Prozent Anteil an der Firma haben wir?«

»Siebeneinhalb. Wie Sie wissen, übernimmt die Bank nie acht Prozent. Es war immer unsere Politik zu investieren, ohne in die Gebarung einer Gesellschaft involviert zu sein.«

»Wer ist die wesentliche Bank von Nethercote?«

»The Midland.«

»Was würde geschehen, wenn wir unsere siebeneinhalb Prozent verkaufen und die Kreditüberschreitung nicht mehr verlängern?«

»Sie müßten eine andere Finanzierungsquelle suchen.«

»Und wenn sie keine finden?«

»Dann müssen sie ihre Immobilien verkaufen, und das wäre in der heutigen Situation sehr unvorteilhaft, wenn nicht unmöglich.«

»Und dann?«

»Ich müßte meine Unterlagen prüfen und . . .«

Charles gab ihm die Mappe, und Reynolds studierte sie sorgfältig. »Sie haben bereits ein cash-flow-Problem wegen schlechter Schuldner. Wenn die Kreditüberschreitung gekündigt wird, könnten sie untergehen. Davon würde ich sehr abraten; Nethercote war jahrelang verläßlich, und ich glaube, wir werden einen hübschen Gewinn machen, wenn sie an die Börse gehen.«

»Aus Gründen, die ich Ihnen nicht mitteilen kann«, sagte Charles, »fürchte ich, daß unsere weitere Verbindung mit Nethercote unserer Bank zum Schaden gereichen würde.« Reynolds sah ihn überrascht an. »Bitte informieren Sie Midland, daß wir im nächsten Vierteljahr die Kreditüberschreitung nicht erneuern werden.«

»Dann müssen sie sich nach einer anderen Bank umsehen. Midland wird nie den ganzen Betrag allein riskieren.«

»Versuchen Sie sofort, unsere siebeneinhalb Prozent loszuwerden.«

»Das könnte zu einer Vertrauenskrise in der Firma führen.«

»Möglich«, sagte Charles und schloß die Mappe.

»Aber ich glaube —«

»Das ist alles, Mr. Reynolds.«

»Ja, Sir.« Reynolds stand vor einem Rätsel; er hatte seinen Chef nie für einen unvernünftigen Mann gehalten. Hätte er sich umgedreht, er wäre noch mehr verwundert gewesen über das Lächeln, das sich auf Charles Seymours ganzem Gesicht ausbreitete.

»Man hat uns den Boden unter den Füßen weggezogen«, sagte Ronnie Nethercote wütend.

»Wer?« fragte Simon, der eben eintrat.

»Die Midland Bank.«

»Warum tun sie so etwas?«

»Irgendein Aktienbesitzer hat sein Aktienpaket ohne

Vorwarnung auf den Markt geworfen, und Midland macht sich Sorgen. Allein übernehmen sie keine so große Kreditüberschreitung.«

»Haben Sie mit dem Direktor gesprochen?« fragte Simon und konnte seine Angst nicht verbergen.

»Ja, er kann nichts tun. Seine Hände sind durch eine Direktive des Vorstands gebunden.« Ronnie ließ sich noch tiefer in seinen Fauteuil fallen.

»Wie gefährlich ist unsere Lage?«

»Sie haben mir einen Monat Zeit gegeben, eine andere Bank zu finden. Sonst muß ich unsere Immobilien verkaufen.«

»Was geschieht, wenn wir keine andere Bank finden?« fragte Simon verzeifelt.

»Dann kann die Gesellschaft binnen weniger Wochen den Bankrott anmelden. Kennen Sie eine Bank, die eine gute Investition sucht?«

»Nur eine, und die hilft uns bestimmt nicht.«

Befriedigt legte Charles den Hörer auf. Er fragte sich, ob es überhaupt noch etwas gab, das man geheimhalten konnte. Er hatte kaum eine Stunde gebraucht, um festzustellen, wie hoch Kerslakes Kreditüberschreitung war. »Ganz vertraulich von Bank zu Bank«, hatte er versichert. Als Reynolds klopfte, lächelte er noch immer.

»Midland war nicht erfreut«, berichtete er sofort.

»Sie werden es verwinden«, antwortete der Vorsitzende. »Wie steht es mit Nethercote?«

»Nur Gerüchte, aber jeder weiß, daß sie in Schwierigkeiten sind, und der Vorsitzende sucht nach einem neuen Geldgeber«, sagte Reynolds gelassen. »Sein größtes Problem ist, daß im Moment niemand etwas von Immobilienfirmen wissen will.«

»Was hindert uns, die Scherben einzusammeln und ein

gutes Geschäft zu machen, wenn sie bankrott gegangen sind?«

»Eine Klausel im Finanzgesetz, das Ihre Regierung vor drei Jahren beschlossen hat. Die Strafen reichen von hohen Geldbeträgen bis zum Entzug der Banklizenz.«

»Ach, ich erinnere mich«, sagte Charles. »Schade. Wie lang werden sie noch aushalten?«

»Wenn sie nicht bis Monatsende einen Geldgeber finden«, sagte Reynolds und strich sich über das glattrasierte Kinn, »werden die Gläubiger über sie herfallen wie ein Schwarm Heuschrecken.«

»Sind die Anteile gar nichts wert?« fragte Charles unschuldig.

»Im Augenblick nicht einmal das Papier, auf dem sie gedruckt sind«, sagte Reynolds und beobachtete den Vorsitzenden scharf.

Wieder sah er Charles' zufriedenes Lächeln. Charles dachte an Simon Kerslake und seinen Kredit von hundertachttausend Pfund, der jetzt nur durch wertlose Aktien gedeckt war. Pucklebridge würde sich bald nach einem neuen Abgeordneten umsehen müssen.

Als sich am Monatsende keine Bank gefunden hatte, gab Ronnie Nethercote auf, bestellte einen Liquidator und erklärte den Bankrott. Er hoffte immer noch, alle Gläubiger auszahlen zu können, obwohl die Aktien, die er und seine anderen Direktoren besaßen, wertlos waren. Über Simons Problem war er ebenso unglücklich wie über seine eigene Lage, aber er wußte, daß der Liquidator keine Ausnahme machte.

Als Simon Elizabeth den Stand der Dinge mitteilte, beklagte sie sich nicht. Seit ihr Mann in den Aufsichtsrat von Nethercote eingetreten war, hatte sie immer gefürchtet, es könne etwas Derartiges geschehen.

»Kann dir Ronnie nicht helfen?« fragte sie. »Schließlich hast du ihm in der Vergangenheit oft genug geholfen.«

»Nein», erwiderte Simon und vermied es, ihr zu sagen, wo die wahre Schuld für die Katastrophe lag.

»Muß man, wenn man Pleite macht, auf alle Fälle aus dem Parlament ausscheiden?« war Elizabeths nächste Frage.

»Nein, aber ich werde es tun, denn man würde mich nie befördern — das Odium ›fehlende Urteilskraft‹ würde immer an mir haften bleiben.«

»Es scheint so ungerecht, da du persönlich keine Schuld trägst.«

»Für jene, die im Rampenlicht stehen, gelten andere Regeln«, sagte Simon schlicht.

»Aber mit der Zeit —« begann Elizabeth.

»Ich bin nicht bereit, weitere zwanzig Jahre auf den Hinterbänken zu verbringen, damit ich dann im Rauchsalon das Getuschel höre ,— er wäre nicht im Kabinett, wenn nicht —'«

»Heißt das, daß wir die Kinder aus der Schule nehmen müssen?«

»Ja, leider.« Simons Hände zitterten. »Ich kann vom Liquidator nicht erwarten, daß er die Kosten für die Erziehung meiner Söhne als dringende Notwendigkeit einstuft, selbst wenn es mir gelänge, das Geld aufzutreiben.«

»Und das Kindermädchen müssen wir auch entlassen?«

»Nicht unbedingt, aber wir werden beide Opfer bringen müssen, damit wir sie wenigstens halbtägig behalten können.«

»Aber meine Arbeit im Krankenhaus . . .« begann Elizabeth, beendete den Satz jedoch nicht. »Was geschieht als nächstes?«

»Ich muß heute abend Archie Millburn verständigen. Den entsprechenden Brief habe ich schon geschrieben. Am Montag werde ich mich beim Fraktionsvorsitzenden ansagen und ihm erklären, warum ich mich um Chiltern Hundreds bewerben muß.«

»Was heißt das?«

»Es ist die einzige Möglichkeit, das Unterhaus während der Legislaturperiode zu verlassen — außer man stirbt. Offiziell ist es ein Kronamt und schließt daher eine Mitgliedschaft im Unterhaus aus.«

»Das klingt alles sehr formell.«

»Leider muß es auch zu einer peinlichen Nachwahl in Pucklebridge kommen«, gab Simon zu.

»Kann dir niemand helfen?«

»Es gibt nicht viele Leute, die hundertachttausend Pfund für ein wertloses Aktienbündel ausgeben wollen.«

»Soll ich dich begleiten, wenn du Archie aufsuchst?« Elizabeth stand auf.

»Nein, mein Schatz. Es ist lieb von dir zu fragen, aber *ich* bin derjenige, der an allem schuld ist.«

Elizabeth beugte sich vor und strich ihm die Haare aus der Stirn. Sie bemerkte ein paar graue Strähnen. »Wir werden eben von meinem Gehalt leben, während du dich um einen Job umsiehst.«

Langsam fuhr Simon nach Pucklebridge, um den Parteivorsitzenden zu treffen. Archie Millburn hörte ihm, in seinem Garten stehend, mit traurigem Gesicht zu. »Ähnliches ist in letzter Zeit vielen anständigen Leuten in der City zugestoßen. Aber eines verstehe ich nicht: Warum will niemand übernehmen, wenn die Gesellschaft so gute Objekte besitzt? Klingt doch nach einem glänzenden Geschäft?«

»Es scheint eine Sache des Vertrauens zu sein«, sagte Simon.

»Ein heiliges Wort in der City«, stimmte Archie zu und wandte sich wieder seinen Rosen zu.

Simon übergab ihm sein Rücktrittsschreiben. Millburn las es und nahm es widerwillig an.

»Ich werde schweigen, bis du Montag mit dem Fraktionsvorsitzenden gesprochen hast. Dienstag abend werde ich eine Vollversammlung einberufen und deinen Entschluß bekanntgeben. Mach dich Dienstag abend auf viele unangenehme Anrufe von der Presse gefaßt.«

Die beiden Männer schüttelten einander die Hand. »Dein Pech ist unser Pech«, sagte Archie. »Du hast in kurzer Zeit das Vertrauen und die Zuneigung deiner Wähler gewonnen. Sie werden dich vermissen.«

Simon fuhr nach London zurück. Obwohl er das Radio angedreht hatte, hörte er die Nachricht nicht, die jede halbe Stunde wiederholt wurde.

20

Raymond war einer der ersten, der die Nachricht hörte, und er war sprachlos. Harold Wilson beabsichtigte, mitten in seiner fünfjährigen Amtsperiode zurückzutreten, und er gab keinen anderen Grund dafür an, als daß er sechzig Jahre alt geworden sei. Er wollte nur so lange Premier bleiben, bis die Labour-Partei einen neuen Führer gewählt hatte. Wie angewurzelt saßen Raymond und Kate vor dem Fernsehschirm, um auch nicht das kleinste Detail zu versäumen. Bis spät in der Nacht besprachen sie die Folgen dieser neuen Entwicklung.

»Nun, Karottenkopf, könnte das die Rehabilitierung unseres vergessenen Helden bedeuten?«

»Wer weiß?«

»Wenn du es nicht weißt, wer sonst?«

»Der nächste Parteiführer«, sagte Raymond.

Der Kampf um die Parteiführung war eine Schlacht zwischen dem rechten und dem linken Flügel — James Callaghan rechts, Michael Foot links. Andrew und Raymond wollten beide denselben Mann und waren erleichtert, als Callaghan, obwohl er die erste Abstimmung verlor, zum Führer gewählt wurde. Die Königin forderte ihn auf, eine neue Regierung zu bilden. Wie es die Tradition verlangte, gaben Andrew und mit ihm alle anderen Regierungsmitglieder ihren Rücktritt bekannt, damit der Premier eine neue Regierung bilden konnte.

Raymond war im Gerichtssaal und hörte der Belehrung des Richters zu, als er eine Nachricht erhielt. »Bitte so rasch wie möglich Downing Street anrufen.« Der Richter benötigte weitere dreißig Minuten, um die Geschworenen über die Bedeutung eines Totschlages zu belehren, dann konnte Raymond endlich entkommen. Er lief durch die Korridore bis zur privaten Telefonzelle der Beamten. Das Zurückschnappen der Drehscheibe nach jeder Nummer schien Ewigkeiten zu dauern.

Nachdem er mit drei Leuten gesprochen hatte, hörte er eine Stimme sagen: »Guten Tag, Ray«; der nicht zu verkennende rauhe Tonfall des neuen Premiers. »Es ist an der Zeit, daß du wieder in die Regierung kommst« — Raymond hielt den Atem an — »als Staatsminister im Handelsministerium.« Staatsminister: nur einen Schritt vom Kabinett entfernt!

»Bist du noch da, Ray?«

»Ja, *Prime Minister,* und ich nehme mit Freuden an.«

Er legte den Hörer hin und nahm ihn sofort wieder auf, um das Stadtbüro der Chase Manhattan Bank anzurufen. Man verband ihn mit dem Eurobond Manager.

Andrew ging vom *Home Office* direkt nach Hause. Er vermied das Unterhaus, wo die Reporter wie Hyänen lauerten und ihre Zeitungen anriefen, wenn sie nur das Gerücht eines Gerüchtes hörten. Das neue Kabinett stand fest, und jetzt waren die Staatsminister an der Reihe. Andrew wußte nur, daß sein jetziges Amt im *Home Office* jemand anderem übertragen wurde.

»Warum spielst du nicht Fußball mit Robert?« schlug Louise vor, »anstatt mir fortwährend im Weg zu stehen?«

»Ja, Dad, ja Dad, ja Dad«, rief sein Sohn, lief hinauf, um kurz darauf im Dress von Liverpool zu erscheinen, den er sich selbst nach elf langen Wochen des Sparens von seinem Taschengeld gekauft hatte.

»Geh nur, Andrew. Ich rufe dich gleich, wenn das Telefon klingelt.«

Andrew lächelte, zog seine Jacke aus und alte Tennisschuhe an, die Robert ihm gebracht hatte. Er folgte seinem fünfjährigen Sohn in den Garten, wo dieser schon zwischen den Blumenbeeten auf und abdribbelte. Das kleine Tor, das er zu Weihnachten für Robert — oder für sich selbst? — gekauft hatte, war am Rasenende aufgestellt, und sie verteidigten es abwechselnd. Andrew war immer der erste. Er rieb sich die Hände aneinander, um sich zu wärmen, und Robert rannte auf ihn zu. Andrew kam aus dem Tor, um einen Schuß abzuwehren, aber Robert kickte den Ball nach rechts und lief nach links; sein Vater lag flach auf dem Boden, als er den Ball sanft ins Tor schob. »Das nennt man eine Finte«, rief er triumphierend, als er an dem auf dem Boden liegenden Vater vorbeilief.

Andrew stand auf. »Ich weiß, wie das heißt«, sagte er lachend. »Du scheinst vergessen zu haben, wer dir eine Finte beigebracht hat. Schauen wir, ob du es zweimal hintereinander kannst«, fügte er hinzu und kehrte ins Tor zurück.

Robert dribbelte bis zum Ende des Gartens, dann drehte er sich um. Er näherte sich dem Tor zum zweitenmal, als das Telefon klingelte. Andrew sah gerade zum Haus, als Robert den Ball wegschoß; der Ball flog steil in die Luft und traf Andrew ins Gesicht. Er fiel mitsamt dem Ball ins Tor.

Louise öffnete die Küchentür und rief: »Es ist nur meine Mutter.«

»Wach auf, Dad«, forderte Robert.

Andrews Gesicht brannte immer noch. »Das werde ich dir heimzahlen. Jetzt spielst du im Tor.«

Robert nahm seinen Platz zwischen den Pfosten ein und sprang auf und nieder, während er versuchte, mit den Fingerspitzen die Querlatte zu erreichen. Andrew bewegte sich langsam auf seinen Sohn zu. Als er knapp einen Meter von ihm entfernt war, machte er eine Finte nach rechts und lief nach links. Aber Robert hatte ihn durchschaut, erwischte den Ball und rief: »Kein Goal.«

Wieder lief Andrew ans Ende des Gartens und überlegte, was er jetzt versuchen könnte. Plötzlich rannte er direkt auf Robert zu und kickte den Ball fest in die rechte Ecke des Tors. Aber wieder hatte Robert seine Bewegung erraten und fing den Ball über dem Kopf, zog ihn an die Brust und rief: »Kein Goal, Dad, kein Goal!« Selbstbewußt warf er den Ball seinem Vater vor die Füße.

»Also jetzt wird es ernst«, sagte Andrew nicht ganz überzeugend. Er hob den Ball von einem Fuß auf den anderen, um professionell zu wirken.

»Los, Dad, los«, forderte Robert.

Diesmal stürmte Andrew mit entschlossenem Gesicht vorwärts. Er versuchte seinen Sohn aus dem Tor zu lokken. Robert machte einen Schritt nach vorn; diesmal kickte Andrew den Ball etwas stärker und höher. Im selben Moment hörte er das Telefon klingeln und drehte sich dem Haus zu. Er sah nicht, daß der Ball gegen den linken Pfosten prallte und wegrollte.

»Es ist der Premier«, rief Louise aus dem Fenster. Andrew lief auf das Haus zu. Aus den Augenwinkeln sah er den Ball über den Weg und durch das Gartentor rollen.

Robert lief ihm nach. »Ich hol ihn, Dad, ich hol ihn.«

»Nein«, schrie Andrew und rannte ihm nach.

Louise, den Hörer immer noch mit den Gummihandschuhen haltend, erstarrte. Sie sah Andrew auf den Gehsteig stürzen. Er war keinen Meter von seinem Sohn entfernt. Der Ball rollte auf die Straße, und in dem Bruchteil einer Sekunde, bevor sein Vater sich auf ihn warf, sprang Robert dem Ball nach.

Nur Louise hörte den großen Tankwagen scharf abbremsen. Der Lenker verriß den Wagen — zu spät, um den beiden auszuweichen. Andrew und Robert prallten gegen die breiten Stoßstangen, wurden zurückgeschleudert und überschlugen sich ein paarmal, bis sie am Straßenrand liegen blieben.

»Bist du es, Andrew?« fragte der Premier.

Louise ließ den Hörer fallen und lief aus der Küche zum offenen Gartentor. Ihr Mann lag bewegungslos am Randstein, den Sohn in den Armen; Robert hielt den Ball immer noch an die Brust gepreßt. Andrews Blut strömte über Roberts rotes Hemd.

Louise fiel neben dem Randstein auf die Knie. »Laß sie leben, laß sie leben«, war alles, was sie sagte.

Robert weinte leise, während er den Ball umklammerte und seinen bewußtlosen Vater ansah. Sie mußte sich über ihn beugen, um seine Worte zu verstehen. »Kein Goal, Dad, kein Goal«, wiederholte er.

Als zwei Tage später die vollständige Ministerliste in der *Times* veröffentlicht wurde, war nur das Amt eines Staatsministers für Verteidigung noch offen. David Wood, der politische Kommentator der Zeitung, nahm an, der Posten sei für Andrew Fraser reserviert, der Ende der Woche aus dem Krankenhaus entlassen werden sollte. Der letzte Absatz seines Artikels lautete:

»Politiker aller Parteien bewunderten Mr. Frasers erstaunlichen Mut, als er sich vor einen herannahenden Lastwagen warf, um seinen einzigen Sohn Robert zu retten, der einem Fußball nachgelaufen war. Vater und Sohn erlitten innere Verletzungen und wurden sofort ins St. Thomas' Hospital gebracht, wo die Chirurgen noch in derselben Nacht operierten. Wie wir in unserer letzten Ausgabe berichteten, starb der fünfjährige Robert Fraser in der Nacht, bevor Mr. Fraser das Bewußtsein wiedererlangte.

»Mein Gott«, rief Elizabeth aus, »wie schrecklich.«

»Was ist schrecklich?« fragte Simon und setzte sich zu ihr an den Frühstückstisch. Sie reichte ihrem Mann die Zeitung und wies auf Roberts Bild.

»Armer Knirps«, sagte Simon, bevor er den Artikel durchlas. »Das rückt unser Problem in die richtige Perspektive. Würden Peter oder Michael verunglücken, dann wären wir wirklich geschlagen.«

Ein paar Minuten lang schwiegen beide. Dann fragte Elizabeth: »Hast du Angst?«

»Ja«, gab Simon zu. »Ich fühle mich wie bei einer Henkersmahlzeit, und das schlimmste ist, daß ich selbst zum Galgen fahren muß.«

»Glaubst du, werden wir jemals über diesen Tag lachen?«

»Sicher — wenn ich meine Parlamentspension bekomme.«

»Können wir davon leben?«

»Kaum. Ich bekomme die erste Zahlung erst mit fünfundsechzig, also müssen wir fünfundzwanzig Jahre warten, bis wir es herausfinden.« Er stand auf. »Kann ich dich zum Krankenhaus bringen?«

»Nein, danke. Ich will es noch eine Woche genießen, daß wir eine Zwei-Auto-Familie sind.«

Simon lachte, küßte seine Frau und fuhr zu seiner Verabredung mit dem Chief Whip ins Unterhaus. Als er den Wagen startete, kam Elizabeth gelaufen. »Ich vergaß dir zu sagen, daß Ronnie anrief, während du im Bad warst.«

»Ich werde ihn vom Unterhaus aus anrufen.« Simon verspürte Übelkeit, als er am Cheyne Walk vorbeifuhr und sich vorstellte, was Andrew Fraser jetzt durchmachte. Er nahm sich vor, ihm sofort zu schreiben. Der Polizist vor dem Unterhaus salutierte, als er ankam. »Guten Morgen, Sir«, sagte er.

»Guten Morgen«, sagte Simon, parkte das Auto auf der zweiten Ebene der neuen unterirdischen Garage und nahm den Lift zum Eingang für Mitglieder. Vor zehn Jahren wäre ich die Treppe hinaufgelaufen, dachte er. Er ging durch die Garderobe und über die Marmortreppe zur Mitgliederlobby. Aus Gewohnheit wandte er sich nach links, um nach der Post zu sehen.

»Mr. Kerslake«, sagte ein Mann hinter dem Schalter ins Haustelefon, und ein paar Minuten später fielen ein Paket und ein Stoß Briefe in einen Korb. Simon ließ das Paket mit dem Absender »London School of Economics« und die Briefe auf dem Schreibtisch in seinem Büro liegen und sah auf die Uhr. Noch vierzig Minuten bis zu seiner Verabredung. Er ging zum nächsten Telefon und rief Nethercote an. Ronnie antwortete selbst.

»Habe letzten Freitag die Telefonistin entlassen«, erklärte er. »Jetzt bin ich mit meiner Sekretärin allein.«

»Sie haben angerufen, Ronnie.« Ein Gran Hoffnung in Simons Stimme.

»Ja, ich wollte Ihnen nur sagen, wie ich mit Ihnen fühle. Ich wollte einen Brief schreiben, aber ich bin nicht gut mit Worten.« Er machte eine Pause. Dann: »Und offenbar auch nicht mit Zahlen. Ich wollte nur sagen, wie schrecklich leid es mir tut. Elizabeth sagte mir, daß Sie heute mit dem Chief Whip sprechen. Ich werde an Sie denken.«

»Das ist sehr freundlich von Ihnen, Ronnie, aber ich wußte ja, worauf ich mich eingelassen habe. Als Verteidiger der freien Wirtschaft darf ich mich nicht beklagen, wenn ich eines ihrer Opfer werde.«

»Eine sehr philosophische Einstellung zu dieser frühen Tageszeit.«

»Und wie geht es bei Ihnen?«

»Der Liquidator prüft die Bücher. Ich hoffe, wir können alle Gläubiger auszahlen. Damit vermeiden wir wenigstens einen Bankrott.« Eine lange Pause. »Mein Gott, wie taktlos von mir.«

»Machen Sie sich keine Sorgen, Ronnie. Die Kreditüberziehung war meine Idee.«

Simon wünschte, er wäre seiner Frau gegenüber ebenso ehrlich gewesen.

»Gehen wir nächste Woche zusammen essen?«

»Ja, aber irgendwohin, wo man Essenbons annimmt«, sagte Simon traurig.

»Viel Glück, Kamerad«, waren Ronnies letzte Worte.

Simon verbrachte die verbleibende halbe Stunde in der Bibliothek und sah die Morgenzeitungen durch. Er setzte sich in eine Ecke neben dem Kamin; über ihm hing eine Tafel mit der Bitte, nicht zu laute oder zu lange Gespräche zu führen. Alle Zeitungen brachten Bilder von Andrew Fraser, seinem Sohn und seiner Frau. Das Bild des fünfjährigen Robert war fast auf jeder Titelseite. Elizabeth hatte recht: Es gab schlimmere Schicksale.

Auf den Finanzseiten wurde von dem wahrscheinlichen Zusammenbruch von Nethercote and Comp. in allen Details berichtet. Beiläufig wurde Ronnies Absicht wiedergegeben, alle Gläubiger voll auszuzahlen. Kein Artikel erwähnte Simons Namen, aber im Geist sah er schon die Schlagzeilen der morgigen Zeitungen vor sich — mit einem weiteren Bild eines jungen Parlamentariers und seiner glücklichen Familie. »Aufstieg und Fall des Simon

Kerslake.« Mehr als zehn Jahre Arbeit rasch vergessen; binnen einer Woche würde kein Hahn mehr nach ihm krähen.

Die Zeiger der Bibliotheksuhr näherten sich der vollen Stunde. Wie ein alter Mann stand Simon aus dem tiefen Lederfauteuil auf und ging langsam zum Büro des Fraktinsvorsitzenden.

Miss Norse, die ältliche Sekretärin, lächelte gütig, als er eintrat.

»Guten Morgen, Mr. Kerslake«, sagte sie freundlich. »Der Boß unterhält sich noch mit Mrs. Thatcher, aber ich habe ihn an Ihre Verabredung erinnert, also wird es nicht mehr lang dauern. Wollen Sie sich setzen?«

»Danke.«

Alec Pimkin behauptete immer, Miss Norse habe für jede Gelegenheit fixe Redewendungen. Seine Imitation ihres Spruches: »Ich hoffe, Sie sind bei robuster Gesundheit, Mr. Pimkin«, hatte die Mitglieder im Speisesaal schon oft zum Lachen gebracht. Er muß übertrieben haben, dachte Simon.

»Ich hoffe, Sie sind bei robuster Gesundheit, Mr. Kerslake«, sagte Miss Norse, ohne von der Schreibmaschine aufzusehen. Simon bemühte sich, nicht laut zu lachen.

»Sehr robust, danke«, sagte er und überlegte, wie viele tragische Geschichten von versäumten Gelegenheiten Miss Norse im Lauf der Jahre schon gehört hatte. Plötzlich sah sie auf ihren Notizblock. »Ich hätte es Ihnen sofort sagen sollen, ein Mr. Nethercote hat angerufen.«

»Danke, ich habe schon mit ihm gesprochen.«

Simon blätterte in einer alten Nummer von *Punch,* als der Fraktionschef eintrat.

»Ich kann Ihnen eine Minute widmen, Simon, eineinhalb, wenn Sie zurücktreten.« Er lachte und ging auf sein Büro zu. Simon folgte ihm über den langen Korridor, als das Telefon bei Miss Norse klingelte. »Es ist für Sie, Mr. Kerslake«, rief sie ihnen nach.

Simon drehte sich um und bat: »Können Sie die Nummer notieren?«

»Er meint, es sei sehr dringend.«

Simon zögerte. »Ich bin in einer Sekunde bei Ihnen«, sagte er dem Chief Whip, der in sein Büro verschwand. Simon nahm den Hörer aus Miss Norses Hand.

»Hier Kerslake. Wer spricht?«

»Hier Ronnie.«

»Ronnie«, wiederholte Simon teilnahmslos.

»Eben hat mich Morgan Grenfell angerufen. Einer ihrer Klienten bot für die Firma 1,25 Pfund pro Aktie; sie sind auch bereit, die laufenden Verpflichtungen zu übernehmen.«

Simon versuchte sich im Kopfrechnen.

»Rechnen Sie nicht«, sagte Ronnie, »bei 1,25 Pfund wären Ihre Anteile 75.000 Pfund wert.«

»Das ist nicht genug.« Simon dachte an die 108.712 Pfund.

»Keine Panik. Ich habe geantwortet 1,50 Pfund sei das Minimum, und zwar innerhalb einer Woche. Das gibt ihm genügend Zeit, die Bücher zu prüfen. Damit hätten Sie 90.000 Pfund. Mit den fehlenden 18.000 Pfund müssen Sie zu leben lernen. Wenn Sie Ihre Frau und das zweite Auto verkaufen, könnten Sie knapp überleben.«

Simon entnahm Ronnies Tonfall, daß er schon eine Zigarre im Mund hatte.

»Sie sind ein Genie.«

»Nicht ich — Morgan Grenfell. Und ich wette, die werden à la longue für ihren ungenannten Kunden, der über alle Einzelheiten informiert zu sein scheint, einen hübschen Gewinn machen. Wenn Sie immer noch Lust auf einen Lunch nächsten Dienstag haben, brauchen Sie keinen Gutschein mitzubringen. Ich lade Sie ein.«

Simon legte den Hörer hin und küßte Miss Norse auf die Stirn. Diese Situation, für die sie keine passende Redewendung parat hatte, brachte sie völlig aus der Fassung. Sie schwieg auch, als der Chief Whip hereinschaute. »Eine Orgie im Büro des Chief Whips? Sie werden auf Seite drei der nächsten *Sun* erwähnt werden, Miss Norse.« Simon lachte. »Ich habe Schwierigkeiten mit der Abstimmung heute abend. Die Regierung will unsere Vereinbarung über ›Partner‹ nicht akzeptieren, und ich muß bis zur Zehn-Uhr-Abstimmung eine Delegation aus Brüssel hierher zurückbringen. Was immer es ist, kann man es verschieben, Simon?«

»Ja, natürlich.«

»Würden Sie bitte in mein Büro kommen, Miss Norse, falls Sie sich von 007-Kerslake losreißen können?«

Simon hüpfte fast zum nächsten Telefon. Zuerst rief er Elizabeth an, dann Archie Millburn. Archie klang keineswegs überrascht.

»Meinst du nicht, es wäre klüger, wenn wir einander nicht mehr sehen?«

»Warum?« fragte Raymond. »Palmerston hatte noch mit siebzig eine Geliebte und schlug Disraeli trotzdem bei der Wahl.«

»Ja, aber damals gab es nicht ein Dutzend Zeitungen und keine recherchierenden Journalisten. Reporter wie Woodward oder Bernstein würden unser kleines Geheimnis in ein paar Stunden herausfinden.«

»Nein. Uns kann nichts passieren; ich habe alle Tonbänder vernichtet.«

»Sei ernst, bitte.«

»Du sagst immer, daß ich zu ernst bin.«

»Jetzt sollst du aber ernst bleiben, bitte.«

Raymond sah Kate an. »Ich liebe dich, Kate, und werde dich immer lieben. Warum geben wir diese Geheimnistuerei nicht auf und heiraten?«

Sie seufzte. »Das haben wir schon hundertmal besprochen. Früher oder später will ich nach Amerika zurückkehren, und außerdem wäre ich als Frau eines Premierministers gänzlich ungeeignet.«

»Drei Amerikanerinnen haben es geschafft«, widersprach Raymond trotzig.

»Zum Teufel mit deinen Geschichtskenntnissen — und überdies hasse ich Leeds.«

»Du warst noch nie dort.«

»Ich will auch nicht hin, wenn es kälter ist als London.«

»Dann mußt du dich damit begnügen, meine Geliebte zu sein.« Raymond nahm Kate in die Arme. »Weißt du, früher einmal dachte ich, Premier zu werden, sei jedes Opfer wert. Jetzt bin ich nicht mehr so sicher.«

»Es ist jedes Opfer wert«, erwiderte Kate, »das wirst du feststellen, wenn du in No. 10 lebst. Komm jetzt, oder unser Essen verbrennt.«

»Die hast du gar nicht bemerkt«, sagte Raymond stolz und wies auf seine Füße.

Kate sah seine neuen modischen Slipper an.

»Ich habe nicht geglaubt, daß ich diesen Tag erleben werde«, sagte sie, »schade, daß du bald eine Glatze haben wirst.«

Als Simon nach Hause kam, waren seine ersten Worte: »Wir werden überleben.«

»Dafür sei Gott bedankt«, sagte Elizabeth. »Hast du etwas wegen deines Rücktrittsschreibens unternommen?«

»Archie meinte, er werde es mir an dem Tag zurückgeben, an dem ich Premierminister bin.«

»Sollte das je der Fall sein, mußt du mir eins versprechen.«

»Was immer du willst.«

»Du wirst nie mehr mit Ronnie Nethercote sprechen.«

Simon zögerte einen Moment, bevor er sagte: »Das wäre nicht fair, Elizabeth, denn ich war von Anfang an nicht ganz ehrlich zu dir.« Er setzte sich zu seiner Frau aufs Sofa und beichtete ihr die ganze Wahrheit.

Jetzt fehlten Elizabeth die Worte.

»Mein Gott, ich hoffe, daß Ronnie mir verzeihen wird.« Sie sah zu ihrem Mann auf.

»Wovon sprichst du?«

»Kurz nachdem du zum Parlament gefahren bist, rief ich ihn an und erklärte ihm zehn Minuten lang, daß er der größte Gauner sei, den ich kenne, und daß ich nie mehr von ihm hören möchte.«

Jetzt war Simon verstört. »Was hat er geantwortet?«

Elizabeth sah Simon an. »Das Merkwürdige ist, daß er sich nicht einmal wehrte. Er entschuldigte sich nur.«

»Glaubst du, daß sie jemals wieder sprechen wird?«

»Das weiß Gott allein. Ich hoffe es«, sagte Andrews Vater und betrachtete das Bild seines Enkels auf dem Kaminsims. »Sie ist jung genug, um noch ein Kind zu bekommen.«

Andrew schüttelte den Kopf. »Nein, das ist unmöglich. Die Ärztin warnte mich vor langer Zeit, daß es für sie gefährlich sein könnte.«

Zehn Tage nach dem Unglück wurde Andrew aus der Klinik entlassen. Gemeinsam mit Louise ging er zu Roberts Begräbnis. Da er noch Krücken brauchte, mußte Sir Duncan Louise während des kurzen Gottesdienstes stützen. Sobald das Begräbnis vorüber war, brachte Andrew seine Frau nach Hause und zu Bett, während seine Eltern im Wohnzimmer warteten.

Andrews Mutter senkte den Kopf. »Was immer geschieht, ihr müßt so rasch wie möglich umziehen. Wann immer Louise aus dem Küchenfenster sieht, wird sie die Tragödie wiedererleben.«

»Daran hatte ich nicht gedacht«, sagte Andrew. »Ich werde mich sofort nach einem anderen Haus umsehen.«

»Und was willst du dem Premierminister antworten?« erkundigte sich Sir Duncan.

»Ich habe mich noch nicht entschlossen. Er hat mir Zeit bis Montag gegeben.«

»Du mußt annehmen, Andrew, sonst ist deine politische Karriere zu Ende. Du kannst nicht zu Hause sitzen und den Rest deines Lebens um Robert trauern.«

Andrew sah seinen Vater an. »Kein Goal, Dad, kein Goal«, murmelte er und verließ die Eltern, um wieder zu Louise zu gehen. Sie lag mit offenen Augen im Bett. Ihr Gesicht war ausdruckslos. »Fühlst du dich ein bißchen besser, mein Liebes?« fragte er.

Keine Antwort.

Er zog sich aus, legte sich zu ihr und preßte sie an sich. Sie reagierte nicht. Sie war weit weg. Er sah seine Tränen auf ihre Schultern fallen und auf das Kissen tropfen. Er schlief ein und wachte gegen drei Uhr wieder auf. Niemand hatte die Vorhänge zugezogen, der Mond schien durch das Fenster und erhellte den Raum. Er sah seine Frau an. Sie hatte sich nicht bewegt.

Ärgerlich ging Charles im Zimmer auf und ab.

»Nennen Sie mir nochmals die Zahlen.«

»Nethercote hat ein Angebot von sieben Millionen fünfhunderttausend Pfund akzeptiert, das sind 1,50 Pfund pro Aktie«, sagte Clive Reynolds.

Charles schrieb die Ziffern auf ein Stück Papier. Neunzigtausend Pfund, um achtzehntausend zuwenig. Das genügt nicht, dachte er. »Verdammt.«

»Eben«, sagte Reynolds, »ich habe immer gedacht, daß wir unsere Beteiligung verfrüht aufgegeben haben.«

»Eine Meinung, die Sie außerhalb dieses Zimmers nie äußern werden«, sagte Charles.

Clive Reynolds antwortete nicht.

»Was ist mit Nethercote selbst geschehen?« fragte Charles, begierig, irgend etwas über Simon Kerslake herauszufinden.

»Man sagt, daß er in kleinerem Rahmen wieder anfangen will. Morgan Grenfell war überaus zufrieden mit dem Geschäft und mit der Art, wie er die Gesellschaft während der Übergabe führte. Ich muß sagen, wir haben es den anderen in den Schoß fallen lassen.«

»Können wir Anteile in der neuen Gesellschaft erwerben?« fragte Charles, seinen Kommentar ignorierend.

»Kaum. Das Kapital beträgt nur eine Million, obwohl Morgan Grenfell Nethercote als Teil der Vereinbarung eine große Kreditüberschreitung einräumt.«

»Dann bleibt nichts anderes übrig, als die Sache nie mehr zu erwähnen.«

Das Wochenende verbrachte Andrew damit, die Kondolenzbriefe zu lesen. Es waren mehr als tausend, viele von Leuten, die er gar nicht kannte. Er wählte ein paar, um sie Louise vorzulesen, obwohl er nicht sicher war, ob sie ihn überhaupt hörte. Der Arzt hatte angeordnet, sie dürfe nur gestört werden, wenn es unbedingt notwendig war. Nach dem schweren Schock leide sie jetzt an einer akuten Depression und müsse langsam und vorsichtig gesund gepflegt werden. Am Vortag war Louise zwar ein paar Schritte gegangen, müsse aber heute wieder ruhen, hatte ihm der Arzt erklärt.

Er saß neben dem Bett und las leise die Briefe des Premierministers und des zerknirschten McPherson vor; von Simon Kerslake, Raymond Gould und Mrs. Bloxham. Nichts ließ darauf schließen, daß Louise irgend etwas zur Kenntnis genommen hatte.

»Was soll ich mit dem Angebot des Premiers tun?« fragte er. »Soll ich annehmen?«

Sie erwiderte nichts.

»Er fordert mich auf, Staatsminister für Verteidigung zu werden, aber ich muß wissen, was du dazu meinst.« Er blieb noch eine Weile bei ihr sitzen, ohne eine Antwort auf seine Frage zu erhalten, dann ließ er sie allein.

Jede Nacht schlief er bei ihr und ließ sie seine Liebe spüren, aber er fühlte sich nur noch einsamer.

Am Montag früh rief er seinen Vater an, um ihm mitzuteilen, daß er das Angebot des Premiers ablehnen werde. Er konnte Louise in dieser Verfassung nicht längere Zeit allein lassen.

Wieder ging er ins Schlafzimmer zurück und setzte sich zu ihr. Flüsternd, wie zu sich selbst, sagte er: »Hätte ich doch annehmen sollen?«

Louise nickte so schwach, daß Andrew es fast nicht bemerkt hätte, doch ihre Finger bewegten sich. Er schob seine Hand zwischen ihre Finger und sie drückte sie ein bißchen und wiederholte das Nicken. Dann schlief sie ein.

Andrew rief sofort den Premierminister an.

Raymond griff tiefer in das rote Portefeuille.

»Macht es dir Spaß, Karottenkopf?«

»Es ist faszinierend«, begann Raymond, »weißt du —«

»Nein, ich weiß nichts. In den letzten drei Stunden hast du kaum mit mir gesprochen, und wenn, dann nur, um mir zu erzählen, wie du den Tag mit deiner neuen Geliebten verbracht hast.«

»Mit meiner neuen Geliebten?«

»Dem Staatssekretär im Handelsministerium.«

»Ach, den meinst du.«

»Ja, den.«

»Und wie war es bei dir in der Bank?« fragte Raymond, ohne aufzusehen.

»Faszinierend«, erwiderte Kate.

»Was war los?«

»Einer unserer Kunden wollte einen Kredit.«

»Einen Kredit«, wiederholte Raymond, immer noch auf seine Papiere konzentriert. »Wie hoch?«

»‚Wieviel wollen Sie?' fragte ich. ‚Wieviel haben Sie?' wurde ich gefragt. ‚Vierhundertsiebzehn Milliarden bei der letzten Zählung', sagte ich. ‚Das genügt für den Anfang' hieß es. ‚Unterschreiben Sie hier', sagte ich. Aber ich konnte das Geschäft nicht abschließen, weil die Dame nur eine Fünfzig-Pfund-Bankkarte besaß.«

Raymond lachte schallend und schloß das rote Portefeuille. »Weißt du, warum ich dich liebe?«

»Wegen meines Geschmacks für Herrenkleidung?«

»Nein. Nur wegen deines Geschmacks bei Männern.«

»Ich dachte immer, eine Geliebte bekommt Pelzmäntel, Reisen auf die Bahamas, den gewissen großen Solitär . . . aber ich bekomme nichts, außer, daß ich dich mit dem roten Portefeuille teilen darf.«

Raymond öffnete die Schatulle wieder und gab Kate ein kleines Paket.

»Was ist das?«

»Öffne es.«

Kate entfernte das Papier und fand eine hervorragend gearbeitete Miniatur, die Kopie eines roten Portefeuille aus Gold an einer Goldkette. Auf dem Deckel stand *»For your eyes only.«*

»Obwohl die Geburtstage der Geliebten von Ministern nicht in der *Sunday Times* erwähnt werden, weiß ich immer noch den Tag, an dem wir uns kennengelernt haben.«

Andrew nahm das Haus in Pelham Crescent sofort nach der Besichtigung, und seine Mutter kam nach London, um den Umzug zu organisieren.

»Hoffen wir, daß es etwas nützt«, sagte sie.

Andrew betete um nichts anderes. Die Übersiedlung dauerte etwa zwei Wochen; Louise konnte noch immer kaum gehen und mußte sich nach ein paar Schritten hinsetzen. Louises Mutter verließ kaum das Haus, und Andrew fühlte sich schuldbewußt, weil ihm seine neue Stellung im Verteidigungsministerium so viel Freude machte. Jeden Abend und jeden Morgen versuchte er ein paar Worte mit Louise zu wechseln. Gelegentlich nickte sie, ab und zu berührte sie seine Hand und schrieb ihm sogar dann und wann ein paar Zeilen. Aber sie sprach nie und weinte nie. Der Arzt wurde immer pessimistischer. »Die entscheidende Zeit ist vorüber«, sagte er.

Stundenlang saß Andrew bei ihr, mit seinem roten Portefeuille beschäftigt. Harrier-Jump-Jets für die Royal Air Force, Polaris-Raketen für die Royal Navy, Panzer für die Armee, was meinte Labour zu den Tridents, wenn die Polaris eingezogen wurden? Sollte man Marschflugkörper auf britischem Boden erlauben? Es gab so viel zu lernen, bevor er mit seinen Beamten oder den Rednern im Unterhaus gleichziehen konnte. Monatelang stellte Andrew nur Fragen; nach einem Jahr wußte er einige der Antworten.

Wieder sah er seine Frau an. Sie starrte auf Roberts Bild auf dem Kaminsims.

Am sechsten Geburtstag seines Sohnes blieb Andrew den ganzen Tag zu Hause. Zum erstenmal standen Tränen in Louises Augen. Als er sie in den Armen hielt, dachte er an den Tankwagen. Jetzt konnte er ihn so genau sehen, als nähere er sich im Zeitlupentempo. Wenn nur das Telefon nicht geklingelt hätte, wenn nur das Gartentor geschlossen gewesen wäre, wenn er sich früher umgedreht hätte, wenn er ein bißchen schneller gelaufen wäre. »Kein Goal, Dad, kein Goal.«

21

Als Raymond in Washington ankam, war die Stadt festlich geschmückt: Die Straßen erstrahlten in Rot, Weiß, Blau: Amerika feierte seinen zweihundertsten Geburtstag. Raymond Gould gehörte zu den drei Ministern, die das Vereinigte Königreich vertraten, um dem amerikanischen Kongreß ein Exemplar der Magna Charta zu überreichen. Er machte seinen ersten Besuch in den Vereinigten Staaten, mit der Concorde, die kurz vorher ihren Jungfernflug absolviert hatte. Tom Carson hatte sich zwar vor dem Unterhaus über die hohen Reisekosten beklagt, aber sein Protest war auf taube Ohren gestoßen.

Als die Concorde auf dem Dulles Airport landete, fuhren drei Limousinen vor. Die Minister stiegen ein. Flankiert von einer Motorradeskorte erreichten sie knapp eine halbe Stunde später die britische Botschaft.

Raymond verliebte sich Hals über Kopf in Amerika, vielleicht, weil es ihn mit seinem überschäumenden Enthusiasmus und dem fortwährenden Willen zur Erneuerung so sehr an Kate erinnerte. Während seines zehntägigen Aufenthaltes gelang es ihm, einige wertvolle Kontakte zu Senat und Repräsentantenhaus herzustellen, und am Wochenende verwandelte er sich in einen ganz normalen Touristen, der die Schönheit von Virginia genoß. Er konzentrierte sich darauf, jene seiner Altersgenossen kennenzulernen, die voraussichtlich in den nächsten zwanzig Jahren die politische Bühne Amerikas beherrschen würden, während seine zwei älteren Kollegen zumeist mit Präsident Ford und dessen engsten Vertrauten gesehen wurden.

Jeden Tag mit der *Washington Post* und der *New York Times* zu beginnen, war für Raymond ein Genuß. Wenn er beide Zeitungen gelesen hatte, mußte er sich die Druckerschwärze von den Händen waschen. Eine Seite der

Washington Post, mit den Profilen der drei Minister aus London, bewahrte er auf. Er wollte Kate den Absatz zeigen, in dem es hieß: »Die beiden Staatssekretäre sind interessante Männer am Ende ihrer Karriere, aber Raymond Gould muß man im Auge behalten; er sieht aus wie ein künftiger Premier.«

Als Raymond nach London zurückflog, nahm er wie jeder Liebende an, daß er seine Affäre mit Amerika fortsetzen können würde, wann immer er dazu Lust hatte.

Simon befand sich als Gast der *Business School* in Manchester, als ihn Elizabeths Nachricht erreichte. Daß sie mitten am Tag anrief, war ungewöhnlich, und Simon befürchtete das Schlimmste: Den Kindern mußte etwas zugestoßen sein. Der Direktor der *Business School* führte ihn in sein Privatbüro und ließ ihn allein.

Dr. Kerslake sei nicht im Krankenhaus, hieß es. Simon wurde noch unruhiger. Er rief zu Hause an. Elizabeth antwortete so rasch, daß sie, seinen Rückruf erwartend, neben dem Telefon gesessen sein mußte.

»Ich bin entlassen worden«, sagte sie.

»Was?« Simon konnte es nicht glauben.

»Ich bin überflüssig — sagt man das nicht so, um den Schock zu mildern? Das Gesundheitsministerium hat die Krankenhausverwaltung angewiesen einzusparen, wo es nur geht. Drei von uns in der Gynäkologie haben ihre Stellung verloren. Ende des Monats gehe ich.«

»Darling, es tut mir so leid.« Er wußte, wie unzulänglich seine Worte klangen.

»Ich wollte dich nicht belästigen, ich wollte nur mit jemandem reden. Jeder andere darf sich bei seinem Abgeordneten beschweren. Ich beschwere mich bei dir.«

»Üblicherweise würde ich unter diesen Umständen der Labour-Partei die Schuld geben.« Simon war erleichtert, Elizabeth lachen zu hören.

»Danke, daß du so rasch angerufen hast, Lieber. Auf morgen.« Sie legte auf.

Simon kehrte zu seiner Gruppe zurück und erklärte, daß er sofort nach London zurückmüsse. Er fuhr mit dem Taxi zum Flughafen. Drei Stunden später war er zu Hause in der Beaufort Street.

»Ich wollte nicht, daß du nach Hause kommst«, sagte Elizabeth reuig, als sie ihn auf der Schwelle stehen sah.

»Ich kam, um zu feiern«, sagte Simon, »öffnen wir den Champagner, den uns Ronnie geschickt hat, als er mit Morgan Grenfell abschloß.«

»Warum?«

»Weil mir Ronnie eines beigebracht hat: man soll Katastrophen feiern, nicht Erfolge.«

Simon hängte seinen Mantel auf und holte den Champagner. Als er mit der Flasche und zwei Gläsern zurückkam, fragte Elizabeth: »Wie steht es mit deiner Überziehung?«

»Ungefähr sechzehntausend Pfund.«

»Nun, das ist das zweite Problem. Künftig werde ich kein Geld bringen, sondern brauchen.«

»Sei nicht dumm. Irgend jemand wird dich bestimmt haben wollen.« Er umarmte seine Frau.

»Das wird nicht so einfach sein.«

»Warum nicht?« Simon versuchte, optimistisch zu klingen.

»Weil man mir schon gesagt hat, ich müsse mich entscheiden, ob ich Ärztin sein will oder die Frau eines Politikers.«

Simon war sprachlos. »Davon hatte ich keine Ahnung. Das tut mir schrecklich leid.«

»Es war meine Entscheidung, Liebster, aber wenn ich bei der Medizin bleiben will, muß ich bestimmte Entschlüsse fassen, vor allem, wenn du Minister wirst.«

Simon schwieg. Elizabeth mußte die Entscheidung

selbst treffen, das war immer sein Wunsch gewesen, und er wollte sie unter keinen Umständen beeinflussen.

»Wenn wir nur nicht so knapp dran wären.«

»Mach dir keine Sorgen wegen des Geldes«, sagte Simon.

»Natürlich mache ich mir Sorgen, aber vielleicht ist es nur eine Ausrede, denn ich bin eher darüber bedrückt, daß ich mich langweilen werde, wenn die Kinder groß sind. Ich bin einfach nicht die richtige Frau für einen Politiker. Du hättest jemanden wie Fiona Seymour heiraten sollen, dann wärst du schon Premierminister.«

»Wenn das der einzige Weg zu diesem Ziel ist, bleibe ich lieber bei dir«, antwortete Simon und nahm Elizabeth in die Arme. Er mußte daran denken, wie sehr sie ihm während all der Jahre geholfen hatte, und ganz besonders während der finanziellen Krise. Er wußte genau, was Elizabeth tun mußte.

»Du darfst nicht aufgeben. Du mußt weiter Ärztin bleiben; es ist genauso wichtig wie für mich das Ministeramt. Soll ich mit Gerry Vaughan sprechen? Als Schattenmann für das Gesundheitswesen —«

»Nein, Simon. Wenn ich eine Stellung bekomme, dann möchte ich das ohne fremde Hilfe und Gefälligkeiten.«

Louise konnte jetzt wieder allein bleiben und führte ein fast normales Leben. Aber sie sprach noch immer kein Wort. Sie lebte in ihrer eigenen Welt, und der Arzt erklärte, daß sie keine Pflegerin mehr brauche.

Andrew beschloß, mit ihr eine Woche Ferien zu machen; er wollte nach Südfrankreich in das Hotel Colombe d'Or fahren. Der Arzt riet ab. Jede Erinnerung an die Vergangenheit könnte einen Rückfall auslösen.

»Alles nur Humbug«, beklagte sich Andrew, fuhr aber dennoch nicht nach Frankreich, sondern nach Venedig. Louises Freude an der schönen alten Stadt machte ihn glücklich; ihre Augen leuchteten beim Anblick von Torcello, und sie schien die Gondelfahrt durch die kleinen Kanäle, vorbei an den herrlichen Palazzi, zu genießen. Immer wieder drückte sie seine Hand. Als sie auf dem Markusplatz saßen und einen Drink nahmen, senkte sie den Kopf und lauschte der Musik. Andrew war jetzt sicher, daß sie alles hörte, was er zu ihr sagte. In der Nacht vor dem Rückflug wachte er auf und sah, daß Louise einen Führer von Venedig las, den er neben dem Bett liegen gelassen hatte. Es war das erstemal seit dem Unglück, daß sie ein Buch öffnete. Als er lächelte, erwiderte sie sein Lächeln. Er lachte, weil er sie lachen hören wollte.

Montag kehrte Andrew ins Verteidigungsministerium zurück. Er fand ein Schreiben des Finanzministers vor, der von allen Ministerien einen Budgetentwurf verlangte. Andrew kämpfte um die Polaris-Raketen, nachdem der Generalstab ihn von ihrer Bedeutung für die Landesverteidigung überzeugt hatte. Von seinen Kollegen im Unterhaus wurde er allerdings fortwährend daran erinnert, daß es die Politik der Partei sei, »Kriegsspielzeuge« loszuwerden.

Als der Staatssekretär aus dem Kabinett zurückkam, sagte er zu Andrew: »Wir haben uns durchgesetzt. Das Kabinett beugt sich unseren Argumenten. Aber eines kann ich dir versprechen: Bei der diesjährigen Parteikonferenz wirst du nicht Liebkind sein.«

»Wenigstens werden sie diesmal von meiner Anwesenheit Notiz nehmen«, erwiderte Andrew.

Er atmete erleichtert auf, und der Generalstab war beglückt, aber eine Woche später ging die gleiche Debatte in seinem eigenen Parteikomitee in Edinburgh anders aus. In seiner Abwesenheit wurde eine Resolution angenommen, die den Kabinettsbeschluß bedauerte und von den zuständigen Ministern verlangte, ihre Entscheidung zu revidieren. Andrews Namen wurde nicht genannt, aber jeder wußte, wer gemeint war. Daß Tom Carson im Unterhaus eine flammende Rede hielt und behauptete, Andrew hätte sich vom Generalstab einschüchtern lassen und sei eine Polaris-Marionette, machte die Sache nicht besser.

Im letzten Jahr war Andrew seltener nach Edinburgh gefahren, weil ihn Louises Zustand und das Verteidigungsministerium in London festgehalten hatten. In dieser Zeit wurden drei Leute des Parteikomitees durch eine neue Gruppe ersetzt, die von Frank Boyle angeführt wurde und sich *Militant Tendency* nannte. Aber nicht nur Edinburgh Carlton war mit dem Problem einer militanten Linken konfrontiert, wie Andrew erfuhr. Ein paar seiner etwas rechts stehenden Kollegen hatte man schon ersetzt, und Andrew war sich bewußt, daß er, sollten die Radikalen in seinem Parteikomitee die Mehrheit erhalten, fallengelassen werden konnte, ganz gleich, ob er sich in der Vergangenheit bewährt hatte oder nicht.

Wann immer Andrew in Edinburgh war, versicherten ihn die Einwohner ihrer vollen Unterstützung und ihres Vertrauens; er aber wußte, daß eine Handvoll Stimmen genügte, um ihn zu stürzen. Was würde geschehen, wenn noch viele andere Abgeordnete mit den gleichen Problemen zu kämpfen hatten wie er in Edinburgh?

»Dad, kann ich einen neuen Kricketschläger haben, bitte?«

»Was paßt dir nicht an deinem alten?« fragte Simon, als sie das Haus verließen.

»Er ist zu klein«, sagte Peter und schwang den Schläger herum, als sei er die Verlängerung seines Armes.

»Ich kann dir nicht helfen, einen neuen bekommst du nicht.«

»Aber Martin Henderson hat einen neuen gekriegt.«

»Tut mir leid, Peter, aber Martins Vater hat mehr Geld als wir.«

»Eines kann ich dir sagen«, erklärte Peter nachdrücklich. »Wenn ich groß bin, werde ich bestimmt kein Parlamentarier.« Simon lächelte, während sein Sohn einen alten Kricketschläger aus der Tasche zog und ihn seinem Vater zuwarf. »Jedenfalls wette ich, daß du mich nicht besiegst, obwohl ich nur einen kleinen Schläger habe.«

»Vergiß nicht, wir haben immer noch die kleinen Torstäbe vom letzten Jahr«, sagte Simon, »es wird also genauso schwer sein, sie zu treffen.«

»Keine Ausreden, Dad, gib doch zu, daß du nicht mehr in Form bist.«

Simon lachte laut. »Abwarten«, sagte er mit mehr Großartigkeit als Überzeugung. Simon spielte immer gern ein paar Runden mit seinem dreizehnjährigen Sohn, obwohl Peter seine besten Schläge mit fast beängstigender Sicherheit ausführte. Es dauerte eine Weile, bevor Simon Peters Querstäbe abgeworfen hatte und seinerseits an die Torlinie ging.

Michael kam aus dem Haus auf das Spielfeld gelaufen, und Simon bemerkte, daß seine Jeans viel zu kurz waren und einmal Peter gehört hatten.

»Geh hinter das Spielfeld, Kleiner«, rief Peter seinem elfjährigen Bruder zu. »Dort landen die meisten Bälle.« Kommentarlos folgte Michael.

Ein Kollege hatte Simon vor kurzem gewarnt, daß einen die Söhne mit vierzehn besiegten und mit sechzehn bemüht waren, nicht zu zeigen, daß sie sich kaum mehr anstrengten. Simon biß die Zähne zusammen, als er sah, wie sein älterer Sohn den scharfen Ball präzis abwehrte. Wie die Dinge lagen, würde Peter ihn sehr bald besiegen.

Simon wehrte sich weitere fünf Minuten, bis ihn Elizabeth mit der Nachricht erlöste, das Essen sei fertig.

»Was? Schon wieder Hamburger mit Chips?« fragte Michael, als ihm seine Mutter den Teller hinstellte.

»Sei froh, daß du überhaupt etwas bekommst«, erwiderte Elizabeth ärgerlich.

Wieder einmal verfluchte sich Simon, und er war voller Bewunderung, wie selten sich die anderen beklagten. Er schwieg und dachte daran, daß Elizabeth gestern zum letztenmal im Krankenhaus gearbeitet hatte und St. Mary's jetzt schon vermißte.

»Wie ist es euch allen ergangen?« fragte sie fröhlich.

»Ich werde überleben«, erwiderte Simon und dachte an seine Überziehung.

Sobald der Finanzminister im November 1976 sein Minibudget vorgestellt hatte, war das Unterhaus mit der langen Debatte über die Steuernovellen und die vorgeschlagenen Maßnahmen voll beschäftigt. Obwohl Charles nicht zum Finanzteam seiner Fraktion gehörte, war er überall dort, wo ihm sein Fachwissen zugute kam, der Wortführer der Hinterbänkler.

Gemeinsam mit Clive Reynolds studierte er die neuen Gesetzesvorlagen in allen Details, und sie fanden sieben für das Bankwesen ungünstige Bestimmungen. Reynolds belehrte Charles über jede einzelne Bestimmung, schlug Änderungen oder Neufassungen vor und plädierte manchmal dafür, ganze Paragraphen zu streichen. Charles lernte rasch und kam bald mit eigenen Vorschlägen, die Reynolds gefielen. Nachdem Charles dem Unterhaus die Abänderung von drei Bestimmungen vorgeschlagen hatte, hörten die Vorderbänke beider Parteien aufmerksam zu, wann immer er etwas zu sagen hatte. Als die Regierung bei einer der Bankkredite betreffenden Bestimmung nachgeben mußte, erhielt er sogar einen schriftlichen Glückwunsch von Margaret Thatcher.

Die Bestimmung, an deren Abschaffung Charles am

meisten interessiert war, betraf das Recht des Kunden auf Geheimhaltung, wenn er mit einer Wirtschaftsbank zu tun hatte. Der Schattenfinanzminister, der wußte, wie gut beschlagen Charles in diesem Bereich war, lud ihn ein, Bestimmung 110 zu attackieren. Wenn es ihm gelänge, die Regierung in dieser Frage zu schlagen, würde man ihn wahrscheinlich vor den nächsten Wahlen in das Schattenteam für Finanzfragen einladen, vermutete Charles.

Am Morgen des Donnerstag, an dem diese Bestimmung zur Sprache kommen sollte, ging Charles mit Reynolds nochmals seine Argumente durch; Reynolds schlug ein, zwei kleine Abänderungen vor, bevor Charles zum Unterhaus fuhr. Bei seiner Ankunft fand er eine Nachricht vor, er möge sofort den Schattenfinanzminister anrufen.

»Die Regierung wird eine Neufassung der Liberalen annehmen, die gestern abend eingereicht wurde«, sagte ihm der Schattenminister.

»Warum?« fragte Charles.

»Sie wollen nur minimale Änderungen; damit haben sie ihre Pflicht getan und sich gleichzeitig die Stimmen der Liberalen gesichert. Es wurde nichts Wesentliches verändert, aber du mußt den Wortlaut genau studieren. Kann ich dir das überlassen?«

»Natürlich«, sagte Charles, erfreut über die Verantwortung, die man ihm übertrug.

Er ging zum Abstimmungsbüro und holte das Blatt mit Bestimmung 110 und die von den Liberalen vorgeschlagene Neufassung. Beides las er ein halbes dutzendmal durch, bevor er Notizen machte. Erfahrene Parlamentarier hatten hier eine geschickte Neufassung ausgearbeitet. Charles lief zum nächsten Telefon und rief Reynolds an. Er gab ihm die Neufassung durch und wartete.

»Gerissene Gauner. Es ist natürlich nur eine kosmetische Veränderung und wird die Regierung in keiner Weise beeinträchtigen. Kommen Sie in die Bank zurück? Das gäbe mir Zeit, die Sache zu überlegen.«

»Nein«, sagte Charles, »haben Sie zu Mittag Zeit?«

Reynolds sah auf den Terminkalender; ein belgischer Bankier kam zum Lunch in die Bank, aber den konnten seine Kollegen übernehmen.

»Ja, ich habe Zeit.«

»Gut. Warum treffen wir uns nicht gegen ein Uhr bei White's?«

»Gern. Bis dahin werde ich eine glaubhafte Alternative ausgearbeitet haben.«

Charles verbrachte den Vormittag damit, seine Rede abzuändern, um auf die Argumente der Liberalen einzugehen und sie vielleicht zu einer anderen Meinung bekehren zu können. Noch war nichts verloren. Er las die Bestimmung noch einmal durch und war überzeugt, einen Ausweg gefunden zu haben, den die Beamten nicht blokkieren konnten. Mit der Rede und der abgeänderten Klausel in der Tasche stieg er in ein wartendes Taxi ein.

Als das Taxi St. James entlangfuhr, glaubte er seine Frau auf der anderen Straßenseite zu sehen. Er kurbelte das Fenster herunter, aber sie war bereits bei *Prunier* verschwunden. Mit welcher ihrer Freundinnen sie wohl dort zu Mittag aß?

Das Taxi blieb vor dem Restaurant stehen. Charles war etwas verfrüht und beschloß, zu *Prunier* zu gehen und Fiona zu fragen, ob sie ins Unterhaus kommen wolle, um seine Rede zu hören. Er blickte durch die Fensterscheibe in das Restaurant und erstarrte. Fiona unterhielt sich an der Bar mit einem Mann, dessen Rücken Charles zu erkennen glaubte, obwohl er nicht sicher war. Sie trug ein Kleid, das er nicht kannte. Ein Kellner kam und führte das Paar zu einem Ecktisch, wo man es nicht sehen konnte. Charles erster Impuls war, hineinzumarschieren und die beiden zur Rede zu stellen. Aber er blieb draußen stehen, unendlich lang, wie ihm schien, und wußte nicht, was er tun sollte. Schließlich ging er über die Straße zum Eingang des Economist-Gebäudes und legte sich verschiedene Pläne zurecht. Schließlich entschied er sich, nur zu warten. So wütend und aufgebracht war er, daß er seine Verabredung mit Reynolds völlig vergaß.

Eine Stunde und zwanzig Minuten später verließ der Mann allein *Prunier* und ging St. James's Street hinauf. Charles fühlte Erleichterung, bis er ihn zum St. James's Place einbiegen sah. Charles sah auf die Uhr: Reynolds wartete sicher nicht mehr, aber zur Debatte über die Bestimmung 110 würde er noch rechtzeitig kommen. Ein paar Minuten später trat Fiona aus dem Restaurant und folgte dem Mann. Charles überquerte die Straße; ein Taxifahrer mußte seinen Wagen verreißen, ein Motorradfahrer scharf abbremsen. Charles merkte nichts. Aus sicherer Distanz beschattete er seine Frau. Er sah, wie Fiona das Stafford Hotel betrat. Sie ging durch die Drehtür und zum Fahrstuhl.

Charles starrte auf die kleinen Ziffern über dem Fahrstuhl, bis die Vier aufleuchtete. Dann ging er zur Rezeption. »Kann ich etwas für Sie tun, Sir?« fragte der Portier.

»Ist — ist der Speisesaal im vierten Stock?«

»Nein, Sir«, erwiderte der Portier erstaunt, »der Speisesaal ist im Erdgeschoß, im vierten Stock sind nur Zimmer.«

»Danke«, sagte Charles und verließ das Hotel.

Langsam ging er zum Economist-Gebäude zurück und wartete fast zwei Stunden, bis der Mann aus dem Stafford-Hotel kam. Alexander Dalglish rief ein Taxi und verschwand in Richtung Piccadilly.

Zwanzig Minuten später trat Fiona aus dem Hotel und ging durch den Park, bevor sie den Weg zum Eaton

Square einschlug. Dreimal mußte Charles seinen Schritt verlangsamen, um nicht gesehen zu werden; einmal war er Fiona so nahe, daß er ein zufriedenes Lächeln auf ihrem Gesicht zu sehen glaubte.

Er folgte seiner Frau fast durch den ganzen St. James's Park, als es ihm plötzlich wieder einfiel. Er sah auf die Uhr, rannte auf die Straße zurück, warf sich in ein Taxi und rief: »Zum Unterhaus, so schnell Sie können.« Der Fahrer brauchte sieben Minuten, und Charles gab ihm zwei Pfund. Er raste die Treppe zur Mitgliederlobby hinauf und kam atemlos im Sitzungssaal an.

Der Vorsitzende des Finanzausschusses, den Amtsstab vor sich auf dem Tisch, wandte sich an das gedrängt volle Haus und las vor: »Ja zur Rechten: 294. Nein zur Linken: 293. Ja hat gewonnen. Ja hat gewonnen.«

In den Regierungsbänken herrschte Jubel, die Konservativen sahen niedergeschlagen drein. »Worüber wurde abgestimmt?« fragte Charles, immer noch atemlos, den Aufsichtsbeamten.

»Klausel 110, Mr. Seymour.«

VIERTES BUCH

1977 — 1989
Das Kabinett

22

Raymonds zweite Reise in die Staaten erfolgte auf Wunsch des Staatssekretärs im Handelsministerium. Nachdem Großbritannien im November ein Kredit gewährt worden war, sollte er dem Internationalen Währungsfonds die Export-Importsituation des Landes schildern. Seine Mitarbeiter gingen die vorbereitete Rede immer wieder mit ihm durch und betonten die Verantwortung, die man ihm übertragen hatte. Sogar das Privatbüro des Präsidenten der *Bank of England* wurde zu Rate gezogen.

»Endlich eine Chance, ein paar Leute außerhalb von Leeds zu beeindrucken«, versicherte ihm Kate.

Raymonds Rede war für Mittwoch morgen angesetzt. Er kam am Sonntag in Washington an und verbrachte die folgenden zwei Tage damit, den Problemen der Handelsminister anderer Staaten zuzuhören und sich an die schrecklichen Kopfhörer und die Stimme der Dolmetscherin zu gewöhnen.

Die meisten führenden Industrienationen waren bei der Konferenz vertreten, und der britische Botschafter, Sir Peter Ramsbotham, versicherte Raymond bei einem Dinner in der Botschaft, hier biete sich eine echte Gelegenheit, die starrköpfigen Bankiers zu überzeugen, daß Großbritannien die Wirtschaft im Griff habe und finanzielle Unterstützung verdiene.

Bald stellte Raymond fest, daß es einer anderen Methode bedurfte, eine solche Versammlung zu überzeugen; es genügte nicht, sich, wie in Leeds, auf eine Kiste zu stellen und eine Rede zu halten; es war auch anders als im

Unterhaus. Er war froh, daß er nicht für den Eröffnungstag vorgesehen war. Während verschiedener ruhiger Mittagessen erneuerte er seine Kontakte zu Kongreßabgeordneten und lernte neue Leute kennen.

In der Nacht vor seiner Rede konnte Raymond nicht schlafen. Immer wieder probte er jeden wichtigen Satz und wiederholte die wesentlichen Punkte, bis er sie fast auswendig wußte. Um drei Uhr morgens ließ er das Redemanuskript zu Boden fallen und rief Kate an.

»Ich würde deine Rede bei der Konferenz gern mitanhören«, sagte sie, »obwohl sie nicht viel anders sein wird als bei den dreißig Mal, die ich sie im Schlafzimmer gehört habe.«

Nachdem er Kate Lebewohl gesagt hatte, fiel er in tiefen Schlaf. Am frühen Morgen las er die Rede noch ein letztesmal durch, dann fuhr er zum Konferenzzentrum.

Die viele Arbeit und die langen Vorbereitungen hatten sich gelohnt. Als er zur letzten Seite kam, war Raymond zwar nicht sicher darüber, wie überzeugend er geklungen hatte, wußte jedoch, daß es die beste Rede war, die er je gehalten hatte. Als er aufsah, bestätigten ihm die lächelnden Gesichter um den ovalen Tisch, daß sein Beitrag wohlwollend aufgenommen worden war. Der Botschafter erklärte Raymond, daß in diesem illustren Kreis ein Zurschaustellen von Emotionen unbekannt sei. Er sei zuversichtlich, daß der Kredit des Währungsfonds erneuert werden würde.

Es folgten zwei weitere Reden, bevor man zum Lunch ging. Am Nachmittag verließ Raymond nach der Sitzung das Gebäude und genoß die klare Luft von Washington; er beschloß, zu Fuß in die Botschaft zu gehen. Das Erlebnis, eine internationale Konferenz beeindruckt zu haben, beschwingte ihn. Er kaufte eine Abenzeitung. In einem Bericht über die Konferenz wurde angedeutet, daß Raymond Englands nächster Finanzminister sein werde.

Noch ein Tag, dann das offizielle Bankett, und zum Wochenende würde er wieder zu Hause sein.

Die Wache vor der Botschaft untersuchte ihn sehr gründlich; an Minister, die zu Fuß und ohne Leibwache kamen, war man nicht gewöhnt. Endlich erlaubte man Raymond, die von Bäumen gesäumte Einfahrt hinaufzugehen. Er sah, daß die britische Flagge auf halbmast stand; welcher bedeutende Amerikaner war da gestorben?

»Was ist geschehen?« fragte er den Butler im Frack, der ihm die Tür öffnete.

»Der Außenminister, Sir.«

»Anthony Crossland? Ich wußte, daß er im Krankenhaus ist, aber . . .« sagte Raymond fast zu sich selbst. In der Botschaft ratterten die Fernschreiber mit Nachrichten und verschlüsselten Mitteilungen. Ein paar Stunden verbrachte Raymond allein in seinem privaten Wohnzimmer, dann verließ er zum Entsetzen der Sicherheitsbeamten die Botschaft, um mit Senator Hart im Mayflower Hotel das Dinner einzunehmen.

Am nächsten Morgen um neun Uhr saß Raymond wieder am Konferenztisch und hörte dem französischen Handelsminister zu, der für eine weitere Kredithilfe plädierte. Raymond freute sich auf das offizielle Bankett im Weißen Haus, als Sir Peter Ramsbotham ihm auf die Schulter klopfte, einen Finger an die Lippen legte und ihm zu verstehen gab, daß er ihn sprechen müsse.

»Der Premier wünscht, daß Sie mit der Vormittags-Concorde zurückkehren. Sie haben eine Stunde Zeit bis zum Abflug. Bei der Ankunft sollen Sie sofort nach Downing Street kommen.«

»Worum geht es denn?«

»Keine Ahnung. Ich habe nur diese Weisung von No. 10 erhalten«, sagte der Botschafter.

Raymond kehrte an den Konferenztisch zurück, entschuldigte sich beim Vorsitzenden, verließ den Saal und wurde sofort zu dem wartenden Flugzeug gefahren. »Ihr Gepäck wird nachgeschickt«, versicherte man ihm.

Drei Stunden und vierzig Minuten später, kurz nach halb acht, stand er auf britischem Boden. Der Steward ließ ihn als ersten aussteigen, und ein neben der Maschine wartendes Auto brachte ihn in die Downing Street. Als er ankam, begab sich der Premierminister, begleitet von einem älteren afrikanischen Staatsmann, der einen Fächer in der Hand trug, eben zum Dinner.

»Willkommen zu Hause, Ray«, sagte der Premier. »Ich hätte dich gebeten, mit uns zu kommen, aber wie du siehst, führe ich den Präsidenten von Malawi aus. Gehen wir einen Moment in mein Arbeitszimmer.«

Kaum hatte Raymond sich gesetzt, begann Callaghan:

»Tonys tragischer Tod veranlaßte mich, einige Änderungen vorzunehmen, die auch den Staatssekretär im Handelsministerium betreffen. Ich hoffe, du bist bereit, seinen Posten zu übernehmen.«

Raymond setzte sich bolzengerade. »Es wäre mir eine Ehre, Premier.«

»Gut. Du hast die Beförderung verdient, Ray. Wie ich höre, warst du auch in Amerika ausgezeichnet. Wir sind stolz auf dich.«

»Danke.«

»Du wirst sofort in den Staatsrat aufgenommen. Die erste Kabinettssitzung findet morgen um zehn Uhr statt. Bitte entschuldige mich jetzt, ich kann Dr. Banda nicht länger warten lassen.«

Raymond blieb allein in der Halle.

Er wies den Fahrer an, ihn zu seiner Wohnung zu bringen. Alles was er wollte, war, Kate die Neuigkeit zu berichten. Als er ankam, war die Wohnung leer; dann erinnerte er sich, daß sie ihn erst am nächsten Tag erwartete. Er rief bei ihr zu Hause an und ließ es zwanzigmal klingeln, bis er sich damit abfand, daß sie nicht da war. »Verdammt«, sagte er laut, ging eine Weile hin und her und rief dann Joyce an. Auch diesmal erhielt er keine Antwort.

Er ging in die Küche, um zu sehen, was es im Kühlschrank gab: eine vertrocknete Speckscheibe, ein kleines Stück Käse, drei Eier. Er dachte an das Bankett im Weißen Haus, das er versäumt hatte.

Dann setzte sich *The Right Honourable Raymond Gould QC, MP, Her Britannic Majesty's Principal Secretary of State for Trade* auf einen Küchenschemel, öffnete eine Büchse Bohnen, nahm eine Gabel und verschlang den Inhalt.

Charles schloß die Mappe. Jetzt, nach einem Monat, hatte er alle Beweise in der Hand. Albert Cruddick, der Privatdetektiv, den Charles aus dem Branchenverzeichnis ausgewählt hatte, war zwar teuer, aber diskret. Datum, Zeiten und Orte waren genau angegeben. Der einzige Name, der aufschien, war der von Alexander Dalglish, immer das gleiche Rendezvous, Lunch bei Prunier, dann das Stafford Hotel. Mr. Cruddick wurde nicht überfordert, aber immerhin hatte er es Charles erspart, ein- oder sogar zweimal in der Woche stundenlang vor dem Economist-Gebäude zu stehen.

Irgendwie war es ihm auch gelungen, sich nicht zu verraten. Er notierte, wann Fiona behauptete, den Wahlkreis zu besuchen. Dann rief er seinen Vertreter in Sussex Downs an, und seine Auskünfte bestätigten Mr. Cruddicks Entdeckungen.

Charles vermied es soweit wie möglich, Fiona zu begegnen, und erklärte ihr, die neuen Finanzgesetze nähmen ihn voll und ganz in Anspruch. Seine Ausrede war nicht ganz falsch, denn er arbeitete unermüdlich an den noch zur Debatte stehenden Klauseln, und als die verwässerte Vorlage endlich Gesetz wurde, hatte er das Mißgeschick mit der Klausel 110 mehr oder weniger wieder gutgemacht.

Charles legte die Mappe auf den Tisch und wartete geduldig auf den Anruf. Er wußte genau, wo Fiona sich in diesem Moment befand, und allein der Gedanke verursachte ihm Übelkeit. Das Telefon klingelte.

»Die Betreffende ist vor fünf Minuten fortgegangen«, sagte eine Stimme.

»Danke.« Charles legte auf. Es würde etwa zwanzig Minuten dauern, bis sie zu Hause war.

»Warum geht sie zu Fuß, anstatt ein Taxi zu nehmen?« hatte er Mr. Cruddick einmal gefragt.

»Um die Gerüche loszuwerden«, hatte Mr. Cruddick sachlich geantwortet.

Charles schüttelte sich. »Und was macht er? Wohin geht er?«

Er konnte weder den Namen Alexander noch Dalglish aussprechen; es war immer nur »er«.

»Er geht in seinen Klub, schwimmt zehn Längen oder spielt eine Partie Squash, bevor er nach Hause zurückkehrt. Sowohl Schwimmen wie Squash lösen das Problem«, erklärte ihm Mr. Cruddick vergnügt.

Ein Schlüssel drehte sich im Schloß. Charles nahm die Mappe auf. Fiona kam direkt ins Wohnzimmer und war sichtlich verwirrt, ihren Mann in einem Lehnsessel sitzen zu sehen. Ein kleiner Koffer stand neben ihm.

Sie faßte sich rasch und küßte ihn auf die Wange. »Was führt dich so früh nach Hause? Machen die Sozialisten Ferien?« Nervös lachte sie über ihren Scherz.

»Das«, sagte er, stand auf und hielt ihr die Mappe hin.

Sie begann sofort zu lesen. Er beobachtete sie genau. Zuerst wich die Farbe aus ihren Wangen, dann versagten ihr die Beine, und sie ließ sich auf das Sofa fallen. Schließlich begann sie zu schluchzen.

»Das ist nicht wahr. Nichts davon ist wahr«, protestierte sie.

»Du weißt genau, daß jedes Detail stimmt.«

»Charles, ich liebe dich, er ist mir egal, das mußt du mir glauben.«

»Ich glaube kein Wort. Und ich will nicht mehr mit dir leben.«

»Leben? Seit du im Parlament bist, lebe ich allein.«

»Vielleicht wäre ich öfters nach Hause gekommen, wenn du daran gedacht hättest, eine Familie zu gründen.«

»Und du glaubst, es ist meine Schuld, daß wir keine haben?«

Charles ignorierte die Anspielung und fuhr fort: »Ich gehe jetzt in meinen Klub und werde dort übernachten. Ich erwarte, daß du binnen einer Woche dieses Haus verläßt. Wenn ich zurückkehre, wünsche ich hier keine Spur mehr von dir vorzufinden und nichts von deinem Hab und Gut, wie es so schön heißt.«

»Wo soll ich hingehen?« rief sie aus.

»Zuerst würde ich es bei deinem Liebhaber versuchen, aber vielleicht ist seine Frau nicht ganz einverstanden. Sonst kannst du ja zu deinem Vater gehen.«

»Und wenn ich mich weigere?« fragte Fiona trotzig.

»Dann werfe ich dich wie eine Hure aus dem Haus und hänge Alexander Dalglish einen schmutzigen Scheidungsprozeß an.«

»Gib mir noch eine Chance. Ich werde ihn nie mehr treffen«, flehte Fiona weinend.

»Ich glaube, das schon einmal gehört zu haben, und ich habe dir doch tatsächlich eine Chance gegeben. Das Resultat ist ziemlich eindeutig.« Er wies auf die zu Boden gefallene Mappe.

Als Fiona sah, daß Charles festblieb, hörte sie zu weinen auf.

»Ich will dich nicht mehr sehen. Wir bleiben zwei Jahre getrennt, dann werden wir, ohne Aufsehen, die Scheidung einreichen. Solltest du mir igendwelche Ungelegenheiten bereiten, dann ziehe ich euch beide durch den Dreck, darauf kannst du dich verlassen.«

»Du wirst deinen Entschluß noch bereuen, Charles. Das verspreche ich dir. So einfach lasse ich mich nicht abschieben.«

»*Was* haben sie gemacht?« fragte Joyce.

»Zwei Kommunisten bewerben sich um Aufnahme in das Parteikomitee«, wiederholte Fred Padgett.

»Nur über meine Leiche.« Joyces Stimme war ungewöhnlich scharf.

»Das dachte ich mir«, sagte Fred.

Joyce suchte nach Bleistift und Notizblock, die für gewöhnlich neben dem Telefon lagen.

»Wann ist die Versammlung?«

»Nächsten Donnerstag.«

»Haben wir verläßliche Leute, die sich gegen die beiden wehren können?«

»Natürlich«, sagte Fred, »Stadtrat Reg Illingworth und Jenny Simpkins von der Genossenschaft.«

»Die sind beide sehr vernünftig, aber leider nicht energisch.«

»Soll ich Raymond anrufen und fragen, ob er zu der Versammlung kommen kann?«

»Nein. Seit er im Kabinett ist, hat er genug am Hals, da braucht er nicht auch noch das dazu. Überlaß es mir.«

Sie legte auf und versuchte, ihre Gedanken zu ordnen. Dann ging sie zu ihrem Schreibtisch und suchte die Namensliste des Komitees. Sorgfältig kontrollierte sie die sechzehn Namen; wenn es den zwei Kommunisten gelang, jetzt gewählt zu werden, dann hatten sie in fünf Jahren das Komitee in der Hand — und könnten sogar

Raymond ausbooten. Sie wußte, wie diese Leute arbeiteten. Aber wenn sie jetzt eine aufs Dach bekamen, dann würden sie sich vielleicht einen anderen Wahlkreis aussuchen.

Während der folgenden vier Tage besuchte sie verschiedene Häuser in der Umgebung. »Ich komme nur so vorbei«, erklärte sie neun Frauen, deren Männer im Komitee saßen. Die vier Männer, die nie auf ihre Frauen hörten, suchte Joyce selbst nach der Arbeit auf. Um die drei, die Raymond nicht mochten, kümmerte sie sich nicht.

Donnerstag nachmittag wußten dreizehn Leute sehr genau, was man von ihnen erwartete. Joyce saß allein zu Hause und hoffte auf einen Anruf von Raymond. Sie kochte ein Ragout, aß jedoch kaum einen Bissen. Dann schlief sie vor dem Fernsehen ein. Fünf nach elf weckte sie das Telefon.

»Raymond?«

»Hoffentlich habe ich dich nicht geweckt«, sagt Fred.

»Nein, nein.« Jetzt war Joyce begierig, den Ausgang der Sitzung zu erfahren. »Wie war es?«

»Reg und Jenny haben es geschafft. Die zwei verdammten Kommunisten bekamen zusammen nur drei Stimmen.«

»Gut gemacht«, sagte Joyce.

»Ich habe nichts getan, außer die Stimmen zu zählen. Soll ich Raymond mitteilen, was los war?«

»Nein. Er braucht gar nicht zu wissen, daß wir Probleme hatten.«

Joyce ließ sich auf den Stuhl neben dem Telefon fallen, zog die Schuhe aus und schlief wieder ein.

Sie mußte die ganze Operation so planen, daß ihr Mann nie etwas erfahren konnte. Sie überlegte die verschiedenen Möglichkeiten, ihn zu täuschen. Nach stundenlangem ergebnislosem Nachdenken kam ihr die Erleuchtung. Sie dachte alle Details und deren Auswirkungen durch, bis sie überzeugt war, daß nichts schiefgehen konnte. Dann blätterte sie im Branchenverzeichnis und vereinbarte für den folgenden Morgen einen Termin.

Die Verkäuferin half ihr, verschiedene Perücken zu probieren, aber nur eine schien erträglich.

»Madam sieht sehr elegant aus, muß ich sagen.«

Sie wußte, daß das nicht der Fall war — Madam sah schrecklich aus —, aber die Perücke würde hoffentlich ihren Zweck erfüllen.

Sie trug das bei Harrods gekaufte Make-up auf und zog ein geblümtes Kleid aus dem Schrank, das sie nie gemocht hatte. Vor dem Spiegel stehend, sah sie sich prüfend an. In Sussex würde sie bestimmt niemand erkennen, und sie betete, daß er, wenn er sie erkannte, ihr verzeihen werde.

Langsam fuhr sie durch die Vororte von London. Was sollte sie sagen, wenn man sie ertappte? Würde er Verständnis zeigen, wenn er die Wahrheit erfuhr? Als sie den Wahlkreis erreichte, parkte sie in einer Nebenstraße und ging die Hauptstraße entlang. Niemand schien sie zu erkennen, und das gab ihr das Selbstvertrauen, den Plan auszuführen. Dann sah sie ihn.

Sie hatte gehofft, daß er an diesem Morgen in der City sein würde. Als er auf sie zukam, hielt sie den Atem an. Er ging an ihr vorüber, und sie sagte: »Guten Morgen.« Er drehte sich um, lächelte und erwiderte ihren Gruß, wie er jeden seiner Wähler gegrüßt hätte. Ihr Herz schlug wieder normal, und sie ging zu ihrem Auto zurück.

Als Raymond vor dem Zimmer stand, in dem sich das Kabinett für gewöhnlich traf, beglückwünschten ihn seine Kollegen. Um punkt zehn kam der Premier, sagte jedem Guten Morgen und nahm an der Längsseite des rechteckigen Tisches Platz; die einundzwanzig Kabinettsmitglieder folgten ihm. Michael Foot saß zu seiner Linken, während der Außenminister und der Finanzminister ihm gegenüber Platz nahmen. Raymond wurde ein Stuhl am Tischende zwischen dem Minister für Wales und jenem für Erziehung zugewiesen.

»Bevor ich die Sitzung eröffne«, sagte der Premier, »möchte ich David Owen als Außenminister und Raymond Gould als Staatssekretär des Handelsministeriums begrüßen.« Die neunzehn Kabinettsmitglieder murmelten auf diskret konservative Art »hört, hört.« David Owen lächelte, während Raymond spürte, wie er rot wurde.

»Das erste, was wir zu besprechen haben, ist das vorgeschlagene Bündnis mit den Liberalen . . .«

Raymond lehnte sich zurück und beschloß, heute nur zuzuhören.

Andrew saß in der kleinen Praxis und hörte aufmerksam zu, was der Arzt ihm zu sagen hatte. Louise war jetzt völlig gesund, aber sie sprach immer noch nicht. Sie las regelmäßig, und wenn Andrew sie etwas fragte, schrieb sie kurze Antworten. Der Facharzt war der Ansicht, daß sie jetzt eine intensive Ablenkung brauchte, um nicht fortwährend an Robert zu denken. Ein Jahr war vergangen, und sie verbrachte immer noch Stunden damit, sein Bild anzuschauen.

»Ich habe Dr. Kerslake zu Hause erreicht«, sagte der Arzt, »und sie stimmte mit mir überein, daß Ihre Frau keine weitere Schwangerschaft verkraften würde. Aber sie teilt meine Meinung, daß Sie beide eine Adoption ins Auge fassen sollten.«

»Ich habe mich viel mit der Idee beschäftigt und sie sogar mit meinem Vater besprochen«, erwiderte Andrew, »aber wir glauben beide, daß Louise niemals einverstanden wäre.«

»Unter den gegebenen Umständen ist es ein geringes Risiko«, sagte der Arzt. »Vergessen wir nicht, es ist ein Jahr vergangen. Und wir wissen, daß Mrs. Fraser Kinder liebt. Sollte sie dagegen sein, so ist sie heute durchaus imstande, Ihnen das mitzuteilen.«

»Wenn Louise positiv reagiert, wäre ich sofort bereit, es zu versuchen. Letztlich hängt alles von ihr ab.«

»Gut. Stellen Sie fest, was sie meint«, sagte der Arzt, »und wenn Sie beide einverstanden sind, werde ich eine Zusammenkunft mit den lokalen Behörden arrangieren.« Er stand vom Schreibtisch auf. »Ich bin überzeugt, daß wir ein passendes Kind finden.«

»Wenn es aus einem schottischen Waisenhaus käme, wäre ich froh.«

Der Arzt nickte. »Sobald ich etwas weiß, hören Sie von mir.«

Als Charles nach Hause zurückkehrte, wußte er, daß Fiona fort war. Sofort verspürte er Erleichterung. Nach einer Woche im Klub war er froh, daß das Theater vorüber war: ein sauberer, unwiderruflicher Bruch. Er schlenderte ins Wohnzimmer und blieb stehen. Etwas war nicht in Ordnung. Er brauchte einen Moment, bis ihm klar wurde, was sie getan hatte.

Fiona hatte alle Gemälde entfernt.

Kein Wellington über dem Kamin, keine Victoria hinter dem Sofa. Wo früher die zwei Landseers und der Constable hingen, waren jetzt nur noch staubige Umrisse an der Wand zu sehen. Er ging in die Bibliothek: der Van Dyck, der Murillo und die zwei kleinen Rembrandts fehlten. Charles lief durch die Halle und riß die Tür zum Eßzimmer auf. Das ist nicht möglich, dachte er. Es war möglich. Er starrte auf die leere Wand, von der noch vor einer Woche der erste Earl of Bridgwater, von Holbein porträtiert, herabgeblickt hatte.

Charles suchte in seinem Notizbuch nach der Telefonnummer. Mr. Cruddick hörte ihm schweigend zu.

»Wenn wir im Auge behalten, daß Sie keine Publizität wünschen, Mr. Seymour, bleiben nur zwei Wege offen«, begann er ungerührt. »Sie können die Zähne zusammenbeißen und es hinnehmen oder die andere Möglichkeit wählen.«

Sein neuer Aufgabenkreis beschäftigte Raymond so sehr, daß er Kate selten und Joyce fast nie sah, außer wenn er zweimal im Monat nach Leeds kam. Er arbeitete von acht Uhr morgens bis spätnachts.

»Und du genießt jede Minute«, erinnerte ihn Kate, wann immer er sich beklagte. Raymond merkte auch die kleinen Veränderungen in seinem Leben, seit er Kabinettsmitglied war: Wie er von anderen Menschen behandelt wurde, wie rasch man ihm jeden Wunsch erfüllte, wie fast jeder ihm schmeichelte. Er fand Gefallen an diesem neuen Status, obwohl Kate ihn daran erinnerte, daß nur die Königin es sich leisten konnte, ihre Position als selbstverständlich zu betrachten.

Beim Parteitag der Labour Party ging Andrew Fraser, der Raymond jetzt oft ins Vertrauen zog, mit ihm zum Lunch; diese gemeinsamen Mittagessen waren schon zur Tradition geworden. Andrew beklagte sich über den immer merkbarer werdenden Linksdrall der Partei.

»Wenn ein paar dieser Beschlüsse über die Landesverteidigung angenommen werden, wird mein Leben unerträglich«, sagte er und versuchte, ein zähes Stück Fleisch zu zersäbeln. »Die Heißsporne schlagen immer Resolutionen vor, die nur der Form halber diskutiert werden.«

»Der Teufel soll diese Diskussionen holen. Einige der verrückten Ideen gewinnen an Boden und könnten zur Parteipolitik werden.«

»Bekümmert dich eine bestimmte Resolution?« fragte Raymond.

»Ja, Tony Benns Vorschlag, daß die Abgeordneten vor jeder Wahl neu gewählt werden sollten. Das ist seine Vorstellung von Demokratie und Verantwortlichkeit.«

»Warum fürchtest du dich davor?«

»Wenn die Parteizentrale von einem halben Dutzend Trotzkisten übernommen wird, können diese eine Entscheidung zunichte machen, die vorher fünfzigtausend Wähler getroffen haben.«

»Ich glaube, du siehst zu schwarz, Andrew.«

»Raymond, wenn wir die nächste Wahl verlieren, sehe ich eine so schlimme Parteispaltung voraus, daß wir uns vielleicht nie mehr davon erholen werden.«

»Das sagt man in der Labour-Partei seit ihrer Gründung.«

»Ich hoffe, du hast recht, aber die Zeiten haben sich geändert. Es ist nicht lange her, daß du mich beneidet hast.«

»Das kann sich wieder ändern.« Raymond gab den Kampf mit dem Steak auf, winkte der Kellnerin und bestellte zwei große Cognacs.

Charles ging zum Telefon und wählte eine Nummer, die er auswendig kannte. Das junge portugiesische Dienstmädchen antwortete.

»Ist Lady Fiona zu sprechen?«

»Lady nicht zu Hause, Sir.«

»Wissen Sie, wo sie ist?« fragte Charles langsam und deutlich.

»Zum Land gefahren. Zurück um sechs Uhr. Soll ich Nachricht geben, bitte?«

»Nein, danke. Ich rufe abends nochmals an.« Charles legte auf.

Der verläßliche Mr. Cruddick war wie immer richtig

informiert. Charles rief ihn sofort an, und man vereinbarte, sich in zwanzig Minuten zu treffen.

Charles fuhr nach Boltons, parkte das Auto in der Nähe des Hauses seines Schwiegervaters und wartete.

Ein paar Minuten später kam ein großer Lastwagen um die Ecke und hielt vor dem Haus. Mr. Cruddick in einem braunen Overall und einer Schirmkappe sprang vom Fahrersitz. Ein junger Gehilfe öffnete den Laderaum. Mr. Cruddick nickte Charles zu, bevor er zur Haustür ging.

Auf sein Klingeln kam das portugiesische Dienstmädchen.

»Wir kommen, um Sachen für Lady Seymour abzuholen.«

»Nicht verstehen«, sagte das Mädchen.

Mr. Cruddick zog einen langen, auf Lady Seymours persönlichem Briefpapier geschriebenen Brief aus der Tasche. Die kleine Portugiesin konnte die Worte des Briefes nicht lesen, in dem ihre Herrin angeblich einwilligte, Präsidentin des Croquet Clubs zu werden, aber sie erkannte den Briefkopf und die Unterschrift. Sie nickte und öffnete die Tür. Mr. Cruddicks sorgfältig ausgearbeiteter Plan funktionierte.

Mr. Cruddick legte die Hand an die Mütze, zum Zeichen, daß Mr. Seymour ihm folgen konnte. Charles sah sich um, bevor er aus dem Auto stieg und die Straße überquerte. Er fühlte sich nicht wohl in dem Arbeitsanzug und fand die Kappe abscheulich, die ihm Mr. Cruddick gegeben hatte. Sie war ein bißchen zu klein, und Charles wußte, daß er sonderbar aussah, aber die Portugiesin merkte offenbar nicht, wie schlecht sein aristokratisches Auftreten zu der Arbeitskleidung paßte. Die Bilder waren rasch gefunden; die meisten standen noch in der Halle, und nur zwei waren aufgehängt.

Vierzig Minuten später hatten die drei Männer alle Bilder auf den Laster geladen außer einem. Der Holbein, das Porträt des Earl of Bridgwater, war nicht zu finden.

»Wir müssen fort«, meinte Mr. Cruddick nervös, aber Charles suchte weiter. Es vergingen weitere dreißig Minuten, bis Charles die Suche aufgab. Mr. Cruddick winkte dem Dienstmädchen, sein Gehilfe schloß den Laderaum.

»Ist es ein wertvolles Bild, Mr. Seymour?«

»Ein Familienerbstück, das bei jeder Auktion zwei Millionen erzielen würde«, sagte Charles trocken, bevor er zu seinem Wagen ging.

»Eine dumme Frage, Albert Cruddick«, schalt sich Mr. Cruddick, während er in Richtung Eaton Square losfuhr. Bei ihrer Ankunft hatte der Schlosser die drei Schlösser der Eingangstür bereits ausgewechselt.

»Nur Barzahlung, mein Herr. Keine Bestätigung. Damit können ich und die Meinigen jedes Jahr steuerfrei nach Ibiza fahren.«

Als Fiona von ihrem Ausflug nach Bolton zurückkehrte, hing auf dem Eaton Square jedes Bild bereits an seinem Platz — bis auf den Holbein. Mr. Cruddick steckte einen Scheck auf eine beachtliche Summe ein und meinte herzlos, Mr. Seymour müsse vermutlich die Zähne zusammenbeißen und es ertragen.

»Ich freue mich sehr«, sagte Simon, als er die Nachricht hörte. »Im Pucklebridge General Hospital?«

»Ja, ich habe auf eine Zeitungsannonce geantwortet.«

»Aber da hat dein Name wohl geholfen?«

»Keineswegs«, antwortete Elizabeth heftig.

»Wieso nicht?«

»Ich habe mich nicht als Dr. Kerslake beworben. Ich habe den Bogen unter meinem Mädchennamen ausgefüllt.«

Einen Moment lang schwieg Simon. Dann: »Aber sie müssen dich doch erkannt haben?«

»Das hat mein gekonntes Make-up verhindert. Sogar dich habe ich getäuscht.«

»Übertreib nicht so«, sagte Simon.

»Ich bin auf der Hauptstraße von Pucklebridge an dir vorbeigelaufen und habe ‚Guten Morgen' gesagt. Du hast den Gruß erwidert.«

Ungläubig starrte Simon sie an. »Und was geschieht, wenn sie draufkommen?«

»Sie wissen es schon«, erwiderte Elizabeth. »Als man mir die Stellung anbot, ging ich zum Oberarzt und sagte ihm die Wahrheit. Seitdem erzählt er es allen Leuten.«

»War er nicht verärgert?«

»Im Gegenteil. Er meinte, daß ich die Stellung nicht bekommen hätte, weil er um meine Sicherheit gebangt hätte, unter all den unverheirateten Ärzten.«

Andrew hielt Louises Hand, als sie sich dem Kinderheim am Stadtrand von Edinburgh näherten. Die Leiterin erwartete sie auf der blankgeschrubbten Türschwelle.

»Guten Morgen, Herr Minister. Wir fühlen uns geehrt, daß Sie unser Heim gewählt haben.«

Andrew und Louise lächelten.

»Bitte seien Sie so freundlich, mir zu folgen.« Die Leiterin führte die beiden durch einen schwachbeleuchteten Korridor zu ihrem Büro. Ihre gestärkte blaue Uniform knisterte beim Gehen.

»Die Kinder sind auf dem Spielplatz, aber Sie können sie vom Fenster aus sehen.« Andrew hatte schon die Geschichte und die Fotos der Waisen studiert; einer der kleinen Jungen sah Robert verblüffend ähnlich.

Beide schauten eine Weile aus dem Fenster, Louise zeigte sich jedoch völlig uninteressiert. Als der Junge, der Robert glich, zum Fenster lief, drehte sie sich um und setzte sich in eine Ecke. Andrew schüttelte den Kopf. Die Mundwinkel der Vorsteherin sanken herab.

Kaffee und Kekse wurden serviert, und während sie aßen, machte Andrew noch einen Versuch. »Soll die Vorsteherin eines der Kinder zu uns rufen, Liebes?« Louise schüttelte den Kopf. Andrew fluchte innerlich. Vielleicht hatte ihr dieses Erlebnis hier noch mehr geschadet.

»Haben wir alle Kinder gesehen?« fragte er, nach einer Ausrede suchend, um rasch zu gehen.

»Ja, Sir.« Die Vorsteherin stellte ihre Tasse nieder, dann sagte sie zögernd: »Es gibt noch ein Mädchen, das wir aber für ungeeignet halten.«

»Warum?« fragte Andrew neugierig.

»Nun, wissen Sie, sie ist schwarz. Und überdies«, fuhr sie fort, »haben wir keine Ahnung, wer die Eltern sind. Man hat das Kind vor der Tür gefunden. Keineswegs die Art Kind, die ins Haus eines Ministers gehört.«

Andrew war so wütend, daß er vergaß, Louise, die immer noch in der Ecke saß, zu fragen.

»Ich möchte das Mädchen sehen«, sagte er.

»Wenn Sie darauf bestehen.« Die Vorsteherin war erstaunt. »Leider hat sie kein hübsches Kleid an«, fügte sie hinzu, bevor sie das Zimmer verließ.

Ruhelos ging Andrew auf und ab; er wußte, daß er, wäre Louise nicht gewesen, mit dieser Frau hart umgegangen wäre. Kurz darauf kehrte die Heimleiterin mit einem kleinen Mädchen von vier oder fünf Jahren zurück; das Kind war so mager, daß das Kleid an ihr hing wie an einem Kleiderbügel. Andrew konnte das Gesicht nicht sehen, denn die Kleine hielt den Kopf gesenkt.

»Sieh her, Kind«, befahl die Vorsteherin. Langsam hob das Kind den Kopf. Ein Gesicht in vollkommenem Oval, olivenfarbene Haut, blitzende schwarze Augen und ein Lächeln, das Andrew sofort gefangennahm.

»Wie heißt du?« fragte er leise.

»Clarissa«, sagte sie und ließ den Kopf wieder hängen.

Er wollte ihr so gern helfen und fühlte sich schuldbewußt, dem Kind sinnlose Pein verursacht zu haben.

Die Vorsteherin sah immer noch beleidigt drein und sagte kurz: »Du kannst jetzt gehen, Kind.« Clarissa drehte sich um und ging zur Tür. Zu Louise gewendet, sagte die Vorsteherin: »Sicher sind Sie meiner Meinung, Mrs. Fraser, daß dieses Mädchen ganz ungeeignet ist.«

Beide sahen Louise an. Ihr Gesicht strahlte und ihre Augen glänzten, wie Andrew es seit Roberts Tod nicht mehr gesehen hatte. Sie stand auf, lief dem Kind rasch nach und sah ihm in die dunklen Augen.

»Ich finde dich schön«, sagte Louise, »und hoffe, daß du zu uns kommen und bei uns bleiben willst.«

23

Der Ruf »Zur Ordnung, zur Ordnung« hatte den britischen Wählern bis 1978 nichts bedeutet; in diesem Jahr wurde eine Resolution angenommen, die es dem Rundfunk erlaubte, die Vorgänge im Unterhaus zu übertragen. Simon hatte den Antrag unterstützt, weil er der Meinung war, die Radioübertragung sei eine Erweiterung der Demokratie; sie zeigte das Haus bei der Arbeit, und die Wähler könnten beurteilen, was ihre Abgeordneten eigentlich taten. Simon hörte sich seine eigenen Zusatzfragen genau an und merkte zum erstenmal, daß er, wenn er einem Minister hart zusetzte, etwas zu rasch sprach.

Raymond hingegen unterstützte den Antrag nicht, weil er fürchtete, die Rufe »Hört, hört« oder »Schande« und das fortwährende Unterbrechen des Premierministers würden auf die Zuhörer wie Streitereien unter Schulkindern wirken. Nur die Worte zu hören und sich die Szenen vorstellen zu müssen, vermittle — so meinte er — einen falschen Eindruck von den täglichen Pflichten eines Parlamentsmitgliedes. Als er jedoch eines Abends eine Parlamentsdebatte anhörte, an der er teilgenommen hatte, stellte er zufrieden fest, wie überzeugend seine Argumente klangen.

Als Andrew seine Stimme hörte — er beantwortete gerade Anfragen über die Verteidigungspolitik —, wurde ihm plötzlich bewußt, daß das, was er den Anflug eines schottischen Akzents nannte, in Wahrheit, besonders wenn er erregt war, ziemlich deutlich wurde.

Für Charles war das Morgenprogramm eine bequeme Art, sich über alle Vorgänge zu informieren, die er am Vortag versäumt hatte. Die Sendung »Gestern im Parlament« wurde sein ständiger Begleiter, wenn er morgens erwachte. Wie gewählt und hochgestochen seine Redeweise war, merkte er erst, als er einmal nach Tom Carson ans Rednerpult trat. Aber er hatte nicht die Absicht, sie für den Rundfunk zu ändern.

Als die Königin am 16. Dezember 1977 die neue U-Bahnlinie nach Heathrow eröffnete, war Raymond als Minister zugegen. Joyce fuhr wieder einmal nach London, da sie und Raymond eingeladen waren, nach der Zeremonie mit der Königin den Lunch einzunehmen. Sie ging zu Harvey Nichols, um ein neues Kleid zu kaufen. In der kleinen Kabine übte sie den Hofknicks. »Guten Morgen Majestät«, sagte sie etwas zitternd, während die erstaunte Verkäuferin geduldig draußen wartete.

In die Wohnung zurückgekehrt, war Joyce überzeugt, daß sie ihre Rolle ebenso gut erfüllen konnte wie die Hofdamen. Sie wartete auf Raymonds Rückkehr nach der morgendlichen Kabinettssitzung und hoffte, daß er mit ihr zufrieden sein werde. Die Hoffnung, Mutter zu werden, hatte sie schon lang begraben, aber sie bildete sich ein, wenigstens eine gute Ehefrau sein zu können. Raymond hatte ihr gesagt, daß er sich beeilen müsse, um rechtzeitig vor der Königin in Green Park zu sein. Nachdem man mit dem Gefolge der Königin in der neuen U-Bahn nach Heathrow gefahren war — eine Fahrt von einer halben Stunde —, würde man zum Lunch in den Bukkingham Palace zurückkehren. Raymond hatte seine Monarchin schon öfters begrüßt, Joyce jedoch wurde zum erstenmal vorgestellt.

Als sie gebadet und sich angekleidet hatte — Raymond hätte ihr eine Verspätung nie verziehen — legte sie seine Kleider bereit: Frack, graue Hose mit Nadelstreif, weißes Hemd, steifer Kragen und silbergraue Krawatte. Das alles hatte man am Morgen von Moss Bros. ausgeliehen. Es fehlte nur noch das weiße Taschentuch für die Rocktasche, von dem man nur, nach dem Vorbild des Herzogs von Edinburgh, eine gerade weiße Linie sehen durfte.

Joyce kramte in Raymonds Kommode und bewunderte seine neuen Hemden, während sie die Taschentücher suchte. Den Zettel, den sie unter dem Kragen eines rosa Hemdes fand, hielt sie zunächst für eine Wäscherechnung. Dann sah sie das Wort »Darling«, und als sie weiterlas, zog sich ihr der Magen zusammen.

Karottenkopf, Darling,

Wenn du das jemals anziehst, wäre ich sogar bereit, dich zu heiraten.

Kate

Joyce ließ sich auf das Bett fallen und Tränen liefen ihr über das Gesicht. Der große Tag war ihr verdorben. Was sie zu tun hatte, wußte sie sofort. Sie legte das Hemd zurück, nahm den Zettel heraus, und dann setzt sie sich ins Wohnzimmer und wartete auf Raymond. Als er endlich kam, waren nur mehr ein paar Minuten Zeit. Er war erfreut, seine Frau fix und fertig zu sehen.

»Ich bin ein bißchen spät dran«, sagte er und verschwand im Schlafzimmer. Joyce folgte ihm und sah zu, wie er sich anzog. Als er die Krawatte band, sah sie ihn an.

»Was meinst du dazu?« fragte er, ohne ihre Blässe zu bemerken.

Sie zögerte. »Du siehst fabelhaft aus, Raymond. Komm jetzt, sonst verspäten wir uns. Das wäre furchtbar.«

Als Ronnie Nethercote ihn zu einem Lunch ins Ritz einlud, wußte Simon, daß sich die Lage entscheidend gebessert haben mußte. Nach einem Drink in der Halle wurden er und Ronnie in den schönsten Speisesaal von London geführt, zu einem Ecktisch mit Blick auf den Park. An den anderen Tischen saßen Leute, deren Namen sowohl in Ronnies wie in Simons Welt jeder kannte.

Als der Kellner die Speisekarte brachte, winkte Ronnie ab. »Verlassen sie sich auf meinen Rat, und bestellen Sie Gemüsesuppe und nachher Roastbeef vom Wagen.«

»Klingt nach einer sicheren Sache.«

»Im Unterschied zu unserem letzten kleinen Abenteuer«, brummte Ronnie. »Wie hoch sind Sie noch in den roten Zahlen?«

»Vierzehntausenddreihundert Pfund, aber es bessert sich langsam. Was wirklich schmerzt, sind die Zinsen, bevor man den eigentlichen Betrag überhaupt verringern kann.«

»Wie, glauben Sie, habe ich mich gefühlt, als wir um sieben Millionen überzogen hatten und die Bank ohne Vorwarnung beschloß, uns fallenzulassen?«

»Da sich zwei Knöpfe an Ihrer Weste nicht mehr schließen lassen, muß ich annehmen, daß diese Dinge der Vergangenheit angehören?«

»Richtig.« Ronnie lachte. »Deshalb habe ich Sie zum

Lunch eingeladen. Sie sind der einzige, der bei dieser Geschichte viel Geld verloren hat. Wären Sie, wie die anderen Direktoren, bei fünftausend Pfund im Jahr geblieben, würde Ihnen die Gesellschaft heute elftausend Pfund schulden.«

Simon seufzte.

Der Kellner kam mit dem Servierwagen zum Tisch.

»Warten Sie, mein Lieber, ich habe noch nicht einmal begonnen. Morgan Grenfell will die Struktur der neuen Firma ändern und wird ihr eine ganze Menge Bargeld zuführen. Im Moment ist die *Whitechapel Properties* noch eine Hundert-Pfund-Gesellschaft. Ich habe sechs Prozent, die Bank hat vierzig. Bevor die Vereinbarung unterschrieben wird, offeriere ich Ihnen —«

»Wollen Sie das Roastbeef wie üblich gut durch, Mr. Nethercote?«

»Ja, Sam«, sagte Ronnie und schob dem Kellner eine Pfundnote zu.

»Ich offeriere Ihnen —«

»Und Ihr Gast, Sir?« Der Kellner sah Simon fragend an.

»Medium, bitte.«

»Ich offeriere Ihnen ein Prozent der neuen Firma, mit anderen Worten einen Anteil.«

Simon, überzeugt, daß Ronnie noch nicht fertig war, schwieg.

»Fragen Sie nicht?«

»Wonach soll ich fragen?«

»Diese Politiker werden immer dümmer. Wieviel, glauben Sie, verlange ich, wenn ich Ihnen eine Ein-Pfund-Aktie anbiete?«

»Nun, ich glaube kaum, daß es nur ein Pfund sein wird«, sagte Simon lachend.

»Falsch«, erwiderte Ronnie. »Für ein Pfund bekommen Sie ein Prozent der Gesellschaft.«

»Wird das genug sein, Sir?« fragte der Kellner und stellte einen Teller vor Simon.

»Warten Sie, Sam«, sagte Ronnie, bevor Simon antworten konnte. »Ich wiederhole, ich offeriere Ihnen ein Prozent der Gesellschaft für ein Pfund; wiederholen Sie jetzt Ihre Frage, Sam.«

»Wird das genug sein, Sir?« wiederholte der Kellner.

»Es ist sehr viel«, sagte Simon.

»Haben Sie das gehört, Sam?«

»Natürlich, Sir.«

»In Ordnung, Simon. Sie schulden mir ein Pfund.«

Lachend zog Simon seine Brieftasche und gab Ronnie ein Pfund.

»Der Sinn dieser kleinen Übung war«, sagte Ronnie, zum Kellner gewandt, während er die Pfundnote einsteckte, »zu beweisen, daß Sam nicht der einzige ist, der sich heute mittag ein Pfund verdient hat.« Ohne eine Ahnung zu haben, wovon Nethercote sprach, lächelte der Kellner und stellte einen großen Teller mit gut durchgebratenem Roastbeef vor ihn hin.

Ronnie zog ein Kuvert aus der Tasche und überreichte es Simon.

»Soll ich es jetzt öffnen?«

»Ja — ich möchte Ihre Reaktion sehen.«

Simon öffnete das Kuvert und betrachtete den Inhalt: ein Zertifikat über eine Aktie der neuen Gesellschaft mit einem echten Wert von mehr als zehntausend Pfund.

»Nun, was sagen Sie jetzt?« fragte Ronnie.

»Ich bin sprachlos.«

»Der erste Politiker mit diesem Problem.«

Simon lachte. »Danke, Ronnie. Das ist unglaublich großzügig.«

»Nein, das ist es nicht. Sie hielten der alten Gesellschaft die Treue, warum sollen Sie nicht an der neuen verdienen?«

»Da fällt mir etwas ein. Sagt Ihnen der Name Archie Millburn etwas?« fragte Simon.

Ronnie zögerte. »Nein. Warum?«

»Ich dachte, vielleicht war er der Mann, der Morgan Grenfell überzeugt hat, Ihre Gesellschaft zu übernehmen.«

»Nein, der Name sagt mir nichts. Morgan Grenfell hat mir nie mitgeteilt, woher die Informationen stammten, aber jedes Detail über die alte Firma war bekannt. Wenn der Name Millburn auftaucht, lasse ich es Sie wissen. So, Schluß mit den Geschäften. Erzählen Sie mir, wie es in der großen Welt zugeht. Was macht Ihre Frau?«

»Sie betrügt mich.«

»Betrügt Sie?«

»Ja, sie hat sich Perücken aufgesetzt und seltsame Kleider angezogen.«

Den ganzen ersten Monat näßte Clarissa regelmäßig das Bett. Louise beklagte sich nie. Andrew beobachtete, wie die beiden allmählich Vertrauen zueinander fanden. Clarissa nahm vom ersten Augenblick an, daß Louise so normal sprechen konnte wie alle Erwachsenen, und plapperte Tag und Nacht mit ihr. Die halbe Zeit antwortete Louise nicht — aber nur, weil sie keine Chance hatte, ein Wort einzuwerfen.

Gerade, als sich bei Andrew das Gefühl breitmachte, alles käme wieder ins Lot, gab es in Edinburgh Schwierigkeiten. Sein *General Management*-Komitee, in dem fünf Mitglieder des radikalen Flügels »Militant Tendency« saßen, brachten einen Mißtrauensantrag gegen ihren Abgeordneten ein. Ihr Anführer Frank Boyle hatte sich, offensichtlich mit der Absicht, Andrew loszuwerden und seinen Platz einzunehmen, eine feste Machtposition aufgebaut. Andrew verschonte Louise mit dem Problem, da der Arzt ihm geraten hatte, jede Belastung zu vermeiden, bis Clarissa sich eingewöhnt hätte.

Die fünf Männer, die Andrew abservieren wollten, hatten für nächsten Donnerstag eine Sitzung anberaumt, weil sie wußten, daß an diesem Tag im Parlament eine Plenarsitzung über das Verteidigungsbudget stattfand. Wenn Andrew nicht nach Edinburgh käme, waren die Chancen, daß der Mißtrauensantrag durchging, wesentlich besser. Kam er aber, dann hatte er bestimmt Schwierigkeiten, seine Abwesenheit während der wichtigen Debatte im Unterhaus zu rechtfertigen. Als der Chief Whip den Premier von dem Dilemma unterrichtete, erklärte dieser sofort, Andrew solle nach Edinburgh fahren.

Andrew flog Donnerstag nachmittag und wurde am Flughafen von seinem Vorsitzenden Hamish Ramsey abgeholt.

»Es tut mir leid, daß ich dir das antun muß, Andrew«, sagte Ramsey sofort, »und ich kann dir versichern, daß ich nichts damit zu tun habe. Aber ich muß dich auch warnen: Es ist nicht mehr *die* Labour-Partei, der ich vor mehr als zwanzig Jahren beigetreten bin.«

»Wie wird die heutige Abstimmung ausgehen?« fragte Andrew.

»Heute wirst du noch gewinnen; wer wofür stimmt, ist schon jetzt entschieden. Es gibt nur einen Schwankenden, und der ist so feig, daß ihn allein deine Anwesenheit zurückhalten wird, mit den Trotzkisten zu stimmen.«

Als Andrew in der Parteizentrale von Edinburgh ankam, ließ man ihn in einem kalten Korridor vor dem Sitzungszimmer über eine Stunde warten. Er wußte, seine Gegner verzögerten die Abstimmung, um ihn zu frustrieren, bevor er mit ihnen sprechen konnte. Endlich forderte man ihn auf, hereinzukommen, und er begriff, wie sich ein Delinquent vor der spanischen Inquisition gefühlt haben mußte: Frage auf Frage wurde ihm gestellt, von unwirschen Männern, die ihm nicht zu seinem Sitz im Haus verholfen hatten und jetzt behaupteten, er interessierte sich nicht für seinen Wahlkreis. Andrew wehrte alle Angriffe ab und wurde erst wütend, als Frank Boyle ihn als »Sohn eines Tories« bezeichnete.

Wann habe ich meinen Vater zum letztenmal gesehen, dachte er.

»Mein Vater hat mehr für diese Stadt getan, als du je in deinem Leben tun wirst«, sagte er zu Boyle.

»Warum trittst du dann nicht seiner Partei bei?«

Andrew wollte eben antworten, als Hamish Ramsey mit dem Hammer auf den Tisch schlug und erklärte: »Jetzt ist es genug. Es ist an der Zeit, abzustimmen.«

Andrew verspürte Angst,. als dem Vorsitzenden die Zettel zur Zählung übergeben wurden. Das Resultat lautete fünf zu fünf, und Hamish Ramsey stimmte sofort für Andrew.

»Wenigstens brauchst du dich um die bevorstehende Wahl nicht mehr zu sorgen, mein Junge«, sagte Hamish, als sie zum Flughafenhotel fuhren. »Alles weitere ist offen.«

Als Andrew am nächsten Morgen in Pelham Crescent ankam, begrüßte ihn Louise an der Tür.

»Alles in Ordnung in Edinburgh?« fragte sie.

»Ja.« Andrew umarmte sie.

»Willst du eine gute Nachricht hören?«

»Gern.« Andrew lächelte.

»Gestern hat Clarissa nicht mehr Bett genäßt. Vielleicht solltest du öfters fortfahren.«

Charles entschloß sich, seinen Anwalt zu fragen, was wegen des gestohlenen Holbeins zu tun sei. Sir David Napley beriet sich mit seinen Kollegen, und sechs Wochen später wurde Charles mitgeteilt, daß er im Falle einer Klage das Bild vermutlich zurückerhalten werde, aber nicht, bevor jede Tageszeitung die Story auf der Titelseite gebracht hätte. Albert Cruddicks Meinung schien zu stimmen: »Lächeln und hinnehmen.«

Ein Jahr lang hatte er nichts von Fiona gehört. Dann kam der Brief. Sofort erkannte Charles die Handschrift und riß ihn auf. Ein Blick genügte; er zerriß das Schreiben und warf es in den Papierkorb unter dem Schreibtisch. Wütend fuhr er ins Unterhaus.

Den ganzen Tag dachte er an das eine Wort, das er dem Gekritzel entnommen hatte: Holbein. Als er abends nach Hause zurückkehrte, suchte er nach dem zerrissenen Brief, den die ordentliche Haushälterin in den Mülleimer geworfen hatte. Er fand in zwischen Eier- und Kartoffelschalen und verbrachte eine Stunde damit, die Papierfetzen zusammenzukleben. Diesmal las er den Brief genau.

24, The Boltons
London SW10
11. Oktober 78

Lieber Charles,
Es ist genug Zeit vergangen; wir könnten wieder höflich miteinander verkehren. Alexander und ich wollen heiraten, und Veronica Dalglish stimmte einer sofortigen Scheidung zu, ohne auf eine zweijährige Trennung zu bestehen.«

»Du wirst zwei Jahre warten müssen, du Luder«, sagte Charles laut. Dann kam er zu dem Satz, den er gesucht hatte. »Ich weiß, daß dir das vielleicht nicht gefällt, aber wenn du unseren Plänen zustimmen könntest, werde ich dir mit Vergnügen sofort den Holbein zurückgeben.

Deine Fiona

Wütend zerknüllte er den Brief, bevor er ihn ins Feuer warf, und blieb die halbe Nacht wach, um seine Antwort zu überlegen.

Bei der Kabinettssitzung am Donnerstag informierte James Callaghan seine Kollegen, daß der Führer der Liberalen, David Steel, den Pakt zwischen Labour und seiner Partei am Ende der Legislaturperiode aufkündigen werde.

»Demzufolge«, fuhr der Premier fort, »müssen wir uns alle auf baldige Neuwahlen vorbereiten. Ich nehme an, daß wir noch bis Weihnachten aushalten können, aber nicht länger.«

Die Nachricht stimmte Raymond traurig. Nach zwei Jahren im Kabinett hatte er endlich das Gefühl, im Handelsministerium von Nutzen zu sein; die von ihm eingeführten Änderungen begannen ihre Wirkung zu zeigen. Er würde jedoch wesentlich mehr Zeit brauchen, um dem Ministerium seinen Stempel aufzudrücken. Kates Begeisterung trieb ihn zu immer mehr Arbeitsstunden; er sollte vor der Wahl noch möglichst viele Neuerungen durchsetzen.

»Ich tue alles, was in meinen Kräften steht«, sagte er zu ihr. »Aber vergiß nicht, verglichen mit dem Tempo der Bürokratie ist die Eisenbahn eine Concorde.«

Die Labour-Partei kämpfte sich durch eine Legislaturperiode, die von der Presse als »Winter des Mißvergnügens« bezeichnet wurde, versuchte Gesetze durchzubringen, verlor da und dort eine Abstimmung, und Raymond war froh, als die Ferien kamen.

Er verbrachte ein kaltes Weihnachtsfest mit Joyce in Leeds und kehrte nach Neujahr nach London zurück. Jetzt konnte es nicht mehr lange dauern, bis die Konservativen einen Mißtrauensantrag stellten. Als es dazu kam, war niemand überrascht.

Der Tag der Debatte war erwartungsgemäß aufregend, unter anderem auch deshalb, weil ein Streik sämtliche Bars des Parlaments trockenlegte, und durstige Mitglieder sich in den Lobbies, Tearooms und Speisesälen drängten. Geplagte Whips eilten dahin und dorthin, kontrollierten Listen, riefen Krankenhäuser, Sitzungssäle und sogar Großtanten an, um abgängige Mitglieder noch zu finden.

Als Mrs. Thatcher am 6. April zu einem überfüllten Unterhaus sprach, herrschte eine solche Hochspannung, daß der Speaker Mühe hatte, die Ordnung aufrechtzuerhalten. Ihre Rede war scharf und präzise; als sie sich setzte, stand ihre Fraktion geschlossen auf, um zu applaudieren. Die Stimmung war nicht anders, als der Premierminister ihr antwortete. Beide Parteiführer bemühten sich, über die kleinlichen Streitigkeiten ihrer Gegner hinauszuwachsen, das letzte Wort aber hatte der Speaker:

Die Bejaher zur Rechten 311

Die Verneiner zur Linken 210

Ja hat gewonnen!

Das Chaos brach aus. Triumphierend schwenkten die Mitglieder der Opposition ihre Sitzungsprogramme: jeder wußte, daß der Premier jetzt Neuwahlen ausschreiben mußte. James Callaghan löste sofort das Parlament auf, und nach einer Audienz bei der Königin wurde die Wahl für den 3. Mai 1979 festgesetzt.

Am Ende dieser ereignisreichen Woche wurden die wenigen noch anwesenden Parlamentarier von einer Explosion auf dem Parkplatz für Mitglieder aufgeschreckt. Im Auto von Airey Neave, dem Schattensprecher für Nordirland, explodierte, als er beim Verlassen des Hauses über die Rampe fuhr, eine Bombe der irischen Terroristen. Er starb auf dem Weg ins Krankenhaus.

Die Abgeordneten fuhren in ihre Wahlkreise. Sowohl Raymond wie Andrew fiel es schwer, so plötzlich ihre Ressorts aufgeben zu müssen, Charles und Simon hingegen standen schon einen Tag nach der Ankündigung der Königin in den Hauptstraßen ihrer Wahlkreise, schüttelten Hände und begrüßten ihre Wähler.

Drei Wochen lang wogte der Kampf, wer regieren sollte; am 3. Mai wählten die Briten zum erstenmal einen weiblichen Premierminister und verhalfen Margaret Thatchers Partei zu einer Mehrheit von dreiundvierzig Sitzen im Unterhaus.

Andrews sechster Wahlkampf erwies sich als besonders unerfreulich, und er war nur froh, daß er Louise und Clarissa in London gelassen hatte. Jock McPherson, immer noch Kandidat der Schottischen Nationalpartei, bedachte ihn mit allen nur möglichen Schimpfnamen, und die Trotzkisten, die im Komitee gegen ihn gestimmt hatten, waren am Wahltag auch keine große Hilfe. Die Bürger von Edinburgh aber, die nichts von den Vorgängen im Komitee wußten, sandten Andrew mit einer Mehrheit von 37.738 ins Parlament zurück. Die Schottische Nationalpartei verlor und behielt nur zwei Abgeordnete im Haus — und Jock McPherson in Schottland.

Raymond verlor einige Stimmen, und Joyce gewann einen ersten Preis, weil sie die Mehrheit ihres Mannes in Leeds am genauesten vorhergesagt hatte. Langsam gewöhnte sich Raymond daran, daß sie weit mehr über seinen Wahlkreis wußte als er.

Als er ein paar Tage später nach London zurückkehrte, war er so niedergeschlagen, daß Kate beschloß, mit ihren eigenen Neuigkeiten zu warten. »Gott allein weiß, wie lang es dauern wird, bis ich wieder nützliche Arbeit leisten kann«, sagte Raymond.

»Du kannst in der Opposition darauf achten, daß die Regierung nicht alles, was du erreicht hast, zunichte macht.«

»Mit einer Mehrheit von dreiundvierzig Sitzen können sie auch mich zunichte machen, wenn sie wollen«, erwiderte er. Er stellte das rote Lederportefeuille in die Ecke neben die zwei anderen.

»Das sind nur deine ersten drei«, sagte Kate tröstend.

Simon baute seine Mehrheit in Pucklebridge auf 19.461 Stimmen aus und stellte damit einen neuen Rekord auf; dann wartete er mit Elizabeth und den beiden Jungen in seinem Landhaus, bis Mrs. Thatcher ihr neues Team zusammengestellt hatte.

Als die Premierministerin ihn persönlich anrief und bat, nach Downing Street zu kommen, war Simon sehr erstaunt; diese Ehre wurde im allgemeinen nur Kabinettsmitgliedern zuteil, und er versuchte, nicht daran zu denken, was sie ihm sagen werde.

Er verbrachte eine halbe Stunde allein mit der Regierungschefin. Als er hörte, was Mrs. Thatcher mit ihm vorhatte, war er gerührt, daß sie sich die Mühe genommen hatte, es ihm persönlich mitzuteilen. Sie wußte, daß kein Abgeordneter eine solche Stellung leichten Herzens annahm, aber Simon erklärte sich ohne Zögern bereit. Mrs. Thatcher fügte hinzu, daß sie keine offizielle Erklärung abgeben werde, bevor er seinen Entschluß mit seiner Frau besprochen hatte.

Simon dankte ihr und fuhr in sein Haus in Pucklebridge zurück. Schweigend hörte Elizabeth seinen Bericht über das Gespräch mit der Premierministerin an.

»Mein Gott«, seufzte sie, als er geendet hatte. »Sie gibt dir Gelegenheit, Staatsminister zu werden, dafür werden wir den Rest unseres Lebens keinen Frieden mehr haben.«

»Ich kann immer noch ablehnen.«

»Das wäre feig«, sagte Elizabeth, »und das warst du nie.«

»Dann werde ich Mrs. Thatcher anrufen und ihr mitteilen, daß ich annehme.«

»Ich sollte dir gratulieren«, sagte Elizabeth, »aber ich dachte keinen Augenblick daran, daß . . .«

Charles' Wahlkreis gehörte zu den wenigen, in denen die konservative Mehrheit schrumpfte. Das Fehlen einer

Frau ist schwer zu erklären, vor allem, wenn jeder weiß, daß sie mit dem ehemaligen Vorsitzenden des benachbarten Wahlkreises zusammenlebt. Charles durchlebte einige peinliche Momente im lokalen Parteibüro und achtete darauf, daß eine besonders redselige Dame streng vertraulich seine Vision der Affäre erfuhr. Nach der Zählung der Stimmen von Sussex Downs konnte Charles immer noch mit einer Mehrheit von 20.176 nach Westminster zurückkehren. Am Wochenende saß er allein in seinem Haus am Eaton Square. Niemand rief an. Montag erfuhr er aus dem *Telegraph* — wie er die *Times* vermißte! — die Zusammensetzung der neuen Toryregierung. Die einzige Überraschung war Simon Kerslakes Ernennung zum Staatsminister für Nordirland.

24

»Also sag etwas.«

»Sehr schmeichelhaft. Welchen Grund hast du dafür angegeben, daß du das Angebot abgelehnt hast, Kate?« fragte Raymond, der erstaunt war, daß sie in der Wohnung auf ihn gewartet hatte.

»Ich habe keinen Grund angegeben.«

»Und wie war die Reaktion?«

»Du scheinst nicht zu verstehen. Ich habe das Angebot angenommen.«

Raymond nahm die Brille ab und versuchte Kates Worte zu begreifen. Um nicht zu schwanken, hielt er sich am Kaminsims fest.

»Ich mußte annehmen, Liebling«, fuhr Kate fort.

»Weil das Angebot so verlockend war?«

»Nein, du dummer Kerl. Es hat nichts mit dem Angebot zu tun, außer daß es mir eine Chance gibt, mein Leben wieder in die Hand zu nehmen. Verstehst du nicht, daß es *deinetwegen* ist?«

»Meinetwegen verläßt du London und gehst nach New York zurück?«

»Um dort zu arbeiten und mich wieder in den Griff zu bekommen. Weißt du nicht, daß es schon fünf Jahre dauert?«

»Ich weiß, wie lange wir beisammen sind, und ich weiß, wie oft ich dich gebeten habe, mich zu heiraten.«

»Wir beide wissen, daß das keine Lösung ist; man kann Joyce nicht einfach beiseite schieben. Und ich könnte sogar die einzige Ursache dafür sein, daß deine Karriere schiefgeht.«

»Dieses Problem können wir mit der Zeit lösen.«

»Das klingt heute sehr schön, bis die Partei die nächste Wahl gewinnt, und weniger guten Männern, als du einer bist, Gelegenheit geboten wird, die Politik zu bestimmen.«

»Kann ich irgend etwas tun, dich davon abzubringen?«

»Nichts, mein Lieber, ich habe bei *Chase* gekündigt und beginne meinen neuen Job bei der *Chemical Bank* in einem Monat.«

»Nur noch vier Wochen.«

»Ja, vier Wochen. Ich habe es dir erst gesagt, nachdem ich alle Konsequenzen gezogen und gekündigt hatte, damit du mich nicht umstimmen kannst.«

»Weißt du, wie sehr ich dich liebe?«

»Ich hoffe, so sehr, daß du mich gehen läßt, bevor es zu spät ist.«

Üblicherweise hätte Charles die Einladung abgelehnt. Die dummen kleinen Häppchen, nie der richtige Drink, triviales Geschwätz — das war nicht sein Geschmack. Doch als er auf dem Kaminsims die Einladung Lady Carringtons sah, beschloß er, einmal die Routine zu unterbrechen, in die er seit Fionas Verschwinden verfallen war. Auch war er neugierig, mehr von den angeblichen Schwierigkeiten über Ausgabenkürzungen im Kabinett zu hören. Prüfend betrachtete er seine Krawatte im Spiegel, nahm einen Schirm aus dem Ständer und fuhr nach Ovington Square.

Fiona und er waren jetzt zwei Jahre getrennt. Obwohl er die sofortige Scheidung abgelehnt hatte, lebte Fiona, wie er von verschiedenen Seiten gehört hatte, jetzt ständig mit Dalglish zusammen. Diskret verlor er kein Wort über seine Frau, abgesehen von gezielten Bemerkungen zu bekannten Klatschbasen. So brachte man ihm von allen Seiten Sympathie entgegen, und er spielte den großzügigen, loyalen Ehemann.

Er verbrachte jetzt viel Zeit im Unterhaus, und seine letzte Rede über das Budget war sowohl vom Haus als auch von der Presse gut aufgenommen worden. Während die Finanzgesetze noch in den Ausschüssen debattiert wurden, ließ er sich eine Menge Kleinarbeit aufbürden. Clive Reynolds machte ihn auf einige Ungereimtheiten aufmerksam, und Charles gab die Informationen an den dankbaren Finanzminister weiter; er hatte der Regierung Peinlichkeiten erspart, und das wurde ihm hoch angerechnet. Wenn er seine Arbeit so weiterführte, würde er, dessen war er sicher, bei den nächsten Kabinettsumbildungen einen Posten erhalten. Die Vormittage in der Bank und die Nachmittage und Abende im Unterhaus wurden von seinem praktisch nicht vorhandenen Privatleben kaum unterbrochen.

Kurz vor sieben war er bei Carringtons. Ein Hausmädchen öffnete die Tür, und er ging direkt in den Salon, in dem fast fünfzig Gäste versammelt waren.

Es gelang ihm sogar, die richtige Marke Whisky zu ergattern, bevor er sich zu seinen Parlamentskollegen gesellte. Über Alec Pimkins Glatze sah er sie zum erstenmal.

»Wer ist das?« fragte Charles, ohne anzunehmen, daß Pimkin ein Ahnung hatte.

»Amanda Wallace«, sagte Pimkin nach einem Blick über die Schulter. »Ich könnte dir einiges über sie erzählen . . .« Aber Charles hatte sich mitten im Satz abgewandt. Die erotische Ausstrahlung der Frau bewirkte, daß sie den ganzen Abend umringt war von aufmerksamen Männern, die sie umschwärmten wie die Motten das Licht. Wäre Charles nicht einer der größten unter den Anwesenden gewesen, er hätte das Licht nicht gesehen. Zehn Minuten dauerte es, bis er sich zu ihr durchgekämpft hatte. Julian Ridsdale, einer von Charles' Kollegen im Unterhaus, stellte ihn vor und wurde gleich darauf von seiner Frau weggeschleppt.

Charles blieb vor der Frau stehen, die in jeder Bekleidung, von einer Ballrobe bis zu einem Badetuch, blendend ausgesehen hätte. Sie trug ein weißes Seidenkleid, das blonde Haar berührte die nackten Schultern; die fast durchsichtige Haut beeindruckte Charles am meisten. Seit Jahren war es ihm nicht so schwer gefallen, ein Gespräch zu beginnen.

»Ich nehme an, Sie haben schon eine Verabredung zum Abendessen?« fragte Charles, bevor sich die Geier wieder näherten.

»Nein«, erwiderte sie und lächelte ermutigend. Man kam überein, sich in einer Stunde bei Walton's zu treffen. Pflichtbewußt machte Charles die Runde, aber seine Blicke wanderten wieder und wieder zu ihr zurück. Wann immer sie lächelte, reagierte er darauf, obwohl Amanda es gar nicht bemerken konnte, weil irgend jemand anderer ihr den Hof machte. Als er eine Stunde später ging, lächelte er ihr direkt zu und wurde diesmal mit einem wissenden Zwinkern belohnt.

Charles verbrachte eine Stunde allein an einem Ecktisch bei Walton's. Eben wollte er sich seine Niederlage eingestehen, als Amanda zu seinem Tisch geführt wurde. Der Ärger über das lange Warten verflog in dem Moment, in dem sie ihn anlächelte. »Hallo, Charlie.«

Es erstaunte ihn nicht zu erfahren, daß seine elegante Begleiterin Fotomodell war. Nach Charlies' Ansicht konnte sie für alles — von Zahnpasta bis zu Strümpfen — Modell stehen.

»Sollen wir bei mir Kaffee trinken?« fragte er nach einem ausgedehnten Dinner. Sie nickte, und er ließ die Rechnung kommen; zum erstenmal seit vielen Jahren kontrollierte er sie nicht.

Er war entzückt, wenn auch ein wenig erstaunt, als Amanda auf der Rückfahrt im Taxi den Kopf an seine Schulter lehnte. Als sie auf dem Eaton Square ankamen, war von Amandas Lippenstift kaum mehr etwas zu sehen. Der Taxifahrer dankte Charles für ein reichliches Trinkgeld und konnte sich nicht verkneifen hinzuzufügen: »Viel Glück, Sir.«

Charles kam nicht dazu, Kaffee zu machen. Als er am nächsten Morgen erwachte, fand er Amanda zu seiner Überraschung noch faszinierender. Zum erstenmal seit Wochen vergaß er, sich die Sendung »Gestern im Parlament« anzuhören.

Elizabeth hörte genau zu, als der Sicherheitsbeamte ihr den Mechanismus der Alarmanlage erklärte. Peter und Michael wurde eingeschärft, nie auf die roten Knöpfe, die es in allen Zimmern gab, zu drücken, weil sonst sofort die Polizei erscheinen würde. Die Zimmer in der Beaufort Street waren schon gesichert, und jetzt war das Landhaus dran.

Vor der Beaufort Street stand Tag und Nacht ein Polizist Wache. Weil das kleine Haus in Pucklebridge so einsam lag, mußte es von Bogenlampen umgeben werden, die man sofort andrehen konnte.

»Das muß verdammt unangenehm sein«, meinte Archie Millburn während des Abendessens. Bei seiner Ankunft war er von Sicherheitsbeamten mit Hunden durchsucht worden, bevor er dem Gastgeber die Hand geben konnte.

»Unangenehm ist ein mildes Wort«, sagte Elizabeth. »Letzte Woche hat Peter mit einem Kricketball ein Fenster eingeschlagen. Sofort war alles hell beleuchtet wie ein Christbaum.«

»Habt ihr jemals Ruhe?« fragte Archie.

»Nur, wenn wir im Bett sind, und auch da erscheint, wenn man einmal aufseufzt, ein Schäferhund.«

Wenn Simon morgens ins Parlament fuhr, wurde er von zwei Detektiven begleitet — ein Auto vor ihm, eines hinter ihm. Bisher hatte er immer gedacht, es gäbe nur zwei Wege von Beaufort Street nach Westminster. In den ersten drei Wochen seiner neuen Tätigkeit fuhren sie kein einziges Mal den gleichen Weg.

Wann immer Simon in Belfast zu tun hatte, wußte er weder, von wo er abflog, noch die Abflugzeit. Während alle diese Dinge Elizabeth fast verrückt machten, hatten sie auf ihn die gegenteilige Wirkung. Trotz aller Widrigkeiten hatte er zum erstenmal im Leben das Gefühl, niemandem erklären zu müssen, warum er Politiker geworden war.

Langsam und behutsam versuchte er, Protestanten und Katholiken zusammenzubringen. Manchmal wurde die Arbeit eines Monats in einem Tag zunichte gemacht, aber weder ließ er sich entmutigen noch hatte er Vorurteile, außer, wie er Elizabeth sagte, »ein Vorurteil zugunsten des Hausverstands«. Er hielt einen Druchbruch im Lauf der Zeit für möglich — wenn er nur, auf beiden Seiten, eine Handvoll Männer mit ehrlichen Absichten fand.

Bei den Zusammenkünften aller Parteien brachten ihm beide Fraktionen Respekt entgegen und — privat — auch Zuneigung. Sogar der Sprecher der Opposition in Westminster mußte zugeben, daß Simon Kerslake ein ausgezeichneter Mann für »das gefährliche und undankbare Ministeramt« war.

Auch Andrew wußte, daß er eine Handvoll Männer mit ehrlichen Absichten brauchte, als Hamish Ramsey als Vorsitzender von Edinburgh Carlton zurücktrat.

»Ich habe genug von diesem Tauziehen«, sagte Hamish zu ihm. »Ich habe die Politik aus anderen Gründen gewählt als diese Bande von Unruhestiftern.« Widerwillig ließ Andrew ihn ziehen und überredete seinen Stellvertreter, David Connaught, nur mit Mühe, Hamishs Platz einzunehmen. Als David schließlich einwilligte, sich nominieren zu lassen, trat Frank Boyle, der niemanden im unklaren darüber ließ, was er von dem derzeitigen Abgeordneten hielt, sofort dagegen auf. Andrew sprach vor der Wahl des neuen Vorsitzenden mit jedem Ausschußmitglied. Er rechnete mit einem Abstimmungsergebnis von sieben zu sieben; so würde Hamish mit seiner Stimme für Connaught entscheiden können.

Eine Stunde vor der Versammlung meldete sich Andrew bei Hamish. »Ich rufe dich im Unterhaus an und hinterlasse eine Nachricht, wenn alles vorüber ist«, sagte Ramsey zu ihm. »Keine Sorge, diesmal geht es noch glatt. Wenigstens hinterlasse ich dir den richtigen Vorsitzenden.«

Andrew verließ Pelham Street, nachdem er Clarissa ein weiteres Kapitel aus ihrem Buch vorgelesen hatte, und versprach Louise, gleich nach der Zehn-Uhr-Abstimmung wieder nach Hause zu kommen. Er saß im Sitzungssaal und hörte Charles' gut fundierten Ausführungen über die Währungspolitik zu. Er stimmte nicht mit allem überein, was Seymour sagte, und mochte den Mann auch nicht besonders; aber er mußte zugeben, daß sein Talent auf den hinteren Bänken verschwendet war.

Während der Rede erhielt Andrew eine Nachricht: Stuart Gray, der Parlamentskorrespondent des *The Scotsman,* wollte ihn dringend sprechen. Andrew verließ seinen Platz auf der vordersten Bank und kam sich vor wie ein kleiner Junge, der mitten im Film aus dem Kino läuft, um ein Eis zu essen. Gray erwartete ihn in der *Members' Lobby*.

Andrew kannte Stuart seit seinen ersten Tagen im Unterhaus. Damals hatte ihm der Journalist gesagt: »Sie und ich, wir sind füreinander wie Brot und Butter, also machen wir ein Sandwich.« Andrew lachte, und in den vergangenen fünfzehn Jahren hatten sie kaum je eine Differenz gehabt. Stuart schlug einen Drink an der Bar vor. Andrew setzte sich auf eine Couch, während Stuart an der Theke zwei Whisky bestellte.

»Prost«, sagte der Journalist und gab Andrew ein Glas. Andrew machte einen tiefen Schluck. »Was kann ich für Sie tun?« fragte er. »Ist mein Vater wieder einmal lästig?«

»Ich würde ihn, verglichen mit ihrem neuen Vorsitzenden, einen Anhänger nennen.«

»Wieso? Ich bin mit David Connaught bisher sehr gut ausgekommen«, sagte Andrew etwas steif.

»Ihre Ansicht über Connaught interessiert mich nicht sehr. Ich möchte Ihre Meinung über Ihren neuen Vorsitzenden Frank Boyle hören.« Der Journalist klang sehr förmlich.

»Was?«

»Er hat mit sieben zu sechs Stimmen gewonnen.«

»Aber . . .« Andrew schwieg.

»Los, Andrew. Wir beide wissen, daß der Mann ein verdammter Kommunist ist, und mein Herausgeber verlangt dringend Ihren Kommentar.«

»Ich kann nichts sagen, bevor ich nicht alle Fakten weiß, Stuart.«

»Ich habe Sie Ihnen soeben mitgeteilt. Werden Sie mir einen Kommentar geben?«

»Ja.« Andrew hielt inne. Dann: »Ich bin überzeugt, daß Mr. Boyle in der besten Tradition der Labour-Partei fortfahren wird, und ich freue mich, mit ihm eng zusammenzuarbeiten.«

»Quatsch«, brummte Stuart. »Das druckt niemand.«

»Es ist die einzige Aussage, die Sie heute von mir hören werden«, sagte Andrew.

Stuart sah seinen Freund an und bemerkte Falten in dessen Gesicht, die er bisher nie gesehen hatte. »Ich bin zu weit gegangen, entschuldigen Sie. Bitte kontaktieren Sie mich, wenn Sie es für richtig halten. Mit diesem widerlichen Boyle als Vorsitzenden können Sie vielleicht meine Hilfe brauchen.«

Andrew dankte ihm zerstreut, trank seinen Whisky in einem Zug aus und ging zu einer Telefonzelle. Er rief Ramsey zu Hause an.

»Was, um Himmels willen, ist geschehen?« war alles, was er fragen konnte.

»Einer deiner Wähler ist nicht erschienen«, sagte Hamish. »Behauptete, er sei in Glasgow aufgehalten worden. Ich wollte dich eben anrufen.«

»Verdammt verantwortungslos von ihm«, sagte Andrew. »Warum hast du die Abstimmung nicht verschoben?«

»Das habe ich versucht, aber Boyle zog ein Reglement hervor. ›Ein zwei Wochen vor einer Versammlung eingebrachter Antrag kann nur mit Zustimmung des Antragstellers und eines zweiten Mitgliedes verschoben werden.‹ Es tut mir sehr leid, Andrew. Aber ich war machtlos.«

»Es ist nicht deine Schuld, Hamish. Einen besseren Vorsitzenden als dich hätte ich nicht haben können. Ich bedaure nur, daß du nicht unter würdigeren Umständen abdanken konntest.«

Hamish grinste. »Vergiß nie, Andrew, in einer Demokratie haben die Wähler das letzte Wort. In Edinburgh bist du der Mann, der ihnen mehr als fünfzehn Jahre lang getreulich gedient hat. Das werden sie nicht so schnell vergessen.«

»Sie können sich jetzt anziehen«, sagte die Frauenärztin und ging zu dem Schreibtisch zurück.

Amanda schlüpfte in ihr neuestes Diorkleid, das sie sich am Vortag zum Trost gekauft hatte.

»Es ist das drittemal in fünf Jahren«, sagte Elizabeth Kerslake, und versuchte, nicht vorwurfsvoll zu klingen, während sie Amandas Krankenblätter durchlas.

»Ich könnte ruhig in dieselbe Klinik gehen wie bisher«, sagte Amanda sachlich.

Elizabeth war entschlossen, sie ihre Entscheidung noch einmal überdenken zu lassen. »Wäre es möglich, daß der Vater sich das Kind wünscht?«

»Ich weiß nicht genau, wer der Vater ist.« Amanda sah zum erstenmal beschämt drein. »Wissen Sie, es war das Ende einer alten und der Beginn einer neuen Beziehung.«

Elizabeth erwiderte nur: »Ich schätze, daß Sie mindestens acht Wochen schwanger sind, aber vielleicht sind es auch zwölf.« Wieder sah sie auf ihre Aufzeichnungen. »Haben Sie überlegt, das Kind zur Welt zu bringen und selbst aufzuziehen?«

»Gott behüte, nein. Ich bin von Beruf Modell und nicht Mutter.«

»Dann kann man nichts machen.« Seufzend schloß Elizabeth die Mappe. »Ich werde« — sie vermied zu sagen »wie üblich«, — »alles Notwendige veranlassen. Sie müssen sofort zu Ihrem praktischen Arzt gehen und das Formular von ihm unterschreiben lassen. Rufen Sie mich in einer Woche an. Das ist einfacher, als nochmals nach Pucklebridge zu kommen.«

Amanda nickte. »Können Sie mich wissen lassen, was die Klinik diesmal verlangt? Bestimmt macht sich die Inflation auch da bemerkbar.«

»Ja, ich werde mich informieren, Miss Wallace«, sagte Elizabeth. Sie beherrschte sich mühsam, als sie Amanda zur Tür begleitete. Dann nahm sie die Mappe, ging zu ihrem Aktenschrank und ordnete sie wieder ein. Vielleicht hätte sie energischer sein sollen, aber es hätte vermutlich nichts geändert. Ob ein Kind die Lebenseinstellung dieser Frau verändern könnte?

Zufrieden mit sich kehrte Charles nach der Debatte nach Hause zurück. Jeder Flügel der Partei hatte ihn nach seiner letzten Rede gelobt, und der Chief Whip ließ keinen Zweifel, daß man seine Bemühungen um die neuen Gesetzesentwürfe honorieren werde.

Während der Fahrt kurbelte er das Fenster hinunter, um die frische Luft herein- und den Zigarettenrauch hinauszulassen. Bei dem Gedanken, daß Amanda zu Hause auf ihn wartete, wurde seine Laune noch besser. Die letzten Monate waren herrlich gewesen; mit achtundvierzig erlebte er Dinge, die er sich nie hätte träumen lassen. Als die Tage vergingen, erwartete er ein Nachlassen seiner Leidenschaft, statt dessen wurde sie immer stärker. Selbst die Erinnerung am nächsten Tag war schöner als alles, was er in der Vergangenheit erlebt hatte.

Sobald der Holbein wieder im Eßzimmer hing, wollte Charles mit Amanda über die Zukunft sprechen; wenn sie Ja sagte, wäre er sogar bereit, in die Scheidung von Fiona einzuwilligen. Er parkte den Wagen und zog den Haustorschlüssel aus der Tasche, aber Amanda erwartete ihn schon an der Tür und umarmte ihn.

»Warum gehen wir nicht gleich ins Bett?« begrüßte sie ihn.

Hätte Fiona nur einmal in ihrer fünfzehnjährigen Ehe einen solchen Vorschlag gemacht, er wäre zutiefst schokkiert gewesen. Aber bei Amanda schien es ganz natürlich. Bevor Charles die Weste ausgezogen hatte, lag sie nackt auf dem Bett. Nachher schmiegte sich Amanda in seine Arme und sagte ihm, sie müsse ein paar Tage verreisen.

»Warum?« fragte Charles erstaunt.

»Ich bin schwanger«, antwortete sie trocken. »Mach dir keine Gedanken. In der Klinik bin ich schon vorgemerkt, und bald bin ich wieder ganz in Ordnung.«

»Aber warum bekommen wir kein Kind?« fragte Charles beglückt und sah ihr in die grauen Augen. »Ich habe mir immer schon einen Sohn gewünscht.«

»Sei nicht kindisch, Charles. Damit hab ich noch lang Zeit.«

»Aber wenn wir verheiratet wären?«

»Du bist verheiratet. Und außerdem bin ich erst sechsundzwanzig.«

»Ich kann sofort eine Scheidung bekommen. Mit mir zu leben wäre doch nicht so übel, oder?«

»Natürlich nicht, Charles. Du bist der erste Mann, den ich wirklich mag.«

Charles lächelte erwartungsvoll. »Du wirst es dir also überlegen?«

Amanda sah Charles unsicher an. »Wenn ich wirklich ein Kind bekäme, dann soll es deine blauen Augen haben.«

»Willst du mich heiraten?« fragte er.

»Ich will es mir durch den Kopf gehen lassen. Vielleicht hast du es dir morgen früh schon anders überlegt.«

Raymond fuhr mit Kate nach Heathrow. Er trug das rosa Hemd, das sie für ihn ausgesucht hatte. Sie trug das kleine rote Portefeuille. Auf dem Weg zum Flughafen hatte er ihr noch so viel zu sagen, daß er kaum etwas sprach. Die vier Wochen waren wie im Flug vergangen. Zum erstenmal war er froh, in der Opposition zu sein.

»Nimm's nicht so schwer, Karottenkopf. Wann immer du nach New York kommst, werden wir uns sehen.«

»Ich war erst zweimal im Leben in New York«, sagte er und versuchte zu lächeln.

Nachdem sie ihre elf Koffer eingecheckt hatte, eine Prozedur, die ewig zu dauern schien, bekam sie die Bordkarte.

»Flug BA 107, Flugsteig Nummer 14, Boarding in zehn Minuten.«

»Danke«, sagte sie und setzte sich zu Raymond auf eine Sitzbank. Er hatte zwei Plastikbecher mit Kaffee gekauft. Der Kaffee war kalt. Sie hielten einander an den Händen wie Kinder, die sich in den Ferien getroffen haben und jetzt wieder in ihre Schulen zurückkehren müssen.

»Versprich mir, daß du nicht gleich, wenn ich fort bin, die Kontaktlinsen trägst.«

»Das kann ich dir versprechen.« Raymond griff an seine Brille.

»Es gibt noch so viel, was ich dir sagen möchte«, sagte Kate.

Er wandte sich zu ihr. »Die Vizepräsidentin einer Bank darf nicht weinen.« Er wischte eine Träne von ihrer Wange. »Sonst merken die Kunden, daß du weich bist.«

»Auch Kabinettsmitgliedern ist es nicht erlaubt«, gab sie zurück. »Ich wollte nur sagen, wenn du wirklich glaubst . . .« begann sie.

»Hallo, Mr. Gould.«

Sie sahen das breite Lachen eines Mannes, der, nach seiner Gesichtsfarbe zu schließen, aus einer sonnigeren Gegend kam.

»Ich bin Bert Cox«, sagte er und streckte die Hand aus. »Sie werden sich nicht an mich erinnern.« Raymond ließ Kates Hand los und begrüßte den Mann.

»Wir waren in Leeds zusammen in der Volksschule, Ray. Das war natürlich vor Ewigkeiten. Seitdem haben Sie einen weiten Weg zurückgelegt.«

Wie kann ich ihn nur loswerden, fragte sich Raymond verzweifelt.

»Das ist meine Frau.« Cox wies auf eine schweigende Frau in einem geblümten Kleid. Sie lächelte, sagte aber kein Wort. »Sie ist im selben Ausschuß wie Joyce, nicht wahr, Schatz?« Er wartete nicht auf ihre Antwort.

»Letzter Aufruf für Flug BA 107, die Passagiere werden gebeten, sich zu Ausgang Nummer 14 zu begeben.«

»Wir wählen Sie natürlich immer«, fuhr Cox fort. »Meine Frau« — wieder zeigte er auf das geblümte Kleid — »meine Frau glaubt, Sie werden Premierminister werden. Ich sage immer —«

»Ich muß gehen«, unterbrach Kate, »sonst versäume ich den Flug.«

»Bitte entschuldigen Sie mich einen Moment, Bert«, sagte Raymond.

»Natürlich. Ich warte auf Sie. Hab nicht oft Gelegenheit, mit einem Abgeordneten zu sprechen.«

Raymond ging mit Kate bis zur Absperrung. »Es tut mir so leid. So sind sie alle in Leeds. Herzen aus Gold, aber nicht zu bremsen, wenn sie einmal losgelegt haben. Was wolltest du sagen?«

»Nur, daß ich glücklich gewesen wäre, in Leeds zu leben, auch wenn es dort noch so kalt ist. Noch nie im Leben habe ich jemanden beneidet. Jetzt beneide ich Joyce.« Sie küßte ihn zart auf die Wange und ging, bevor er antworten konnte, durch die Sperre.

»Fühlen Sie sich nicht gut, Madam?« fragte ein Beamter.

»Alles in Ordnung«, sagte Kate und wischte die Tränen weg. Langsam ging sie zu Ausgang Nummer 14 und war froh, daß Raymond zum erstenmal das rosa Hemd trug. Ob er den Zettel finden würde, den sie unter den Kragen geschoben hatte? Wenn er sie noch einmal gefragt hätte . . .

Raymond stand allein da, dann wandte er sich ziellos dem Ausgang zu.

»Eine Amerikanerin, nicht wahr?« stellte Mr. Cox fest, der ihn einholte. »Ich erkenne den Akzent immer.«

»Ja«, sagte Raymond gedankenverloren.

»Eine Freundin von Ihnen?«

»Meine beste Freundin«, erwiderte Raymond.

Als Elizabeth nach zehn Tagen nichts von Miss Wallace gehört hatte, beschloß sie, sie anzurufen. Sie suchte die letzte Telefonnummer heraus, die Amanda ihr gegeben hatte.

Elizabeth wählte. Es dauerte eine Weile, bis jemand abhob.

»Hier Charles Seymour.« Eine lange Pause. »Wer spricht, bitte?«

Elizabeth war unfähig zu antworten. Sie legte auf und spürte, wie ihr der kalte Schweiß ausbrach. Langsam schloß sie Amanda Wallaces Mappe und ordnete sie wieder ein.

25

Simon verbrachte fast ein Jahr mit der Vorbereitung eines Dokumentes mit dem Titel »Eine echte Partnerschaft für Irland«, um es dem Unterhaus vorzulegen.

Das Regierungsziel war es, Norden und Süden für die Dauer von zehn Jahren zusammenzubringen, um danach eine endgültige Lösung zu finden. Während dieser Periode sollten beide Seiten unter der direkten Verwaltung Londons und Dublins stehen. Sowohl Protestanten wie Katholiken hatten zu der »Charta«, wie die Presse den Entwurf nannte, beigetragen. Mit Geschick, Geduld und Ausdauer hatte Simon die politische Führung Nordirlands überredet, den endgültigen Entwurf zu unterzeichnen, falls er vom Unterhaus gebilligt werden sollte.

Die Vereinbarung sei nur ein Stück Papier, sagte er zu Elizabeth, aber sie stelle eine Basis dar, auf der man eine endgültige Regelung aufbauen könnte. Auf beiden Seiten der Irischen See bezeichneten Politiker und Journalisten die Charta als einen echten Durchbruch.

Der Minister für Nordirland sollte das Dokument dem Unterhaus vorlegen, wenn Irland das nächstemal auf dem Terminkalender aufschien. Man hatte Simon — als Vater des Entwurfes — aufgefordert, die Schlußrede für die Regierung zu halten. Sollte das Haus den Entwurf gutheißen, hoffte er, einen parlamentarischen Gesetzesentwurf einbringen zu können, womit das Problem, mit dem so viele seiner Vorgänger gekämpft hatten, gelöst wäre. Gelänge ihm das, waren alle Opfer, die er bisher gebracht hatte, der Mühe wert gewesen, fand Simon.

Elizabeth las den endgültigen Entwurf eines Abends in Simons Arbeitszimmer und gab zum erstenmal zu, froh zu sein, daß er die irische Herausforderung angenommen hatte.

»Und jetzt, kleiner Staatsmann«, fuhr sie fort, »bist du, wie jeder normale Mensch um diese Zeit, bereit fürs Abendessen?«

»Ganz ohne Zweifel«, antwortete Simon und legte die einhundertneunundzwanzig Seiten umfassende Kopie der

Charta vom Eßtisch auf die Anrichte, weil er sie nach dem Essen nochmals durchsehen wollte.

»Verdammt«, rief Elizabeth aus der Küche.

»Was ist los?« fragte er, ohne aufzusehen, wie ein Kind, das in sein Puzzlespiel vertieft ist.

»Ich habe keine Saucenwürfel.«

»Ich werde welche kaufen gehen«, erbot sich Simon. Die zwei Polizisten vor der Tür unterhielten sich, als Simon kam.

»Los. Meine Frau braucht Saucenwürfel, die Staatsaffären müssen warten.«

»Es tut mir leid, Sir«, sagte der Polizeiinspektor, »als man mir mitteilte, daß Sie zu Hause bleiben, habe ich den Dienstwagen weggeschickt. Aber Barker kann Sie begleiten.«

»Kein Problem«, meinte Simon. »Wir nehmen den Wagen meiner Frau. Wir müssen nur feststellen, wo sie ihn geparkt hat.«

Er ging ins Haus und kam gleich darauf zurück. »Schon lange bei der Polizei?« fragte er den Polizisten, während sie zusammen die Straße überquerten.

»Nein, Sir. Erst ein Jahr.«

»Sind Sie verheiratet?«

»Kaum eine Chance mit meinem Gehalt.«

»Dann kennen Sie noch nicht das Problem, keine Saucenwürfel zu haben.«

»In der Kantine hat man jedenfalls noch nie davon gehört, Sir.«

»Sie sollten einmal das Essen im Unterhaus versuchen. Ich glaube nicht, daß es viel besser ist. Gar nicht zu reden vom Gehalt!«

Die zwei Männer lachten, als sie auf das Auto zugingen.

»Wie gefällt Ihrer Frau der Mini Metro?« erkundigte sich der Polizist, als Simon die Tür aufschloß.

Wie alle anderen Bewohner der Beaufort Street, hörte auch Elizabeth die Explosion. Aber sie war die erste, die wußte, was sie bedeutete. Sie stürzte aus dem Haus und suchte den Polizeiinspektor. Er lief rasch über die Straße, und sie folgte ihm.

Die Trümmer des kleinen roten Autos waren über die ganze Straße verstreut; der von Glasscherben übersäte Gehweg sah aus wie nach einem Hagelsturm. Als der Inspektor den abgetrennten Kopf sah, riß er Elizabeth zurück. Die zwei anderen Körper lagen bewegungslos auf der Straße; der Inhalt der Einkaufstasche, die der alten Frau gehörte, lag rund um sie herum.

Binnen Minuten kamen sechs Polizeistreifen, und die Sicherheitspolizei riegelte die Ära ab. Eine Ambulanz brachte die zwei Körper ins Westminster Hospital. Die Reste des Polizisten einzusammeln, erforderte einen Mann mit starken Nerven.

Elizabeth wurde mit einer Polizeistreife ins Krankenhaus gebracht, wo sie erfuhr, daß die alte Dame auf der Fahrt gestorben war, während der Zustand ihres Mannes kritisch sei. Als sie dem behandelnden Chirurgen sagte, daß sie Ärztin sei, beantwortete er ihre Fragen etwas genauer. Simon hatte zahlreiche Brüche erlitten, eine Hüfte war ausgerenkt und er hatte sehr viel Blut verloren. Die einzige Frage, die zu beantworten er nicht bereit war, war die nach Simons Überlebenschancen.

Allein saß Elizabeth vor dem Operationssaal und wartete. Als Stunde um Stunde verging, dachte sie immer wieder an Simons Worte: »Sei tolerant. Vergiß nicht, es gibt in Nordirland immer noch Männer, die guten Willens sind.« Es fiel ihr schwer, nicht laut zu schreien, nicht alle von ihnen als Mörderbande zu bezeichnen. Ihr Mann hatte unermüdlich für sie gearbeitet. Er war weder katholisch noch protestantisch, er war einfach ein Mann, der sich an einer unlösbaren Aufgabe versuchte. Und sie dachte auch daran, daß die Bombe ihr gegolten hatte.

Noch eine Stunde verstrich.

Ein müder Mann mit grauem Gesicht trat auf den Korridor. »Er kämpft immer noch, Dr. Kerslake. Ihr Mann besitzt eine unglaubliche Konstitution; die meisten Menschen hätten nicht überlebt.« Er lächelte. »Darf ich ein Zimmer für Sie suchen, damit Sie schlafen können?«

»Nein, danke«, sagte Elizabeth, »ich möchte in seiner Nähe bleiben.«

Sie rief zu Hause an, um zu sehen, wie sich die Kinder zurechtfanden. Ihre Mutter kam ans Telefon. Sie war, kaum hatte sie die Nachricht gehört, zu den Kindern gefahren und hielt sie von Radio und Fernsehen fern.

»Wie geht es ihm?« fragte sie.

Elizabeth sagte ihr alles, was sie wußte, dann sprach sie mit den Kindern.

»Wir passen auf Großmutter auf«, sagte Peter.

Elizabeth konnte die Tränen nicht mehr zurückhalten. »Danke, Lieber«, sagte sie und legte rasch auf. Sie kehrte zu der Bank vor dem Operationssaal zurück, zog die Schuhe aus, rollte sich zusammen und versuchte einzunicken.

Am frühen Morgen wachte sie abrupt auf. Der Rücken schmerzte, und ihr Hals war steif. Barfuß ging sie langsam auf und ab, streckte die schmerzenden Glieder und suchte nach jemandem, der ihr etwas sagen konnte. Schließlich kam eine Krankenschwester, brachte ihr Tee und teilte ihr mit, daß ihr Mann noch lebe. Aber was hieß »noch«? Sie beobachtete die ernsten Gesichter der Leute, die aus dem Operationssaal kamen und wollte die Anzeichen der Hoffnungslosigkeit nicht sehen. Der Chirurg riet ihr, nach Hause zu gehen und sich auszuruhen; in den nächsten Stunden würde man ihr nichts sagen können. Ein Polizist hielt alle Journalisten, die jetzt in Scharen herbeistürmten, in einem Vorraum zurück.

Elizabeth verbrachte einen weiteren Tag und eine weitere Nacht in dem Korridor, und kehrte erst nach Hause zurück, als der Chirurg ihr sagte, es sei alles vorüber.

Als sie es hörte, fiel sie auf die Knie und schluchzte.

»Auch der liebe Gott will das irische Problem gelöst sehen«, fuhr der Arzt fort. »Ihr Mann wird leben, Dr. Kerslake, aber es ist ein Wunder.«

»Hast du Zeit für einen Drink?« fragte Alexander Dalglish.

»Wenn du mich zwingst«, antwortete Pimkin.

»Fiona«, rief Alexander, »Alec ist auf einen Drink vorbeigekommen.«

Sie erschien in einem leuchtendgelben Kleid, das Haar reichte ihr jetzt bis über die Schultern.

»Steht dir gut«, sagte Pimkin und klopfte sich auf die Glatze.

»Danke. Warum gehen wir nicht ins Wohnzimmer?«

Pimkin folgte ihr vergnügt und setzte sich in Alexanders Lieblingsfauteuil.

»Was möchtest du?« fragte Fiona.

»Einen großen Gin mit einem Hauch Tonic.«

»Wie geht es dem Wahlkreis seit meinem Rücktritt?«

»Er versucht, den größten Sex-Skandal seit Profumo zu verdauen«, grinste Pimkin.

»Ich hoffe nur, es hat deinen Wahlchancen nicht geschadet«, sagte Alexander.

»Keine Spur, mein Alter.« Pimkin nahm ein großes Glas Gin Tonic entgegen. »Im Gegenteil, zur Abwechslung beschäftigt man sich einmal nicht mit mir.«

Alexander lachte.

»Nur Charles und Lady Di waren imstande, das Interesse an eurer bevorstehenden Hochzeit etwas zu überschatten«, fuhr Pimkin fort, das Gespräch sichtlich genießend. »Ich hörte Gerüchte, daß unser verehrter

Freund, der Abgeordnete für Sussex Downs, euch zwei Jahre warten ließ, bis ihr die Ankündigung in *The Times* erscheinen lassen konntet.«

»Das stimmt«, sagte Fiona, »Charles beantwortete nicht einmal meine Briefe, aber in letzter Zeit war er überaus freundlich, wenn sich Probleme ergaben.«

»Vielleicht, weil er auch eine Ankündigung zu machen gedenkt?« fragte Pimkin und leerte das Glas, in der Hoffnung, einen zweiten Drink zu bekommen.

»Was meinst du damit?«

»Daß er sein Herz an jemand anderen verloren hat.«

»Jemand anderen?« fragte Alexander.

»An niemand anderen als —« Pimkin nippte unübersehbar an seinem leeren Glas, »als an Miss Amanda Wallace, einzige Tochter des verstorbenen und kaum betrauerten Brigadekommandanten Boozer Wallace.«

»Amanda Wallace?« wiederholte Fiona ungläubig. »Dazu ist er doch viel zu vernünftig.«

»Ich glaube, es hat weniger mit Vernunft als mit Sex zu tun«, sagte Pimkin, sein Glas hoch haltend.

»Aber er könnte ihr Vater sein.«

»Wenn dem so ist, kann Charles sie ja adoptieren.« Alexander lachte.

»Aber ich weiß aus verläßlicher Quelle«, fuhr Pimkin fort, »daß er um ihre Hand angehalten hat.«

»Das kann nicht dein Ernst sein«, sagte Fiona fassungslos.

»Jedenfalls wird die Sache erwogen, denn sie ist zweifellos schwanger, und Charles wünscht sich einen Sohn.« Triumphierend nahm Pimkin einen zweiten doppelten Gin entgegen.

»Das ist unmöglich«, murmelte Fiona.

»Und wie ich höre«, fügte Pimkin hinzu, »nennen einige boshafte Leute verschiedene Namen als möglichen Vater.«

»Alec, du bist unverbesserlich.«

»Meine Liebe, jeder weiß, daß Amanda mit dem halben Kabinett geschlafen hat und auch mit einer beachtlichen Anzahl von Hinterbänklern.«

»Übertreib nicht so«, warf Fiona ein.

»Und überdies«, sagte Pimkin, ihre Bemerkung überhörend, »ignorierte sie die Vorderbank der Labour-Partei nur, weil ihre Mutter ihr gesagt hat, das seien sehr gewöhnliche Leute, und sie könnte sich anstecken.«

Wieder lachte Alexander. »Aber Charles ist doch bestimmt nicht auf den Trick mit der Schwangerschaft hereingefallen?«

»Hundertprozentig. Er ist wie ein Ire, den man über das Wochenende in einer Brauerei einschließt. Amanda wird bei jeder Gelegenheit konsumiert.«

»Sie ist doch ziemlich dumm«, meinte Alexander, »und von Politik völlig unbeleckt.«

»Dumm mag sie sein«, erwiderte Pimkin, »aber unbeleckt ist sie nicht. Wie ich höre, probieren die beiden das *Kamasutra* durch.«

»Jetzt ist aber Schluß, Alec«, sagte Fiona lachend.

»Du hast recht.« Pimkin stellte fest, daß sein Glas schon wieder fast leer war. »Ein Mann von makellosem Ruf wie ich kann es sich nicht leisten, mit Leuten zu verkehren, die in Sünde leben. Ich muß sofort gehen, meine Lieben.« Er stand auf, und Alexander begleitete ihn zur Tür.

Als er gegangen war, sagte Alexander zu Fiona: »Unser ehemaliger Abgeordneter ist immer auf dem laufenden.«

»Richtig. Für zwei Gläser Gin haben wir viele Informationen bekommen.«

»Haben sie Einfluß auf deine Pläne bezüglich der Rückgabe des Holbeins?« fragte Alexander.

»Keineswegs.«

»Du gehst also nächste Woche zu Sotheby's?«

Fiona lächelte. »Natürlich, und wenn der Preis stimmt, brauchen wir uns über ein Hochzeitsgeschenk für Charles nicht den Kopf zu zerbrechen.«

Drei Wochen nach dem Bombenattentat verließ Simon auf Krücken das Westminster Hospital. Elizabeth war an seiner Seite. Sein rechtes Bein war so zertrümmert, daß er nie mehr richtig gehen würde können. Als er auf die Straße trat, blitzten Hunderte Kameras auf, um allen Zeitungen ein Bild des Helden des Tages zu liefern. Simon lächelte, als hätte er keine Schmerzen. »Diese Mörderbande soll nicht denken, daß sie dich untergekriegt hat«, hatten ihm beide Seiten eingeschärft. Elizabeths Lächeln zeigte nur Erleichterung darüber, daß ihr Mann noch am Leben war.

Nach drei Wochen völliger Ruhe kehrte Simon, entgegen dem Rat seines Arztes, wieder zu seiner »Charta« zurück, die in knapp zwei Wochen dem Unterhaus vorgelegt werden sollte. Der Staatssekretär und der zweite Minister für Nordirland besuchten ihn mehrmals, und man kam überein, daß der Minister vorübergehend Simons Pflichten übernehmen und das Schlußwort sprechen sollte. Während Simons Abwesenheit merkte das ganze Büro für Nordirland, wieviel Arbeit dieses Dokument gekostet hatte, und niemandem fiel es leicht, Simon zu ersetzen.

Der Bombenanschlag und die Sonderdebatte über die Charta erweckten so großes Interesse, daß die BBC beschloß, die Parlamentssitzung von halb vier Uhr bis zur Abstimmung um zehn Uhr abends zu übertragen.

Am Nachmittag der Debatte hörte Simon im Bett liegend so aufmerksam zu, als ginge es um die letzte Folge seiner Lieblingssendung und er müsse um jeden Preis das Ende erfahren. Die erste Rede hielt der Staatssekretär für Nordirland; klar und präzis gab er den Inhalt der Charta wieder, so daß Simon das Gefühl hatte, das ganze Haus müsse ihn unterstützen. Es folgte der Sprecher für die Opposition, der nur zwei, drei Fragen bezüglich der umstrittenen »Patriotenklausel« anmeldete, die den Protestanten im Süden und den Katholiken im Norden Sonderrechte zubilligte. Auch wollte er wissen, wie die Wirkung auf Katholiken sein würde, die sich nicht in Nordirland registrieren lassen wollten. Ansonsten versicherte er dem Haus, daß die Opposition die Charta unterstütze und keine Abstimmung verlangen werde.

Simon entspannte sich zum erstenmal, seine Stimmung sank jedoch, als einige Hinterbänkler immer mehr Einwände gegen die Patriotenklausel vorbrachten. Einige bestanden darauf, daß die Regierung die Notwendigkeit dieser Klausel befriedigend erklären müsse, bevor man die Charta annehme. Simon fürchtete, daß ein paar engstirnige Kerle in der Hoffnung, die Annahme der Charta zu verzögern, bis man sie schließlich vergessen würde, nur Zeit gewinnen wollten. Seit Generationen hatten solche Leute die Wünsche und Hoffnungen des irischen Volkes zunichte gemacht und dem Fanatismus Tür und Tor geöffnet.

Elizabeth kam herein und setzte sich an sein Bett. »Wie steht es?« fragte sie.

»Nicht allzu gut«, sagte Simon. »Alles hängt vom Sprecher der Opposition ab.«

Gemeinsam hörten sie zu. Sobald der Sprecher der Opposition angefangen hatte, stellte Simon fest, daß auch er den wahren Sinn der Patriotenklausel mißverstand. Was Simon in Dublin und Belfast mit beiden Seiten ausgehandelt hatte, wurde im Unterhaus nicht richtig wiedergegeben. Was der Sprecher sagte, war nicht bösartig, und er hielt sich offensichtlich an das, was man vereinbart hatte, Simon spürte jedoch, daß seine mangelnde Überzeugung sich auf die anderen Mitglieder übertrug. Es sah aus, als würde es doch zu einer Abstimmung kommen.

Nachdem ein, zwei andere Abgeordnete Zweifel angemeldet hatten, meinte der Schattenminister: »Vielleicht sollten wir warten, bis der Staatsminister gesund und imstande ist, sich selbst an das Haus zu wenden.« Ein paar »Hört, hört«, wurden im Saal laut.

Simon war zutiefst bestürzt. Wenn die Charta heute nicht angenommen wurde, war sie verloren. Die Arbeit, die Bemühungen — alles war vergeblich gewesen. Er faßte einen Entschluß.

»Ich hätte sehr gern ein Tasse Kakao«, sagte er beiläufig.

»Natürlich, mein Schatz. Ich werde gleich Wasser aufsetzen. Möchtest du auch ein paar Kekse?«

Simon nickte. Sobald sich die Tür hinter Elizabeth schloß, zog er sich so rasch an wie er konnte. Er nahm seinen Gehstock, ein Geschenk von Dr. Fitzgerald, dem irischen Premierminister, eines der vielen Geschenke, die ihn bei seiner Rückkehr aus dem Krankenhaus erwartet hatten. Leise hinkte er die Treppe hinunter und öffnete, hoffend, daß Elizabeth ihn nicht hören würde, das Haustor. Als der diensthabende Polizist ihn sah, legte Simon rasch den Finger an die Lippen, humpelte mühsam zum Polizeiwagen, sank in den Fond und sagte: »Bitte, drehen Sie das Radio an und fahren Sie mich so rasch wie möglich zum Parlament.«

Simon hörte dem Oppositionssprecher zu, während der Chauffeur das Auto — wieder über eine Route, die er nicht kannte — durch den dichten Verkehr lenkte. Um neun Uhr fünfundzwanzig kamen sie zum Unterhaus.

Die Besucher traten zur Seite, als sei er ein Mitglied der königlichen Familie, aber Simon bemerkte es gar nicht. Er hatte nur einen Wunsch: den Sitzungssaal vor dem Schlußwort zu erreichen. Er humpelte an einem erstaunten Diener vorbei und stand eine Minute vor halb zehn vor der Schranke des Sitzungssaales.

Der Sprecher der Opposition setzte sich eben unter leisem Gemurmel und »Hört, hört« auf die vordere Bank, und der Speaker stand auf, um dem Staatsminister das Wort zu erteilen. In diesem Augenblick ging Simon langsam über den grünen Teppich nach vorne. Einen Moment lang war alles still. Dann brach der Jubel aus. Als Simon die vorderste Bankreihe erreichte, kannte der Beifall keine Grenzen. Sein Gehstock fiel zu Boden, als er sich an das Rednerpult klammerte. *Sotto voce* rief der Speaker seinen Namen.

Simon wartete, bis wieder Ruhe eintrat.

»Mr. Speaker, ich möchte dem Haus für den freundlichen Empfang danken. Ich bin heute abend in diesem Saal, weil ich jedes Wort der Debatte im Radio mitgehört habe und glaube, dem Haus meine Überlegungen zur *Patriots' Provision* erklären zu müssen. Sie ist keine leere Formel, um ein schwieriges Problem zu lösen, sondern ein Bekenntnis des guten Willens, das Vertreter beider Seiten gutgeheißen haben. Sie mag nicht perfekt sein, weil Worte für verschiedene Menschen etwas Verschiedenes bedeuten — wie uns Anwälte tagtäglich beweisen.«

Das Gelächter lockerte die gespannte Atmosphäre im Saal.

»Doch wenn wir diese Gelegenheit heute vorübergehen lassen, so bedeutet das einen weiteren Sieg für jene, die, aus welchen Gründen immer, die selbstzerstörerischen Vorgänge von Nordirland begrüßen, und eine Niederlage für alle, die guten Willens sind.«

Das Haus war totenstill, als Simon die Überlegungen erklärte, die zu der Klausel geführt hatten, und ihre Wirkung auf Protestanten und Katholiken in Nord und Süd skizzierte. Er behandelte jeden einzelnen Punkt, der in der Debatte aufgeworfen wurde, bis er feststellte, daß ihm nur noch eine Minute Zeit blieb.

»Mr. Speaker, wir haben heute Gelegenheit, erfolgreich zu sein, wo unsere Vorgänger versagten. Ich bitte Sie, diese Charta zu unterstützen — nicht ohne Einschränkungen natürlich, aber um Terroristen und Mördern zu zeigen, daß wir hier in Westminster für die Kinder des Irlands von Morgen stimmen wollen. Möge das irische Problem im 21. Jahrhundert nur mehr Teil der Geschichte sein. Mr. Speaker, ich bitte um die Unterstützung des Hauses.«

Der Antrag über die Charta wurde ohne Abstimmung angenommen.

Simon fuhr sofort wieder nach Hause und hinkte die Treppe hinauf. Leise schloß er die Schlafzimmertür und suchte nach dem Lichtschalter. Die Nachttischlampe wurde angeknipst, Elizabeth setzte sich auf.

»Dein Kakao ist kalt, und ich habe alle Kekse gegessen«, sagte sie lachend. »Danke, daß du das Radio angelassen hast. So wußte ich wenigstens, wo du bist.«

26

Charles und Amanda heirateten auf dem unauffälligsten Standesamt von Hammersmith, dann fuhren sie nach Paris. Charles bat seine Frau, die Eheschließung noch eine Woche geheimzuhalten. Er wollte Fiona keine Ausrede bieten, den Holbein nicht zurückzugeben. Amanda versprach es ihm, dann fiel ihr Alec Pimkin ein — aber der zählte doch bestimmt nicht.

In Paris war es lustig, obwohl Amandas Schwangerschaft Charles etwas verlegen machte — besonders, als sie am Freitag abend im Plaza Athenée ankamen und in eine Suite mit Blick auf den Hof geführt wurden. Beim Dinner erstaunte Amanda die Kellner nicht nur durch ihren Appetit, sondern auch durch den Schnitt ihres Kleides.

Beim Frühstück las Charles in der *Herald Tribune,* daß Mrs. Thatcher in den nächsten Tagen eine Kabinettsumbildung vornehmen werde. Zu Amandas Mißvergnügen verkürzte er die Flitterwochen und kehrte schon am Samstag, zwei Tage früher als geplant, nach London zurück. Den ganzen Sonntag verbrachte er neben dem Telefon, das nicht klingelte.

An demselben Sonntag bat die Premierministerin Simon Kerslake zu sich, um ihm mitzuteilen, daß er zum Minister des Staatsrats ernannt worden sei und ins Verteidigungsministerium versetzt werde.

Simon wollte protestieren, Mrs. Thatcher aber lehnte jede Diskussion ab. »Ich will keine toten Helden, Simon«, sagte sie scharf.

Elizabeth war erleichtert, als sie davon erfuhr, brauchte jedoch eine Weile, um sich daran zu gewöhnen, daß ihr Mann jetzt als »*The Right Honourable* Simon Kerslake« angesprochen wurde.

Am Montagmorgen, als Charles auf die Rückgabe des Holbeins wartete, wurde er von Mrs. Thatcher angerufen. Beide Anwälte waren übereingekommen, daß das Porträt des Ersten Earl of Bridgwater an diesem Morgen um elf Uhr geliefert werden sollte. Nur die Königin oder Mrs. Thatcher hätten Charles abhalten können, bei der Ankunft dabeizusein.

Der Anruf der Premierministerin erfolgte lange nach der Kabinettsumbildung, da man sie informiert hatte, daß Charles erst am Montag zurückkehren werde.

Charles nahm ein Taxi nach Downing Street und wurde rasch ins Arbeitszimmer der Premierministerin geführt. Mrs. Thatcher lobte seine Arbeit bei den verschiedenen Finanzvorlagen und lud ihn ein, als Finanzsekretär in das Vorderbänkler-Team einzutreten.

Charles dankte und fuhr nach einer kurzen Lagebesprechung wieder nach Hause, um seinen doppelten Triumph zu feiern. Amanda empfing ihn mit der Nachricht, der Holbein sei zurückgekehrt. Fiona hatte die Vereinbarung eingehalten: Das Gemälde war um punkt elf Uhr abgegeben worden.

Charles war entzückt, im Wohnzimmer das große Paket vorzufinden. Weniger erfreut war er, daß ihm Amanda, in der einen Hand eine Zigarette, in der anderen ein Glas Gin, nachkam. Aber das war kein Tag für Streitereien, entschied Charles. Er teilte ihr seine Ernennung mit, sie schien jedoch deren Bedeutung erst zu verstehen, als er eine Flasche Champagner öffnete.

Charles schenkte zwei Gläser voll und reichte eines seiner Frau.

»Eine Doppelfeier, wie lustig«, sagte sie und trank zuerst den Gin aus.

Charles nippte an dem Champagner, bevor er das Paket öffnete. Als er das rote Packpapier und die letzte Kartonhülle entfernt hatte, betrachtete er begeistert das Porträt.

Der Erste Earl of Bridgwater war zurückgekehrt. Charles nahm den Goldrahmen, den er so gut kannte, und stellte fest, daß das Bild etwas locker im Rahmen lag. »Verdammt«, murmelte er.

»Was ist los?« fragte Amanda, immer noch an der Tür.

»Nichts Wichtiges. Der Rahmen muß repariert werden. Ich habe drei Jahre gewartet, noch ein paar Tage spielen keine Rolle.«

Jetzt, da er den Posten eines Finanzsekretärs angenommen hatte, galt es, noch ein Detail zu klären, bevor die Ernennung bekannt wurde. Er gab den Holbein beim Rahmenmacher ab, fuhr zu seiner Bank und ließ Clive Reynolds rufen. Reynolds wußte offenbar noch nichts von Charles neuer Stellung.

»Clive«, Charles nannte ihn zum erstenmal beim Vornamen, »ich möchte Ihnen einen Vorschlag machen.«

Clive Reynolds wartete schweigend.

»Die Premierministerin hat mir ein Amt in der Regierung angeboten.«

»Meinen Glückwunsch«, sagte Reynolds, »das haben Sie verdient, wenn ich mir die Bemerkung erlauben darf.«

»Danke. Ich möchte Ihnen Gelegenheit geben, während meiner Abwesenheit Vorsitzender der Bank zu sein.«

Clive Reynolds sah ihn überrascht an.

»Mit der Auflage, daß ich, falls die Konservativen wieder in die Opposition gehen oder ich mein Regierungsamt verliere, sofort wieder Vorsitzender werde.«

»Natürlich«, sagte Reynolds, »ich werde Sie mit Vergnügen vertreten.«

»Gut«, sagte Charles. »Sie wissen zweifellos, was mit dem letzten Vorsitzenden in der gleichen Situation geschehen ist.«

»Das wird sich bestimmt nicht wiederholen, darauf können Sie sich verlassen.«

»Danke. Wenn ich zurückkehre, werde ich Ihre Loyalität nicht vergessen haben.«

»Ich werde bemüht sein, in Ihrer Abwesenheit die Tradition der Bank fortzusetzen«, fügte Reynolds mit gesenktem Kopf hinzu.

»Davon bin ich überzeugt.«

Der Aufsichtsrat nahm die Empfehlung an; Clive Reynolds wurde zum Vorsitzenden auf Zeit ernannt, und Charles verließ glücklich die Bank, um seine neue Stellung im Finanzministerium anzutreten.

Charles fand, das sei die erfolgreichste Woche seines Lebens gewesen; Freitag abend fuhr er auf dem Heimweg beim Rahmenmacher vorbei, um den Holbein abzuholen.

»Es tut mir leid, aber das Bild paßt nicht genau in den Rahmen«, sagte Mr. Swann.

»Vermutlich hat es sich im Laufe der Jahre gelockert«, meinte Charles gleichgültig.

»Nein, Mr. Seymour, dieses Porträt wurde vor kurzem gerahmt.«

»Das ist nicht möglich«, erwiderte Charles. »Ich kenne den Rahmen ebensogut wie das Bild. Das Porträt des ersten Earl of Bridgwater ist seit vierhundert Jahren in meiner Familie.«

»Nicht dieses Bild.«

»Was soll das heißen?« Jetzt klang Charles etwas unsicher.

»Dieses Bild wurde vor etwa drei Wochen bei Sotheby versteigert.«

Charles wurde es eiskalt, als Swann fortfuhr: »Natürlich ist es aus der Holbein-Schule. Vermutlich von einem seiner Schüler etwa um die Zeit seines Todes. Ich würde meinen, daß es ungefähr ein Dutzend solcher Bilder gibt.«

»Ein Dutzend«, wiederholte Charles und wurde totenblaß.

»Ja, vielleicht sogar mehr. Wenigstens hat es für mich ein Rätsel gelöst«, sagte Swann schmunzelnd.

»Und zwar welches?« stieß Charles mühsam hervor.

»Ich habe nicht verstanden, warum Lady Fiona das Bild ersteigert hat, bis ich mich erinnerte, daß Ihr Familienname Bridgwater ist.«

»Diese Hochzeit hat wenigstens Stil«, sagte Pimkin zu Fiona bei dem Empfang nach ihrer Verehelichung mit Alexander Dalglish zwischen zwei Sandwiches. Hochzeitseinladungen nahm Pimkin immer an, weil sie ihm erlaubten, ungezählte Lachsbrötchen zu konsumieren und unbegrenzte Mengen Champagner zu trinken. »Besonders habe ich den *kurzen* Gottesdienst in den Guards' Chapel genossen. Und Claridges serviert immer die Dinge, die ich schätze.« Er sah sich in dem großen Raum um und starrte kurz auf sein Spiegelbild in einem großen, polierten Leuchter.

Fiona lachte. »Warst du bei Charles' Hochzeit?«

»Meine Liebe, die einzigen ehemaligen Eton-Zöglinge, die man je in Hammersmith sah, fuhren, wenn sie Oxford oder Cambridge vertraten, so rasch wie möglich in einem Boot durch.«

»Du warst also nicht eingeladen?«

»Wie ich höre, war nur Amanda eingeladen, und sogar sie hatte eigentlich eine andere Verabredung. Ich glaube, mit ihrem Arzt.«

»Jedenfalls kann Charles sich keine zweite Scheidung leisten.«

»Nein, nicht in seiner jetzigen Stellung als Finanzsekretär Ihrer Majestät. *Eine* Scheidung mag man durchgehen lassen, eine zweite sicher nicht.«

»Aber wie lang wird Charles sie aushalten?«

»Solange er glaubt, von ihr einen Sohn zu bekommen, der den Titel erben wird. Nicht, daß eine Hochzeit unbedingt die Legalität beweist«, fügte Pimkin hinzu.

»Vielleicht bekommt Amanda einen Sohn.«

»Vielleicht wird das Baby, was immer sie bekommt, Charles in keiner Weise ähnlich.«

»Jedenfalls kann ich mir Amanda nicht als Hausfrau vorstellen.«

»Nein, aber unter den gegebenen Umständen paßt es ihr, die liebende Gattin zu spielen.«

»Auch das kann sich ändern«, sagte Fiona.

»Das bezweifle ich. Daß Amanda dumm ist, darüber besteht kein Zweifel. Aber sie hat einen Überlebensinstinkt, der höchstens von dem eines Mungo übertroffen wird. Es wäre sehr töricht von ihr, wenn sie, während

Charles den Tag damit verbringt, seine glänzende Karriere voranzutreiben, öffentlich nach ergiebigeren Weidegründen suchte. Besonders, wenn sie diese im geheimen ja genießen kann.«

»Du bist eine boshafte alte Klatschbase.«

»Das will ich nicht leugnen«, sagte Pimkin, »es ist eine Kunst, in der die Männer den Frauen immer schon überlegen waren.«

»Danke für dein vernünftiges Hochzeitsgeschenk«, sagte Alexander und gesellte sich zu Fiona, die seit zwei Stunden seine Frau war. »Das ist mein liebster Claret.«

»Zwei Dutzend Flaschen Claret zu schenken, hat zwei gute Gründe«, sagte Pimkin, während er die Hände sachte auf den Bauch legte. »Erstens bekommt man immer, wenn man zum Dinner eingeladen wird, einen guten Wein.«

»Und zweitens?« fragte Alexander.

»Wenn das glückliche Paar sich trennt, kannst du sicher sein, daß sie nicht mehr über das Geschenk streiten werden.«

»Hast du Charles und Amanda etwas geschenkt?«

»Nein«, sagte Pimkin und nahm einem vorbeigehenden Kellner geschickt ein Glas Champagner weg. »Ich fand, die Rückstellung des falschen Earl of Bridgwater ist mehr als genug für uns beide.«

»Wo er jetzt wohl ist?« fragte Alexander.

»Er residiert nicht mehr auf dem Eaton Square«, sagte Pimkin im Tonfall eines Mannes, der eine ausnehmend interessante Information weitergibt.

»Wer würde den falschen Earl haben wollen?«

»Die Herkunft des Käufers ist unbekannt, da er aus einer der ehemaligen Kolonien Ihrer Majestät stammt, aber der Verkäufer . . .«

»Hör auf, uns hochzunehmen, Alec. Wer?«

»Niemand anderer als Mrs. Amanda Seymour.«

»Amanda?«

»Ja, die reizende Kleine hat den falschen Earl aus dem Keller geholt, wo Charles ihn mit allen militärischen Ehren bestattet hatte.«

»Aber sie mußte doch merken, daß es eine Kopie ist.«

»Die gute Amanda würde den Unterschied zwischen einem Holbein und einem Andy Warhol nicht erkennen, aber sie nahm mit Vergnügen zehntausend Pfund für das Bild. Man sagte mir, daß der Händler, der dieses ‚Meisterwerk' kaufte, ein gutes Geschäft gemacht hat.«

»Du meine Güte«, sagte Alexander, »ich selbst habe nur achttausend Pfund dafür bezahlt.«

»Vielleicht solltest du künftig in solchen Fällen Amanda als Beraterin heranziehen«, meinte Pimkin. »Im Austausch für meine wertvolle Information möchte ich wissen, ob der echte Earl weiterhin versteckt bleibt.«

»Bestimmt nicht, Alec. Er wartet nur den richtigen Moment für sein öffentliches Auftreten ab«, sagte Fiona und konnte ein Lächeln nicht verbergen.

»Und wo ist Amanda jetzt?« erkundigte sich Alexander, sichtlich bemüht, das Thema zu wechseln.

»In der Schweiz, um ein Baby zur Welt zu bringen, das hoffentlich genügend Ähnlichkeit mit einem weißen Mitteleuropäer haben wird, um jemanden mit so begrenztem Vorstellungsvermögen wie Charles zu überzeugen, er sei der Vater.«

»Woher hast du diese vielen Informationen?« fragte Alexander.

Pimkin seufzte theatralisch. »Frauen schütten mir gern ihr Herz aus. Auch Amanda ist da keine Ausnahme.«

»Warum tut sie das?«

»Weil ich der einzige Mann unter ihren Bekannten bin, der nicht an ihrem Körper interessiert ist.« Pimkin holte tief Atem und vertilgte ein weiteres Lachssandwich.

Während Amanda in Genf war, rief Charles sie täglich an. Sie versicherte ihm, alles sei in Ordnung, und das Baby werde pünktlich zur Welt kommen. Es war ihm lieber, daß Amanda das Kind im Ausland bekam, da jeder sehen mußte, daß ihre Schwangerschaft nicht jüngsten Datums war. Ihr war es recht; zehntausend Pfund auf einem Schweizer Privatkonto halfen ihr, jene Kleinigkeiten, die sie brauchte, auch in Genf zu kaufen.

Es dauerte ein paar Wochen, bis sich Charles nach einer so langen Pause wieder daran gewöhnte, in der Regierung zu sein. Er genoß die Arbeit im Finanzministerium und gewöhnte sich bald an dessen seltsame Traditionen. Man wußte, daß die Premierministerin dieses Ministerium am schärfsten beobachtete, und das machte die Herausforderung noch größer. Fragte man die Beamten nach ihrer Meinung über den neuen Finanzsekretär, so lauteten die Antworten: tüchtig, effizient, hart arbeitend — aber nie lag in ihrem Tonfall auch nur die Andeutung vom Sympathie. Fragte jemand Charles' Chauffeur, dessen Namen er sich nie merken konnte, so erklärte dieser: »Er gehört zu jenen Ministern, die immer im Fond des Wagens sitzen. Aber ich würde um einen Wochenlohn wetten, daß er eines Tages Premierminister wird.«

Amandas Kind kam Mitte des neunten Monats auf die Welt. Nach einer Woche durfte sie nach England zurückkehren. Sie stellte fest, daß eine Reise mit einem Baby eher mühsam ist, und als sie in Heathrow ankam, war sie mehr als glücklich, das Kind dem Kindermädchen zu übergeben, das Charles ausgesucht hatte.

Charles ließ sie mit einem Auto vom Flughafen abholen; er hatte eine unaufschiebbare Konferenz mit japanischen Geschäftsleuten, die sich über die neuen Importzölle der Regierung beschwerten. Bei der ersten sich bietenden Gelegenheit verabschiedete er sich von seinen japanischen Gästen und eilte zum Eaton Square.

Amanda begrüßte ihn an der Tür. Fast hatte Charles vergessen, wie schön seine Frau war, und wie lange er sie nicht gesehen hatte.

»Wo ist mein Kind?« fragte er nach einem langen Kuß.

»Im Kinderzimmer, das aufwendiger eingerichtet ist als unser Schlafzimmer«, antwortete sie etwas spitz.

Charles lief die breite Treppe hinauf und den Gang entlang. Amanda folgte ihm. Er öffnete die Tür, blieb abrupt stehen und starrte den künftigen Earl of Bridgwater an. Die kleinen dunklen Locken und die tiefbraunen Augen bedeuteten doch einen gewissen Schock.

»Großer Gott«, rief er aus und trat näher. Amanda blieb an der Tür stehen und umklammerte den Türknauf. Sie hatte Hunderte Antworten bereit auf Charles' Fragen.

»Er ist meinem Urgroßvater wie aus dem Gesicht geschnitten. Du hast ein paar Generationen übersprungen, Harry«, sagte Charles und hob den Jungen hoch. »Aber ohne Zweifel bist du ein richtiger Seymour.«

Amanda seufzte unhörbar, aber erleichtert auf. Die hundert Antworten schienen überflüssig.

»Der kleine Kerl hat nicht nur ein paar Generationen übersprungen, sondern einen ganzen Kontinent«, bemerkte Pimkin und nahm einen Schluck Champagner, bevor er weitersprach. »Dieses arme kleine Wesen hingegen«, er deutete auf Fionas Erstgeborenes, »ist Alexanders Ebenbild. Das kleine Mädchen hätte etwas Besseres verdient als die Ähnlichkeit mit seinem Vater.«

»Sie ist schön«, sagte Fiona und nahm Lucy auf, um die Windeln zu kontrollieren.

»Jetzt wissen wir, warum ihr so rasch geheiratet habt«, fügte Pimkin zwischen zwei Schlucken hinzu. »Aber wenigstens hat es das Kind mit knapper Not geschafft, ehelich geboren zu sein.«

Fiona ignorierte seine Worte. »Hast du Charles' Sohn gesehen?«

»Ich glaube, wir sollten von Amandas Kind sprechen, das wäre präziser.«

»Los, Alec, hast du Harry gesehen?« fragte sie, sein leeres Glas geflissentlich übersehend.

»Ja, und er ist seinem wahren Vater so ähnlich, daß man es im Verlauf seines Lebens kaum übersehen wird.«

»Jemand, den wir kennen?«

»Ich liebe keine Skandalgeschichten«, Pimkin entfernte eine Brotkrume von seiner Weste, »wie du weißt. Aber ein bestimmter brasilianischer *faszendeiro,* der im Sommer gern Ascot besucht, ist offenbar an englischen Stutfohlen sehr interessiert.«

Erwartungsvoll hielt Pimkin das leere Glas hoch.

27

James Callaghans Rücktritt als Parteiführer der Labour Party im Oktober 1980 verwunderte keinen der politischen Kommentatoren. Er war fast fünfundsechzig, ein Alter, das seine Partei für den Ruhestand empfohlen hatte. Dieselben Kommentatoren waren jedoch überrascht, als der altgediente Vertreter des linken Flügels, Michael Foot, neuer Führer der Labour-Partei wurde; er schlug Denis Healey mit 139 zu 129 Stimmen. Sofort sagten die Auguren eine lange Oppositionszeit für die Sozialisten voraus.

Die Konservativen genossen es, zur Abwechslung einmal einem Kampf um die Parteiführung als Unbeteiligte zuzusehen. Als Seymour das Resultat erfuhr, amüsierte es ihn, daß die Labour Party einen Sechzigjährigen durch einen Vierundsechzigjährigen ersetzt hatte, der jetzt seinerseits von einem Siebenundsechzigjährigen abgelöst wurde. Lord Shinwell, mit sechsundneunzig der älteste ehemalige Kabinettsminister der Sozialisten, erklärte, er würde als Parteiführer kandidieren, sobald Foot sich zurückziehe.

Die Wahl für das Schattenkabinett erfolgte eine Woche später, und Andrew beschloß, sich nicht zu bewerben. Wie viele seiner Kollegen mochte er zwar den Parteiführer persönlich, war aber nur selten mit ihm über innenpolitische Fragen einer Meinung, und vertrat, was die Verteidigungs- und Europapolitik betraf, einen völlig anderen Standpunkt. Andrew wurde statt dessen Vorsitzender des Sonderausschusses für Schottische Fragen.

Raymond hingegen hielt Foot nur für eine Zwischenlösung und war es daher zufrieden, unter ihm zu arbeiten. Bei der Wahl zum Schattenkabinett kam Raymond an die achte Stelle; Foot bot ihm an, weiter das Wirtschaftsressort zu betreuen.

Als Andrew am Tag nach der Wahl ins Unterhaus kam, suchte er sich zum ersten Mal nach vierzehn Jahren einen Platz auf den Hinterbänken. Er sah Raymond in der ersten Bankreihe und dachte an seine eigenen Worte: »Der Tag wird kommen, an dem ich auf den hinteren Bänken sitze und dich beneide.«

Andrew war nicht erstaunt, als ihn sein Komitee in Edinburgh aufforderte, sich im Lauf des Jahres zur Wiederwahl zu stellen. Als der Labour-Parteitag im Oktober die Wiederwahl der Abgeordneten obligatorisch machte, wußte er, daß ihm hier der größte Kampf bevorstand. Frank Boyle war es sogar gelungen, einen weiteren von Andrews Anhängern durch einen seine eigenen Gefolgsleute zu ersetzen.

Roy Jenkins, ehemaliger stellvertretender Parteiführer

der Sozialisten, kehrte, sobald seine Amtsperiode als Präsident der EG vorbei war, aus Brüssel zurück und machte kein Hehl daraus, daß er die Gründung einer neuen Partei erwog, die jene ansprechen sollte, für die die Labour-Partei zu weit nach links gerückt war. Der Parteitag hatte den Parlamentsabgeordneten die Möglichkeit genommen, ihren Führer zu wählen; das war für viele der Anfang vom Ende, und verschiedene Labour-Abgeordnete versicherten Jenkins, sie seien bereit, die Partei zu verlassen. Andrew hätte es vorgezogen, der Partei treu zu bleiben und sie von innen zu reformieren, aber es wurde ihm immer klarer, daß dazu keine Möglichkeit mehr bestand.

In seiner Post fand er eine kurze Mitteilung vom Sekretär seines Wahlkreises, daß Frank Boyle bei der Wiederwahl sein Gegenkandidat sein werde. Am Tag der Versammlung flog Andrew nach Edinburgh; er war auf das Schlimmste gefaßt. Niemand holte ihn vom Flughafen ab, und in der Parteizentrale begrüßte ihn David Connaught mit kummervoller Miene.

Wieder stand Andrew in einem kalten, kahlen Raum vor dem Komitee und beantwortete die gleichen Fragen, die man ihm schon vor drei Jahren gestellt hatte. Er gab genau die gleichen Antworten: was er von der nuklearen Abrüstung hielt, warum er für eine enge Verbindung mit den Vereinigten Staaten war, seine Einstellung zur Vermögenssteuer — eine vorhersagbare Frage folgte der anderen, aber Andrew verlor nicht die Nerven. Er schloß mit den Worten: »Ich war stolz, den Bewohnern von Edinburgh Carlton fast zwanzig Jahre lang als Labour-Abgeordneter zu dienen, und hoffe, es weitere zwanzig Jahre zu tun. Wenn ihr mich heute nicht wiederwählen wollt, werde ich mich vielleicht als unabhängiger Kandidat aufstellen lassen.« Zum erstenmal sahen ein, zwei Komiteemitglieder besorgt drein.

»Ihre Drohungen schüchtern uns nicht ein, Mr. Fraser«, sagte Frank Boyle. »Die Labour-Partei war immer schon größer als ein Einzelner. Jetzt wissen wir, wo Mr. Frasers wahre Interessen liegen. Ich schlage vor, wir stimmen ab.«

Auf zwölf kleine Papiere wurde »Fraser« oder »Boyle« geschrieben, die dann dem Vorsitzenden übergeben wurden.

Langsam sammelte Boyle die Zettel ein und genoß Andrews Unbehagen. Er öffnete das erste Papier. »Boyle«, sagte er und sah die anderen an.

Er öffnete das zweite — »Fraser« — dann das dritte, »Boyle«, gefolgt von »Fraser, Fraser, Fraser.«

Andrew zählte: vier zu zwei für ihn.

Auf »Fraser« folgte »Boyle, Boyle, Fraser«.

Sechs zu vier zu Andrews Gunsten. Zwei Zettel waren noch nicht geöffnet. Er brauchte nur noch eine Stimme. »Boyle.« Sechs zu fünf. Der Vorsitzende beeilte sich nicht, das letzte Papier zu öffnen. »Boyle«, rief er triumphierend.

Er ließ die Wirkung einsickern. »Sechs zu sechs«, erklärte er und fügte hinzu: »Nach Punkt 42 der Parteiordnung« — es klang, als hätte er die Worte auswendig gelernt — »hat der Vorsitzende bei einem unentschiedenen Ergebnis seine Stimme abzugeben.« Wieder wartete er.

Dann: »Boyle.« Und nach einer kurzen Pause: »Daher erkläre ich, daß Frank Boyle zum offiziellen Kandidaten der Labour Party des Wahlkreises von Edinburgh Carlton für die nächsten allgemeinen Wahlen gewählt wurde.« Er wandte sich an Andrew: »Wir werden Ihre Dienste nicht länger beanspruchen, Mr. Fraser.«

»Ich möchte jenen danken, die mich unterstützt haben«, sagte Andrew leise und ging, ohne ein weiteres Wort zu verlieren.

In der nächsten Nummer des *Scotsman* erschien ein

langer Artikel, in dem es hieß, wie gefährlich es sei, wenn eine kleine Gruppe eigenwilliger Männer die Macht habe, einen Abgeordneten abzuwählen, der seinen Wählern lange Zeit ehrlich und erfolgreich gedient habe. Andrew rief Stuart Gray an, um ihm zu danken. »Ich wollte, Ihr Artikel wäre einen Tag früher erschienen«, fügte er hinzu.

»Er war für gestern geplant«, erwiderte Stuart,»aber die Ankündigung von Prince Charles' Verlobung mit Lady Diana Spencer warf alle Pläne um. Übrigens, muß Boyles Nominierung nicht vom Parteiausschuß bestätigt werden?«

»Ja, aber der ist Wachs in seinen Händen. Es wäre, als würde man sich bei seiner Schwiegermutter über das Gezänk seiner Frau beklagen.«

»Warum wenden Sie sich dann nicht an das Nationale Exekutivkomitee und verlangen, daß die Entscheidung einer Vollversammlung der Partei des Wahlkreises vorgelegt wird?«

»Weil es Wochen dauern würde, die Entscheidung zu widerrufen und — das ist vielleicht noch wichtiger — weil ich glaube, daß ich mich nicht mehr als Labour Kandidat um den Sitz bewerben möchte.«

Auf eine Frage des Reporters erwiderte Andrew:»Ja, Sie können mich zitieren.«

Als der Tag der Wahl näherrückte, fand Charles es an der Zeit, Amanda seiner Wählerschaft vorzustellen. Jenen, die sich nach ihr erkundigten, hatte er gesagt, sie hätte sich nach der Entbindung nicht wohl gefühlt, und der Arzt habe ihr geraten, alles zu vermeiden, was ihren Blutdruck erhöhen könnte. Charles beschloß auch, Harry zu Hause zu lassen; denn schließlich, so sagte er, habe er und nicht sein Sohn ein Leben in der Öffentlichkeit gewählt.

Das jährliche Gartenfest bei Lord Cuckfield schien der gegebene Anlaß, Amanda vorzustellen, und er bat sie, etwas der Gelegenheit Entsprechendes anzuziehen.

Charles wußte, daß Designer-Jeans modern waren, und daß seine modebewußte Frau nie dasselbe zweimal trug. Er wußte auch, daß eine Frau von heute keinen Büstenhalter mehr trug. Trotzdem war er schokiert, als er Amanda in einer fast durchsichtigen Bluse und Jeans sah, die so eng waren, als wären sie angegossen. Er war zutiefst entsetzt.

»Kannst du nicht etwas ein bißchen . . . Konservativeres finden?« schlug er vor.

»Wie die Kleider, die Fiona, diese alte Schachtel, trägt?« Charles fiel keine passende Antwort ein. »Die Garden Party wird schrecklich langweilig werden«, sagte er verzweifelt, »vielleicht sollte ich allein hingehen?«

Amanda sah ihn an. »Schämst du dich mit mir, Charlie?«

Schweigend fuhr er mit seiner Frau in seinen Wahlkreis, und jedesmal, wenn er sie ansah, war er versucht, umzukehren. Als sie bei Lord Cuckfield ankamen, wurden seine schlimmsten Befürchtungen wahr. Weder die Herren noch die Damen konnten ihre Blicke von Amanda wenden, als sie, Erdbeeren verschlingend, über den Rasen schlenderte. Viele von ihnen hätten das Wort »Nutte« benutzt, wäre sie nicht die Frau des Abgeordneten gewesen.

Es wäre alles nicht so schlimm geworden, hätte Amanda bloß der Frau des Bischofs einen gewagten Witz erzählt; hätte sie sich nur nicht strikt geweigert, Schiedsrichterin bei der Baby-Schönheitskonkurrenz zu spielen oder bei der Tombola mitzutun. Aber Charles stand noch Ärgeres bevor. Die Vorsitzende des Frauenberatungskomitees wurde Amanda vorgestellt.

»Meine Liebe«, sagte Charles, »ich glaube, du kennst Mrs. Blenkinsop noch nicht.«

»Nein«, erwiderte Amanda, die ausgestreckte Hand ignorierend.

»Mrs. Blenkinsop«, fuhr Charles fort, »hat für ihre Verdienste um den Wahlkreis den OBE erhalten.«

»OBE?« fragte Amanda unschuldig.

Mrs. Blenkinsop richtete sich zu ihrer vollen Größe auf. »Den Orden des British Empire«, erklärte sie.

Amanda lächelte. »Komisch, mein Vater behauptete immer, die drei Buchstaben stünden für ›Orgasmus bald erreicht‹.«

»Hast du das Seifenpulver irgendwo gesehen?« fragte Louise.

»Nein, ich habe vor längerer Zeit aufgehört, meine Unterhosen zu waschen«, erwiderte Andrew.

»Aber wenn du es nicht genommen hast, wer sonst? Mir fehlen zwei große Pakete.«

»Der geheimnisvolle Waschmitteldieb hat also wieder zugeschlagen. Was wird er als nächstes tun?«

»Mach dich nicht lustig, sondern hol Clarissa aus der Badewanne.«

Andrew trennte sich von seinem Lehnstuhl und dem *Economist* und lief hinauf. »Zeit, aus dem Bad zu steigen, junge Dame«, rief er noch bevor er die Tür erreicht hatte. Zuerst hörte er das Schluchzen, dann sah er Clarissa. Sie war von Kopf bis Fuß mit Seifenflocken bedeckt. Das dichte schwarze Haar war voller Waschpulver. Andrew lachte, hörte jedoch sofort auf, als er Clarissas blutende Knie und Schienbeine sah. In einer Hand hielt sie eine große, mit einer Mischung aus Blut und Seifenpulver bedeckte Reibbürste.

»Was ist denn los, Liebling?« Andrew kniete sich auf den Badezimmervorleger.

»Es ist nicht wahr«, sagte Clarissa, ohne ihn anzusehen.

»Was ist nicht wahr?« fragte er zärtlich.

»Sieh dir die Schachtel an.« Das Kind wies auf die zwei leeren Pakete. Andrew betrachtete das bekannte Bild eines blonden Mädchens in einem weißen Spitzenkleid auf den Schachteln.

»Was ist nicht wahr?« Er wußte immer noch nicht genau, was Clarissa meinte.

»Es ist nicht wahr, daß das Zeug weißer wäscht und jeden schwarzen Fleck wegbringt. Zwei große Pakete, und ich bin immer noch schwarz.«

Andrew mußte lächeln, und Clarissa weinte noch bitterlicher. Als er alle Waschmittelreste abgewaschen hatte, reinigte er vorsichtig die Kratzer und Aufschürfungen.

»Warum bin ich so schwarz?«

»Weil deine Mutter und dein Vater schwarz waren«, sagte Andrew und führte seine Tochter aus dem Badezimmer.

»Warum bist du nicht mein Vater? Dann wäre ich weiß.«

»Ich bin jetzt dein Vater, deshalb mußt du nicht weiß sein.«

»Ich muß aber weiß sein.«

»Warum?«

»Weil mich die Kinder in der Schule auslachen«, sagte Clarissa und umklammerte Andrews Hand.

»Als ich in die Schule ging, wurde ich ausgelacht, weil ich so klein war«, sagte Andrew. »Sie nannten mich einen Schwächling.«

»Was hast du dagegen gemacht?«

»Ich habe eisern trainiert und wurde schließlich Kapitän des Fußballteams der Schule. Da hörten sie auf zu lachen.«

»Aber da warst du schon groß. Und ich kann nicht trainieren, weiß zu werden.«

»Nein, ich war noch klein, und du brauchst nicht zu trainieren.«

»Warum nicht?« Clarissa hielt immer noch seine Hand fest.

»Weil du schön sein wirst. Und dann werden dich alle diese häßlichen weißen Mädchen beneiden.«

Clarissa schwieg eine Weile, dann:

»Versprichst du mir das, Daddy?«

»Ich verspreche es dir.« Er blieb an ihrem Bett sitzen.

»So wie Frank Boyle dich beneidet?«

Andrew war verblüfft. »Was weißt du von ihm?«

»Nur was ich Mummy sagen hörte; daß er der Labour-Mann für Edinburgh sein wird, aber daß du ihn schlagen wirst.«

Andrew war sprachlos.

»Wird er der Labour-Mann sein, Daddy?«

»Ja.«

»Und wirst du ihn schlagen?«

»Ich werde es versuchen.«

»Kann ich dir helfen?« Ein winziges Lächeln erhellte Clarissas Gesicht.

»Natürlich. Aber jetzt sollst du einschlafen.« Andrew stand auf und zog die Vorhänge zu.

»Ist er schwarz?«

»Wer?« fragte Andrew.

»Der böse Boyle.«

»Nein.« Andrew lachte. »Er ist weiß.«

»Dann sollte er meine Haut bekommen und ich könnte seine haben.«

Andrew machte das Licht aus und war froh, daß Clarissa nicht mehr sein Gesicht sehen konnte.

Zu Harrys zweitem Geburtstag kamen alle jene Zweijährigen aus der Nachbarschaft, die die Kinderfrau für passend hielt. Charles gelang es, aus einer Konferenz zu verschwinden, und er fuhr, beladen mit einem großen Zeichenbrett und einem roten Dreirad, nach Hause. Als er das Auto parkte, sah er Fionas alten Volvo Richtung Sloane Square fahren. Er hielt es für einen Zufall, obwohl er immer noch daran dachte, den unbezahlbaren Holbein wiederzubekommen.

Natürlich wollte Harry mit seinem neuen Dreirad gleich um den Eßzimmertisch fahren. Charles sah seinem Sohn zu, und es entging ihm nicht, daß er kleiner war als alle seine Altersgenossen. Dann fiel ihm ein, daß auch sein Urgroßvater nur einen Meter siebzig groß war.

Als die Kerzen ausgeblasen waren und die Kinderfrau wieder Licht gemacht hatte, merkte Charles zum erstenmal, daß etwas fehlte. Es erinnerte ihn an ein Kinderspiel: Auf einem Tablett liegen verschiedene Gegenstände, alle schließen die Augen, die Kinderfrau nimmt etwas weg, und alle müssen raten, was es war.

Charles brauchte eine Weile, bis er feststellte, daß es die goldene Zigarrenkiste war, die fehlte. Er ging zu dem Regal und starrte auf den leeren Fleck, wo sich noch gestern abend die Golddose seines Urgroßvaters befunden hatte. Jetzt war nur mehr das dazupassende Feuerzeug da.

Sofort fragte er Amanda, ob sie wisse, wo das Erbstück sei, aber sie war damit beschäftigt, die Kinder für das Musikalische-Stühle-Spiel in einer Reihe aufzustellen. Nachdem Charles in den anderen Zimmern gesucht hatte, rief er die Polizei an.

Kurz darauf erschien ein Inspektor der Kriminalpolizei und nahm alle Einzelheiten auf. Charles zeigte ihm eine Photographie der Dose mit den Initialen C.G.S. Fast hätte er Fionas Namen erwähnt. Der Inspektor versicherte Charles, daß er die Untersuchung persönlich leiten werde. Als Charles zu der Geburtstagsfeier zurückkehrte, wurden die Kinder eben abgeholt.

Als die Labour-Partei von Edinburgh Carlton nach ihrer Jahresversammlung eine Presseerklärung abgab und mitteilte, Frank Boyle sei der Kandidat für den Sitz im Unterhaus, war Andrew erstaunt und gerührt über die Flut von Briefen und Anrufen, die er erhielt, oft von Leuten, die er gar nicht kannte. Die meisten baten ihn, bei den nächsten allgemeinen Wahlen als Unabhängiger zu kandidieren.

Zwanzig Labour-Abgeordnete und ein Konservativer traten der neuen Sozialdemokratischen Partei bei, und man erwartete, daß ihnen viele folgen würden. Andrew wußte, daß er bald eine Erklärung abgeben mußte, wenn er seine Anhänger nicht verlieren wollte. Stundenlang besprach er mit Louise das schmerzliche Problem, sich endgültig von seiner Partei zu trennen.

»Was soll ich nur tun?« fragte er immer wieder.

»Das kann ich dir nicht sagen; ich hoffe nur, daß du dich bald entscheidest.«

»Warum so rasch?«

»Weil ich bei den nächsten Wahlen die Sozialdemokraten wählen werde. Daher hoffe ich, daß du mein lokaler Kandidat sein wirst.«

Ein paar Tage später rief Roy Jenkins, Andrews früherer Vorgesetzter im Innenministerium, an und teilte ihm mit, daß er in einer Nachwahl in Glasgow als Kandidat der Sozialdemokraten kämpfen werde.

»Ich hoffe, daß du dich für uns entscheiden wirst«, sagte Jenkins.

Andrew hatte Jenkins feste Haltung gegenüber der Linken immer schon bewundert und hielt es für möglich, daß dieser Mann das Zweiparteien-System aufbrechen könnte.

»Ich brauche noch ein bißchen Zeit«, antwortete er.

Eine Woche später hatte sich Andrew entschieden und informierte den Chief Whip, daß er seine Partei verlassen und sich der SDP anschließen werde. Dann packte er einen Koffer und fuhr nach Glasgow.

Roy Jenkins gewann den Sitz in Glasgow Hillhead mit einer Mehrheit, die beachtlich genug war, die beiden großen Parteien zu beunruhigen. Ostern waren weitere neunundzwanzig Abgeordnete der SDP beigetreten, und die Allianz zwischen SDP und den Liberalen ergab im Unterhaus vierzig Stimmen.

Meinungsumfragen reihten die Sozialdemokraten an zweiter Stelle, und es sah fast so aus, als könnten sie bei den nächsten Wahlen das Zünglein an der Waage sein. Die Konservativen nahmen jetzt bei allen Umfragen den dritten Platz ein.

Drei Wochen lang hatte Charles nichts von der Golddose gehört und begann eben zu verzweifeln, als der Inspektor anrief und mitteilte, das Erbstück sei gefunden worden.

»Großartig«, sagte Charles. »Können Sie mir die Dose bringen?«

»Das ist nicht ganz einfach, Sir«, sagte der Polizist.

»Wieso?«

»Ich möchte darüber nicht am Telefon sprechen. Dürfte ich Sie aufsuchen, Sir?«

»Natürlich«, sagte Charles etwas verwundert.

Ungeduldig wartete er auf den Inspektor, der kaum zehn Minuten später vor der Haustür stand. Seine erste Frage überraschte Charles.

»Sind wir allein, Sir?«

»Ja. Meine Frau und mein Sohn sind zu Besuch bei meiner Schwiegermutter in Wales. Sie sagten, Sie hätten die goldene Dose gefunden?« fuhr er fort, ungeduldig, alle Details zu hören.

»Ja, Sir.«

»Gute Arbeit, Inspektor. Ich werde persönlich mit Ihrem Vorgesetzten sprechen«, fügte er hinzu und führte den Mann ins Wohnzimmer.

»Leider gibt es Schwierigkeiten, Sir.«

»Wieso, wenn Sie die Dose fanden?«

»Wir sind nicht sicher, daß ihr Verschwinden illegal war.«

»Was meinen Sie damit?«

»Die Dose wurde einem Händler für zweitausendfünfhundert Pfund angeboten.«

»Und von wem?« fragte Charles ungeduldig.

»Das eben ist das Problem, Sir. Der Scheck war auf Amanda Seymour ausgestellt, und die Beschreibung paßt auf Ihre Frau.« Charles war sprachlos. »Der Händler hat als Beweis eine Empfangsbestätigung.« Der Inspektor überreichte ihm eine Kopie der Bestätigung. Charles konnte das Zittern seiner Hände nicht kontrollieren, als er Amandas Unterschrift erkannte.

»Da die Angelegenheit schon der Staatsanwaltschaft gemeldet wurde, wollte ich mit Ihnen privat sprechen, denn ich bin sicher, daß Sie keine Anklage erheben wollen.«

»Ja, nein, natürlich . . . Danke für Ihre Umsicht, Inspektor«, sagte Charles tonlos.

»Nichts zu danken, Sir. Der Händler ist bereit, die Dose um die Summe, die er dafür bezahlte, zurückzugeben. Ich glaube, das ist fair.«

Charles äußerte sich nicht. Nachdem er dem Inspektor nochmals gedankt hatte, begleitete er ihn zur Tür.

Dann ging er in sein Arbeitszimmer, rief Amanda bei ihrer Mutter an und befahl ihr, sofort zurückzukommen. Sie wollte protestieren, aber er hatte schon aufgelegt.

Charles wartete zu Hause, bis sie spät abends auf dem Eaton Square eintraf. Die Kinderfrau und Harry wurden sofort nach oben geschickt.

Charles stellte nach fünf Minuten fest, daß nur mehr

ein paar hundert Pfund der Verkaufssumme vorhanden waren. Als seine Frau in Tränen ausbrach, versetzte er ihr eine so kräftige Ohrfeige, daß sie hinfiel. »Sollte noch irgend etwas in diesem Haus fehlen«, sagte er, »wirst du auch verschwinden, und ich werde dafür sorgen, daß du lange Zeit im Gefängnis verbringst.« Heftig schluchzend lief Amanda aus dem Zimmer.

Am folgenden Tag gab Charles eine Annonce auf, um eine Erzieherin für seinen Sohn zu suchen. Dann übersiedelte er in den obersten Stock, um dem Kind nahe zu sein. Amanda sagte kein Wort.

Sobald die Erzieherin sich eingewöhnt hatte, verlor Amanda jedes Interesse an dem Kind und verschwand des öfteren für längere Zeit. Charles wußte meistens nicht, wo sie sich befand, und es war ihm auch gleichgültig.

Als Pimkin seinem Freund Alexander über den letzten Stand der Dinge mit allen zugehörigen Details berichtete, sagte Fiona zu ihrem Mann: »Ich hätte nie gedacht, daß ich Charles eines Tages bedauern werde.«

An einem Donnerstag im April 1982 griff Argentinien zwei kleine Inseln an und besetzte sei. Die eintausendachthundert britischen Einwohner wurden zum erstenmal seit mehr als hundert Jahren gezwungen, den Union Jack einzuholen. An diesem Freitag fuhr kaum ein Abgeordneter in seinen Wahlkreis zurück. Ganz gegen die üblichen Gepflogenheiten trat das Unterhaus am Samstag morgens zu einer Sondersitzung zusammen, während die Nation jedes Wort am Radio verfolgte.

Am selben Tag schickte Mrs. Thatcher einen Kampfverband um den halben Erdball, um die Inseln zurückzuerobern. Ihre Landsleute verfolgten alle Nachrichten mit einer solchen Intensität, daß die Theater von London leer waren, am Höhepunkt der Saison.

Simon war froh, in diesem historischen Moment im Verteidigungsministerium zu arbeiten, und Elizabeth zeigte Verständnis, daß er das Haus verließ, bevor sie erwachte, und heimkam, als sie schon schlief.

Nicht im Mittelpunkt des öffentlichen Interesses, aber ebenfalls unter Druck kämpfte Charles in seinem Ministerium mit den finanziellen Problemen. Er verbrachte Tag für Tag im Parlament. Wie Simon war auch er nur selten zu Hause, aber anders als Elizabeth blieb seine Frau bis Mittag im Bett. Wenn Charles ein bißchen freie Zeit hatte, so verbrachte er sie mit Harry, dessen Fortschritte er erfreut und genau beobachtete.

Als auf den Falkland-Inseln wieder die britische Flagge gehißt wurde, war auch das Budget angenommen worden.

28

»Geht die Premierministerin im November?« und »Wird Maggie bis Juni warten?« waren zwei Überschriften, die Andrew am ersten Tag der neuen Parlamentsperiode las.

Jeder, der einen gefährdeten Sitz verteidigt, ist, wenn die vorgeschriebenen fünf Jahre zu Ende gehen, nervös, und alle neuen SDP-Abgeordneten betrachteten ihre Sitze als gefährdet. Andrew bildete keine Ausnahme.

Der Führer der Sozialdemokraten hatte begonnen, im Unterhaus eine Gruppe um sich zu scharen, und Andrew arbeitete hart, um sich seines Platzes würdig zu erweisen. Als Roy Jenkins sein Schattenteam bekanntgab, wurde Andrew Sprecher für Verteidigungsfragen und genoß die Herausforderung, sich vor der Wahl mit den zwei Großparteien zu messen. Doch als die Falkland-Krise vorbei war, wußte er, wo sein wirkliches Problem lag: Nicht in Westminster, sondern in Edinburgh, wo er jetzt immer mehr Zeit verbrachte. Hamish Ramsey rief ihn an, ob er irgendwie helfen könne.

»Sei beim Wahlkampf mein Vorsitzender«, antwortete Andrew lakonisch.

Ramsey sagte sofort zu, und nach zwei Wochen hatten sich vier Mitglieder von Andrews ehemaligem Labour-Partei-Komitee der SDP angeschlossen. Die Unterstützung für Andrew kam aus den erstaunlichsten Richtungen, so zum Beispiel von Jock McPherson, der erklärte, die Schottischen Nationalisten würden sich nicht um den Sitz für Edinburgh Carlton bewerben, weil sie Frank Boyle nicht im Parlament haben wollten. Sir Duncan Fraser schwieg lange über die Pläne der Konservativen, bis er Jamie Lomax als Kandidaten vorstellte.

»Lomax, Lomax«, wiederholte Andrew. »Wir waren zusammen in der Schule«, sagte er seinem Vater. »Man nannte ihn den lahmen Lomax; du hast den größten Idioten unserer Generation ausgesucht.«

»Das ist eine häßliche Verleumdung eines anständigen Mannes«, sagte Sir Duncan und versuchte, ernst zu bleiben. »Ich kann dir versichern, es war gar nicht leicht, das Komitee von seiner Eignung zu überzeugen.«

»Wie ist es dir gelungen?«

»Es war wirklich nicht einfach. Wir hatten einige gute Kandidaten, aber es gelang mir, sie alle zu eliminieren und darauf hinzuweisen, wie untadelig Lomax' Vergangenheit ist.«

»Nicht vorhandene Karrieren sind die beste Garantie für eine untadelige Vergangenheit«. Andrew lachte.

»Ja, ein oder zwei Komiteemitglieder meinten das auch. Aber du mußt zugeben, daß Lomax sehr gut aussieht«, fügte sein Vater hinzu.

»Was hat das damit zu tun? Du hast doch nicht nach einem Dressman als Kandidaten Ausschau gehalten!«

»Nein, aber es hat geholfen, die Damen des Frauenberatungskomitees auf meine Seite zu bringen.«

»Vater, du bist ein Gauner.«

»Keineswegs. Es gibt in ganz Schottland keinen Konservativen, der lieber Frank Boyle im Parlament sehen möchte als dich. Und da wir keine Chance haben, den Sitz zu gewinnen, warum soll er ihn bekommen?«

Louise und Clarissa verbrachten die Weihnachtsferien in Edinburgh. Sir Duncan machte Louise darauf aufmerksam, daß Andrew nie mehr ins Parlament zurückkehren werde, wenn er diese Wahl verlor.

Margaret Thatcher hielt sich auch 1983 an ihre Währungspolitik, und die Inflationsrate sank auf weniger als vier Prozent, während die Arbeitslosigkeit in manchen Teile Schottlands auf fünfzehn Prozent stieg. Die Regierungschefin hatte allmählich jede Opposition aus den eigenen Reihen mundtot gemacht, und am Ende ihrer ersten Regierungsperiode war diese völlig einflußlos. Daß Mrs. Thatcher jedoch länger als ein Jahr bei allen Meinungsumfragen an erster Stelle stand, hatte sie der Falkland-Krise zu verdanken. Im April waren die Zeitungen voll mit Spekulationen über den Zeitpunkt der Neuwahlen, und nach dem Erfolg der Konservativen bei den Kommunalwahlen am 5. Mai bat die Premierministerin um eine Audienz bei der Königin. Kurz darauf erklärte Margaret Thatcher der Nation, sie brauche weitere fünf Jahre, um zu beweisen, daß ihre Innenpolitik zum Erfolg führe. Die Wahl wurde für den 9. Juni festgesetzt.

Als der Wahlkampf begann, interviewte Stuart Gray vom *Scotsman* alle drei Kandidaten und sagte Andrew, er habe einen Plan, um ihm zu helfen.

»Das können Sie nicht, Sie sind verpflichtet, neutral zu bleiben und während der Wahlkampagne den drei Kandidaten gleich viel Platz in Ihrer Zeitung einzuräumen.«

»Stimmt«, sagte Stuart. »Aber wir wissen, daß Frank Boyle klug ist und aussieht wie ein entflohener Kettensträfling, während Lomax einem Filmstar gleicht und, wann immer er den Mund aufmacht, etwas Dummes sagt.«

»Ja, und?«

»Daher werde ich die schlechtesten Photos von Boyle bringen, die ich auftreiben kann, und Spalte um Spalte mit Lomax' Äußerungen füllen. So erhalten sie zwar gleich viel Platz, aber sie verlieren Stimmen.«

»Sie werden sich beim Chefredakteur beklagen.«

»Das bezweifle ich«, sagte Stuart. »Ich möchte den Politiker sehen, der sich beklagt, daß eine Zeitung sein Bild bringt, oder einen, dem es mißfällt, wenn seine verrückten Ansichten ein breites Leserpublikum erreichen.«

»Und was haben Sie mit mir vor?«

»Das ist eben das Problem.« Stuart lachte. »Vielleicht lasse ich die Spalten leer; so können Sie wenigstens keine Stimmen verlieren.«

Wann immer Andrew auf persönliche Stimmenwerbung ging, mußte er feststellen, daß ein Teil seiner Wähler ihn noch unterstützte, während ein anderer Teil ihm nicht verzieh, daß er die Labour-Partei verlassen hatte. Als die Resultate der Umfragen eintrafen und in der neuen Parteizentrale die Klapptische aufgestellt wurden, sah man auf den ersten Blick, daß die Wahl ein harter Kampf werden würde.

Im Laufe der Jahre hatte Andrew einige schmutzige Wahlkämpfe miterlebt, besonders, als er sich gegen die Schottischen Nationalisten wehren mußte; aber schon nach ein paar Tagen dachte er sehnsüchtig an McPherson zurück, der, verglichen mit Boyle, ein Waisenknabe war.

Andrew ertrug es gerade noch zu hören, daß er wegen Faulheit aus der Labour-Partei ausgeschlossen worden sei, sogar, daß er die Partei im Stich gelassen habe, weil man ihm gesagt hätte, er werde nie mehr Minister werden; aber als er das von Boyles Leuten verbreitete Gerücht hörte, Louise habe die Sprache verloren, als sie ein schwarzes Baby zur Welt brachte, packte ihn kalte Wut.

Hätte Andrew Boyle an diesem Tag getroffen, er hätte ihn ohne Zweifel niedergeschlagen, Sir Duncan riet ihm Zurückhaltung, jedes Vorpreschen würde nur Louise und Clarissa schaden.

Eine Woche vor der Wahl ergab eine Meinungsumfrage des *Scotsman,* daß Boyle mit 35 Prozent vor Andrew mit 32 Prozent in Führung lag. Die Konservativen hatten 19 Prozent, 14 Prozent waren noch unentschieden. Jock McPherson hielt Wort: Die Schottischen Nationalisten stellten keinen Kandidaten auf.

Am Freitag vor der Wahl ging McPherson noch weiter; er wies seine Anhänger an, Andrew Fraser zu wählen.

Als Andrew anrief, um ihm zu danken, sagte er: »Ich revanchiere mich für einen Gefallen.«

»Ich erinnere mich nicht, Ihnen je einen Gefallen erwiesen zu haben«, sagte Andrew.

»Oh doch, hätten Sie seinerzeit der Presse nur ein Wort über mein Angebot an Sie gesagt, die Führung der Schottischen Nationalisten zu übernehmen, ich wäre erledigt gewesen.«

Fünf Tage vor der Wahl reisten Anhänger aus zwei Edinburgher Wahlkreisen an, die keinen SDP-Kandidaten aufgestellt hatten, um Andrew zu helfen, und jetzt sah er zum erstenmal eine Chance, zu gewinnen. Zwei Tage vor der Wahl schrieb der *Scotsman,* es stehe 39:38 für Boyle, wies aber darauf hin, daß der Labour-Partei am Wahltag ein besser funktionierender Apparat zur Verfügung stehe.

Am Vorabend der Wahl sandte Frank Boyle an jeden Haushalt ein Flugblatt mit einem Bild von Andrew, der Clarissa auf dem Arm hielt, und der Überschrift: »Sagt dir dein Abgeordneter die volle Wahrheit?« Weder Louise noch Clarissa wurden erwähnt, aber die Anspielung war völlig klar. Andrew sah das Flugblatt erst am Morgen des Wahltages; da war es zu spät, etwas gegen die Verleumdung zu unternehmen. Eine Klage einzureichen, die erst nach Wochen behandelt werden würde, war sinnlos. Entweder er gewann, oder er verlor.

Louise und er arbeiteten vom frühen Morgen bis zehn Uhr abends. Aus den sonderbarsten Richtungen kamen Helfer herbei, als wollten sie den *Scotsman* und seine Behauptung, Labour habe einen besseren Parteiapparat, zu widerlegen. Am späten Nachmittag kam sogar Sir Duncan zu Hilfe und fuhr die Wähler mit seinem Rolls Royce in die Wahllokale.

»Wir wissen, daß unser Kandidat verloren hat, also helfen wir dir«, sagte er trocken.

Als die Rathausuhr zehn schlug, kauerte sich Andrew auf die Stufen vor dem letzten geöffneten Wahllokal; es blieb nichts mehr zu tun. Er hatte getan, was in seinen Kräften stand, und nur die Mitglieder des *House of Lords* und die Geistesgestörten nicht aufgesucht — beide Gruppen waren nicht wahlberechtigt.

Eine alte Dame trat lächelnd aus dem Wahllokal.

»Guten Tag, Mrs. Bloxham«, sagte Andrew, »wie geht es Ihnen?«

»Mir geht es gut, Andrew.« Sie lachte. »Fast hätte ich vergessen zu wählen, und das wäre unverzeihlich.«

Er hob müde den Kopf.

»Machen Sie sich keine Sorgen, mein Junge«, fuhr sie fort. »Seit zweiundfünfzig Jahren habe ich immer den Sieger gewählt, und so lange sind Sie noch gar nicht auf der Welt.« Sie schmunzelte.

Mühsam stand Andrew auf und ging durch die dunklen Gassen zur Parteizentrale. Alle klatschten Beifall, als er eintrat, und der Vorsitzende bot ihm einen kleinen Schluck Whisky an.

»Keinen kleinen Schluck«, sagte Andrew, »lieber ein großes Glas.«

Er bedankte sich bei seinen Mitarbeitern, bevor ihn Hamish Ramsey abholte, um mit ihm ins Rathaus zu fahren. Ein paar seiner Leute begleiteten ihn. Der erste, den er sah, als er den Saal betrat, war Frank Boyle, der über das ganze Gesicht grinste. Andrew ließ sich nicht entmutigen; Boyle mußte erst lernen, daß die ersten Stimmen, die ausgezählt wurden, aus jenen Bezirken kamen, in denen die meisten Labour-Wähler wohnten.

Während die zwei Männer um die Tische gingen, fing man mit der Zählung an — zuerst zehn, dann hundert Zettel, schließlich Stöße von tausend Stück. Sie wurden dem Sheriff, dem höchsten Verwaltungsbeamten, übergeben. Im Lauf des Abends wich Boyles Grinsen einem besorgten Ausdruck — die Höhe der Stapel wurde immer ähnlicher.

Drei Stunden lang wurden die Stimmzettel geprüft. Um ein Uhr zwanzig nachts addierte der Sheriff die vorliegenden Zahlen und bat die drei Kandidaten, ihm zu folgen.

Als das Resultat verlautbart wurde, lächelte Boyle. Andrew forderte mit ausdruckslosem Gesicht eine nochmalige Zählung. Eine Stunde lang lief er nervös auf und ab, während die Prüfer jeden Stapel kontrollierten: ein Irrtum da, eine Veränderung dort, eine verlorene Stimme entdeckt, und einmal war der Name auf einem Stoß von hundert Stimmen nicht identisch mit den neunundneunzig darunterliegenden. Endlich gaben die Prüfer ihre Zahlen ab. Wieder addierte der Sheriff die Kolonnen und forderte die Kandidaten auf, ihm zu folgen.

Diesmal lächelte Andrew, während Boyle erstaunt war und eine nochmalige Zählung forderte. Der Sheriff willigte ein, aber zum letztenmal, wie er sagte. Beide Kandidaten erklärten sich einverstanden, der dritte schlief bereits fest in eine Ecke, wissend, daß sein Resultat sich nicht ändern würde, auch wenn man noch so oft zählte.

Wieder wurde geprüft und kontrolliert; fünf Irrtümer wurden entdeckt. Um 3 Uhr 20 fielen den Zählern und Prüfern die Augen zu, und wieder forderte der Sheriff die Kandidaten auf, ihm zu folgen. Als sie das Resultat erfuhren, waren beide sprachlos. Der Sheriff teilte ihnen mit, daß am Morgen, sobald seine Helfer ein bißchen ausgeruht waren, eine nochmalige Zählung stattfinden werde.

Alle Stimmzettel wurden sorgsam wieder in die schwarzen Urnen zurückgelegt und von der Polizei aufbewahrt.

Andrew schlief wenig in dieser kurzen Nacht, und um acht Uhr morgens brachte ihm eine vor Erschöpfung blasse Louise eine Tasse Tee. Er rasierte sich, nahm eine kalte Dusche und war ein paar Minuten vor dem Beginn der neuerlichen Zählung wieder im Rathaus. Als er die Treppe hinaufging, wurde er von einer Batterie von Fernsehkameras und Journalisten empfangen, die gerüchteweise gehört hatten, warum die Zählung abgebrochen worden war; niemand konnte es sich leisten, beim letzten Akt des Dramas zu fehlen.

Die Wahlbeamten sahen eifrig und bereit aus, als der Sheriff auf die Uhr sah und nickte. Die Wahlurnen wurden geöffnet und zum viertenmal vor die Prüfer gestellt. Wieder wuchsen die kleinen Stapel zu Stößen von tausend Stimmzetteln. Andrew ging um die Tische herum, weniger, um zu kontrollieren, als um seiner Nervosität Herr zu werden. Dreißig Leute, seine eigenen Leute, achteten darauf, daß keine seiner Stimmen übersehen wurde.

Als die Zähler und Prüfer fertig waren, wurden die Stimmzettel dem Sheriff übergeben, der die Zahlen zum letztenmal addierte; sie hatten sich nicht verändert.

Er erklärte Andrew und Frank Boyle, wie es jetzt, in Anbetracht des Resultates, weitergehen werde. Er habe mit Lord Wylie, dem obersten Staatsanwalt, gesprochen, und dieser habe ihm den Passus im Wahlgesetz vorgelesen, der unter diesen Umständen anzuwenden sei. Beide Kandidaten einigten sich, welche der beiden Möglichkeiten sie vorzogen.

Der Sheriff begab sich, gefolgt von den besorgt aussehenden Kandidaten, auf das Podium. Alles stand auf, um besser sehen zu können. Als das Zurückschieben der Stühle, das Hüsteln und Plaudern aufgehört hatte, begann der Sheriff. Zuerst prüfte er das Mikrophon — das metallische Kratzen war im ganzen Saal zu hören — dann sagte er:

»Ich, der für die Wahl zuständige Beamte von Edinburgh Carlton, erkläre hiermit, daß die abgegebenen Stimmen sich wie folgt verteilen:

Frank Boyle 18.437

Jamie Lomax 5.714

Andrew Fraser 18.437.«

Die Anhänger der beiden führenden Kandidaten schrien aufgeregt durcheinander. Es dauerte eine Weile, bis man die Stimme des Sheriffs in dem Tumult hören konnte.

»Gemäß Absatz 16 des Gesetzes von 1949 und Regel 50 der parlamentarischen Wahlordnung muß ich zwischen den beiden Kandidaten durch das Los entscheiden«, verkündete er. »Ich habe mit dem Obersten Staatsanwalt von Schottland gesprochen, und er hat bestätigt, daß das Ziehen von Strohhalmen oder das Werfen einer Münze in einem solchen Fall die Entscheidung herbeiführt: Beide Kandidaten ziehen letztere Methode vor.«

Wieder brach ein Tumult aus. Andrew und Boyle standen wie versteinert nebem dem Sheriff und erwarteten die Entscheidung über ihr Schicksal.

»Ich habe«, fuhr der Sheriff fort und war sich bewußt, daß ihn zum ersten und vermutlich zum letzten Mal im Leben zwanzig Millionen Menschen vor dem Fernsehschirm zusahen, »von der *Royal Bank of Scotland* einen goldenen Sovereign geliehen. Er zeigt auf einer Seite den Kopf Georgs III., auf der anderen Seite Britannia. Ich bitte den derzeit im Amt befindlichen Abgeordneten Mr. Fraser, seine Wahl zu treffen.« Boyle nickte zustimmend. Beide Männer inspizierten die Münze.

Der Sheriff legte die goldene Münze auf seinen Daumen, wandte sich an Andrew und sagte: »Sie rufen, wenn die Münze in der Luft ist.«

Es war so still, als wären sie die einzigen drei Menschen im Saal. Andrew spürte, wie sein Herz klopfte, als der Sheriff die Münze in die Luft warf.

»Britannia«, sagte er deutlich, als die Münze hoch oben war. Der Sovereign fiel zu Boden, rollte, drehte sich ein paarmal und blieb vor dem Sheriff liegen.

Andrew blickte hinunter und seufzte hörbar auf. Der Sheriff räusperte sich, bevor er sagte: »Gemäß der Entscheidung durch das Los erkläre ich Mr. Andrew Fraser zum rechtmäßig gewählten Parlamentsabgeordneten für Edinburgh Carlton.«

Andrews Anhänger stürzten vor und trugen ihn auf den Schultern aus dem Rathaus und durch die Straßen von Edinburgh. Andrew suchte Louise und Clarissa, aber in dem Gedränge waren sie nicht zu finden.

Am nächsten Tag schenkte die *Bank of Scotland* dem Abgeordneten die goldene Münze, und der *Scotsman* rief an, um zu fragen, ob er sich aus einem bestimmten Grund für die Britannia entschieden habe.

»Natürlich«, antwortete Andrew. »Georg III. hat

Amerika verloren. Ich wollte nicht seinetwegen Edinburgh verlieren.«

29

Lächelnd las Raymond die Überschrift im *Daily Mail:* »Um Haaresbreite«.

Er war betrübt, daß Andrew die Labour-Partei verlassen hatte, aber erfreut, daß er wieder im Unterhaus saß. Raymond war zutiefst dankbar, daß es in seinem Wahlkreis keinen Frank Boyle gab; oft fragte er sich, ob das Joyces Verdienst war, die Komitees und Ausschüsse immer genau beobachtete.

Margaret Thatchers zweiter Wahlsieg war ein harter Schlag für ihn, auch wenn er nicht unerwartet kam. Ihre Mehrheit von 144 Sitzen war noch größer, als man gedacht hatte. Die SDP bekam nur sechs Sitze, obwohl sie in der Allianz bloß zwei Prozent hinter den Sozialisten lag, mit den Liberalen, was die abgegebenen Stimmen betraf. Raymond war realistisch: er wußte, daß die Tories jetzt weitere fünf Jahre vor sich hatten.

Wieder einmal kehrte er an das Gericht und zu neuen zeitraubenden Fällen zurück. Als der Generalstaatsanwalt Sir Michael Havers ihm Gelegenheit bot, Richter des Hohen Gerichtshofes und damit Mitglied des *House of Lords* zu werden, überlegte Raymond lang und fragte schließlich Joyce nach ihrer Meinung.

»Innerhalb einer Woche würdest du dich zu Tode langweilen«, meinte sie.

»Nicht mehr als jetzt.«

»Deine Zeit wird wieder kommen.«

»Joyce, ich bin fast fünfzig, und alles, was ich vorzuweisen habe, ist der Vorsitz im Sonderausschuß für Handel und Industrie. Vielleicht bekomme ich nie mehr ein Amt. Vergiß nicht, als wir das letztemal so geschlagen wurden, blieben wir dreizehn Jahre in der Opposition.«

»Sobald Michael Foot abgelöst ist, wird die Partei anders aussehen, und ich bin überzeugt, daß man dir dann einen wichtigen Posten im Schattenkabinett anbietet.«

»Das hängt vom nächsten Parteiführer ab. Ich sehe keinen großen Unterschied zwischen Neil Kinnock, der vermutlich unschlagbar ist, und Michael Foot — außer, daß Kinnock zehn Jahre jünger ist als ich.«

»Warum kandidierst du dann nicht selbst?«

»Ist noch zu früh«, antwortete Raymond.

»Warum wartest du nicht wenigstens, bis wir wissen, wer der neue Parteiführer wird? Richter kannst du jederzeit werden — sie sterben ebenso rasch wie Kabinettsmitglieder.«

Als Raymond am nächsten Tag ins Gericht zurückkehrte, beherzigte er Joyces Rat und ließ Sir Michael Havers wissen, daß er in absehbarer Zeit kein Richteramt übernehmen werde. Dann wartete er und behielt Cecil Parkinson, den neuen Staatssekretär für Handel und Industrie, sehr genau im Auge.

Ein paar Tage später gab Michael Foot bekannt, daß er beim nächsten Parteitag nicht mehr kandidieren werde. Die Gesichter verschiedener Mitglieder des Schattenkabinetts leuchteten auf, als sie an den bevorstehenden Kampf dachten. Neil Kinnock und Roy Hattersley waren die Favoriten, während einige Gewerkschaftler und Parlamentarier Raymond aufforderten zu kandidieren. »Das nächstemal«, war seine stereotype Antwort.

Die Wahl des neuen Parteiführers fand am Sonntag vor dem Parteitag statt: Wie Raymond vorhergesagt hatte, gewann Kinnock spielend, und Hattersley wurde sein Stellvertreter.

Nach dem Parteitag kehrte Raymond nach Leeds zurück. Obwohl er den Sieger nicht unterstützt hatte, hoffte er, daß man ihm einen wichtigen Posten im Schattenkabinett anbieten werde. Nach seiner morgendlichen Sprechstunde wartete er zu Hause auf einen Anruf und versäumte sogar das Match gegen Chelsea.

Als Kinnock schließlich spät abends anrief, war Raymond empört über das Angebot und erwiderte ohne zu zögern, er sei nicht interessiert. Das Gespräch war kurz.

Als er in den Lehnsessel zurücksank, kam Joyce herein.

»Nun, was hat er dir angeboten?«

»Verkehr. Absolut ein Abstieg.«

»Und was hast du geantwortet?«

»Natürlich abgelehnt.«

»Wer hat die wichtigsten Posten bekommen?«

»Ich habe nicht gefragt, und er hat mir auch nichts mitgeteilt. Wir werden es morgen in der Zeitung lesen. Allerdings ist mein Interesse minimal«, fuhr er zu Boden starrend fort, »ich werde den ersten freien Platz als Richter annehmen. Ich habe schon zu viele Jahre vergeudet.«

»Ich auch«, sagte Joyce leise.

»Was meinst du damit?« fragte Raymond.

»Wenn du ein neues Leben beginnst, ist es auch für mich an der Zeit, es zu tun.«

»Ich verstehe dich nicht.«

»Wir stehen einander schon lang nicht mehr nahe, Raymond«, sagte Joyce und sah ihrem Mann in die Augen. »Wenn du deinen Wahlkreis aufgeben und noch mehr Zeit in London verbringen willst, dann sollten wir uns trennen.« Sie wandte sich ab.

»Gibt es jemand anderen?« Raymonds Stimme brach.

»Niemanden im besonderen.«

»Aber doch jemanden?«

»Es gibt einen Mann, der mich heiraten möchte«, sagte

Joyce, »wenn du das meinst. Wir waren zusammen in Bradford in der Schule. Er ist Buchhalter und war nie verheiratet.«

»Und du liebst ihn?«

Joyce überlegte die Frage. »Nein, das kann ich nicht behaupten. Aber wir sind gute Freunde; er ist sehr verständnisvoll und gut, und was noch wichtiger ist — er ist hier.«

Raymond saß unbeweglich da.

»Damit hättest du wenigstens die Möglichkeit, Kate Garthwaite zu bitten, ihren Job in New York aufzugeben und nach London zurückzukehren.« Raymond stockte der Atem. »Denk darüber nach und laß mich deine Entscheidung wissen.« Rasch verließ sie das Zimmer ; er sollte ihre Tränen nicht sehen.

Raymond blieb allein und dachte an die Jahre mit Joyce zurück — und an Kate —, und er wußte genau, was er jetzt, da alles gesagt war, tun wollte.

Er nahm den letzten Zug nach London, weil er am nächsten Morgen um zehn beim Schlußwort eines Richters anwesend sein mußte. Er schlief unruhig, weil er immer wieder daran dachte, wie er sein neues Leben gestalten wollte. Bevor er zum Gericht fuhr, bestellte er über Interflora ein Dutzend roter Rosen. Und er rief den Generalstaatsanwalt an. Wenn er sein Leben ändern wollte, mußte er es radikal ändern.

Als der Richter das Urteil verkündet hatte, studierte Raymond die Flugpläne. Heutzutage konnte man so rasch dortsein. Er buchte seinen Flug und nahm ein Taxi nach Heathrow. Im Flugzeug sitzend betete er, daß es nicht zu spät sein möge, daß nicht zuviel Zeit verstrichen war. Der Flug schien endlos, und bei der Ankunft nahm er wieder ein Taxi.

Sie war erstaunt, als er vor der Haustür stand. »Was machst du hier an einem Montag nachmittag?«

»Ich kam, um dich zurückzugewinnen«, sagte Raymond. »Mein Gott, das klingt kitschig.«

»Das ist das Netteste, was du in vielen Jahren gesagt hast«, erwiderte sie. Als er Joyce in die Arme nahm, sah er über ihre Schulter hinweg die Rosen im Wohnzimmer stehen.

»Gehen wir irgendwohin essen.«

Beim Dinner erzählte Raymond seiner Frau, daß er das Angebot des Generalstaatsanwaltes annehmen wolle, wenn sie einverstanden sei, in London zu leben. Nach einer zweiten Flasche Champagner, die Joyce nur widerwillig öffnen ließ, gingen sie um ein Uhr nachts nach Hause. Das Telefon klingelte. Raymond schloß die Tür auf und stolperte zum Telefon, während Joyce nach dem Lichtschalter suchte.

»Ray, ich versuche schon den ganzen Abend dich zu erreichen«, sagte eine Stimme mit walisischem Akzent.

»Wirklich?« fragte Raymond mit belegter Stimme und bemühte sich, die Augen offen zu halten.

»Du klingst, als kämst du von einer großen Party.«

»Ich hab mit meiner Frau gefeiert.«

»Du hast gefeiert, bevor du die Nachricht erhalten hast?«

»Welche Nachricht?« Raymond ließ sich in einen Lehnstuhl fallen.

»Ich habe den ganzen Tag hin und her überlegt. Ich hoffe, du bist bereit, das Schattenkabinett als . . .«

Sofort war Raymond nüchtern und hörte dem neuen Parteiführer aufmerksam zu. »Kannst du einen Moment warten?«

»Natürlich«, sagte eine verwunderte Stimme.

»Joyce«, rief Raymond, als sie zwei Tassen starken schwarzen Kaffee aus der Küche brachte, »bist du auch bereit, mit mir in London zu leben, wenn ich nicht Richter werde?«

Joyce strahlte über das ganze Gesicht vor Freude, daß sie nach ihrer Meinung befragt wurde.

Sie nickte eifrig.

»Ich nehme mit Freuden an«, sagte Raymond in den Hörer.

»Danke. Vielleicht können wir uns morgen in meinem Zimmer im Unterhaus treffen und die Probleme deines neuen Ressorts besprechen.«

»Ja, selbstverständlich. Also auf morgen.« Raymond ließ den Hörer zu Boden fallen und schlief im Lehnstuhl ein.

Joyce legte den Hörer zurück und erfuhr erst am nächsten Morgen, daß ihr Mann Sozialminister im neuen Schattenkabinett sein sollte.

Raymond verkaufte seine Wohnung im Barbican und übersiedelte mit Joyce in ein kleines Haus in der Cowley Street, nur ein paar hundert Meter vom Parlament entfernt.

Raymond sah zu, als Joyce mit der Energie und dem Enthusiasmus einer Jungverheirateten zuerst sein Arbeitszimmer und dann das ganze Haus einrichtete. Sobald das Gästezimmer fertig war, kamen Raymonds Eltern für ein Wochenende zu Besuch. Raymond lachte laut, als sein Vater mit einem großen Sack an der Tür stand. »Gould, der Metzger der Familie«.

»Weißt du, es gibt auch in London Fleisch zu kaufen«, sagte er.

»Aber nicht so gutes wie meines, Sohn«, erwiderte der Vater.

Während man das beste Beefsteak aß, an das Raymond sich erinnern konnte, beobachtete er Joyce, die sich fröhlich mit seiner Mutter unterhielt. »Gott sei Dank, daß ich rechtzeitig aufgewacht bin«, sagte er laut.

»Was meinst du?« fragte Joyce.

»Ach, nichts, Liebste, nichts.«

Obwohl Raymond die meiste Zeit mit der Planung einer allgemeinen Strategie für eine künftige Labour-Regierung verbrachte, hatte er, wie alle Politiker, Probleme, die ihm besonders am Herzen lagen. Für ihn waren es die Pensionen der Kriegerwitwen, die ihn ärgerten, seit er als Junge mit seiner Großmutter zusammen gewohnt hatte. Er erinnerte sich noch gut an den Schock, als er kurz nach Absolvierung der Universität feststellte, daß seine Großmutter dreißig Jahre lang mit einer wöchentlichen Rente gelebt hatte, die nicht einmal für eine ordentliche Mahlzeit in einem Londoner Restaurant gereicht hätte.

Von den Hinterbänken aus hatte er immer wieder auf eine Einlösung der Kriegsanleihen und auf höhere Pensionen für Kriegerwitwen gedrängt. Aus seiner Post ging eindeutig hervor, welches Problem besonders die Witwenpensionen darstellten. Während seiner Jahre in der Opposition arbeitete er hartnäckig daran, immer wieder kleine Erhöhungen zu erreichen, hatte sich aber geschworen, daß er, sollte er einmal Minister werden, eine radikale Lösung finden werde.

Als er an diesem Abend aus dem Parlament zurückkehrte, fand er einen Artikel, den Joyce für ihn aus dem *Standard* ausgeschnitten hatte. An den Rand hatte sie geschrieben: »Das könnte auf die erste Seite aller unserer Zeitungen kommen.«

Raymond stimmte ihr zu, und am nächsten Tag versuchte er, einem unwilligen Schattenkabinett, das mehr über die geplante Aufstellung von Streikposten der Bergarbeiterschaft von Yorkshire besorgt war als über das Schicksal von Mrs. Dora Benson, seinen Standpunkt klarzumachen.

Raymond recherchierte die Geschichte genau und stellte fest, daß sie sich kaum von jenen anderen unterschied, die er im Lauf der Jahre gehört hatte, außer daß diesmal auch ein hoher Orden, das Victoria Cross, eine Rolle spielte. Jedenfalls war Mrs. Benson ein Paradefall für sein Anliegen: Sie gehörte zu den wenigen überlebenden Witwen nach Gefallenen des Ersten Weltkrieges; ihr Mann, Soldat Albert Benson, war an der Somme gefallen, als er einen Angriff auf einen deutschen Schützengraben anführte. Neun Deutsche wurden getötet, bevor Albert Benson fiel, und deshalb wurde er mit dem Victoria Cross ausgezeichnet. Seine Witwe blieb mehr als fünfzig Jahre Putzfrau in einem Gasthaus in Barking. Ihr einziger Besitz waren ein paar Kriegsanleihen, doch da es kein Einlösungsdatum gab, waren sie nicht mehr als fünfundzwanzig Pfund pro Stück wert. Niemand hätte ihrem Fall Beachtung geschenkt, hätte Mrs. Benson nicht in ihrer Verzweiflung die Auszeichnung ihres Mannes bei Sotheby's zur Auktion angeboten.

Als Raymond alle Fakten beisammen hatte, fragte er den betroffenen Minister, ob die Regierung endlich bereit sei, die in solchen Fällen eingegangenen Versprechen einzulösen. Ein schläfriges, aber volles Unterhaus hörte dem Verteidigungsminister Simon Kerslake zu, als er versicherte, man beschäftige sich wieder einmal mit diesem Problem, und er würde das Resultat bald bekanntgeben. In der Meinung, Gould damit beruhigt zu haben, setzte sich Simon wieder. Aber Raymonds Zusatzfrage rüttelte alle Anwesenden auf.

»Weiß der *Right Honourable Gentleman,* daß diese vierundachtzigjährige Witwe, deren Mann im Krieg gefallen ist und das Victoria Cross bekam, ein kleineres Einkommen hat als ein sechzehnjähriger Kadett, wenn er in die Armee eintritt?«

Entschlossen, den Fall ruhen zu lassen, bis er Zeit fand sich zu informieren, stand Simon nochmals auf.

»Das wußte ich nicht, Mr. Speaker, und ich versichere dem *Right Honourable Genleman,* daß ich alle von ihm erwähnten Punkte in Erwägung ziehen werde.«

Simon war überzeugt, daß der Speaker jetzt zur nächsten Anfrage übergehen werde. Angefeuert von den Bänken der Opposition, erhob sich Raymond jedoch nochmals.

»Ist sich der *Right Honourable Genleman* auch bewußt, daß ein Admiral seine Karriere mit einer Pension von mehr als fünfhundert Pfund pro Woche beenden kann, während Mrs. Bensons Einkommen unverändert 47,32 Pfund pro Woche bleibt?«

Sogar von den konservativen Bänken hörte man erstaunte Ausrufe, als Raymond sich wieder setzte.

Mit dem unguten Gefühl, auf Goulds Angriff nicht vorbereitet zu sein, stand Simon auf, um die Debatte so rasch wie möglich zu beenden. »Auch über diese Tatsache war ich nicht informiert, aber ich kann dem *Right Honourable Gentleman* nur nochmals versichern, daß ich den Fall sofort behandeln werde.«

Zu Simons Entsetzen stand Raymond zum drittenmal auf. Er sah, wie die Labour-Abgeordneten es genossen, ihn in die Enge getrieben zu sehen. »Weiß der *Right Honourable Gentleman* auch, daß die Jahresrente für einen Träger des Victoria Cross hundert Pfund ohne irgendwelche außerordentlichen Pensionsvergütungen beträgt? Wir zahlen unseren schlechtesten Fußballspielern mehr, während Mrs. Bensons Rente der untersten Einkommensstufe des Landes entspricht.«

Simon sah ausgesprochen gequält aus, als er zum viertenmal aufstand und eine für ihn uncharakteristische Bemerkung machte, die er auch sofort bereute.

»Ich verstehe, was der *Right Honourable Gentleman* meint«, begann er etwas zu rasch, »und sein plötzliches Interesse an Mrs. Benson fasziniert mich. Wäre es zynisch von mir anzunehmen, daß es von dem großen Interesse ausgelöst wurde, das die Medien dem Fall entgegenbrachten?«

Raymond antwortete nicht; er saß, die Füße auf dem vor ihm stehenden Tisch, unbeweglich da, während seine Hinterbänkler Simon lauthals beschimpften.

Am nächsten Tag brachten alle Zeitungen Bilder der arthritischen Dora Benson mit Mop und Eimer, und daneben Fotos ihres jungen Ehemannes in Uniform. Viele beschrieben ausführlich, wie Albert Benson das Victoria Cross erworben hatte, und schmückten die Geschichte weidlich aus. Alle aber wiesen darauf hin, daß Mrs. Bensons Bezüge zur untersten Einkommensklasse gehörten.

Eine kluge und ungewöhnlich gründliche Journalistin des *Guardian* aber brachte die Geschichte unter einem anderen Gesichtswinkel; er wurde von den anderen Zeitungen in ihrer zweiten Ausgabe ebenfalls aufgegriffen. Es zeigte sich, daß Raymond Gould während seiner Parlamentszeit siebenundvierzig Anfragen bezüglich der Pensionen von Kriegswitwen gestellt und in drei Budget- und fünf Sozialdebatten darüber gesprochen hatte. Das Thema war schon vor zwanzig Jahren Kernpunkt seiner Jungfernrede gewesen. Als die Journalistin entdeckte, daß Raymond jedes Jahr dem Erskine Hospital für verwundete Soldaten fünfhundert Pfund spendete, wußte jeder Abgeordnete, daß Simon Kerslake seinen Angriff zurücknehmen und sich entschuldigen mußte.

Um halb vier stand der Speaker auf und teilte mit, daß der Verteidigungsminister eine persönliche Erklärung abzugeben wünsche.

Simon Kerslake erhob sich von der vorderen Bankreihe und trat nervös ans Rednerpult.

»Mr. Speaker«, begann er, »mir Ihrem und dem Einverständnis des Unterhauses möchte ich eine persönliche Erklärung abgeben. Während einer gestern an mich gestellten Anfrage bezweifelte ich die Integrität des Abgeordneten von Leeds North. Inzwischen erfuhr ich, daß ich ihm großes Unrecht angetan habe; ich möchte mich dafür aufrichtig entschuldigen und dem *Right Honourable Gentleman* versichern, daß ich seine Integrität nicht ein drittesmal in Frage stellen werde.«

Der letzte Satz verwunderte die jüngeren Abgeordneten, während Raymond vor sich hin lächelte.

Da jeder wußte, wie selten persönliche Erklärungen in einer parlamentarischen Karriere sind, waren alle Abgeordneten gespannt, wie Raymond reagieren werde.

Langsam ging er zum Rednerpult.

»Mr. Speaker, ich nehme die so liebenswürdig vorgebrachte Entschuldigung meines Kollegen an und hoffe, daß er das größere Problem, nämlich die Frage der Pensionen von Kriegswitwen im allgmeinen und jener von Mrs. Benson im besonderen im Auge behalten wird.«

Simon atmete erleichtert auf und nickte höflich.

Viele seiner Kollegen meinten, Raymond hätte Kerslake mehr zusetzen und die Situation besser ausnutzen sollen, und Tom Carson beschimpfte Simon noch, als man schon längst beim nächsten Tagesordnungspunkt war. Der Leitartikel in der *Times* bewies ihnen allerdings das Gegenteil: »In einer Zeit radikaler Forderungen der Linken fanden Parlament und Labour-Partei auf ihrer Vorderbank einen neuen Clement Attlee. Großbritannien braucht sich nicht um die Menschenwürde oder die Menschenrechte zu sorgen, sollte Raymond Gould je das Amt bekleiden, das jener Mann innehatte.«

Als Raymond an diesem Abend nach Hause kam, hatte Joyce alle Pressekommentare für ihn ausgeschnitten, und irgendwie war es ihr sogar gelungen, in seine ausufernde Korrespondenz etwas Ordnung zu bringen.

Es zeigte sich, daß Joyce einen besseren Instinkt für echte Politik hatte als das gesamte Schattenkabinett.

Alec Pimkin gab für alle Tory-Kollegen, die 1964 ins Parlament gekommen waren, eine Party, »um die ersten zwanzig Jahre im Unterhaus zu feiern«, wie er in einer Stegreif-Rede nach dem Dinner sagte.

Korpulent und mit beginnender Glatze saß er da und betrachtete bei Cognac und Zigarren seine Kollegen. Viele waren im Lauf der Jahre ausgeschieden, doch jene, die übriggeblieben waren, waren überzeugt, daß jetzt nur zwei Männer die Partei beherrschten.

Alec sah zuerst seinen alten Freund Charles Seymour an. Obwohl er ihn sehr genau betrachtete, konnte er kein graues Haar auf dessen Kopf entdecken. Mit Amanda kam er von Zeit zu Zeit zusammen; sie war wieder zu ihrem Beruf als Fotomodell zurückgekehrt und nur selten in England. Charles sah sie jetzt vermutlich öfter auf den Titelseiten der Illustrierten, als er sie je auf dem Eaton Square gesehen hatte. Es überraschte Pimkin, wieviel Zeit Charles mit dem kleinen Harry zubrachte; nie hätte er gedacht, daß aus ihm ein liebevoller Vater werden würde. Sein Ehrgeiz war jedoch immer noch vorhanden, und Pimkin nahm an, daß es nur einen Mann gab, der ihm die Parteiführung streitig machen konnte.

Sein Blick wanderte zu jenem Mann, der sich 1984 vor Orwells Großem Bruder nicht zu fürchten schien. Simon Kerslake war in ein Gespräch über seine Arbeit für die vorgesehenen Abrüstungsverhandlungen in Genf zwischen Thatcher, Tschernenko und Reagan vertieft. Pimkin studierte den Verteidigungsminister genau. Dieser Mann, fand er, sah so gut aus, daß er nicht um seine Mehrheit zittern mußte. Gerüchte über irgendeine finanzielle Krise waren längst eingeschlafen, und Kerslake schien jetzt auf dem besten Weg, an die Spitze zu kommen.

Die Party ging ihrem Ende zu, und alle seine Altersgenossen kamen, um ihm für einen »herrlichen«, »denkwürdigen« oder »lohnenden« Abend zu danken. Als er allein zurückblieb, trank er den letzten Tropfen Cognac aus einem Schwenker und drückte die Zigarre aus. Bei dem Gedanken, daß er keine Chance mehr hatte, Minister zu werden, seufzte er tief auf und beschloß, Königsmacher zu werden. Denn in zwanzig Jahren würde er keine Gelegenheit mehr dazu haben.

Raymond führte Joyce in ein Restaurant nahe dem Berkeley Square, um seine zwanzig Jahre im Parlament zu feiern. Er bewunderte das lange dunkelrote Abendkleid, das Joyce für diesen Anlaß gewählt hatte, und merkte sogar, daß ein, zwei Frauen es beifällig ansahen.

Auch er dachte über seine zwanzig Jahre im Unterhaus nach und sagte Joyce, er hoffe, in den kommenden zwanzig Jahren mehr Zeit in der Regierung zu verbringen. 1984 war kein gutes Jahr für die Konservativen gewesen, und Raymond beabsichtigte, auch das Jahr 1985 für die Regierung so ungemütlich wie möglich zu machen.

Ein paar Wochen später kehrte Tony Benn, der bei den Wahlen seinen Sitz verloren hatte, als Abgeordneter für Chesterfield ins Unterhaus zurück. Die Konservativen erreichten nur den dritten Platz und verloren Anfang 1985 zwei weitere Nachwahlen. Selbst die Presse mußte zur Kenntnis nehmen, daß die Labour Party wieder Chancen hatte, an die Regierung zu kommen.

Im Winter 1985 nahmen Arbeitslosigkeit und Inflation weiter zu und damit auch der Trend zur Labour-Partei. Zum erstenmal seit fünf Jahren fielen die Konservativen, nachdem der Finanzminister ein Notstandsbudget durchgebracht hatte, in den Umfragen auf den dritten Platz zurück.

Parteiinterne Zwistigkeiten machten Mrs. Thatcher das Leben nicht leichter. Sie nahm sie zum Anlaß, ihr Kabinett mit neuen Gesichtern aufzufrischen. Das Durchschnittsalter der Kabinettsmitglieder verringerte sich um sieben Jahre, und die Presse sprach von »neuem Wein in alten Schläuchen«.

30

Andrew hörte die Nachricht erstmals auf dem Weg zum Parlament im Auto. Die Morgenzeitungen hatten nichts davon erwähnt, also mußte es in der Nacht passiert sein. Die Meldung war knapp: *HMS Broadsword,* einer der Zerstörer der Britischen Marine, war auf dem Weg durch die Große Syrte zwischen Tunis und Benghasi von einem Söldnertrupp, der sich als Küstenwache ausgab, gekapert worden. Die Leute behaupteten, im Namen Gaddafis zu handeln. Nähere Einzelheiten würden in den Zehn-Uhr-Nachrichten bekanntgegeben werden.

Andrew war um halb zehn in seinem Zimmer im Parlament und rief sofort den SDP-Führer David Owen an, um mit ihm die politischen Folgen dieser Nachricht zu besprechen. Sobald man sich darüber geeinigt hatte, was zu tun sei, brachte Andrew einen handgeschriebenen Brief ins Büro des Speakers, in dem er eine außerordentliche Debatte verlangte. Eine Kopie des Briefes schickte er durch Boten ins Außenamt und an den Verteidigungsminister.

Im Lauf des Vormittags erfuhr Andrew aus dem Radio, daß sich *HMS-Broadsword* jetzt in der Gewalt von mehr als hundert Guerillas befand; im Austausch für die zweihundertsiebzehn Besatzungsmitglieder, die man als Geiseln im Maschinenraum festhielt, verlangten sie die Freilassung aller Libyer in britischen Gefängnissen.

Um zwölf Uhr war der Telegraphenapparat im Abgeordneten-Couloir von aufgeregten Parlamentariern belagert, und die Speisesäle waren so überfüllt, daß viele keinen Lunch bekamen.

Die Fragestunde war an diesem Tag walisischen Angelegenheiten gewidmet, so daß die Abgeordneten erst Viertel nach drei langsam in den Sitzungssaal strömten. Das Parlament selbst aber war überfüllt, und überall schwirrten Gerüchte und Bruchstücke neuer Informationen. Wie Geier warteten die politischen Korrespondenten in der Lobby, um die älteren Parlamentarier nach ihrer Meinung zu der Krise zu befragen. Nur wenige waren unvorsichtig genug, etwas zu äußern, was am nächsten Tag falsch gedeutet werden konnte.

Andrew setzte sich auf die Oppositionsbank neben David Owen; da er für die Verteidigungspolitik der Allianz verantwortlich war, hatte er deren zweiundzwanzig Abgeordnete zu vertreten. Um drei Uhr siebenundzwanzig betrat Mrs. Thatcher, gefolgt von Außen- und Verteidigungsminister, den Saal; dem Anlaß entsprechend waren ihre Mienen düster. Die letzten Fragen über walisische Angelegenheiten hatten die größte Zuhörerschaft seit dem Grubenunglück von Aberfan im Jahr 1966.

Um halb vier stand der Speaker auf und rief zur Ordnung.

»Erklärung an das Unterhaus«, verkündete er knapp und militärisch. »Vor der Debatte über walisische Belange werden zwei Erklärungen über *HMS-Broadsword* abgegeben.« Dann erteilte er dem Verteidigungsminister das Wort.

Simon Kerslake stand auf und legte eine vorbereitete Erklärung auf das Rednerpult.

»Mr. Speaker, mit Ihrer und der Erlaubnis des Unterhauses möchte ich eine Erklärung betreffend der Fregatte Ihrer Majstät *Broadsword* abgeben. Heute morgen um 7

Uhr 40 Greenwich Time fuhr die Fregatte durch die Große Syrte zwischen Tunis und Benghasi, als eine Gruppe von Söldnern, getarnt als offizielle Küstenwache, das Schiff enterte, Kapitän Lawrence Packard gefangennahm und die Mannschaft verhaftete. Der Kapitän und seine Leute versuchten, Widerstand zu leisten, konnten jedoch gegen eine dreifache Übermacht nichts ausrichten. Die Guerillas, die behaupteten, die Volksbefreiungsarmee zu vertreten, schlossen Kapitän Packard und seine Mannschaft im Maschinenraum ein. Soweit wir von unserer Botschaft in Tripolis informiert wurden, ist kein Menschenleben zu beklagen, obwohl Kapitän Packard bei den Kampfhandlungen verletzt wurde und wir über sein Schicksal nichts wissen. Die *Broadsword* hatte den vorgeschriebenen Kurs eingehalten; dieser Vorfall muß daher nach der Genfer Konvention von 1958 als Piratenakt angesehen werden. Die Piraten verlangen im Austausch gegen die Rückgabe der Fregatte und ihrer Mannschaft die Freilassung aller Libyer in britischen Gefängnissen. Der Innenminister informierte mich, daß sich derzeit nur neun Libyer in britischen Gefängnissen befinden. Zwei wurden wegen mehrerer Ladendiebstähle zu drei Monaten Haft verurteilt, zwei wurden wegen Verstoßes gegen das Drogengesetz inhaftiert, bei den restlichen fünf handelt es sich um jene Libyer, die letztes Jahr versuchten, ein Flugzeug der British Airways zu entführen. Die Regierung Ihrer Majestät kann und will nicht in die Gerichtsverfahren eingreifen und beabsichtigt auch nicht, einen dieser Männer freizulassen.«

Laute »Hört, hört«-Rufe ertönten von allen Seiten des Hauses.

»Der Außenminister informierte den libyschen Botschafter über den Standpunkt der Regierung Ihrer Majestät, insbesondere wies er darauf hin, daß die Regierung Ihrer Majestät eine solche Behandlung von britischen

Untertanen und britischem Besitz unter keinen Umständen dulden kann. Wir verlangen und erwarten eine sofortige Reaktion der libyschen Regierung.«

Simon setzte sich unter lautem Beifall, dann stand der Führer der Opposition auf, um zu erklären, daß die Opposition voll und ganz hinter der Regierung stehe. Er fragte, ob es schon jetzt einen Plan gäbe, die *Broadsword* zu befreien.

Wieder erhob sich Simon. »Im Moment, Mr. Speaker, suchen wir eine diplomatische Lösung, ich war jedoch bei einer Sitzung des Generalstabes anwesend und werde vermutlich morgen eine diesbezügliche Erklärung abgeben.«

»Mr. Andrew Fraser«, sagte der Speaker.

Andrew stand auf. »Auch die Allianz ist der Ansicht, daß es sich hier um Piraterie handelt. Kann der Verteidigungsminister dem Unterhaus mitteilen, wie lang er bereit ist zu verhandeln, wenn allgemein bekannt ist, daß Gaddafi ein Meister der Verzögerungstaktik ist — besonders, wenn diese Angelegenheit vor die Vereinten Nationen kommen sollte?« Aus dem Lärm, den Andrews Anfrage hervorrief, konnte man schließen, daß der Großteil der Abgeordneten seine Meinung teilte.

Simon stand auf, um die Anfrage zu beantworten. »Ich akzeptiere die Ansicht des *Right Honourable Gentleman,* doch da er selbst Verteidigungsminister war, weiß er am besten, daß ich nicht in der Lage bin, Informationen zu geben, die die Sicherheit der *Broadsword* gefährden könnten.«

Eine Anfrage folgte der anderen; Simon beantwortete sie mit souveräner Sicherheit. Gästen auf der Besuchergalerie fiel es schwer zu glauben, daß dieser Mann erst seit fünf Wochen dem Kabinett angehörte.

Um Viertel nach vier hatte Simon die letzte Anfrage beantwortet und setzte sich wieder in die vorderste Bankreihe, um einer Erklärung des Außenamtes zuzuhören. Es wurde still im Saal, als der Außenminister sich erhob und auf die vor ihm liegenden Papiere sah. Alle Blicke wandten sich dem großen, eleganten Mann zu, der seine erste offizielle Erklärung seit seiner Ernennung abgab.

»Mr. Speaker, mit Ihrer und der Erlaubnis des Unterhauses möchte auch ich eine Erklärung betreffend *HMS Broadsword* abgeben. Als der Vorfall heute morgen im Außenamt bekannt wurde, ließ mein Büro der Regierung von Libyen sofort eine unzweideutige Nachricht zukommen. Der libysche Botschafter wurde in das Außenamt gerufen, und ich werde ihn nochmals treffen, sobald diese Erklärung beendet ist und die damit verbundenen Anfragen erledigt sind.«

Raymond sah von seinem Platz auf der Oppositionsbank zur Besuchergalerie auf. Es gehörte zu den Merkwürdigkeiten moderner Diplomatie, daß dort der libysche Botschafter saß und sich Notizen machte, während der Außenminister seine Erklärung abgab. Er konnte sich schwer vorstellen, daß Oberst Gaddafi den britischen Botschafter einlud, wenn er in einem Zelt zu seinen Leuten sprach. Erfreut stellte Raymond fest, daß ein Beamter den Botschafter bat, keine Notizen zu machen. Dieses Verbot stammte aus der Zeit, in der das Unterhaus noch sehr auf seine private Atmosphäre bedacht war. Dann wandte Raymond seine Aufmerksamkeit wieder Charles Seymour zu.

»Unser Botschafter bei den Vereinten Nationen reichte eine Resolution ein, über die heute nachmittag beraten wird: sie fordert alle Delegierten auf, Großbritannien angesichts dieser schändlichen Verletzung der Genfer Konvention von 1958 voll zu unterstützen. Ich nehme mit Sicherheit an, daß dieser Akt von Piratentum gegen die HMS *Broadsword* von der ganzen freien Welt verurteilt werden wird. Die Regierung Ihrer Majestät wird alles in ihren Kräften Stehende unternehmen, um eine diplomatische Lösung zu erreichen, da das Leben von zweihundertsiebzehn britischen Seeleuten auf dem Spiel steht.«

Der Führer der Opposition stand auf und fragte, wann das Außenamt überlegen werde, die diplomatischen Beziehungen mit Libyen abzubrechen.

»Natürlich hoffe ich, daß es nicht so weit kommt, Mr. Speaker. Ich erwarte, daß die libysche Regierung rasch gegen ihre Söldner vorgehen wird.«

Charles beantwortete weitere Fragen aus allen Teilen des Unterhauses, konnte jedoch nur wiederholen, daß im Augenblick keine weiteren Nachrichten vorlagen. Raymond beobachtete seine beiden Altersgenossen, während sie ihre mehr als zwanzigjährige parlamentarische Erfahrung einsetzten, um ihre Standpunkte klarzumachen. Er fragte sich, ob dieser Zwischenfall einem der beiden helfen werde, die Nachfolge von Mrs. Thatcher anzutreten.

Um halb fünf erklärte der Speaker, daß er noch eine Anfrage von jeder Seite zulasse, bevor man wieder zur Tagesordnung übergehe. Schlau rief er Alec Pimkin auf, der wie »ein moderner Generalmajor« klang, und dann Tom Carson, der meinte, Oberst Gaddafi werde von der britischen Presse oft verleumdet.

Sobald Carson sich gesetzt hatte, stand der Speaker auf, um dem Abgeordneten von Edinburgh Carlton für seine Mitteilung zu danken, daß dieser eine außerordentliche Debatte verlangen werde. Er sagte, er habe das Ansuchen genau geprüft, sehe jedoch im Moment keine Veranlassung, eine solche Debatte anzusetzen.

Andrew sprang auf, um zu protestieren, da der Speaker jedoch immer noch stand, mußte er wieder seinen Platz einnehmen.

»Das heißt jedoch nicht«, fuhr der Speaker fort, »daß ich nicht zu einem späteren Zeitpunkt dieses Ansuchen berücksichtigen werde.«

Andrew wurde klar, daß Charles Seymour und Simon Kerslake offenbar um mehr Zeit gebeten hatten, aber mehr als vierundzwanzig Stunden würde er ihnen nicht geben. Ein Beamter erhob sich und rief mitten in das Gepolter der den Saal verlassenden Abgeordneten »Vertagung«. Der Speaker forderte den Staatssekretär für Wales auf, eine Vertagung der Debatte über die Probleme der walisischen Bergarbeiter zu beantragen. Nur achtunddreißig walisische Abgeordnete, die seit Wochen auf eine Debatte über ihre Probleme warteten, befanden sich noch im Saal.

Andrew ging sofort in sein Büro und hörte die letzten Nachrichten an, bevor er sich auf die für den nächsten Tag angesetzte Plenarsitzung vorbereitete. Simon begab sich ins Verteidigungsministerium, um seine Unterredungen mit dem Generalstab fortzusetzen, während Charles ins Außenamt zurückfuhr.

Der Unterstaatssekretär teilte ihm mit, daß der libysche Botschafter auf ihn warte.

»Hat er etwas Neues mitzuteilen?« fragte Charles.

»Gar nichts. Anscheinend sind wir nicht die einzigen, die keinen Kontakt mit Oberst Gaddafi herstellen können.«

»Schicken Sie ihn herein, bitte.«

Charles drückte die Zigarette aus und nahm neben dem Kamin, unter Palmerstons Porträt, Aufstellung. Da er erst vor fünf Wochen die Leitung des Außenamtes übernommen hatte, kannte er den Botschafter noch nicht.

Als Mr. Kadir, der Botschafter Libyens, einen Meter sechzig groß, dunkles Haar, tadellos gekleidet, eintrat, glich das Zimmer ein wenig dem Büro eines Schuldirektors, der sich eben anschickt, einem kleinen Jungen die Leviten zu lesen.

Einen Moment war Charles verblüfft, als er die Eton-Krawatte des Botschafters sah. Aber er faßte sich rasch.

»Herr Minister?« begann Mr. Kadir.

»Die Regierung Ihrer Majestät«, begann Charles, dem Botschafter das Wort abschneidend, »möchte Ihrer Regierung auf das entschiedenste klarmachen, daß wir den Überfall auf HMS *Broadsword* und deren Beschlagnahme als einen Akt von Piraterie auf offener See ansehen.«

»Darf ich sagen —«, begann Mr. Kadir.

»Nein, Sie dürfen nicht«, erklärte Charles, »und wir werden alles tun, was in unseren Kräften steht, um sowohl diplomatischen wie wirtschaftlichen Druck auf Ihre Regierung auszuüben, bis das Schiff freigegeben wird.«

»Aber darf ich nur bemerken —?« versuchte Mr. Kadir nochmals.

»Meine Premierministerin möchte Sie auch darüber informieren, daß sie so rasch wie möglich mit Ihrem Regierungsoberhaupt zu sprechen wünscht. Ich erwarte daher, von Ihnen in einer Stunde zu hören.«

»Ja, Herr Minister, aber darf ich —«

»Sie können auch mitteilen, daß wir uns das Recht auf alle Maßnahmen vorbehalten, falls die *Broadsword* und ihre Mannschaft morgen um zwölf Uhr noch nicht freigegeben sind. Ist das klar?«

»Ja, Herr Minister, ich möchte nur fragen —«

»Guten Tag, Mr. Kadir.«

Nachdem man den libyschen Botschafter hinausgeführt hatte, fragte sich Charles, was dieser Mann eigentlich hatte wissen wollen.

»Und was tun wir jetzt?« fragte er den Unterstaatssekretär, nachdem dieser Mr. Kadir vor dem Fahrstuhl abgeliefert hatte.

»Wir spielen wieder einmal das älteste diplomatische Spiel der Welt.«

»Und was ist das?«

»Unsere Sitz-und-warte-Politik. Darin sind wir ausgezeichnet. Schließlich haben wir sie fast tausend Jahre lang geübt.«

»Dann erledigen wir wenigstens, während wir sitzen und warten, ein paar Anrufe. Ich werde mit Außenministerin Kirckpatrick in Washington beginnen, und dann möchte ich gern mit Gromyko in Moskau sprechen.«

Als Simon ins Verteidigungsministerium zurückkehrte, sagte man ihm, der Generalstab erwarte ihn in seinem Büro, damit er die nächste Besprechung leite. Alles erhob sich, als er das Zimmer betrat.

»Guten Tag, meine Herren«, sagte Simon. »Bitte, nehmen Sie Platz. Würden Sie mich über die momentane Situation informieren, Sir John?«

Admiral Sir John Fieldhouse schob die Halbbrille von der Nasenspitze auf den Nasenrücken und prüfte die vor ihm liegenden Notizen.

»In der letzten Stunde hat sich wenig verändert. Dem Büro der Premierministerin gelang es nicht, mit Gaddafi Kontakt aufzunehmen, und ich fürchte, wir müssen jetzt die Kaperung der *Broadsword* als reinen Akt des Terrorismus ansehen, ähnlich wie die Besetzung der U.S.-Botschaft durch iranische Studenten vor sieben Jahren. In diesem Sinne wird dieser Ausschuß bis heute abend einen detaillierten Plan zur Befreiung der *Broadsword* ausarbeiten, während das Außenamt in seinen diplomatischen Bemühungen fortfährt.« Sir John sah den Minister an.

»Sind Sie in der Lage, mir einen vorläufigen Plan zur Verfügung zu stellen, den ich dem Kabinett zur Begutachtung vorlegen kann?«

»Natürlich«, sagte Sir John und öffnete eine große blaue Mappe.

Simon hörte genau zu, als man ihm die ungefähre Strategie erläuterte. Um den Tisch saßen acht Stabsoffiziere, die in Armee, Marine und Luftwaffe die höchsten Ränge innehatten. Simon dachte daran, daß er selbst als Oberleutnant ausgemustert worden war. Eine Stunde lang stellte er Fragen — elementare und solche, die ein klares Erfassen der Probleme zeigte. Als er das Zimmer verließ, um der Kabinettssitzung beizuwohnen, arbeiteten die Stabsoffiziere schon an der Vervollkommnung ihres Planes.

Begleitet von einem Privatdetektiv ging Simon langsam zur Downing Street. Die Straße war voll von Menschen, die neugierig das Kommen und Gehen der mit der Krise befaßten Minister beobachteten. Simon war gerührt, daß der Beifall der Menge ihn bis zum Eingang von No. 10 begleitete, wo Fernsehteams und Journalisten jedem Besucher auflauerten. Die großen Scheinwerfer wurden eingeschaltet, als er zur Tür kam, und man hielt ihm ein Mikrophon vor die Nase. Er gab keine Erklärung ab. Simon war erstaunt, wie viele der üblicherweise zynischen Journalisten »Viel Glück« und »Bringt unsere Jungen nach Hause« riefen.

Die Haustür öffnete sich, und er ging direkt zu dem Zimmer, in dem schon zweiundzwanzig Kabinettsmitglieder warteten. Einen Augenblick später betrat die Premierministerin den Raum und nahm Charles und Simon gegenüber an der Längsseite des Tisches Platz. Sie berichtete ihren Kollegen, daß sie keinen Kontakt mit Gaddafi habe herstellen können und man sich daher ohne seine Zustimmung auf ein Vorgehen einigen müsse. Sie forderte den Außenminister auf, als erster das Kabinett zu informieren.

Charles berichtete über die diplomatischen Aktivitäten des Außenamtes. Er erwähnte sein Zusammentreffen mit Botschafter Kadir und die Resolution, die man den Vereinten Nationen vorgelegt hatte und die bereits in einer Sondersitzung der Generalversammlung besprochen werde. Man hatte die Vereinten Nationen um Unterstützung gebeten, um einen diplomatischen Vorsprung zu haben; die zu erwartende überwältigende Unterstützung für die Resolution Großbritanniens würde von der ganzen Welt als moralischer Sieg gewertet werden. Er sei auch glücklich, dem Kabinett mitteilen zu können, daß sowohl der Außenminister der Vereinigten Staaten wie jener der Sowjetunion versprochen hätten, Großbritannien in seinen diplomatischen Bemühungen zu unterstützen, solange es keinen Vergeltungsschlag unternehme. Zum Schluß erinnerte Charles seine Kollegen, wie wichtig es sei, die Affäre als einen Akt des Piratentums zu behandeln und nicht als eine Beleidigung durch die Regierung Libyens.

Eine legalistische Feinheit, dachte Simon und betrachtete die Gesichter seiner Kollegen. Offenbar waren sie beeindruckt, daß Charles beide Supermächte zu einer Unterstützung des Vereinigten Königreiches hatte bewegen können. Das Gesicht der Premierministerin blieb unbewegt. Sie forderte Simon auf, seine Ansichten zu äußern.

Er berichtete, daß die *Broadsword* inzwischen in der Großen Syrte nahe der Küste vor Anker lag; man konnte nur mehr vom Meer aus an das Schiff herankommen. Kapitän Packard und seine Mannschaft befanden sich unter strengem Arrest im Maschinenraum. Simon sei von verläßlicher Seite informiert worden, daß die Seeleute gefesselt und geknebelt seien und die Ventilation abgeschaltet wurde. »Kapitän Packard«, berichtete er seinen Kollegen, »weigerte sich, mit den Guerillas irgend etwas zu tun zu haben, und wir wissen nichts über sein Schicksal.« Er hielt inne und fuhr dann fort: »Ich glaube daher, daß uns keine andere Wahl bleibt, als eine Rettungsoperation zu starten, um endlose Verhandlungen zu vermeiden, die nur zur Untergrabung der Moral unserer gesamten militärischen Streitkräfte führen können. Je länger wir eine solche Entscheidung verzögern, desto schwieriger wird unsere Aufgabe. Die Stabschefs arbeiten soeben die letzten Details eines Planes mit dem Codenamen ›Ladendieb‹ aus, der ihrer Meinung nach in den nächsten achtundvierzig Stunden ausgeführt werden müßte, wenn die Mannschaft und das Schiff gerettet werden sollen.« Simon sprach sich dafür aus, während dieser Operation alle diplomatischen Kanäle offenzuhalten, damit das Rettungsteam das Überraschungsmoment voll nutzen könne.

»Und wenn Ihr Plan fehlschlägt?« fragte Charles. »Wir laufen Gefahr, nicht nur die *Broadsword* und ihre Mannschaft zu verlieren, sondern auch die Sympathien der ganzen Welt.«

»Es gibt keinen Offizier in der britischen Marine, der einverstanden wäre, das Schiff in libyschen Gewässern zu belassen, während wir über eine Lösung verhandeln, die im besten Fall die Rückgabe der *Broadsword* zu einem Zeitpunkt erwirken kann, der den Guerillas genehm ist — gar nicht zu reden von der Demütigung unserer Marine. Gaddafi kann leicht über die Vereinten Nationen lachen, nachdem es ihm gelungen ist, nicht nur eine unserer modernsten Fregatten zu kapern, sondern auch die Schlagzeilen der gesamten Weltpresse zu beherrschen. Ebenso wie Khomeini wird er diesen Zustand so lange wie möglich aufrechterhalten wollen. Diese Schlagzeilen demoralisieren unsere Landsleute und könnten eine ähnliche Wahlniederlage herbeiführen wie diejenige Carters nach dem Debakel mit den Geiseln in der amerikanischen Botschaft in Teheran.«

»Es wäre töricht, ein so überflüssiges Risiko einzugehen, solange die Sympathien der Welt auf unserer Seite sind«, protestierte Charles. »Wir wollen lieber noch ein paar Tage zuwarten.«

»Wenn wir warten«, sagte Simon, »fürchte ich, daß die Mannschaft der *Broadsword* in ein Militärgefängnis überstellt wird. Dann müssen wir uns auf zwei Orte konzentrieren, und Gaddafi kann in der Wüste herumsitzen und die Verhandlungen so lange hinauszögern wie es ihm gefällt.«

Simon und Charles brachten Argumente und Gegenargumente vor, während die Premierministerin zuhörte und die Meinungen der übrigen Kollegen zur Kenntnis nahm, um zu sehen, ob eine Mehrheit für dieses oder jenes Vorgehen vorhanden war. Drei Stunden später, als jeder sich geäußert hatte, stand auf dem vor ihr liegenden Notizblock: 14:9.

»Ich glaube, wir haben alles besprochen, meine Herren«, sagte sie. »Nachdem ich Ihre Ansichten gehört habe, bin ich der Meinung, daß wir dem Verteidigungsminister erlauben müssen, mit der Operation Ladendieb fortzufahren. Ich schlage daher vor, daß der Außenminister, der Verteidigungsminister, der Justizminister und ich einen Unterausschuß bilden, der von einem professionellen Team unterstützt wird, um die Pläne des Generalstabs zu prüfen. Die Angelegenheit ist streng vertraulich zu behandeln und wird daher nicht mehr erwähnt, bis der Plan dem gesamten Kabinett unterbreitet werden kann. Mit Ausnahme der Mitglieder des Unterausschusses werden alle Minister mit ihren normalen Pflichten fortfahren. Wir dürfen nicht vergessen, daß auch das Land regiert werden muß. Danke, meine Herren.« Die Premierministerin bat Charles und Simon, ihr in ihr Arbeitszimmer zu folgen.

Sobald die Tür geschlossen war, sagte sie zu Charles: »Bitte benachrichtigen Sie mich gleich, wenn Sie das Resultat der Abstimmung der Generalversammlung erfahren. Jetzt, da das Kabinett sich für eine militärische Initiative ausgesprochen hat, ist es besonders wichtig, daß Sie den Eindruck erwecken, auf eine diplomatische Lösung hinzuarbeiten.«

»Ja, *Prime Minister*«, sagte Charles ausdruckslos.

Mrs. Thatcher wandte sich an Simon. »Wann werde

ich über den Plan der Stabschefs Genaueres erfahren können?«

»Wir beabsichtigen, die ganze Nacht daran zu arbeiten, das heißt, daß ich morgen um zehn Uhr den Plan in allen Einzelheiten vorlegen kann.«

»Aber nicht später, Simon«, sagte Mrs. Thatcher. »Unser nächstes Problem ist die für morgen vorgeschlagene außerordentliche Debatte. Zweifellos wird Andrew Fraser die Debatte nochmals verlangen, und der Speaker hat durchblicken lassen, daß er seinem Wunsch nachkommen wird. Wenn wir einen Aufschrei der Opposition und vermutlich auch unserer Seite vermeiden wollen, müssen wir auf jeden Fall ein Statement über unsere Politik abgeben. Ich habe mich daher entschlossen, den Stier bei den Hörnern zu packen, auch wenn dabei etwas Blut fließen sollte.«

Bei der Vorstellung, wertvolle Stunden im Unterhaus zu verschwenden, sahen die beiden Männer einander verzweifelt an.

»Charles, bereiten Sie sich darauf vor, die Debatte für die Regierung zu eröffnen, und Sie, Simon, sprechen die Schlußworte. Wenigstens findet die Debatte am Donnerstag nachmittag statt; vielleicht sind da ein paar Kollegen schon für das Weekend nach Hause gefahren. Obwohl ich es bezweifle. Aber mit etwas Glück werden wir bei den Vereinten Nationen einen moralischen Sieg verbuchen, und darauf soll sich die Opposition konzentrieren. Wenn Sie zusammenfassen, Simon, beantworten Sie nur die während der Debatte aufgeworfenen Fragen, ohne neue Vorschläge zu machen. Und berichten Sie mir sofort, wenn es etwas Neues gibt. Ich werde heute nicht schlafen gehen«, fügte sie hinzu.

Charles begab sich ins Außenamt zurück und war zumindest dankbar dafür, daß Amanda sich irgendwo in Südamerika aufhielt.

Simon kehrte zu den Stabschefs zurück; eine große Karte der libyschen Hoheitsgewässer war an eine Tafel geheftet worden. Generäle und Admiräle studierten die Küstenlinien und Meerestiefen wie Kinder, die für eine Geographieprüfung lernen.

Alle standen auf, als Simon hereinkam — diese Männer, die lieber handelten und Worten mißtrauten, sahen ihn erwartungsvoll an. Als Simon ihnen die Entscheidung des Kabinetts, den Vorschlag des Verteidigungsministeriums anzunehmen, mitteilte, huschte die Andeutung eines Lächelns über Sir Johns Gesicht. »Vielleicht war dieser Kampf unser schwerster«, sagte er so laut, daß es alle hören konnten.

»Erklären Sie mir nochmals den Plan«, bat Simon, Sir Johns Bemerkung ignorierend. »Morgen um zehn Uhr muß ich ihn der Premierministerin unterbreiten.«

Sir John legte die Spitze eines langen Holzstabes auf ein Modell der *Broadsword* in der Mitte einer gut geschützten Bucht.

Als Charles in sein Büro kam, türmten sich Telegramme und Fernschreiben auf seinem Schreibtisch, alle unterstützten eine diplomatische Lösung. Der Unterstaatssekretär berichtete, die UNO-Debatte sei so einseitig gewesen, daß er bei der Abstimmung einen überwältigenden Sieg erwarte. Charles Hände waren gebunden; obwohl er die Hoffnung, Simons Plan zu untergraben, noch nicht aufgegeben hatte, mußte er vorläufig auch vor seinem eigenen Stab so tun, als ginge alles weiter wie bisher. Seine Absicht war es, die Episode zu einem Triumph des Außenamtes zu machen und nicht zu einem Erfolg der »Kriegshetzer« im Verteidigungsministerium. Nach Rücksprache mit seinem Unterstaatssekretär stellte er einen kleinen Ausschuß zusammen, bestehend aus einigen älteren Beamten mit Erfahrung in Libyen und vier vielversprechenden Aufsteigern aus seinem Ressort.

Mr. Oliver Miles, ehemaliger Botschafter in Libyen, mußte seinen Urlaub absagen und sich in einem kleinen Büro des Außenamtes einquartieren, so daß er während der Krise Tag und Nacht für Charles erreichbar war.

Charles bat den Unterstaatssekretär, ihn mit dem britischen Botschafter bei den Vereinten Nationen zu verbinden.

»Und versuchen Sie, endlich Gaddafi zu erreichen.«

Simon hörte aufmerksam zu, als ihm Sir John die letzte Version der Operation »Ladendieb« erklärte. Siebenunddreißig Mann des *Special Boat Service* befanden sich jetzt in Rosyth an der schottischen Küste und bereiteten sich darauf vor, *HMS Brillant,* ein Schwesterschiff der *Broadsword,* zu kapern. Sie sollten von einem eineinhalb Meilen von Rosyth Hafen entfernten U-Boot unter Wasser bis zum Schiff schwimmen. Dann würden sie an Bord der *Brillant* gehen und innerhalb von ungefähr zwölf Minuten das Schiff »zurückerobern«. Hierauf werde man bis auf eine nautische Meile an die schottische Küste heranfahren. Laut Plan sollte die Operation in fünfundsechzig Minuten abgeschlossen sein. Das *Special Boat Service* wollte das Manöver in der Nacht dreimal wiederholen; dann, so hoffte man, werde die Operation in einer Stunde abgewickelt werden können.

Simon hatte bereits den Befehl bestätigt, zwei U-Boote aus dem Mittelmeer so rasch wie möglich in Richtung libysche Küste zu schicken. Die übrige Flotte sollte ihre normale Routine auffällig genau einhalten, während das Außenamt scheinbar weiter nach einer diplomatischen Lösung suchte.

Simons Ersuchen überraschte die Stabschefs nicht und wurde sofort bewilligt. Er rief Elizabeth an und erklärte ihr, warum er abends nicht nach Hause kommen werde. Eine Stunde später saß der Verteidigungsminister in einem Hubschrauber auf dem Weg nach Rosyth.

Charles verfolgte die UNO-Debatte auf dem Bildschirm in seinem Büro. Nach einer kurzen Diskussion erfolgte die Abstimmung. Der Generalsekretär verkündete das Ergebnis: 147 zu 3 für Großbritannien, mit 22 Stimmenthaltungen. Charles fragte sich, ob dieses überwältigende Resultat die Premierministerin veranlassen könnte, ihre Meinung bezüglich Kerslakes Plan zu ändern. Sorgfältig prüfte er die Abstimmungsliste: Die Russen sowie die Länder des Warschauer Paktes und die Vereinigten Staaten hatten Wort gehalten und mit Großbritannien gestimmt. Nur Libyen, Südjemen und Djibouti waren gegen die Resolution. Charles ließ sich mit Downing Street verbinden und gab die Nachricht weiter. Obwohl die Premierministerin erfreut über den diplomatischen Triumph war, weigerte sie sich, von Simons Plan Abstand zu nehmen, solange sie nichts von Gaddafi gehört hätte. Charles bat den Unterstaatssekretär, Botschafter Kadir nochmals ins Außenamt zu rufen.

»Aber es ist zwei Uhr morgens, Herr Minister.«

»Ich weiß genau, wie spät es ist, aber ich sehe nicht ein, warum ausgerechnet er, während wir alle wach sind, friedlich schlafen soll.«

Als Mr. Kadir in sein Zimmer geführt wurde, stellte Charles ärgerlich fest, daß der Botschafter frisch und adrett aussah. Offenbar hatte er sich rasiert und ein sauberes Hemd angezogen.

»Sie haben mich rufen lassen, Herr Minister?« fragte Mr. Kadir so höflich, als sei er zum Tee geladen.

»Ja, wir wollen uns vergewissern, daß Sie über die soeben stattgefundene Abstimmung der Vereinten Nationen über Resolution 12/40 informiert sind.«

»Ja, Herr Minister.«

»Ihre Regierung wurde von neunzig Prozent der auf unserer Erde lebenden Menschen verdammt« — diese Tatsache hatte Charles kurz vorher von seinem Unterstaatssekretär erfahren.

»Ja, Herr Minister.«

»Meine Premierministerin wartet immer noch darauf, von Ihrem Staatsoberhaupt zu hören.«

»Ja, Herr Minister.«

»Haben Sie schon mit Oberst Gaddafi gesprochen?«

»Nein, Herr Minister.«

»Sie haben aber doch eine direkte Telefonverbindung zu seinem Hauptquartier.«

»Dann wissen Sie auch, daß es mir nicht gelungen ist, mit ihm zu sprechen«, sagte Mr. Kadir mit gequältem Lächeln.

Charles sah, daß der Unterstaatssekretär den Blick senkte. »Ich werde Sie zu jeder vollen Stunde anrufen, Mr. Kadir; überfordern Sie nicht die Gastfreundschaft meines Landes.«

»Nein, Herr Minister.«

»Gute Nacht«, sagte Charles.

»Gute Nacht, Herr Minister.«

Kadir ging und wurde wieder zu seiner Botschaft gefahren. In Gedanken verfluchte er den *Right Honourable* Charles Seymour. Wußte er denn nicht, daß er, abgesehen von einem Besuch bei seiner Mutter als vierjähriges Kind, nie mehr in Libyen gewesen war? Oberst Gaddafi ignorierte seinen Botschafter ebenso wie er Mrs. Thatcher ignorierte. Er sah auf die Uhr: Es war 2 Uhr 44.

Simons Hubschrauber landete um 2 Uhr 45 in Schottland. Er und Sir John wurden sofort zum Hafen gefahren und durch die neblige Nacht zur *HMS Brillant* gebracht.

»Der erste Verteidigungsminister, der nicht, wenn er an Bord kommt, von der Mannschaft entsprechend begrüßt wird«, bemerkte Sir John, während Simon, den Stock in der Hand, mühsam die Laufplanke hinaufhinkte. Der Kapitän der *Brillant* konnte seine Überraschung nicht verbergen, als er seine ungeladenen hohen Gäste sah und führte sie rasch auf die Brücke. Sir John flüsterte etwas in Simons Ohr, das dieser nicht verstand.

»Wann erfolgt der nächste Angriff?« fragte Simon und starrte in den Nebel; es war unmöglich, weiter als ein paar Meter zu sehen.

»Die Truppen verlassen das U-Boot um 3 Uhr, Sir«, sagte der Kapitän, »und sollten die *Brillant* gegen 3 Uhr 20 erreichen. Sie hoffen, das Schiff binnen elf Minuten in der Gewalt zu haben und in weniger als einer Stunde eine Meile außerhalb der Hoheitsgewässer zu sein.«

Simon sah auf die Uhr: es war fünf vor drei. Er dachte an die siebenunddreißig Soldaten, die sich auf ihre Aufgabe vorbereiteten, nicht ahnend, daß der Verteidigungsminister und der Stabschef der Marine an Bord waren. Er klappte den Mantelkragen hoch.

Plötzlich wurde er zu Boden gerissen und eine schwarze, ölige Hand legte sich, bevor er protestieren konnte, hart auf seinen Mund. Er fühlte, wie man seine Arme hochzog und am Rücken fesselte, wie man ihm die Augen verband und einen Knebel in den Mund steckte. Er versuchte sich zu wehren und erhielt einen schmerzhaften Stoß in die Rippen. Dann wurde er eine schmale Treppe hinuntergeschleift und auf einen Holzboden geworfen. Zusammengebunden wie ein Huhn lag er ungefähr zehn Minuten da, bevor er das Motorengeräusch hörte und die Bewegung des Schiffes spürte. Der Verteidigungsminister konnte sich weitere fünfzehn Minuten lang nicht bewegen.

»Laßt sie frei«, hörte Simon eine Stimme in klarem Oxford-Englisch. Der Strick um seine Arme wurde gelöst, Augenbinde und Knebel entfernt. Über den Verteidigungsminister beugte sich ein Froschmann, schwarz vom Scheitel bis zur Sohle; seine weißen Zähne glänzten. Simon war etwas betäubt, als er sich umdrehte und sah, daß auch Sir John von seinen Fesseln befreit wurde.

»Ich muß mich entschuldigen, Herr Minister«, sagte dieser, »aber ich bat den Kapitän, den Kommandanten des U-Bootes nicht über unsere Anwesenheit zu informieren. Wenn ich das Leben von zweihundertsiebzehn meiner Leute aufs Spiel setze, wollte ich sichergehen, daß die Leute vom *Special Boat Service* ihre Arbeit verstehen.« Simon stand auf, während der fast zwei Meter große Riese immer noch grinste.

»Gut, daß wir die Premierministerin nicht auf diesen Ausflug mitgenommen haben«, sagte Sir John.

»Ganz meine Meinung«, erwiderte Simon und sah zu dem Riesen auf. »Sie hätte ihm das Genick gebrochen.« Alles lachte außer dem Froschmann, der nur die Lippen verzog.

»Was ist los mit ihm?« erkundigte sich Simon.

»Wenn er während der ersten sechzig Minuten auch nur einen Ton von sich gibt, hat er keine Chance, dem endgültigen Team anzugehören.«

»Ich wollte, die Konservativen hätten ein paar solche Hinterbänkler«, sagte Simon, »besonders morgen, wenn ich dem Unterhaus erklären muß, warum ich nichts unternehme.«

Um 3 Uhr 49 war die *Brillant* eine Meile von den Hoheitsgewässern entfernt. Die Schlagzeilen der Zeitungen an diesem Morgen reichten von »Diplomatischer Sieg« in *The Times* bis zu »Gaddafi, der Pirat« im *Mirror*.

Bei einer Zusammenkunft der wichtigsten Kabinettsmitglieder am folgenden Tag um zehn Uhr berichtete Simon der Premierministerin von seinen Erlebnissen bei der Operation »Ladendieb.« Kaum hatte er geendet, ergriff Charles das Wort: »Aber nach unserem überwältigenden Sieg bei den Vereinten Nationen wäre es vernünftiger, alles zu verschieben, was als ein klarer Akt der Aggression ausgelegt werden kann.«

»Wenn das *Special Boat Service* nicht morgen in Aktion tritt, müssen wir einen Monat lang zuwarten«, unterbrach ihn Simon. Alle Blicke richteten sich auf ihn.

»Warum?« fragte Mrs. Thatcher.

»Weil morgen der Ramadan zu Ende geht, die Zeit, in der man während des Tages weder essen noch trinken darf. Traditionsgemäß finden die großen Eß- und Trinkgelage am folgenden Tag statt, das heißt, morgen nacht ist unsere beste Chance, die Guerillas unvorbereitet zu überraschen. Ich habe die ganze Operation in Rosyth miterlebt; jetzt sind die Leute schon auf dem Weg zu den U-Booten und bereiten sich auf den Angriff vor. Es ist alles so genau ausgeklügelt, daß wir einen solchen strategischen Vorteil nicht aus der Hand geben dürfen.«

»Das sind schwerwiegende Gründe«, stimmte Mrs. Thatcher zu. »Das Wochenende liegt vor uns, und wir können nur beten, daß diese leidige Angelegenheit bis Montag früh bereinigt ist. Setzen wir heute nachmittag für das Unterhaus unser Verhandlungsgesicht auf. Ich erwarte eine überzeugende Vorstellung von Ihnen, Charles.«

Als Andrew an diesem Donnerstagnachmittag um halb vier aufstand, um ein zweitesmal eine außerordentliche Debatte zu verlangen, gab der Speaker seinem Ansuchen statt und erklärte, daß die Dringlichkeit der Angelegenheit einen Beginn der Debatte um sieben Uhr abends rechtfertigte.

Der Saal leerte sich rasch; die Abgeordneten bereiteten ihre Reden vor, obwohl alle wußten, daß bestenfalls zwei Prozent darauf hoffen konnten, aufgerufen zu werden.

Der Speaker verließ das Unterhaus und kehrte fünf vor sieben zurück, um den Vorsitz von seinem Stellvertreter zu übernehmen.

Um sieben Uhr, als Charles und Simon den Saal betraten, befanden sich die siebenunddreißig SBS-Leute an Bord des U-Bootes *Conqueror,* das ungefähr sechzig Seemeilen von der libyschen Küste entfernt auf dem Boden des Ozeans lag. Ein zweites U-Boot, *Courageous,* war zehn Meilen von ihm entfernt. Während der letzten zwölf Stunden hatte keines der U-Boote die Funkstille durchbrochen.

Die Premierministerin hatte immer noch nichts von Gaddafi gehört, und Operation »Ladendieb« sollte in acht Stunden beginnen. Simon sah sich um. Die Stimmung glich jener am Budgettag, und es herrschte Totenstille, als der Speaker Andrew Fraser das Wort erteilte.

Er begann mit einer Erklärung, warum die Angelegenheit so wichtig sei, daß sie unverzüglich besprochen werden müßte, und verlangte eine Bestätigung des Außenministers, daß, sollten sich die Verhandlungen mit Oberst Gaddafi hinauszögern oder zerschlagen, der Verteidigungsminister sofort die notwendigen Maßnahmen ergreifen werde, um HMS *Broadsword* zu befreien. Simon saß in der vordersten Bankreihe, sah grimmig drein und schüttelte den Kopf.

»Gaddafi ist ein Pirat«, erklärte Andrew. »Warum wird von diplomatischen Lösungen geredet?«

Das Unterhaus klatschte Beifall, als Andrew seine gut einstudierte Rede hielt. Als er sich setzte, erntete er von allen Seiten Applaus, und es dauerte eine Weile, bevor der Saal zur Ruhe kam. Mr. Kadir saß auf der Besuchergalerie für ausländische Persönlichkeiten und blickte ausdruckslos herab, während er sich die wichtigsten Punkte und die Reaktion des Unterhauses zu merken versuchte, so daß er sie — sollte er je dazu Gelegenheit haben — Oberst Gaddafi übermitteln konnte.

»Der Außenminister«, rief der Speaker, und Charles stand auf. Er legte das Manuskript seiner Rede auf das Pult und wartete. Wieder wurde es sehr still im Saal.

Charles unterstrich die Bedeutung der Abstimmung in der Generalversammlung der Vereinten Nationen als Grundlage für eine Lösung auf dem Verhandlungsweg. Sein wichtigstes Anliegen sei es, das Leben der zweihundertsiebzehn Seeleute an Bord der *Broadsword* zu schützen, und er beabsichtige, unermüdlich darauf hinzuarbeiten. Der UNO-Generalsekretär hoffe, Gaddafi persönlich zu sprechen und ihn über die eindeutige Meinung seiner Kollegen in der Generalversammlung zu informieren. Weiters betonte Charles, daß jedes andere Vorgehen im Augenblick nur die Unterstützung und die Sympathien der freien Welt aufs Spiel setzen würde. Als er sich setzte, fühlte er, daß er seine erregten Kollegen nicht überzeugt hatte.

Die Beiträge von den Hinterbänken bestätigten Simons und der Premierministerin Überzeugung; sie hatten die Stimmung der Nation richtig beurteilt. Keiner erlaubte sich jedoch auch nur eine Andeutung, die jenen, die eine militärische Aktion forderten, Hoffnung geben könnte.

Als Simon um halb zehn die abschließenden Worte für die Regierung sprach, hatte er zweieinhalb Stunden damit verbracht, Männern und Frauen zuzuhören, die ihn das zu tun aufforderten, was er ohnehin schon tat. Emotionslos unterstützte er den Außenminister in seinem Bemühen um eine diplomatische Lösung. Der Saal wurde unruhig, und um zehn Uhr setzte sich Simon unter lauten Rufen, die seinen Rücktritt forderten und aus seinen eigenen Reihen wie vom rechten Flügel der Sozialisten kamen.

Andrew beobachtete Kerslake und Seymour, als sie den Saal verließen. Was wohl in seinem alten Ministerium vorging? Als er nach Hause kam, gratulierte ihm Louise zu seiner Rede und fügte hinzu: »Aber Simon Kerslake hat nicht darauf reagiert.«

»Er hat etwas vor«, erwiderte Andrew, »ich wollte, ich könnte jetzt in seinem Büro sitzen und herausfinden, was es ist.«

Simon rief Elizabeth an und erklärte ihr, daß er eine weitere Nacht im Ministerium verbringen müsse.

»Manche Frauen verlieren ihre Männer an die seltsamsten Mätressen«, erwiderte sie. »Übrigens möchte dein jüngerer Sohn wissen, ob du Zeit hast, wenn er Samstag in Oxford Hockey spielt.«

»Welcher Tag ist heute?«

»Immer noch Donnerstag, und du bist derjenige, der für die Landesverteidigung verantwortlich ist.«

Morgen mittag würde der Rettungsversuch, so oder so, vorüber sein, das wußte Simon. Warum sollte er nicht zuschauen, wenn sein Sohn Hockey spielte?

»Sag ihm, daß ich komme.«

Obwohl sich zwischen Mitternacht und sechs Uhr morgens nichts ereignen konnte, da die U-Boote ihre Positionen schon erreicht hatten, verließ keiner der Stabschefs das Beratungszimmer. Die Funkstille wurde kein einziges Mal durchbrochen, und Simon beschäftigte sich mit seinen überquellenden roten Portefeuilles. Er nutzte den Vorteil, die Stabschefs in der Nähe zu haben, und stellte unzählige Fragen, deren Beantwortung üblicherweise einen Monat gedauert hätte.

Um Mitternacht brachte man ihm die ersten Ausgaben der Morgenzeitungen. Simon heftete die Schlagzeile des *Telegraph* an die Tafel. »Kerslake in der Hängematte, bis die große Armada kommt.« Der Schreiber des Artikels wollte wissen, wieso der Held von Nordirland so unentschlossen sei, während Britanniens Seeleute gefesselt und geknebelt in fremden Gewässern lagen. Er endete mit den Worten: »Captain, gebt Ihr Euch da unten dem Schlafe hin?« »Kein bißchen«, murmelte Simon. »Zurücktreten« lautete die lapidare Überschrift des *Daily Express*.

Sir John schaute über seine Schulter und las den ersten Absatz des Artikels.

»Ich werde nie begreifen, warum jemand Politiker sein will«, sagte er, bevor er berichtete: »Wir haben soeben von der Luftaufklärung erfahren, daß die beiden U-Boote ihre Positionen bezogen haben.«

Simon nahm seinen Stock und begab sich nach Downing Street. Er fuhr mit dem privaten Fahrstuhl in den Keller und ging durch den Tunnel, der von Whitehall direkt zum Beratungszimmer des Kabinetts führt. So vermied er Presseleute und neugierige Zuschauer.

Die Premierministerin war allein. Simon besprach mit ihr nochmals in allen Details das Vorhaben und versicherte, daß zur Frühstückszeit alles vorüber sein würde.

»Benachrichtigen Sie mich sofort, wenn Sie etwas hören, auch wenn es noch so unwichtig ist«, sagte sie abschließend und wandte sich wieder dem Studium der düsteren Wirtschaftslage zu. Finanzexperten sagten voraus, daß Pfund und Dollar 1988 wertgleich sein würden. »Eines Tages werden alle diese Probleme Sie bedrücken«, sagte sie.

Simon lächelte und ging durch den Tunnel zurück in sein Büro auf der anderen Seite von Whitehall.

Er nahm den Fahrstuhl in den 6. Stock, wo die Stabschefs immer noch versammelt waren; obwohl Mitternacht vorüber war, sah keiner von ihnen müde aus. Sie alle teilten die einsame Wache mit ihren mehr als dreitausend Kilometer entfernten Kameraden. Man erzählte Geschichten vom Suezkanal und den Falkland-Inseln und lachte dann und wann. Aber die Blicke kehrten immer wieder zu der Wanduhr zurück.

Als Big Ben zwei Uhr schlug, überlegte Simon: vier Uhr in Libyen. Er sah die Männer vor sich, wie sie sich ins Wasser fallen ließen und tauchten, bevor sie die lange Strecke zur *Broadsword* schwammen.

Als das Klingeln des Telefons die unheimliche Stille wie ein Feueralarm durchbrach, nahm Simon den Hörer auf. Es war Charles Seymour.

»Simon«, sagte er, »endlich bin ich zu Gaddafi durchgekommen. Er will verhandeln.« Simon sah wieder auf die Uhr: Die Schwimmer konnten nur mehr ein paar hundert Meter von der *Broadsword* entfernt sein.

»Es ist zu spät«, sagte er, »jetzt kann ich sie nicht mehr aufhalten.«

»Sei nicht so ein verdammter Narr — gib den Befehl zur Umkehr. Verstehst du nicht, daß wir einen diplomatischen Coup gelandet haben?«

»Gaddafi kann monatelang verhandeln und uns schließlich doch demütigen. Nein, ich gebe keinen Befehl.«

»Wir weden sehen, wie die Premierministerin auf deine Arroganz reagiert.« Charles knallte den Hörer hin.

Simon saß an seinem Schreibtisch und wartete auf das Klingeln des Telefons. Kurz überlegte er, ob es ihm helfen würde, den Hörer wegzulegen — das moderne Gegenstück zu Nelson, der das Fernrohr an sein blindes Auge legte. Er brauchte ein paar Minuten, aber das Telefon klingelte Sekunden später. Es war Margaret Thatcher.

»Können Sie sie aufhalten, wenn ich es anordne, Simon?«

Er überlegte zu lügen. Dann: »Ja, *Prime Minister.*«

»Aber Sie möchten die Sache lieber durchziehen, nicht wahr?«

»Ich brauche nur ein paar Minuten.«

»Sind Sie sich über die Folgen im klaren, nachdem Charles schon einen diplomatischen Sieg verkündet?«

»Ich würde binnen einer Stunde meinen Rücktritt einreichen.«

»Ich fürchte, auch meiner wäre damit besiegelt«, sagte sie. »In diesem Fall wäre Charles morgen Premierminister.« Es entstand eine kurze Pause, bevor sie fortfuhr: »Gaddafi ist in der anderen Leitung. Ich werde ihm sagen, daß ich bereit bin zu verhandeln.« Simon fühlte sich geschlagen. »Vielleicht gibt Ihnen das genügend Zeit, und wir wollen hoffen, daß es Gaddafi ist, der beim Frühstück seinen Rücktritt überlegt.«

Simon jubelte beinahe.

»Wissen Sie, was mir während dieser ganzen Unternehmung am schwersten fiel?«

»Nein, *Prime Minister.*«

»Als Gaddafi mitten in der Nacht anrief, mußte ich vorgeben zu schlafen, damit er nicht merkte, daß ich neben dem Telefon sitze.«

Simon lachte.

»Viel Glück, Simon. Ich werde Charles anrufen und ihm meinen Entschluß erklären.«

Die Uhr zeigte halb vier.

Als Simon zurückkehrte, ballten einige Admiräle die Fäuste, andere trommelten auf die Tischplatte oder gingen hin und her; Simon konnte nachvollziehen, wie den Israeli zumute gewesen sein mußte, als sie auf Nachricht aus Entebbe warteten.

Wieder klingelte das Telefon. Er wußte, diesmal konnte es nicht die Premierministerin sein, da sie die einzige Frau in England war, die nie ihre Meinung änderte. Es war Charles Seymour.

»Ich möchte festhalten, Simon, daß ich dir die Nachricht von Gaddafis Verhandlungsbereitschaft um drei Uhr zwanzig übermittelt habe. Es wird daher morgen nur einen Minister geben, der seinen Rücktritt bekanntgibt.«

»Ich weiß genau, wo du stehst, Charles, und ich bin

überzeugt, daß du, was immer auch geschieht, nach Rosen duftend aus deinem Dreckhaufen hervorkommen wirst.« Er legte auf, als die Uhr punkt vier zeigte. Aus keinem ersichtlichen Grund standen alle Anwesenden auf, doch als die Minuten verstrichen, setzte sich dieser und jener wieder.

Sieben Minuten nach vier wurde die Funkstille durch fünf Worte unterbrochen: »Ladendieb festgenommen, wiederhole Ladendieb festgenommen.«

Simon sah die Stabschefs jubeln wie Schulkinder nach einem Tor bei einem Fußballmatch. *Broadsword* war auf hoher See in neutralen Gewässern. Simon setzte sich an den Schreibtisch und verlangte nach dem Telefon. Die Premierministerin meldete sich.

»Der Ladendieb wurde festgenommen«, sagte er.

»Meinen Glückwunsch. Fahren Sie fort wie vereinbart«, war alles, was sie sagte.

Als nächstes mußten alle libyschen Gefangenen an Bord der *Broadsword* in Malta ausgeschifft und unversehrt nach Hause geschickt werden. Simon wartete ungeduldig, daß die Funkstille, wie vereinbart, um fünf Uhr wieder unterbrochen wurde.

Als Big Ben fünf Uhr schlug, meldete sich Kapitän Lawrence Packard. Er gab Simon einen genauen Bericht über die Operation: ein libyscher Guerilla getötet, elf verletzt. Es hat keine, wiederhole, keine britischen Verluste gegeben und nur unbedeutende Verletzungen. Die siebenunddreißig Mann des *Special Boat Service* wieder an Bord der U-Boote *Conqueror* und *Courageous*. Bei der *Broadsword* zwei Maschinen ausgefallen. Im Augenblick gleiche sie einem arabischen Bazar, aber sie befände sich schon auf dem Weg nach Hause. Gott schütze die Königin.

»Meinen Glückwunsch, Captain«, sagte Simon. Rasch ging er nach Downing Street, diesmal nicht durch den

Tunnel. Als er die Straße entlanghumpelte, versammelten sich schon die ersten Journalisten vor No. 10, nicht ahnend, welche Nachricht sehr bald verkündet werden würde. Er beantwortete keine der ihm zugerufenen Fragen. Als er in das Sitzungszimmer geführt wurde, fand er schon die Premierministerin und Charles vor. Er teilte beiden die letzten Nachrichten mit.

»Gut gemacht, Simon«, sagte Mrs. Thatcher.

Charles äußerte sich nicht.

Man kam überein, daß die Premierministerin um halb vier Uhr nachmittag vor dem Unterhaus eine Erklärung abgeben werde.

»Ich muß zugeben, daß meine Meinung über Charles Seymour sich verbessert hat«, sagte Elizabeth im Auto auf dem Weg zu Peters Hockey-Match.

»Was willst du damit sagen?«

»Er wurde soeben im Fernsehen interviewt, und meinte, er habe dich die ganze Zeit unterstützt, habe jedoch so tun müssen, als strebe er sinnlose Verhandlungen an. Er formulierte das ausgezeichnet, indem er sagte, es sei das erstemal im Leben, daß Lügen für ihn eine Ehrensache war.«

»Nach Rosen duftend«, sagte Simon eisig. Elizabeth wußte nicht, was er damit meinte.

Simon erzählte seiner Frau genau, was in den letzten Stunden zwischen ihm und Charles vorgefallen war.

»Warum hast du nichts gesagt?«

»Wie konnte ich zugeben, daß der Außenminister und ich während der ganzen Operation gestritten haben? Das würde nur ein schlechtes Licht auf die Regierung werfen und der Opposition Munition liefern.«

»Politik werde ich nie begreifen«, sagte Elizabeth resigniert.

Im Regen an der Seitenlinie des Spielfeldes stehend,

sah Simon amüsiert zu, wie sein Sohn im Schlamm dahingemetzelt wurde. Noch vor ein paar Stunden hatte er gefürchtet, Gaddafi könnte ihm Ähnliches antun. »Das war ein leichter Sieg für die Gegner«, sagte er zum Spielleiter, als Peters College in der Halbzeit mit vier Toren im Nachteil lag.

»Vielleicht ist Ihr Sohn wie Sie und überrascht uns alle in der zweiten Halbzeit«, erwiderte dieser.

Am Samstagmorgen saß Simon in seinem Büro und hörte in den Nachrichten, daß die *Broadsword* sich mit Volldampf dem Hafen nähere und um drei Uhr in Portsmouth erwartet werde. Es war genau eine Woche, nachdem sein Sohn das Hockey-Match verloren hatte. Simon hatte den niedergeschlagenen Jungen zu trösten versucht. Daß er der Tormann gewesen war, machte die Sache nicht besser.

Simon lächelte, als die Sekretärin seine Gedanken unterbrach, um mitzuteilen, man erwarte ihn in einer Stunde in Portsmouth. Als er zur Tür ging, klingelte das Telefon.

Die Sekretärin sagte: »Ich glaube, das geht nicht, Sir.«

Simon drehte sich verwundert um. »Wer will mich sprechen?«

»Ihre Majestät, die Königin.«

Simon humpelte zum Schreibtisch zurück und hörte seiner Königin zu. Als sie geendet hatte, dankte er ihr und versprach, die Nachricht an Kapitän Packard weiterzugeben. Während des Fluges sah Simon aus dem Helikopter auf den Verkehrsstau hinab, der sich von London bis zur Küste ausdehnte; alle wollten die *Broadsword* willkommen heißen. Eine Stunde später landete der Hubschrauber.

Der Verteidigungsminister stand am Kai und beobachtete den Zerstörer durch ein Fernglas. Er war noch etwa eine Stunde entfernt, aber schon von einer Flottille kleinerer Schiffe umringt.

Sir John informierte Simon von der Anfrage Kapitän Packards, ob der Verteidigungsminister bei ihm auf der Brücke stehen wolle, wenn das Schiff in den Hafen einlief. Simon lehnte dankend ab. »Das ist sein Tag, nicht meiner.«

»Gut, daß der Außenminister nicht hier ist«, sagte Sir John. Ein Geschwader Tornados flog vorbei, und Simons Antwort ging in dem Lärm unter. Als die *Broadsword* in den Hafen einlief, stand die ganze Mannschaft in Paradeuniform an Deck stramm. Das Schiff selbst funkelte wie ein fabriksneuer Rolls Royce.

Der Kapitän kam die Laufplanke herunter, und fünfhunderttausend Menschen jubelten so laut, daß man das eigene Wort nicht verstand. Kapitän Packard salutierte, als der Verteidigungsminister sich vorbeugte und ihm die Botschaft der Königin zuflüsterte.

»Willkommen zu Hause, Konteradmiral Sir Lawrence Packard.«

31

Der Effekt der *Broadsword*-Affäre war von kürzerer Dauer als jener des Falkland-Sieges, und das Scheitern der Abrüstungsverhandlungen zwischen Reagan, Tschernenko und Thatcher in Genf schadete den Konservativen.

Die Sowjetunion machte Mrs. Thatcher für das Scheitern verantwortlich, weil sie, obwohl man sie bezüglich einer diplomatischen Lösung bei den Vereinten Nationen unterstützt habe, eine »aggressive Handlung« vorgezogen hatte. Der konservative Vorsprung fiel, den Umfragen zufolge, binnen sechs Monaten um drei Prozent.

»Die Wahrheit ist«, stellte Raymond bei einer Sitzung des Schattenkabinetts fest, »daß Mrs. Thatcher nun fast acht Jahre in Downing Street residiert, und seit Lord Liverpool im Jahr 1812 war niemand zwei Amtsperioden hindurch Premierminister — geschweige denn drei.«

Nach den Weihnachtsferien war Raymond davon überzeugt, daß es im Mai oder Juni zu Neuwahlen kommen werde; die Premierministerin würde keine weitere Session mehr riskieren. Als die Konservativen ihren gefährdeten Sitz in Birmingham behielten und bei den lokalen Wahlen im Mai besser abschnitten als angenommen, wartete alles auf die Ankündigung der Premierministerin.

Margaret Thatcher schien sich weder um Lord Liverpool noch um historische Beispiele zu kümmern; sie schrieb Neuwahlen für Ende Juni aus — ein Monat, der ihr in der Vergangenheit Glück gebracht hatte und es vielleicht wieder tun würde.

»Es ist an der Zeit, die Nation entscheiden zu lassen, wer die nächsten fünf Jahre regieren soll«, erklärte sie in einem Interview.

»Natürlich hat das gar nichts damit zu tun, daß sie laut Meinungsumfragen wieder etwas aufgeholt hat«, meinte Joyce trocken.

»Dieser Vorsprung könnte in den nächsten Wochen wieder schwinden«, fügte Raymond hinzu.

Für seinen Wahlkampf in Yorkshire blieben ihm nur drei Tage; als einer der führenden Männer seiner Partei mußte er im ganzen Land umherfahren und überall, wo Sitze gefährdet waren, Reden halten. Viele Journalisten gingen so weit, zu behaupten, daß Labour viel größere Chancen hätte, wäre Raymond der Parteiführer. Die wenigen Male, die er nach Leeds kam, genoß er die Wahlkampfstimmung und war zum erstenmal im Leben seinen

Wählern gegenüber völlig entspannt. Sein Alter aber kam ihm zu Bewußtsein, als er feststellte, daß der neue konservative Kandidat für Leeds North 1964 geboren worden war, im Jahr seines Parlamentseintritts. Als sie einander kennenlernten, sprach ihn sein junger Rivale mit »Sir« an — fast eine Beleidigung, fand Raymond.

»Bitte nennen Sie mich beim Vornamen«, sagte er.

»Raymond —« begann der junge Mann.

»Nein. Ray genügt.«

Auch Charles und Simon sahen wenig von ihrem Wahlkreis, auch sie kämpften um gefährdete Sitze, und als der Wahltag näherrückte, wurde ihr Programm immer hektischer. Meinungsumfragen ergaben, daß die Allianz mehr und mehr konservative Stimmen bekam, während die traditionellen Labour-Wähler wieder zu ihrer alten Partei zurückkehrten. Die Torys starteten daher mitten im Wahlkampf eine massive Kampagne gegen die Allianz.

Andrew mußte während des ganzen Wahlkampfes in Edinburgh bleiben und sich wieder einmal mit Frank Boyle auseinandersetzen. Doch diesmal hatte Boyle, wie Stuart Gray im *Scotsman* schrieb, viel von seiner Angriffslust verloren. Während der letzten drei Wochen bekam Andrew noch etwas davon zu spüren, aber wenigstens mußte die *Royal Bank of Scotland* sich nicht ein zweitesmal von einer Goldmünze trennen. Andrew behielt seinen Sitz mit einer Mehrheit von mehr als zweitausend Stimmen und kehrte zum achtenmal ins Parlament zurück. Louise behauptete, diese Mehrheit habe ihr Mann jenen Leuten zu verdanken, die sich in ihre dreizehnjährige Tochter Clarissa verliebt hatten. Sie erfüllte schon die Prophezeiung ihres Vaters: linkische Fünfzehnjährige erröteten in ihrer Gegenwart.

Da die Stimmenauszählung da und dort im Land wiederholt werden mußte, wurde das endgültige Resultat erst Freitag nachmittag bekanntgegeben.

»Das Parlament besitzt keine klare Mehrheit«, sagte der Kommentator der BBC und wiederholte die Ergebnisse:

Konservative 317
Labour 288
Allianz Liberale/SDP 34
Irish/Ulster Unionist 17
Andere und Speaker 4

Er erklärte, daß Mrs. Thatcher, die immer noch Führerin der größten Partei im Unterhaus war, nicht zurücktreten müsse, daß die SDP jedoch bei den nächsten Wahlen das Zünglein an der Waage sein werde.

Die Premierministerin änderte ihr Kabinett nur wenig, da sie trotz ihrer geringen Mehrheit offenbar den Eindruck der Einigkeit erwecken wollte. Die Presse sprach von einem »kosmetischen Kabinett«. Charles übernahm das Innenministerium, Simon wurde Außenminister.

Jeder in Westminster war dankbar, als das Parlament ein paar Wochen später Sommerferien machte und die Politiker nach Hause zurückkehren konnten.

Die Ruhe dauerte allerdings nur eine Woche. Dann beschwor Tony Benn mit der Ankündigung, er werde sich beim Parteitag im Oktober um die Parteiführung bewerben, eine Gewitterwolke in dem blauen Sommerhimmel herauf. Er behauptete, Kinnocks Naivität und Ungeschicklichkeit seien die Ursache dafür gewesen, daß die Labour-Partei nicht an die Macht gekommen war. Viele Sozialisten stimmten ihm zu, meinten jedoch, unter Benn wäre es ihnen noch wesentlich schlechter ergangen.

Seine Erklärung ermöglichte es allen anderen Kandidaten, sich um die Parteiführung zu bewerben: Roy Hattersley und John Smith ließen sich gemeinsam mit Benn und Kinnock für den ersten Wahlgang aufstellen. Viele Parlamentsmitglieder, Gewerkschafter und Leiter der Wahlkreise drängten Raymond, sich ebenfalls in den Kampf zu stürzen.

»Wenn du jetzt nicht kandidierst«, sagte Joyce, »wirst du in Zukunft keine Gelegenheit mehr haben.«

»Ich denke an die Zukunft«, erwiderte Raymond.

»Was meinst du damit?«

»Ich will stellvertretender Parteiführer werden. Das würde mir in der Partei eine Machtposition sichern, durch die ich beim nächsten Mal bessere Chancen hätte.«

Raymond wartete noch eine Woche, bevor er seine Kandidatur bekanntgab. Auf einer überfüllten Pressekonferenz am folgenden Montag teilte er mit, daß er für das Amt eines stellvertretenden Parteiführers kandidieren werde.

Unter den vier Kandidaten für die Parteiführung gab es keinen erklärten Favoriten, obwohl die meisten annahmen, Benn werde nach dem ersten Wahlgang in Führung liegen. Hattersley traf mit Smith eine Vereinbarung: Wer beim ersten Durchgang mehr Stimmen bekam, blieb im Rennen; der andere sollte zurücktreten und bei der Stichwahl den Führer des rechten Flügels unterstützen. Als die Stimmen gezählt wurden, lag Benn, wie vorausgesagt, an der Spitze, Kinnock auf dem dritten Platz. Als dieser sich zurückzog, bat er seine Wähler zur allgemeinen Überraschung, Benn nicht zu unterstützen. Er war der Meinung, daß die Partei unter Benn noch länger in der Opposition bleiben würde. Einige Stunden später verkündete der Parteivorsitzende, daß Benn gründlich geschlagen sei. Die Labour-Partei hatte einen neuen gemäßigten Führer.

Dann folgte die Wahl des stellvertretenden Parteiführers. Obwohl der neue Parteichef keinen Hehl aus seinen Sympathien für Raymond machte, erwartete man ein knappes Resultat. Joyce lief in letzter Minute von einem

Delegierten zum anderen, während Raymond sich bemühte, ruhig zu erscheinen. An diesem Sonntagabend verkündete der Vorsitzende der Nationalen Exekutive der Labour Party, daß Raymond Gould mit knappem Vorsprung von drei Prozent der neugewählte stellvertretende Parteiführer sei. Außerdem wurde Raymond sofort zum Finanzminister des Schattenkabinetts ernannt.

Unter den vielen Briefen und Telegrammen fand Raymond auch eine Nachricht von Kate: »Meinen Glückwunsch. Aber hast du Punkt 5 (4) der Parteistatuten gelesen?« Raymond antwortete: »Nein. Las ihn soeben. Hoffentlich ist das ein gutes Omen.«

Im ersten Jahr wirkte das neue Labour-Team frisch und voller Ideen, während Mrs. Thatcher müder und resignierter wurde. Auch daß Gary Hart im November 1988 zum neuen U.S.-Präsidenten gewählt wurde, machte ihr das Leben nicht leichter. Seine Absicht, die Arbeitslosenrate zu senken und mehr Mittel aufzuwenden, um den »echten Demokraten« zu helfen, bescherte Großbritannien eine Reihe neuer Probleme. Über Nacht stieg das Pfund gegenüber dem Dollar, und die Exportaufträge verstaubten in den Büros der Lagerhäuser.

Aber es war der Beschluß der neuen Regierungen in Brasilien und Argentinien, jede Rückzahlung der von den Militärregierungen aufgenommenen Kredite zu verweigern, der alle Wirtschaftsprognosen über den Haufen warf und die *Bank of England* schwer traf.

Während des langen kalten Winters 1988 verloren die Konservativen einige Abstimmungen im Unterhaus und viele andere in den Ausschüssen. Die Premierministerin schien erleichtert, Weihnachten auf ihrem Landsitz in Chequers verbringen zu können.

Die Erleichterung dauerte nur kurz; zwei konservative Abgeordnete starben, bevor das Unterhaus im Januar wieder zusammentrat. Die Presse nannte die Regierung eine »lahme Ente«.

Beide Nachwahlen fanden im Mai statt: die Konservativen schnitten besser ab als erwartet, behielten einen Sitz und verloren den anderen. Mrs. Thatcher entschied sich zum drittenmal für Neuwahlen im Juni.

Nach zehn Jahren Thatcher schien das Land nach Raymonds Ansicht reif zu sein für einen Wechsel. Die monatlichen Arbeitslosen-, die Exportziffern und die Inflation, die während des Wahlkampfes in regelmäßigen Abständen bekanntgegeben wurden, verhießen nichts Gutes für die Konservativen.

Die oft wiederholte Bitte der Premierministerin, man solle doch die Regierung nicht nach den monatlichen Ziffern beurteilen, klang nicht mehr überzeugend, und in der letzten Woche wurde nur noch die Frage laut, ob die Labour-Partei eine arbeitsfähige Mehrheit erreichen werde oder nicht.

Am Freitag nach der Wahl sagte Joyce ihrem Mann, daß die Computervorhersage mit einer Mehrheit von vier Sitzen rechnet. Gemeinsam fuhren Joyce und Raymond durch ihren Wahlkreis, bevor sie mit Raymonds Eltern einen späten Lunch einnahmen. Als sie den kleinen Fleischerladen verließen, wurden sie auf dem Gehweg von einer Menge begeisterter Leute empfangen, die sie jubelnd bis zu ihrem Auto begleiteten. Raymond und Joyce fuhren nach London zurück und erreichten Cowley Street rechtzeitig, um den ersten Labour-Premierminister seit 1979 aus dem Buckingham Palace kommen zu sehen. Die Fernsehteams folgten ihm den ganzen Weg bis nach Downing Street 10.

Diesmal mußte Raymond nicht lang auf einen Anruf warten; die erste Ernennung, die der Premier bekanntgab, war die des *Chancellor of the Exchequer,* des Finanzministers. Am Nachmittag fuhren Raymond und Joyce in die Downing Street Nr. 11 und beauftragten den Häusermakler, ihr Haus in Cowley Street für ein halbes Jahr zu vermieten. Ob man den Vertrag verlängern werde, wisse man noch nicht. Joyce verbrachte viele Stunden damit, ihr neues Heim zu inspizieren und einige der Dinge zu ersetzen, die sie von Diana Brittan geerbt hatte, während Raymond sein Team vom *Transport House* zusammentrommelte, um das erste Labour-Budget vorzubereiten und noch mehr von dem zu ersetzen, was sein Amtsvorgänger Leon Brittan hinterlassen hatte.

Als seine Berater ins *Transport House* zurückkehrten, sah Raymond die unzähligen Glückwunschbriefe und -telegramme durch, die im Lauf des Tages angekommen waren. Eine Nachricht aus Amerika machte ihn besonders froh, und er erwiderte Mrs. Kate Wilberhoffs beste Wünsche.

Andrew hatte Frank Boyle zum drittenmal geschlagen, und die Linksradikalen verkündeten, daß sie nicht mehr kandidieren würden. Ein Wochenende hatte Andrew damit verbracht, allen seinen Helfern und Mitarbeitern zu danken. Als er am Montag ins Unterhaus zurückkehrte, fand er im Briefkasten für Abgeordnete eine Nachricht vor.

Beim Lunch im Speisesaal der Parlamentarier teilte ihm David Owen vertraulich mit, daß er die Parteiführung der SDP niederlegen wolle; sieben Jahre seien genug. Obwohl die Partei ihre Stellung im Unterhaus etwas hatte verbessern können, hatte man jetzt vermutlich fünf Jahre Labour-Regierung vor sich; er wolle Andrew die Parteiführung übertragen.

Sobald Owen eine offizielle Presseerklärung abgegeben hatte, erhielt Andrew einen Anruf vom *Glasgow Herald:* »Wann werden Sie Ihre Kandidatur für die Führung der SDP bekanntgeben?«

Das Innenministerium verlassen zu müssen, war ein schwerer Schlag für Charles. Er hatte das Gefühl, in der kurzen Zeit nur wenig erreicht zu haben. Seine Beamten hatten jede größere Entscheidung blockiert, weil sie auf Neuwahlen und ein klares Mandat gewartet hatten. Er teilte Amanda am Montag nach der Wahl beim Frühstück mit, daß er wieder in die Bank zurückzukehren beabsichtige und die Höhe seines Gehaltes ihre Alimente auch in Zukunft garantiere — solange sie sich an die Vereinbarung hielt. Amanda nickte und stand, als Harry hereinkam, wortlos vom Frühstückstisch auf.

Es war ein wichtiger Morgen für Harry, denn heute sollte er zum erstenmal die Vorbereitungsschule besuchen. Sie bedeutete den Beginn der akademischen Laufbahn, die sein Vater für ihn plante. Charles versuchte ihn davon zu überzeugen, daß es der Anfang einer wundervollen Zukunft sei, doch Harry blieb ängstlich. Charles gab seinen mit den Tränen kämpfenden achtjährigen Sohn beim Schuldirektor ab und fuhr in die City. Er freute sich, wieder in die Welt der Banken zurückzukehren.

Er wurde von Clive Reynolds Sekretärin empfangen und in das Sitzungszimmer geführt. Man bot ihm Kaffee an.

»Vielen Dank«, sagte Charles, zog die Handschuhe aus, stellte den Regenschirm in den Ständer und nahm im Sessel des Vorsitzenden Platz. »Würden Sie bitte Mr. Reynolds sagen, daß ich hier bin?«

»Selbstverständlich«, sagte die Sekretärin.

Ein paar Minuten später kam Reynolds in das Sitzungszimmer.

»Guten Morgen, Mr. Seymour. Wie schön, Sie nach so langer Zeit wiederzusehen.« Er reichte Charles die Hand.

»Guten Morgen, Clive. Ja, nett, Sie zu sehen. Zuerst muß ich Sie beglückwünschen, daß Sie die Bank in meiner Abwesenheit so gut geführt haben.«

»Das ist sehr freundlich von Ihnen, Mr. Seymour.«

»Ich war besonders von der Übernahme der *Distillers* beeindruckt; die ganze City war überrascht.«

»Ja, ein echter Coup, nicht wahr?« Reynolds lächelte. »Und ein zweiter bahnt sich an.«

»Ich freue mich darauf, die Details zu hören.«

»Im Augenblick ist das leider noch streng vertraulich«, sagte Clive und setzte sich neben Charles.

»Natürlich, aber jetzt, da ich zurückgekehrt bin, sollte man mich raschmöglichst informieren.«

»Es tut mir leid, aber Aktionäre können erst informiert werden, wenn die Transaktion abgeschlossen ist. Wir wollen unsere Chancen nicht durch Gerüchte zunichte machen lassen.«

»Ich bin aber kein gewöhnlicher Aktionär«, sagte Charles scharf. »Ich komme als Vorsitzender der Bank zurück.«

»Nein, Mr. Seymour«, sagte Reynolds ruhig. »*Ich* bin der Vorsitzende.«

»Wissen Sie eigentlich, mit wem Sie reden?«

»Ich glaube schon. Mit einem ehemaligen Außenminister, einem ehemaligen Innenminister, einem ehemaligen Vorsitzenden der Bank und einem Zwei-Prozent-Aktionär.«

»Aber Sie wissen genau, daß der Aufsichtsrat bereit war, mich als Vorsitzenden zurückzuholen, falls die Konservativen in Opposition gehen«, erinnerte ihn Charles.

»Seit jenen Tagen hat sich die Zusammensetzung des Aufsichtsrates ganz wesentlich verändert«, sagte Reynolds. »Vielleicht waren Sie so beschäftigt mit der Weltpolitik, daß Ihnen kleinere Veränderungen in Cheapside entgangen sind.«

»Ich werde eine Aufsichtsratsitzung einberufen.«

»Dazu haben Sie kein Recht.«

»Dann werde ich eine außerordentliche Generalversammlung einberufen.«

»Was wollen Sie den Aktionären mitteilen? Daß Sie der Meinung sind, als Vorsitzender zurückkommen zu können, wann immer Sie Lust haben? Das klingt nicht nach einem ehemaligen Außenminister.«

»Ich werde Sie binnen vierundzwanzig Stunden aus diesem Büro entfernen lassen«, erwiderte Charles mit plötzlich lauter Stimme.

»Das glaube ich nicht, Mr. Seymour. Miss Trubshaw ist weitere fünf Jahre bei uns geblieben und hat uns mit ungekürzter Pension verlassen. Sie werden auch bald feststellen, daß ich weder ein Bankkonto in der Schweiz noch eine gutbezahlte Mätresse habe.«

Charles wurde dunkelrot. »Ich lasse Sie absetzen. Sie ahnen nicht, wieviel Einfluß ich habe.«

»In Ihrem Interesse hoffe ich, nicht abgesetzt zu werden«, sagte Reynolds gelassen.

»Drohen Sie mir?«

»Keineswegs, Mr. Seymour, aber ich würde nur ungern erklären, wie unsere Bank bei Nethercote mehr als fünfhunderttausend Pfund verloren hat, weil Sie Simon Kerslake ruinieren wollten. Es wird Sie vielleicht interessieren zu hören, daß die Bank bei diesem Fiasko nichts außer ein gewisses Wohlwollen gewonnen hat, und dies nur dank meiner Empfehlung an Morgan Grenfell, die Scherben aufzusammeln.«

Charles konnte ein Lächeln nicht unterdrücken. »Wenn ich das veröffentliche, dann sind Sie erledigt«, sagte er triumphierend.

»Vielleicht«, meinte Reynolds, »aber Sie können nie Premierminister werden.«

Charles stand auf, nahm Schirm und Handschuhe und ging. Als er die Tür erreichte, kam eine Sekretärin mit zwei Tassen Kaffee. Charles fegte wortlos an ihr vorbei und schlug die Tür zu.

»Ich brauche nur eine Tasse, Miss Bristow.«

Eine Woche nach der Rede der Königin stellte Andrew befriedigt fest, daß die meisten seiner Kollegen ihn unterstützen wollten, sollte er sich um die Parteiführung der SDP bewerben. Bei der wöchentlichen Parlamentszusammenkunft erklärte der Parteisekretär, daß die Kandidaten für das Amt des Parteiführers seinem Büro innerhalb einer Woche bekanntzugeben seien. Jeder Kandidat mußte vorgeschlagen und von Parlamentsabgeordneten unterstützt werden.

Während der nächsten Woche bemühte sich die Boulevardpresse, einen Rivalen für Andrew vorzuschlagen, herbeizuzaubern, ja sogar zu erfinden. Louise, die fast alles glaubte, was sie in der Zeitung las, blätterte nur noch im *Morning Star;* es war die einzige Zeitung, die diese Frage ignorierte. Am siebenten Tag um fünf Uhr war allen klar, daß Andrew der einzige Kandidat war.

Beim nächsten parlamentarischen Treffen der SDP wurde Andrew weniger gewählt als gesalbt. Er wurde zum Geheimen Staatsrat ernannt, und am folgenden Samstag sprach er in der überfüllten Albert Hall zu seinen Getreuen. Seine Rede kam gut an, und die Presse sagte wieder einmal einhellig eine SDP-Koalition mit den Liberalen voraus. Ein paar Journalisten fragten sich, wie Andrews Entscheidung ausfallen würde, sollte er einmal das Zünglein an der Waage spielen: mit einem im ganzen Land bekannten Konservativen als Vater, selbst aber zwanzig Jahre lang Abgeordneter der Labour-Partei; welche Partei würde dann das kleinere Übel für ihn sein? Andrew antwortete der Presse, er würde sich darüber den Kopf zerbrechen, sobald das Problem auftauchte, denn vielleicht war die SDP nicht einmal imstande, mit den Liberalen ein Übereinkommen zu erzielen.

Im ganzen Land brachten Zeitschriften und Zeitungen lange Artikel über den neuen Führer der SDP. Alle berichteten über seinen Versuch, das Leben eines Sohnes zu retten, über die allmähliche Gesundung seiner Frau nach Roberts Tod, die Adoption von Clarissa und seine Wiederwahl ins Parlament, nachdem eine Goldmünze entscheiden hatte müssen.

Clarissa sagte zu ihrem Vater, sie komme sich vor wie ein Filmstar und sei das beliebteste Mädchen in der Schule. Er müsse also bald Premierminister werden, fügte sie hinzu. Andrew lachte und fuhr fort, seine Partei mit so viel Entschlossenheit und Energie zu leiten, daß man ihn bald in einem Atemzug mit den Führern der beiden großen Parteien nannte.

Kaum hatte sich die Aufregung über Andrews Ernennung gelegt, als in der Presse Spekulationen auftauchten, ob Mrs. Thatcher jetzt einem jüngeren Mann Platz machen werde.

»Kennen Sie kein anderes Restaurant?«

»Oh doch, aber mich kennt man dort nicht«, erwiderte Ronnie Nethercote, als er und Simon sich zum erstenmal seit Jahren wieder im Ritz trafen. Viele Köpfe drehten sich nach ihnen um, und Simons Name wurde geflüstert.

»Was machen Sie im Augenblick? Ich kann nicht glauben, daß Sie nur damit beschäftigt sind, in der Opposition zu sein?« sagte Ronnie, als man sich setzte.

»Nein, nicht wirklich. Man kann mich auch als einen der vier Millionen Arbeitslosen bezeichnen«, erwiderte Simon.

»Darüber eben möchte ich mit Ihnen sprechen«, sagte Ronnie, »aber zuerst möchte ich die Gemüsesuppe empfehlen und dann . . .«

»Das Beef vom Servierwagen«, unterbrach Simon.

»Sie erinnern sich noch?«

»Eine Empfehlung, mit der Sie immer recht hatten.«

Ronnie lachte lauter als es im Ritz üblich ist, dann sagte er: »Nachdem jetzt nicht mehr die gesamten Streitkräfte zu Ihrer Verfügung stehen und Botschafter Sie nicht mehr mit Exzellenz titulieren oder wie immer man heute sagt, wäre es da keine gute Idee, wenn Sie meinem Aufsichtsrat beitreten?«

»Es ist sehr freundlich von Ihnen, mich aufzufordern, Ronnie, aber die Antwort lautet: nein.«

Der Kellner kam, um die Bestellung aufzunehmen.

»Es würde ein Jahresgehalt von zwanzigtausend Pfund bedeuten.«

»Ich will nicht leugnen, daß wir das Geld brauchen könnten. Peter studiert in Oxford, und Michael ist finster entschlossen, Schauspieler zu werden. Ich frage mich, ob mein Bankkonto je in Ordnung kommen wird.«

»Warum treten Sie also nicht bei uns ein?«

»Weil ich mit Leib und Seele Politiker bin und mich nicht mehr auf kommerzielle Tätigkeiten einlassen möchte.«

»Könnte es Sie hindern, Premierminister zu werden?«

Simon zögerte, diese direkte Frage zu beantworten. Dann: »Ehrlich gesagt, ja. Meine Chancen sind nicht schlecht, und es wäre dumm von mir, jetzt etwas anderes anzufangen und damit meine Aussichten vielleicht zu verschlechtern.«

»Aber es weiß doch jeder, daß Sie, sobald Margaret Thatcher geht, der nächste Parteiführer sind. So einfach ist das.«

»Nein, Ronnie, leider ist es nicht so einfch.«

»Wer könnte Ihnen in die Quere kommen?«

»Zum Beispiel Charles Seymour.«

»Seymour? Er ist ein arroganter Laffe«, sagte Ronnie.

»Er hat viele Freunde in der Partei, und daß er dem Adel angehört, zählt bei vielen Tories immer noch.«

»Ja, da aber heute jeder Abgeordnete der Partei wählen kann, werden Sie Seymour schlagen.«

»Das wird sich zeigen«, sagte Simon, gelangweilt von

einem Gespräch, das er in letzter Zeit schon mit so vielen Leuten geführt hatte. »Und was machen Sie jetzt?« fragte er, um das Thema zu wechseln.

»Ich arbeitete wie ein Kuli, um in etwa einem Jahr an die Börse gehen zu können. Deshalb wollte ich Sie im Aufsichtsrat haben.«

»Sie geben nie auf.«

»Nein, und ich hoffe, Sie haben Ihre einprozentige Beteiligung an der Gesellschaft nicht aufgegeben.«

»Elizabeth hat das Zertifikat irgendwo eingeschlossen.«

»Dann sollten Sie den Schlüssel suchen.«

»Warum?« fragte Simon.

»Weil Ihr ursprünglicher Anteil gegen hunderttausend Stammaktien eingetauscht werden wird, wenn ich zehn Millionen Aktien zu drei Pfund auf den Markt bringe.«

Simon war sprachlos.

»Warum sagen Sie nichts?« fragte Ronnie.

»Um ehrlich zu sein, ich habe die Existenz dieser einen Aktie vergessen«, stammelte Simon.

»Nun, ich kann mit Sicherheit behaupten«, sagte Ronnie, einen von Mrs. Thatchers Lieblingssätzen parodierend, »daß das keine schlechte Anlage war. Sie werden sie bestimmt nie bereuen.«

Als die Budgetdebatte näherrückte, stellte Raymond fest, daß vierundzwanzig Stunden pro Tag zuwenig waren, sogar wenn man auf den Schlaf verzichtete. Er besprach die von ihm gewünschten Veränderungen mit den hohen Beamten des Finanzministeriums, aber es zeigte sich bald, daß er einige Abstriche machen mußte. Die Phrase, es gäbe immer ein nächstes Jahr, konnte er nicht mehr hören; seiner Meinung nach hatte er schon zu lange gewartet. Oft diskutierte er mit den Parteitheoretikern jene Versprechen des Manifests, denen man Priorität zuerkannte.

Im Lauf der Wochen wurden Kompromisse geschlossen und Einsparungen gemacht, aber es gelang Raymond, die ihm am wichtigsten scheinenden Veränderungen durchzudrücken. Am Freitag morgens übergaben ihm die Finanzexperten seine Rede; sie umfaßte hundertdreiundvierzig Seiten; die Verlesung würde etwa zweieinhalb Stunden dauern.

Am Dienstagmorgen, am Tag der Budgetdebatte, informierte er das Kabinett über seine Steuerreform; nach alter Tradition erfuhr das Kabinett alle Einzelheiten erst ein paar Stunden, bevor das Budget dem Unterhaus präsentiert wurde.

Der »Budgettag« im Unterhaus ist eine traditionsreiche Angelegenheit. Botschafter, Diplomaten, Bankiers und Mitglieder des *House of Lords* sitzen dicht gedrängt zusammen mit dem allgemeinen Publikum auf der Besuchergalerie. Die Schlange der Wartenden, die einen Sitz ergattern wollen, ist oft fast einen halben Kilometer lang, doch nur ein halbes Dutzend Menschen kann die Rede des Finanzministers mitanhören, weil die meisten Plätze bereits reserviert sind, bevor sich die Schlange noch bildet. Der Sitzungssaal selbst ist meistens schon eine Stunde vor Beginn der Rede überfüllt. Auf der Pressegalerie ist es nicht anders. Die Hinterbänkler sind schon um 14 Uhr 25 im Sitzungssaal, um ihre Plätze nicht zu verlieren. Die Konservativen können ihre Sitze reservieren. Die Sozialisten, die dies undemokratisch finden, stürzen um halb drei in den Saal. Die Atheisten auf beiden Seiten warten, bis der Geistliche das Gebet gesprochen hat, und drängen sich dann, in der Hoffnung, ihre gewohnten Plätze noch frei zu finden, in den Saal.

Am Budgettag zieht man sich auch exzentrisch an. Auf den Bänken der Konservativen sieht man ein paar Zylinder, bei den Sozialisten da und dort den Helm der Bergarbeiter. Tom Carson erschien in einem Overall mit einem Liverpool-Schal um den Hals, während Alec Pimkin sich mit einer roten Seidenweste und einer weißen Nelke im Knopfloch seines Cuts begnügte.

Lang vor drei Uhr ist von dem grünen Leder auf den vordersten Bankreihen nichts mehr zu sehen, und sollte noch ein Hinterbänkler kommen, wird er auf die oberste Galerie verwiesen, die sogenannte Seitengalerie der Abgeordneten.

Um zehn nach drei trat Raymond aus seinem Wohnsitz in Downing Street No. 11 und hielt das berühmte alte Budgetportefeuille, das zum erstenmal von Gladstone benutzt wurde, hoch über den Kopf, damit die Presseleute das traditionelle Foto machen konnten, bevor man ihn ins Unterhaus fuhr.

Um Viertel nach drei, als der Premierminister aufstand, um Anfragen zu beantworten, glich der Sitzungssaal dem Zuschauerraum in einem West End-Theater bei einer Premiere; und was die Abgeordneten erwartete, war auch echtes Theater.

Um drei Uhr fünfundzwanzig betrat Raymond, bejubelt von den sozialistischen Abgeordneten, den Saal. Jeder Platz im Unterhaus mit Ausnahme des seinen war besetzt. Er sah zur Besuchergalerie hinauf und lächelte Joyce zu. Als der Premier um halb vier die Anfragen beantwortet hatte, stand der Vorsitzende des Haushaltsausschusses auf — laut Tradition nimmt er vor einer Budgetdebatte den Platz des Speakers ein, weil dieser als »Mann des Königs« bei Geldangelegenheiten sein Amt nicht ausübt — und rief:

»Herr Finanzminister, die Budgeterklärung.«

Raymond erhob sich und legte das Redemanuskript vor sich auf das Pult. Er begann mit einem Überblick über die Weltwirtschaft und erklärte dem Unterhaus die Überlegungen, die seinem ersten Budget zugrunde lagen

— nämlich die Arbeitslosigkeit zu senken, ohne die Inflation zu steigern. Anderthalb Stunden sprach er, ohne dem Unterhaus auch nur eine der von ihm geplanten Veränderungen mitzuteilen. Auch damit hielt er sich an eine Tradition, nämlich die, keine unwiderruflichen Entscheidungen vor Börsenschluß bekanntzugeben. Gleichzeitig bot es ihm Gelegenheit, das Unterhaus mit ein paar Andeutungen in Spannung zu halten.

Bei Seite 78 angekommen, trank Raymond einen Schluck Wasser. Er hatte den theoretischen Teil beendet, jetzt kam der praktische.

»Die Alterspensionen werden höher sein als je zuvor. Auch die Zuschüsse für Familien mit nur einem Elternteil und die Zuwendungen für Behinderte werden angehoben.« Raymond machte eine Pause, zog ein vergilbtes Papier aus der Tasche und las aus der ersten Rede vor, die er in der Öffentlichkeit gehalten hatte. »Keine Frau, deren Mann sein Leben für unser Land hingab, darf darben, weil wir eine undankbare Nation sind. Die Pensionen für Kriegerwitwen werden um fünfzig Prozent erhöht, und die Kriegsanleihen voll honoriert.« Der Beifall nach dieser Erklärung dauerte eine ganze Weile. Als der Saal sich wieder beruhigt hatte, fuhr Raymond fort: »Steuern für Bier, Zigaretten, Benzin und Parfum werden um fünf Prozent angehoben. Die Steuerabzüge bei Gehältern von über dreißigtausend Pfund im Jahr werden fünfundachtzig Prozent betragen, und die Kapitalertragssteuer fünfzig Prozent.« Einige Konservative setzten eine grimmige Miene auf. Der Finanzminister kündigte zur Beschaffung von Arbeitsplätzen für bestimmte Regionen ein Expansionsprogramm an. Unter dem Beifall verschiedener Sektionen des Unterhauses erklärte er die Einzelheiten seines Planes für jede Region.

Er schloß mit den Worten: »Als erster sozialistischer Finanzminister seit zehn Jahren beabsichtige ich nicht, die Reichen zu berauben, um ihr Geld unter den Armen zu verteilen, vielmehr sollen jene, die in einem gewissen Wohlstand leben, Steuern zahlen, um das Los der wirklich Bedürftigen zu erleichtern. Ich möchte den verehrten Abgeordneten auf den Oppositionsbänken mitteilen, daß dies erst ein Fünftel von dem ist, was ich im Laufe dieser Legislaturperiode erreichen möchte. Dann wird unser Land eine gerechtere Gesellschaft haben. Wir wollen eine Generation hervorbringen, in der der Klassenbegriff ebenso überholt ist wie der Schuldturm, in der Begabung, harte Arbeit und Ehrlichkeit an sich schon Belohnung sind; eine sozialistische Gesellschaft, um die wir von Ost und West gleichermaßen beneidet werden. Dieses Budget, Mr. Speaker, ist nur der Entwurf eines Architekten für diesen Traum. Ich hoffe, genügend Zeit zu haben, ihn zu verwirklichen.«

Als sich Raymond nach zwei Stunden und zwanzig Minuten setzte — die Dauer eines Weltklasse-Marathonlaufes — herrschte lauter Jubel.

Jetzt fiel der Oppositionsführerin die undankbare Aufgabe zu, sofort auf die Rede zu antworten. Mehr als auf ein, zwei Schwachstellen in der Philosophie des Finanzministers hinzuweisen, war unmöglich. Das Unterhaus hörte ihm auch kaum zu.

FÜNFTES BUCH

1989 — 1991

Die Parteiführer

32

Nachdem sich Raymond mit seinem ersten Budget so erfolgreich geschlagen hatte, veränderte die Oppositionsführerin ihr Schattenkabinett ebenso rasch wie diplomatisch. Der Finanzminister übernahm die Belange des Außenamtes, Simon die Innenpolitik und Charles hatte sich mit den von Raymond Gould angschnittenen Problemen des Finanzhaushaltes auseinanderzusetzen.

Bald mußte Raymond feststellen, daß das Durchbringen neuer Gesetzesvorlagen viel schwieriger wurde, als Charles den Enthusiasmus seines neuen jungen Teams mit seiner eigenen großen Erfahrung in Wirtschaftsfragen ergänzte.

Obwohl die Dinge langsamer vorangingen als er gehofft hatte, war Raymond dennoch weiterhin erfolgreich. Seine Partei gewann die ersten Nachwahlen nach dem Tod von zwei Abgeordneten; das allein war schon bemerkenswert. Das Resultat löste neuerlich das Gerücht aus, Denis Thatcher dränge seine Frau zum Rücktritt.

Charles Seymour wußte: Ein solcher Schritt konnte so plötzlich kommen, daß niemand darauf vorbereitet war oder eine Vorstellung hatte, wie es weitergehen sollte. Er verwendete daher die nächsten Monate darauf, ein loyales Team um sich zu scharen, und als Mrs. Thatcher ihren Rücktritt bekanntgab, hatte er die Leute, die er brauchte.

Kaum hatte man die üblichen Phrasen über die sich zurückziehende Parteiführerin gesagt — die größte Premierministerin seit Winston Churchill —, als die Partei nach einem neuen Churchill Ausschau zu halten begann.

Wenige Stunden nach Mrs. Thatchers Rücktritt erhielten Charles Seymour und Simon Kerslake Anrufe und Nachrichten von ihren Anhängern und wurden von allen führenden politischen Kommentatoren kontaktiert. Charles organisierte seine Kampagne mit der gewohnten Gründlichkeit und befahl seinen Mitarbeitern, an jeden neuen Abgeordneten seit 1964 heranzutreten. Simon forderte Bill Travers auf, sein Mitarbeiterteam zu organisieren; Travers stand, wie jeder Farmer, früh am Morgen auf, um die Ernte einzubringen.

Sowohl Simon als auch Charles wurden binnen vierundzwanzig Stunden nominiert, und als bis zum Wochenende kein dritter Kandidat auftauchte, war die Presse von einem Zweikampf überzeugt.

Ein Korrespondent der *Financial Times* versuchte, mit allen 289 konservativen Abgeordneten zu sprechen. Er erreichte 228 und konnte seinen Lesern berichten, daß 101 für Simon Kerslake stimmen wollten, 98 für Charles Seymour und 29 keine Meinung äußerten. Der Artikel mit dem Titel »Knapper Vorsprung für Kerslake« wies darauf hin, daß man die zwei Männer, obwohl sie in der Öffentlichkeit sehr höflich zueinander waren, keineswegs als Freunde bezeichnen könne.

»Kerslake, der König« war die Schlagzeile in der Montagsausgabe der *Sun,* und der politische Kommentator prophezeite Simon einen Sieg von 116 zu 112 Stimmen. Auch Lord Mikardo, ein alter ehemaliger Labour-Abgeordneter, der über die letzten vierzehn Parteiführerkämpfe beider Parteien Buch geführt hatte, sagte Simons Sieg voraus. Dieser aber blieb skeptisch: Aus bitterer Erfahrung wußte er, daß man den *Right Honourable* Abgeordneten von Sussex Downs nicht unterschätzen durfte. Elizabeth gab ihm recht und wies auf eine kleine Zeitungsnotiz, die Simon übersehen hatte: Ronnies neue Gesellschaft ging an die Börse, und die Aktien schienen schon überzeichnet.

»Das ist eine der Prophezeiungen, die sich bewahrheitet haben«, sagte Simon lächelnd.

Zwölf Stunden vor Nominierungsschluß tauchte ein neuer Kandidat auf — ein Schock für alle, denn bis zu diesem Moment hatte die Öffentlichkeit nicht einmal von Alec Pimkins Existenz gewußt. Einige seiner Kollegen waren sogar überrascht, daß er jemanden gefunden hatte, der ihn vorschlug und noch jemand zweiten, der ihn unterstützte. Da man mit Recht annahm, daß Pimkins Anhänger Leute waren, die sonst Charles gewählt hätten, schien es ein Schlag für Seymour zu sein. Politische Experten bezweifelten allerdings, daß Pimkin mehr als sieben oder acht der 289 Stimmen bekommen könnte.

Charles flehte Pimkin an, seine Kandidatur zurückzuziehen, Pimkin aber weigerte sich hartnäckig und sagte zu Fiona, daß er diesen kurzen Augenblick des Ruhmes unendlich genieße. Er hielt im Unterhaus eine Pressekonferenz ab, gab in Rundfunk und Fernsehen endlose Interviews und stellte erfreut fest, daß er zum erstenmal im Leben seit der Debatte über Englands EWG-Beitritt beachtliche Aufmerksamkeit erregte. Aber Alexander Dalglish konnte sich immer noch nicht zusammenreimen, warum Pimkin sich überhaupt hatte aufstellen lassen.

»Meine Mehrheit in Littlehampton ist seit meiner ersten Nominierung von 12.000 auf 3.200 gefallen, und die Sozialdemokraten setzen mir ziemlich zu. Dieser langweilige Andrew Fraser kommt jeden Monat einmal nach Sussex, um für seinen Kandidaten zu werben, und bis zur nächsten Wahl sind es noch mehr als vier Jahre.«

»Aber auf wie viele Stimmen kannst du hoffen?« fragte Fiona.

»Auf wesentlich mehr, als diese Zeitungsschmierer glauben. Neun Stimmen sind mir schon sicher, meine nicht eingeschlossen, und vielleicht komme ich auf fünfzehn.«

»Wieso so viele?« fragte Fiona und merkte sofort, wie taktlos ihre Frage geklungen haben mußte.

»Meine liebe einfältige Freundin«, erwiderte Pimkin, »es gibt ein paar Leute in unserer Partei, die weder von einem Emporkömmling aus der Mittelklasse noch von einem aristokratischen Snob geführt werden wollen. Wenn sie für mich stimmen, so legen sie damit Protest ein.«

»Ist das nicht etwas verantwortungslos von dir?«

»Verantwortungslos mag es vielleicht sein, aber du kannst dir nicht vorstellen, wie viele Einladungen ich in den letzten Tagen erhalten habe. Und so wird es mindestens noch ein Jahr lang weitergehen.«

Spektakuläre Ereignisse sind im Unterhaus selten, weil dabei sowohl Pech wie auch der Faktor Zeit eine Rolle spielen; etwas, was in einer Woche Schlagzeilen macht, ist in der folgenden Woche vielleicht nicht mehr der Erwähnung wert. Am Donnerstag vor der Wahl des konservativen Parteiführers war das Unterhaus während der Fragestunde an den Finanzminister überfüllt. Raymond und Charles fochten ihre üblichen Wortduelle aus, und Charles erwies sich als etwas besser. Da die Finanzen nicht sein Ressort waren, konnte Simon nur dasitzen und zuhören, wie sein Rivale Punkte sammelte.

Tom Carson schien besonders erpicht darauf, zu jeder Frage eine Zusatzfrage zu stellen. Zwischen halb drei und fünf nach drei war er nicht weniger als zwölfmal aufgesprungen. Die Uhr zeigte drei Uhr zwölf, als ihn der Speaker verzweifelt zu einer scheinbar harmlosen Anfrage über unvorhergesehene Gewinne aufrief.

Da die Anfragen an den Premier bevorstanden, sprach Carson vor einem vollen Saal und einer vollen Pressegalerie. Er wartete einen Moment, bevor er seine Anfrage vorbrachte.

»Was ist die Einstellung meines *Right Honourable*

Freundes einem Mann gegenüber, der ein Pfund in eine Gesellschaft investiert hat und fünf Jahre später, obwohl er weder im Aufsichtsrat saß noch sich um die Gesellschaft kümmerte, einen Scheck über dreihunderttausend Pfund erhält?«

Raymond war verwirrt, weil er keine Ahnung hatte, wovon Carson sprach. Daß Simon Kerslake weiß wie eine Wand wurde, bemerkte er nicht.

Raymond erhob sich. »Darf ich meinen verehrten Freund erinnern, daß ich die Vermögensertragsteuer auf fünfzig Prozent erhöht habe, was seine Begeisterung etwas dämpfen wird«, sagte er. Es war Raymonds einziger Versuch seit langer Zeit, so etwas wie Humor zu zeigen, und deshalb lachte auch kaum jemand. Während Carson zum zweitenmal aufstand, schob Simon Raymond eine Notiz zu, die dieser überflog.

»Hält der Finanzminister eine solche Person für geeignet, Premierminister oder auch nur Führer der Opposition zu sein?«

Die Abgeordneten flüsterten miteinander und versuchten festzustellen, gegen wen die Frage gerichtet war, während der Speaker unruhig wurde und diesen nicht ordnungsgemäßen Zusatzfragen ein Ende setzen wollte. Raymond begab sich wieder zum Rednerpult und sagte Carson, seine Anfrage sei keine Antwort wert. Damit hätte die Angelegenheit ein Ende gefunden, wäre nicht Charles aufgestanden.

»Mr. Speaker, weiß der Finanzminister, daß dieser persönliche Angriff meinem verehrten Freund, dem Abgeordneten von Pucklebridge, gilt und eine schändliche Verleumdung ist? Der verehrte Abgeordnete von Liverpool Dockside sollte seine Unterstellung sofort zurücknehmen.«

Die Konservativen belohnten die Großzügigkeit ihres Kollegen mit Beifall, während Simon schwieg. Er wußte, daß es Charles gelungen war, die Geschichte auf die erste Seite sämtlicher Zeitungen zu bringen.

Am Freitagmorgen beim Frühstück las Simon die Zeitungen und war nicht erstaunt über den von Charles' scheinbar harmloser Zusatzfrage ausgelösten Bericht. Die Details seiner Transaktion mit Ronnie Nethercote waren genau festgehalten, und daß er von einem »Grundstückspekulanten« dreihunderttausend Pfund für eine Investition von einem Pfund erhalten hatte, klang nicht gut. Einige Zeitungen »fühlten sich verpflichtet zu fragen«, was sich Nethercote von dieser Transaktion erhoffe. Niemand schien zu wissen, daß Simon fünf Jahre lang Aufsichtsratsmitglied von dessen erster Firma gewesen war, sechzigtausend Pfund seines Privatvermögens investiert und erst kürzlich seine Kreditüberziehung zurückgezahlt hatte.

Simon gab vor der Presse ein Statement ab und erklärte den Sachverhalt genau. Sir Peter McKay, der Herausgeber des *Sunday Express,* aber schrieb in seiner vielgelesenen Spalte:

»Es liegt mir fern, auch nur anzudeuten, daß Simon Kerslake etwas Unehrenhaftes getan hat, aber da er jetzt im Scheinwerferlicht steht, bekommen manche Parlamentarier vielleicht das Gefühl, es wäre besser, bei den bevorstehenden Wahlen keinen Parteiführer zu wählen, dem etwas derartiges zustoßen könnte. Mr. Seymour hingegen machte seine Stellung eindeutig klar: Er kehrte, als seine Partei in die Opposition ging, nicht in die Bank seiner Familie zurück, da er immer noch auf ein öffentliches Amt hoffte.«

Am Montag korrigierten die Zeitungen ihre Prognosen und meinten, Seymour liege jetzt in Führung. Einige Journalisten gingen so weit zu behaupten, Alec Pimkin könne von dem Vorfall profitieren, weil die Abgeordneten vielleicht mit einer Stichwahl rechneten, bei der sie sich dann endgültig entscheiden würden.

Simon erhielt einige mitfühlende Briefe, darunter ein Schreiben von Raymond Gould. Er versicherte Simon, auf die Zusatzfrage von Carson nicht vorbereitet gewesen zu sein, und entschuldigte sich dafür, daß ihn seine erste Antwort möglicherweise in Verlegenheit gebracht hatte.

»Ich habe nie angenommen, daß er etwas mit der Sache zu tun haben könnte«, sagte Simon und gab Elizabeth Raymonds Brief.

»Die *Times* hat recht«, sagte sie, »er ist wirklich fair.«

Einen Augenblick später gab Simon seiner Frau einen zweiten Brief.

Seymour's Bank
202 Cheapside
London EC1

15. Mai 1989

Sehr geehrter Mr. Kerslake,
Ich schreibe, um etwas richtigzustellen, worauf die Presse fortwährend Bezug nahm. Mr. Charles Seymour, ehemaliger Vorsitzender dieser Bank, wollte, als die Konservativen in Opposition gingen, in die Bank zurückkehren. Er hoffte, mit einem Gehalt von vierzigtausend Pfund im Jahr wieder den Vorsitz dieser Bank übernehmen zu können.

Der Vorstand von Seymour hat seinem Wunsch nicht stattgegeben.

Ihr ergebener
Clive Reynolds

»Wirst du das verwenden?« fragte Elizabeth.

»Nein, man würde nur noch mehr über die Angelegenheit reden.«

Elizabeth sah ihren Mann an, der weitere Briefe las, und dachte an ein Dossier über Amanda Wallace, das immer noch in ihrem Besitz war. Simon würde sie den Inhalt nie mitteilen; aber vielleicht war es an der Zeit, Charles Seymour ein bißchen schwitzen zu lassen.

Am Montag abend saß Simon in der vordersten Bankreihe und hörte dem Finanzminister zu, der jene Klauseln des kurzen Steuergesetzes besprach, die vom Finanzausschuß behandelt werden sollten. Charles beanstandete jeden Satz, ja jedes Komma, wenn er irgendwo eine Schwäche witterte, und machte Raymond und seinem Team das Leben sauer. Die Opposition genoß es. Simon sah, wie seine Stimmen davonschwammen und konnte nichts dagegen tun.

In der Nacht vor der Wahl war Pimkin der einzige Kandidat, der gut schlief. Am nächsten Morgen um neun fand im Ausschußsaal des Unterhauses die Abstimmung statt. Mit einer Ausnahme hatten um drei Uhr zehn alle Abgeordneten ihre Stimmen abgegeben. John Cope, der Chief Whip, bewachte die große schwarze Blechbüchse bis vier Uhr. Mrs. Thatcher zog es offenbar vor, neutral zu bleiben.

Um vier Uhr wurde die Wahlurne ins Büro des Fraktionschefs gebracht, und in fünfzehn Minuten waren die Stimmzettel zweimal gezählt. John Cope verließ das Büro, gefolgt von einem Rattenschwanz von Journalisten.

Etwa zweihundertachtzig der zweihundertneunundachtzig konservativen Parlamentsmitglieder hatten sich versammelt. Der Vorsitzende des 1922-Komitees, Sir Peter Hordern, begrüßte den Chief Whip und betrat mit ihm das kleine Podium. Der Vorsitzende entfaltete das Papier, das ihm gereicht worden war, schob die Brille hinauf und zögerte einen Moment, als er das Ergebnis las.

»Das Resultat der Abstimmung für die Wahl des Parteiführers lautet:
Charles Seymour 138
Simon Kerslake 135
Alec Pimkin 15.«

Auf ein paar erstaunte Ausrufe folgte längeres Gemurmel, bis die Abgeordneten merkten, daß der Vorsitzende auf Ruhe wartete.

»Da es keinen eindeutigen Gewinner gibt«, fuhr Sir Peter fort, »findet nächsten Dienstag eine Stichwahl ohne Mr. Pimkin statt.«

Die Reporter umringten Pimkin, als er am Nachmittag das Parlament verließ, um zu erfahren, wen er seinen Anhängern bei der Stichwahl empfehlen werde. Pimkin, sichtlich jeden Augenblick genießend, erklärte großartig, daß er demnächst beide Kandidaten interviewen werde. Sofort wurde er von der Presse als »Königsmacher« bezeichnet, und die Telefone in seinem Büro und zu Hause liefen heiß. Was immer sie insgeheim dachten — Simon und Charles willigten jedenfalls ein, mit Pimkin zu sprechen, bevor er seinen Anhängern mitteilte, für wen er sich entschieden hatte.

Elizabeth saß allein an ihrem Schreibtisch und zwang sich, ihren Plan auszuführen. Sie sah das vergilbte Dossier an, das sie jahrelang nicht mehr geöffnet hatte, dann nahm sie einen Schluck Brandy. Ihre ganze Ausbildung und die Verpflichtung, den hyppokratischen Eid einzuhalten, sprachen gegen das, was sie jetzt tun zu müssen glaubte. Während Simon schlief, war sie wach gelegen und hatte an die Folgen gedacht, dann hatte sie eine Entscheidung getroffen. Simons Karriere war das Wichtigste. Sie nahm den Hörer, wählte eine Nummer und wartete. Als sie die Stimme hörte, hätte sie fast den Hörer wieder hingelegt.

»730-9712. Hier Charles Seymour.«

»Hier Elizabeth Kerslake.« Sie versuchte selbstsicher zu klingen. Eine lange Pause entstand.

Nach einem weiteren Schluck Brandy fuhr sie fort: »Legen Sie nicht auf, Mr. Seymour, was ich zu sagen habe, wird Sie interessieren.«

Charles sprach immer noch nicht.

»Nachdem ich Sie jahrelang aus der Ferne beobachtete, bin ich überzeugt, daß Ihre Reaktion auf Carsons Anfrage im Unterhaus nicht spontan war.«

Charles räusperte sich und schwieg.

»Sollte diese Woche noch irgend etwas geschehen, das dazu beiträgt, daß mein Mann die Wahl verliert, werde ich nicht tatenlos zusehen.«

Immer noch keine Antwort.

»Vor mir liegt eine Mappe mit der Aufschrift ›Miss Amanda Wallace‹. Wenn Sie Wert darauf legen, daß der Inhalt streng vertraulich bleibt, rate ich Ihnen, keine weiteren Mätzchen zu versuchen. Die Mappe ist voller Namen, die jede Boulevardzeitung genüßlich ausschlachten würde, monatelang.«

Charles schwieg.

Elizabeths Selbstvertrauen stieg. »Sie brauchen mir nicht zu sagen, daß ich nach einem solchen Vorgehen aus dem Ärzteregister gestrichen würde. Es wäre eine kleine Strafe, verglichen mit der Genugtuung, Sie so leiden zu sehen, wie mein Mann letzte Woche gelitten hat.« Sie machte eine kleine Pause. Dann: »Guten Tag, Mr. Seymour.«

Charles schwieg immer noch.

Elizabeth legte den Hörer auf und trank den Brandy aus. Wohl wissend, daß sie ihre Drohung nie wahrmachen würde, betete sie, Charles überzeugt zu haben.

Charles lud Pimkin zum Dinner zu White's ein — wo Pimkin schon immer aufgenommen werden wollte.

Kaum hatten sie sich gesetzt, fragte Charles: »Warum machst du dieses Theater? Begreifst du nicht, daß ich im ersten Wahlgang gewonnen hätte, wenn du nicht kandidiert hättest?«

Pimkin strahlte. »Sicherlich, aber ich hatte seit Jahren nicht so viel Spaß.«

»Wem verdankst du überhaupt deinen Sitz im Unterhaus?«

»Das weiß ich, und ich weiß auch den Preis, den du verlangt hast. Aber jetzt spiele ich die erste Geige, und ich verlange etwas anderes.«

»Worauf hoffst du? Wünschst du vielleicht in meinem Kabinett Finanzminister zu werden?« Charles konnte den Sarkasmus in seiner Stimme kaum verbergen.

»Nein, nein«, erwiderte Pimkin. »Ich weiß, was ich kann und was ich nicht kann; so dumm bin ich auch wieder nicht.«

»Was willst du also? Die Mitgliedschaft hier bei White's? Das ließe sich vermutlich machen.«

»Nichts so Materialistisches. Wenn ich dich nach Downing Street bringe, sollst du mich ins Oberhaus bringen.«

Charles zögerte. Er konnte es immerhin versprechen; und wer, außer Pimkin, würde es bemerken, wenn er sein Versprechen in drei Jahren nicht gehalten hatte?

»Wenn du und deine fünfzehn Anhänger Dienstag für mich stimmen, kommst du ins *House of Lords*. Ich gebe dir mein Wort darauf.«

»Gut«, sagte Pimkin. »Nur noch eine Kleinigkeit, alter Freund«, fügte er hinzu, als er die Serviette faltete.

»Mein Gott, was willst du noch?« fragte Charles ungeduldig.

»Wie du seinerzeit, möchte auch ich unsere Abmachung schriftlich festhalten.«

Wieder zögerte Charles, aber diesmal wußte er, daß er geschlagen war. »Einverstanden.«

»Gut, abgemacht«, sagte Pimkin. Sich nach einem Kellner umsehend, fügte er hinzu: »Ich glaube, das ist ein Anlaß, Champagner zu bestellen.«

Als Pimkin zwei Tage später den gleichen Vorschlag machte, überlegte Simon eine Weile, bevor er antwortete. »Diese Frage und ihre Bedeutung werde ich überlegen, sollte ich tatsächlich einmal Premierminister werden.«

»So *bourgeois*«, murmelte Pimkin, als er sich von Simon verabschiedete. »Ich biete ihm die Schlüssel zur Downing Street, und er behandelt mich wie einen Schlosser.«

Charles sprach mit einem Großteil seiner Anhänger und verließ das Unterhaus an diesem Abend mit der Gewißheit, daß sie alle verläßlich auf seiner Seite standen. Wenn er durch die langen Couloirs im gotischen Stil ging, wurde er immer wieder von den Abgeordneten angesprochen, die ihm ihre Loyalität versicherten. Kerslakes Profit von dreihunderttausend Pfund war zwar schon Schnee von gestern, aber der Coup hatte immerhin ausgereicht, seinen Sieg zu sichern, überlegte Charles. Ein anonymes Schreiben mit allen notwendigen Details an den richtigen Labour-Abgeordneten hatte sich als überaus wirksam erwiesen. Natürlich verwünschte er Pimkin, der die endgültige Entscheidung hinausgeschoben hatte, und ebenso Elizabeth Kerslake, die jede weitere Attacke gegen seinen Rivalen verhinderte.

Als er nach Hause kam, fand er zu seinem Entsetzen Amanda im Wohnzimmer vor.

»Ich habe dich doch gebeten, bis Mitte nächster Woche nicht zu kommen?«

»Ich habe es mir anders überlegt, Charlie.«

»Warum?« fragte Charles mißtrauisch.

»Ich finde, ich verdiene eine kleine Belohnung, weil ich so brav bin.«

»Was stellst du dir vor?« fragte er, neben dem Kamin stehend.

»Einen fairen Tausch.«

»Inwiefern?«

»Für die Weltrechte an meiner Lebensgeschichte.«

»Deine *was*?« fragte Charles ungläubig. »Wer wird sich auch nur im geringsten dafür interessieren?«

»Man interessiert sich nicht für mich, aber für dich, Charles. Die *News of the World* haben mir hunderttausend Pfund für eine ungeschminkte Schilderung meines Lebens an der Seite von Charles Seymour angeboten.« Theatralisch fügte sie hinzu: »Oder wie man mit dem zweiten Sohn eines Earls lebt, der alles daransetzt, Premierminister zu werden.«

»Das ist nicht dein Ernst.«

»Oh doch, ich meine es todernst. Im Laufe der Jahre habe ich mir einige Notizen gemacht, wie du dich Derek Spencers entledigt hast, der gleiche Trick jedoch bei Clive Reynolds mißlang. Was du alles unternommen hast, um Simon Kerslake vom Parlament fernzuhalten. Wie deine erste Frau das berümte Holbein-Porträt austauschte. Am meisten jedoch wird es die Leute interessieren, wer der wahre Vater von Harry Seymour ist; seine Lebensgeschichte erschien vor ein paar Jahren im Magazin *People,* aber diese Episode brachten sie nicht.«

»Du Luder. Du weißt, daß Harry mein Sohn ist.« Charles ging drohend auf sie zu, aber Amanda wich nicht zurück.

»Vielleicht sollte ich noch ein Kapitel anfügen, wie du hinter den geschlossenen Türen des friedlichen Hauses am Eaton Sqare auf deine Frau losgehst.«

Charles blieb stehen. »Was willst du?«

»Ich schweige mein Leben lang, und du gibst mir sofort fünfzigtausend Pfund und die gleiche Summe, wenn du Parteiführer wirst.«

»Du bist wahnsinnig.«

»Keineswegs, Charlie. Ich war immer vernünftig. Ich bin nicht paranoid wegen eines harmlosen älteren Bruders; die *News of the World* werden jetzt, da er der fünfzehnte Earl ist, über diese Geschichte entzückt sein. Ich sehe direkt sein Bild vor mir — mit Adelskrone und Hermelinrobe.«

»Das würden sie nie bringen.«

»Oh doch, vor allem, wenn sie erfahren, daß er total schwul ist und unser einziger Sohn daher einen Titel erben wird, auf den er keinen Anspruch hat.«

»Niemand wird das glauben, und wenn die Geschichte gedruckt ist, wird es zu spät sein.«

»Keine Spur«, erwiderte Amanda. »Mein Agent versichert mir, daß der wahre Grund für den Rücktritt des konservativen Parteiführers eine noch größere Sensation sein wird als der eines Kandidaten.«

Charles sank in den nächsten Fauteuil.

»Fünfundzwanzigtausend —« sagte er.

»Fünfzigtausend«, antwortete seine Frau. »Das ist nur gerecht. Schließlich ist es eine zweiseitige Abmachung: keine Geschichte an die Presse, und du wirst Führer der Konservativen.«

»Gut«, flüsterte Charles und verließ das Zimmer.

»Einen Moment mal, Charlie. Vergiß nicht, ich hab schon öfter Vereinbarungen mit dir getroffen.«

»Was erhoffst du dir noch?«

»Nur das Autogramm des nächsten Tory-Führers«, antwortete sie und zog einen Scheck hervor.

»Wo, zum Teufel, hast du den her?«

»Aus deinem Scheckbuch«, sagte Amanda unschuldig.

»Spiel keine Spielchen mit mir.«

»Aus der obersten Schublade deines Schreibtischs.«

Charles riß ihr den Scheck aus der Hand und war nahe daran, es sich anders zu überlegen. Dann aber dachte er an seinen Bruder im *House of Lords,* an seinen Sohn, der den Titel nicht erben würde, und an den Verzicht auf die Parteiführung. Er unterschrieb den Scheck über fünfzigtausend Pfund. Amanda blieb im Wohnzimmer zurück. Sorgfältig prüfte sie Datum und Unterschrift.

Simon und Elizabeth verbrachten ein ruhiges Weekend in ihrem Landhaus, während die Fotografen ihr Lager am Eaton Square aufschlugen. Sie hatten aus »sicherer« Quelle erfahren, daß Pimkin seinen alten Freund unterstützen werde.

»Ein brillanter Zug«, sagte Elizabeth beim Frühstück und bewunderte das Bild auf der Titelseite des *Observer.*

»Wieder ein Foto von Charles, der uns erklärt, was er als Premier tun wird?« erkundigte sich Simon, ohne von der *Sunday Times* aufzublicken.

»Nein.« Elizabeth schob ihm ihre Zeitung zu. Simon starrte auf Holbeins Porträt des ersten Earl of Bridgwater unter der Schlagzeile »Ein Geschenk an die Nation«.

»Mein Gott«, stöhnte Simon, »schreckt er vor nichts zurück, um diese Wahl zu gewinnen?«

»Meine Liebe, nach menschlichem Ermessen hast du ihm den Gnadenstoß versetzt«, sagte Pimkin beim sonntäglichen Lunch zu Fiona.

»Ich dachte, es wird dir gefallen«, erwiderte Fiona.

»Ja, das tat es, und mir gefiel auch die Bemerkung des Direktors der *National Gallery* — daß Charle's Geste, das unbezahlbare Porträt der Nation zu schenken, die Tat eines selbstlosen Mannes sei.«

»Natürlich blieb Charles in dem Moment, in dem die Presse davon Wind bekam, keine andere Wahl«, sagte Alexander Dalglish.

»Das weiß ich.« Pimkin lehnte sich befriedigt zurück. »Und ich hätte ein Dutzend Flaschen meines besten Claret dafür gegeben, Charles' Gesicht zu sehen, als er begriff, daß ihm der erste Earl of Bridgwater für immer davongeschwommen ist. Hätte er sich geweigert, das Porträt herzuschenken — die Zeitungskommentare hätten sicher dafür gesorgt, daß er die Wahl am Dienstag verliert.«

»Ob er gewinnt oder verliert, jedenfalls wird er es nicht wagen zuzugeben, daß es ohne seine Einwilligung geschah«, sagte Alexander.

»Eine köstliche Geschichte«, sagte Pimkin, »und wie ich höre, wird Prinzessin Diana das Porträt enthüllen. Ihr könnt sicher sein, daß ich bei dieser offiziellen Zeremonie dabei sein werde.«

»Ja, aber wird Charles anwesend sein?« fragte Fiona.

Montag morgen rief Charles' Bruder aus Somerset an und fragte, warum man ihn bezüglich der Schenkung des Porträts nicht konsultiert habe.

»Es war *mein* Bild, und ich konnte damit machen, was ich wollte«, erinnerte ihn Charles und legte wütend auf.

Als am Dienstagmorgen die Stichwahl erfolgte, hatten die beiden Kandidaten mit fast allen Mitgliedern zweimal gesprochen. Charles ging mit seinen Kollegen in den Speisesaal des Unterhauses, während Simon seine Frau zu Locketts ausführte. Sie zeigte ihm ein paar Prospekte von einer Ferienreise mit dem Orientexpreß — die schönste Möglichkeit, Venedig zu besuchen. Und insgeheim hoffte sie, daß sie für die Reise keine Zeit haben würden. Simon erwähnte kaum die Abstimmung, die jetzt eben stattfand, aber beide dachten fortwährend daran.

Um drei Uhr fünfzig war die Abstimmung vorüber, und wieder rührte der Chief Whip die schwarze Büchse bis vier Uhr nicht an. Um viertel nach vier kannte er den Gewinner, hielt aber seinen Namen geheim, bis sich das

1922-Komitee um fünf Uhr versammelte. Eine Minute vor fünf informierte er den Vorsitzenden. Wieder stand Sir Peter Hordern auf dem kleinen Podium, um das Ergebnis zu verkünden.

»Meine Damen und Herren«, sagte er, und seine Worte hallten in dem kleinen Raum, »das Resultat der Stichwahl für die Parteiführung der Konservativen lautet:

Charles Seymour 130

Simon Kerslake 158«

Etwas mehr als die Hälfte der Anwesenden standen jubelnd auf, während Bill Travers den Weg zu Simons Büro im Laufschritt zurücklegte, um ihm als erster die Nachricht zu überbringen. Als er ankam, drehte sich Simon um und sah ihn an.

»Du siehst aus und klingst, als hättest du einen Marathonlauf hinter dir.«

»Wie Pheidippides bringe ich Nachricht von einem großen Sieg.«

»Ich hoffe, das bedeutet nicht, daß du tot umfällst«, sagte Simon lachend.

Dann sagte der neue Führer der konservativen Partei eine Weile gar nichts. Es war klar, daß Pimkin sich für ihn ausgesprochen hatte. Im Lauf des Abends gaben auch ein, zwei Abgeordnete zu, ihre Ansicht in den letzten Wochen geändert zu haben, weil ihnen Charles krasser Opportunismus — als er das unbezahlbare Porträt nur wenige Tage vor der Wahl der Nation schenkte — mißfallen hatte.

Am folgenden Morgen rief Fiona an und fragte Pimkin, was ihn zu seiner Entscheidung bewogen habe. »Meine liebe Fiona«, war seine Antwort, »ich hielt es für günstig, mich meinem Grab in der Gewissheit zu nähern, im Laufe meines Lebens *einmal* ehrenwert gehandelt zu haben.«

Simons kleines Haus in der Beaufort Street war binnen einer Woche verwandelt. Er konnte sich kaum umdrehen, ohne eine Kamera vor sich zu haben, und wohin immer er ging, wurde er von einer Schar Presseleute verfolgt. Es erstaunte ihn, wie rasch man sich an solche Dinge gewöhnte, während Elizabeth sie keineswegs genoß. Sie war jedoch ebenso beschäftigt wie Simon, und wieder einmal schienen sie einander nur spätabends zu sehen. Die ersten beiden Wochen verbrachte Simon mit der Zusammenstellung seines Schattenkabinetts für die nächsten Wahlen; vierzehn Tage nach der Wahl zum Parteiführer gab er der Presse sein neues Team bekannt. Eine Ernennung erfolgte aus sentimentalen Gründen: Bill Travers wurde Landwirtschaftsminister im Schattenkabinett.

Als ihn die Reporter fragten, warum sein Rivale dem Team nicht angehöre, erklärte Simon, er habe Seymour die stellvertretende Parteiführung und ein Portefeuille seiner Wahl angeboten, dieser habe jedoch abgelehnt, weil er es vorläufig vorziehe, auf die hinteren Bänke zurückzukehren.

Am selben Morgen fuhr Charles mit seinem Sohn für ein paar Tage nach Schottland. Obwohl er über den Wahlausgang deprimiert war, halfen ihm Harrys eifrige Versuche, fischen zu lernen, etwas über seinen Schmerz hinweg. Am Schluß hatte Harry sogar den größten Fisch gefangen.

Amanda, die wenig Chancen sah, aus ihrem Mann noch mehr Geld herauszuholen, verhandelte wieder mit *News of the World* über ihre Lebensgeschichte.

Als der Herausgeber Amandas Notizen durchlas, wurde er sich über zwei Dinge klar: Sie brauchte einen Ghostwriter, und man würde das ursprüngliche Angebot auf die Hälfte reduzieren müssen.

»Warum?« wollte Amanda wissen.

»Weil wir die bessere Hälfte Ihrer Geschichte nicht drucken können.«

»Warum nicht?«

»Niemand würde sie glauben.«

»Aber jedes Wort ist wahr«, beharrte Amanda.

»Ich bezweifle nicht die Richtigkeit der Fakten«, sagte er, »nur die Fähigkeit der Leser, sie zu schlucken.«

»Aber sie haben doch auch akzeptiert, daß ein Mann über die Mauern des Buckingham Palace geklettert und in das Schlafzimmer der Königin eingedrungen ist.«

»Richtig«, sagte der Herausgeber, »aber erst, nachdem die Königin die Geschichte bestätigte. Ich glaube nicht, daß Charles Seymour so kooperativ sein wird.«

Amanda schwieg, und ihr Agent schloß den Vertrag ab.

Ein paar Monate später, als Charles' von der ganzen Presse wahrgenommene Scheidung ausgesprochen wurde, erschien auch die verwässerte Version von »Mein Leben mit Charles Seymour«, erregte jedoch in politischen Kreisen kein großes Aufsehen.

Amanda erhielt bei der Scheidung weitere fünfzigtausend Pfund, verlor jedoch das Sorgerecht für Harry, und das war das einzige, was Charles wirklich interessierte. Er betete, daß die unverantwortlichen Andeutungen in den Zeitungen auf Harrys Anspruch auf den Titel bald vergessen sein würden.

Da kam ein Anruf von Rupert aus Somerset; er wollte Charles privat sprechen.

Eine Woche später saßen die Brüder einander im Wohnzimmer auf dem Eaton Square gegenüber.

»Es tut mir leid, ein so peinliches Thema anschneiden zu müssen«, sagte Rupert, »aber ich sehe es als meine Pflicht an.«

»Pflicht, lächerlich«, erwiderte Charles und drückte eine Zigarette aus. »Ich versichere dir, Harry ist mein

Sohn und wird daher den Titel erben. Er gleicht unserem Urgroßvater aufs Haar, und das sollte für jeden Beweis genug sein.«

»Unter normalen Umständen würde ich dir beipflichten, aber nach den Veröffentlichungen in *News of the World* glaube ich . . .«

»Dieses Skandalblättchen«, sagte Charles verächtlich, und seine Stimme wurde lauter, »du wirst ihm doch nicht mehr glauben als mir?«

»Bestimmt nicht, aber wenn man Amanda Glauben schenkt, ist Harry nicht dein Sohn.«

»Wie kann ich das beweisen?« fragte Charles und versuchte, sich zu beherrschen. »Ich habe kein Tagebuch darüber geführt, wann ich mit meiner Frau geschlafen habe.«

»Amanda aber hat es anscheinend getan, daher war ich gezwungen, in dieser Angelegenheit juristischen Rat zu suchen«, fuhr Rupert fort. »Wie ich höre, genügt eine Blutprobe, um Harrys Anspruch auf den Titel zu verifizieren. Wir beide haben eine seltene Blutgruppe, ebenso wie unser Vater und unser Großvater. Hat Harry die gleiche, werde ich die Sache nie mehr erwähnen. Wenn nicht, wird zum gegebenen Zeitpunkt unser Vetter in Australien den Titel erben.«

»Und wenn ich nicht einwillige, meinen Sohn einer so lächerlichen Prozedur zu unterziehen?«

»Dann muß der Rechtsberater unserer Familie die Sache in die Hand nehmen«, sagte Rupert und klang ungewöhnlich bestimmt. »Er wird dann die notwendigen Schritte unternehmen — welche immer es auch sein mögen.«

33

Die grenzenlose Energie, die Simon in seinem ersten Jahr als Parteiführer an den Tag legte, und die Fülle seiner Ideen, brachten erste Erfolge, als die Konservativen bei Nachwahlen drei Sitze eroberten und damit die Regierungsmehrheit etwas beschnitten. Schon sagte die Presse voraus, die Sozialisten würden die fünfjährige Regierungsperiode nicht durchstehen, was Simon veranlaßte, die Parteizentrale aufzufordern, sich für eventuelle Neuwahlen bereitzuhalten.

Raymonds Arbeit im Finanzministerium begann Früchte zu tragen, obwohl er bei seinen ehrgeizigeren Projekten zurückstecken mußte, als sich seine Vorhersagen über amerikanische Zinssätze und den Rückgang bei der Förderung des Nordseeöls als richtig erwiesen. Nach seinem zweiten Budget fand die Finanzpresse, er habe angesichts der Weltwirtschaftslage sein möglichstes getan. Als die Arbeitslosigkeit unter zwei Millionen fiel und die Zahl der Streiks die niedrigste seit dem zweiten Weltkrieg war, priesen viele Parteimitglieder Raymond als Messias der Gewerkschaften, während andere feststellten, wie geschickt er einige antiinflationäre Maßnahmen der Opposition übernommen habe.

Raymond war jetzt seit mehr als zwei Jahren Finanzminister, und die Umfragen zeigten, daß die großen Parteien wieder Kopf an Kopf lagen, während eine überraschend große Anzahl von Leuten erklärte, sie würden zum erstenmal für die Allianz Liberale/Sozialdemokraten stimmen.

Die Liberalen hatten immer noch sechzehn Sitze im Unterhaus, entschlossen sich jedoch, wie bei den letzten drei Wahlen, gemeinsam mit den Sozialdemokraten in den Wahlkampf zu ziehen.

Als der Zeitpunkt der Neuwahlen näher rückte, wußte

man in den beiden kleinen Parteien, daß man sich für einen gemeinsamen Führer entscheiden mußte, sollten Liberale und Sozialdemokraten im Parlament jemals das Machtverhältnis bestimmen. Genauere Analysen der Meinungsumfragen ergaben, daß Andrew Fraser der beliebteste politische Führer des Landes war, obwohl er im Parlament nur zweiundvierzig Abgeordnete anführte.

Andrew fuhr wieder einmal durch das ganze Land und versuchte die Wähler zu überzeugen, daß sich das politische Gleichgewicht bei den nächsten Wahlen ändern werde. Er sagte es so oft, daß er es schließlich selbst für möglich hielt, und nach zwei Siegen bei Nachwahlen Anfang 1990 begannen auch seine Anhänger daran zu glauben. Als die Allianz bei Kommunalwahlen im Mai 102 Gemeinderatssitze gewann, nahm auch die Presse derartige Behauptungen ernst.

»Daddy, Daddy, mach meine Schulnachrichten auf.«

Charles ließ die Morgenpost ungeöffnet liegen und nahm Harry in die Arme. Er wußte, das jetzt nichts mehr diese enge Bindung stören würde, fürchtete jedoch, Harry könnte herausfinden, daß er vielleicht nicht sein Vater war.

»Bitte öffne den Brief«, flehte Harry und löste sich aus der Umarmung.

Man hatte den Schularzt gebeten, Harry und sechs anderen Jungen seiner Klasse eine Blutprobe abzunehmen, damit er diese Prozedur nicht als ungewöhnlich empfand. Nicht einmal der Arzt wußte über die Bedeutung dieser Aktion Bescheid.

Harry zog den Umschlag zwischen den anderen Briefen hervor — jenen mit dem Schulwappen in der linken unteren Ecke — und hielt ihn seinem Vater hin. Er schien sehr aufgeregt und konnte sich kaum beherrschen. Charles hatte seinem Bruder versprochen anzurufen, sobald er das Resultat der Blutprobe in Händen hatte. Während der letzten Woche wollte er immer wieder den Arzt anrufen, hatte sich jedoch zurückgehalten, um nicht die Neugierde des Mannes zu wecken.

»Komm, Daddy, lies die Nachrichten. Du wirst sehen, es ist wahr.«

Charles öffnete den Umschlag und nahm das kleine Buch mit den Schulnoten heraus. Er überflog die Zeilen — Latein, Englisch, Geschichte, Geographie, Religion, Klassenlehrer, Direktor. Auf der letzten Seite stand: Ärztlicher Befund: Harry Seymour, elf Jahre, einen Meter vierzig groß — plötzlich ist er gewachsen, dachte Charles —, Gewicht fünfundfünzig Kilo. Er sah Harry an, der vor Aufregung fast zu platzen schien.

»Es ist richtig, nicht wahr, Daddy?«

Charles las weiter, ohne die Frage zu beantworten. Am Fuß der Seite war eine vom Schularzt unterschriebene Notiz: Charles las sie zweimal und dann ein drittesmal, bevor er die volle Bedeutung erfaßte. »Wie verlangt, nahm ich eine Blutprobe ab. Der Befund zeigt, daß Harry eine sehr seltene Blutgruppe hat . . .«

»Ist es wahr, Dad? fragte Harry wieder.

»Ja, mein Sohn, es ist wahr.«

»Ich hab es dir gesagt, Dad — ich wußte, ich werde Klassenbester. Das heißt, daß ich im nächsten Semester Schulsprecher werde. Genau wie du.«

»Genau wie ich«, wiederholte Charles und wählte die Nummer seines Bruders in Somerset.

Als sich der Premier einer kleinen Operation unterziehen mußte, stellte die Presse sofort Vermutungen über seinen Rücktritt an; als er nach zehn Tagen besser aussehend als je zuvor aus dem Krankenhaus entlassen wurde, verstummten die Gerüchte wieder. Als Stellvertreter des Premiers führte Raymond den Vorsitz bei Kabinettssitzungen. Wie Wahrsager im alten Rom erklärten die politischen Korrespondenten, Raymond sei *primus inter pares.*

Raymond machte es Freude, dem Kabinett vorzustehen, er war jedoch überrascht, als seine Beamten ihm rieten, sich sowohl Dienstags wie Donnerstags auf die Anfragen an den Premierminister vorzubereiten.

Simon Kerslake und Andrew Fraser hatten sich im Laufe vieler Fragestunden einen ausgezeichneten Ruf erworben, und Raymond fand diese Viertelstunde anstrengender als jede Schlußrede nach einer Debatte; rückblikkend war er froh, sich so gut vorbereitet zu haben. Die Parlamentsreporter fanden einhellig, daß Raymond sich beide Male gut verteidigte und Simon Kerslake ihn vielleicht ein wenig unterschätzt hatte.

In der folgenden Woche kehrte der Premier in die Downing Street zurück, versicherte Raymond, daß die Operation erfolgreich verlaufen sei und der Chirurg einen Rückfall für unwahrscheinlich hielte. Er hoffe, vertraute er Raymond an, der Partei zu einem zweiten Wahlsieg zu verhelfen; dann aber sei er bald siebzig und wolle sich still zurückziehen. Er erklärte Raymond offen, er wünsche ihn zum Nachfolger. Raymond aber vergaß nicht, daß Neil Kinnock acht Jahre jünger war als er.

Raymond kehrte ins Finanzmnisterium zurück, um sein vermutlich letztes Budget vor den Wahlen vorzubereiten. Im Hinblick auf diese Wahlen ließ er die Zügel etwas lockerer. Dem Kabinett erklärte er, es handle sich höchstens um ein bis zwei Prozent. Er habe nicht die Absicht, drei Jahre harter Arbeit auf dem Altar der Stimmenwerbung zu opfern. Manche seiner Kollegen im Kabinett wünschten, er wäre manchmal nicht gar so unbeugsam.

Wann immer Raymond eine Rede hielt, forderten ihn mehr und mehr Leute auf, als Parteiführer zu kandidieren. Er dankte immer höflich, versicherte jedoch, daß er dem Premier loyal dienen werde, bis dieser sich zurückziehe.

Auch Simon und Andrew verbrachten jedes Weekend in Flugzeugen, Autos oder Zügen, um bis zu den Parteitagen im Oktober allen Verpflichtungen nachzukommen.

Beim SDP-Parteitag in Weston-super-Mare sagte Andrew zu den Deligierten, sie müßten darauf gefaßt sein, daß sie nach der nächsten Wahl das Gleichgewicht der Macht entscheidend beeinflussen würden können; zum ersten Mal würden sie Gelegenheit haben, in der Regierung zu sein. Er schickte die Delegierten mit der Bitte nach Hause, sich auf eine Wahl im Laufe des nächsten Jahres vorzubereiten. Andrews Anhänger verließen West Country in Kampfstimmung.

Eine Woche später veranstaltete die Labour-Partei ihren Parteitag in Brighton, und Raymond hielt eine programmatische Rede über die Finanzsituation des Landes. Er forderte die Gewerkschaften auf, die Regierung weiter bei ihren Bemühungen zu unterstützen, Inflation und Arbeitslosigkeit in erträglichen Grenzen zu halten. »Laßt das, was wir in drei Jahren erreichten, nicht von einer konservativen Regierung zunichte machen«, rief er den jubelnden Delegierten zu. »Meine Freunde, ich hoffe, noch fünf weitere Labour-Budgets vorzulegen, die es den Tories unmöglich machen werden, bei künftigen Wahlen einen Sieg zu erringen.«

Raymond erhielt stehende Ovationen, eine Seltenheit für einen Kabinettsminister bei einem Labour-Parteitag. Die Delegierten hatten nie an seinen Fähigkeiten gezweifelt, aber im Laufe der Jahre hatten sie auch seine Ehrlichkeit und sein gutes Urteil schätzen gelernt.

Eine Woche verstrich, bevor Simon die Konservativen auf dem Parteitag in Blackpool begrüßte. Nach alter Tradition erhält der Tory-Führer bei seiner Rede am letzten

Tag eine vier bis sechs Minuten lange Ovation. »Man würde auch dann vier Minuten klatschen, wenn er aus dem »Kapital« vorläse«, bemerkte Pimkin zu einem Kollegen.

Da Simon ebenso wie Andrew überzeugt war, daß dies der letzte Parteitag vor den Neuwahlen sei, hatte er sich sechs Wochen lang darauf vorbereitet. Zu seiner freudigen Überraschung brachte Charles Seymour neue Ideen über eine Steuerreform vor, die der Parteiführer vielleicht in seine Schlußrede einbauen konnte.

Charles hatte schon während der Finanzdebatten im Unterhaus gute Ideen beigesteuert. Die Zeit auf den hinteren Bänken hatte ihn milder gemacht, und viele seiner Freunde fürchteten, er habe jeden Ehrgeiz verloren und werde bei der nächsten Wahl nicht einmal mehr kandidieren. Simon jedoch hoffte, es würde nicht der Fall sein, denn er brauchte dringend jemanden mit Charles' Fähigkeiten, um Raymond Gould im Finanzministerium pari zu bieten. Simon erwähnte Charles' Vorschläge in seiner Schlußrede und schickte ihm einen handgeschriebenen Dankbrief.

An diesem Freitag legte Simon in Blackpool vor zweitausend Delegierten und Millionen, die am Fernsehschirm zusahen, einen umfassenden und detaillierten Plan vor, was er zu erreichen hoffe, falls die Konservativen wieder an die Macht kämen.

»Wir wollen die *Macht* und wir streben *Macht* an«, erklärte er den faszinierten Zuhörern, »denn ohne *Macht* können wir nicht dienen.«

Nach seiner Ansprache standen die Delegierten auf und feierten ihn sechs Minuten lang. Als es wieder ruhiger wurde, hörte man Pimkin sagen: »Ich glaube, meine Entscheidung war richtig.«

Nach den Parteitagen kehrten die Parlamentarier wieder nach Westminster zurück. Das Unterhaus trauerte, als sich der alternde Speaker Weatherill nach einem Herzinfarkt zurückzog. Zu diesem Zeitpunkt hatte die Regierung nur eine Mehrheit von zwei Sitzen, und der Chief Whip der Labour-Partei fürchtete, daß die Mehrheit zunichte wäre, würde man einen neuen Speaker aus den eigenen Reihen ernennen, die Konservativen aber den sicheren Sitz des scheidenden Speakers behalten.

Widerwillig zeigte sich Simon bereit, einen Speaker aus seinen Reihen zu stellen und bat den Fraktionsvorsitzenden, einen entsprechenden Kandidaten vorzuschlagen. Als Charles um ein privates Gespräch mit dem Parteiführer bat, stimmte Simon sofort zu.

Am nächsten Morgen erschien Charles im Büro des Oppositionsführers. Seit dem Kampf um die Parteiführung war es ihr erstes Zusammentreffen. Charles' Haar war weiß geworden, und die tiefen Falten in seinem Gesicht ließen ihn milder erscheinen. Auch die kerzengerade Haltung war dahin; jetzt ging Charles ein wenig gebeugt, stellte Simon fest. Wer die beiden sah, hielt sie sicher nicht für gleichaltrig. Charles Bitte war ein Schock für Simon; niemals hatte er seinen großen Rivalen als Kandidaten für dieses Amt betrachtet.

»Aber ich möchte, daß du auf die vordere Bankreihe zurückkehrst und mein Finanzminister wirst«, sagte er. »Du weißt, ich wäre glücklich, dich in meinem Team zu haben.«

»Das ist sehr freundlich von dir«, sagte Charles, »aber ich ziehe das ruhigere Leben eines Schlichters dem eines Kämpfers vor; ich habe nicht mehr den Wunsch anzugreifen. Du hattest zwanzig Jahre lang das Glück, daß dir Elizabeth und eure beiden Söhne einen Halt gaben; erst seit kurzem finde ich das gleiche bei Harry.«

Es heißt, daß alle Parlamentarier einmal in ihrer Karriere einen großen Moment erleben, und Alec Pimkin erlebte ihn an diesem Tag. Die Wahl eines Speakers ist eine drollige Angelegenheit. Nach alter Tradition darf niemand den Eindruck erwecken, diese Ehre zu wünschen, und nur selten wird mehr als eine Person für dieses Amt vorgeschlagen. Zur Zeit Heinrichs VI. wurden im Laufe eines Jahres drei Speaker geköpft, heutzutage sind es eher die vielen Pflichten, die oft den vorzeitigen Tod des Speakers herbeiführen. Die Tradition der Widerwilligkeit hat sich die Jahrhunderte hindurch gehalten, und deshalb weiß ein künftiger Speaker oft nicht, wer ihn vorgeschlagen hat. In einem blauen Anzug mit roter Nelke und seiner Lieblingsfliege mit den rosa Tupfen, erhob sich Alec Pimkin, um zu beantragen, daß »der *Right Honourable* Charles Seymour das Amt eines Speakers übernehmen solle.« Seine Rede war ernst und gleichzeitig witzig, informiert und gleichzeitig persönlich. Neun Minuten lang hielt er das Unterhaus mit seiner Rede im Bann. »Er erwies seinem alten Freund eine große Ehre«, murmelte ein Abgeordneter, als Pimkin sich setzte, und Charles' Miene zeigte deutlich, daß er das gleiche dachte, was immer in der Vergangenheit vorgefallen war.

Nachdem jemand den Antrag unterstützt hatte, gebot es die Tradition, den künftigen Speaker zu seinem Stuhl zu zerren. Diese stets komische Zeremonie, die von Gelächter und Beifall begleitet wird, war in diesem Fall noch grotesker als gewöhnlich: der kleine, rundliche Pimkin und sein Sekundant von der Labour Party schleiften den hochgewachsenen ehemaligen Gardeoffizier von der dritten Reihe der Hinterbänke nach vorne bis zum Stuhl des Speakers.

Charles sah von seinem neuen Platz aus auf den Saal. Er sprach seinen Dank für die große Ehre aus, die man ihm erwiesen hatte. Schon als er sich zu seiner vollen Höhe aufgerichtet hatte, wußte jeder Abgeordnete, daß man den richtigen Mann gewählt hatte. Charles' Zunge war nicht mehr so scharf, aber seine angeborene Sicherheit und Autorität ließen niemandem im Zweifel darüber, daß Mr. Speaker Seymour Ordnung zu halten beabsichtigte, viele Jahre hindurch.

Bei der Nachwahl behielten die Konservativen ihren Sitz in Croydon und errangen sechs Wochen später einen gefährdeten Sitz. Die Presse wies daraufhin, daß Regierung und Opposition gleich stark sein würden, falls die Torys und die Allianz sich zusammentaten. Dann könnten die siebzehn irischen Abgeordneten über das Schicksal des Parlaments entscheiden. Raymond war der Ansicht, daß die Regierung noch ein paar Wochen aushalten mußte, damit er sein drittes Budget vorstellen konnte; er hielt es für eine geeignete Wahlkampf-Plattform.

Auch Andrew wußte, daß Raymonds nächstes Budget die Chancen der Labour-Partei bei den Wahlen vergrößern würde, und bei einer offiziellen Besprechung mit dem Oppositionsführer schlug er einen Mißtrauensantrag vor.

Simon war damit einverstanden und meinte, Ende März wäre ein guter Zeitpunkt dafür. Sollte man den Mißtrauensantrag durchbringen, würde man vor der Budgetdebatte Neuwahlen ausschreiben müssen.

Eine Woche vor der Abstimmung über den Mißtrauensantrag hatte Raymond eine Einladung zu einer großen Labour-Versammlung in Cardiff angenommen. Er setzte sich in die Bahn und las nochmals seine Rede durch. Als der Zug Swindon erreichte, kam ein Eisenbahnbeamter in sein Abteil und bat, ein paar Minuten mit ihm allein sprechen zu dürfen. Raymond hörte genau zu, was der Mann ihm berichtete, steckte das Redemanuskript in die Aktenmappe, stieg aus und nahm den nächsten Zug zurück nach London.

Auf der Heimfahrt überdachte er alle Folgen der soeben gehörten Nachricht. In Paddington angekommen, bahnte er sich, ohne eine Frage zu beantworten, einen Weg durch die wartenden Fotografen und Reporter. Ein Auto brachte in direkt zum Westminster Hospital. Er fand den Premierminister in einem Privatzimmer, aufrecht im Bett sitzend.

»Nur keine Panik«, sagte er, bevor Raymond den Mund öffnen konnte. »In Anbetracht meiner fünfundsechzig Jahre und des harten Drucks, unter dem wir letztes Jahr standen, bin ich gut beisammen.«

»Was ist nicht in Ordnung mit dir?« fragte Raymond und rückte einen Stuhl an das Bett.

»Wieder die alten Schwierigkeiten, aber diesmal sagt man mir, ich müsse mich einer größeren Operation unterziehen. In einem Monat oder längstens sechs Wochen werde ich entlassen sein, und dann werde ich angeblich so alt werden wie Harold Macmillan. Ich möchte, daß du mich wieder vertrittst, das heißt, du mußt Mittwoch bei der Mißtrauensdebatte an meiner Stelle sprechen. Wenn wir die Abstimmung verlieren, werde ich zurücktreten.« Raymond wollte protestieren, da er sich über die Folgen der Krankheit seines Parteiführers schon im klaren war. Der Premier hob die Hand und fuhr fort: »Keine Partei kann sich einen Wahlkampf leisten, wenn ihr Führer sechs Wochen im Krankenhaus liegt, auch wenn er nachher wieder in Hochform sein sollte. Wenn eine Wahl stattfindet, müssen die Wähler wissen, wer die Partei im Parlament anführt. In einer solchen Situation würde die Nationale Exekutive nach der Geschäftsordnung der Labour-Partei zusammentreten und dich automatisch zum Parteiführer wählen.«

Raymond hob den Kopf. »Ja, die Wichtigkeit dieses Punktes der Geschäftsordnung wurde mir schon klar gemacht.«

Der Premierminister lächelte. »Ohne Zweifel von Joyce.«

»Ihr Name war Kate.«

Der Premierminister sah ihn verblüfft an, dann fuhr er fort: »Ich glaube, Raymond, du mußt dich an den Gedanken gewöhnen, daß du in drei Wochen als Premierminister kandidieren wirst. Wenn wir die Abstimmung über den Mißtrauensantrag verlieren, habe ich keine andere Wahl, als die Königin zu bitten, sofort Neuwahlen auszuschreiben.«

Raymond schwieg.

»Ich kann dir versichern, daß die Nationale Exekutive drei Wochen vor den Wahlen kein internes Blutbad wünscht; damit wäre der Sieg der Torys besiegelt. Sollten wir die Abstimmung über den Mißtrauensantrag jedoch gewinnen, sieht die Sache ganz anders aus, denn ich werde lange vor den Osterferien die Führung wieder übernehmen. Damit hätten wir Zeit, Neuwahlen erst nach der Vorstellung deines dritten Budgets auszuschreiben. Also sieh zu, daß du Mittwoch gewinnst.«

»Es fehlen mir die Worte, um auszudrücken, wie sehr wir dich vermissen werden«, sagte Raymond mit Überzeugung.

»Da alle Abgeordneten, mit Ausnahme der Iren, lange vor der Debatte wissen, wie sie wählen, ist meine Führung vielleicht weniger wichtig als eine einzige Stimme. Vergiß auch nicht, daß das Fernsehen zum erstenmal eine Unterhaussitzung überträgt, du solltest daher eines von diesen hübschen Hemden tragen, die Joyce für dich ausgesucht hat.«

Die letzten Tage vor dem Mißtrauensantrag verbrachte Raymond mit der Vorbereitung seiner Rede. Er sagte alle Verabredungen ab, außer dem Dinner des Speakers zur Feier des fünfundsechzigsten Geburtstages der Königin, bei dem er den Premierminister vertreten mußte.

Die Verantwortlichen in Regierung und Opposition vergewisserten sich Montag und Dienstag, daß jeder Abgeordnete am Mittwochabend um zehn Uhr anwesend sein werde. Die Journalisten wiesen daraufhin, daß Mr. Speaker Seymour bereits erklärt hatte, er werde nach der Tradition für die Regierung stimmen, sollte die Abstimmung unentschieden ausgehen. Charles hatte die Präzedenzfälle von Speaker Addington im 18. Jahrhundert bis zu Speaker Denison im 19. Jahrhundert studiert; der Tradition gemäß mußte der Speaker, wie er feststellte, so wählen, daß seine Entscheidung keine endgültige war.

Simon würde die Debatte für die Opposition eröffnen, während Andrew das Schlußwort sprechen durfte, die einzige Konzession, die Simon der Allianz zugestand, um ihre Unterstützung zu erhalten. Neil Kinnock sollte als erster für die Regierung sprechen, und Raymond die Schlußrede halten.

Die Abgeordneten trafen Stunden vor Beginn der Debatte ein. Die Besuchergalerie war seit Tagen ausgebucht, so daß viele Botschafter und sogar Mitglieder des Staatsrates keine reservierten Plätze bekamen. Die Pressegalerie war überfüllt, und die Herausgeber saßen zu Füßen ihrer politischen Kommentatoren. Der Saal glich einer Tribüne bei Fußballmeisterschaften, bei denen man doppelt so viele Eintrittskarten verkauft hatte, als es Sitze gab. Der einzige Unterschied zum Budgettag war, daß diesmal Scheinwerfer aufgestellt waren, die man vorher Dutzende Male ausprobiert hatte.

Zwischen halb drei und halb vier, als Anfragen an den Unterrichtsminister gestellt wurden, war der Speaker nicht imstande, das Geplauder der Parlamentarier einzudämmen, aber um halb vier rief er endlich »Zur Ordnung«, und es wurde still im Saal, als er dem Führer der Opposition das Wort erteilte.

Simon stand von der ersten Bankreihe auf und wurde von seiner Seite mit Beifall begrüßt. Einen Moment lang war er über die Helligkeit der Scheinwerfer erstaunt, die man, wie ihm versichert worden war, kaum merken würde, aber bald war er in voller Fahrt. Er sprach frei, fünfzig Minuten lang, griff die Regierung scharf an und erläuterte im nächsten Moment die politische Linie, die er verfolgen werde. Am Schluß bezeichnete er die Labour-Partei als »die Partei der versäumten Gelegenheiten« und fügte, mit dem Finger auf Raymond weisend, hinzu: »Aber Sie werden von einer Partei der Ideale und Ideen abgelöst werden.«

Unter dem lauten Beifall der Hinterbänkler, die meinten, die Abstimmung und vielleicht auch die Wahlen schon gewonnen zu haben, setzte er sich nieder. Es dauerte eine Weile, bis Ruhe eintrat und Charles den nächsten Redner aufrufen konnte.

Neil Kinnock, »das rote Tuch der Torys«, griff den Oppositionsführer heftig an, erklärte seine eigenen Überzeugungen und begeisterte seine Anhänger, als er sagte, die Torys würden besiegt werden und ihren »Trick«, einen Mißtrauensantrag zu stellen, noch Jahrzehnte bereuen. »Der *Right Honourable Gentleman*«, sagte er, auf Simon weisend, »erdreistet sich, uns die Partei der versäumten Gelegenheiten zu nennen. Er war es, der zwei Jahre lang eine Partei von Opportunisten anführte, und der so lange Führer der Opposition bleiben wird, bis man ihn ersetzt.« Als Kinnock sich setzte, hatten die Fernsehleute das Gefühl, einem Gemetzel zwischen Löwen und Christen beizuwohnen. Wieder dauerte es einige Minuten, bis der Speaker das Haus beruhigen konnte.

Auch die Hinterbänkler hielten kurze Reden; ehemalige Minister zitierten Präzedenzfälle, und junge Abgeordnete verlangten Veränderungen. So konnte man auf sich aufmerksam machen oder sich wieder in Erinnerung bringen. Das Unterhaus blieb gesteckt voll, bis der Speaker um neun Uhr Andrew Fraser aufrief, um das Schlußwort für die Opposition zu sprechen.

Andrew hielt eine flammende Rede gegen die zwei großen Parteien und rief unter dem Protest der beiden Seiten aus: »Die Zeit wird kommen, da Sie beide einen ehrlichen Mittelsmann brauchen werden.« Als Andrew sich um halb zehn setzte, wurde er von seinen Abgeordneten stürmisch gefeiert.

Als Raymond an der Reihe war, fragten sich die Abgeordneten, wie er sich bei dem ohrenbetäubenden Lärm, der ihn begrüßte, Gehör verschaffen würde. Ernst ging er zum Rednerpult und mit gebeugtem Kopf flüsterte er die ersten Worte fast: »Ich weiß, das ganze Unterhaus wünscht, daß ich meine Rede mit Worten des Bedauerns beginne, weil der Premierminister heute abend nicht unter uns weilt. Ich bin überzeugt, daß alle Parlamentarier sich anschließen, um seiner Frau und seiner Familie die besten Wünsche zu übermitteln, während er auf die Operation vorbereitet wird.«

Plötzlich war das Unterhaus still, Raymond hob den Kopf und hielt zum elftenmal eine Rede, die er so gewissenhaft vorbereitet hatte. Als er gemerkt hatte, daß Simon beinahe aus dem Stegreif sprach, hatte er seine Notizen zerrissen. Er erläuterte, was die Regierung in den vergangenen zweieinhalb Jahren erreicht hatte, und erklärte, daß er erst die halbe Zeit als Finanzminister hinter sich hatte. »Es ist mir nicht gelungen, in drei Jahren Gleichheit zu erreichen, aber eines weiß ich sicher: Ich freue mich darauf, mein nächstes Budget vorzustellen, wie immer die Abstimmung heute abend ausgehen wird. Wir werden keine opportunistische Regierung der Konservativen erleben oder die Allianz als sogenannten ›ehrlichen Vermittler‹ brauchen. Wenn ich die Allianz betrachte, muß ich sagen, es gibt niemanden, der weniger ehrlich ist und niemanden, der so bankrott gemacht hat. Mr. Speaker, die Labour-Regierung wird für eine weitere Legislaturperiode ins Amt zurückkehren.« Raymond setzte sich, als die Uhr zehn zeigte. Wie die Redner vor ihm, war auch er von der starken Hitze, die die starken Scheinwerfer ausstrahlten, in Schweiß gebadet.

Der Speaker erhob sich, und seine ersten Worte gingen in dem Lärm unter.

»Dieses Unterhaus hat kein Vertrauen zu der Regierung Ihrer Majestät. Jene, die diese Meinung teilen, mögen ›ja‹, jene, die anderer Meinung sind, ›nein‹ sagen. Ich glaube, die Ja-Stimmen gewinnen.«

»Nein«, dröhnte es von den Regierungbänken.

»Man öffne die Lobbys«, rief der Speaker in den Beifall für Raymond Gould. Die Abgeordneten strömten in die Lobbys, um ihre Stimmen abzugeben. Vierzehn Minuten später kehrten die Stimmenauszähler in den Saal zurück und übergaben einem Beamten das Resultat. Die vier Stimmenauszähler stellten sich in eine Reihe, gingen durch den Saal zum Tisch und verbeugten sich. Einer aus der Opposition las vor: »Bejaher zur Rechten 323, Verneiner zur Linken 322.« Sie übergaben dem Speaker das Papier, der versuchte, das Resultat in dem Tumult zu wiederholen. Nur wenige Abgeordnete hörten ihn sagen:

»Ja hat gewonnen, Ja hat gewonnen.«

Raymond saß in der ersten Bankreihe und beobachtete die beglückten Torys, die auf und niederhopsten. Wäre der Premier anwesend und hätte er seine Stimme abgegeben, die Regierung wäre gerettet gewesen, überlegte er.

Ihre Majestät die Königin besuchte den Premierminister vierundzwanzig Stunden nach der erfolgreichen Operation im Krankenhaus. Er bat die Monarchin, sofort das Parlament aufzulösen und noch vor dem 9. Mai Neuwahlen auszuschreiben. Er erklärte, daß er beabsichtige, noch an diesem Morgen als Parteiführer zurückzutreten und das Amt des Premierministers abzugeben, sobald das Ergebnis der Wahl vorliege.

Bevor die Monarchin das Krankenhaus verließ, besprach sie mit dem Premier noch ein privates konstitutionelles Problem. Er regte an, daß sie ihn, sobald die Labour-Partei einen neuen Führer bestätigt hatte, in dieser so persönlichen Angelegenheit als Berater zuziehen möge.

Am folgenden Morgen um zehn Uhr trat die Nationale Exekutive der Labour Party hinter geschlossenen Türen im *Transport House* zusammen, um einen neuen Führer zu wählen. Drei Stunden und zwanzig Minuten später gab das Komitee vor der Presse ein kurzes Statement ab: »Mr. Raymond Gould wurde aufgefordert, die Partei bei den bevorstehenden Neuwahlen anzuführen.« Obwohl niemand bezweifelte, daß diesem Statement heftige Diskussionen vorangegangen waren, gab man sich den Journalisten gegenüber einig.

Lord Broadstairs, der ehemalige Premierminister, schrieb an diesem Weekend im *Sunday Express*, daß jeder von Goulds Dankesrede beeindruckt gewesen sei; das sei aber auch das einzige Konkrete, was er über das Parteitreffen erfahren habe. Er wies aber auch darauf hin, daß, sollte Labour die Wahlen verlieren, Raymond Gould der am kürzesten amtierende Führer in der Geschichte der Labour-Partei werden könnte, da seine Ernennung nach der Geschäftsordnung auf dem nächsten Parteitag im Oktober von den Delgierten bestätigt werden mußte.

Es vergingen zwei Stunden, bevor Raymond Gould das *Transport House* verlassen und den Journalisten entwischen konnte. Sofort fuhr er ins Krankenhaus, um den Premierminister zu besuchen. Dieser sah zwar gealtert aus, war aber bei guter Laune. Er gab allerdings zu, froh zu sein, keinen erschöpfenden Wahlkampf vor sich zu haben. Nachdem er Raymond zu seiner Ernennung gratuliert hatte, fragte er:

»Du speist heute abend bei der Königin?«

»Ja, um ihren fünfundsechzigsten Geburtstag zu feiern«, sagte Raymond.

»Es gibt noch einen anderen Grund«, erklärte ihm der Premier ernst und informierte Raymond über das private Gespräch mit der Monarchin.

»Und wird die Entscheidung von den vier Anwesenden abhängen?«

»Ich glaube schon.«

»Und wie ist deine Meinung?«

»Die ist nicht mehr wichtig, da ich einen Tag nach den Wahlen zurücktrete. Daher ist es wichtiger, daß der neue Premierminister überlegt, was für das Land am besten ist.«

Zum erstenmal fühlte sich Raymond wie ein Parteiführer.

34

Elizabeth zog Simons weiße Fliege zurecht und sah ihn prüfend an.

»Zumindest siehst du wie ein Premierminister aus«, sagte sie lächelnd.

Simon sah auf die Uhr. Noch ein paar Minuten Zeit, bevor er sich in den Privatgemächern des Speakers einzufinden hatte — nicht, daß er es riskiert hätte, zu dieser besonderen Geburtstagsfeier zu spät zu kommen. Elizabeth half ihm in den Mantel und stellte nach kurzem Suchen fest, daß er ein weiteres Paar Handschuhe verloren hatte.

»Ich hoffe, du kannst den Besitz der Nation besser hüten als deinen eigenen«, seufzte sie.

»Ich bin sicher, es ist schwer, ein ganzes Land zu verlieren.«

»Vergiß nicht, Raymound Gould wird dir dabei helfen«, sagte Elizabeth.

»Da hast du recht, ich wollte, ich könnte gegen Kinnock antreten.«

»Warum?«

»Weil Raymond Gould in die falsche Partei hineingeboren wurde«, sagte Simon, küßte seine Frau und ging zur Tür, »und ein Großteil der Wählerschaft ist zu demselben Schluß gekommen.«

Der Polizist am Tor des *New Palace Yard* salutierte, als Simons Wagen in den Hof fuhr und vor dem Eingang für Abgeordnete hielt. Wieder sah er auf die Uhr: noch zehn Minuten Zeit. Er konnte nie widerstehen, nachzuschauen, wie viele Leute im Sitzungssaal waren oder was da als neueste Nachricht aus dem Ticker kam.

Er steckte den Kopf in den Rauchsalon; ein paar Abgeordnete, die um ihre sicheren Sitze nicht besorgt sein mußten, standen herum. Pimkin, umgeben von seinen Kumpeln, winkte ihm zu. Sein Gesicht erhellte sich, als er Simon im Frack sah. »Hallo, Ober, für mich einen doppelten Gin Tonic.« Seine Freunde lachten, und Simon wies den Kellner an, Pimkin auf seine Rechnung einen großen Drink zu bringen.

Simon ging von Gruppe zu Gruppe und unterhielt sich mit den Abgeordneten über ihre Wahlkreise. Pimkin versicherte ihm, daß die Torys im Triumph zurückkehren würden. »Ich wollte, jeder wäre so zuversichtlich wie du«, sagte Simon, bevor er sich in die Privatgemächer des Speakers begab, während Pimkin den nächsten Drink bestellte.

Vor der nächsten großen Freitreppe wurde Simon von dem persönlichen Bediensteten des Speakers begrüßt. Auch er trug einen Frack.

»Guten Abend, Mr. Kerslake«, sagte er und führte Simon in das Vorzimmer, wo Charles lächelnd und locker seine Gäste begrüßte. Er schüttelte Simon herzlich die Hand. Wie gut sein Kollege aussah, ganz anders als bei dem Treffen vor ein paar Monaten, dachte Simon. Andrew Fraser war schon da, und bald waren die drei Männer in ein Gespräch über den Ausgang der Wahlen vertieft, als ein weiterer Gast eintrat.

»*The Right Honourable* Raymond Gould«, verkündete der Butler. Charles begrüßte ihn. »Meinen Glückwunsch zu Ihrer Ernennung zum Parteiführer. Was für eine anstrengende Woche, Sie müssen erschöpft sein.«

»Um ehrlich zu sein, eher erfreut«, antwortete Raymond.

Er ging auf Simon zu, der ebenfalls seine Glückwünsche aussprach. Die zwei Männer gaben einander die Hand und glichen einen Moment lang Rittern, die vor dem letzten Turnier das Visier senken. Das verlegene Schweigen wurde von Andrew unterbrochen.

»Wir wollen hoffen, daß es ein sauberer Kampf wird«, sagt er, und beide Männer lachten.

Der Diener informierte Charles, daß die Königin Bukkingham Palace vor wenigen Minuten verlassen habe. Charles entschuldigte sich, während die drei anderen sich weiter unterhielten.

»Kennt einer von euch den wahren Grund, warum wir heute hierher gebeten wurden?« fragte Raymond.

»Ist der fünfundsechzigste Geburtstag der Königin nicht Grund genug?« fragte Simon.

»Nein, er ist nur ein Vorwand, uns zu treffen, ohne Aufsehen zu erregen. Ich glaube, Sie sollten beide wissen, daß uns Ihre Majestät eine überaus heikle Frage vorlegen wird.«

Simon und Andrew hörten zu, als Raymond ihnen von seiner Unterhaltung mit dem Premierminister berichtete.

Charles wartete vor dem Eingang zum Hof des *Speaker's House*, um die Königin zu begrüßen. Nach ein paar Minuten sah er zwei berittene Polizisten, gefolgt von dem bekannten braunen Rolls Royce ohne Kennzeichentafel. Ein winziges kleines Licht auf dem Dach blinkte in der Dämmerung. Der Wagen hielt an, ein Diener sprang heraus und öffnete den Wagenschlag.

Die Königin stieg aus. Sie trug ein einfaches Cocktailkleid und als einzigen Schmuck eine Perlenkette und eine kleine Diamantenbrosche. Charles verbeugte sich, bevor er ihr die Hand reichte und sie über die mit dem Teppich belegte Treppe in seine Gemächer führte. Die drei Parteiführer standen Seite an Seite und warteten, sie begrüßen zu dürfen. Zuerst reichte die Königin dem neuen Führer der Labour-Partei die Hand und gratulierte ihm zu seiner Ernennung, bevor sie sich erkundigte, wie es dem Premierminister ging. Dann begrüßte sie den Führer der Opposition und fragte, wie seine Frau im Hospital von Pucklebridge mit den Sparmaßnahmen des Gesundheitsministeriums zurechtkäme. Simon war immer erstaunt, wie gut sich die Königin an Gespräche erinnerte, obwohl sie kaum je länger als ein paar Minuten dauerten. Sie neckte Andrew mit der letzten Rede seines Vaters, in der er behauptet hatte, die größte Schwäche der SDP sei ihre Führungsschwäche.

»Er ist sehr alt, Madam«, erwiderte Andrew.

»Nicht so alt wie Gladstone, als er seine letzte Regierung bildete«, sagte die Königin.

Sie nahm den Drink, den man ihr auf einem Silbertablett servierte, und sah sich in dem herrlichen Raum um. »Mein Mann und ich sind große Bewunderer der Neugotischen Architektur. Da wir jedoch keine häufigen Besucher von Westminster sind, müssen wir uns mit den Fassaden von Bahnhöfen oder dem Inneren von Kathedralen begnügen.«

Die vier Männer lächelten, und kurz darauf schlug Charles vor, sich in das Eßzimmer zu begeben, wo ein ovaler Tisch für fünf Personen gedeckt war; das Silber schimmerte im Kerzenlicht. Die Männer warteten, bis die Königin am oberen Tischende Platz genommen hatte; Raymond saß zur Rechten der Monarchin und Simon zu ihrer Linken, während Charles und Andrew die anderen zwei Plätze einnahmen.

Als der Champagner serviert wurde, standen Charles und seine Kollegen auf und tranken auf die Gesundheit ihrer Königin. Sie erinnerte sie, daß ihr Geburtstag ja erst in zwei Wochen sei und erzählte, sie habe im Laufe des Monates vierundzwanzig offizielle Geburtstagsfeiern zu absolvieren, ganz abgesehen von den privaten Feiern in der Familie. »Ich wäre glücklich, dieses und jenes auszulassen, aber die Königinmutter wohnte letztes Jahr bei ihrem neunzigsten Geburtstag mehr offiziellen Feiern bei, als ich für meinen fünfundsechzigsten geplant habe. Woher sie die Energie nimmt, weiß ich nicht.«

»Vielleicht könnte sie meinen Platz während des Wahlkampfes einnehmen«, sagte Raymond.

»Schlagen Sie es ihr nicht vor«, erwiderte die Königin, »sie würde bedenkenlos zusagen.«

Der Küchenchef hatte eine einfache Mahlzeit mit geräuchertem Lachs, gefolgt vom Lamm in Rotweinsauce und Aspik vorbereitet. Die einzige Geste war eine Geburtstagstorte in Form einer Krone, jedoch ohne Kerzen.

Als nach dem Essen der Cognac serviert wurde, verschwanden die Bediensteten. Die vier Männer unterhielten sich lebhaft, bis die Königin ihnen ohne Vorwarnung eine heikle Frage vorlegte, die nur Charles erstaunte. Sie wartete auf eine Antwort.

Niemand sprach.

»Vielleicht sollte ich Sie zuerst fragen«, sagte die Königin zu Raymond, »da Sie den Premierminister vertreten.«

Raymond zögerte nicht. »Ich bin dafür, Madam«, sagte er ruhig.

Sie wandte sich an Simon.

»Ich würde eine solche Entscheidung auch befürworten, Majestät«, antwortete er.

»Danke«, sagte die Königin und sah Andrew fragend an.

»Im Herzen bin ich traditionsverbunden, Majestät, aber ich habe in den letzten Jahren sehr viel darüber nachgedacht und bin soweit, daß ich das, was man den ›modernen Weg‹ nennt, unterstützen würde.«

»Danke«, sagte sie und wandte sich an Charles.

»Ich bin dagegen, Madam«, sagte er sofort, »aber ich war auch nie ein moderner Mensch.«

»Das ist für einen Speaker gar nicht schlecht«, sagte die Königin und fügte hinzu: »Vor ein paar Jahren bat ich den ehemaligen Schatzkanzler, die notwendigen Papiere auszufertigen. Er versicherte mir, daß man das Gesetz durchbringen könne, wenn keiner meiner parlamentarischen Führer sich gegen das Prinzip ausspricht.«

»Das ist richtig, Madam«, sagte Charles. »Wenn alles vorbereitet ist, wäre es eine Angelegenheit von zwei, drei Tagen. Es geht nur darum, beiden Häusern eine entsprechende Proklamation vorzulegen: Ihr Entschluß bedarf keiner Abstimmung.«

»Ausgezeichnet, Mr. Speaker. Dann ist die Sache erledigt.«

SECHSTES BUCH

1991

Der Premierminister

35

Die Kundmachung Ihrer Majestät wurde von Ober- und Unterhaus ohne Abstimmung zur Kenntnis genommen.

Sobald der erste Schock vorüber war, rückte der Wahlkampf wieder in den Vordergrund. Laut Meinungsumfrage lagen die Torys mit zwei Punkten in Führung. Die Presse führte dies darauf zurück, daß der neue Labour-Führer in der Öffentlichkeit relativ unbekannt war, doch am Ende der ersten Woche hatten die Torys einen Punkt verloren, und die Presse fand, Raymond Gould habe sein Amt gut begonnen.

»Eine Woche ist in der Politik eine lange Zeit«, sagte Raymond.

»Und es liegen noch zwei Wochen vor dir«, erinnerte ihn Joyce.

Die Auguren entwickelten eine Theorie, wonach Raymonds wachsende Popularität in der ersten Woche auf die zahlreichen Berichte über den neuen Parteiführer zurückzuführen sei. Raymond warnte den Pressestab des *Transport House*, daß es vielleicht die kürzesten Flitterwochen der Geschichte werden könnten und man ihn bestimmt nicht drei Wochen lang wie einen Jungverheirateten behandeln werde. Die ersten Anzeichen einer gestörten Ehe zeigten sich, als das Sozialministerium mitteilte, die Inflationsrate sei zum erstenmal in neun Monaten gestiegen.

»Und wer war während der letzten drei Jahre Finanzminister?« fragte Simon während einer seiner Reden.

Raymond versuchte die Ziffern als nicht relevant abzutun, doch am nächsten Tag behauptete Simon, es stünden weitere schlechte Nachrichten ins Haus.

Als das Handelsministerium das größte Defizit in der Zahlungsbilanz seit vierzehn Monaten bekanntgab, gebärdete sich Simon als Prophet, und die Torys lagen bald wieder in Führung. Die Sozialdemokraten aber gewannen je einen Punkt von beiden Großparteien.

»Flitterwochen, zerrüttete Ehe und Scheidung — alles in vierzehn Tagen«, sagte Raymond leicht vergrämt. »Was wird in den letzten sieben Tagen passieren?«

»Vielleicht eine Versöhnung?« schlug Joyce vor.

Während des Wahlkampfes besuchten alle drei Parteiführer die meisten der hundert gefährdeten Sitze, die jede Wahl entscheiden. Keiner von ihnen konnte sich viel um jene fünfhundertfünfzig Sitze kümmern, die, außer bei einer Trendänderung von mindestens acht Prozent, fest bleiben würden.

Eine Ausnahme von dieser Regel machte Andrew bei Alec Pimkins Sitz in Littlehampton, den er schon lang als gefährdet sah. Die Sozialdemokraten hatten einen fähigen jungen Kandidaten aufgestellt, der den Wahlkreis in den letzten drei Jahren eifrig betreute und es nicht erwarten konnte, den Kampf mit Pimkin aufzunehmen.

Als der Parteivorsitzende von Littlehampton Pimkin in seiner Londoner Wohnung erreichte und ihm mitteilte, wie ernst die Lage sei, erklärte sich Pimkin endlich bereit, in seinem Wahlkreis zu erscheinen.

»Wissen Sie nicht, daß ich mit Pflichten im Unterhaus überlastet bin?« fragte Pimkin. »Niemand konnte ahnen, daß man sämtliche Parlamentarier wegen einer außerordentlichen Erklärung der Königin zurückrufen werde.«

»Das weiß heute jeder«, antwortete der Vorsitzende, »aber das von der Königin verlangte Gesetz ist letzte Woche nach dreimaliger Verlesung ohne Abstimmung angenommen worden.«

Innerlich verfluchte Pimkin den Tag, an dem man Fernsehübertragungen aus dem Unterhaus erlaubt hatte. »Machen Sie sich keine Sorgen«, sagte Pimkin beruhigend, »die Wähler werden nicht vergessen, daß ich eine lange und erfolgreiche parlamentarische Karriere hinter mir habe. Zum Teufel, haben Sie vergessen, daß ich Kandidat für die konservative Parteiführung war?«

Und wie viele Stimmen hast du damals bekommen, wollte der Vorsitzende sagen. Er holte jedoch nur tief Atem und bat ihn noch einmal dringend, so bald wie möglich den Wahlkreis zu besuchen.

Pimkin fuhr also eine Woche vor den Wahlen hin und schlug seine Zelte, wie bei den letzten Wahlkampagnen, in der privaten Bar des *Swan Arms* auf — dem einzigen ordentlichen Gasthaus im Wahlkreis, wie er jenen versicherte, die sich die Mühe nahmen, ihn aufzusuchen.

»Aber der Kandidat der Allianz hat jedes *Pub* in der Umgebung besucht«, jammerte der Vorsitzende.

»So ein Esel. Wir könnten behaupten, daß er nur nach einem Vorwand suchte, um von Wirtshaus zu Wirtshaus zu ziehen«, sagte Pimkin und lachte schallend.

Dann und wann schlenderte Pimkin in die lokale Parteizentrale, und besuchte die wenigen loyalen Mitarbeiter, die Umschläge zuklebten und Wahlnachrichten falteten. Als er sich einmal sogar auf die Hauptstraße wagte, begegnete er zu seinem Entsetzen Andrew Fraser, der auf einer umgedrehten Kiste stand und einer großen Menschenmenge die Vorzüge des Allianz-Kandidaten erklärte. Pimkin trat näher, um zu hören, was er sagte, und war nicht erfreut, daß kaum jemand ihn erkannte.

»Unsinn«, rief er laut, und Andrew winkte ihm zu. »Littlehampton braucht einen Abgeordneten, der im Wahlkreis wohnt«, erklärte Andrew freundlich und fuhr mit seiner Rede fort. Pimkin zog es vor, zum Kaminfeuer im *Swan Arms* zurückzukehren. Schließlich hatten ihm die Grundbesitzer versichert, daß man in Littlehampton auch einen Esel mit blauem Band wählen würde, wäre er der Kandidat der Konservativen. Der Vergleich hatte Pimkin nicht entzückt.

Sechs Tage vor der Wahl besprach Andrew mit den Liberalen die weitere Strategie. Manche Umfragen gaben der Allianz jetzt mehr als 22 Prozent, während Sozialisten und Konservative mit je 38 Prozent weiter Kopf an Kopf lagen. Andrews Behauptungen, man werde im nächsten Parlament das Zünglein an der Waage sein, wurde am Wochenende vor den Wahlen von der Presse eingehend analysiert, und die meisten Kommentatoren waren seiner Meinung. Radio und Fernsehen versuchten bereits, von ihm eine Zusage für das erste Interview nach den Wahlen zu erhalten. Andrew legte sich nicht fest.

Am Montag vor den Wahlen fuhr er von Liverpool nach Glasgow, reiste, von einer Horde Journalisten begleitet, durch ganz Schottland und kam Mittwoch abend in Edinburgh an.

Am selben Abend kehrte Simon nach Pucklebridge zurück, um dort seine letzte Wahlrede zu halten. 418 Leute saßen in der Halle und hörten ihm zu, viertausend standen draußen in der Kälte und hörten die Rede durch den Lautsprecher. Seine letzte Botschaft an alle Anhänger im Land lautete: »Vergeßt nicht, morgen zur Urne zu gehen. Jede Stimme ist lebenswichtig.«

Diese Feststellung erwies sich als die richtigste, die während des Wahlkampfes gemacht worden war.

Raymond war am Abend nach Leeds zurückgekehrt und wurde am Bahnhof vom Bürgermeister und zahlreichen Funktionären empfangen. Dann wurde er zum Rathaus gefahren, wo er zum letztenmal vor den Wahlen zu zweitausend Zuhörern sprechen sollte. Raymond nahm alle Kraft zusammen, und der Jubel, der ihn empfing, ließ ihn vergessen, daß er während der letzten Wochen nie mehr als vier Stunden pro Nacht geschlafen hatte. Der Bürgermeister sagte schlicht: »Ray ist nach Hause gekommen.«

Raymonds Rede war so enthusiastisch, als hätte der Wahlkampf eben begonnen. Als er sich nach vierzig Minuten setzte, versagten ihm die Knie. Sobald sich die Halle geleert hatte, brachten Joyce und Fred Padgett den erschöpften Kandidaten nach Hause. Im Auto schlief er ein, und die beiden schleppten ihn die Treppe hinauf, zogen ihn aus und ließen ihn bis sechs Uhr früh schlafen.

Um diese Zeit waren alle drei Kandidaten wieder auf den Beinen und bereiteten sich auf die Fernsehinterviews vor. Dann folgte das obligatorische Foto der Kandidaten, begleitet von ihren Frauen, im jeweiligen Wahllokal.

Andrew genoß es, in Edinburgh zu sein, und ein paar Stunden lang erinnerte er sich an vergangene Wahltage, und plauderte mit den vielen alten Freunden, die sein Verbleiben im Parlament möglich gemacht hatten. Am Abend, als die Rathausuhr zehn schlug, setzte er sich wieder einmal auf die Stufen des letzten geöffneten Wahllokales. Diesmal gab es keine Mrs. Bloxham, die ihn erinnerte, daß sie immer den Sieger wählte; sie war vor einem Jahr gestorben. Andrew, Louise und Clarissa wanderten Arm in Arm zum Hauptquartier der SDP zurück, um die Wahlresultate auf dem Fernsehschirm zu verfolgen.

Raymond und Joyce verbrachten die Nacht in Leeds, während Simon und Elizabeth nach London fuhren, um die Wahlen im Parteihauptquartier zu erleben. Raymond konnte sich nicht erinnern, wann er zum letztenmal drei Stunden ohne Unterbrechung ferngesehen hatte. Um elf Uhr einundzwanzig traf das erste Resultat aus Guilford ein und zeigte einen zweiprozentigen Gewinn der Konservativen.

»Nicht genug«, stellte Simon im Zimmer des Parteivorsitzenden fest.

»Vielleicht genügt es nicht«, sagte Raymond, als die zwei nächsten Sitze feststanden und die Tendenz gleich blieb. Der erste Schock kam kurz nach Mitternacht, als die Sozialdemokraten den Labour-Sitz in Rugby gewannen und dreißig Minuten später den der Konservativen in Billericay. Als die ersten hundert Sitze feststanden, wußten die Auguren nur das eine: Sie hatten keine Ahnung, wie das endgültige Ergebnis aussehen werde. Noch um ein Uhr morgens, als zweihundert Resultate vorlagen, und ebenso um zwei Uhr, als mehr als dreihundert Wahlkreise gewählt hatten, waren sich Experten und Amateure über den Wahlausgang nicht im klaren.

Raymond ging zu Bett, als er mit 236 zu 191 vor Simon in Führung lag, und wußte, daß die ländlichen Grafschaften am Morgen das Ergebnis zu seinen Ungunsten verändern würden. Andrew hatte vier Sitze gewonnen und einen verloren, womit die Allianz während der Nacht zweiunddreißig Sitze verbuchen konnte.

Am nächsten Morgen um sechs stimmten Radio- und Fernsehkommentatoren mit der Schlagzeile des *Daily Mail* überein: ›Patt‹ Raymond und Joyce nahmen, während die ländlichen Wahlkreise den Konservativen ihre traditionelle Treue hielten, den Frühzug nach London. Simon fuhr nach Pucklebridge; er erhielt eine Rekordmehrheit. Gern hätte er ein paar tausend Stimmen für jene gefährdeten Sitze verwendet, wo nicht alles so ging, wie er wollte. Als Raymond um halb zwölf in Downing Street ankam, stand es 287 zu 276, und die Allianz hatte vierundvierzig Sitze.

Um zwölf Uhr mittag schwenkten die Kameras aller vier Kanäle nach Edinburgh, wo der Sheriff erklärte, Andrew Fraser werde mit einer Mehrheit von siebentausend Stimmen ins Parlament zurückkehren. Das Fernsehen zeigte den Sieger mit hocherhobenen Armen. Auf der SDP-Tabelle stieg die Zahl auf vierundfünfzig Sitze, und um ein Uhr errangen die Sozialdemokraten mit nur zweiundsiebzig Stimmen ihren sechsundvierzigsten Sitz — ein Resultat, das Simon traurig stimmte.

»Ohne Alec Pimkin wird das Unterhaus nicht mehr das gleiche sein«, sagte er zu Elizabeth.

Freitag nachmittag hatten die zwei großen Parteien je 292 Sitze; nur zwei sichere Tory-Sitze waren noch ausständig. Simon behielt den einen, Andrew aber gewann nach dreimaliger Auszählung den anderen.

Um vier Uhr verkündete Lord Day of Langham vom BBC-Studio aus das entgültige Resultat der Wahlen von 1991:

Konservative 293
Labour 292
SDP/Liberale 47
Speaker 1

Lord Day wies darauf hin, daß die Stimmenauszählung ein noch ausgewogeneres Verhältnis widerspiegelte: Labour erhielt 12246341 Stimmen (35,2 Prozent), Konservative 12211907 (35,1 Prozent) und die Allianz 8649881 (25,4 Prozent). Ein solches Ergebnis habe er, so sagte er den Zuhörern, in seiner sechsunddreißigjährigen Laufbahn als Journalist noch nie erlebt. Er entschuldigte sich, kein Interview mit Andrew Fraser bringen zu können, von dem es jetzt abhinge, wer die nächste Regierung bilden werde.

Andrew rief zuerst Simon an, dann Raymond. Er ließ sich von beiden sagen, was sie zu bieten bereit waren, um dann zu erklären, daß er am Sonntag in London eine Konferenz mit seinen Abgeordneten abhalten und sie um ihre Meinung fragen werde. Nach dieser Entscheidung sollte, so hoffe er, Montag eine Regierungsbildung möglich sein.

Begleitet von einer Unzahl Journalisten flogen Andrew und Louise Samstag früh nach London, doch als Andrew vor dem Flughafen in ein Taxi verschwand, hatte die Presse nichts zu berichten.

Sir Duncan sagte zum Reporter *Scotsman*, sein Sohn werde natürlich die Konservativen unterstützen, während der ehemalige Premier von seinem Krankenlager aus verkündete, Andrew sei im Herzen stets ein guter Sozialist gewesen und werde sich nie mit den Konservativen identifizieren.

Samstag hielt Andrew mit den älteren Mitgliedern der Allianz verschiedene Besprechungen ab, um die Ansichten seiner alten und neuen Kollegen zu erfahren. Er ging zu Bett, ohne einen klaren Auftrag erhalten zu haben, und als ein Reporter meinte, niemand wisse, wie die Allianz am nächsten Tag abstimmen werde, fügte Andrew laut hinzu: »Ich auch nicht.« Er überlegte lang, was er von den beiden Männern wußte und wofür sie standen; das half ihm schließlich, sich für die Partei zu entscheiden, die seiner Ansicht nach die Regierung bilden sollte.

Am nächsten Morgen mußten er und seine Kollegen auf dem Weg zu dem gut bewachten Sitzungszimmer im dritten Stock zwischen Journalisten und Photographen Spießruten laufen. Der Sekretär hatte absichtlich eines der weniger zugänglichen Zimmer gewählt und den Aufsichtsbeamten angewiesen sich zu versichern, daß alle Aufnahmegeräte abgeschaltet waren.

Andrew eröffnete die Zusammenkunft und gratulierte seinen Kollegen zu ihrer Wahl ins Unterhaus. »Wir müssen jedoch immer daran denken, daß man uns nie verzeihen würde, wenn wir unsere Macht unverantwortlich gebrauchten. Eine Partei unterstützen, unsere Meinung nach ein paar Wochen ändern und nochmals Neuwahlen vom Zaun brechen, das können wir uns nicht leisten. Wir müssen uns unserer Verantwortung bewußt sein, sonst verlieren wir bei den nächsten Wahlen mit Sicherheit unsere Sitze.«

Er erläuterte ausführlich, daß die Führer der großen Parteien die allgemeine Richtung, die die neue Regierung seiner Ansicht nach einschlagen sollte, akzeptiert hatten. Sie erklärten sich auch einverstanden, zwei Mitglieder der Allianz in das Kabinett aufzunehmen und einen Antrag für ein Referendum über eine proportionale Vertretung im Unterhaus zu unterstützen. Drei Stunden lang äußerten die Mitglieder der Allianz ihre Ansichten, und am Schluß herrschte noch immer kein Konsens; Andrew mußte abstimmen lassen. Es selbst stimmte nicht mit und überließ es seinen Kollegen und den Chief Whips, die Stimmen zu zählen und das Ergebnis zu verkünden.

Das Resultat lautete dreiundzwanzig zu dreiundzwanzig.

Der Fraktionsvorsitzende teilte den Anwesenden mit, daß sie die endgültige Entscheidung ihrem gewählten Führer überlassen müßten. Schließlich habe er auch wesentlichen Anteil daran, daß sie nun in so großer Zahl im Parlament säßen. Nach siebenundzwanzig Jahren im Unterhaus mußte er am besten wissen, welcher Mann und welche Partei am fähigsten waren, das Land zu regieren. Als er sich setzte, sagten alle um den langen Tisch versammelten Abgeordneten laut und deutlich ›einverstanden‹, und die Versammlung löste sich auf.

Andrew kehrte nach Hause zurück und sagte Louise, für wen er sich entschieden habe. Sie schien erstaunt. Am späten Abend dinierte er mit dem Privatsekretär des Monarchen. Der Sekretär kehrte kurz nach elf in den Bukkingham-Palast zurück, um den König über die wichtigsten Punkte des Gespräches zu informieren.

»Mr. Fraser«, sagte der Privatsekretär, »wünscht keine weiteren Wahlen und erklärte eindeutig, welche Partei die Sozialdemokraten im Unterhaus zu unterstützen bereit sind.«

Der Monarch nickte nachdenklich, dankte seinem Sekretär und ging zu Bett.

36

König Charles II. traf die endgültige Entscheidung.

Als Big Ben am Samstag zehn Uhr morgens schlug, rief ein Privatsekretär des königlichen Haushalts Simon Kerslake an und ersuchte ihn, zu seiner Majestät in den Palast zu kommen.

Simon trat aus dem Hauptquartier der Konservativen am Smith Square in das helle Morgenlicht und wurde von einer Menge von Anhängern, Fernsehleuten und Journalisten begrüßt. Er beschränkte sich darauf, lächelnd zu winken; jetzt war nicht der Moment für ein Statement. Rasch schlüpfte er durch den Polizeikordon und stieg in seinen schwarzen Rover. Eine Motorradeskorte geleitete den Wagen durch die dichte Menschenmenge vorbei am *Transport House*. Simon überlegte, was wohl in Raymond Gould vorgehen werde, wenn er die Entscheidung erfuhr, die Andrew Fraser getroffen hatte.

Der Chauffeur fuhr am Unterhaus vorbei in Richtung Mall. Man hatte Scotland Yard mitgeteilt, welcher Parteiführer zum König gerufen worden war, und das Auto mußte auf dem Weg zum Palast kein einziges Mal anhalten. Der Chauffeur bog um eine Kurve, und vor Simon lag der Buckingham-Palast. Bei jeder Kreuzung hielt ein Polizist den Verkehr auf und salutierte. Plötzlich schien es Simon, als sei alles der Mühe wert gewesen: Er blickte auf die Vergangenheit zurück und dachte an die Zukunft. Seine ersten Gedanken galten Elizabeth und den Kindern. Wie gern hätte er sie jetzt an seiner Seite gehabt. Er erinnerte sich an seine Wahl in Coventry, an den Verlust seines Sitzes und die fortwährende Ablehnung vor Pucklebridge. Er dachte an die finanzielle Krise, an sein Rücktrittsschreiben an Archie Millburn, das Archie zurückzugeben versprochen hatte, wenn er Simon, Premierminister sei. Er dachte an die irische Charta, an die *Broadsword* und seinen letzten Kampf mit Charles Seymour.

Der Rover fuhr um die Statue der Königin Victoria und hielt vor den schmiedeeisernen Gittern vor dem Palast. Die Wache in der roten Uniform der *Grenadier Guards* präsentierte das Gewehr. Die Menschenmassen, die seit den frühen Morgenstunden vor dem Gitter warteten, reckten die Hälse, um zu sehen, welcher Führer gewählt worden war. Simon lächelte und winkte. Viele winkten zurück und klatschten Beifall, andere sahen betrübt und niedergeschlagen drein.

Der Rover fuhr an der Wache vorüber in den Hof und durch den Torbogen, bevor er vor einem Seiteneingang hielt. Simon stieg aus und wurde vom Privatsekretär des Königs begrüßt. Schweigend führte ihn der Mann die Treppe hinauf, an dem Porträt Georgs III. vorbei und durch einen langen Korridor zum Audienzzimmer. Er verbeugte sich und ließ Simon allein mit seinem neuen Souverän.

Simon spürte seinen Puls rascher schlagen, als er drei Schritte vortrat, sich verbeugte und wartete, bis der König sprach.

Der dreiundvierzigjährige Monarch zeigte bei seiner ersten offiziellen Aufgabe keinerlei Nervosität, obwohl sie ungewöhnlich heikel war.

»Mr. Kerslake«, begann er, »Ich wollte Sie zuerst empfangen, da ich es für richtig hielt, Ihnen genau zu erklären, warum ich Mr. Raymond Gould auffordern werde, mein erster Premierminister zu sein.«